THE GRAY MAN: GAME OVER

W0300640

EERDER WERK VAN MARK GREANEY

The Gray Man: Onder schot
The Gray Man: Doelwit

MARK GREANEY

THE GRAY MAN

GAME OVER

Vertaling Erik de Vries

HarperCollins

MIX
Paper | Supporting responsible forestry
FSC® C021394
FSC
www.fsc.org

Voor het papieren boek is papier gebruikt dat onafhankelijk is gecertificeerd door FSC®
om verantwoord bosbeheer te waarborgen.
Kijk voor meer informatie op www.harpercollins.co.uk/green.

HarperCollins is een imprint van Uitgeverij HarperCollins Holland, Amsterdam.

Copyright © 2011 Mark Strode Greaney
Oorspronkelijke titel: *Ballistic*
Copyright Nederlandse vertaling: © 2024 HarperCollins Holland
Vertaling: Erik de Vries
Omslagontwerp: DPS
Omslagbeeld: © Richard Nixon / Arcangel Images; © Shutterstock (lucht, straat, huizen)
Zetwerk: Zetspiegel, Best
Druk: ScandBook UAB, Lithuania, met gebruik van 100% groene stroom

ISBN 978 94 027 1444 9
ISBN 978 94 027 7090 2 (e-book)
NUR 330
Eerste druk april 2024

Originele uitgave verschenen bij Berkley, een imprint van Penguin Random House LLC, New York.

HarperCollins Holland is een divisie van Harlequin Enterprises ULC.
® en ™ zijn handelsmerken die eigendom zijn van en gebruikt worden door de eigenaar van het handelsmerk en/of de licentienemer. Handelsmerken met ® zijn geregistreerd bij het United States Patent & Trademark Office en/of in andere landen.

www.harpercollins.nl

Niets uit deze uitgave mag openbaar worden gemaakt door middel van druk, fotokopie, internet of op welke andere wijze dan ook zonder voorafgaande schriftelijke toestemming van de uitgever. Het e-book is beveiligd met zichtbare en onzichtbare watermerken en mag niet worden gekopieerd en/of verspreid.

Alle in dit verhaal voorkomende personen zijn ontleend aan de fantasie van de schrijver. Elke gelijkenis met bestaande personen berust op toeval.

Opgedragen aan de mannen en vrouwen
die zich aan beide zijden van de grens
elke dag inspannen om een einde te maken aan de waanzin.

Wie tegen monsters vecht moet oppassen zelf geen monster te worden.
FRIEDRICH WILHELM NIETZSCHE

Als je in Mexico met een probleem naar de politie stapt, heb je ineens twee problemen.
LORENZO MEYER, MEXICAANS HISTORICUS

PROLOOG

De mensenjager ging voor in de kano op zijn hurken zitten en keek naar de voor hem opdoemende oever. Het dichtbegroeide regenwoud veranderde langzaam in een rustiek bruin dorp, een op de harde ondergrond uit hout en verroest ijzer opgetrokken nederzetting langs het water.

'Zijn we er?' riep hij naar de inheemse bewoner die de boot met de buitenboordmotor bestuurde. Zijn Portugees was er in de afgelopen maanden noodgedwongen op vooruitgegaan.

'*Sí, senhor*. We zijn er.'

De tweeënzestigjarige mensenjager knikte en strekte zijn hand uit naar de portofoon tussen zijn benen.

Maar hij hield zich in. Hij moest het zeker weten.

Zeven maanden. Het was zeven maanden geleden dat hij in Amsterdam was opgebeld. Spoedoverleg met zijn werkgever, een vlucht over de oceaan naar Caracas, in allerijl naar Lima en vanaf daar verder zuidwaarts. Diep zuidwaarts. Totdat hij en zijn prooi het einde van de wereld hadden bereikt, waarna de jacht in noordelijke richting verderging.

Naar het hoge noorden.

Al die tijd had hij zijn doelwit min of meer op de hielen gezeten. De langste jacht uit zijn loopbaan.

Die hier beëindigd zou worden. Aan de jacht op Courtland Gentry zou op deze plek hoe dan ook een einde komen.

1

De mensenjager was zijn doelwit in de buurt van Quito dicht genaderd. Hij had zelfs een moordcommando ingeseind, maar zij hadden vooralsnog bot gevangen. Dat was een domme zet van hem, een valse start zou hun gretigheid tijdens een volgende poging geen goed doen; dus zou hij ze niet meer oproepen. Hij was in Noord-Chili en iets verder langs de kust van de Stille Oceaan zijn doelwit weer op het spoor gekomen, maar was hem in Punta Arenas weer uit het oog verloren.

En toen kwam dat mazzeltje in Rio. Een Deense uitwisselingsstudent en jiujitsu-beoefenaar had in zijn ambassade waar hij was om aangifte te doen van het verlies van zijn paspoort een 'Gezocht'-poster van Interpol zien hangen. Hij was in de dojo in de favela's weleens een andere witte vechtsporter tegengekomen. Dat was op zich niets opzienbarends, maar de Deen was goed thuis in vechtkunsten, en in de vechtstijl van de witte schemerden andere disciplines door: harde, meedogenloze gevechtstechnieken die hij voor zijn naaste omgeving verborgen probeerde te houden. De Deen herinnerde zich de 'Gezocht'-poster. Hoewel de witte er niet sprekend op leek, had het hem niettemin raadzaam geleken de autoriteiten in te lichten. De man in de dojo had hem op een of andere manier een ongemakkelijk gevoel bezorgd. Een blik, een beweging, een zweem van argwaan bij de ander, alsof hij wist dat de Deen hem om een of andere reden in de gaten hield.

Toen de mensenjager hierover was getipt was hij in een privévliegtuig gestapt en was een paar uur later ter plaatse. Zijn doelwit verscheen die dag niet op de training, en de daaropvolgende dag evenmin. De mensenjager trommelde plaatselijke versterkingen op om hand-en-spandiensten te verrichten; tientallen mannen met foto's en contanten schuimden de favela's af. Velen van hen werden in de wetteloze sloppenwijken afgetuigd of bedreigd en een van hen werd zelfs van zijn portemonnee beroofd en in zijn arm gestoken. Maar de zoektocht bleek niet tevergeefs; iemand zette hem op een spoor, iemand fluisterde een adres.

De mensenjager ging zelf poolshoogte nemen. Hij was zelf geen schutter, had sinds hij in dienst van het Nederlandse leger in de jaren zeventig tegen de Angolezen had gevochten geen wapen meer afgevuurd. Maar omdat hij zijn paraat staande mannen niet nog eens vergeefs wilde optrommelen, liet hij acht gewapende mannen achter en nam er slechts twee mee. Een afschuwelijk vervallen wijk, een met stront besmeurd gebouw, een naar pis stinkende gang op de derde verdieping met aan het einde een duistere deur. De hand van de mensenjager trilde toen hij, op de voet gevolgd door zijn schutters, met de van een andere huurder gekregen sleutel de deur ontsloot en naar binnen glipte.

Een schimmige menselijke gestalte sprong van het bovenste stapelbed; de mensenjager zag zijn leven in een flits aan zich voorbijtrekken. Toen hees de schim een rugzak op zijn schouder en verdween uit een raam, twee verdiepingen naar beneden. De mensenjager zette een paar stappen opzij; de schutters openden het vuur en vernielden in het kielzog van de schim zijn bed en de muur en het raamkozijn. De mannen herlaadden toen de mensenjager zich naar het raam haastte en zijn doelwit op een ander dak zag neerkomen en doorrollen en, als een eekhoorn die door de lucht zweefde, over een steeg naar een volgend gebouw zag springen en daarvan afrolde naar de straat, achtervolgd door de explosies van lichte vuurwapens afgevuurd door de twee schutters die zich intussen naast hem hadden opgesteld.

Het doelwit was ontkomen. Het bed dat hij had beslapen bood op het nog warme gehavende dekbed na geen enkele aanwijzing.

Dat was inmiddels tien weken geleden.

Afgelopen zondag had hij een telefoontje gekregen uit Fonte Boa, honderdvijftig kilometer noordelijker aan de Amazonerivier. De mensenjager had een lijst opgesteld met mogelijke vakgebieden waarin zijn doelwit wellicht emplooi kon vinden. Daar stonden honderden beroepen op, van plaatwerker tot legionair. Ook maritiem reddingswerker stond op de lijst, vanwege zijn duikervaring en zijn onversaagdheid. Een klein bedrijf dat in een afgelegen zijrivier van de Amazone opereerde had een uit het niets opgedoken witte man in dienst genomen, een in de Braziliaanse jungle opzienbarend feit. Dus was de mensenjager naar Fonte Boa gevlogen en had hij de schipper die per boot kleding en ander textiel naar de nederzettingen stroomopwaarts bracht een foto laten zien.

En nu was de mensenjager hier.

Hij frummelde met de portofoon tussen zijn knieën. Eén oproep en er zouden twee grote helikopters landen, gevuld met gewapende mannen die zich zouden verspreiden; ze hadden hun aanval met behulp van satellietfoto's en een schoolbord gepland in de hotelkamer van de uitkijkpost in Fonte Boa. Eén oproep zou deze ongerepte jungle in een vuurzee veranderen en het leven kosten aan het doelwit op wie deze Nederlandse mensenjager al zeven lange maanden joeg.

Maar eerst moest hij zekerheid hebben.

Een brulaap sprong uit een boom in het water, klauterde weer op de kant en verdween in de dichte begroeiing.

Een paar tellen later vertraagde het bootje en botste tegen de aan de kade bevestigde rubberen banden. De eigenaar van het vaartuig maakte aanstalten de buitenboordmotor uit te zetten.

'Nee,' zei de mensenjager. 'Laat hem lopen. Ik ben zo weer terug.'

'Zonde van de benzine, meneer,' antwoordde de man. Een of andere inheemse wilde. 'Ik heb hem binnen vijf seconden weer gestart.'

'Laten lopen, zei ik.' De witte man ging van boord en begon over de onverharde heuvel naar een man te lopen die voor een op ranke palen gebouwde hut stond te wachten. Als de Nederlander de bevestiging zou krijgen dat dit de juiste locatie was, zou hij niet blijven rondhangen tot de pleuris uitbrak. In zijn schouderholster droeg hij een ouderwetse Webley Top-Break-revolver, maar dat was te midden van de boerenkinkels hier in de jungle vooral voor de show bedoeld. Moorden was niet zijn sterke kant. Hij zou zijn radio gebruiken, en dan zat zijn taak erop. Hij zou weer stroomopwaarts terugkeren naar Fonte Boa en de ontwikkelingen in het hotel afwachten.

Mauro zat in de schaduw te wachten tot zijn vader terug zou komen met de vangst van de ochtend. De tienjarige Mauro ging normaal gesproken met zijn vader mee om de netten in te halen, maar vandaag was hij hier gebleven om zijn oom met wat klusjes te helpen en hij was net in de haven aangekomen toen het bootje met de witte man aanmeerde. Hij zag hoe de oude man de heuvel beklom, vlak voor de dronkaard stopte en tegen hem begon te praten. De witte man haalde een wit papier uit zijn borstzak en liet het de dronkaard zien, en gaf hem toen wat geld.

Mauro vertraagde en bleef staan. Aarzelde.

De witte man knikte, liep terug naar het bootje en bracht een radio naar zijn mond.

De jonge Mauro liep naar een smal pad dat bij de haven vandaan voerde, zijn dorp uit. Toen hij eenmaal schuilging onder het donkere bladerdek van de jungle, begon hij zo hard te rennen als zijn eeltige blote voeten hem konden dragen.

2

Court Gentry trok aan zijn luchtslang om hem iets meer ruimte te geven en richtte zich toen weer op het wrak voor hem. Hij stak zijn gehandschoende hand uit en zocht op de tast zijn weg naar de kolossale ijzeren stuurhut van de gezonken stoomboot. Op dit tijdstip laat in de ochtend bedroeg het zicht in de modderige rivier op een diepte van zo'n tien meter onder het okerkleurige oppervlak van het warme water niet meer dan dertig centimeter. Terwijl hij de juiste positie koos, verstelde hij de hoek van de lamp op zijn helm, hief zijn lastoorts en verkleinde de vlam tot die niet meer was dan een gloeiende punt. Daarna bracht hij het withete vuur langzaam naar het ijzer om een nieuwe snede te maken.

Drie stevige rukken aan de lijn brachten hem uit positie.

'Verdomme,' zei hij hardop, waarbij zijn stem in de koperen helm resoneerde. Omdat de zender in de helm stuk was, communiceerde het team via het touw. Drie korte, stevige rukken stonden voor 'Onmiddellijk naar boven', wat betekende dat het hem minstens tien minuten zou kosten om weer in de algen en de olieachtige lagen af te dalen en zijn plek te vinden.

Maar hij treuzelde niet. 'Onmiddellijk naar boven' was geen boodschap om te negeren. Het kon loos alarm blijken, maar het kon ook betekenen dat er een probleem met de apparatuur was, wat gevaarlijk kon zijn, of dat er in de buurt van zijn duikplek slangen of krokodillen of een school piranha's was gespot, met mogelijk fatale gevolgen.

Vier minuten later kwam hij aan de oppervlakte; omdat hij vanwege zijn apparatuur en gewichten onmogelijk zelf kon zwemmen, sleepte hij zichzelf aan zijn lijn naar de kust. Toen hij nog maar tot zijn middel in het water stond, veegde hij de groene smurrie van het kunststof vizier van zijn helm, maar pas nadat hij de bandjes van de zware helm had losgemaakt en hem had afgezet, kon hij door het dikke riet en het hoge gras heen kijken. Boven hem stonden twee collega's, Thiago en Davi; beiden ervaren bergingsduikers, die vandaag echter geen van tweeën het water in gingen. Omdat er maar één compressor functioneerde, gebruikten ze die om beurten. Eén man in het water, twee die op krokodillen/anaconda/piranha-wacht stonden.

'Wat is er?' riep Court. Zijn Portugees was nog niet half zo goed als zijn Spaans, maar hij kon zich ermee redden. Een van de twee wees met zijn duim naar de overkant van een kleine lagune die als een tumor aan de rivier was verbonden, en Court zag de jonge Mauro op het pad naar de aanlegsteiger. De jongen droeg een rood-blauw voetbalshirt van Barcelona met op zijn rug de naam van een Bulgaarse speler die halverwege de jaren negentig voor het laatst voor de club had gespeeld, en liep op blote voeten. Court had de diepgebruinde jongen nog nooit op schoenen gezien.

Gentry was verbaasd dat hij naar de oppervlakte was geroepen om met de jongen te praten – niettemin zwaaide en glimlachte hij. Maar zijn glimlach verdween op slag. De ogen van de jongen waren groot, en zijn lichaam gespannen.

Er was iets aan de hand.

Court ploegde door de drassige oever die de lagune omringde, zijn voeten zogen zich vast in de blubber. Hij klom omhoog tot hij bij de jonge Braziliaan stond, leidde hem een paar meter langs het pad naar beneden voordat hij vroeg: 'Wat is er?'

'Je zei dat ik naar je toe moest komen als ik hier ooit een witte man zou zien.'

'Ja, dat klopt.' Court voelde zijn lichaam verkrampen.

'Een oude man. Alleen. Bij de steiger.'

'Heeft hij met iemand gesproken?'

'Ja, hij heeft Amado iets gevraagd. Heeft hem een papier laten zien. En hem een beetje geld gegeven. Daarna zei de man iets in zijn portofoon.'

'Zijn portofoon?' Gentry maakte zijn blik los van de jongen en liet hem over het pad dwalen dat verbonden was met de aanlegsteiger, een kilometer verderop door de dichte jungle. Zijn handen waren al bezig zijn oude verweerde wetsuit uit te trekken tot hij in zijn ondergoed stond.

Thiago riep vanaf de andere kant iets naar hem, waarschijnlijk dat het nog geen lunchtijd was, maar Court negeerde hem.

'Waar is hij nu?'

'Weg. Hij is weer in een bootje gestapt en de rivier op gevaren.'

Court knikte. Zei in het Engels tegen zichzelf: 'De mensenjager.'

'*¿Quál?*' Wat?

'Goed. Je hebt het heel goed gedaan, Mauro. Dank je.'

'Geen probleem, Jim.'

Een paar tellen later zat Court op zijn knieën bij zijn spullen die hij aan de andere kant van de lagune had opgeslagen. De jongen was samen met hem naar de oever gelopen en was boven hem blijven staan en keek hoe hij een grote sporttas openmaakte. Hij haalde er een zwarte shotgun met afgezaagde loop en een houten kolf uit. Hij haalde zijn van de Braziliaans reals uitpuilende portemonnee uit de tas en gaf hem aan de jongen. 'Deze is voor jou. Haal er iets uit voor jezelf en geef de rest aan je moeder.'

Met grote ogen van verbazing en verwarring pakte Mauro hem aan. 'Ga je ervandoor?'

'Ja, jochie. Hoogste tijd om te gaan.' Haastig trok Gentry een smerige bruine broek en een vuil crèmekleurig shirt met lange mouwen aan.

'En je hond dan?'

'Dat is mijn hond niet; hij bleef gewoon in mijn buurt. Het is een braaf beest. Als je goed voor hem zorgt, zal hij goed voor jou zorgen, oké?'

Court begon de veters van de oude sportschoenen aan zijn natte voeten te strikken.

Mauro knikte, hoewel hij er in werkelijkheid niets van begreep. Hij had nog nooit in zijn leven iemand zo snel zien handelen. De mensen uit zijn dorp gingen er nooit weg, namen niet in een oogwenk beslissingen. Gaven hun portemonnees niet weg aan kinderen. Gooiden hun leven niet overhoop vanwege een of andere ouwe zak in een bootje.

Zijn oom had gelijk. Gringo's zijn gestoord.

'Waar ga je naartoe?' vroeg hij de vreemde Amerikaan.

'Weet ik niet. Ik bedenk wel iets...'

Court stopte abrupt. Kantelde zijn hoofd terwijl hij een kleine, volle rugzak uit de grote sporttas haalde en over zijn rug hing.

Toen Mauro het ook hoorde, zei hij: 'Helikopter.'

Court schudde zijn hoofd. Pakte de shotgun en stond op. Bevestigde hem binnen handbereik met het klittenband aan de rechterkant van de rugzak. Aan de linkerkant hing al een op identieke wijze bevestigde machete. 'Nee. Twee helikopters. Ga gauw naar huis, jochie. Ga met je broers en zussen naar binnen en blijf daar. Het zal er hier stevig aan toegaan.'

En toen verraste de gringo Mauro nog een keer. Hij glimlachte. Hij glimlachte van oor tot oor terwijl hij met zijn hand het dikke zwarte haar van de jongen streelde, daarna zwijgend naar zijn twee collega's zwaaide en de jungle in rende.

In het zonlicht doemden twee helikopters op die laag in formatie over de boomtoppen scheerden en met hun wieken de begroeiing onder hen geselden. Het waren Bell 212's, de burgeruitvoering van de Twin Huey, het hooggewaardeerde en nuttige vliegtuig dat veelvuldig door de Amerikaanse strijdkrachten in de Vietnamoorlog was ingezet.

Geen vliegtuig in de geschiedenis van de bemande luchtvaart was zo op zijn plaats boven de toppen van woudreuzen als de Huey.

De heli's waren eigendom van de Colombiaanse politie maar waren inclusief de bemanning uitgeleend aan de Autodefenses Unidas de Colombia, een redelijk rechts georiënteerde en weinig hecht opererende troepenmacht die het af en aan opnam tegen de FARC, oftewel Fuerzas Armadas Revolucionarias de Colombia, en de ELN, Ejercito de Liberacion Nacional, de linkse rebellengroepering van Colombia. De Colombiaanse politie verkeerde in de veronderstelling dat ze twintig commando's had uitgeleend om in een bergregio tegen de FARC te vechten, maar in werkelijkheid liet de AUC zich inhuren voor een klus over de grens in het Amazoneregenwoud.

De piloten zouden deze frauduleuze inzet van overheidsmiddelen bij niemand aankaarten; ze kregen goed betaald.

Ieder lid van de eenheid droeg een groen jungle-uniform en een tropenhoed. Ze hadden allemaal een groot HK G3-aanvalsgeweer in hun armen, en allemaal hadden ze extra magazijnen voor het wapen, granaten, een zender en een aan harnas of koppelriem bevestigde machete.

De commandant van de eenheid zat in de voorste helikopter en sprak boven het lawaai van de Pratt & Whitney-turbomotor uit de negen man die bij hem in het toestel zaten toe. 'Eén minuut! Schiet hem neer als je hem ziet! Als je schiet, zorg dat het raak is! Ze hoeven hem niet levend te hebben!' waarna hij zichzelf corrigeerde. 'Ze wíllen hem niet levend!'

Een collectief uitgesproken '*Sí, commandante!*' overstemde het motorlawaai. Via zijn zender gaf hij de mannen in de andere helikopter dezelfde opdracht.

Een fractie later gingen de twee helikopters uit elkaar; de heli waar de commandant in zat maakte een scherpe bocht naar links en dook met zijn neus naar beneden naar een kleine kronkelende rivier die naar het zuiden liep.

Court rende zelfverzekerd door het ochtendlicht dat in flarden door het bladerdek boven hem viel. Hij liep over het pad door de jungle, zijn oren gespitst op het geluid van de wieken achter hem. Al snel veranderde het uniforme geluid van de heli's in twee aparte geluidsgolven toen ze elk hun eigen koers kozen. Eentje landde achter hem, waarschijnlijk op de moerassige open plek op zo'n honderd meter van zijn duiklocatie. Court wist dat de mannen daar tot aan hun knieën in de drassige grond zouden zakken, waardoor hij iets meer tijd kreeg om zich uit de voeten te maken. De andere helikopter vloog hem aan de linkerkant boven de boomtoppen voorbij; hij speurde ongetwijfeld de rivier af. Hij zou zijn passagiers afzetten om hem op zijn route de weg te versperren.

Daar ging zijn extra tijd.

Court versnelde nog meer. De glimlach was van zijn gezicht verdwenen, maar terwijl zijn benen en armen hem naar voren stuwden, voelde de zevenendertigjarige Amerikaan zich sterk en vol zelfvertrouwen. Adrenaline, de oude vriend die hij al een tijdje had moeten missen, schoot door zijn lichaam en voedde zijn spieren en hersens.

Hij was hier nu negen weken, negen góéde weken, maar hij was in zijn volwassen leven niet vaak zo lang op dezelfde plek gebleven. Zoals hij de jongen al had verteld, was het inderdaad hoog tijd om te vertrekken.

Het team van de commandant liet zich op hoge snelheid aan een touw tot op de rivieroever zakken; de eerste vier lieten zich op hun ellebogen in de smurrie vallen en richtten hun HK's op het oerwoud om de volgende vier veilig voet aan de grond te kunnen laten zetten. Dit tweede kwartet liep door naar de onverharde weg, liet zich daar op de grond vallen en controleerde de weg in beide richtingen. De commandant en zijn nummer twee kwamen als laatste uit de helikopter, renden naar de weg en kozen positie vooraan de stoet.

Toen de commandant het bericht kreeg dat de mannen uit de andere helikopter zich een weg door een moeras moesten banen, vloekte hij hardop in het Spaans en spoorde zijn mannen aan het tempo op te voeren.

Gentry rende door zijn kleine kampeerplek. Dat was zo gedaan. Zijn kampeerplek bestond uit een tent met een veldbed, een met stenen omzoomde vuurplaats, een uitgesleten pad naar een met de hand uitgegraven latrine, een met een klamboe uitgeruste hangmat en een paar spullen die in een net in de boom hingen. Tot zijn opluchting zag hij de hond niet; het was bijna lunchtijd dus wist hij dat de kleine viervoetige overlever naar het enige restaurant was gegaan dat het dorp rijk was, klein met een rieten dak, om te bedelen naar kliekjes waarna hij door zou lopen naar de schaduwrijke palmbomen in de buurt van de plek waar de vissers terugkeerden met hun vangst van de dag. Daar kon hij eventjes uitrusten voordat hij met de andere dorpshonden in de slag moest voor het overbodige aas dat van boord zou worden gegooid.

Court was zich er volledig van bewust dat in de dagindeling van de hond meer structuur zat dan in die van hem.

In zijn tent lag een Browningpistool in een afgesloten kistje, maar hij nam niet de moeite die op te pikken. In plaats daarvan pakte hij een aansteker die net om de hoek van de tentingang lag, en een klein blikje benzine dat ernaast lag. Binnen een paar tellen had hij de inhoud van het blikje uitgegoten over de tent, zijn bezittingen in de boom, zelfs de hangmat. Zonder enige aarzeling of spijt stak hij zijn onderkomen in de fik, gooide de aansteker op de grond en liep naar een kleine beek op zo'n vijftien meter afstand.

Links van hem hoorde Gentry iemand schreeuwen. Te oordelen aan het hoge, opgewonden stemgeluid wist hij dat hij gezien was.

Ze waren dichtbij.

Gentry sprong in het enkeldiepe water en rende naar het zuiden, zijn voetstappen explodeerden in het stromende water.

De commandant gleed op zijn rug vanaf de oever het koude water in. Hij hervond zijn evenwicht in het water en hief zijn wapen op het moment dat het doelwit links van hem buiten zijn schoots- en blikveld verdween. De mannen, ieder vol van de jacht, gespannen door de kans het doelwit te vellen, renden hun commandant voorbij.

Hij liet zijn G3 zakken en rende met hen mee. Hij wist dat er voor hen een weg naar de rivier liep, maar hij wist ook dat deze beek niet rechtstreeks naar die weg liep. Hij ging ervan uit dat het doelwit een klein paadje wilde bereiken, dat te smal was om door het bladerdak heen op satellietfoto's waargenomen te kunnen worden. De commandant en diens manschappen hoefden het doelwit alleen maar dicht genoeg te naderen om te kunnen zien waar hij uit het water terug de jungle in was geglipt, daarna zou het slechts een kwestie van tijd zijn voordat ze hem op het pad zouden tegenkomen. Het oerwoud was te dichtbegroeid om je daar te verstoppen, de onverharde weg te recht om een wegvluchtende man in staat te stellen de kogels te ontwijken van de zware 7.62mm-wapens die hij en zijn mannen bij zich hadden.

De commandant sloeg samen met zijn mannen de bocht om, de tien in formatie rennende mannen deden het witte water tot borsthoogte opspatten. Hij zag de gebruinde man met het lange haar en de rugzak met lege handen voor hem uit rennen. Een van zijn mannen die voorop rende loste een schot, dat ruim boven het hoofd van het doelwit in het gebladerte insloeg. Op dat moment dook de man naar links, rende vanuit het water de steile oever op en verdween in het zwarte gat van een klein voetpad. Een tweede schot van zijn manschappen joeg hem de jungle in.

'Daar loopt hij!' schreeuwde de Colombiaan. 'Boven op de oever!'

3

Terwijl Gentry een flauwe heuvel afrende klonk er een schot dat boven zijn hoofd takken en gebladerte afrukte. Het moordcommando zat hem op de hielen; hij versnelde nog eens, en zijn dijen brandden van het melkzuur dat vanuit zijn bloedbaan naar zijn spieren werd gestuurd.

Hij had zijn vlucht een paar keer geoefend en een route uitgekozen waarop hij optimaal gebruikmaakte van de natuurlijke gevaren die het oerwoud te bieden had. Natuurlijke gevaren die nog gevaarlijker werden door een paar onnatuurlijke maatregelen die hij getroffen had.

Hij reikte met zijn linkerhand naar achteren en pakte de handgreep van de machete aan de zijkant van zijn rugzak. Hij trok hem uit het klittenband en met een enkele krachtige uithaal velde hij een struik rechts van hem. Daarachter volgde hij een nog smaller pad, dat nog beter verscholen lag onder het bladerdek en bedekt was met wortels en klimplanten. Court ging op zijn tenen lopen en trok zijn knieën hoog op om te voorkomen dat hij achter de obstakels op zijn pad zou blijven haken. Zijn achtervolgers hadden hem het hoofdpad zien verlaten; daar twijfelde hij niet aan. Ze zouden hem binnen luttele seconden weer op het spoor komen. Hij gooide tijdens het rennen de machete weg; hoe dol hij ook op het wapen was, en hoe groot de kans ook was dat het binnen afzienbare tijd weer van pas zou kunnen komen, hij moest al zijn concentratie gebruiken voor het snelle voetenwerk en vertrouwen op het spiergeheugen van zijn bovenlichaam om de shotgun los te maken die rechts aan zijn rugzak zat. Hij pakte de handgreep van het wapen en zwaaide het voor zijn lichaam, hield het tijdens het rennen met twee handen vast en richtte de loop vlak voor zijn gezicht recht omhoog.

Het pad liep een volgende heuvel af, waar overal dikke bomen groeiden. Hij sperde zijn ogen open om het beschikbare licht zo optimaal mogelijk te benutten, maakte zijn blik een seconde los van het pad om de juiste boom met de juiste tak te zoeken, en zag hem.

Achter hem klonk weer een schot – hij hoorde de supersonische explosie langs zijn linkeroor zoeven. De jagers volgden hem op hooguit twintig meter afstand; over zeven of acht seconden zouden ze de grond betreden waar hij nu overheen liep.

Perfect.

Gentry rende verder, onder de boom door, onder de tak die hij in het zwakke lichtschijnsel had uitgezocht en vuurde de shotgun af die hij loodrecht voor zijn gezicht hield. Hij herlaadde en vuurde een tweede schot af; de terugslag van het wapen drukte zijn schoudergewrichten naar beneden.

De twee schoten uit de shotgun werden opgevangen door het anderhalve bij één meter grote nest van de geafrikaniseerde honingbij dat zo'n vijftien meter boven hem hing; de inslag van de kogels sloeg de onderkant van het nest weg, het dikke gevaarte kwam geheel los van de tak en viel, in zijn val takken afbrekend alsof er een piano uit de boom viel, op het pad.

Court had net de top van een kleine heuvel gerond en was over een gevelde cipres gesprongen toen de korf zo'n vijf meter achter hem op de grond stortte.

Hoewel de commandant een fitte dertiger was, kon hij de jongere mannen uit zijn eenheid niet bijhouden. Hij rende vrijwel als hekkensluiter van de stoet de heuvel af; in de verre duisternis zag hij de vlammen van een shotgun. Het lawaai van een schot werd geabsorbeerd door de vochtige lucht van de hem omringende jungle. Hoewel de commandant bijna net zo opgewonden was over de achtervolging als zijn manschappen, beschikte hij over de tegenwoordigheid van geest om bij het horen van het tweede schot dekking te zoeken, waardoor hij nu helemaal achteraan over het smalle pad liep. Hij was net weer begonnen te lopen toen hij voor hem het enorme gevaarte door de spaarzame lichtbanen die het bladerdak doorliet heen zag vallen.

Hij wist niet wat het was; hij zou het in nog geen miljoen jaar geraden hebben. Pas toen de grote dikke kluit op de grond was gevallen en de voorste twee mannen van de colonne vrijwel geheel werden omhuld door een soort donkere wolk, schreeuwde hij een verwarde en weinig specifieke waarschuwing naar zijn team.

En pas na de eerste kreten, pas nadat hij voor het eerst op de plek waar zijn handschoen ophield en zijn naakte huid begon een stekende pijnscheut voelde, pas nadat zijn manschappen waren ingekapseld in de exploderende, wervelende, verduisterende wolk die hij voor zich zag – pas toen wist hij het.

Bijen. Duizenden – nee, tienduizenden woedende bijen bedekten zijn uitzinnig gillende en kronkelende soldaten. Binnen een paar seconden klonken er meelijwekkende en zinloze wanhoopsschoten; goedgetrainde soldaten renden het dichte bos rond het pad in en lieten zich vallen en schopten en sloegen als gekken in het luchtledige.

De commandant werd in zijn gezicht, zijn nek en nogmaals in zijn arm gestoken, en hij struikelde en draaide zich toen om om weer terug de heuvel op te lopen, langs de rand van de ziedende zwerm levende naalden die hem van alle kanten aanvielen, als een gestaag op hem neerdalende bijtende zure regen, een dikke wolk van kleine gesmolten lavabolletjes.

Hij schreeuwde, drukte op de knop van zijn portofoon, schreeuwde nogmaals, en viel toen, waarna de angels dieper in zijn vel drongen.

Hij was bijna weer opgekrabbeld, maar zijn vluchtende mannen – die allemaal tegen de paniek en de pijn en het door de krioelende insectenzwerm vrijwel tot nul gereduceerde zicht streden – liepen hem weer onder de voet toen ze zich terugtrokken in de richting van de beek.

De commandant zette een knie onder zijn lichaam om zichzelf weer overeind te duwen, maar werd verzwolgen door de donkere wolk; elke zenuw in zijn lichaam werd op scherp gezet, en hij reikte naar zijn pistool om zijn tienduizend aanvallers af te weren.

Court rende verder weg van het geschreeuw en de willekeurige geweerschoten die in de jungle achter hem weerklonken. Hij schatte dat hij door ongeveer tien man achtervolgd werd. Hij had niet één keer naar zijn aanvallers omgekeken. Hij baseerde zijn schatting op het feit dat hij aan het kenmerkende geluid van de helikopters kon afleiden dat het Hueys waren, en iedereen die in hetzelfde vakgebied als Court Gentry werkzaam was, wist dat een Huey veertien tot de tanden gewapende soldaten kon vervoeren.

De kreten van pijn die hij hoorde, leken zijn schatting te staven. Het geluid van pijn lijdende mannen leek te worden geproduceerd door pakweg tien man. Wat betekende dat de andere heli er evenveel had vervoerd. Want waarom zou je het ene aanvalsteam groter of kleiner maken dan het andere?

De twee heli's hingen hoog boven hem in de lucht; ze hadden hun vracht gelost en wachtten tot ze de opdracht kregen iedereen weer op te halen.

Gentry liep vanuit de dichte begroeiing de hoofdweg op, boog af naar het zuiden en vertraagde tot een jogtempo. Hij had geen idee waar het andere team zich op dit moment bevond; als ze uit het moeras waren gekomen, konden ze zomaar over deze weg lopen, maar als dat zo was, lagen ze minstens een kilometer achter hem.

Hij gunde zichzelf al joggend een moment om te ontspannen, maar aan dat moment kwam abrupt een einde toen hij achter zich een vrachtwagen hoorde naderen. Er was maar één vrachtwagen in het dorp, een oud geval met een platte laadbak, eigendom van een van zijn collega's, die uitsluitend werd gebruikt om het opgedoken ijzer vanaf de plek waar het wrak lag naar de steiger te vervoeren zodat het naar Fonte Boa kon worden verscheept.

Court minderde vaart en draaide zich om, in de veronderstelling Davi achter het stuur te zullen zien zitten.

Maar toen hij naar Davi's vrachtwagen keek die honderd meter achter hem reed, zag hij dat die volgeladen was met gewapende mannen met tropenhoeden, en terwijl Gentry weer begon te rennen voor zijn leven, hoorde hij geweerschoten.

'Fuck!' schreeuwde Gentry terwijl hij vanaf de weg weer de dichte begroeiing in dook en zich zo klein, snel en ongrijpbaar mogelijk een weg baande door lianen en bosjes en varenbladeren zo groot als vrachtwagenbanden.

Terwijl hij door het dichte struikgewas ploeterde, bedacht hij een nieuw plan. Het oude was heel simpel geweest. Op ongeveer honderdvijftig meter afstand had hij een kano onder de kleine brug verstopt. Hij was van plan geweest de weg op te rennen, zich van het talud af te laten glijden en dan in het bootje te ontsnappen en onder de overhangende bladeren langs de oever te blijven varen om niet door de heli's gezien te worden.

Maar nu moest hij de brug vanaf de bovenkant van de rivier bereiken, wat voor een extra hindernis zorgde. Of hindernissen, afhankelijk van hoe je ernaar keek.

De oevers van de rivier ten noorden van de brug waren letterlijk bezaaid met krokodillen.

Enorm grote krokodillen.

Terwijl Court zich door het vrijwel ondoordringbare struikgewas worstelde, bedacht hij een nieuw plan – een plan dat vaardigheden vereiste waarvan hij niet zeker wist of hij ze bezat, waarvan het onzeker was of hij het kon uitvoeren, en waarvoor hij een dosis geluk nodig had die allesbehalve gegarandeerd was.

Maar het was beter dan al rennend over de weg de uit een vrachtwagen afgevuurde kogels ontwijken.

Hij hoorde de mannen achter hem de vegetatie binnendringen. Een paar losten schoten in de bosjes en de bomen. Court wist dat de bosjes achter hem zich weer zouden sluiten zodra hij er langs was; over de mannen maakte hij zich geen zorgen meer. Ze konden hem niet zien en hun wapens konden hem niet raken.

Maar waar hij zich wel degelijk zorgen over maakte waren die verdomde krokodillen waar hij op afrende.

Het geweervuur zwol aan. Het klonk bijna alsof de mannen zich met lood een weg door de jungle wilden banen. Dat zou niet werken, niet voordat Court gevlogen zou zijn. Maar dat wilde niet zeggen dat er geen verdwaalde kogel door de begroeiing kon doordringen en zich in het achterhoofd van de Amerikaan kon boren.

Court maakte zich nog kleiner, ploeterde verder op handen en knieën die hij daarbij openhaalde. Hij vernielde spinnenwebben zo groot als visnetten en sloeg met de loop van zijn shotgun een boa constrictor van een laaghangende tak zodat hij eronderdoor kon kruipen zonder het risico te lopen dat de boze slang zich om zijn nek zou slingeren.

Het duurde niet lang voordat hij het oerwoud achter zich liet en de boven de rivieroever gelegen heuvel besteeg. Ongeveer veertig meter links van hem stond de houten brug uitnodigend in de zon. In de schaduw eronder wiegde zijn kleine bootje heen en weer, met ter bescherming een stuk tentdoek er strak omheen gewikkeld. Op vijfentwintig van de veertig meter lange oever onder hem lagen minstens tien krokodillen in de ochtendzon te bakken, tussen de twee tot vijf meter lang.

Gentry vond een dikke liaan die links van hem diagonaal uit de oever groeide en aan de andere kant van de oever verbonden was met de hoogste en buitenste tak van een zestig meter hoge kapokboom die als een enorme arm over de rivier hing.

Hij zou weliswaar niet helemaal tot aan de brug komen, maar wel op de ernaast gelegen oever. Dat was buiten bereik van de krokodillen, en dus prima.

Omdat hij tien minuten geleden zijn machete had weggegooid, mikte hij met de brede loop van zijn shotgun vlak boven de plek waar de liaan uit de harde grond kwam.

En toen aarzelde hij. Hij stond daar maar, met zijn geweer in de aanslag, hijgend van de inspanning, met zijn geschaafde handen en knieën en de krassen en insectenbeten die hij onderweg had opgelopen. Hij had regelmatig 's avonds met de jongens uit het dorp aan de lianen geslingerd; hij had er vertrouwen in dat ze sterk genoeg waren om hem van hier naar daar te krijgen. Maar in gedachten zag hij zijn plan totaal de mist ingaan. Sterker, hij kon zich niet voorstellen dat de komende vijftien seconden vlekkeloos zouden verlopen.

Een lang, agressief salvo van een automatisch geweer dat dertig meter achter hem uit de jungle opsteeg, hielp hem zijn aandacht op zijn aanstaande taak te richten. Hij vuurde met zijn shotgun op de liaan, die keurig scheurde, en greep hem met zijn vrije hand voordat hij van hem weg zwaaide. Haastig bevestigde hij met één hand de shotgun weer aan zijn rugzak en sprong in de lucht om de liaan zo hoog mogelijk vast te grijpen. Hij klemde hem met zijn geschaafde rode handen stevig vast, sloeg zijn benen eromheen en begon van de heuvel te zwaaien, over de enorme reptielen onder hem.

Hij zwaaide aan de liaan over de dichtstbijzijnde oever; over de slaperige krokodillen die zich langs de waterkant aan de zon laafden. De aanblik van de krokodillen, waarvan de meeste met hun bek opengesperd lagen te zonnen om hun lichamen met lucht te koelen, vormde een huiveringwekkend tafereel.

Hij trok een grimas van de inspanning maar hield zich stevig vast terwijl hij over het water scheerde. Zijn benen staken vooruit, zijn knieën omklemden de liaan en zijn blik concentreerde zich op de oever bij de brug waar hij wilde landen.

De liaan was soepel en groen en gezond; hij kon erop rekenen dat die hem naar de overkant zou brengen.

Maar dat gold niet voor de hoge tak waar hij aan hing. Op de plek waar deze tak aan een grotere tak vastzat, zat een termietennest. Zonder Gentry's acrobatische toer zou de tak het nog een jaar hebben uitgehouden, totdat met het regenseizoen ook de wind zou opsteken, die de tere tak zou afbreken.

Maar deze tak had geen jaar meer. Hij stond op het punt nu te breken.

Gentry's ergste scenario voltrok zich in twee fasen.

Als eerste gleed de liaan over de tak; hij zakte een klein stuk naar beneden. Court was ver weg van het vasteland en zweefde op hoge snelheid ruim drie meter boven het water. Hij hield zich nog altijd stevig vast maar bewoog zijn ogen met een ruk weg van zijn beoogde landingspunt en richtte ze op de plek boven hem waar de liaan aan de boom vastzat.

Net toen hij zijn opengesperde ogen op het punt in de hoogte had scherpgesteld, brak de boomtak krakend af.

Door zijn vaart en zijn vooruitgestoken voeten schoot Gentry omhoog en maakte op zes meter hoogte een volledige achterwaartse saldo. Toen de zwaartekracht het weer overnam viel hij, terwijl hij een doodskreet slaakte, met zijn gezicht naar beneden richting het water.

4

Gentry liet de liaan los; die zat hem nu alleen maar in de weg.

Hij viel op zijn buik in het water, zich bewust van het feit dat de krokodillen langs de beide oevers nu allemaal wakker, alert en boos zouden zijn.

Terwijl hij dieper wegzonk in de duisternis en de klap de lucht uit zijn longen had geperst, duurde het naar zijn gevoel te lang voordat hij zijn rugzak af kreeg. Met het ding nog op zijn rug zakte hij weg in de blubber; de rivier was hier maar twee meter diep. Nadat hij de rugzak af had weten te krijgen, trok hij de shotgun los. Zwemmen met een shotgun was belachelijk, maar hem hier in de modder achterlaten terwijl er boven zijn hoofd reptielen ter grootte van een vierpersoonskano rondzwommen, was gekkenwerk.

Nadat hij het wapen had gepakt zette Gentry zich tegen de bodem af om zo snel mogelijk aan de oppervlakte te komen en verloor daarbij een schoen. Terwijl hij met zijn hoofd boven water kwam, schopte hij de andere uit. Hij schudde zijn lange natte haar uit zijn ogen en zwom vijfentwintig meter terug naar de dichtstbijzijnde oever.

Hij zag voor zich twee grote krokodillen het water in glijden en zijn kant op zwemmen. De oever naast de plek waar ze het water in waren gegaan, was verlaten. Hij wist zeker dat hij een paar seconden geleden nog over een enorm exemplaar van vijf meter lang was gescheerd.

Court lag ruggelings in het water en trappelde als een bezetene terwijl hij zijn hoofd boven water hield en zijn wapen op de oever gericht hield. Hij zwom met een ongecoördineerde, halfslachtige rugslag waarmee hij niet zozeer door de efficiëntie maar vooral door de intensiteit waarmee hij werd uitgevoerd snelheid genereerde.

Normaal gesproken eten krokodillen geen levende prooien. In plaats daarvan doden ze hun prooi eerst door hem vast te klemmen tussen hun machtige kaken en hem dan tegen het water heen en weer te slaan om hem te verdrinken.

Maar Court wist dat hij, een breekbaar mens, niet door verdrinking zou sterven. De beet zou hem niet stante pede doden, maar zijn lichaam en zijn nek zouden breken door het heen en weer zwiepen of de klappen van de staart, waarna hij nog voordat zijn longen zich zouden vullen met het warme zwarte rivierwater in een levenloze lappenpop zou zijn veranderd.

De afstand tot de boot was twintig meter; hij zou rechtstreeks naar de wiebelende kano zwemmen en de oever vermijden, aangezien krokodillen over land nog sneller waren dan in het water. Hij dreigde overmand te raken door paniek; hij wist dat hij nog niet eens naar de rivieroever aan de overkant had gekeken om te zien hoeveel hongerige klotebeesten het water in gingen voor een snelle en makkelijke lunch van 85 kilo vers vlees.

In plaats daarvan concentreerde hij zich op het witte water dat hij met zijn trappelende voeten in beroering bracht.

Daar zag hij het. Het eerste grote beest had hem in het vizier; hij leek op een dikke grijze boomstronk in het schuimende water, totdat hij, op centimeters afstand van Courts tenen, zijn bek opensperde. Court slaakte een kreet van angst, spreidde zijn benen en hief de shotgun.

Klik.

Hij had nadat hij met een schot de liaan had losgemaakt geen nieuw patroon in de kamer gepompt.

Het reptiel stortte zich op hem.

Met de loop van het geweer ramde hij tegen de binnenkant van de bek van het beest. In de twee seconden dat hij gestopt was met watertrappelen begon hij naar de bodem te zakken, en terwijl hij daalde voelde hij de voorste klauwen van het dier tegen zijn been. Door de klap in zijn bek was de krokodil eventjes achteruitgedeinsd, een moment dat Gentry benutte om terwijl hij steeds verder naar de bodem zakte zijn 12-patroons shotgun te herladen.

Hij was nu geheel onder water, drukte zijn wapen omhoog tot hij de nek van het reptiel boven hem voelde en haalde de trekker over van het geweer dat hij met één hand vasthield.

Boem!

Door de terugslag zonk hij nog verder, diep genoeg om de zwiepende staart van het dier te ontwijken die op het wateroppervlak sloeg. Court draaide zich snel om en zwom een stukje parallel aan de rivierbodem in de richting van zijn boot. Hij kwam haastig weer aan de oppervlakte en deed terwijl hij zich omdraaide een nieuw patroon in de kamer, en ontdekte dat een andere krokodil het op hem had voorzien, die zijn bek al aan het opensperren was om hem in een dodelijke greep te nemen. Dit beest was hooguit drie meter lang maar niet minder gevaarlijk. Court velde het grijze monster met een schot tussen zijn ogen.

De knal van een shotgun was ongeveer te vergelijken met tien tegelijk afgevuurde kogels uit een .32 kaliber pistool. Zelfs voor een kolossaal reptiel zou een schot van zo dichtbij vrijwel zeker een fatale wond veroorzaken. Maar de laatste stuiptrekkingen van zo'n krachtig dier zijn net zo gevaarlijk als een gerichte aanval, en weer moest Court zich in het water in allerlei bochten wringen om op tijd weg te komen.

Hij begreep ook dat het verse bloed in het water binnen luttele seconden honderden piranha's zou aantrekken; om ontelbaar veel redenen was het noodzakelijk onmiddellijk uit het water te komen. Hij wierp de lege patroonhuls uit, laadde een verse in de kamer en zwom uit alle macht richting zijn kano.

Terwijl hij zijn kleine bootje onder de brug vastgreep, hoorde hij de eerste geweerschoten, die hij voorlopig echter negeerde. Met een vrije hand maakte hij de touwtjes los waarmee het afdekzeil aan twee kikkers vastgeknoopt zat. Hij gooide zijn wapen op het afdekzeil en hees zichzelf in de boot. De enorme opengesperde bek van een vier meter lange krokodil doemde achter hem in het water op en volgde zijn benen die over de rand van de kleine boot zweefden, maar de kaken klapten in het luchtledige dicht. Het beest hing met zijn voorpoten in de boot, en het bootje, waar Court in zat, dreigde onder het kolossale gewicht te kapseizen. Court pakte zijn shotgun en vuurde enkelhandig een aantal schoten in de nek van het reptiel, waardoor die achterwaarts het water in gleed.

Toen hij probeerde te herladen, merkte hij dat zijn geweer leeg was. Aangezien de rest van zijn munitie in de rugzak zat die op de bodem van de rivier lag, gooide hij zijn wapen aan de kant terwijl hij de rest van het afdekzeil loshaalde en in het water liet vallen. Een zoveelste langgerekt salvo wierp schuim in de boot, maar het wapen van de soldaat in de verte was leeg voordat hij de boot of de Amerikaan had kunnen raken.

Court liet zich op de bodem van de drieënhalve meter lange boot vallen, liet de schroef van de buitenboordmotor in het water zakken, zette hem aan en trok aan het koord.

De machine kwam tot leven, en Gentry dirigeerde zijn vaartuig zo snel als hij kon stroomopwaarts, weg van de schoten en de krokodillen en piranha's.

Nadat hij een minuut in oostelijke richting van de brug was weggevaren, hijgde hij nog steeds en hoestte rivierwater op. Toen hij naar beneden keek, zag hij dat zijn broek ter hoogte van zijn linkerdij was opengescheurd. Op de plek waar de eerste krokodil hem met zijn klauwen had gekrabd, prijkte een langgerekte, bloedende wond. Het was een vrij ernstige wond die op de diepste plekken gehecht zou moeten worden, maar hij wist dat hij er beter van afgekomen was dan hij eigenlijk verdiende. Hij huiverde bij de gedachte aan het prehistorische monster dat boven hem in het water had gelegen.

En toen slaakte hij een diepe zucht. Sloeg zijn blik neer naar zijn boot, en de rest van al zijn aardse bezittingen.

Een oude plastic zaklamp, een literfles mengsmering voor de buitenboordmotor, en een roestig harpoengeweer.

Dat was alles.

Court veegde het lange haar uit zijn gezicht, pakte met zijn andere hand het harpoengeweer, voerde de snelheid van de buitenboordmotor op en dirigeerde de boot richting Fonte Boa.

5

De mensenjager stond eenzaam in zijn hotelkamer, veegde het zweet van zijn voorhoofd en opende het raam van zijn op de tweede verdieping gelegen kamer om wat frisse lucht binnen te laten die, hoewel kouder dan de lucht in de bedompte kamer, naar rotte vis en ezelpoep stonk.

Hij onderdrukte de opwellende misselijkheid.

Hij zette zijn portofoon uit en gooide hem in zijn koffer. Hij had de rest van zijn kleding al ingepakt. Hij hoefde enkel de rits van zijn koffer te sluiten om deze smerige en zompige negorij achter zich te kunnen laten. Hij kon in tien minuten in de haven zijn en over de loopplank aan boord gaan van de stoomboot naar Coari. Over twee dagen zou hij een echte stad bereiken, al was dat in vergelijking met deze achterlijke vlek op de kaart slechts relatief. Na nog eens twee dagen zou hij Manaus hebben bereikt, waar hij als een olympische sprinter naar de luchthaven zou rennen en een vlucht naar Rio of São Paulo zou nemen om vandaaruit terug te vliegen naar Amsterdam.

Pas dan zou hij weer opgelucht adem kunnen halen. Hij zou een dag of twee de tijd nemen om zijn tulpentuin te fatsoeneren, en dan hergroeperen. Zijn doelwit weer opsporen.

Hij zou Court Gentry weer vinden. En de volgende keer, hield hij zichzelf vastberaden voor, zou hij een team huurlingen optrommelen die de operatie niet zouden verknallen.

Hij kon het nog altijd niet geloven. Zes van de twintig mannen waren gedood. Onder wie de AUC-commandant. Vijf waren verdomme bezweken aan bijensteken, en de zesde was in een van krokodillen krioelende rivier gelazerd. Dat meen je toch niet? De helikopters meldden dat de levenden met de doden op de terugweg waren naar de Colombiaanse grens.

En hem hier in zijn eentje achterlieten.

Klootzakken.

Er werd op de deur geklopt.

Er trok een rilling door de ruggengraat van de tweeënzestigjarige mensenjager. Hij wendde zich van het raam af en haalde de oude .32 kaliber revolver uit de leren holster onder zijn arm. Hij hief hem met bevende hand.

Langzaam en stilletjes liep hij met het wapen in de aanslag in vier passen naar de deur.

'Wie is daar?'

'Meneer? Heeft u hulp nodig met uw bagage?'

De mensenjager haalde de deur van het slot en verstopte de revolver achter zijn rug terwijl hij hem opendeed.

Hij slaakte een zucht van verlichting. Het was een van de kleine medewerkers van de balie.

'Nee. Ik red het wel.'

'Uitstekend, meneer. De boot vertrekt over twintig minuten.' De man knikte, draaide zich om en liep terug naar de gammele trap.

De mensenjager deed de deur dicht. Draaide hem weer op slot. Stopte zijn oude revolver terug in de holster terwijl hij zich omdraaide om zijn koffer dicht te ritsen.

Aan de andere kant van de kamer stond Court Gentry bij het raam, de man op wie hij nu al zoveel maanden jacht maakte. Gentry had een korte baard en langer haar dan op de foto's die de mensenjager had, maar hij was het wel degelijk. Hij droeg een geopend, nat en smerig crèmekleurig overhemd. Een bruine, met bloed besmeurde broek die ter hoogte van de dij gescheurd was.

Hij hield een harpoengeweer in zijn rechterhand.

De mensenjager slaakte van schrik een kreet en reikte naar de revolver in zijn schouderholster.

In de warme kamer weergalmde het luidruchtige mechanisme van een harpoengeweer dat werd afgeschoten. De mensenjager voelde zijn lichaam met kracht tegen de deur achter hem smakken; hij spreidde zijn armen wijd uit.

Pas toen hij zijn blik verlegde van zijn doelwit naar zijn eigen lichaam zag hij dat dat doorboord was door een lange, uit het wapen afkomstige harpoen. Hij zat ter hoogte van zijn buik vast in de deur. Het bloed uit de wond sijpelde langs de binnenkant van zijn benen naar beneden.

Nadat hij de tijd had genomen om te beseffen wat hem was overkomen, sloeg de mensenjager traag zijn blik op naar zijn doelwit. De Amerikaan gooide het lege harpoengeweer op het kleine tweepersoonsbed en stapte op hem af. De mensenjager klauwde met steeds minder kracht naar de revolver onder zijn arm.

De Gray Man pakte de hand van de mensenjager, tilde hem voorzichtig bij de holster vandaan en haalde de revolver eruit. Hij inspecteerde hem, haalde zijn schouders op en stak hem achter zijn rug in zijn broekband.

'Je zit al sinds Chili achter me aan, of niet soms?' De mensenjager was verrast door de zachtheid van de stem van de Amerikaan. Het leven van de Nederlander draaide al ruim een halfjaar uitsluitend om Court Gentry, maar hij realiseerde zich nu dat hij hem nog nooit had horen spreken, zich nooit had afgevraagd hoe zijn stem zou klinken.

De maagstreek van de mensenjager stond in brand. Zijn ledematen, zijn oogleden werden zwakker. Niettemin zei hij: 'Vanaf Quito.'

Court Gentry glimlachte. Zijn gezicht was nog altijd dicht bij dat van de mensenjager, hij sprak nog altijd zachtjes en vertrouwd alsof ze een gesprek voerden van vader tot zoon. 'Ik heb je in Ecuador niet gevoeld.' Hij fronste zijn wenkbrauwen. 'Dat was me de achtervolging wel, tussen jou en mij.'

De benen van de mensenjager begaven het, en hij schreeuwde het uit van de pijn die de harpoen in zijn buik veroorzaakte. De Gray Man pakte hem haastig vast, hield hem omhoog tegen de deur, verstevigde zijn greep in een poging de pijn iets te verzachten. De Amerikaan keek de mensenjager in de ogen. 'Je weet hoe het werkt. Mannen zoals ik. We kunnen er niets aan doen dat we zo zijn. Het is niet onze schuld. De man die je gestuurd heeft... hij wist wie ik was. Wát ik was. Hij is degene die je heeft vermoord. Niet ik.'

De mensenjager keek hem met een holle blik aan. Toch knikte hij flauwtjes.

'Als je vertelt wie het is, zet ik het hem betaald.'

Na een tijdje ging de mond open. Er stroomde een straaltje bloed langs de kin van de Nederlander. Hij deed een poging tot praten; hij produceerde een zwak geluid, maar geen woorden.

Court boog zich dichter naar de man toe.

De Nederlander vertrok zijn gezicht van de pijn; zijn ogen kwamen weer een beetje tot leven, vulden zich met hernieuwde concentratie. Hij wílde iets zeggen.

Eindelijk deed hij dat. Zo zacht dat Gentry zijn oor bijna tegen diens lippen moest drukken om het te kunnen verstaan.

'Sidorenko.'

Gentry deinsde terug. Ging rechtop voor de man staan. Knikte. Gregor Sidorenko, de Russische maffiabaas en Gentry's voormalige werkgever, was kennelijk nog altijd boos over het verraad van Gentry van het afgelopen voorjaar.

'Ik zal hem straffen voor het feit dat hij jou op me af heeft gestuurd. Je kunt nu rusten.'

Gentry trok de speer uit de deur, uit de man; de mensenjager voelde het niet eens, en voelde ook niet dat hij in bed werd gelegd. Hij zag hoe de Amerikaan hem op het bed legde, zijn benen een voor een optilde, zijn schoenen uittrok, maar van dat alles vóélde hij niets.

Hij wilde rusten. Zijn ogen sloten zich nog verder, en het laatste wat hij zag voordat hij ze helemaal dichtdeed, was hoe zijn doelwit zijn koffer doorzocht, zijn portemonnee en een verbanddoos en wat kleren eruit haalde en door de deur uit het zicht verdween.

De ogen van de mensenjager vielen dicht, en hij dacht aan zijn tulpen.

Hij zou ze voorlopig toch niet te zien krijgen, wat hij bijzonder jammer vond.

6

De achtendertigjarige majoor Eduardo Gamboa kwam langzaam naar de oppervlakte; zijn zwarte bivakmuts van synthetisch rubber, de zwarte waterbestendige verf op zijn gezicht, de zwarte duikbril en de zwarte ademautomaat in zijn mond hielpen allemaal om hem naadloos te laten opgaan in het donkere water dat om drie uur 's ochtends hier door Banderas Bay stroomde. Vijftig meter voor hem, tegen de achtergrond van het nachtelijke kunstlicht van de Malecon, de promenade die het centrum van Puerto Vallarta doorkruiste, dobberde een luxejacht van veertig meter lengte. Ten noordwesten van Gamboa's positie flakkerden de lichtjes van het hoteldistrict van PV als vuurvliegjes.

Het jacht heette La Sirena; het lag hier op zo'n tien kilometer uit de kust voor anker, ver weg van de vaargeul naar de haven en de jachthaven, maar dichtbij genoeg om de eigenaar en zijn entourage in staat te stellen te genieten van alles wat Puerto Vallarta te bieden had. Het was lang en rank en prachtig, met als kers op de taart een hypermoderne zwarte Eurocopter-heli die op de helipad boven het hoger gelegen achterdek stond. Maar Eduardo Gamboa had geen oog voor de stijl van het schip voor hem en concentreerde zich op de hoofdzaak. Zijn nachtzicht was na veertig minuten onder water te hebben doorgebracht optimaal. Met het blote oog zag hij twee bewakers die op het hoge zonnedek bij de boeg stonden. Hij vermoedde dat er aan de andere kant nog twee zouden zijn.

Langzaam verrees rechts van Eduardo een tweede hoofd uit het water. En toen nog een. Daarna drie mannen links van Eduardo. En nog eens twee direct achter hem.

Op vijftig meter afstand van La Sirena lagen in totaal acht duikers in het water. En na een hoofdknik van majoor Eduardo Gamboa lieten ze allemaal een beetje lucht uit hun trimvest ontsnappen en gleden tegelijk onder de oppervlakte en was het alsof ze er nooit geweest waren.

Gamboa en zijn manschappen waren lid van de GOPES, de Grupo de Operaciones Especiales, de elite-eenheid van de Mexicaanse federale politie. Maar deze acht dienders behoorden tot een elite binnen de elite waar slechts een enkeling het bestaan van wist. Ze waren gerekruteerd uit andere politie- en legereenheden en werkten onafhankelijk van de overige GOPES-leden. Ze vormden samen een speciaal aanvalsteam dat in het geheim werd aangestuurd door de procureur-generaal in Mexico-Stad.

Hun missie? Mexico's hoogste drugsbaronnen buitengerechtelijk executeren.

Hun doelwit die avond? De eigenaar van La Sirena, een zekere Daniel Alonzo de la Rocha Alvarez. In een wereld waar iedereen een bijnaam had, werd De la Rocha eenvoudig aangeduid met de initialen van zijn achternaam, DLR, in het Spaans uitgesproken als '*de, ele, ere*'.

DLR was de leider van Los Trajes Negros, de Zwarte Pakken, een van de belangrijkste criminele drugs- en ontvoeringsbendes van het land.

Vier minuten later kwamen twee leden van Gamboa's team bij de achtersteven van La Sirena weer boven water. Martin en Ramses hadden hun duikuitrusting, duikbrillen en zwemvinnen afgedaan en klommen behoedzaam via de trap naar het benedendek. Ze hadden Steyr TMP-machinepistolen met geluiddempers bij zich, die ze nadat ze de trap hadden bestegen en gehurkt verder liepen, in de aanslag hielden. Dankzij hun nachtkijkers konden ze de kombuis en de boeg aan de andere kant van het dek inspecteren. Na een paar tellen zei Ramses iets in zijn headset.

'Zijn nu aan boord en kiezen positie.'

Gamboa had met twee teamleden inmiddels de romp aan bakboordzijde bereikt. '*Entendido*,' fluisterde hij. *Begrepen*.

Een minuut later waren Martin en Ramses in stilte in het donker de ladder naar het helikopterplatform opgeklommen. Daarna gingen ze ieder aan weerszijden van de Eurocopter plat op hun buik liggen, met hun wapens op de vier bewakers gericht die op pakweg vijfentwintig meter afstand van hen op het zonnedek stonden. Martin en Ramses hadden de taak te voorkomen dat de aanwezigen aan boord zouden proberen tijdens de aanval te vluchten in de helikopter, en de bewakers te elimineren als hun commandant daartoe opdracht gaf. 'Team Eén, *listo*,' zei Ramses in zijn headset. *Paraat*.

'Entendido,' antwoordde Gamboa opnieuw, vanuit de zacht golvende baai. Hij trok tijdens het spreken zijn duikspullen uit. 'Team Twee, uitvoeren.'

'Uitvoeren,' luidde het antwoord, waarop drie mannen langs bakboordzijde via de ankerketting richting de vijftien meter boven hen staande bewakers klommen.

Twee minuten later stonden deze mannen aan boord en scanden met hun gedempte wapens de brug. 'Team Twee, listo.'

'Team Drie, *vamos*,' zei Gamboa, waarop hij en twee andere mannen zich druipend uit het water bij de achterste trap hesen, naar het bovendek klommen, langs een grote, met zeildoek afgesloten reddingsboot liepen en behoedzaam richting de neus van de boot begonnen te lopen. Ze bereikten de gang naar de kombuis en toen ze geluiden hoorden en in de grote kamer voor hen licht zagen, klapten ze hun nachtkijkers omhoog. Toen ze langzaam het vertrek in liepen, zagen ze twee bewakers die op een grote witleren bank naar het plasmascherm van anderhalve meter doorsnee zaten te kijken.

Gamboa koos de linker van de twee en schoot hem één keer door zijn hoofd toen hij op wilde staan. Het schot uit zijn gedempte wapen werd overstemd door een langdurig vuurgevecht op de tv.

De agent achter Gamboa schoot de bewaker aan de rechterkant drie keer in zijn borst; beide bewakers vielen achterover op de bank, waarbij hun vuurwapens uit hun handen vielen en het bloed uit hun lichamen zich over de bank verspreidde en in elkaar overliep.

De drie *federales* liepen nu snel door de kamer. Op de tv was een film te zien die Eduardo direct herkende: *Los Trajes Negros 2*, de tweede uit een zeer populaire reeks Mexicaanse films waarin de levenswandel werd geromantiseerd van Daniel de la Rocha, de man die iets verderop in de grote slaapkamer lag te snurken.

Arrogante *pendejo*, dacht Gamboa. Het kenmerkte de narcistische drugsbaron dat hij op zijn jacht een film vertoonde waarin zijn gruweldaden werden verheerlijkt. Gamboa liep met zijn mannen in zijn spoor door de kamer en betrad de gang naar de slaapkamer. Ze liepen langs twee andere gastenverblijven; ze zouden ze allemaal leeghalen als ze met De la Rocha hadden afgerekend, al verwachtten ze niet dat ze in gebruik waren. De achtenveertig uur waarin La Sirena in de gaten was gehouden, wezen uit dat Daniel aan boord slechts gezelschap had van een handvol lijfwachten en de bemanning van het schip.

Toen Team Drie zijn positie bij de deur naar de grote slaapkamer had ingenomen, bleef het daar wachten. Binnen een paar tellen kondigde Team Twee, dat zich een dek hoger bevond, aan dat ze buiten bij de hutten van de bemanning wachtten.

'Alle teams, over drie tellen in actie komen. *Uno... dos... tres.*'

Martin en Ramses vuurden vanaf het helidek met hun Steyrs ieder twee gedempte schoten af in de hoofden van de bewakers op het zonnedek.

Team Twee opende de deuren van zowel de hutten van de bemanning als het verblijf van de kapitein; één man hield zijn wapen op het bed van de kapitein gericht, twee anderen deden het licht aan in de bemanningshutten en hielden de acht mannen onder schot die daar naar verwachting lagen te slapen.

Team Drie, aangevoerd door majoor Eduardo Gamboa, trapte de deur van de grote slaapkamer in. Ze hadden de zaklampen aangedaan die onderaan de lopen van hun machinepistolen waren bevestigd, maar ontdekten dat de kamer al baadde in het licht. Het plasmascherm van bijna anderhalve meter stond ook hier aan; op dit scherm was een interview met Daniel de la Rocha te zien. Hij sprak tegen een verslaggever die buiten beeld stond. Gamboa negeerde het scherm en haastte zich naar het kingsize bed. Een grote bult onder de deken was zijn doelwit.

Maar voordat hij met zijn wapen in de aanslag, klaar om te vuren, het bed had bereikt, trok een stem rechts van hem zijn aandacht.

'Welkom aan boord van La Sirena, majoor Eduardo Gamboa.' Het was de stem van De la Rocha. Gamboa keek geschrokken naar boven. Het hoofd van DLR verscheen in beeld en keek Gamboa aan. Hij zat ogenschijnlijk in een studio, gekleed in een van zijn vele onberispelijke zwarte maatpakken. 'Een door de overheid gestuurde moordenaar, hier om me uit de weg te ruimen. *Dios mio!*' Het knappe gezicht op het scherm zei het met een flauwe glimlach; zijn zwarte achterovergekamde haar, ringbaard en dunne snor glommen; hij hield Gamboa ogenschijnlijk met zijn blik gevangen.

Eduardo keek achterom naar de deur naar de gang. Zijn twee mannen keken met grote ogen naar het tv-scherm.

De majoor hoorde Team Eén in zijn oortje. 'Alle vier de doelwitten uitgeschakeld.'

En daarna Team Twee. 'Majoor... de meeste bedden zijn leeg. Er zijn hier slechts drie mensen. Geen *capitán*.'

En daarna sprak De la Rocha via het tv-scherm de verbijsterde federale agent weer toe. 'Sta me toe je een vraag te stellen, majoor Gamboa. Als jij voor de federales werkt en de federales bij mij op de loonlijst staan, wat betekent dat dan voor jouw positie, en die van je mannen?'

Gamboa keek naar de bult in bed, trok met een gehandschoende hand het dekbed weg.

C4 kneedbare springstof, minstens vijftig kilo in blokken, met elkaar verbonden en voorzien van een rode ontsteker. '*¿Qué chingados?*' mompelde Gamboa. Wat krijgen we nou?

'Weet je het antwoord al? Je dood! Jij en je kloteteam zijn hartstikke *muerto,* pendejo!'

Eduardo Gamboa wendde zich van de bom af, drukte op de knop van zijn portofoon. 'Het is een valstrik! Iedereen van boord!'

Eduardo's mannen draaiden zich voor hem om en begonnen de gang door te rennen. Hij rende achter hen aan; ze hadden net de salon bereikt, waren net het tv-scherm gepasseerd waarop de misdaden van Daniel Alonzo de la Rocha Alvarez werden bewierookt, toen er achter hen een lichtflits oplaaide. Ze werden verzwolgen door de hitte van vuur, en lieten in de spectaculaire explosie aan boord van het dertig miljoen dollar kostende vaartuig het leven.

Op honderd meter afstand van het wrak van zijn prachtige La Sirena lag Daniel de la Rocha in het water. Hij wachtte geduldig tot Emilio en Felipe, zijn twee lijfwachten, de reddingsboot hadden opgeblazen en hem aan boord hesen. Toen ze alle drie in de kleine boot zaten, gooiden ze hun duikuitrusting weg die ze hadden gedragen vanaf het moment dat ze uit de houten reddingsboot op het bovenste dek waren gekropen en het water van Banderas Bay in waren gegleden. Het was ze gelukt honderd meter te zwemmen voordat de vier mannen die op het zonnedek waren achtergebleven werden doodgeschoten, voor Daniel het teken dat het tijd was om de waterbestendige afstandsbediening te gebruiken waarmee hij zowel zijn dvd-speler in werking stelde als de bom op scherp had gezet.

Nu keek hij net als zijn mannen naar de vlammen op het wateroppervlak. Hij hoopte dat de plaatselijke blusboot snel ter plaatse zou zijn om de drie overlevenden te redden. Daniel wist dat hij na zijn gewelddadige verzet tegen de federales als een levende martelaar door het leven zou gaan; na een maandenlange voorbereiding had hij eindelijk de vruchten van dit moment kunnen plukken.

Hij zou La Sirena missen, zonder twijfel. Maar het schip was verzekerd, zijn Eurocopter was verzekerd, net als een groot deel van de kunstwerken die niet eens aan boord waren. Het was hoe dan ook tijd voor iets groters. Hij had een paar maanden geleden een vijftig meter lang juweel gezien in Fort Lauderdale en hij had zijn mensen direct aan het werk gezet om de eigenaar aan te moedigen het schip te verkopen.

Brigadier Martin Orozco Fernandez en brigadier Ramses Cienfuegos Cortillo dobberden in het zwarte water. Beide mannen waren gewond; Ramses had brandwonden op zijn benen die in het zoute water zouden gaan bijten op het moment dat de adrenaline in zijn lichaam voldoende was gezakt om hem ze te laten voelen, en Martins linkerpols was gekneusd, wat de dik tien kilometer lange zwemtocht bijzonder zwaar zou maken. Maar ze waren uitstekende zwemmers, en hun wetsuits hadden luchtkamers. Ze zouden niet verdrinken.

Maar dat luchtte hen niet bepaald op. Want de rest van hun team was gesneuveld, en ze waren overduidelijk door hun superieuren in de val gelokt, die zich ergens aan de kust ophielden waar ze op dit moment naartoe zwommen. Er waren slechts een paar mensen op de hoogte geweest van de aanval deze avond, en Martin en Ramses wisten dat in elk geval een van hen De la Rocha had ingeseind.

7

Over het algemeen hield Court wel van busstations in derdewereldlanden. Daar kon hij zonder dat hij zelf in de gaten liep mensen begluren, in zijn eentje in een donker hoekje gaan zitten en zich laven aan de ervaringen van anderen. Zijn persoonlijke situatie, het feit dat vele uitermate gevaarlijke figuren het op zijn leven hadden voorzien, dwong hem tot een solitair bestaan, een afstandelijke en wantrouwende houding jegens andere mensen. Om die reden deed de zevenendertigjarige Amerikaan zijn kennis over het alledaagse leven, familie en relaties op uit de tweede hand, vaak in busstations. Keek hoe een vader zijn ondeugende kind een standje gaf, keek naar een knuffelend en lachend jong stel, een oude man die alleen zat te eten. Court leefde al vijf jaar op deze manier, de tijd waarin de voormalige CIA-agent op de vlucht was voor de Central Intelligence Agency. Maar hoe extreem het ook mocht zijn, Courts leven bestond al zo lang als hij het zich kon herinneren uit het in eenzaamheid observeren van andermans levens.

Er waren negen dagen verstreken sinds Brazilië; hij had sindsdien uitsluitend over land gereisd – op de fiets, per bus en te voet door Centraal-Amerika. Hij was nooit langer dan zes uur op een plek gebleven. Hij zat nu op een busstation in Guatemala-Stad en wachtte op een bus die hem naar de in het noorden gelegen jungle zou brengen, in de buurt van de grens met Mexico en Belize.

Hij had inmiddels wat geld, zij het niet veel. Hij had in El Salvador de revolver van de mensenjager verkocht, en had nog wat euro's over die hij uit de portemonnee van de Nederlander had gehaald. Maar hij had in Panama tweedehands kleding gekocht en een groene juten tas om alles in te vervoeren. Dat had bij elkaar, samen met wat eten en buskaartjes, niet veel gekost en hoewel Gentry vrijwel niets nodig had, zou het echter niet lang duren voordat hij in geldnood zou komen.

In de wachtkamer hing in een hoek een zwart-wittelevisie aan de muur. Er was een vanuit Mexico-Stad uitgezonden talkshow te zien waarin transseksuelen elkaar van alles toeschreeuwden. Court schonk weinig aandacht aan de tv; hij concentreerde zich in plaats daarvan op de oude man die achter een bord met rijst zat. Het was deze man die de vieze vloer sopte en vluchtig de toiletten van het busstation afnam; de Amerikaanse moordenaar zat hier lang genoeg om de man aan het werk te hebben gezien. De beheerder zat nu in het café aan een tafeltje in zijn eten te roeren, sabbelde op de rijst omdat hij niet voldoende tanden had om het op een andere manier naar binnen te werken. Moest hij de hele nacht doorwerken? Was er iemand die 's ochtends thuis op hem wachtte?

Court merkte dat hij een leven van de man bij elkaar fantaseerde dat grote gelijkenissen vertoonde met dat van hem.

Court rekende er niet op zo oud te worden als de man, wat hem op een merkwaardige manier geruststelde omdat hij niet oud én eenzaam wilde worden.

Het dorp in de Amazone had hem de ogen geopend. Court was er na vijf maanden onophoudelijk reizen neergestreken. Een paar weken in Rio, een paar weken in Quito, telkens een paar dagen in tientallen andere plaatsen. Gedurende al die tijd overwoog hij ermee op te houden: die gedachte spookte voortdurend door zijn hoofd. Hij dacht dat hij een plek wilde vinden om zich te vestigen, een baan vinden, met mensen om te gaan die zijn ware identiteit uiteraard niet kenden maar wel wisten dat hij iemand was, wat in schril contrast stond met reizen, waar hij door zijn omgeving niet werd opgemerkt en niemand hem kende.

En het dorp in de Amazone had hem dit allemaal gegeven. De mensen waren vriendelijk en niet al te nieuwsgierig. De sobere levensstijl had hem geholpen zich beter te concentreren en vanaf het moment dat hij in de afgelopen aprilmaand door Caracas was getrokken had hij zijn verslaving aan pijnstillers die hij had overwonnen stukje bij beetje verder achter zich gelaten. Op het moment dat hij in de Amazone neerstreek was hij al twee maanden afgekickt, en dankzij de voortdurende fysieke arbeid en het door niets anders dan Gods natuur gestichte gevaar was zijn lichaam de banale trivialiteiten zoals het verlangen naar een door een pil veroorzaakte ontspanning snel vergeten.

Maar dit had ook een keerzijde. Hij was tot het inzicht gekomen dat de dingen waar hij naar had verlangd – stabiliteit, relatieve veiligheid, regelmaat – hem niet tevreden hadden gesteld. Hij vond het vreselijk om te moeten toegeven, maar toen de jonge Mauro naar hem toe was gekomen om hem te vertellen dat de mensenjager was aangekomen, had hij een ontegenzeggelijke golf van opluchting door zijn lichaam voelen trekken.

Actie. Adrenaline. Een doel.

Court Gentry vond het niet prettig, maar kon het niet langer ontkennen. Na het dorp in de Amazone, na de absurde opluchting van de aanval door met soldaten gevulde helikopters, was hem één ding duidelijk geworden.

Court Gentry was de Gray Man, en de Gray Man leefde voor dit soort shit.

Court had met zijn hoofd tegen de vettige muur en zijn voeten op zijn tas op een plastic stoel gezeten. Maar hij stond op om zijn rug te strekken, om de bovenste spieren in zijn linkerschouder te masseren en aan te spannen; het littekenweefsel van een door een pijl veroorzaakte wond dat daar aangroeide moest hij dagelijks goed oprekken om het soepel te houden.

De kleine tv zond het avondjournaal uit, waar Court halfslachtig naar luisterde zonder naar het scherm te kijken. Terwijl hij zich vooroverboog en zijn armen om zijn eigen lichaam sloeg om de spieren onder zijn schouderbladen te rekken, ving hij lukraak wat woorden op.

De woorden 'Puerto Vallarta' trokken zijn aandacht niet, net zomin als de woorden 'jacht' of 'ontploffing'.

Maar bij het horen van het Spaanse woord '*asesinato*' draaide hij zijn hoofd om. Hij was beroepshalve altijd geïnteresseerd in berichten over moordaanslagen.

Hij keek naar de beelden van een smeulend jacht in de oceaan die een helikopter bij zonsopgang had geschoten. Gevolgd door een afbeelding van een knappe Latijns-Amerikaanse man in een onberispelijk driedelig zwart pak. De nieuwslezer meldde dat de man Daniel de la Rocha heette, die naar verluidt het doelwit was van een door de Mexicaanse federale politie geïnitieerde moordaanslag. Hoewel Court niet alles begreep, kreeg hij wel mee dat De la Rocha de aanslag had overleefd en dat de agenten die het jacht hadden gebombardeerd allemaal om het leven waren gekomen.

Wauw, dacht Court. Die hadden het goed verkloot. Waarom wilden ze het jacht opblazen? Waarom hadden ze die klootzak niet gewoon aan land te grazen genomen?

Het beeld veranderde opnieuw, er verscheen nu een statige foto van een man in een politie-uniform met een Mexicaanse vlag op de achtergrond. Hij had een fraai hoofddeksel op, medailles aan zijn uniform en de gelaatsuitdrukking op zijn gladgeschoren gezicht was ernstig en streng.

Court kantelde zijn hoofd heel lichtjes. Knipperde twee keer. Vertrok tijdens het kijken voor de rest geen spier.

Terwijl de nieuwslezer doorpraatte met de foto van de man in beeld, concentreerde Gentry zich op de woorden, richtte zich op de grammatica en deed zijn uiterste best te begrijpen wat er werd gezegd.

'Bronnen beweren dat majoor Eduardo Gamboa van de special operations group van de federale politie de leiding had bij de aanslag op Daniel de la Rocha. Zoals vermeld zijn Gamboa en zijn manschappen bij de ontploffing op het jacht om het leven gekomen, net als vier lijfwachten van DLR en drie bemanningsleden van La Sirena. Enkel De la Rocha en twee van diens handlangers hebben het overleefd.'

Eduardo Gamboa. 'Eduardo Gamboa.' Court fluisterde het zachtjes. Diens beeltenis maakte plaats voor een reclame die mobiele telefoonabonnementen aanprees, maar Court zag het gezicht van de man nog altijd voor zich.

'Eduardo Gamboa.' Hij zei het zachtjes nog eens. Daarna zei hij: 'Eddie.'

Court knipperde nog eens, begroef zijn bebaarde gelaat in zijn handen en dacht terug aan de maand die hij in de hel had doorgebracht.

LAOS
AUGUSTUS 2000

Vier in legergroene poncho's gehulde soldaten trokken de Amerikaan uit de laadruimte van de vrachtwagen en duwden hem door de storm voort over het modderige pad. Onderweg naar de houten hut struikelde hij een keer: hij liep dankzij zijn geboeide handen en voeten minder snel dan zijn begeleiders wenselijk vonden, en het feit dat hij op blote voeten in een lang, doorweekt ziekenhuisgewaad liep, maakte het niet bepaald eenvoudiger om op de gladde stenen zijn evenwicht te bewaren. Een Laotiaan porde hem met zijn oude SKS-geweer in de rug en spoorde Court aan door te lopen. Toen hij eenmaal op de overdekte veranda van de hut stond, liet Court zich op zijn knieën vallen, maar zijn bewakers hesen hem weer overeind en lieten hem, hoewel de deur niet op slot zat, daar wankelend staan. Terwijl hij daar stond te wachten wiegde hij heen en weer op de stormachtige wind; eindelijk lieten ze hem het gebouwtje betreden.

Terwijl de soldaten hun poncho's uittrokken en aan haakjes te drogen hingen, kwam er een officier vanachter zijn bureau vandaan en ontgrendelde een deur die toegang gaf tot een trap die naar een donkere kelderruimte leidde. Court waggelde opnieuw, viel bijna om, maar de sterke handen op zijn rug en schouders leidden hem de smalle trap af. Onderaan werd een volgende deur ontgrendeld, Gentry werd op een bakstenen vloer geduwd en zijn handboeien gingen af. De vier soldaten maakten een ijzeren cel open en duwden hem naar binnen.

Hij liet zich in zijn cel in een hoek vallen, de metalen traliedeur viel met een melodieus geluid in het slot waarna hij in zijn natte ziekenhuisgewaad achterbleef. De soldaten sloten de kelderdeur met een ferme dreun, draaiden hem op slot en bestegen de trap.

Gentry was op beschimmeld zaagsel terechtgekomen; hij spuugde de hap die in zijn mond was terechtgekomen uit terwijl hij op zijn zij ging liggen. Hij opende zijn ogen en had moeite de ruimte in zich op te nemen. Naast hem op de grond lag een opgevouwen babyblauwe pyjama; hij kon hem amper zien. Uit een ventilatorrooster hoog boven hem in de muur viel een zwak lichtschijnsel naar binnen; de plek waar Gentry op de grond lag werd heel zwak verlicht, maar de rest van de ruimte bleef in het duister gehuld.

Hij kon geen centimeter verder kijken dan zijn arm die uitgestrekt op het zaagsel lag.

'Shit,' mompelde Court voor zich uit. 'Fucking geweldig.'

'Engels?' Een van hoop vervulde mannenstem klonk voor hem uit de duisternis, van binnen de tralies, op misschien drie meter afstand van Courts neus.

Gentry antwoordde niet.

Na een tijdje hoorde hij beweging, het geluid van iemand die rechtop ging zitten, kleding die tegen de stenen muur schuurde.

'Spreek je Engels?' Het accent was Amerikaans, met wellicht een buitenlandse invloed.

Court negeerde de vraag.

De stem in de duisternis sprak verder. 'Ik zit hier nu twee weken. Heb de eerste paar dagen gezocht naar camera's en afluisterapparatuur. Geloof me, zo modern zijn die pendejos niet.'

Court ging langzaam zitten en leunde met zijn rug tegen de muur. Hij knikte in het donker. Haalde zijn schouders op. 'Ik spreek Engels.' Hij was verbaasd over hoe slap en raspend zijn eigen stem klonk.

'Amerikaan?'

'Ja.'

'Ik ook.'

Court zei: 'Je klinkt vreemd.'

De onzichtbare stem grinnikte. 'Geboren in Mexico. Op mijn achttiende naar de States gekomen.'

'Dan ben je ver van huis.'

'Ja. En jij? Wat heb jij op je geweten waardoor je hier zit?'

'Ik weet niet echt waar "hier" is.'

'We zitten in een legerkamp op een paar uur ten noordwesten van Vientiane, waar ze buitenlandse heroïnesmokkelaars dumpen. Het is geen officiële gevangenis; er is geen rechter of een rechtszaak of zoiets als het Rode Kruis. Ze brengen de smokkelaars hierheen om ze te ondervragen, om hun de namen van hun leveranciers te ontfutselen, en als ze zeker weten dat ze alles uit ze hebben geknepen, brengen ze ze over naar een werkkamp waar ze wegen moeten aanleggen tot ze er dood bij neervallen. Ze zeggen dat als het regenseizoen over drie weken voorbij is en de wegen weer begaanbaar zijn, iedereen die hier zit naar de werkkampen wordt gebracht.'

'Klote,' zei Court nadat hij nog een keer had gehoest.

'Hoeveel dope had je bij je toen je werd gepakt?'

Court sloot zijn ogen en liet zijn hoofd tegen de koude bakstenen muur rusten. Hij haalde zijn schouders op. 'Ik ben geen smokkelaar.'

'Tuurlijk niet, *homes*. Het was natuurlijk één groot misverstand.'

'In werkelijkheid moest ik een of andere DEA-eikel redden die door de klootzakken die hier de lakens uitdelen in de kraag was gevat.'

Een uitzonderlijk lange stilte. Daarna opnieuw gegrinnik. Gevolgd door een uitbundige lach die in deze zwarte kerker volstrekt misplaatst klonk. Daarna het geluid van beweging in het donker. In het schemerlicht bij Courts gezicht kwam een man met een baard in beeld. Hij had een Mexicaans uiterlijk, leek achter in de twintig en een paar centimeter kleiner dan Court. Hij droeg een babyblauwe pyjama, en de huid rond zijn twee ogen werd ontsierd door oude blauwe plekken die zelfs in het donker nog zichtbaar waren. Hij stak zijn hand uit. 'Eddie Gamble. DEA, Phoenix Field Office, op speciale missie voor de Bangkok Field Division.'

Court schudde de hand slapjes. 'Hé, Gamble, hoe staat het met die speciale missie van je?'

'Hoe staat het met die van jou, *ese*?'

Court glimlachte; zijn kaakspieren deden pijn. 'Niet beter dan met de jouwe, denk ik.'

'Dus je bent hier om me te redden?'

Gentry knikte.

Eddie Gamble veegde een insect van zijn voorhoofd. 'Komt nu het gedeelte waarin de rest van je team aan touwen naar beneden komt zeilen en we allemaal met jetpacks hier vandaan vliegen?'

Court keek naar het plafond. 'God, wat hoop ik dat.' Er gebeurde niets. Hij keek Gamble weer aan. Haalde zijn schouders op. 'Zo te zien niet.'

Eddie vroeg: 'Voor wie werk je?'

'Kan ik niet zeggen.'

'Ik ben bevoegd om op de hoogte te zijn van staatsgeheimen.'

'Dat doet het altijd goed bij de vrouwtjes, niet dan?' zei Gentry schertsend; hij inspecteerde met zijn ogen die inmiddels aan de schemering gewend waren de cel, en zag niets dan een emmer om te schijten, een watertrog en wat gescheurde dekens.

'Ik bedoel… ik weet zeker dat je me mag vertellen voor wie je werkt.'

'Sorry, makker. Ik heb een geheimhoudingscode.' Een geheimhoudingscode hield in dat alleen mensen die die code wisten bepaalde informatie mochten horen.

'Ik wed dat dat het nog beter doet bij de vrouwtjes.'

'Ongetwijfeld, als ik ze het kon vertellen, maar dan zouden ze eerst de code moeten weten.'

Gamble moest om deze opmerking en de hele toestand lachen. 'Je komt me redden maar je kunt me niet vertellen voor wie je werkt?'

'Je wordt gezocht door je makkers van de DEA. Ik was toevallig in de buurt, min of meer, en heb van mijn mensen de opdracht gekregen poolshoogte te gaan nemen.'

'En toen?'

Court haalde zijn schouders op. 'Pech. Ik werd ziek. Ik ben tijdens een ontmoeting met mijn contactpersonen van mijn stokje gegaan en wakker geworden in het ziekenhuis. Ik had alleen een verblijfsvergunning; mijn papieren waren ontoereikend voor een ziekenhuisopname, dus hebben ze de politie erbij gehaald. In hun ogen vonden mijn papieren al helemaal geen genade, dus kwam de militaire inlichtingendienst erbij. En omdat zij in feite hun kont hebben afgeveegd met mijn papieren, zit ik nu hier.'

Gamble stak zijn arm uit en legde zijn hand op Gentry's voorhoofd. 'Ben je gestoken door muggen?'

'Ik ben ongeveer anderhalve week geleden de Mekong overgestoken. Die kutbeesten hebben me helemaal lek gestoken. Waarschijnlijk krijgen ze in deze contreien niet vaak wit vlees voorgeschoteld.'

'Rugpijn, zere spieren, buikkrampen, duizeligheid?'

'Vermoeidheid, pijnlijke gewrichten, braakneigingen,' maakte Court zijn lijst klachten af.

'Je hebt malaria,' zei Eddie ernstig.

'Bedankt, dokter, maar daar was ik zelf al achter.'

Gamble keek Gentry langdurig aan voordat hij zei: 'Bro, dat staat in een oord als dit gelijk aan een doodvonnis. Je hebt medicijnen nodig. Schoon water. Fatsoenlijk eten waar geen *cucarachas* in rond krioelen. Dat ga je hier niet krijgen.'

Court haalde zijn schouders op. 'Ik red me wel.'

Eddie stond snel op, zo snel dat Court ervan schrok. Gamble liep naar de tralies en begon de bewakers bovenaan de trap te roepen. Court verstond er geen woord van. De bewakers kwamen niet naar beneden, en na een tijdje ging een zichtbaar boze Eddie weer zitten.

'We moeten je naar het ziekenhuis zien te krijgen.'

'Ze hebben me net uit het ziekenhuis gehaald, weet je nog.'

'Pendejos!'

'Wat betekent dat?'

'Het is Spaans voor klootzak.'

Court knikte. 'En sprak je net in het Laotiaans tegen de bewakers?'

'Thais. Niet helemaal hetzelfde, maar goed genoeg voor overheidsklusjes.'

'Ik dacht dat een DEA-agent met een Mexicaanse achtergrond wel naar Latijns-Amerika zou worden uitgezonden. Als je Thais spreekt, kom je kennelijk hier terecht.'

'Ik kom overal. Voor deze klus heb ik zes jaar bij de marine gezeten, in de Teams. Ik ben overal geweest en heb her en der wat talen opgepikt.'

'De Teams? Je zat bij de SEALs?

'Team Drie.'

Court knikte zo respectvol als hij kon met zijn hoofd tegen de muur geleund. 'Je zit hier nu twee weken. Je had inmiddels al ontsnapt kunnen zijn en een week lang strandmeiden aan de kust kunnen neuken en al thuis kunnen zijn voordat die tijd was verstreken.'

Gamble verstijfde in het donker. Court wist dat de man de suggestie dat hij slap was niet kon waarderen. 'Natuurlijk kan ik hier weg. Elke ochtend komen twee bewakers naar beneden om me naar de ondervragingsruimte te brengen. Ik zóú hun nekken kunnen breken. Ik zóú een pistool kunnen buitmaken en naar de garage kunnen rennen. Ik zóú in een oogwenk een auto aan de praat kunnen krijgen. Ik zóú dwars door de poort kunnen rijden en naar de Mekong vluchten.'

'Maar je blijft hier vanwege het lekkere eten?'

Het ongeloof viel van Gambles gezicht af te lezen. 'Bro... ik zit bij de DEA. Ik ben geen SEAL meer, en ik ben al helemaal geen geheim zwaargewicht met geheimhoudingscode zoals jij. Ik kan niet zomaar lukraak een paar Laotiaanse militairen omleggen.'

Court knikte langzaam. Voor hem golden heel andere regels, maar dat zou hij tegenover Eddie niet toegeven.

Gamble vroeg: 'En jij? Wat is jouw achtergrond? Ik bedoel, je bent niet geboren met een geheimhoudingscode, of wel soms?'

'Ik ben alles wat aan deze klus voorafging vergeten.'

'Shit, de CIA houdt haar agenten wel kort zeg, niet dan?'

Court hapte niet. Gaf niet toe dat hij van de CIA was.

Gamble wachtte eventjes en zei toen: 'Oké. Een naam dan? Je hebt toch wel een naam?'

Weer haalde de zieke, tegen de muur geleunde Amerikaan zijn schouders op. 'Mijn dekmantel is verraden. Verzin maar een naam. Welke je maar wilt.'

Gamble schudde zijn hoofd. Haalde zijn schouders op. 'Oké, amigo. In dat geval denk ik dat ik je maar Sally noem.'

Court lachte tot hij zowat stervend van de pijn hijgend en hoestend in foetushouding rolde.

8

Gentry's gedachten verlieten het verre verleden in Laos en keerden terug naar het hier en nu, en hij keek naar het graf van Eduardo Gamboa met verse, droge aarde rond de steen gedrapeerd.

Majoor Gamboa was acht dagen geleden overleden, het had nog drie dagen geduurd voordat zijn stoffelijk overschot uit de Stille Oceaan was geborgen, dat eergisteren ter aarde was besteld, maar nu al was het witte houten kruis ontsierd door verf uit spuitbussen.

Hijo de puta! Hoerenjong.

Cabrón. Bok, tevens een Spaans scheldwoord vergelijkbaar met klootzak.

Pendejo. Eddie zelf had Court de betekenis van dit woord uitgelegd dat nu op zijn laatste rustplaats prijkte.

Court spande van woede zijn kaakspieren aan. Hij begreep het niet. Wie kon er nou in hemelsnaam boos zijn op Eddie? Er zaten kennelijk meer haken en ogen aan het verhaal dat hij in een *torta*-kraampje via de radio had opgevangen. Hij had naar een twee minuten durende uitleg over het bombardement van het jacht geluisterd, waarin Eduardo Gamboa opnieuw werd aangeduid als de overleden aanvoerder van de missie.

Hij twijfelde er niet aan. Eduardo Gamboa was de man die hij als Eddie Gamble had gekend.

Court had Eddie na Laos niet meer gezien of gesproken. Hij had geen idee dat de DEA-man was teruggekeerd naar Mexico, iets wat hem hogelijk verbaasde. Waarom zou iemand in godsnaam de Verenigde Staten verlaten om hier de strijd aan te binden met drugskartels en een corrupte overheid? Waren er in de VS niet al voldoende criminaliteit en andere ongein om Eddie tevreden te houden?

Het leek allesbehalve een noodzakelijk uitstapje.

Toen Court de berichtgeving over Eddies dood zag, was hij op weg geweest naar Tampico, aan de kust van de Mexicaanse golf. Hij had gehoord dat er daar in de zeehaven veel Europese vrachtschepen aanmeerden, en hij wilde een manier vinden om naar het Oostblok af te reizen om de confrontatie te zoeken met zijn voormalige werkgever Gregor Sidorenko en hem, de man die het inmiddels, net als de CIA, op zijn leven had voorzien, te vermoorden.

Maar na het tweede nieuwsbulletin uit Puerto Vallarta was alles veranderd. Dat vermeldde dat majoor Gamboa zou worden begraven in zijn geboorteplaats San Blas, een kustplaats op negentig minuten ten noorden van de plaats waar hij was overleden.

Court dacht dat nu hij toch al zo dichtbij was, op slechts een dagtocht per bus, hij hem op z'n minst de laatste eer moest gaan bewijzen.

Dus daar stond hij dan, in een met rotsen bezaaid heuvellandschap op bijna drie kilometer afstand van de Stille Oceaan. De steile dodenakker waardoor hij werd omringd werd gedomineerd door goedkope, uit dunne staalplaten, linoleum, plastic en beton opgetrokken mausoleums. Tussen deze grotere grafmonumenten stonden minder opvallende grafstenen, voorzien van kaarsen, plastic standbeelden, en her en der rondslingerende nepbloemen. Dikke iguana's lagen op gebarsten rotsen te zonnen of zaten elkaar achterna tussen de enorme bananenbomen die lukraak uit het lange gras omhoogschoten. Terwijl hij neerkeek op de laatste rustplaats van zijn oude vriend wapperde Gentry's lange haar door de warme middagbries voor zijn ogen.

Hij vroeg zich al kijkend naar de met verf aangebrachte leuzen af: waarom waren alle mensen in deze buurt zo boos op Eddie?

LAOS
2000

Eddie Gamble had goed gezien dat het militaire strafkamp Ban Nam Phuong geen plek was voor een man met malaria. Courts allesbehalve goede conditie verslechterde met de dag waarop hij het stellen moest met slecht eten, een koude vloer vol zaagsel en een totaal gebrek aan hygiëne. Zijn missie om Eddie te redden was vanaf het moment dat hij bij hem in de cel werd gegooid verkeken, maar nu was het Eddie die wanhopige pogingen deed 'Sally' te redden.

Court werd elke dag de trap op gehesen, over de kleine compound naar een houten barak gesleept, waar hij voor een bureau op de grond werd gegooid en werd ondervraagd door twee Laotiaanse legerofficieren die amper Engels spraken en met een schuin oog naar de Muay Lao-vechtsportwedstrijden bleven kijken die op een kleine tv tegen de muur werden uitgezonden. Om hun zieke en dorstige gevangene extra te tergen dronken de mannen vers water uit grote plastic flessen. Ze vroegen hem keer op keer hoe hij het land was binnengekomen en wie hij allemaal had gesproken, en nog tientallen andere vragen zonder ook maar het flauwste vermoeden van doen te hebben met een Amerikaanse medewerker van een geheime dienst. Court gaf nergens antwoord op, vroeg slechts om medicijnen en een deken en een kussen en wat drinkwater.

De ondervragers weigerden dat elke dag.

Afgezien van een paar klappen met de vlakke hand op het hoofd werd hij niet fysiek mishandeld, maar ze gebruikten zijn ziekte tegen hem door hem te laten weten geen medicijnen te krijgen zolang hij geen bekentenis zou afleggen.

En elke dag werd hij weer terug naar beneden gebracht, in het zaagsel gesmeten, waarna Eddie aan de beurt was om zijn opwachting bij de luie ondervragers te maken.

Na een week was Gentry's fysieke gesteldheid dermate achteruitgegaan dat hij amper nog naar de metalen emmer kon kruipen die dienstdeed als het gezamenlijke toilet voor hem en Eddie. Eddie begon voor zijn 'redder' te zorgen, hielp hem zijn behoefte te doen en hem na afloop met water schoon te spoelen, en gaf hem zelfs de helft van zijn dagelijkse rantsoen van aardappelen, beschimmeld brood en knolraap, af en toe aangelengd met een klein kannetje van dierenbotten getrokken koude jus. Gamble koelde Gentry's koortsaanvallen door diens rode voorhoofd voortdurend te koelen met een natte sok en wreef over zijn armen en benen als de rillingen kwamen opzetten. Gentry protesteerde tegen alles wat voor hem werd gedaan en spoorde de DEA-agent voortdurend aan zich te concentreren op zijn eigen ontsnapping uit het kamp.

Court was te slap geworden om zijn lichaam te kunnen aansturen, maar dankzij zijn goedgetrainde hersenen was hij het vermogen plannen te bedenken niet verloren. 'Luister, Eddie. We zitten waarschijnlijk maar een paar kilometer van de Mekongrivier en de Thaise grens. Als je hieruit ontsnapt, heb je een kans om naar huis te komen. Maar als ze ons naar een werkkamp sturen, zitten we in de bergen, op weken afstand van de beschaving, van een grensovergang. Als je niet ontsnapt voordat we naar dat kamp worden afgevoerd, is de kans verkeken.'

Eddie schudde slechts zijn hoofd. 'Ik laat je niet hier achter, en ik laat je ook niet in je eentje naar een werkkamp gaan. Dat overleef je niet.'

'Ik ben al ten dode opgeschreven, gast. Je moet je concentreren op wat er nog wel mogelijk is. Je móét hieruit ontsnappen.'

Maar Eddie was eigenwijs; hij bleef zijn verzwakte celgenoot verzorgen en deed geen poging zelf te ontsnappen.

Aangezien ze tweeëntwintig uur per dag in elkaars gezelschap verbleven en verder niets omhanden hadden, praatten Eddie en Court honderduit. De dialoog werd beperkt door Courts weigering ook maar iets over zichzelf prijs te geven, maar Eddie was een kletskous. Hij praatte over zijn jeugd in een klein plaatsje aan de kust in Mexico, zijn reis als illegale vluchteling naar Texas, zijn onzekere jaren als lid van een Chicanobende in Riverside, Californië, en daarna zijn besluit om zich bij het leger aan te sluiten en Amerikaans staatsburger te worden.

Omdat zijn vader visser was had Eddie zich aangesloten bij de marine, maar hij kwam al snel tot de ontdekking dat hij zijn leven niet op een boot wilde slijten. Hij doorstond de SEAL-selectie en blonk uit tijdens de zware training, verwierf daarmee respect van het kader en zijn directe collega's. Na tweeënhalf jaar voorbereidende training en vier jaar bij Team Drie zwaaide hij af bij het leger en ging aan de slag bij de Drug Enforcement Administration. Hij had in zijn tijd in Zuid-Californië een hekel gekregen aan drugs en drugsdealers, en hij werkte voornamelijk undercover op plekken overal ter wereld.

Twee weken nadat hij naar de Ban Nam Phuong-gevangenis was gebracht lag Court, die gek dreigde te worden van de koortsrillingen, te luisteren naar Eddie die maar doorging over zijn kleine zusje Lorita, hoe erg hij haar miste en hoe vreselijk hij het vond haar te hebben moeten achterlaten in het kleine vissersdorp waar ze na zijn verhuizing naar de VS waren opgegroeid. Courts gedachten dwaalden af van Gambles levensverhaal en richtten zich op het probleem waarmee hij geconfronteerd werd. Hij spande zich tot het uiterste in om zich alles te herinneren wat hij dagelijks zag als hij uit zijn cel werd gehaald en door het kamp naar de ondervragingshut werd geleid. Het regende altijd; de banden van de vrachtwagens en de jeeps waren diep in de zompige onverharde wegen weggezakt, er liepen ongeveer twintig bewakers rond, bewapend met AK-47's en SKS'en van Chinese makelij.

Af en toe zag hij andere gevangenen, meestal Hmong – een etnische minderheid die al decennialang werd dwarsgezeten door de Pathet Lao, de Laotiaanse communistische regering. Deze mensen hadden zich waarschijnlijk net zomin als Gentry bezondigd aan het dealen van heroïne; ze waren gewoon in aanvaring gekomen met de plaatselijke communisten en betaalden daar nu de prijs voor.

Terwijl hij Eddies onophoudelijke woordenstroom probeerde te negeren – inmiddels had hij het erover dat hij als hij eenmaal vrij was dat wilde vieren door zichzelf een nieuwe Fordpick-up cadeau te doen – kreeg Gentry een ingeving. Hij begon meteen de beren op de weg af te vinken, probeerde gaten in zijn plan te schieten. Die waren er: sommige kon hij met kleine tactische aanpassingen dichten, andere moest hij openlaten. Een waterdicht plan bestond niet; na vijf jaar actieve dienst was hij daar door schade en schande inmiddels achter gekomen.

Gentry's hoofd draaide op volle toeren, en Gamble ratelde maar door over zijn familie. 'Ik stuur twee derde van wat ik verdien naar mijn vader en moeder, al sinds mijn aanmelding. Maar nog steeds zou ik willen dat ik meer voor Lorita kon doen. Ze is nu negentien en een geweldige meid; als je mij ziet, is het moeilijk te geloven hoe mooi ze is. Ik wil haar naar de States laten komen, maar dat wil ze niet. Ze wil gaan studeren en daarna daar een baan zoeken.'

Eddie zweeg, lang genoeg voor Court om hem in het zeldzame moment van stilte aan te kijken. 'We moeten hier weg zien te komen, Sally. Er zijn thuis te veel mensen die op me rekenen.'

'Jij gaat naar huis. Dat beloof ik je.'

'Ik laat je niet in de steek, amigo. Dat heb ik je gezegd.'

Court veranderde van onderwerp en volgde zijn gedachtegang. 'Hé, jij zei toch dat je wist hoe je een auto zonder sleutel kan starten?'

Eddie was verbaasd over deze wending in het gesprek, maar hij kwam op zijn armen overeind en glimlachte breed van trots. 'In Riverside noemden ze me Snelle Eddie omdat ik elke auto binnen een minuut aan de praat kreeg.'

Gentry knikte. 'Snelle Eddie. Kun je het nog steeds?'

'Ja. Zo lang is het niet geleden. Waarom wil je dat weten?'

'Gewoon, nieuwsgierig.' Court hield het daarbij. Hij ging weer door met het uitbroeden van zijn plan.

9

'Señor?'

Court schrok van de vrouwenstem achter hem, die hem wegtrok uit die nacht in het hooggebergte van Laos en hem terugvoerde naar de warme, winderige middag aan de Mexicaanse kust.

Ze sprak zoals verwacht in het Spaans, in een dialect dat Gentry met moeite verstond. 'Als u iets wilt schrijven, wilt u dat dan nu doen zodat ik eroverheen kan schilderen? Ik wil daar later vandaag liever niet voor terugkomen. Het is voor iemand in mijn toestand een hele wandeling naar de weg.'

Court draaide zich naar de vrouw om. Ze stond iets lager achter hem, onderaan de heuvel op de onverharde weg die naar de kasseienweg naar San Blas voerde.

Ze was alleen, had haar donkere haar in een paardenstaart gebonden, haar witte katoenen jurk werd beroerd door de wind. Ze had een klein verfblik en een kwast in haar handen en over haar schouder hing een grote tas.

Ze was een ongeveer vijfendertigjarige schoonheid.

En hoogzwanger.

'Het spijt me,' antwoordde Court in het Spaans. Hij liep de heuvel af naar het onverharde pad. 'Ik dacht dat ik deze man kende. Maar ik had het mis.' Hij wilde de vrouw met een minieme hoofdknik passeren zonder haar aan te kijken, maar ze versperde hem de weg. Ze keek hem met geheven hoofd en rechte schouders uitdagend aan.

Court bleef staan.

'Wie zoekt u? Het is maar een klein dorp. Ik weet zeker dat ik vrijwel alle families ken die hier begraven liggen.' Het was duidelijk dat ze wist dat hij loog, en op basis van haar verbaasde gelaatsuitdrukking wist Court dat zijn accent haar aandacht had getrokken.

Hij aarzelde. Zijn leugen was doorzien, het had geen zin er nog eentje op te dissen.

Schouderophalend zei hij: 'Ik kende Eddie. Ik was in de buurt. Het leek me gepast om even langs te gaan. Sorry. Ik moet een bus halen. Het spijt me.' Toen hij haar weer wilde passeren, ging ze opnieuw voor hem staan.

'Eddie? U bent Amerikaan?' Ze was overgeschakeld naar het Engels.

'Ja.' Ze bleef op haar hoede; ze glimlachte of knikte niet. Maar langzaam stak ze een kleine hand uit, die Court schudde. 'U bent Eddies echtgenote?'

'Ik ben Elena. Sí, ik was Eddies vrouw.'

'Ik ben Joe.' Hij verzon de naam ter plekke.

Hij nam de vrouw even in zich op. 'Eddie zou vader worden?' Hij sprak de woorden huiverend uit.

'Hij gáát vader worden. Van een jongen.'

Hij zweeg. Knikte enkel.

'Zat je samen met Eduardo bij de marine?'

'Nee.'

'Ah, de DEA dan?'

'Nee.'

Er verschenen denkrimpels op de gelaatstrekken van haar karamelkleurige huid. 'Jullie kenden elkaar dan uit Californië of zo?'

Hij aarzelde. Hij had er een hekel aan de mensen de waarheid te vertellen. Dat paste niet bij zijn werkwijze. Hij besloot niet in detail te treden en terwijl hij naar het graf keek zei hij: 'Je echtgenoot heeft lang geleden mijn leven gered, en daarbij zijn eigen leven op het spel gezet. Meer kan ik je eigenlijk niet vertellen.'

Hij voelde dat ze hem langdurig aankeek. Twee keer keek hij haar vluchtig aan en beide keren zag hij dat ze naar zijn gezicht keek; beide keren wendde hij zijn hoofd af naar het graf.

Ze glimlachte. Zei: 'Volgens mij heeft hij vele levens gered. Hier en in de Verenigde Staten. Hij was een goed mens.'

'Het spijt me oprecht...'

'Ben je hier voor de herdenking?'

'De herdenking?'

'Morgen vindt er in Puerto Vallarta een herdenkingsdienst plaats voor de acht agenten die in de baai zijn omgekomen. We verwachten dat veel plaatselijke bewoners hun de laatste eer zullen komen bewijzen. Ben je er ook bij?'

Gentry aarzelde. 'Ik zou er heel graag bij zijn. Maar ik moet weer verder.'

'Dat is jammer.' Elena leek hem niet te geloven, waaruit Court opmaakte dat haar bullshit-detector behoorlijk goed stond afgesteld. 'Ik moet het kruis opnieuw schilderen.' Ze liep de heuvel op en knielde, onvast door de verandering van haar zwaartepunt. Terwijl ze het verfblik openmaakte, keek ze over haar schouder en reikte hem glimlachend een nieuwe uitnodiging aan. 'Je moet nu wel met me mee naar huis. Eduardo's hele familie is daar, een aantal vrienden, en de familieleden van drie mannen die ook zijn gesneuveld. Iedereen is bij ons thuis voor het eten vanavond; we gaan 's ochtends gezamenlijk naar de herdenkingsdienst. Eddies vader en moeder zullen het heel erg leuk vinden een vriend van Eduardo uit de Verenigde Staten te ontmoeten.'

'Ik zou willen dat ik er de tijd voor had, maar ik kan maar beter weer terug naar...'

'Je hebt zo'n eind gereisd. Jij en Eduardo waren vrienden. Wat zou hij zeggen als hij me van boven gadeslaat en ik je niet eens bij mij thuis zou uitnodigen en je in ruil voor al die moeite een maaltijd zou aanbieden?' Ze knielde en ging aan de slag alsof hiermee de zaak was geregeld – ze schilderde de in het zwart gespoten leuzen over met hagelwitte verf.

Court wilde weer tegenstribbelen, maar hij kon niet ontkennen dat een goeie maaltijd er wel in zou gaan. Met zijn laatste contanten zou hij nog net naar Tampico kunnen reizen en onderweg op straat een paar tortas of taco's kopen. Hij vond het bovendien ongepast het aanbod van Eddies vrouw af te slaan.

Hij gebaarde naar de graffiti. 'Wie doet zoiets?'

'*Cabrones*,' zei ze, en ze keek Court toen aan met een verontschuldigende glimlach op haar gezicht. 'Gewoon mensen die fan zijn van Daniel de la Rocha.'

'Die drugsbaron heeft een fánclub?' vroeg Court ietwat verbouwereerd.

'O, ze zeggen dat hij een eerlijk zakenman is. Ze zeggen dat hij in deze buurt veel goede dingen heeft gedaan. Ze zeggen dat mijn man handelde zonder toestemming. Maar Eduardo wist alles van De la Rocha; hij zou niet achter hem aan zijn gegaan als hij een eerlijk man was geweest.' Ze maakte haar werk af. Een paar felwitte spetters waren op de gebarsten bruine aarde onder de steen gevallen. 'We zullen hem een mooie grafsteen geven. Als het bekladden voorbij is. Nu is het nog niet de moeite waard.' Toen stond ze op. Ze liet Court het blik verf en de kwast dragen, en ze begonnen gezamenlijk naar de uitgang van de begraafplaats te lopen.

LAOS
2000

Vliegen en kakkerlakken en ratten wisten de weg naar de in de kelder gelegen cel te vinden; daar zorgde de warme, weeïge stank van menselijke uitwerpselen wel voor. Court verzwakte met de dag: hij was sinds het vertrek uit het ziekenhuis tien kilo afgevallen, en zijn huid was droog en ruw vanwege een gebrek aan vocht en vitamines. Behalve zijn dagelijkse gang naar de hut waar hij werd ondervraagd, kreeg hij geen lichaamsbeweging, geen daglicht en geen frisse lucht. Aan het einde van de tweede week zeiden de ondervragers tegen Eddie dat hij en zijn medegevangene over drie dagen naar een werkkamp zouden worden gebracht. Eddie eiste weer op hoge toon dat zijn celgenoot in het ziekenhuis zou worden opgenomen of in elk geval medicijnen tegen de malaria zou krijgen, maar de Laotianen toonden geen enkel mededogen met een jonge westerse drugssmokkelaar. Eddie ontstak in razernij, viel zijn ondervragers aan en stopte pas toen de bewakers zijn hoofd met de kolven van twee SKS-geweren begonnen te bewerken. Hij werd bewusteloos en met een dik bebloed verband om zijn achterhoofd weer naar de kelder gebracht. Toen werd Court naar boven gezeuld voor zijn 'sessie'.

Toen Court te horen kreeg dat hij zeer binnenkort naar een werkkamp in het noorden zou worden overgebracht, verraste hij zijn ondervragers. 'Oké, ik ben klaar met deze onzin. Ik zal jullie de namen geven van mijn contactpersonen in Vientiane en hun bankrekeningnummers, ik zal jullie vertellen waar we het spul oppikken en hoe we het over de Mekong Thailand binnensmokkelen.'

De beide mannen maakten hun blik los van de Muay Lao-wedstrijd op de tv en keken de uitgemergelde, van het zweet doorweekte man tegenover hen aan.

'Ja. Vertel op, nu!' zei de oudste van de twee.

'Nee, het lijkt me beter dat ik alles opschrijf. Dan begrijpen jullie het beter.'

Ze knikten beiden.

'Maar ik wil een paar dingen van jullie.'

'Wat dan?' Het verse wantrouwen dempte de euforische uitdrukking van de mannen.

'Mijn vriend is gewond. Ik wil dat zijn hoofd wordt verbonden. Zorgvúldig verbonden.'

De oudste maakte een handgebaar. 'Geen probleem.'

'Ik wil een warme, droge deken. Ik wil een fles van dat water van jullie.' Hij wees naar een plastic tweeliterfles die op tafel stond. Weer knikten de ondervragers. 'Nog meer?'

'Nou, papier en iets om mee te schrijven lijkt me ook wel handig.'

De bewakers verbonden Eddie terwijl Court in de buurt in de cel lag en hun met zijn breekbare stem en slappe gebaren aanwijzingen gaf en hen aanspoorde meer gaas en meer tape te gebruiken. Aanvankelijk probeerde Eddie ze weg te duwen en beweerde dat de bult achter op zijn hoofd niet hoefde te worden verbonden om te genezen. Maar Court drong aan, en uiteindelijk gaf Eddie zich gewonnen en stond toe dat Court zich ontfermde over zijn medische verzorging.

Court had een schrijfblok en een pen en een schone wollen deken, en maakte gedurende de middag en de avond notities. Tijdens de nacht maakte hij de waterfles open en dronk het water grotendeels zelf op, en gunde de man die hem in leven had gehouden de laatste paar slokken. Eddie nam de fles aan en leegde hem gretig, maar pas nadat Court hem had verzekerd voldoende te hebben gedronken.

Toen hun dagelijkse eten werd gebracht, had Court een verrassing voor Eddie. 'Ik pik al je eten in.'

'Nee, je krijgt van mij de helft. Te veel schijten boven die emmer kost heel veel calorieën, amigo.'

'Luister, ik heb vandaag een beetje extra energie nodig.' Court zei het terwijl hij de twee metalen borden naar zich toe trok.

'Hoezo? Wat ben je van plan?'

'Ik heb liever niet dat je het weet, voor het geval het mislukt. Dat is misschien beter voor je.'

Eddie keek bezorgd. 'Kom op, Sally. Je bent niet in staat überhaupt iets te proberen. Ik ga vandaag wel met de bewakers praten; als ze denken dat jij ze iets gaat vertellen en ik voer ze nog wat desinformatie, komen ze misschien wel over de brug met die medicijnen die je nodig hebt.'

'Nee... Het is me niet om medicijnen te doen. Het gaat om onze ontsnapping.' Court begon van beide borden te eten. Eddie staarde hem hongerig aan. Tussen de hapjes kool en de slokjes jus door zei Court: 'O ja, nog iets, ik heb al je verband nodig.'

Zonder dat hij wist wat er in godsnaam aan de hand was, begon Eddie langzaam het gaasverband en de tape van zijn hoofd te halen en gaf beide aan Court.

Het daaropvolgende halfuur lag Court op zijn zij onder zijn deken, met zijn rug naar zijn medegevangene. Eddie bleef maar vragen wat er stond te gebeuren, maar zijn celmaat gaf geen antwoord.

De bewakers kwamen om Eddie naar de verhoorlocatie te brengen. Terwijl ze wegliepen, riep Court: 'Zeg ze dat ik een andere pen nodig heb. In deze zit geen inkt meer. Als ze hem kunnen brengen voordat ik naar boven ga, heb ik mijn lijst af.'

Eddie keek hem langdurig aan voordat hij de boodschap overbracht. Het was duidelijk dat hij begreep dat er iets stond te gebeuren, een vooruitzicht waar hij eerder bezorgd dan opgewonden van raakte.

Toen de deur achter Eddie en de twee bewakers dichtviel, kroop Court met alle kracht die de fles water en zijn dubbele rantsoen hem gegeven hadden naar de celdeur. Hij haalde de pen tevoorschijn die hij de vorige dag had gekregen, brak hem doormidden en haalde het inktreservoir uit het plastic omhulsel. Hij stak zijn armen door de tralies, stak de bal van de pen in het slot en ging op gevoel met een onvaste maar geoefende hand de tuimelaars af. Hij had al meerdere dagen achtereen met het slot gespeeld als Eddie sliep, had met stengels stro het binnenwerk afgetast om zijn geheimen te ontdekken. Met behulp van een van de afgebroken stukken plastic draaide hij de cilinder. Hij had dit tijdens zijn training voor het Autonomous Asset Development Program van de CIA in Harvey Point letterlijk duizenden keren gedaan, en dit slot was eigenlijk veel eenvoudiger te bedwingen dan de meeste sloten die hij tijdens zijn training had gebruikt.

De celdeur was in enkele seconden open.

10

Court wandelde bijna twee kilometer met Elena door San Blas; hoewel het zweet op haar lichtbruine huid parelde, leek de vrouw totaal geen hinder van haar zwangerschap te ondervinden. Ze liepen langs restaurants, het busstation; ze slenterden langs zwerfhonden die op het dorpsplein lagen te slapen, kippen die op een vuilnisbelt naar insecten scharrelden. Elena boog af naar het zuiden en kocht op een markt een paar zakken yams en mango's. Court had vragen voor haar; hij kon zichzelf niet inhouden. Hij ontdekte dat ze uit Guadalajara kwam, Eddie had ontmoet toen hij daar werkte als DEA-agent en dat ze vlak voordat hij weer naar Mexico terugging om zich bij de Policía Federal aan te sluiten, vijf jaar geleden, met elkaar getrouwd waren. Omdat zij geen naaste familie had, hadden ze in San Blas een huis gekocht om in de buurt van zijn familie te zijn.

Court en Elena verlieten de markt en liepen door een smalle, groezelige steeg die Calle de Canalizo heette. Hoewel de weg onverhard was, stonden er achter de hekken redelijk grote huizen, en na een paar minuten lopen betrad Elena een openstaand hek. Court liep achter haar aan de korte oprit op, naar een uit grijze betonblokken opgetrokken huis van twee verdiepingen, omzoomd door bougainvilles en wijnranken. Eddies huis. Te midden van een aantal plaatselijke bewoners renden en speelden een paar honden; mannelijke en vrouwelijke politieagenten in gele poloshirts en met wapenstokken aan hun riem struinden over de oprit in de voortuin.

Op de oprit stond een grote, zilveren Ford F-350 Super Duty-pick-up. Hij was uitgerust met getinte ramen, een rek met schijnwerpers, een grote lier op de neus, veel chroom en een verweerde sticker van de Amerikaanse marine op de achterruit. Zonder twijfel Eddies auto, dacht Court. Hij herinnerde zich zijn voorliefde voor grote Fordpick-ups, en de aanblik van dit voertuig stemde hem droevig.

Elena leidde hem de eenvoudige woning in. In de woonkamer zat en stond een tiental mensen met elkaar te praten, boven het geluid van luide accordeonmuziek die uit een stereo op de grond kwam. Court stond achter Elena toen zij een ouder stel begroette; hierna stelde ze hen voor als de ouders van haar echtgenoot, Ernesto en Luz. Omdat ze geen Engels spraken, stelde Court zich in het Spaans voor als een oude vriend van hun zoon uit de Verenigde Staten.

Luz Gamboa was een kleine en gezette zestiger met een breed gezicht met daarop een vriendelijke glimlach en tegelijk een intens droevige oogopslag. Haar echtgenoot, vijf jaar ouder wellicht, was langer en slanker en had een gezicht vol diepe, donkere rimpels. Zijn jarenlang door zilt gelooide huid vormde het bewijs van zijn leven op een kleine vissersboot in de Stille Oceaan in de bijbehorende wind en zon. Hij leek enigszins verbaasd dat deze Amerikaan zijn opwachting maakte in de woonkamer van zijn overleden zoon, maar de twee mannen schudden elkaar de hand, en Ernesto verwelkomde 'Jose' in San Blas.

Elena gaf de spullen die ze op de markt had gekocht aan een zestienjarige jongen, een neef van Eduardo, zoals ze hem voorstelde, waarna de jongen naar de achterkant van het eenvoudig gemeubileerde maar ruime huis verdween. Toen leidde de zwangere vrouw de Amerikaan rond, stelde hem voor aan ooms en tantes van Eduardo, een paar neven en nichten, twee broers en diverse vrienden uit de buurt.

Cesar Gamboa, een van Eddies ooms, duwde Court een koud flesje Pacificobier in de hand en keuvelde in de gang aan de achterkant van het huis over koetjes en kalfjes, terwijl Elena verdween om nog meer gasten te verwelkomen. Tijdens het gesprek bestudeerde Court de foto's die in de gang hingen. De muren waren versierd met foto's van Eddie en Elena's bruiloft. Court herinnerde zich die brede grijns uit Laos – hij vond het destijds opzienbarend dat die kerel onder die omstandigheden zo'n glimlach tevoorschijn kon toveren. Er hingen ook een paar foto's waarop Eddie poseerde met een witharige Amerikaan op een vissersboot. Op een van de foto's torsten ze samen een enorme marlijn. Zongebruind, zonnebrillen, en een brede glimlach op beide gezichten.

Daarna bestudeerde hij de ingelijste foto's waarop een veel jongere Eddie te zien was in het gezelschap van zijn SEAL-team. De mannen poseerden met hun wapens. Eddie zag er onwaarschijnlijk jong en fit uit, en hoewel de rest van de mannen op de foto een kop groter was dan de Mexicaanse Amerikaan, oogde Eddie Gamble op zijn gemak en was duidelijk 'de aanvoerder'.

Elena tikte Court van achteren op de schouder. Toen Court zich omdraaide stond hij oog in oog met de man die hij zojuist samen met Eddie op de foto met de marlijn had gezien. Het was een kleine man van in de zeventig die een blauwe pet van de Amerikaanse marine droeg.

Fuck, dacht Court. Een gringo.

Elena schakelde over naar het Engels. 'Joe, ik wil je graag voorstellen aan een van Eddies beste vrienden, Capitán Chuck.'

'Chuck Cullen, veteraan van de Amerikaanse marine,' zei de oude man terwijl ze elkaar de hand schudden. Zijn lange en ferme handdruk was duidelijk intimiderend bedoeld; zijn oogopslag was zonder meer argwanend. Hij was oud, maar slank en afgetraind en hij zag eruit alsof hij bijzonder goed op zijn gezondheid lette.

Elena ging verder, wellicht omdat ze een antenne had voor het initiële wantrouwen dat de twee mannen voor elkaar voelden. 'Jose was een vriend van Eduardo.'

Op Cullens gerimpelde zongebruinde gezicht verscheen een zuinige glimlach. 'Nou, iedere vriend van Eddie is ook mijn vriend,' zei Cullen, al zag Court dat hij het niet meende. Court dacht aan zijn eigen verschijning en wist dat hij te veel op een roadie van een heavymetalband leek om bij een oud-marineofficier van in de zeventig respect af te dwingen. Met onverholen argwaan vroeg Cullen: 'En hoe heb jíj Eddie eigenlijk leren kennen?'

'Ik heb hem ontmoet toen hij bij de DEA zat.'

'Dus zit jij ook bij de DEA of heeft hij je een keer gearresteerd?' vroeg Cullen glimlachend, alsof hij een grapje maakte, maar Gentry voelde dat de oude man het 'langharig tuig' dat voor hem stond met argwaan opnam. Cullen wilde weer iets zeggen, ongetwijfeld een volgende afkeurende opmerking, maar Elena kwam tussenbeide.

'Dat was ik haast vergeten. Kom, Joe, ik wil je aan nog een paar andere mensen voorstellen. Jullie kunnen onder het eten verder praten.'

Ze liepen het kleine stukje door de smalle gang naar de keuken. Hier was een handvol vrouwen van diverse leeftijden bezig met het avondeten; ze gebruikten elk beschikbaar oppervlak in de kleine keuken om groenten en fruit te snijden, bier koud te zetten, in grote pannen soep en rijst te roeren, en vers brood uit de oven te beboteren. Twee van hen werden voorgesteld als Eddies tantes, een andere als zijn schoonzus.

Een vrouw met kort zwart haar stond bij de gootsteen zoete aardappelen te wassen; ze droeg een schort en stond met haar rug naar Court en Elena, maar draaide zich om om Eddies vrouw een vraag te stellen.

Courts blik vond de hare, en hij kon zijn ogen onmogelijk van haar afwenden. Ze was mooi, erg mooi zelfs, maar niet zoals Elena. Ze was kleiner, had een koffiekleurige huid die iets donkerder was dan die van Eddies vrouw. Haar grote, fonkelende bruine ogen gingen deels schuil achter een pony die ze uit de weg blies terwijl ze haar handen afdroogde. Ze was wat lichaamsbouw en houding betrof bijna jongensachtig, en onder haar eenvoudige witte blouse, waar een handgestikte bloem op prijkte, ging een gespierde schouderpartij schuil.

Elena zei: 'Dit is Jose uit *los Estados Unidos*. Joe, dit is...'

Court maakte haar zin af. 'Eddies zus, Lorita,' zei hij zacht, respectvol. Hij zag de gelijkenis met zijn oude vriend. Hij werd overspoeld door een golf aan herinneringen aan de weken in de met stront bedekte Laotiaanse cel. Eddie had non-stop over haar gepraat, en het enige waar hij sinds zijn vlucht naar de Verenigde Staten spijt van had gehad, was dat hij het jonge meisje had achtergelaten. Hij stuurde het grootste deel van zijn karige soldij terug naar huis en ondersteunde op afstand zijn ouders en zusje, maar het was pijnlijk geweest om te zien dat hij duidelijk het gevoel had het kind in de steek gelaten te hebben door haar in San Blas achter te laten.

Lorita had haar handen aan een lap afgeveegd en stapte op hem af; ze schudde Courts hand, en hij voelde haar priemende blik. Hij mompelde in het Spaans dat hij een oude vriend van haar broer was. Hij vond dat zijn woorden stom klonken.

Ze sprak in het Engels tegen hem. 'Het is lang geleden dat iemand me nog Lorita heeft genoemd. Ik heet Laura. Aangenaam kennis te maken.'

'*Igualmente.*' Court zei 'insgelijks' in het Spaans, om aan te geven dat ze in haar moedertaal verder kon praten als ze dat wilde.

'Zat je samen met Eduardo bij de marine?' vroeg ze, maar Elena greep snel in.

'Hij kan niets zeggen over hoe hij Eduardo heeft leren kennen. Een of andere geheime missie, denk ik.' Ze knipoogde naar Court. Er sprak droefenis uit haar ogen, maar ook een soort samenzweerderige speelsheid.

Court knikte, en zei: 'Het is een tijd geleden. Hij was een geweldige kerel.'

Laura knikte. 'Ja.'

Hij keek haar in de ogen en betrapte zichzelf erop dat hij terugdeinsde. Om haar een plezier te doen schakelde hij over op het Spaans. 'Ik heb... veel tijd met Eddie doorgebracht. Hij had het vaak over je. Toen was je nog heel jong, denk ik.' Hij wilde nog iets zeggen, maar er schoot hem niets origineels te binnen. 'Hij had het vaak over je.'

Ze glimlachte aanvankelijk, maar binnen een paar tellen vernauwden haar ronde ogen zich tot spleetjes en liep ze rood aan. Ze begon te huilen.

'*Lo siento,*' – het spijt me – zei ze met een gegeneerde glimlach. Ze pakte haar schort waarmee ze haar tranen droogde, en verliet toen haastig de keuken.

Elena negeerde deze emotionele uitbarsting, ze was alweer in beweging gekomen en de zoete aardappelen in de gootsteen aan het wassen.

Court stond nu in zijn eentje in het midden van de keuken en durfde geen stom woord meer te zeggen.

Verdomme, Gentry.

LAOS
2000

Court bleef met de waterfles in zijn hand tien minuten met zijn rug tegen de muur zitten, naast de deur die toegang gaf tot de trap. Hij had de lege waterfles gevuld met pluis van de wollen deken en het verband dat om Eddies hoofd had gezeten en had de buitenkant omwikkeld met een stuk deken dat hij met het medische tape had vastgeplakt. Als gevolg van deze inspanning dreigde hij in slaap te vallen. Hij verzette zich daar uit alle macht tegen. Hij begon net in te dommelen toen hij iemand de trap af hoorde komen.

Snel stond Gentry op. Hij ademde de bedompte lucht in, vermengd met de geur van zijn eigen uitwerpselen, vulde zijn longen met de zuurstof die hij nodig had om hem de energie te geven om hem door de aanstaande gebeurtenissen te loodsen.

De deur ging open. Er stapte een bewaker met een pen doorheen. Terwijl hij de deur sloot en vervolgens constateerde dat de gevangene zich niet in de cel bevond, bleef hij staan.

Court Gentry kwam achter de deur tevoorschijn, stortte zich op de man die hij van achteren beetpakte en werkte hem met behulp van zijn eigen lichaamsgewicht tegen de grond.

Court ging op zijn knieën zitten. Pakte met twee handen het hoofd van de verbaasde soldaat, tilde het op en smakte het met geweld tegen de stenen grond. Eén, twee, drie keer.

De jongeman stierf met zijn ogen open. Court viel boven op hem neer. Volkomen uitgeput.

Een paar tellen later stak hij zijn blote voet naar achteren en duwde de deur dicht. Toen hij eindelijk voldoende hersteld was, haalde hij het Type 77-pistool van Chinese makelij uit de holster van de Laotiaan. Het was geladen met krachteloze 7.65 x 17-patronen, waar Gentry zijn leven niet graag onder zou verwedden, behalve in omstandigheden zoals die waar hij zich nu in bevond. Hij kroop terug over de vloer, weerstond een opkomende diarree-aanval die zich tijdens het bewegen in zijn darmen aankondigde, en bereikte eindelijk de deur en zijn waterfles. Hij stak de loop van het wapen in de flessenhals, vergewiste zich ervan dat hij zo stevig mogelijk klem zat en probeerde toen op te staan.

Dat lukte niet. Het ontbrak hem aan zowel de energie als het evenwichtsgevoel om te blijven staan.

Hij zou de strijd liggend moeten aangaan.

De waterfles deed dienst als een adequate geluiddemper voor het kleine wapen, in elk geval voor een of twee schoten. De knal van het pistool zou worden gedempt, maar het schot zou toch verre van geluidloos zijn omdat de demper niets uit kon richten tegen de kleine supersonische knal die de kogel creëerde als hij de geluidsbarrière doorbrak.

Maar deze provisorische demper was net als de meest geavanceerde, door het leger gebruikte dempers niet bedoeld om het wapen helemaal geluidloos te maken maar het wat minder als een pistoolschot te laten klinken zodra het wapen werd afgevuurd.

Toen hij een blik wierp op de dode soldaat die naast hem op de grond lag, wijzigde Court zijn strijdplan opnieuw. Hij was van plan geweest de man de cel in te slepen en hem onder het restant van de deken te leggen om de bewakers die Eddie terugbrachten om de tuin te leiden. Maar de Amerikaanse agent wist maar al te goed dat als hij niet eens op eigen kracht kon staan, hij ook niet over de kracht beschikte om een lijk te verslepen.

In plaats daarvan bleef hij op anderhalve meter van de deur op de grond liggen en wachtte.

Hij viel in slaap en werd met een schok wakker van het geluid van een sleutel die in het slot voor hem werd gestoken. Hij had graag gewild dat Eddie en zijn bewakers de ruimte betraden en de deur achter hen sloten zodat het gedempte schot niet tot boven zou doordringen. Maar hij wist dat het lijk op slechts een meter van de deur dat onmogelijk maakte. Dus zodra de sleutel werd omgedraaid en de klink naar beneden werd geduwd, ging Court rechtop zitten, vurig hopend dat Eddie door slechts een of twee bewakers werd vergezeld.

Maar er kwamen vijf man achter elkaar de smalle trap af. Ze waren allemaal doorweekt vanwege de storm die buiten woedde, en ze liepen dicht bij elkaar, op hooguit twee passen afstand van elkaar; Eddie Gamble liep in het midden. De eerste bewaker had de klink nog vast op het moment dat hij naar binnen liep. Gentry hield met rechts het pistool vast en drukte met zijn linkerhand de eigengemaakte demper zo stevig mogelijk tegen de loop. Voordat de eerste soldaat kans zag iets te doen, richtte Court de waterfles op hem en loste een schot. Met een luide maar draaglijke knal barstte de bodem van de fles open en klapte het hoofd van de soldaat naar achteren. Terwijl hij zijn handen naar zijn bebloede gezicht bracht, ging hij tollend om zijn as tegen de grond.

Court aarzelde geen moment. Hij hief het pistool en de rokende demper en schoot op de man vlak voor Eddie. De Laotiaan had nog niet eens de kans gehad naar zijn wapen te grijpen op het moment dat hij door een kogel in zijn rechteroog werd getroffen en ter plekke dood neerviel.

De wol in Courts demper brandde en rookte inmiddels, het tweede schot was twee keer zo luid geweest als het eerste. Hij richtte het op Eddie Gamble, die zich op de onderste trede van de trap wijselijk op zijn knieën liet vallen. Op het moment dat de soldaat zijn wapen op de verrassende bedreiging in de kelder wilde richten, schoot Court de man achter Eddie in zijn hals.

Deze keer spatte Courts brandende waterfles volledig uit elkaar waardoor er een scherpe plastic scherf zijn linkerduim binnendrong. Het schot werd ontegenzeggelijk gedempt, zij het veel minder dan de eerste twee. Het pistool was als geheim wapen inmiddels waardeloos geworden. Court gooide de fles weg en richtte het pistool op de laatste bewaker.

De soldaat die de rij sloot greep niet naar zijn wapen, in plaats daarvan draaide hij zich om en wilde de trap weer op rennen. Eddie Gamble draaide om zijn as, klauterde over de ineen geklapte Laotiaan met de bloedende halsslagader en greep de vluchtende man bij zijn enkel. De soldaat schreeuwde toen hij met zijn gezicht de trap raakte, en tuimelde toen naar beneden, waarbij hij zijn gewonde en dode kameraad en zijn gevangene in zijn val meenam. De vier lichamen rolden de trap af en botsten tegen Gentry die onderaan lag, en landden op de soldaat die als eerste was neergeschoten; zes mannen in een kluwen van verwrongen armen en benen. Het bloed uit de gorgelende keelwond van de stervende soldaat bedekte alles en iedereen met een dikke, warme, rode straal.

Court landde op zijn rug, het pistool viel uit zijn hand, en zijn fysieke zwakte weerhield hem ervan deel te nemen aan het gevecht dat zich boven hem voltrok. Terwijl Court niets anders kon doen dan met gespreide armen op de grond blijven liggen, gingen Eddie en de vierde bewaker elkaar schoppend, stompend, bijtend en krabbend te lijf. De vechtersbazen rolden van hem af waardoor de man met de halswond, die inmiddels aan het bloedverlies was bezweken, dwars over zijn benen lag. Eddies omvang, kracht en training bezorgden hem in zijn gevecht met de soldaat uiteindelijk de overhand. Na een stevige worsteling van een halve minuut wist Eddie de man vol in het gezicht te raken en hem knock-out te slaan.

Eddie liet zich uitgeput van de Laotiaan afrollen maar herpakte zich snel en kroop naar Court. Eddie had opengesperde ogen van de schrik. Tussen het gepuf en gehijg door zei hij: 'Opstaan, bro! We moeten hier weg!'

Court kon op eigen kracht niets ondernemen. Hij schudde zijn hoofd en deelde instructies uit. 'Luister goed. Pak een wapen van een van deze bewakers. Trek een poncho aan en ga door de voordeur naar buiten alsof deze tent van jou is. Ga naar de parkeerplaats links van de ondervragingsbarak. Zoek een auto die je aan de praat kunt krijgen. Schiet op!'

'Niet zonder jou, amigo,' antwoordde Eddie, waarna hij een van de dode bewakers diens wapen afnam en daarna Court op zijn rug hees.

'Laat het gaan! Je kunt me hier niet vandaan halen!'

Maar Eddie had geen boodschap aan zijn commentaar. Terwijl hij langzaam de trap besteeg en zichzelf met beide handen aan de houten leuning omhoog sleurde, worstelend met het onbeweeglijke gewicht van de zieke en zwakke man op zijn rug, ging hij meer dan eens door de knieën. Maar hij slaagde erin de trap te beklimmen en de begane grond te bereiken, waar hij niemand aantrof. Hij legde Court op de grond en pakte twee poncho's die naast de deur aan een kapstok hingen. Hij trok Court er een aan en gebruikte de andere zelf. Court wist met behulp van het bureau op eigen kracht rechtop te gaan staan. De twee mannen trokken hun capuchons over hun hoofden en liepen gezamenlijk naar buiten, waarbij Court door zijn vriend werd ondersteund.

De ochtendregen viel zowat horizontaal naar beneden, waardoor het zicht vanaf de wachttorens en de veranda's van de andere barakken op het drijfnatte terrein werd belemmerd. Court struikelde, Eddie hield hem steviger vast, en over het pad van vijftig meter liepen ze rechtstreeks naar de parkeerplaats. Ze liepen dicht genoeg langs een loods om te zien dat de vier soldaten binnen ze nakeken in de regen. Ze kwamen niet achter ze aan, maar wendden hun blik ook niet af.

Op de parkeerplaats troffen de mannen tientallen jeeps, auto's, pick-ups en vrachtwagens. Eddie zette Court op de achterbank van een kleine Chinese sedan, en ging toen zelf achter het stuur zitten.

Court deed moeite om overeind te komen zodat hij uit het raam kon kijken. Hij hoorde de geluiden van de DEA-agent die de kunststof stuurkolom te lijf ging, in het Spaans vloekte terwijl hij in de slecht verlichte auto, met natte handen en het risico stante pede te worden neergeschoten, de motor via de bedrading probeerde te starten.

Gentry zag ze door de achterruit waar de regen overheen stroomde. Twee soldaten die vanaf het hek hun kant uit kwamen, met de houten kolven van hun geweren aan de schouders en capuchons die hun gezichten aan het oog onttrokken als waren ze Magere Hein. Ze liepen rechtstreeks op Eddie en Court af.

'Hé,' zei Court, 'Snelle Eddie? Je bent over vijftien seconden Dode Eddie als je dit ding niet aan de praat krijgt.'

'Ik heb dit model nog nooit gehad. Kan elk moment gepiept zijn.'

'Dat is je geraden! We krijgen visite!'

'Oké! Moet alleen nog...' De motor kwam tot leven. Court keek naar Eddie die een kruisteken sloeg, daarna zijn vingertoppen kuste en ze op het dashboard van de kleine auto legde. Hij zette de auto in zijn versnelling, keek Court aan en zei: '*Vamanos*.'

De Chinese sedan reed over de onverharde ondergrond door de plassen. Eddie, die zijn best deed om zo rustig en natuurlijk mogelijk te rijden, zette koers naar de hoofdingang van het complex. Court keek weer door de achterruit. De twee soldaten hadden hun geweer van hun schouder gehaald. Ze leken maar heel even in verwarring gebracht. De beide mannen namen de van hen wegrijdende sedan onder schot.

'Gas erop!' schreeuwde Court.

De achterruit sneuvelde, het glas dwarrelde op de achterbank en Eddie Gamble trapte het gaspedaal zowat door de bodemplaat.

Ze trotseerden de regen; dankzij de geluiden van geweervuur boven hen wisten ze dat ze onder de twee wachttorens vlak bij de ingang van het complex door reden. Eddie schreeuwde tegen zijn passagier dat hij zich schrap moest zetten, en terwijl het restant van de achterruit door meerdere kogels werd weggevaagd, knalde de kleine vierdeursauto door het houten, met prikkeldraad afgezoomde hek. De auto brak na een scherpe bocht naar links uit over de verharde weg, maar Eddie stuurde tegen en wist het voertuig net op het moment dat de twee rechterwielen de rand van het asfalt hadden bereikt in het gareel te krijgen.

De sedan met de twee Amerikaanse ontsnapten reed in hoog tempo weg van de gevangenis.

11

Terwijl de schemering neerdaalde op de Mexicaanse Stille Oceaankust werd het avondeten geserveerd op een aantal in Eddies grote achtertuin opgestelde picknicktafels. Op de oprit aan de achterkant lag een zeven meter lange Boston Whaler zonder kajuit op houten blokken. Tegen de muur bij het hek aan de achterkant stond een aantal fietsen; aan haken naast de kleine garage hingen diverse vishengels. Deze spullen waren van Eddie, en Court vond het vreemd om er zonder zijn oude vriend tussen te zitten. Eddie had in Laos een babyblauwe pyjama gehad, net als Court. Verder niets. Nu Court Eddies wereld was binnengestapt en zag wat Eddie graag deed en wie Eddie liefhad, kreeg hij ongewild het gevoel een indringer in Eddies leven te zijn.

Court telde tweeëndertig mensen die aan tafel zaten, onder wie de familie Gamboa, de familieleden van een aantal andere overleden GOPES-agenten, plaatselijke vrienden, en een aantal mensen aan wie hij was voorgesteld die de uitvaart in Puerto Vallarta hadden geleid. De groep ongewapende plaatselijke agenten die eerder de bijeenkomst in de gaten hadden gehouden was uitgegroeid tot een gezelschap van acht man die over de oprit, op straat voor het huis en zelfs tussen de tafels in de achtertuin patrouilleerden. Hij wist niet waarom ze er waren en of ze rekenden op moeilijkheden; wist zelfs niet wat ze in het geval van naderend onheil zouden kunnen doen.

Court kende eigenlijk geen enkele vorm van onheil dat met een fluitje en een wapenstok afgewend kon worden.

In de tuin scharrelden ook drie bruine hanen rond; het door hen afgelegde patroon vertoonde merkwaardig genoeg opvallend veel gelijkenis met dat van de agenten. Dicht bij de etende gasten liep een kleine roedel van verschillende hondenrassen van diverse afmetingen om restjes te bedelen. Court herkende hun primaire motieven. Hij deed hier min of meer hetzelfde.

Kapitein Chuck Cullen zat met zijn rug naar de keuken, met achter zijn rechterschouder een grote houtskoolbarbecue die tegen het huis stond, aan het hoofd van de rij aan elkaar geschoven tafels. Over het witte gips van de muur achter zijn hoofd schoten lange zwarte hagedissen heen en weer.

Court was aan het andere hoofdeinde neergezet, tegenover Cullen; de oude man keek hem gedurende lange perioden zwijgend aan. Rechts van Court zaten Elena en haar aangetrouwde familieleden, en hij probeerde zich zo goed mogelijk af te sluiten voor hun conversatie. In plaats daarvan stortte hij zich op een uitstekend gegrilde marlijn, meer salade en verse groenten dan hij ooit eerder in zijn leven had gegeten, en het bier dat hij dronk was zo koud dat het flesje zijn vingertoppen deed tintelen.

Court stelde zich voor dat er op precies deze plek vele etentjes zoals deze moesten zijn geweest waarin Eddie Gamble op de plek zat die Cullen nu innam.

Court zag dat de Amerikaanse ouwe knar hem vanaf de overkant van de tafel over tweeëndertig borden met eten nogmaals nadrukkelijk aankeek. Court probeerde hem zo veel mogelijk te negeren. In plaats daarvan merkte Court dat hij zelf iemand zat aan te gapen.

Laura.

Ze zat halverwege de tafel rechts van hem, tussen haar twee tantes en liep voortdurend terug naar de keuken om meer met eten en drinken gevulde borden, schalen, flessen en pannen te halen.

Ze keek hem een, wellicht twee keer aan. Natuurlijk zag ze hem naar haar kijken. Hij hoopte dat hij op haar niet dezelfde indruk maakte als op Cullen, die opzichtig al zijn bewegingen in de gaten hield.

Er heerste geen feeststemming. Er werd op gedempte toon gesproken; de aanwezigen waren bedroefd en boos. Courts training in het doorgronden van mensen kwam van pas bij het bestuderen van alle gasten en zijn pogingen vast te stellen wat er precies in hen omging.

Hij was hier goed in. Zo goed dat het hem droevig stemde om de individuele pijn en woede te voelen van de mensen hier, van wie de meesten net iemand hadden verloren die een belangrijke rol in hun leven had vervuld. Iemand die sterk en onbevreesd was geweest. Een beter mens dan de rest.

Court keek naar zijn bord en schepte zijn vork vol gebakken banaan. Hij zei tegen zichzelf dat hij nog één biertje nam en daarna zou vertrekken.

LAOS
2000

'Ben je gewond?' vroeg Eddie vanachter het stuur.

Court zocht naar bebloede gaten in zijn lichaam. Nadat hij vaststelde er geen te hebben, zei hij: 'Ik mankeer niets.'

Hij hees zichzelf daarna overeind om door de restanten van de achterruit naar buiten te kunnen kijken. 'Ze zullen gauw de achtervolging inzetten, maar dit weer is gunstig voor ons. Het houdt de helikopters uit de lucht.'

Maar Gamble was met zijn gedachten elders. 'Zeg me alsjeblieft dat je toestemming had om die bewakers te vermoorden? Ik wil niet hieruit ontsnappen om linea recta naar Leavenworth te worden gestuurd.'

'Ik heb toestemming.'

'Jij kunt gewoon maar iedereen uit de weg ruimen zonder dat daar vragen over worden gesteld?' Hij kon het niet geloven.

'Als je me niet tegenwerkt, hoef je daar niet achter te komen,' mompelde Gentry terwijl hij weer op de achterbank ging liggen; hij was zo vermoeid en verzwakt dat hij zich misselijk voelde, en zelfs rechtop blijven zitten was te veel gevraagd. Hoewel Gamble hem een deel van het traject had gedragen, had de ontsnapping 110 procent van zijn energie gevergd.

Niemand had op dit moment iets aan hem.

'Serieus. Zeg me dat we niet in de problemen zitten.'

'We zitten niet in de problemen. Jij hebt niemand vermoord.'

'Ik zou dolgraag weten voor wie je werkt. Ik bedoel, ik heb voor de CIA gewerkt, en zij lijken niet op wat jij doet, en gedragen zich ook niet zo.'

'Volgens mij kun je maar beter op de weg letten, Eddie. Het Laotiaanse leger zal zo snel als ze kunnen wegversperringen op gaan zetten.'

De DEA-man slaakte een gefrustreerde zucht maar deed wat hem werd opgedragen.

Ze waren nog geen vijf minuten onderweg toen ze op een T-splitsing stuitten. Gamble sloeg rechts af en zette koers richting de Mekongrivier.

Court was ingedommeld, maar hij ontwaakte toen de auto midden op de weg stopte en naar achteren reed. Na een paar seconden draaiden ze om.

'Wat is er aan de hand?'

Eddie antwoordde op sombere toon. 'Wegversperring. Militairen. Een kleine vijfhonderd meter voor ons. Vier voertuigen. Minstens vijftien inzittenden.'

Toen Court uit het raam keek, zag hij dat het was opgehouden met regenen. 'Oké. Zoek een plek waar we de auto kunnen lozen. Je moet over land verder. Het kan niet ver meer zijn. Als je naar het zuiden blijft gaan, kun je de rivier bereiken. Zoek een kerel met een boot, hou hem onder schot en vraag hem beleefd je in Thailand af te zetten.'

Het bleef een paar tellen stil in de auto. Court zei: 'Je gaat alleen.'

Het was duidelijk dat Gamble dezelfde zorgen had. 'Luister, Sally, misschien kunnen we...'

'Nee. Ik kan niet lopen, en jij kunt me niet dragen. Ik ga nergens heen.'

Eddie wekte de indruk in tweestrijd te verkeren, maar wist ook wel dat Court gelijk had. Uiteindelijk knikte Eddie. 'Ik zal een schuilplaats voor je zoeken. Je verstoppen en de plek op een of andere manier markeren. Ik ga hulp zoeken en kom zo snel mogelijk terug om je te halen.'

Court kon zien dat Eddie niet geloofde dat Court een nacht in de open lucht zou overleven. 'Steek de rivier over naar Thailand. Vertel je mensen waar je me hebt achtergelaten. Mijn mensen zullen me komen halen.'

Court probeerde zijn leugen overtuigend te brengen. Niemand zou hem komen halen. Dat wist hij, en Eddie zou dit zonder twijfel vermoed hebben.

Twintig minuten later verdween het dak van de Chinese sedan onder het wateroppervlak van een meer. Met een gorgelend geluid ontsnapte de lucht uit de auto en het duurde niet lang voordat het water weer tot rust gekomen was en de plek bij de oever waar de auto te water was gelaten weer door lelies was toegedekt. Court Gentry lag op zijn rug, op een kleine tien meter van de waterrand en zo'n vijftien meter onder het steile talud naar de weg, onzichtbaar in het hoge gras. Eddie had bananenbladeren over hem heen gelegd en een lage geïmproviseerde muur van stenen en takken om hem heen gebouwd. Op een meter afstand liep een smal voetpad in zuidelijke richting dat langs het meer naar de Mekongrivier voerde.

Gentry was vanaf de weg niet te zien, maar iemand die naar beneden kwam zou de manshoge onregelmatigheid in het gras waarschijnlijk wel opvallen.

Eddie knielde naast Court neer; ze konden elkaar door het gebladerte amper zien.

'Er liggen hier blindgangers,' zei Court zwak. 'We hebben in de Vietnamoorlog meer bommen op dit land gegooid dan op Duitsland in de Tweede Wereldoorlog. Veel van die bommen zijn niet afgegaan, die liggen nog ergens in het oerwoud te wachten op iemand die er per ongeluk op stapt. Je moet hier nooit van de gebaande paden afwijken.'

Eddie tuurde het pad af. 'Goeie tip. Ik wist wel dat ik je niet voor niets heb meegezeuld.' Gamble klonk serieuzer. 'Je zult het zonder eten moeten doen, maar aan water heb je geen gebrek. Gewoon je mond opendoen en het regenwater vanaf de bananenbladeren erin laten lopen.'

'Oké.'

'Ik stuur iemand om je te halen, ik zweer het.'

'Prima. Bedankt voor alles. Je wordt op een dag nog eens een dijk van een echtgenote.'

Eddie knikte. Aarzelde. Het zat hem duidelijk niet lekker om zijn voormalige celgenoot hier achter te laten. 'Ik zie je over hooguit een paar dagen weer. Dan flirt je in een ziekenhuis in Bangkok met exotische verpleegsters, en kom ik langs met een verrassing. Heb je een verzoek?'

Court glimlachte. Hij was bereid mee te gaan in de fantasie als Eddie daarmee geholpen zou zijn. 'Een *root beer* zou er wel in gaan.'

'Geregeld.' Eddie stak zijn hand door de bladeren en gaf Court een tikje op zijn voorhoofd. 'Tot gauw, homes.' Hij stond op en begon naar het pad te lopen dat hem naar het zuiden zou brengen.

12

Court zag op zijn horloge dat het negen uur geweest was. Een aantal gasten was weggedommeld, andere zaten in groepjes in de achtertuin, op de oprit bij de boot en verspreid over de benedenetage van het huis. De plaatselijke politie hield alles van een afstandje in de gaten. Laura en Elena hadden alle agenten een groot bord met eten en een grote plastic beker met gekoelde *horchata* gegeven, een van gekookte rijst en sesamzaadjes getrokken drank, op smaak gebracht met kaneel en vanille. De agenten aten staand en hielden ondertussen met een schuin oog het hek naar de straat in de gaten.

Court nam nog een slokje uit zijn vierde met condens beslagen flesje Pacifico en begon na te denken over de vraag waar hij vannacht zou gaan slapen. De bussen in San Blas gingen in elk geval vanavond niet meer, en hij had geen geld voor een hotel. Hij dacht dat hij in het kleine, centraal gelegen parkje naar het noorden wel een bankje zou kunnen vinden, en morgenochtend de eerste bus terug naar Puerto Vallarta te pakken.

Er was nog een mogelijkheid. Hij had via via vernomen dat de gepensioneerde marinier, kapitein Cullen, in Puerto Vallarta woonde. Court overwoog hem om een lift naar PV te vragen, maar liet dit idee gauw weer varen. Gedurende de anderhalf uur durende autorit met die afstandelijke bejaarde riskeerde hij meer kritische vragen dan goed was voor iemand op een internationale opsporingslijst.

Gentry merkte tot zijn genoegen dat de rest van het gezelschap geen acht meer op hem sloeg. Hij zat in zijn eentje aan een kleine picknicktafel vlak bij de achterste muur van het terrein, ver weg van de strengen met lampjes die boven de tuin hingen, de brandende fakkels die her en der oprezen uit de grond, en op afstand van de gesprekken die hij om zich heen hoorde. Hij keek naar het hek. Het was dicht maar niet vergrendeld; de daarachter liggende duisternis lonkte naar hem.

Hij zou nu in stilte verdwijnen. Hij was gekomen om Gamble de laatste eer te bewijzen, waar hij waardering voor had gekregen. Nu was het tijd om te gaan.

De voor de Gray Man gebruikelijke werkwijze.

Court dronk zijn flesje leeg. Stond langzaam op.

‘Waarom ben ik toch zo nieuwsgierig naar jou?’

Court draaide zich om en zag dat Cullen een paar meter achter hem stond. In zijn ene hand had hij een fles tequila met twee duimgrote plastic borrelglaasjes op de dop, in zijn andere een paar glimmende groene limoenen.

‘Dat weet ik niet.’

‘Drink je mee?’ Cullen wachtte het antwoord niet af, ging tegenover Court aan de kleine plastic picknicktafel zitten en zette de fles voor zich neer. Cullen haalde een zakmes uit de zijzak van zijn broek en sneed voor hen beiden een partje uit een van de limoenen.

Court aarzelde. ‘Ik moet eigenlijk gaan.’

‘Waar moet je naartoe, maat?’

‘Eh... Terug naar Puerto Vall...’

‘Dat gaat je vanavond niet meer lukken, tenzij je honderd dollar aan een taxi uit wilt geven. Elena zei dat je met de bus bent gekomen.’

‘Nou... dan moet ik maar een hotel in de buurt gaan zoeken.’

‘Ik kan je wel een lift geven naar PV.’

Court ging weer zitten. Cullen vulde twee glaasjes met dikke, heldere vloeistof en gaf er eentje aan Court. Court nipte aan zijn tequila, beet in zijn limoenpartje en veranderde van gespreksonderwerp. ‘Waar kende jíj Eddie van?’

Cullen leunde achterover en glimlachte. Zette zijn pet waar USS Buchanan op stond af en hield hem omhoog. Zijn zilverkleurige haar glom in het licht van de fakkels die in de tuin brandden.

‘Jullie hebben elkaar aan boord van een schip ontmoet?’

De kapitein schudde zijn hoofd. ‘Nee, nee. Ik kende hem niet van de marine. Ik heb hem in PV leren kennen, ongeveer vier jaar geleden. Ik loop elke dag hard op het strand, vroeger in elk geval. Tegenwoordig lijkt het meer op wandelen, al ben ik nog altijd sneller dan de meeste ouwe expat-zakken in deze contreien. Hoe dan ook, op een ochtend nadat ik heb gelopen stapt een stoere Mexicaanse *hombre* op me af. Ik dacht dat hij het op mijn portemonnee voorzien had. Maar hij wees op mijn pet. Informeerde naar mijn carrière. We raakten aan de praat, en hij vertelde dat hij ook een marinier was. Bij de Mexicaanse marine natuurlijk, dacht ik, maar toen ik erachter kwam dat hij een voormalige SEAL was, was ik met stomheid geslagen.

‘Eddie en ik werden vrienden. Altijd als hij in PV was, gingen we met mijn boot vissen. Ik heb vele avonden aan deze tafel gezeten. Eddie zat altijd op de plek waar jij nu zit.'

Cullen slaakte een kleine zucht. Hij was oud genoeg om te weten wat het was om mensen te verliezen. Niettemin merkte Court hoezeer de dood van zijn jonge vriend hem aangreep. 'Ik heb heel wat uren met die geweldige jonge vent doorgebracht.'

'Dat wil ik wel geloven.'

Cullen zette zijn pet weer op en boog zich voorover. 'Zeg eens, vlak nadat hij is vermoord duikt er een vreemde bij hem thuis op. Wat zou jij daarvan vinden?'

Gentry haalde zijn schouders op. 'Ik ben gewoon iemand die afscheid van hem wilde nemen. Als het aan mij lag, zou ik hier nu al weg zijn.'

Cullen knikte, nipte bedachtzaam aan zijn tequila en keek over zijn schouder naar het met mensen gevulde huis. 'Ze gaan zware tijden tegemoet. Eddie is in de ogen van velen hier een schurk. In de pers wordt hij afgeschilderd als de zoveelste *sicario*.'

'Sicario?'

'Een moordenaar. De heersende opvatting is dat hij en zijn mannen werkten voor een kartel dat wedijverde met dat van De la Rocha. Na zijn dood zijn de federales en de politie van Nayarit hierheen gekomen en hebben al zijn persoonlijke eigendommen onderzocht, zijn computer en wapens in beslag genomen. Zelfs zijn pensioen is gedurende het onderzoek bevroren. Het is gestoord: hij is gedood omdat hij de bevelen opvolgde om de mensen hier te beschermen, maar ze zien hem als de zoveelste corrupte federale.'

'Waarom denken ze dat? Ik begrijp helemaal niets van wat hier gebeurt.'

'Maakt niet uit, maat. Jij bent hier morgen weg. Het heeft geen zin de details van de plaatselijke logica te doorgronden.'

Court begreep dat de oude man dit afkeurend bedoelde. Hij behandelde hem alsof hij een willekeurige passant was. Het maakte hem boos. Court zou zijn leven geven voor Eddie Gamble. Mits er nog een Eddie Gamble in leven zou zijn voor wie hij bereid was te sterven.

'Leg het me uit.'

'Waarom?'

'Omdat ik het wil weten. En omdat ik vermoed dat je er wel een mening over zult hebben.' Court stak zijn hand uit naar de tequilafles en schonk nog twee borrels in.

Cullen knikte langzaam en sneed twee nieuwe stukken limoen af.

'Eddie was aanvoerder van een achtkoppig team. Zijn eenheid ontving zijn bevelen rechtstreeks van de openbaar aanklager in Mexico-Stad, die van de president de opdracht had gekregen de leiders van de belangrijkste Mexicaanse kartels uit te schakelen.'

'Uitschakelen?'

Cullen knikte.

'Een gesanctioneerd doodseskader?'

'Exact.'

Court vertrok geen spier. 'Ga door.'

'Eddie en zijn mannen waren goed. Ze hebben in de afgelopen zes maanden vier van de zes leiders van de belangrijkste in Mexico opererende kartels vermoord. Daniel de la Rocha had nummer vijf moeten worden.'

'Maar tijdens de uitvoering is het hele team weggevaagd.'

'Ik ben bang van wel.'

'Ik begrijp niet waarom hij het jacht heeft opgeblazen.'

Cullen schudde zijn hoofd. 'Ik ook niet. Er zijn wel meer dingen die ik niet snap. Eddie besprak natuurlijk nooit operationele details met mij, hooguit wat koetjes en kalfjes.'

Court nipte van zijn drankje. 'Hoe zit het met al die aanhang voor die klootzak van een De la Rocha?'

Cullens arm beschreef een wijde boog. 'Niet alleen hier. Overal. Er zijn films, boeken en liedjes over hem gemaakt. Hij is beroemd, een rockster. Zijn vader was ook een legende, min of meer. Hij stond in de jaren tachtig en negentig aan het hoofd van het Porfidio de la Rocha-kartel en werkte rechtstreeks samen met de Colombianen om het spul naar de VS te verschepen. Maar Daniel heeft nooit gunsten van zijn vader aangenomen; in plaats daarvan sloot hij zich aan bij het leger, en daarna de GAFES, de Grupo Aeromóvil de Fuerzas Especiales, een elite para-aanvalsteam binnen het leger. Hij is in de VS opgeleid aan Fort Benning en Fort Bragg, en aan de School of the Americas. Hij zwaaide af toen zijn vader in '99 werd vermoord door de overheid. Daniel moest zelf een aantal jaar de gevangenis in; na zijn vrijlating omringde hij zichzelf met oud-collega's uit het leger, mannen uit zijn eenheid. Ze zijn bijzonder hecht en zijn allemaal een soort kruising tussen zakenmannen en paramilitairen. Ze hebben allemaal hetzelfde kapsel, dragen dezelfde pakken, houden zichzelf fit en reizen altijd in een konvooi, alsof ze een militaire operatie gaan uitvoeren. In de pers zijn ze bekend geworden als Los Trajes Negros. De Zwarte Pakken.

'Vanaf het moment dat hij uit de gevangenis is gekomen, is De la Rocha op papier brandschoon; hij bezit een luchtvaartmaatschappij die reizigers vanuit de grote steden aan de kust naar kleinere plaatsen overal in de Sierra Madre vervoert. Hij heeft nog een handvol andere bedrijven. Kwekerijen, boerderijen, zaagmolens. Allemaal volstrekt legitiem. Hij zegt dat hij zijn geld daarmee verdiend heeft en heeft kennelijk voldoende ambtenaren omgekocht om niemand vragen te laten stellen over zijn inkomsten.'

'Maar je weet honderd procent zeker dat hij in cocaïne handelt?'

De oude man nam een slokje tequila en schudde daarna zijn hoofd. 'DLR verhandelt een beetje coke, een beetje heroïne, een beetje hasj, maar hij verdient het meest met iets anders. De Zwarte Pakken runnen het op een na grootste *foco*-kartel ter wereld.'

'Foco?'

'Crystal meth. De meeste Mexicaanse kartels specialiseren zich niet zozeer in één bepaalde drug, maar bestieren een specifiek territorium of een handelsroute. Van daaruit handelen ze in van alles: hasj, coke, meth, ontvoeringen, zelfs illegale dvd's. Maar De la Rocha heeft zijn eigen businessmodel, een combinatie van productie en distributie. Hij heeft naar verluidt ergens in de Sierra Madre enorme crystal-methfabrieken – ook wel superlaboratoria genoemd. Maar niemand weet waar ze zich bevinden, en zelfs als ze gevonden worden, betwijfel ik of ze rechtstreeks met De la Rocha in verband kunnen worden gebracht.'

'Ik begrijp nog steeds niet waarom die kerel hier zo geliefd is.'

Court merkte dat Cullen iets meer sympathie voor hem gekregen had. De terughoudendheid waarmee de oudere man hem had toegesproken was verdwenen. 'De meeste narco's zijn onzichtbaar, maar Daniel niet. Hij zorgt voor zijn imago als was hij een filmster, voldoet aan geen enkel cliché van een *cartelero*. Hij is nog maar negenendertig. Hij heeft zes kinderen, bedriegt zijn vrouw nooit, kleedt zich als de prins van Wales, en doneert aan de helft van de legale goede doelen van het land. De federale politie hier in Nayarit, in Jalisco en in Michoacán zijn ervan beschuldigd hem te beschermen. Je kunt er gevoegelijk van uitgaan dat die beschuldiging klopt.'

Court nam een slokje en keek naar de heldere sterrenhemel.

Cullen boog zich naar hem toe. 'Je moet Daniel de la Rocha niet zien als een drugsdealer. Zie hem als Robin Hood. Hij zorgt voor de behoeftigen, beschermt de hulpelozen; hij steunt hier meer legitieme zaken dan wie dan ook.'

'Dus de plaatselijke bevolking maakt zich niet druk over de gevolgen van de drugs?'

'Het kan niemand in Mexico ook maar iets schelen dat miljoenen drugsverslaafden in de Verenigde Staten spul willen. Niemand hier heeft medelijden met ze omdat ze hun eigen leven naar de klote helpen. Ze haten de moorden die de carteleros hier plegen wel natuurlijk. Geef ze eens ongelijk. Maar Jose met de pet weet dat het steunen van de politie of de overheid in de oorlog tegen de narco's wel het laatste is wat je moet doen. De corruptie hier is immens. Alomtegenwoordig. Iedereen met hersens weet dat er maar twee manieren zijn om jezelf en je familie te beschermen. Of je blijft ver bij ze uit de buurt, of je sluit je bij een van de kartels aan. En wat denk je, maat? Je aansluiten betaalt heel wat beter dan je afzijdig houden. Daarbij is het een stuk veiliger.'

Zoals Court al wel had vermoed was Cullen inderdaad een ouwe knakker met een mening. 'Agenten, rechters, soldaten, burgemeesters... je kunt hier niemand vertrouwen. Veel jongens beginnen met de beste bedoelingen. Maar de narco's stellen ze voor de keuze. *Plato o plomo*.'

'Zilver of lood,' mompelde Court.

'Geld of kogels zou een betere vertaling zijn. Van de narco krijg je het een of het ander, de keuze is aan jou.'

Court knikte en wees daarna op de agenten die rond de achtertuin liepen. 'Deze agenten hier. De jongens en meisjes met de wapenstokken. Ik krijg de indruk dat zij Eddie wel een toffe kerel vonden.'

Cullen maakte een wegwerpgebaar waarmee hij aangaf dat ze voor hun gesprek niet relevant waren. '*Municipales*. Agenten uit San Blas. Ja, ze zijn wel op de familie gesteld. Ernesto, Eddies vader, heeft hier zijn leven lang gewoond. Maar de agenten in Puerto Vallarta? Zo rot als een mispel. De staatspolitie? Niet te vertrouwen. Dat geldt ook voor een groot contingent van de federales. Zelfs de in deze contreien gestationeerde soldaten zijn corrupt. Ik weet zelfs niet wat ik moet denken van Eddies eigen eenheid, de groep voor de speciale operaties. Het lijkt me niet helemaal zuivere koffie dat alle regionale concurrenten van De la Rocha de afgelopen maanden op één na zijn weggevaagd.'

'Wie is er nog over?'

'Een knakker in het noorden van de Sierra Madre, een zekere Constantino Madrigal Bustamante. Ze noemen hem *el Vaquero*, "de Cowboy". Hij is een nog grotere klootzak dan De la Rocha. Sommigen beweren dat Eddies politie-eenheid in het geheim voor het Madrigalkartel werkte. Alle concurrentie uit de weg ruimde.'

Court fronste zijn wenkbrauwen. 'Als er een lijst met klootzakken was die afgemaakt moesten worden, hoe weten we dan dat Madrigal niet gewoon degene was die helemaal onderaan stond?'

Cullen trok een sombere glimlach. 'Zo denken Mexicanen niet. Er doen hier een hoop samenzweringstheorieën de ronde.'

Court had dit eerder gehoord. Hij was niet onbekend met de Latijns-Amerikaanse cultuur.

'Dus, kapitein, wie zijn dan de goeieriken?'

Cullen dacht lang over deze vraag na, als ware het een ingewikkeld wiskundig vraagstuk. 'Ik weet dat Eddie aan de goede kant stond. Ik geloof geen woord van die Madrigalsamenzwering. Sommige andere federales staan ook aan de juiste kant, daar twijfel ik niet aan.'

'Hoe herken ik een federale als ik er een tegenkom?'

'Ze onderscheiden zich van de plaatselijke politie; ze dragen zwarte uniformen, kogelwerende vesten en bivakmutsen. Op hun auto's, motorfietsen, helikopters en pantserwagens staan de letters PF, Policía Federal.'

Dit was het soort informatie dat Gentry had opgevangen in de ongeveer dertig gebieden waar hij gedurende zijn carrière, zowel in dienst van de CIA als private huurmoordenaar, in had geopereerd of had gereisd. 'Dus... degenen met de bivakmutsen zijn hier de goeieriken. Daar zal ik even aan moeten wennen.'

'Ja, maar veel slechteriken dragen ze ook.'

'Perfect.'

Court keek naar vier plaatselijke agenten die op de patio tegen hun gehavende mountainbikes geleund stonden. Laura stond er ook bij en vulde hun plastic bekers bij met melkachtige horchata uit een plastic kan. 'Hoe is het mogelijk dat de agenten aan onze kant stokken en fietsen hebben, en de agenten van de andere kant de geweren en de helikopters?'

'Misschien hebben we het verkeerde team gekozen.'

Court dronk zijn tequila op. 'Ik begin te denken dat Eddie dat misschien wel gedaan heeft.'

Cullen keek hem bedachtzaam aan. 'Ik zou willen dat ik wist wie je was, Jóé.' De oude man sprak de schuilnaam uit op een manier waaruit bleek dat hij wist dat die nep was.

Court veranderde weer van onderwerp. 'Waarom is Eddie naar huis gegaan? Hebben jullie het daar ooit over gehad?'

Cullen maakte een wegwerpgebaar. 'Om zijn land te redden. Om te strijden tegen de *narcoterroristas*. Om zijn in Amerika opgedane vaardigheden hier in te zetten waar ze het beste van pas zouden komen.'

'Maar?'

'Maar dat is niet de reden dat hij is teruggekomen.' Cullen draaide zich om naar de oprit en wees naar Eddies kleine zusje, Laura Gamboa. 'Dat is de reden dat hij is teruggekomen. Voor haar. Honderd procent. Laura's echtgenoot is vijf jaar geleden in het noorden vermoord. Hij was luitenant in het leger. *Matamilitares*, een speciaal soort sicarios die het op leden van het leger hebben voorzien, hebben zijn terreinwagen in een hinderlaag laten lopen. Hij is geslagen, zijn ogen zijn terwijl hij nog leefde uit zijn kassen gehaald en daarna is hij als een hond neergeschoten. Zijn lichaam is in een olievat verbrand, en zijn hoofd was in het zicht van de grens met Arizona op een hek gespietst. Laura was daarna een wrak.

'Ze heeft twee oudere broers, maar dat zijn allebei waardeloze nietsnutten. Alcoholisten. De ene is een werkloze automonteur en de andere is een werkloze verkoper van huishoudelijke apparaten.' Cullen wees naar de twee dikzakken die bij de keukendeur stonden te roken en te drinken. Rodrigo en Ignacio. Ze leken allebei straalbezopen. Court had zich gedurende het eten op hun lichaamstaal geconcentreerd; daaruit leidde hij af dat geen van beide mannen hier graag was. 'Na de dood van Laura's echtgenoot heeft Eddie zijn baan bij de DEA opgezegd, is hier naar San Blas verhuisd en is bij de Feds gaan werken.' Cullen haalde diep adem. 'Ik ga ervan uit dat de kleine Laura zich Eddies dood inmiddels aanrekent. Het komt bij haar nog harder aan dan bij Elena of zijn ouders.'

'Shit.' Voor het eerst vanavond schoot het Court te binnen dat hechte familiebanden voor- maar ook nadelen hadden.

Alsof ze was ingeseind, stapte Elena uit de achterdeur en liep door de tuin op de twee mannen af. In het Engels zei ze: 'Joe... ik heb een bed voor je opgemaakt; zodra jij en Capitán Chuck jullie drankjes ophebben zal ik je laten zien waar het staat.'

'Dank je, maar ik moet weer terug naar Puerto Vallarta.'

Elena schudde haar hoofd. Hoewel Court de vrouw nog maar een paar uur geleden voor het eerst ontmoet had, wist hij nu al dat ze een zeer sterke wil had. 'Je blijft bij ons. Voor een nachtje maar. Francisco, Eddies oom, gaat morgenochtend vroeg naar Sayulita; ik zal zorgen dat hij je even afzet bij het busstation in Vallarta.' Ze pakte zijn hand en kneep er eventjes in; ze leek oprecht beledigd dat hij overwoog om diep in de avond nog haar huis te verlaten.

Court keek Cullen even vluchtig aan, en Cullen glimlachte, fronste zijn wenkbrauwen en knikte.

Gentry zei: 'Ik denk dat ik wel kan blijven.'

Toen Cullen Elena toesprak, schakelde hij over naar het Spaans. Court wist niet of de man gewoon trots was op zijn beheersing van de taal of dat hij de andere Amerikaan buiten het gesprek wilde houden. 'Luister, Elena. Heb je nog eens nagedacht om het protest van morgen af te blazen?'

Court mengde zich in het Engels in het gesprek. 'Wat voor protest?'

Elena antwoordde. 'Dat heb ik je al verteld. In Puerto Vallarta.'

'Je noemde het een herdenking.'

Ze haalde haar schouders op. 'Voor mij en voor de andere hier aanwezige familieleden wordt het een herdenking, waar we namens onze overleden geliefden zullen spreken. Maar Capitán Chuck verwacht dat het zal uitmonden in een protest tegen Los Trajes Negros.' Ze keek naar de andere Amerikaan. 'Hij wil niet dat ik erheen ga.'

Cullen zei: 'Ze verwachten een grote menigte. Het lijkt me gewoon niet zo'n goed idee dat een zeven maanden zwangere vrouw zich te midden van al dat gedrang begeeft. Er is veel woede, veel spanning na...' Zijn stem ebde weg.

'Nadat Eduardo in zijn gevecht tegen hen om het leven is gekomen. Ik weet het, Chuck. Daarom moet ik juist gaan.'

Court kon zich niet inhouden om een kant te kiezen. 'Ik ben het met de kapitein eens. Je bent in verwachting; je moet je niet in een demonstratie mengen. Geduw en getrek...'

'Het is geen demonstratie, bovendien sta ik op het podium, niet tussen het publiek. Ik red me wel.'

Cullen schudde zijn hoofd. 'Het zit me niet lekker. Eddie zou niet hebben gewild dat je je daarin mengt.'

'Eduardo zou zijn gegaan, en dat weet je.'

'Ja,' zei Cullen, 'Eddie zou daarnaartoe zijn gegaan met een aanvalsteam en een geweer, en hij zou het protest hebben beschermd tegen alle bedreigingen van de monsters die DLR een warm hart toedragen. Maar hij zou niet hebben gewild dat jij daar was, dat zijn gezin daar was, zijn ongeboren zoon. Het is te gevaarlijk.'

Elena glimlachte de oudere man langdurig toe. 'Je maakt je te veel zorgen over mij, Capitán Chuck.' Daarna glimlachte ze weer. 'Je bent altijd al een trouwe vriend van de familie geweest.'

Cullen ging rechterop in zijn stoel zitten. 'En dat zal ik zo lang als ik leef blijven. Eddies dood heeft daar niets aan veranderd.'

Court mocht de oude man wel, zelfs nu hij wist dat Cullen niet bepaald dol op hem was. Court wilde dat hij iets voor Elena en de Gamboa's kon doen, maar er schoot hem niets te binnen. Toen de oude man naar zijn auto liep die aan de voorkant van het huis stond, wenste hij Cullen een goede nacht; Court liep achter Elena het huis in en passeerde minstens tien anderen die met dekens en kussens een hoekje zochten om de nacht door te brengen. Ze ging hem voor de trap op naar een kleine slaapkamer, waar ze een matras met een deken en een kussen voor hem had klaargelegd.

De muren waren recent van een babyblauwe verflaag voorzien. Court stelde zich voor dat Eddie de kamer persoonlijk had geschilderd voor de zoon die hij nooit te zien zou krijgen.

13

LAOS

2000

De vochtige middaglucht plakte op zijn huid als zeepokken op een scheepsromp. Gentry verloor de rest van de middag regelmatig het bewustzijn en schoot dan weer wakker. Dankzij de door malaria veroorzaakte bibbers gleden er een paar bananenbladeren van hem af, maar om zich tegen de felle zon te beschermen trok hij ze al snel weer terug.

De nacht bood verkoeling. Die ging gepaard met een bries die krachtig genoeg was om zijn beschermlaag weg te blazen maar op een of andere manier niet sterk genoeg om de muggen bij hem weg te houden. Met een slap handje schepte hij naast zich modder van de grond en smeerde die in dikke lagen over zijn gezicht en nek om zo veel mogelijk huid te bedekken, maar dat werkte niet echt.

De insectenbeten hielden hem de hele nacht wakker, de spinnen liepen over zijn lijf, en hij had geen kracht meer om ze dood te maken of zelfs van zijn lichaam af te vegen. Terwijl de insecten kriskras over zijn lichaam liepen, lag hij erbij als een gevelde boomstam.

Als gevolg van de koorts zwol zijn brein in zijn hoofd op, waardoor hij de greep op de realiteit verloor en visioenen kreeg. Hij verkeerde diverse keren in de veronderstelling te zijn overleden; hij voelde geen pijn meer, geen warmte of honger of zwakte, enkel lichtheid en vredigheid. Maar de visioenen waren wreed, ze daagden hem als fata morgana's in de woestijn uit met hun kalmte en zorgden, net als in de woestijn, bij hun verdwijning voor hernieuwde wanhoop.

Hij zag een grote Chevypick-up naast het meer stoppen. Zijn vader en Chase, zijn jongere broer, stapten uit. Ze spoorden hem aan om op te staan en in de laadbak te springen; ze vertelden dat ze op weg waren om in het dorp pannenkoeken te gaan eten en wilden dat hij met hen meeging.

Court zei iets terug, en op het moment dat hij zijn stembanden raspend in beroering bracht, verdween het visioen en was hij weer terug op de plek waar hij inmiddels al veertien uur lag.

Verdomme.

Hij wilde dood. Hij wilde niet meer in leven zijn als de zon de volgende ochtend zou opkomen.

In het heldere maanlicht zag hij een helikopter vlak boven zijn hoofd, die naast het meer landde. Maurice, zijn CIA-trainer en sinds mensenheugenis zijn mentor, stapte uit.

'Van je luie reet, Violator!' schreeuwde de oude Vietnamveteraan, Courts codenaam gebruikend.

Court antwoordde aanvankelijk niet. Hij schudde enkel zijn hoofd. Hij dacht bij zichzelf: ik ben te moe verdomme.

'Het interesseert Charlie geen reet dat je moe bent!'

'Het gaat niet, sir,' antwoordde Court. 'Het lukt me niet.'

Maar toen hij sprak, toen hij daadwerkelijk enig geluid uitstootte in de nacht, verdween het visioen. Hij was alleen. Kwetsbaar, gewond.

Stervend.

Maar die nacht overleed hij niet; hij haalde het ochtendgloren. De drie uur in het daglicht voordat de stormen opzetten waren het zwaarste deel van zijn beproeving. Hij bad om regen, en toen die kwam, bracht die verkoeling en leste zijn dorst, maar de modder om hem heen zorgde voor steeds dieper wordende plassen. Een paar keer voelde hij zelfs dat zijn lichaam iets bewoog en werd opgetild door het water dat zich op de verzadigde aarde had opgehoopt. Hij vroeg zich af of hij het meer in zou worden gesleurd, en gruwde bij de gedachte in het troebele water te zullen verdrinken.

Maar gelukkig wiegde de regen hem in slaap.

Hij werd wakker door het geluid van vogels, en daarna stemmen, menselijke stemmen. Hij wist dat het dag was, dat het was opgehouden met regenen en dat de op zijn huid brandende zon hoog aan de vochtige hemel stond.

Weer hoorde hij stemmen; hij ging er deze keer van uit dat de stemmen niets meer waren dan het begin van een nieuw visioen. Hij voelde geen opluchting of angst; hij lag daar maar weg te dommelen, amper in leven.

De stemmen klonken eerst zwak maar werden luider, alsof de sprekers dichterbij kwamen. Toen Court besefte dat hij niet droomde, dat dit geen hersenspinsel was, voelde hij een lichte bezorgdheid. Hij had geen wapen, al deed dat er niet toe – hij was niet in staat een veiligheidspal te verwijderen of een trekker over te halen, laat staan een dreiging te identificeren en die met een gericht schot uit te schakelen.

Hij werd nu omringd door stemmen die in het Laotiaans met elkaar converseerden. Ze hadden hem gevonden, en wat Court betrof mochten ze hem hebben. Ze konden hem ter plekke doodschieten; dat was zonder twijfel aangenamer dan dat ze hem de heuvel op zouden sjorren en hem in een voertuig zouden hijsen om door elkaar geschud te worden door een ritje over die belabberde kutwegen op weg naar een cel waarin hij binnen een paar uur zeker zou bezwijken.

Fuck it, dacht hij, terwijl hij hier volkomen helder over nadacht. Hij zou zich niet zomaar gewonnen geven. Deze kleine klootzakken zouden hem helemaal nergens naartoe brengen.

Twee mannen bogen zich over hem heen en haalden de laatste bananenbladeren weg die zijn lichaam nog bedekt hadden. Hij stak zijn arm omhoog om een van de twee een dreun te verkopen, maar die wipte naast zijn lichaam een beetje op en neer. Hij kon niet uithalen, had geen kracht.

Er kwamen meer mannen, die hem vanaf de grond de lucht in tilden; hij schreeuwde uit protest en van de pijn toen zijn linkerarm in een rare hoek ten opzichte van de rest van zijn lichaam werd gedraaid. Hij voelde dat hij de heuvel op werd gesleurd; hij hoorde de wapens van de mannen met metalige tikken tegen hun koppelriemen zwaaien toen ze zijn benen een keer lieten vallen, en de mannen die hem droegen schreeuwden en scholden elkaar uit tot hij weer werd opgetild.

Het ritmische *tsjomp tsjomp* van schoenen in modder die het drassige gebied achter zich lieten.

Hun snelle en ondoorgrondelijke taaltje als ijspriemen in zijn oren.

Ze sleurden hem uiteindelijk de weg op en sleepten hem naar een zwarte bestelbus. Ze droegen Gentry met zijn hoofd naar voren en gezicht naar boven, maar zijn hoofd hing ondersteboven en deinde mee met de passen van de soldaten. De achterklep van de bus ging open, binnen was het donker. De mannen spraken snel en afgemeten, alsof ze ruzie met elkaar maakten. Hun uniformen zeiden hem niets, maar ze waren gewapend met AK's en lange SKS'en, dezelfde wapens als waar de plaatselijke politie en de bewakers in de gevangenis mee waren uitgerust.

Ze sleepten hem de bus in en sloten de deuren. De bus trok op en ging er stuiterend over de onverharde weg op hoge snelheid vandoor. Court probeerde zijn hoofd op te tillen maar gaf dat op en kantelde het van links naar rechts. Het duurde even voordat hij besefte dat geen van de soldaten samen met hem was ingestapt.

Hij was alleen.

Hè?

Nee, hij was niet alleen. Hij zag een gestalte op de bijrijdersstoel bewegen; Courts hoofd lag dankzij zijn verzwakte nekspieren op de harde ondergrond van de bus en rolde richting de zijwand.

Een hand ging naar zijn voorhoofd alsof iemand wilde voelen of hij verhoging had. 'Slecht nieuws, Sally, geen root beer. Ik heb wat flesjes Beerlao meegenomen. Bier uit de streek. Is dat ook goed?'

Court glimlachte, wat hem ook pijn deed; zijn zonverbrande gezicht prikte. Maar een pijnstillende golf van opluchting welde op in zijn hart en vloeide in alle richtingen over zijn lichaam uit. Met hernieuwde energie dwong hij zijn nekspieren nog een keer in actie te komen. Hij voelde tranen in zijn ogen opwellen, en vocht ertegen. Zijn stem klonk zwak en raspend. 'Zijn ze wel koud?'

Eddie schudde zijn hoofd. Zijn ogen stonden ontspannen. Die grote Eddie Gamble glimlachte breed toen hij zei: 'Zo warm als wat, amigo. Het smaakt een beetje naar yak-pis. Sorry.'

'De soldaten. Komen die uit Thailand?'

'Ik ben het land niet uit geweest. Je had onvoldoende tijd om mij de grens over te laten gaan en een andere groep te regelen om je te zoeken, dus ben ik naar Vientiane gegaan en heb daar wat openstaande gunsten van een groep opstandelingen ingelost. Ze zijn nog niet half zo stoer als ze zelf denken, maar ze leken me goed genoeg om me te helpen een kerel uit de modder te vissen en hem in een busje te gooien.'

Met zijn laatste krachten tilde Court zijn arm op, die door Eddie vastgepakt en geschud werd. Court zei: 'Bedankt dat je bent teruggekomen.'

Gamble grijnsde, pakte een grote rugzak tussen de voorstoelen vandaan, maakte hem open en haalde er zakken vloeistof en injectiespuiten en medicijnen uit. 'Als je begint te huilen, verklap ik dat aan je maten bij de CIA. Dan is het over en uit.' Hij maakte een infuus klaar en jaste dat in Gentry's arm. 'We gaan je naar huis brengen, amigo.'

14

Om elf uur 's ochtends stond Court in een traag opschuivende rij bij het Central Camionera de Puerto Vallarta, het belangrijkste busstation van de stad, om een kaartje te kopen. Voor hem op de grond lag zijn groene tas. Ongeveer elke twee minuten schoof hij hem met zijn voet naar voren en ging er dan naast staan.

Hij was vroeg opgestaan, had zijn bed opgeruimd, was stilletjes de trap afgedaald, had de op de grond slapende gasten ontweken en was via de keukendeur het huis uit geslopen. Hij had met de eerste bus San Blas verlaten, en had het grootste deel van de drie uur durende reis uit het raam naar de Stille Oceaan gestaard. Denkend aan Eddie. Eddies familie. Eddies zus. Court probeerde de gedachten een paar keer uit zijn hoofd te bannen maar dat lukte niet echt. Sinds mensenheugenis veronachtzaamde emoties trokken aan hem. Verlangen. Eenzaamheid. Lust.

Hij moest hier echt als de sodemieter weg.

Hij had een plan bedacht. Hij zou een kaartje kopen naar Guadalajara, en als hij daar was aangekomen, zou hij na pakweg een dag of twee een bus naar Mexico-Stad pakken. Van daaruit zou hij doorreizen naar Tampico. Hij dacht dat hij gezien het tempo waarin hij van plan was de reis te ondernemen minstens een week nodig zou hebben om het land te doorkruisen.

Het was druk op het station, maar de rij stroomde iets vlotter door. Toen er nog maar vier mensen voor hem stonden en hij de ruimte inspecteerde om te zien welke beveiligingsmaatregelen er waren getroffen, spande hij zijn schouders aan en rinkelden de alarmbellen in zijn hoofd.

Met de kwieke, zelfverzekerde tred van een legerofficier stapte Chuck Cullen het busstation binnen.

Cullen inspecteerde de ruimte; Court twijfelde er niet aan dat de oude man naar hem op zoek was. Court wendde instinctief zijn hoofd af; hij wist dat hij de man kon ontwijken en tot zijn vertrek uit het zicht kon blijven.

Maar er zat iets in Cullens loopje, de verbetenheid op zijn gezicht waarmee hij zocht.

Court wist dat er iets mis was.

De Gray Man maakte zich los uit de schaduw, tilde zijn tas op, stapte uit de rij en liep naar de enige andere Amerikaan in de drukke hal.

'Wat is er?' vroeg hij argwanend.

Cullen deed geen moeite zijn verbazing te verbergen. Hij was wanhopig op zoek geweest naar de man die op een of andere manier ineens voor hem stond. Hij herpakte zich. 'Elena zei dat je niet hebt gewacht om afscheid van haar te nemen.'

Court haalde zijn schouders op. 'Doe haar de groeten van me.'

Cullen keek Gentry een tijdlang aan. Het was duidelijk dat hij hem iets wilde zeggen, maar tot twee keer toe slikte hij zijn woorden in. Eindelijk schraapte hij zijn keel. 'Jongeman, ik heb niet echt een idee wie of wat je bent, maar ik krijg de indruk dat je op dit moment behulpzaam kunt zijn. En wie je ook moge zijn, ik ben ervan overtuigd dat je het beste met Eddies familie voorhebt.'

Court kantelde zijn hoofd lichtjes en knikte. Zei traag: 'Absoluut.'

De kapitein knikte. Ging verder. 'Elena en het merendeel van haar familie gaan naar de herdenking in het centrum van de stad.'

Dat verbaasde Court niet. 'Ja, dat zei ze gisteravond al.'

'Ik woon in het centrum. Ik werd vanochtend gewekt door een auto met een geluidsinstallatie die door mijn straat reed; de omroeper moedigde iedereen aan om deze ochtend naar de herdenking te komen om te protesteren tegen de doodseskaders van de overheid. Het is de hele ochtend al op de radio. Er wordt op de lokale radio heel veel kritiek geleverd op de moordaanslag van de federale politie, en de presentatoren roepen bepaalde... elementen op zich te melden en zich te laten horen. Aanhangers van De la Rocha en zijn Zwarte Pakken. De autoriteiten zeggen dat ze duizenden mensen verwachten; ze zullen straten afzetten. Het klinkt allemaal... fout. Ik ga ernaartoe om een oogje in het zeil te houden. Ik zou je willen vragen met me mee te gaan. Ik ben niet meer de jongste.'

'Verwacht je echt problemen?'

'Georganiseerde rellen? Misschien niet. Maar op dit moment heeft DLR in Puerto Vallarta meer fans dan Eddie Gamboa. Afhankelijk van de opkomst, de positionering van de agenten die het verkeer moeten leiden, de mate waarin de De la Rocha-aanhang het publiek opzweept, het aantal dronkaards en klaplopers dat zich bij het protest zal aansluiten... Jezus, wat mij betreft kan dit in een oogwenk uit de hand lopen.'

Court aarzelde maar heel even, tilde zijn groene tas van de grond en sloeg de oudere man op de schouder. 'Goed gezien, Chuck. Laten we gaan.'

Ze reden in Cullens rode tweedeurs CrossFox naar het zuiden. Het was druk, maar de tweeënzeventigjarige Amerikaan laveerde behendig door het verkeer. Court begreep dat hij het nog niet half zo goed had kunnen doen als deze oude man.

Cullen praatte Court onderweg bij. 'Het is maandag, wat betekent dat er een cruiseschip in de haven zal liggen. Duizenden toeristen op de Malecon, de boulevard langs het strand. Plus de plaatselijke bevolking die op maandag het centrum in trekt. Zelfs zonder het protest zou het hier al druk genoeg zijn. Ik weet een plek ten oosten van het evenement waar ik kan parkeren, een klein stukje verder de heuvel op van de plek waar het gaat gebeuren.'

'Die plek, hoe ziet die eruit?'

'Het heet het Parque Hidalgo. Het was ooit een park, maar de gemeente heeft het gras en de bomen en de marktkramen weggehaald, waardoor het nu een vlak, open verhard terrein is met daaronder een parkeergarage. Ik schat dat het ongeveer vijftig bij vijftig meter is, op drie straten van het strand. Er loopt links van het plein een grote trap naar een straat op een hoger gelegen heuvel. Daarboven staat de Talpakerk.'

'Heb je vanuit de kerk uitzicht op de locatie?'

'Uitzicht? Jongen toch, ik ben nooit een zandhaas geweest, maar ik begrijp wat je bedoelt. Ja, misschien wel. Ik weet het eerlijk gezegd niet zeker.'

'En aan de voorkant van het plein?'

'Daar loopt gewoon een drukke weg. Drie banen, alle eenrichtingsverkeer, waar het op dit tijdstip helemaal vaststaat. Gebouwen aan de andere kant. Bedrijven. Mijn tandarts zit daar. Als ik het me goed herinner wordt er gebouwd. Allemaal vier hoog, ongeveer.'

'Ik heb een telefoon nodig,' zei Court terwijl er zich in zijn hoofd een plannetje begon te vormen.

'Hier, neem de mijne maar.' Cullen reikte naar de BlackBerry aan zijn riem.

'Nee, ik heb een eigen toestel nodig, zodat ik je kan bereiken als we uit elkaar gaan.'

'Waarom zouden we dat doen? We moeten in de buurt van Elena en de familie blijven. Ze is zeven maanden zwanger; als iemand een bierflesje haar kant uit gooit, kan ze dat niet ontwijken. Ernesto en Luz zijn weliswaar niet zo oud als ik, maar ook niet zo fit. Laura redt zichzelf wel, maar aan Eddies broers heb je niks; zijn ooms en tantes wonen in de bergen en hebben waarschijnlijk nooit eerder zoveel mensen bij elkaar gezien. We moeten de familie beschermen.'

'Dat gaan we ook doen. Luister, vertrouw me. Laten we dit op mijn manier aanpakken.'

Terwijl hij door het steeds drukker wordende verkeer reed, keek Cullen Court vanuit een ooghoek aan. 'Vertel me eens over wat voor vaardigheden je beschikt.'

Courts gezicht verstrakte langzaam. 'Als ik gewapend was, zou ik over nog meer vaardigheden beschikken.'

De kapitein zuchtte. 'We moeten voorkomen dat we een slechte situatie nog slechter maken. We hebben er niets aan als iemand de held gaat uithangen...'

'Ik ben er niet op uit de held uit te hangen. Als het niet uit de hand loopt, zul je niet eens merken dat ik er ben.'

'Uitstekend.'

'Die herdenking... Verwacht je dat er ook pers zal zijn?'

'Zeer zeker.'

Court strekte zijn arm naar Cullen uit en plukte de USS Buchanan-pet van zijn hoofd. Hij zette hem op en trok de klep ver naar beneden.

Cullen keek hem tijdens het rijden aan.

Bij wijze van verklaring zei Court: 'Ik ben nogal cameraschuw.'

'Wil ik weten waarom?'

Court schudde zijn hoofd en keek naar de weg. 'Ik denk het niet.'

Cullen richtte zijn aandacht weer op de weg; de gedachten en zorgen trokken diepe groeven in zijn gezicht.

'Wat heb je gedaan, jongen?'

'Ik ben precies als al die andere brave burgers hier. Er lopen genoeg slechteriken rond voor wie ik mijn gezicht af wil schermen.'

Cullen knikte, maar hij had zijn argwaan duidelijk nog niet laten varen. Hij stak zijn hand uit naar de achterbank en raapte van de vloer een identieke Buchanan-pet op die hij op zijn zilveren haardos plantte.

Ze stopten bij een supermarkt, waar Cullen haastig naar binnen ging en een paar minuten later weer naar buiten kwam met een mobiele telefoon en een zwart plastic oortje aan een draad. Voordat Cullen de CrossFox uit het parkeervak had gereden, had Court de twee apparaten al van hun verpakking ontdaan.

Toen ze de auto een paar straten achter de grote bakstenen Talpakerk op een steile heuvel boven het plein hadden geparkeerd, was de herdenking al begonnen. Ze volgden het geroezemoes van de menigte, en onder begeleiding van de volksmuziek die uit de blikkerig klinkende omroepinstallatie schalde, daalden ze de heuvel af. Toen de muziek stopte, begon een vrouw de menigte toe te spreken. De stem was niet die van Elena Gamboa, maar Court meende dat die klonk als een van de politievrouwen die de avond ervoor bij het diner aanwezig waren geweest. Ze hekelde de narco-dealers, het gebrek aan kansen voor de Mexicaanse jeugd en de corruptie binnen het plaatselijke politiekorps. Court verstond hooguit de helft van de ogenschijnlijk nogal warrige en onsamenhangende maar met passie vertelde boodschap. Hij en Cullen liepen langs een aantal plaatselijke agenten van het korps uit Puerto Vallarta op het moment dat de spreker beweerde dat de 'terrorist' Daniel de la Rocha hun afdeling in zijn achterzak had. Met hun rechterhand op de kolf van hun dienstwapen keken de rood aanlopende agenten naar het protest onderaan de heuvel.

'Het zou er weleens heet aan toe kunnen gaan straks,' zei Court terwijl ze zich bovenaan de lange trap die naast het grote plein liep een weg baanden langs straatverkopers en zwervers.

'Yep,' zei Cullen kortaf; hij keek over de rand van de reling omlaag naar het podium, op zoek naar de Gamboa's.

Het afdalen van de trap was een oefening in zowel geduld als assertiviteit. Court tikte iemand op zijn schouder en vroeg beleefd of hij erlangs mocht, en maakte dan fysiek contact met de volgende persoon zodat hij en de oude man zich erlangs konden wurmen. Op het plein links onder hem was het minstens zo druk, er stonden met gemak tweeduizend mensen op elkaars lip naar de spreker te luisteren. Court vreesde dat sommigen in het publiek voor problemen wilden zorgen, en dat andere op sensatie beluste toeschouwers waarschijnlijk op de nodige reuring hoopten.

Toen ze onderaan de trap stonden zei Court: 'Waarom ga je niet in de buurt van de familie staan? Zorg dat je klaarstaat om ze weg van de actie te leiden als het hier misloopt.'

'Oké. En jij dan?'

Court draaide langzaam driehonderdzestig graden om zijn as. Toen keek hij Cullen weer aan. 'Ik moet op het terrein blijven. Om de actie te kunnen aanvoelen, de menigte, de straten. De sfeer.'

'En wat levert ons dat op?'

'Ik ben hier behoorlijk goed in. Je hebt me meegenomen omdat je denkt dat ik je wellicht kan helpen. Laat me dan helpen.'

Cullen knikte. 'Bel me als je iets opvallends ziet.'

'Laten we nu meteen verbinding met elkaar maken en de lijn openhouden.'

Cullen belde Court en deed zijn oortje in, Court nam op en deed hetzelfde. 'Succes,' zei de Gray Man in zijn microfoon, waarna de mannen uit elkaar gingen.

Court bewoog zich in westelijke richting door de mensenmassa, weg van het podium, en identificeerde direct een aantal oproerkraaiers in de menigte. Hij zag her en der groepjes demonstranten, om zich heen hoorde hij agressieve opmerkingen en geruzie, er werd zelfs wat geduwd en getrokken. Een vrouw mompelde dat de Policía Federal geen boten in de baai zou moeten opblazen, en een andere vrouw snauwde terug dat DLR een hoerenjong was en dat het enige spijtige in deze hele zaak het feit was dat hij het had overleefd.

Binnen zestig tellen nadat de wegen van de kapitein en Gentry waren gescheiden, zag hij mannen die hier duidelijk niet op hun plek waren. Zware jongens met uitgestreken gezichten hielden niet de spreker maar de mensen in hun omgeving in de gaten. Hij passeerde twee van dergelijke types die dicht bij elkaar stonden en taxeerde hen als undercoveragenten in dienst van de politie, de overheid of misschien zelfs van een van de drugskartels.

Court zag de bulten op hun heupen, het bewijs dat de mannen wapens achter de broekband van hun spijkerbroeken verborgen hielden. Agenten in burger waren in Latijns-Amerika doorgaans wel vaker aanwezig bij protesten; daar was Court in Brazilië of Guatemala of Peru of een handvol andere landen wel vaker getuige van geweest. Ze waren vaak een stuk minder gevaarlijk dan ze eruitzagen, maar hij wist dat hij er verstandig aan deed deze klootzakken in de gaten te houden.

Court sprak in zijn microfoon. 'Chuck, ben je al bij Elena?'

'Bijna. Ik zal bij de familie op het podium gaan staan. Na deze griet komt er nog een spreker en dan is Elena aan de beurt. Als ze op het podium haar zegje gedaan heeft, ga ik mijn uiterste best doen om iedereen weer de trap op te krijgen, weg van deze menigte.'

'Begrepen.'

Court bereikte de driebaansweg net onder het Parque Hidalgo. Er stonden een paar auto's en vrachtwagens langs de stoep geparkeerd, maar er reed geen verkeer. In plaats daarvan had de plaatselijke politie de weg aan de noordzijde afgesloten, en ruim tweehonderd mensen stonden midden op straat of op de naastgelegen stoep naar het podium te kijken.

Nadat de spreker had afgerond, oogstte ze van sommigen een beleefd applausje en werd ze door anderen uitgefloten. Gentry liep langs nog een potige hombre die niet klapte en geen oog had voor de spreker; in plaats daarvan maakte hij oogcontact met de bebaarde gringo die naar het oosten liep voordat hij een ander deel van het publiek in ogenschouw nam.

Courts blik bleef hangen op een gebouw dat boven het park uittorende. De eerste twee verdiepingen waren klaar; er was een tandarts gevestigd, een reisbureau, een drogisterij, en een paar andere kantoren. Maar de derde en vierde verdieping, hoog boven straatniveau, waren nog in aanbouw; ijzeren balken, wapening, betonblokken, elektriciteitskabels, steigers, en grote, donkere, open ramen die uitzicht boden op de gehele mensenmassa en het podium. Het zag er voor een man als Court Gentry veelbelovend uit. Hier had hij een uitkijkpunt, een plek vanwaar hij het gehele evenement kon overzien.

Hij begon naar het gebouw toe te lopen.

De volgende spreker die op het podium stond was een man, een openbaar aanklager. Hij begon aan een beschrijving van de korte maar illustere loopbaan van majoor Eduardo Gamboa, ter introductie van de weduwe die na hem het woord zou voeren.

Toen Gentry de mensenmassa eindelijk achter zich had gelaten, vond hij een steeg die in westelijke richting helemaal doorliep tot aan het strand. Links van hem zag hij een boog die toegang gaf tot een gang onder het deels afgebouwde pand. Bij de boog liep hij langs de ingang naar een dierenwinkel; aan het plafond van de gang hing evenwijdig aan de etalageruit een tiental vogelkooien op een rij die hem noopten te bukken. Behoedzaam passeerde hij op de gang nog meer kwetterende vinken en parkieten in houten kooien. Terwijl hij langzaam op een licht voor hem afstapte, scharrelden de duiven rond zijn voeten. Aan het einde van de donkere gang bevond zich een trap.

En toen doemde er links van hem op zo'n tien meter afstand een schaduw op. Court bleef staan. Vanuit een ruimte aan de linkerkant stak een man in het licht de gang over naar de trap aan de rechterkant.

De man was van top tot teen in het zwart gehuld, zijn gezicht werd bedekt door een zwarte bivakmuts.

Hij was een federale, of ging in elk geval als zodanig gekleed, maar zijn sluipende tred en zijn gedrag pasten niet bij een agent die hier de vrede moest bewaken.

Gentry bleef abrupt staan, bad dat de man in het voorbijgaan niet de donkere gang in zou kijken maar gewoon richting de trap zou blijven lopen.

De man keek niet en liep inderdaad door, en vlak voordat hij uit het zicht verdween, zag Court dat de federale een gedrongen zwart machinepistool in zijn linkerhand hield.

Toen hoorde Court achter hem een voertuig de steeg in rijden. Hij keek achterom en zag een zwarte gewapende bus van de Policía Federal die pal onder de boog bij de dierenwinkel stopte waar hij net vandaan kwam, waardoor hij in feite gevangenzat, tenzij hij nog een andere uitgang kon vinden.

Court bleef bijna een halve minuut in zijn eentje in de gang staan en wist niet wat hij moest doen. Voor hem liep ergens op de trap een gewapende man die ogenschijnlijk weinig goeds in de zin had. Achter hem, op een straat afstand van het evenement, waren nog eens god mocht weten hoeveel agenten opgedoken.

'Cullen, hoor je me?'

De ontvangst in de gang was slecht. Court hoorde in zijn oortje een echo van de man die het publiek toesprak, maar Chuck niet.

Verdomme. Hij begon naar de trap te lopen.

De deur naar de tweede verdieping was op slot, en Court dacht niet dat de man erdoorheen was gegaan, aangezien hij dan wel het geluid van een klink van boven had moeten horen. Hij fluisterde in zijn microfoon in een nieuwe poging kapitein Cullens aandacht te trekken, maar de ontvangst in het trappenhuis was nog slechter dan op de gang.

Hij trok zijn gymschoenen uit zodat hij geruisloos de trap kon bestijgen en begon op kousenvoeten naar boven te lopen.

Op de derde verdieping verliet Court de trap en betrad het gedeelte waar nog gebouwd werd, op zoek naar de eenzame federale met zijn wapen. De nog onvoltooide vloer bood een goed uitzicht over het Parque Hidalgo en de straten eromheen. Hij hield er rekening mee de gemaskerde politieagent hier in het donker tussen de bouwmaterialen aan te treffen, maar er was niemand. Court zette een stap naar voren om de menigte te kunnen zien.

Het was erg druk op het plein; vanaf zijn uitkijkpunt zag hij pas goed hoe druk. De spreker rondde af en stond zijn plek achter de katheder af aan Elena Gamboa. Het geschreeuw en gescheld werd overstemd door applaus en gejuich, maar Court zag de verdeeldheid van de twee kampen die de bijeenkomst bijwoonden. Te midden van de massa die hier duidelijk bijeen was om de gesneuvelde mannen te herdenken waren er ook die duwden, met geheven vingers zwaaiden en andere gebaren van ongenoegen uitten.

Toen hoorde hij onder en rechts van hem luide autoclaxons die het applaus overstemden. Aanvankelijk één, toen twee en uiteindelijk vijf witte SUV's baanden zich traag een weg door de mensenzee. Ze reden tegen het verkeer in door de straat met eenrichtingsverkeer. De grote auto's bleven toeteren, en de chauffeurs van de SUV's maanden de menigte met agressieve armgebaren uit het raam opzij te gaan. Eindelijk stopten de grote witte auto's, waar mannen uit stapten. Hun aankomst bij de herdenking was dermate theatraal dat zelfs Elena Gamboa op het podium stopte met speechen om te zien wat er aan de hand was.

Court vroeg zich af of dit onderdeel van de herdenking was, maar een enkele blik op het podium was voldoende om deze optie te verwerpen. De families en andere sprekers die daar stonden, leken door de komst van de nieuwe bezoekers in verwarring gebracht.

Agenten van het korps uit Puerto Vallarta stonden langs de kant, maar liepen niet naar de mannen of de voertuigen toe. Ze bleven net als alle andere toeschouwers op hun plek staan.

Elena Gamboa nam aarzelend weer het woord, bedankte de organisatoren van de herdenking voor hun inzet, bedankte het publiek voor hun aanwezigheid bij de herdenking van haar omgekomen echtgenoot en diens collega's. Maar Court maakte zijn blik niet los van de SUV's. Een man met een ringbaardje, gekleed in een zwart pak met zwarte das stapte uit de tweede auto. Court zag hoe een identiek geklede man hem een megafoon overhandigde waarmee hij op de motorkap van het grote voertuig klom. Nog voordat hij iets had gezegd, klonken er uit het publiek kreten van zowel aanmoediging als afgrijzen.

'*Damas y caballeros!* Dames en heren! Uw aandacht, *por favor*,' zei de man, wiens stem schriel en hol klonk in vergelijking met de door de geluidsinstallatie versterkte stem van Elena.

Court zei iets in zijn microfoon. 'Hé, Chuck, hoor je me?

'Luid en duidelijk.'

'Wie is die zakkenwasser?'

Er viel een stilte. Gentry keek naar de overkant van het park, zag Cullen te midden van de mensen die achter het podium stonden op zijn tenen staan om een glimp te kunnen opvangen van de man op de motorkap. Even later riep de oudere Amerikaan: 'Krijg nou wat! Hij is het!'

'Wie?'

'Dat is Daniel de la Rocha.'

15

Court was verbijsterd over de brutaliteit van deze kerel. Hij kwam doodleuk een kijkje nemen bij de herdenking die geheel gewijd was aan de agenten die geprobeerd hadden hem om het leven te brengen; een flagrante belediging voor zowel de politie als de familieleden van de gesneuvelden. 'Wat doet hij hier?'

'Wat hij altijd doet. Een toneelstukje opvoeren.'

Gentry's brein vulde zich met een mengeling van verwarring en bezorgdheid. Hij dacht weer aan de mannen in burger die hij tussen het publiek had gezien. Waren dat sicarios, moordenaars die bij De la Rocha's entourage hoorden? Of waren ze in dienst van zijn aartsvijand, Constantino Madrigal? Loerde hier meer gevaar dan enkel de dreiging van dronkaards en knokpartijen en bierflesjes? 'Dit zint me maar niks. Haal de familie daar weg. Nu.'

'Dat heb ik net geprobeerd. Elena gaat nergens heen zolang ze haar toespraak niet gehouden heeft.'

'Verdomme,' zei Court, en hij haastte zich weer naar het trappenhuis om de gemaskerde man te zoeken die net als hij in het gebouw moest zijn.

De la Rocha bleef doorpraten in de megafoon, en Court kon het woord voor woord horen, en wat hij niet begreep, wist hij op basis van de context te herleiden. 'Ik sta hier vandaag voor jullie om de mensen en de autoriteiten te laten zien dat ik me niet verschuil. Ik heb niets te verbergen! De moordaanslag op mij op mijn jacht is met dank aan mijn beschermer en redder mislukt. De moordaanslag werd uitgevoerd door sicarios van de overheid die rechtstreeks werden aangestuurd door el Vaquero, Señor Constantino Madrigal Bustamante, de échte *narcotraficante*, de échte crimineel en bedreiging voor onze regio en ons arme land. Madrigal en zijn omgekochte politiegangsters willen me afmaken omdat ik bewijs heb van overheidscorruptie in Mexico-Stad op het hoogste niveau! Ik heb de namen in handen van de corrupte ambtenaren die voor Madrigal werken.' De la Rocha wendde zich af van het publiek en richtte zich tot Elena Gamboa, die nog steeds, nu met stomheid geslagen, achter de microfoon stond. 'Señora, ik vraag u vergiffenis voor wat ik nu ga zeggen, maar de naam van uw echtgenoot staat ook op de lijst!'

'*¡Mentiroso!*' – leugenaar! – schreeuwde Elena in de microfoon op het podium.

De la Rocha negeerde haar en richtte zich weer tot het grote publiek. 'Ik ben vandaag hiernaartoe gekomen met gevaar voor eigen leven omdat ik van mening ben dat moordenaars en misdadigers en oneerlijke politieagenten geen steunbetuiging verdienen...'

Terwijl hij verder sprak, leek het publiek inmiddels verdeeld in hun reacties; de komst van Los Trajes Negros leek sommigen te intimideren en anderen te verenigen, zelfs al leek het merendeel van de mensen erdoor ontstemd.

Maar Court Gentry negeerde het. Hij was inmiddels terug in het trappenhuis en op weg naar boven, op zoek naar de zich schuilhoudende federale. Bovenaan de trap begon hij over een volgende donkere etage vol bouwstof te lopen, opnieuw richting de ramen die uitkeken over het park.

Toen zag hij hem, voor zich in de schaduw. De gemaskerde man had zijn machinepistool vast en stond achter de uit betonblokken opgetrokken muur, hield zijn lichaam verscholen en keek naar de mensenmassa beneden. Court hoorde Elena's stem door de speakers schallen die tegen DLR inging terwijl het publiek haar zowel aanmoedigde als uitjouwde. De agent haalde een radio van zijn koppelriem en begon er zachtjes in te praten. Court kon niet horen wat er werd gezegd. Op zijn kousenvoeten sloop hij iets dichterbij en bleef dicht bij de muur.

Hij stapte nu de ruimte binnen waar de agent zich ook bevond, liep langs de linkerwand richting de hoek en verschool zich achter een lage stapel bouwplaten die op het stoffige beton stond.

De politieman zei weer iets, en daarna nog iets, en weer kon Court zijn zacht uitgesproken woorden niet verstaan, maar Court vertrouwde de man absoluut niet. Wat deed hij hierboven, verdekt opgesteld tegen iemand in zijn portofoon fluisterend? Het leek niet op een agent die gewoon zijn werk uitvoerde.

De man hief langzaam zijn wapen; Gentry zag dat het een Colt 635 was, een 9mm-machinepistool dat ook wel een Shorty werd genoemd. De federale hief de loop over de betonblokken en richtte het naar beneden op het publiek. Gentry verroerde zich nog altijd niet, had geen idee wat er in hemelsnaam aan de hand was. Was de politieagent daar om de mensen op het podium te beschermen en had hij iets verdachts gezien? Of was hij van plan

Elena Gamboa om het leven te brengen? De Colt was geen scherpschuttersgeweer, maar een lang salvo uit het wapen van dertig 9mm-kogels over een afstand van vijftig meter richting het podium zou iedereen die erop stond de dood injagen.

Shit, dacht Court. Hij wist niet wat hij moest doen. Als deze man goede bedoelingen had, wilde hij hem zeker niet doden, maar als hij kwaad in de zin had, wilde hij ook niet werkeloos toezien hoe hij onschuldigen zou afmaken.

Hoewel hij het niet zeker wist, zei zijn instinct dat de situatie zoals die zich voor zijn ogen ontrolde geen zuivere koffie was, en dat instinct was door jarenlange blootstelling aan gevaar geslepen en verfijnd. In een min of meer vastberaden moment stond Gentry op en liep op de ballen van zijn enkel in sokken gehulde voeten naar de in het zwart gehulde man toe. Vijf meter, drie meter, tot hij anderhalve meter achter hem stond. Zijn voetstappen waren geruisloos, en het weinige geluid dat ze maakten werd overstemd door de van de straat en uit het park opstijgende geluiden.

Court knielde buiten het zicht van het open raam direct achter de agent.

'Hallo.'

De Mexicaanse federale agent draaide op de ballen van zijn voeten om zijn as en toen hij zijn hoofd had gedraaid incasseerde hij een harde linkse van de Amerikaanse moordenaar. Met een plof en gekraak maakte de vuist contact met zijn gezicht. De donkere bril vloog van de agent z'n neus, de opengesperde ogen van de politieagent trilden, en de man klapte als een zeventig kilo wegende zak aardappelen tegen het cement. Court ving hem half op en legde de bewusteloze man op zijn rug. Hij pakte snel zijn wapen.

Court keek naar beneden door de spaghetti-achtige kluwen van elektriciteits- en telefoonkabels die vanaf zijn hoger gelegen schuilplaats naar de palen op straatniveau aan de overkant van de straat liepen. Onder deze kabels, direct onder hem, zag hij een nieuwe groep in het zwart gestoken figuren zich een weg door de menigte banen. Dit waren ook federale agenten, die vanuit de gepantserde auto via de steeg naar het plein waren gekomen. Ze waren identiek gekleed als de politieagent die bij Courts knieën lag.

Rechts onder Court sprak De la Rocha nog altijd in de megafoon. Tot twee keer toe probeerde Elena hem te onderbreken, maar beide keren bleef de onberispelijk geklede man die in de zon op de motorkap stond doorpraten, waardoor ze gedwongen werd het op te geven en zwijgend op het podium bleef staan. Hij zei iets over een tenlastelegging die er niet was, iets over de corruptie van de special-operationsgroep van de federale politie, iets over liedjes en actiefilms die slechts dienden ter vermaak en geen grond boden om iemand schuldig te bevinden. Hij zwaaide met gevouwen papieren in zijn handen, zijn 'lijst' van samenzweerders tegen hem, en hij ging tekeer tegen Constantino Madrigal en *Los Vaqueros*, 'de Cowboys'.

Court keek naar de Feds die zich een weg door het publiek baanden. De menigte zelf was aan het duwen en trekken geslagen om uit hun buurt te blijven. Minstens vijf agenten, misschien meer; het was gezien de manier waarop ze zich door de bewegende mensenmassa bewogen, brandend in de hete middagzon, lastig ze te tellen.

'Señor!' beet Elena De la Rocha toe. 'Ik spreek namens mijn overleden echtgenoot. U moet me laten uitspreken!'

Court begon in de microfoon van zijn mobiel te praten. 'Er lopen minstens vijf verdacht uitziende gasten door het publiek naar het podium. Federale agenten.'

'Shit.' Court hoorde dat Cullen deze informatie doorgaf aan Laura, en hij zag dat ze achter de katheder ging staan om met Elena te overleggen. Terwijl Elena De la Rocha bleef toespreken duwde ze zachtjes haar schoonzus aan de kant.

Court keek weer naar de federales. Burgers renden nu letterlijk bij hen vandaan, maar de gemaskerde mannen baanden zich agressief een weg door het voetvolk, duwden ze weg met handen en armen en... Jazeker. Wapens! In hun aanvankelijk lege handen zag hij nu zwart metaal. Ze hadden hun wapens getrokken: sommigen hadden Colt-machinepistolen, anderen zwarte semi-automatische wapens.

Elke zucht, elk geluid, elk zesde zintuig dat Gentry vanaf het moment dat hij op het plein was aangekomen had opgepikt viel plotseling op zijn plek; het kwam allemaal samen in een krachtig onderbuikgevoel.

Nu begreep hij het.

Er zouden geen rellen komen.

Dit zou een bloedbad worden, en hij had er van bovenaf volop zicht op.

'Trek haar van het podium, Chuck! Er gaat zo geschoten worden!'

'Oké!' schreeuwde de oude man terug.

Court hoorde de kapitein tegen Elena schreeuwen. '*¡Vamanos!*' We gaan! Court keek op tijd naar de tweeduizend zielen tellende menigte om te zien hoe de Amerikaan met het witte haar en de blauwe pet Elena bij haar arm pakte.

En toen weerklonk er een schot.

Court keek weer naar de federales, maar zijn hoofd volgde direct de bron van het geluid, rechts onder hem. Zijn mond viel open van schrik. Daniel de la Rocha liet zijn megafoon vallen, zijn handen ver van zijn lichaam; een tweede schot deed hem achterover van de motorkap van de enorme witte Chevy Suburban in de armen van zijn in het zwart gestoken bodyguards vallen.

Vanuit de menigte voor de SUV kringelde rook van een pistool.

'Krijg nou wat,' mompelde Gentry in zichzelf

Dat was wel het laatste wat hij had verwacht.

16

'Iemand heeft net De la Rocha afgeknald.' Court sprak in zijn microfoon, maar hij draaide zijn hoofd in de richting van de geweerschoten die links van hem klonken. De in het zwart gestoken federales losten schoten in het publiek terwijl ze naar het podium opstoomden.

De witte SUV's claxonneerden en probeerden zich met gierende banden uit de mensenmassa te bevrijden.

Court moest iets doen; hij kon niet gewoon daarboven naar een massamoord blijven kijken.

De Gray Man ging voor het open raam op de vierde verdieping staan. Hij pakte een draadstalen scharnier van een halve meter van een stapel naast hem en hield het in zijn rechterhand, trok met zijn linker de draagriem van de Colt Shorty om zijn nek en stapte stilletjes op zijn sokken op de betonnen rand van het raam. Hij keek vluchtig naar beneden en sprong toen over de menigte, het gegil en getoeter en de geweerschoten, en liet zich richting de vier verdiepingen lager liggende straat vallen.

In zijn val hoorde hij links van hem hoe de inhoud van het magazijn van een machinepistool werd geleegd.

Gentry sloeg het scharnier om een kluwen telefoonkabels die op slechts een meter onder het raam hingen, haalde zijn rechterhand onder de kabels door, en pakte er in zijn val de andere kant van het scharnier mee vast en hield dat met beide handen zo stevig mogelijk vast. Aan de venijnige klap in zijn schouders voelde hij hoe de kabels zijn gewicht droegen, en hij slaagde erin zijn greep niet te verliezen. Zijn benen en bovenlichaam zwenkten naar rechts, waardoor hij bijna horizontaal kwam te hangen voordat de zwaartekracht hem weer in zijn greep kreeg en hij in een hoek van vijfenveertig graden naar het Parque Hidalgo begon te glijden, waarbij het metalen scharnier onderweg het rubber van de kabels afschuurde.

Hij zoefde nu boven de straat naar beneden, over de in paniek geraakte mensenmassa die wanhopig probeerde weg te komen van de gewapende mannen.

Hij gleed op volle snelheid tien meter boven straatniveau; hij moest alle zeilen bijzetten om zijn grip niet te verliezen. Zijn mobiele telefoon en zijn bedrade oortje vlogen van zijn lichaam en belandden beneden hem op straat. De menigte voor de betonnen trap tussen de stoep en het park stoof uiteen om de kogels die zowel vanuit het noorden als het zuiden op ze werden afgevuurd te ontwijken; een nieuw salvo in de buurt van de trap naar de Talpakerk deed een aantal van hen de andere kant op vluchten waardoor er op de stoep ter hoogte van de plek waar Courts telefoonkabel aan een paal vastzat, een 'moshpit' van struikelende en vallende lichamen ontstond.

Hij koos deze ongelukkigen als zijn landingszone. Terwijl hij nog langs de kabel naar beneden gleed, liet hij toen zijn voeten nog tweeënhalve meter boven de grond bungelden en hij pas halverwege de driebaansweg was het scharnier los. Hij vloog door de lucht, trok zijn knieën zo ver mogelijk op, zag een grote man in burger met een radio in zijn ene hand en een zilverkleurige revolver in de andere. Court vloog tegen zijn rug aan, waarna hij en de dikke man hard op de andere mensen landden die al op de stoep lagen.

Court kwam moeizaam overeind, maar sneller dan alle anderen die hij met zijn duik vanaf de vierde verdieping tegen de grond had gewerkt. Hij liep over de rug van een jongeman die met zijn gezicht naar beneden op straat lag, sprong over een lage muur die parallel aan de stoep liep en haastte zich naar de trap die Cullen wilde gebruiken om de Gamboa's het park uit te krijgen.

Voor hem hoorde hij nog meer schoten, en uit de menigte steeg geschreeuw op. Mannen, vrouwen en kinderen probeerden rennend en worstelend en gillend aan het bloedbad te ontsnappen. Court zocht naar de bron van de schoten terwijl hij met gedraaide torso naar de dreigingen voor hem rende en met zijn vrije hand de geschokte en verdoofde omstanders aan de kant duwde. Hij had de eerste slachtoffers bereikt: met kogels doorzeefde lijken en van pijn kronkelende gewonden wier ellende nog werd versterkt door mensen die hen in hun vlucht van het pandemonium onder de voet liepen. Court liet zich door de menigte meevoeren naar de lange trap die toegang gaf tot de boven hem gelegen weg en de kerk; voor hem worstelde een hechte kluwen schreeuwende en in paniek geraakte mensen zich de trap op naar veiliger oorden.

Chuck had Elena en haar familie van het podium af gedirigeerd; de kapitein voerde haar, Laura, Ernesto en Luz haastig naar de trap die hen weg van Parque Hidalgo zou leiden. Achter, naast of voor hen, afhankelijk van de grillen van de menigte, volgden de andere acht leden van de familie Gamboa: Eddies beide ooms, twee tantes, zijn twee oudere broers, een schoonzus en zijn zestienjarige neef. Ze waren in gezelschap van familieleden van de andere PF-agenten die op La Sirena waren omgekomen. Maar het was druk, en Cullens inderhaast bedachte vluchtplan stokte direct. Het ritmische geweervuur klonk heel dichtbij, maar ze konden amper ademhalen, laat staan wegkomen. Na een duwpartij die ogenschijnlijk een eeuwigheid had geduurd, had Cullen de Gamboafamilie eindelijk naar de muur langs de trap weten te loodsen. Hij begon zich erlangs te wurmen om naar boven te kunnen gaan maar werd tegengewerkt door een zwerm angstige demonstranten die hem tegemoetkwamen.

Eindelijk draaide hij zich onderaan de trap om en leidde hen mee, hield Elena's hand vast, en keek afwisselend achterom, om zich ervan te vergewissen dat de rest van de familie niet was achtergebleven, en voor zich uit de trap op naar het pandemonium, speurend naar dreigingen die ontweken moesten worden of mogelijkheden om hun vlucht te bespoedigen.

Er klonken achter hen meer schoten, vanuit verschillende delen van het park en de straat, afkomstig van verschillende wapens. Laura liep achter haar ouders aan, duwde tegen haar vader die samen met zijn vrouw tussen de rest van de mensen naar adem stond te happen.

Vlak boven hen hoorden ze: 'Doorlopen! Doorlopen!' Hoewel Cullen uitstekend Spaans sprak, schreeuwde hij hen in het Engels toe, wat ze echter allemaal begrepen.

Gedurende het grootste deel van zijn trage en moeizame tocht door het bomvolle park kon Court hooguit een meter voor zich uit kijken. Hij baande zich stompend en duwend en krabbend een weg door de menigte. '*¡Muevate! ¡Muevate! ¡Muevate!*' Doorlopen! Doorlopen! Doorlopen! Terwijl hij de trap naderde, waarbij hij over de doden en gewonden heen stapte, haalde hij drie sicarios federales in die met hun rug naar hem toe stonden. Deze mannen liepen door en herlaadden hun rokende machinepistolen, zonder het flauwste vermoeden dat ze gevolgd werden door een gewapende vijand.

Omdat de mannen dikke kogelwerende vesten droegen en om te voorkomen dat zijn kogels niet na zijn tegenstanders te hebben doorboord alsnog onschuldigen zouden raken, knielde de Amerikaanse moordenaar kil en berekenend op het trottoir. Hij loste zorgvuldig korte salvo's vlak onder de helmen op de hoofden van de mannen. Ze vielen voorover tegen vluchtende burgers aan; hun Colt-machinepistolen en hun Beretta-pistolen vielen werkeloos uit hun handen. Court hield zijn machinepistool met rechts vast en nam de op de grond liggende mannen opnieuw onder vuur en schoot ze in het voorbijgaan twee keer in het hoofd.

Hij bereikte een groep van angst verstijfde burgers, ze waren duidelijk familie van elkaar: een bijkans hysterische vader die terwijl hij een poging deed te vluchten zijn vrouw en drie kinderen probeerde te beschermen tegen het rondvliegende lood en de duwende en stompende lichamen. Precies op het moment dat Court 's mans blik ving, sloeg het hoofd van de Mexicaan opzij en spoot er bloed uit diens kaak. Court zwenkte zijn hoofd om een van de in burgerkleding gehulde agressors te zoeken die, nu hij met zijn eerste schot gemist had, Court opnieuw op de korrel wilde nemen. Court liet zich vallen en rolde over de grond, botste als een bowlingbal tegen omstanders aan, maar wist opnieuw een schot te ontwijken dat ongetwijfeld een onschuldige omstander geveld had.

De Gray Man leegde vanaf een meter of vier zijn Colt 9mm in de buikstreek van de man, die nog even stuiptrekte voordat hij dood neerviel.

Court liet het lege machinepistool vallen, kroop op handen en knieën naar voren en pakte de rokende revolver van de man.

Hij stond op, trok een sprintje richting de trap; er lekte bloed van zijn nieuwe wapen, en hij duwde en sleurde en hield zelfs onschuldigen onder schot om ze uit de weg te laten gaan. Nog altijd gehinderd door de honderden mensen die in beide richtingen de trap op liepen die toegang gaf tot de straat voor de Talpakerk deed hij alles wat in zijn vermogen lag om aansluiting te vinden bij Cullen en de vluchtende familie Gamboa. Op een zeker moment klom hij op een bankje en sprong op de ruggen en de hoofden van de mensenmassa, en bewoog zich letterlijk bodysurfend voort over een hechte zee van Puerto Vallartanen die te bang waren om zich te verroeren.

17

Chuck Cullen bevond zich boven Court en liep iets voorbij de helft van de trap vijfentwintig meter voor hem uit, met de Gamboa's en de andere familieleden van de GOPES in zijn kielzog. Omdat het aan zijn rechterkant plotseling veel minder druk was, besloot hij met zijn gezelschap die kant uit te gaan. Hij ging Elena voor en liet haar passeren, zodat hij de hand van Luz kon pakken en haar door de kluwen schreeuwende mensen die hen omringden heen kon sleuren.

Bovenaan de trap, op zo'n tien meter afstand, reden drie federale agenten op Suzukimotorfietsen door de menigte en stapten af; ze trokken hun pistolen uit hun heupholsters en keken de trap af in de richting vanwaar geschoten werd. Ze gebaarden dat de ontsnappende bezoekers van de herdenking door moesten lopen, spoorden hen aan te rennen voor hun leven, leken hun rugdekking te geven met hun wapens en speurden op het plein onder hen naar dreigingen.

Meer schoten. Meer geclaxonneer van auto's. Meer gegil en geschreeuw.

Meer kreten van pijn.

Elena Gamboa ging haar familie nu voor de trap op. Toen ze de federales zag, vertraagde ze, maar ze zag hun motoren, waar Eduardo er ook eentje van had; hun uniformen, net als dat van Eduardo; hun bivakmutsen en zonnebrillen, die Eduardo ook gedragen had. Ze besteeg de trap zo snel als haar zwangere lichaam dat toeliet.

De politieagent die bovenaan de trap pal boven haar stond sommeerde haar met zijn vrije hand door te lopen terwijl hij de menigte afspeurde naar gevaar.

Terwijl Elena zich haastte om zichzelf in de nabijheid van Eduardo's collega's in veiligheid te brengen, ging het schieten achter haar door.

Chuck Cullen maande Luz weer door te lopen, controleerde vlug of Laura haar armen nog om Ernesto's middel had geslagen en hem achter zijn vrouw aan duwde. De tante, de ooms, de neef en de broers waren doorgelopen; ze passeerden Cullen aan de linkerkant op de trap. De tweeënzeventigjarige Amerikaanse voormalige marineofficier draaide zich om en zag Elena in hoog tempo rechts naar boven gaan; ze had hem ingehaald terwijl hij Eddies moeder had bijgestaan. Hij haastte zich om tegelijk met haar de top van de trap te bereiken zodat hij haar tegen eventueel gevaar kon beschermen en haar de steeg achter de kerk in kon loodsen waar hij zijn auto geparkeerd had.

Hij liep nog ongeveer een meter links achter haar toen hij de politieagent zag, bovenaan de trap, zeven treden hoger dan Elena.

De twee andere federales stonden links van hem. Ze hadden allemaal automatische pistolen voor hun buik. De lopen van hun wapens zwaaiden alle tegelijk weg van de dreiging onderaan de trap en wezen naar de families van de overleden GOPES-mannen die op hen afkwamen.

Deze mannen waren hier niet om iemand te beschermen. Het waren moordenaars.

Chuck zag vol afgrijzen hoe Eddie Gamboa's zwangere vrouw met de loop van een pistool onder schot gehouden werd.

Kapitein Cullen bewoog sneller dan hij in veertig jaar gedaan had en haastte zich naar boven, vloog de treden op en smeet zichzelf tussen het wapen en de vrouw.

Het pistool ging af, de pijn vlamde op in de buik van de oude man, die zich toch nog op de agent wist te storten en hem in een stevige omhelzing gevangenhield.

De andere gemaskerde agent begon ook te schieten op de familie Gamboa die inmiddels de top van de trap had bereikt.

Kapitein Cullen werd nog eens in zijn ribbenkast geschoten door de man die hij vasthield, waarna de omhelzing van zijn armen slapper werd en hij boven op de stenen trap langs het lichaam van de agent op zijn knieën gleed. Terwijl Elena een gil slaakte viel hij als in slow motion op zijn borst.

Om de menigte op de trap te ontwijken sprong Gentry op zijn sokken op de brede en steile stenen reling die rechts langs de trap was aangebracht. Met uitgestrekte armen om zijn evenwicht te bewaren en met de revolver die hij van de schutter in burger had buitgemaakt in zijn rechterhand begon hij naar boven te rennen. Hij maakte zijn blik kortstondig los van zijn voeten om naar boven te kunnen kijken, naar een nieuw opstootje in de drukte bovenaan de trap. Voordat hij zicht had op wat er gebeurde klonk er een schot en zag Court Elena. Voor haar neus stond de kapitein, en daarvoor stond een in zwart gehulde federale.

Court begreep meteen hoe de vork in de steel zat. De agent had Eddies vrouw en ongeboren kind willen neerschieten, en de ouwe Chuck Cullen had zijn lichaam voor het schot geworpen.

Meer schoten weerklonken uit automatische wapens, en Court zag hoe de twee andere agenten de families van de leden van de special-operationsgroep uitmoordden die op de trap naar hen toe liepen.

Gentry sprintte over de stenen reling naar boven. Hij hief de zilverkleurige Smith and Wesson-revolver, mikte op het achterhoofd van Elena Gamboa en daarna een fractie naar rechts en vuurde een .357 magnum-kogel af.

De kogel verliet het wapen, vloog omhoog over de mensenmassa op de trap, vijf centimeter langs Elena Gamboa's oor en raakte de moordenaar van Chuck Cullen in zijn linkersleutelbeen, boven zijn kogelwerende vest, waardoor het bot en bloed en spierweefsel uit de schouder van de man spoot en hij draaiend om zijn as op de grond viel, waarbij zijn pistool uit zijn hand vloog en als een tol boven zijn hoofd draaide.

Court bevond zich nog altijd tien meter van de top van de trap. Het vuren hield aan, en de meute achter de Gamboa's rende nu massaal weer naar beneden, weg van dit nieuwe gevaar boven hun hoofd. De jeugdige en meer beweeglijke mensen op de trap sprongen om het rondvliegende lood te ontwijken over de reling en landden vijf tot acht meter lager op het beton van het Parque Hidalgo. Een aantal van hen liep door Courts blikveld en verhinderde hem de twee overgebleven politiemoordenaars onder vuur te kunnen nemen.

Court was nu bijna boven; eindelijk had hij vrij zicht op het doelwit voor zich. Beide agenten zaten achter hun motor gehurkt hun pistolen te herladen. Court mikte op de eerste, drukte de trekker al in op het moment dat hij van de reling naar de trap sprong, maar weer verscheen er iemand in zijn blikveld. In een fractie van een seconde haalde hij zijn vinger van de trekker.

Het was Elena, die achteroverviel; de menigte was het bovenste deel van de trap ontvlucht en achter haar was er niets dan harde betonnen treden.

Gentry dook naar haar toe en liet de revolver vallen om beide handen vrij te hebben. Hij kwam achter haar neer en ving haar; hij vouwde zijn armen rond haar hoofd en haar buik, en samen gleden ze met de overige lichamen de trap af.

Court had bij het neerkomen de grootste klap opgevangen en had gedurende de glijpartij over de treden Eddies vrouw en haar hoofd en buik beschermd.

Een langgerekt, onder hem afgevuurd salvo uit een automatisch wapen dwong Gentry zijn sliding af te breken, op te staan en weer naar boven te rennen. Hij nam Elena in zijn armen, probeerde uit alle macht zijn evenwicht te bewaren terwijl hij weer de trap op liep, negeerde de door de val van de trap veroorzaakte pijn in zijn rug en armen. Hij klom langs de linkerkant en probeerde zo veel mogelijk burgers in het gezichtsveld tussen hem en de schutters onder hem te houden.

Links van hem vielen mannen, vrouwen en kinderen; uit zijn ooghoek zag hij de twee ooms van Eddie en een tante te midden van een stroom doden en gewonden de trap afglijden, waarbij ze in hun val langgerekte vegen vers bloed op de treden achterlieten.

Hij bleef met Elena in zijn armen de trap op lopen. Hij zette zijn voet op de revolver die hij had laten vallen en gunde zichzelf de tijd om hem op te rapen; zijn dijen trilden toen hij met Eddies zwangere vrouw weer overeind moest komen. Kort daarna werd Court van achteren ingehaald door een losgeslagen horde mensen, en degenen die alleen maar naar voren konden dwongen de moordenaars bovenaan de trap naar achteren en liepen ze onder de voet, en toen Gentry de hoger gelegen stoep had bereikt, hadden de agenten hun motorfietsen in de steek gelaten en waren terwijl ze hun wapens herlaadden naar het noorden gevlucht.

Court keek naar het lijk van Chuck Cullen dat aan zijn voeten lag. Hij lag in een verwrongen houding met zijn gezicht naar beneden; zijn USS Buchanan-pet die van zijn hoofd was gevallen lag naast hem. Gentry legde Elena voorzichtig neer, zocht naar het wapen dat de man die hij in zijn sleutelbeen had geschoten had laten vallen, maar kon het niet vinden.

'Fuck!' schreeuwde hij, te midden van doden, gewonden en een doodsbange massa, terwijl hij onderaan de trap meer schoten hoorde.

18

In de straat boven het Parque Hidalgo hield Gentry pal voor de kerk Elena Gamboa's hand vast terwijl zijn hoofd heen en weer zwaaide, op zoek naar enige overlevenden in de familie van haar overleden echtgenoot. Hij zag veel burgers gillend weglopen, maar daar zaten Eddies naasten niet tussen.

Eindelijk hoorde hij ter hoogte van de voordeur van la Iglesia de la Virgen de Talpa een stem. 'Joe! *¡Estamos aquí!*' Het was Diego, Eddies zestienjarige neef die de Amerikaan naar de kerk dirigeerde. Hij rende met Elena de straat over en vluchtte met haar naar binnen.

De kerk was groot en donker, en het gejammer en gekrijs van degenen die daar hun toevlucht hadden gezocht, weergalmden als kerkklokken. Er bevonden zich ongeveer twintig mensen in het oude gebouw, voornamelijk GOPES-familieleden die ontheemd bij elkaar naast het altaar stonden. Ze huilden en omhelsden en troostten elkaar. Een priester in een wit gewaad stond boven hen, met zijn handen op zijn heupen en een gezicht waar een mengeling van verwarring, onzekerheid en angst van af te lezen was. Toen hij net over de drempel was, gunde Gentry zich een moment om Elena's situatie in ogenschouw te nemen. Ze was logischerwijs in shock. Alle kleur was uit haar gezicht getrokken; zoveel was hem zelfs ondanks het kaarslicht en het schamele zonlicht dat door de vieze ruiten naar binnen viel duidelijk. Maar ze leek ongedeerd. Hij hield haar hand vast en begon haar langs de kerkbanken te loodsen; Diego praatte tegen hem, maar te snel en te onsamenhangend om er wijs uit te worden.

'Zijn we veilig?' vroeg Elena zachtjes. 'Is het voorbij?'

'Dat lijkt me sterk,' antwoordde Court eerlijk terwijl hij samen met haar richting het altaar bleef lopen.

Er was geen tijd om koppen te tellen; Court zou alle hier aanwezigen helpen ontsnappen, maar hij piekerde er niet over om zich weer buiten in de schietpartij te begeven. Hij wist zeker dat de meeste Gamboa's dood waren, maar Luz en Ernesto stonden ongedeerd bij het altaar, net als Eddies jongere zus Laura. Court slaakte een korte zucht van verlichting toen hij haar zag.

'Ze hebben mijn ouders vermoord!' schreeuwde Diego, wat Court goed begreep.

Hij wist niet wat hij daarop moest zeggen. Hij reageerde in onderkoeld en afgemeten Spaans. 'Dat is van later zorg.'

Toen hij weer opkeek, zag hij dat vele overlevers in gebed voor het altaar geknield zaten. De oudere in zijn pij gehulde pater stond nog steeds boven hen. Hij bad niet mee.

Idioten! dacht Court bij zichzelf.

'Hé!' Hij onderbrak hun gebed. 'Wat krijgen we nou? We moeten hier als de sodemieter...' Hij stapte over op het Spaans. '*¡No hay tiempo para eso!*' We hebben hier geen tijd voor! De geknielde mensen draaiden zich met nog steeds van schrik opengesperde ogen naar hem om.

Hij begon door het middelste gangpad naar ze toe te rennen.

Laura ging staan en draaide zich om; Court realiseerde zich dat ze een Beretta-pistool in haar rechterhand had, waarschijnlijk het wapen van de agent die hij bovenaan de trap had neergeschoten waar hij vergeefs naar had gezocht. Ze richtte het met een snelle beweging op hem, waarna hij bleef staan. Langzaam hief hij zijn armen.

'Laura. Alles is in orde. Leg het op de grond. Alles komt goed.'

In plaats daarvan zag hij hoe ze haar pezige onderarm aanspande toen ze de trekker overhaalde. Court liet zich in het middelste gangpad plat op zijn buik vallen waardoor de twee kogels pal boven zijn hoofd vlogen. Ondanks de echo van de kerk en de piep in zijn oren hoorde hij achter hem ter hoogte van de ingang van het godshuis een lichaam tegen de grond gaan. Toen hij over zijn schouder keek, zag hij in de deuropening zo'n vijftien meter achter hem een federale plat op zijn gezicht landen, het Colt-machinepistool kletterde naast hem op de plavuizen.

Ze had de man in zijn hoofd geschoten.

'Oké,' zei Court terwijl hij langzaam weer opkrabbelde. 'Misschien moet je het voorlopig maar bij je houden.' Ze knikte onaangedaan. Ze was duidelijk in shock, net zo diep als Elena. Maar ze was een uitstekende schutter.

'Oké, iedereen luisteren!' zei Gentry in het Engels, waarna hij zichzelf corrigeerde en overstapte naar het Spaans. 'Waar staan jullie auto's?'

Ernesto Gamboa, Eddies vader, nam namens de groep het woord. 'Ze staan in de garage onder het Parque Hidalgo.'

Court vloekte hardop. Ze konden evengoed op de achterkant van de maan staan. Ze gingen onder geen enkele voorwaarde weer naar beneden. En zelfs als hij de sleutels had gehad van Chucks kleine coupé die achter de kerk stond, die hij niet had, zou hij daar onmogelijk het hele gezelschap in kunnen vervoeren.

Hij stapte op de priester af, die zo stil stond als Jezus aan het kruis achter hem. 'We zullen uw auto moeten lenen, eerwaarde.'

De oudere man schudde nadrukkelijk zijn hoofd. 'Uitgesloten! Het kerkbusje behoort mijn parochie toe, en ze hebben hun bus nodig!'

Zonder aarzeling spande Court de haan van de revolver die nog altijd naast zijn lichaam hing. De metalige klik weergalmde in het donkere godshuis. 'Uw parochianen kunnen hun busje houden, of hun priester. De keuze is aan u.'

De priester keek naar het wapen. Langzaam tastte hij zijn habijt af, haalde zijn sleutels tevoorschijn. Overhandigde ze aan Court.

Gentry knikte. 'Goeie keuze, Padre.'

Court zag vanuit zijn ooghoek dat Laura Gamboa hem vernietigend aankeek. Hij nam aan dat haar katholicisme haar pragmatisme in de weg zat. Maar hij had geen tijd om dingen vriendelijk te vragen. Hij negeerde haar afschuw, ontspande de haan van de revolver die hij achter zijn broekband stak, en begeleidde de burgers via de achteringang van de kerk het busje in. Hij overwoog terug te rennen om de Colt Shorty van de dode agent in de deuropening te pakken, maar hij wist niet hoelang het zou duren voordat een team andere moordenaars de kerk zou betreden om de overlevers alsnog af te maken.

De passagiers namen plaats in de bus. Court ging achter het stuur zitten, en met Elena naast zich op de bijrijdersstoel zetten ze koers naar het noorden.

19

Vijf kilometer ten oosten van het centrum van Puerto Vallarta stonden vijf grote witte Suburban-SUV's in een nette rij met stationair draaiende motor op een onverharde heuvelweg. De vijf chauffeurs, allen gekleed in een button-downoverhemd, kogelwerend vest en beige broek, stonden naast het geopende portier aan de bestuurderszijde. Ze hadden allemaal een door het Mexicaanse leger verstrekt, zwart Mendoza HM-3-machinepistool in hun handen. Naast de voertuigen stonden of knielden nog eens vijf mannen, bodyguards in identieke zwarte pakken van Italiaanse snit. Ze hadden AK-47's bij zich die vanwege hun kromme magazijnhouders ook wel *cuernos de chivos* werden genoemd, 'geitenhoorns'. De mannen hielden zowel hun ogen als de lopen van hun wapens op de stad onderaan de heuvel gericht.

Op een open plek op zo'n twintig meter van de weg knielde Daniel de la Rocha met een onderdanig gebogen hoofd en een van spanning verkrampte gelaatsuitdrukking op zijn knappe gezicht in het gras. Met zijn linkerhand hield hij de rechterhand vast van de man die naast hem geknield zat, Emilio Lopez Lopez, De la Rocha's persoonlijke lijfwacht en tevens de leider van zijn bataljon beschermers. En met zijn rechter kneep hij in de hand van de aanvoerder van de moord- en ontvoeringstak van Los Trajes Negros, Javier 'de Spin' Cepeda Duarte.

Rond deze drie knielende mannen stonden of knielden nog eens zeventien anderen. Ze waren zonder uitzondering gekleed in driedelige zwarte Italiaanse pakken en droegen allemaal een vuurwapen in een heup- of schouderholster of, zoals de Spin en een aantal anderen, kleine uzi-machinepistolen.

De twintig mannen stonden zo dicht bij elkaar dat ze elkaars handen konden vasthouden, hun armen over elkaars schouders konden slaan of simpelweg schouder aan schouder konden staan. Een hechte broederschap, waarvan de leden allen met gebogen hoofd voor een opzichtig grafteken langs de kant van de weg stonden.

Daniel de la Rocha bevond zich het dichtste bij het altaar, en maakte zijn hand los uit de greep van de Spin om een witte roos op te pakken die bij zijn knieën in het gras lag en hem aan de voet te leggen van een twee meter hoog, uit gips opgetrokken skelet dat op een houten verhoging rustte. Op het hoofd van het skelet prijkte een lange donkere pruik met daaroverheen een sluier. De torso en ledematen werden bedekt door een lange paarse bruidsjurk die glom in de zon, hoewel hij deels door een klein golfplaten dak erboven tegen de elementen werd beschermd. De vrouwenfiguur hield in haar rechterhand een van hout en ijzer vervaardigde zeis, en een aangestoken votiefkaars in de linker.

De la Rocha stak zijn enkele witte roos tussen de tientallen andere bloemen en diverse kaarsen, waarvan vele zo ver waren opgebrand dat er niets meer van over was dan een kleurrijke plas was op het cement onderaan deze bottentroon. Behalve bloemen en kaarsen prijkten er nog talloze andere offerandes: sigaretten, geld, flessen tequila, kogels, dvd's en appels.

Te midden van al deze snuisterijen staarde het skelet met een kille grijns voor zich uit.

Toen hij zijn offer had gebracht, legde Daniel zijn hand weer in die van de aanvoerder van de sicarios; hij kneep zijn ogen dicht en bad tot Santa Muerte.

De Heilige van de Dood. In het hele land vond je langs de kant van de wegen honderden van dit soort altaars voor Santa Muerte. Het beeld was geadopteerd door de armen en behoeftigen én door vele drugshandelaars.

Daniel begon met een lage, plechtige stem te spreken. 'Glorieuze en machtige Dood; dank dat u me vandaag hebt gered, dat u de kogels die onderweg waren naar mijn hart en mijn keel hebt gekeerd, dat u me hebt beschermd tegen degenen die mijn broeders en mijzelf wilden aanvallen.

'Heilige van de Dood, u heeft me vandaag gered. U bent mijn schat die nooit van mijn zijde wijkt: u at brood en gaf mij brood, en omdat u de machtige eigenaar bent van het donkere huis van het leven en de keizerin van de duisternis, wil ik u vragen mij het genoegen te gunnen mijn vijanden vernederd en boetvaardig aan mijn voeten te laten liggen.'

Terwijl de rest van de Zwarte Pakken dicht om hem heen bleef staan en de tien mannen bij de SUV's de weg naar de onder hen gelegen stad afspeurden en zenuwachtig op hun horloges keken, bleef hij hardop bidden.

Nestor Calvo, met zijn zevenenvijftig jaar ruimschoots de oudste van de harde kern van Los Trajes Negros, die midden tussen de dicht opeengepakte biddende menigte bij het altaar stond, sperde een oog open en keek onwillekeurig op zijn Rolex. Toen hij de sirenes in Vallarta hoorde, en de helikopters die een stukje ten westen van hun locatie door de lucht cirkelden, wist hij dat er honderden agenten en soldaten het zojuist aangerichte bloedbad wilden veiligstellen. Het zou niet lang meer duren voordat ze zouden uitzwermen en in de heuvels op zoek zouden gaan naar de schutters of ander bewijs, en uiteindelijk hier zouden uitkomen. Calvo wilde dan al lang vertrokken zijn. Hij zou willen dat hij precies wist wanneer 'dan' zou aanbreken.

Het was de onwetendheid die hem parten begon te spelen. Als chef inlichtingen was het zijn taak dingen te weten, over wat dan ook, voordat zijn baas ernaar informeerde. Sinds ze nog geen kwartier geleden het Parque Hidalgo hadden verlaten, had hij van zijn bronnen ter plaatse een paar vluchtige updates ontvangen. Zodoende wist hij dat hun plan om de familieleden van de GOPES uit te schakelen grotendeels geslaagd was. Maar de hoofdprijs, de directe naasten van majoor Eduardo Gamboa, had weten te ontkomen. Er was inmiddels meer informatie beschikbaar; vanaf het moment dat De la Rocha opdracht had gegeven om tijdens hun vlucht voor het gevaar bij het eerste Santa Muerte-beeld te stoppen, was zijn telefoon onophoudelijk blijven trillen. Maar Calvo moest weer aan het werk, en deze belachelijke pitstop voor deze lachwekkende cultfiguur die zijn leider en het grootste deel van zijn collega's vereerden, was ongelooflijk dom.

Maar er zat voor hem niets anders op dan lijdzaam af te wachten. Zijn *patrón* was een gelover, een aanbidder, en het was nooit een goed idee een aanbidder van zijn idool te scheiden, zeker niet als deze aanbidder je salaris betaalde en met een wapen op zak rondliep.

Daniel de la Rocha had de Heilige van de Dood om een teken verzocht; hij wist dat ze niets zomaar deed, en vandaag had ze hem een waardevol geschenk gegeven. Hij wilde haar terugbetalen, móést haar terugbetalen, en hij wist dat de witte roos niets voorstelde. Wat wilde ze van hem? Hoe kon hij het goedmaken met haar? Hij bleef drie minuten op zijn knieën zitten wachten. Zijn mannen om hem heen zwegen; ze zouden hem net zoveel tijd bij het altaar gunnen als hij nodig dacht te hebben. Zelfs de oude Nestor Calvo, bij wie het als gevolg van de vertraging inmiddels waarschijnlijk dun door de broek liep, dacht wel twee keer na alvorens De la Rocha te storen.

Het was stil. Hij hoorde enkel de vogels in de bomen en af en toe het gekraak van een radio in een van de SUV's die achter hem op de weg stonden, en natuurlijk hoorde hij beneden in de buurt van de oceaan de helikopters en de sirenes. Maar verder niets. Het was zo stil dat hij zijn eigen hartslag kon horen, en dit zelfbewustzijn zorgde er uiteindelijk voor dat hij zijn aandacht verlegde naar de blauwe plekken op zijn borst en keel waar de kogels waren ingeslagen maar niet door zijn huid waren gedrongen.

Sí!

Langzaam sperde hij zijn ogen open. Hij keek naar beneden, naar zijn borst, ontdekte het gat in de linkerrevers van zijn jas en wist meteen dat dit zijn teken was. Hij deed snel zijn das af, opende zijn jas en deed hem uit, trok ook zijn gilet en zijn op maat gemaakte witte overhemd uit, dat de spieren in zijn armen en schouders amper verhulde. Toen hij de knoopjes van het overhemd los wilde maken merkte hij dat zijn handen daarvoor te veel trilden van de spanning veroorzaakt door het vooruitzicht op wat hij wist dat hij zou aantreffen. Hij gaf zijn fijnzinnige poging op en trok het overhemd open; de ivoren knoopjes vlogen als kogels uit een jachtgeweer alle kanten op. De mannen die hem tijdens het gebed omringden deden een stap naar achteren zodat hij het overhemd uit kon doen en zijn gehavende borst en rug kon ontbloten, en daarbij dus ook de holsters en de kolven van de twee zilverkleurige .45 kaliber pistolen op zijn heupen.

Daniel Alonzo de la Rocha Alvarez keek naar beneden naar de eenzame rode plek op zijn lichaam, net boven zijn hart, waar de eerste kogel hem had geraakt. Hij prijkte precies op de buik van de grote op zijn borst getatoeëerde afbeelding van Santa Muerte – het skelet met de bruisjurk dat smekend haar hand uitstak.

De buik van de vrouw.

In De la Rocha's ogen welden tranen op.

Hij had zijn teken gekregen. Hij wist wat zijn meesteres van hem verlangde. Hij wist hoe hij haar kon terugbetalen.

'Nestor?'

Nestor Calvo, de oudste man van de groep, maakte vlug zijn ogen los van zijn horloge en gaf antwoord. '*Sí, jefe.*'

'De vrouw van de majoor heeft het overleefd, toch?'

'*Sí, jefe.*'

'Is ze zwanger?'

'*Sí, jefe.*'

'Spin?'

'*Sí, jefe.*'

Daniel de la Rocha stond langzaam op, een voorbeeld dat werd gevolgd door de naast hem geknielde mannen, hoewel Emilio Lopez Lopez lang genoeg geknield bleef zitten om het jasje, het gilet, de das en het overhemd van zijn patrón op te rapen. Hij gooide alles naar een andere bodyguard en ging schouder aan schouder naast DLR staan.

De la Rocha stond oog in oog met het standbeeld van het skelet met de ingevallen ogen, bedekt door een witte sluier. Hij kuste zijn vingertoppen, stak zijn hand uit en drukte die tegen de gipsen glimlach. 'Spin... Zoek de vrouw. Dood de baby. La Santa Muerte heeft gesproken.'

'Sí, jefe.'

Een minuut later zat het hele gezelschap weer in de vijf Suburbans op weg naar het oosten. DLR zat op de middelste stoel van de derde auto. Hij had zijn colbertjasje weer aan, echter zonder gilet, overhemd en das. Behalve de chauffeur zaten Emilio, zijn lijfwacht; de Spin, de leider van zijn gewapende tak; en een aantal van Spins beste schutters bij hem in de auto. Nestor Calvo, DLR's inlichtingenchef en persoonlijk adviseur zat ook in de Suburban. Daniel voelde Calvo's ongemak. Hij draaide zich om naar de rij stoelen achter hem en glimlachte zijn oudere *consigliere* toe. 'Wat is er, Nestor? Stel je mijn bezoekjes aan de dunne dame niet op prijs? Heb je nog steeds geen oog voor de kracht van Santa Muerte?'

De zevenenvijftigjarige met zijn grijze baard haalde zijn schouders op. 'De kogels die op weg waren naar je hart zijn niet tegengehouden door de Doodsmaagd, maar door het honderdtwintigduizend peso's kostende pak van kevlar dat je aanhebt, en de kleermaker in Polanco die het heeft ontworpen, en mijn suggestie om ervoor te zorgen dat iedereen in het hart van de organisatie het dagelijks draagt.' Hij haalde zijn schouders op en maakte een sarcastische buiging. 'Excuses aan de heilige maagd daar verderop langs de kant van de weg met de vogelpoep op haar hoofd.'

De la Rocha lachte hardop, wat in de afgesloten ruimte van de volle SUV klonk als een brul. Calvo werd altijd grappig als hij gefrustreerd was, en Daniel wist dat hij de man in hoge mate frustreerde, iets waar hij veel genoegen aan ontleende. De leider van Los Trajes Negros waardeerde eerlijkheid en openhartigheid van zijn mannen, maar door de natuurlijke rangorde waren de persoonlijke meningen van zijn ondergeschikten vrijwel geheel uit de dagelijkse gesprekken verdwenen. Hij had, met grote regelmaat zelfs, werknemers en zakenpartners gedood met wie hij het niet eens was, en hoewel hij dat steevast noodzakelijk had geacht, merkte hij dat zijn personeel daardoor niet het achterste van hun tong liet zien.

Maar Nestor Calvo was de beste vriend van zijn vader geweest, en wat de kartelwereld betrof was Calvo een genie. Als inlichtingenchef van Los Trajes Negros fungeerde hij als intermediair tussen hem en de overheid, de politie en het leger, en Calvo wist dat hij om die reden immuun was voor een gewelddadige afrekening. De la Rocha hield van de norse ouwe zak als zijn vader, moge la Santa Muerte eeuwig waken over zijn ziel, en tegen hem kon Nestor alles zeggen wat hij wilde. Zelfs als dat blasfemisch was.

Daniel wees op de blauwe plek op zijn keel. 'Zie je dit, Nestor? Zie je waar deze tweede kogel me geraakt heeft?'

'Op de knoop van je stropdas?'

'*¡Sí!*'

'Op de knoop van je kevlar stropdas?'

'Verdomme, Nestor, ik weet dat die stropdas kogelwerend is, maar als de kogel een fractie boven die knoop was ingeslagen, zou hij dwars door mijn keel zijn gegaan.'

Nestor haalde zijn schouders op. 'En om die reden trek je de conclusie dat een van kunsthars gemaakt skelet in vrouwenkleding op een of andere manier de baan van de kogel heeft beïnvloed? Als je er überhaupt niet op had aangedrongen bij die bijeenkomst aanwezig te zijn en boven op een auto te klimmen met een megafoon, waardoor je een heel makkelijk doelwit werd, had je de tovenarij van je magere dame helemaal niet nodig gehad. Zelfs zonder deze aanslag op je leven zorgden de door de Spin geregelde doodseskaders die de aanwezigen op het podium moesten aanvallen voor een gevaarlijke situatie waaraan je jezelf helemaal niet had moeten blootstellen.'

Spin Cepeda reageerde als door een adder gebeten. 'Mijn mannen wisten waar de auto's zouden staan, en ze wisten dat ze alle schoten in de richting van het podium moesten afvuren. De man die op Don Daniel heeft geschoten was niet een van mijn sicarios.'

Op het moment dat De la Rocha zich met de discussie wilde bemoeien, pakte Nestor zijn trillende telefoon om op te nemen. Daniel richtte zich tot Emilio, de leider van zijn beveiligingsploeg, die rechts naast hem zat. 'De man die op me heeft geschoten. Heb je hem te grazen genomen?'

'Ik denk het wel, patrón.'

'Je dénkt van wel?'

'Ik stond aan de andere kant van de auto, maar een van mijn mannen zweert dat hij *el chingado cabrón* – die verdomde klootzak – heeft doodgeschoten.'

'Je moet niet vergeten dat het jouw werk is om los chingados cabrones te vermoorden voordat ze mij kunnen omleggen of verwonden. Als mij iets was overkomen, zou jij inmiddels niet meer in leven zijn. Dat realiseer je je toch wel?'

Emilio zei: 'De Maagd van de Dood is ons beiden goed gezind geweest vandaag.'

Daniel bleef de man langdurig aankijken, glimlachte toen breed, stak zijn armen uit en omhelsde hem. 'Inderdaad, amigo.'

Nu trilde De la Rocha's telefoon. Hij keek op het beeldscherm en nam toen op. Zijn vrouw belde. '*Hola*, Mami. Nee, nee, met mij is alles goed, godzijdank. O, een of andere pendejo heeft me geprobeerd neer te schieten maar heeft het verknald. Emilio en zijn mannen hebben dat varkentje gewassen. Hoe is het met de kinderen? *Excellente. Bueno, mi amor*, geef ze allebei een kus van mij. Ik kom snel naar huis.'

De la Rocha verbrak de verbinding, nam een slokje water dat als gevolg van de blauwe plek op zijn keel bij het doorslikken een brandend gevoel achterliet.

'*¿Jefe?*' zei Nestor Calvo; hij stopte zijn telefoon weer in zijn broekzak.

'Wat is er, ongelovige?' vroeg hij glimlachend.

Calvo glimlachte niet terug. 'Zojuist belde mijn contactpersoon van de plaatselijke politie. Er was daar een kerel, in het Parque Hidalgo.'

'Ja, ik heb hem gezien, de oude man met een blauwe pet die op het podium stond.'

'Nee, hem bedoel ik niet, iemand anders. Een jonge hombre met een blauwe pet en een baard. Hij heeft vijf van onze federales gedood en een agent van het korps van Puerto Vallarta die voor ons werkte.'

De la Rocha bleef een tijdlang voor zich uit staren. Zijn gezicht liep langzaam rood aan. 'Zés sicarios?' Ik heb in de twee jaar dat ik het nu opneem tegen Constantino Madrigal en de overheid nog nooit in één klap zes mannen verloren. Wie was die kerel verdomme?'

De Spin beëindigde zijn telefoongesprek en beantwoordde de vraag. 'Ik heb begrepen dat hij samen met de familie Gamboa is ontsnapt. Ik weet niet wie hij is, maar daar kom ik wel achter.'

Calvo riep vanachter: 'Ik zit er ook bovenop.'

'Hoe zit het met de families van de politiemoordenaars?'

'Minstens twintig slachtoffers.'

De la Rocha schudde zijn hoofd, nog altijd in verwarring vanwege het feit dat er uit het niets een vreemdeling was verschenen die een volledig eskader van Spins federale-mannen had uitgeschakeld. Dat had niet mogen gebeuren. De sicarios federales werden geacht alle aanwezigen op het podium neer te schieten en daarna te verdwijnen. Nu lagen daar dode agenten die konden worden geïdentificeerd. Sommigen zouden zelfs met zijn organisatie in verband worden gebracht. Maar hij wist dat er geen grootscheeps onderzoek zou worden opgestart. Hij had de plaatselijke overheid hier in zijn zak, net als de media en veel officieren van het militaire garnizoen in het noorden van de stad. Dit zou een smerig zaakje worden, maar het zou wel weer overwaaien.

Sowieso had hij Nestor om de politieke consequenties in te dammen; dat was niet De la Rocha's belangrijkste zorg. Hij zou zich in de komende paar dagen op public relations storten.

En la Santa Muerte tevredenstellen door majoor Gamboa's ongeboren zoon te doden en het lichaam op haar altaar te offeren.

20

Court Gentry reed noordwaarts in het parochiebusje vanuit de provincie Jalisco naar Nayarit. Ze hadden de overlevende gezinsleden van de overige families onderweg afgezet bij de luchthaven, het busstation en een autoverhuurbedrijf. Iedereen wilde zo snel mogelijk weg uit Puerto Vallarta.

Hij zat nu nog in het voertuig met de Gamboa-overlevenden: Eddies vrouw, Elena; Eddies zus Laura; zijn broer Ignacio; Diego, zijn neef; en zijn ouders, Ernesto en Luz.

De autoradio stond afgestemd op een radiostation dat over niets anders dan de schietpartij in Puerto Vallarta berichtte. Volgens de eerste berichten waren er elf doden, wat later werd bijgesteld naar tweeëntwintig en uiteindelijk achtentwintig slachtoffers, onder wie de vooraanstaande zakenman en vermeende drugsbaas Daniel Alonzo de la Rocha Alvarez, drie leden van het politiekorps van Puerto Vallarta, vijf federales, een Duitse en een Amerikaanse staatsburger. Daarnaast waren ruim dertig burgers en agenten gewond geraakt. Men ging er aanvankelijk van uit dat nadat De la Rocha was neergeschoten door hetzij huurmoordenaars van de overheid hetzij sicarios van het Madrigalkartel, de in het publiek aanwezige moordenaars, politieagenten en bodyguards allemaal op elkaar waren begonnen te schieten, wat uiteindelijk was uitgemond in het grootste bloedbad in zowat vijf maanden.

Laura Gamboa zat achter Court en gaf hem aanwijzingen over de route en andere informatie. ‘Hier links.’ En: ‘Het kan in de buurt van de legerbasis gevaarlijk zijn, laten we de route langs het strand nemen.’ En: ‘In Sayulita is een wegafzetting; we kunnen daarna weer de snelweg op.’ Ze leek opmerkelijk goed op de hoogte van de wegen en snelwegen en verkeerspatronen van Puerto Vallarta en gedroeg zich in tegenstelling tot de vijf andere passagiers van de bus, die niets anders konden dan jammeren en huilen, opvallend professioneel en beheerst. Court vroeg zich af of Laura in shock was of de waarheid nog niet onder ogen kon zien, of dat ze in haar leven voldoende tumult en gevaar en verlies had meegemaakt om hier min of meer overheen te stappen.

Elena voerde inmiddels haar vierde telefoongesprek. Court had haar een tijdje haar gang laten gaan, hij wist dat ze volledig in beslag zou worden genomen door haar pogingen uit te vogelen wie er nog leefden en wie er dood waren. Maar nu moest er een einde komen aan dit flagrante veiligheidsrisico. 'Stop met bellen,' eiste Court. Elena negeerde hem en ging door met het bellen van vrienden en ziekenhuizen en klinieken in Puerto Vallarta in een poging informatie te verzamelen over Eddies broer en ooms en tantes.

Ze was van haar telefoontjes tot dusverre niet veel wijzer geworden. Enkel door de gebeurtenissen keer op keer tegen elkaar te vertellen kreeg de familie in het busje een idee van het lot van hun dierbaren.

'Rodrigo is vermoord. Ik heb nog een zoon verloren!'

'Ik heb *tío* Oscar gezien; hij is in zijn buik geschoten. Volgens mij is hij dood!'

'*Tía* Esperanza zat vlak naast me; ze gilde, maar ineens was ze stil en viel.'

'Volgens mij liepen de Ortega's voor ons uit, maar ik heb ze niet in de kerk gezien. Ik hoop maar dat ze...'

'Ik zag Señor Ortega op straat liggen; zijn been bloedde, maar hij leefde nog.'

'Kapitein Chuck is dood. Heb je het gezien?'

Court mengde zich niet in het gesprek; het geagiteerde Spaanse geschreeuw was voor hem zo goed als onverstaanbaar. En in gedachten was hij bezig met een plan voor hun ontsnapping.

En die van hemzelf. Hij moest ze thuis zien af te leveren en daarna zelf verdwijnen voordat de politie de Gamboa's kwam ondervragen.

Elena toetste het nummer in van een van de andere familieleden met wie ze op het podium had gestaan; ze wist niet of de vrouw die ze belde nog in leven was.

'Ophangen!' schreeuwde de Amerikaan achter het stuur. Ze knikte maar bleef luisteren naar de overgaande telefoon, in de hoop dat iemand op zou nemen.

Court liet het raam naast zich zakken, haalde zijn arm voor zijn lichaam langs en wurmde de telefoon uit Elena Gamboa's hand. Hij gooide de telefoon op de weg.

'Waar was dat voor nodig?'

'Ze kunnen je afluisteren. Je bent een doelwit.'

'Een doelwit?'

'Ja. Die federale agenten hadden het voorzien op alle aanwezigen op het podium. Wat er net gebeurd is, was allesbehalve toeval.'

'De la Rocha is vermoord. Waarom zou iemand hem en daarna alle familieleden van de GOPES-mannen vermoorden?'

'Dat weet ik niet. Het enige wat ik kan bedenken is dat er zich meer dan één groepering in het publiek bevond. Eentje die jou probeerde te vermoorden, eentje die hem probeerde te vermoorden.' Court schudde zijn hoofd. 'Dit land is compleet verziekt.'

Elena liet haar hoofd in haar handen vallen en begon te huilen.

'We moeten een andere auto vinden,' zei Court, meer in zichzelf dan tegen de overige zes inzittenden in het busje.

'Waarom?' vroeg Elena. 'Wat is er mis met dit busje?'

'Operationele veiligheid. We zijn in dit busje de plaats delict ontvlucht, we moeten hem omruilen voor iets schoons.'

Ze nam het interieur in zich op. 'Hij lijkt me schoon genoeg.'

Achter hen nam Laura het woord. 'Hij bedoelt iets wat niet met de plaats delict in verband kan worden gebracht. Waar moeten we een ander voertuig vandaan halen, Joe? Op het vliegveld zat voorlopig het laatste autoverhuurbedrijf waar we langskomen.'

'We kunnen elke auto krijgen die we willen. Ik ben gewapend, weet je nog?'

Het bleef ettelijke seconden stil in de bus, op het gesnotter van Luz Gamboa achterin na. Uiteindelijk zei Laura: 'Je kunt niet nóg een auto stelen.'

'Moet jij eens opletten.'

'Dat is in strijd met de wet.'

Court lachte, vooral van verbazing over de opmerking. 'Hoezo, zit je bij de politie?'

'Sí.'

'Tuurlijk.' Court bleef hoofdschuddend doorrijden. Toen hief hij langzaam zijn blik om Laura via de achteruitkijkspiegel te kunnen aankijken. 'Meen je dat?'

'Sí.'

Terwijl Elena haar neus afveegde met een tissue zei ze: 'Ze zit bij de toeristenpolitie in Puerto Vallarta. Niet de echte politie.'

Laura viel uit naar haar schoonzus. 'Ik ben wél een echte agent. Mijn training en verantwoordelijkheden zijn precies...'

Elena begon tegen haar schoonzus te schreeuwen, en de ruzie tussen de twee vrouwen liep hoog op. Court kwam langzaam bij van de schrik en realiseerde zich waar Laura haar kennis van het wegennet en afzettingen en verkeerspatronen vandaan had. Daarna koos hij in de strijd met Elena de kant van Eddies zus. Als iemand die zonder nadenken een mijnenveld betrad, mengde hij zich in de ruzie tussen de twee Latijns-Amerikaanse vrouwen. ‘De échte agenten hebben vandaag een hoop onschuldige burgers gedood, en ik heb Laura zien schieten, dus ik ben blij dat ze aan onze kant staat.’ Hij keek via de achteruitkijkspiegel Eddies zus opnieuw aan. ‘Waarom heb je niet gezegd dat je bij de politie zat?’

Ze haalde haar schouders op. ‘Omdat je er niet naar gevraagd hebt.’

‘O.’ Zoals gewoonlijk had hij moeite zijn blik van haar los te maken. Hij dwong zichzelf naar de weg voor hem te blijven kijken.

Ze praatte door. ‘Na Eduardo’s overlijden werd ik geschorst. Velen beweren dat hij zijn boekje te buiten is gegaan, en er zou eerst een onderzoek naar mij gedaan moeten worden voordat ik weer groen licht krijg om aan het werk te gaan.’

‘Wat een onzin.’

‘Ik weet het, maar dat zeiden ze nou eenmaal. Toen ze Eddies wapen uit zijn huis kwamen halen hebben ze ook mijn dienstwapen meegenomen.’

‘Maar je hebt de Beretta nog waarmee je in de kerk hebt geschoten.’

Ze schudde haar hoofd. ‘Nee. Die heb ik aan de pater in bewaring gegeven. Ik mag niet met een wapen betrapt worden.’

Court slaakte een zucht. Dat gold ook voor hem, maar dat weerhield hem er niet van er gewoon een te dragen. Hij had graag gezien dat zij ook nog gewapend was. Hij liet het gaan, keek weer omhoog en maakte langdurig oogcontact met Laura. Hij zei: ‘Je hebt het daarnet goed gedaan.’

‘Jij ook,’ zei ze. ‘Dank je.’ Court keek een fractie van een seconde naar de weg en toen weer in de achteruitkijkspiegel. Laura Gamboa bleef hem aankijken. Ze zei: ‘Steel alsjeblieft niet nog een auto.’

Ze bleven elkaar lang aankijken. Eindelijk wendde Gentry zijn blik af. ‘Zoals u wenst, agent.’

Daarna baden de Gamboa’s gezamenlijk: Laura ging voor in het gebed, Ernesto sprak het luidst, Ignacio mompelde, en Luz prevelde de woorden snikkend voor zich uit. Na het gebed viel het stil. Terwijl Gentry reed, staarden de zes overlevende Gamboa’s uit het raam. Hij was zelf doodop van de inspanning en het gevaar, en voelde het verdriet over het heengaan van de oude marineman. Cullen was een knappe verschijning geweest, besefte Gentry. Hij had graag nog eens een avondje tequila met hem gedronken en zijn verhalen aangehoord. Hij zou er zelfs van genoten hebben dat die ouwe sok hem in de zeik nam vanwege zijn lange haar en zijn vage antwoorden.

Maar, zo hield Court zichzelf voor, die mopperkont was een heldendood gestorven.

En daar viel wel wat voor te zeggen.

Iets voor drie uur 's middags bereikten ze Elena's huis. Ernesto zette direct de tv aan en ging zitten, terwijl Luz naar de keuken verdween om restjes van de vorige avond op te dienen. De lijvige Ignacio pakte een biertje uit de koelkast en ging naar buiten om te roken, Diego trok zich terug in de badkamer, en Elena en Laura stormden bekvechtend over de vraag wat ze nu moesten doen door het huis.

Court verstond geen woord van wat ze zeiden.

Gentry stond in de woonkamer met Ernesto en keek op de tv naar de nieuwsberichten over Vallarta – een verslaggever deed verslag in het mortuarium tussen de lichamen die in rijen op de grond lagen. De verse lijken waren afgedekt met bebloede lakens, slechts de voeten staken eronderuit; aan de grote teen van elke linkervoet was met rode draad een papieren kaartje bevestigd.

Er konden elk moment politieagenten bij Eddies huis opduiken. Court wist niet wat voor soort politie, wist niet of het vrienden of vijanden zouden zijn. Hij hoopte dat de overlevenden van deze familie zo slim waren om de stad tijdelijk te verlaten en misschien bij vrienden of familie onderdak konden vinden in een deel van het land waar de Zwarte Pakken minder alomtegenwoordig waren.

Maar Courts ingebouwde systeem tot lijfsbehoud was tijdens de rit langs de kust op scherp gezet, waardoor zijn eigen penibele situatie hem pijnlijk duidelijk was geworden. Het gevaar voor de Gamboa's was allesbehalve geweken, maar hij had zijn eigen problemen. Hij verbleef illegaal in het land; hij had net meer dan een handvol mensen vermoord, van wie de meesten in het bezit van een politiepenning waren geweest; en iedere agent die hij tegenkwam zou daar waarschijnlijk een hartig woordje met hem over willen wisselen.

Court bedacht dat er op dit moment voor hem weinig anders op zat dan verdwijnen. Hij wilde niet rondhangen en de komst van de autoriteiten afwachten. Ondanks alle zedenpreken van de Mexicaanse overheid over de manier waarop de Verenigde Staten de illegaal het land in gekomen burgers behandelden, stond illegalen die in Mexico tegen de lamp liepen niets anders te wachten dan een verblijf achter tralies.

Hij bedacht dat de media hier ook wel snel zouden opduiken. De bewoners van dit huis waren bij de herdenking aanwezig geweest, de zes mensen in wier gezelschap hij verkeerde waren van alle families die op het podium hadden gestaan toen het gevecht uitbrak waarschijnlijk de grootste groep overlevenden uit één familie, en de verslaggever op tv had niet bepaald succes geboekt met het interviewen van ooggetuigen met kaartjes aan hun tenen.

Court begon in de richting van Ernesto te lopen om hem uit te leggen waarom hij er nu vandoor moest en om zijn familie sterkte te wensen. Maar op de tv maakte het hoofd van de verslaggever plotseling plaats voor een beeld van Parque Hidalgo. Dit waren duidelijk beelden van het incident: het volle plein was gefilmd vanaf een camera pal boven de straat. De cameraman had De la Rocha in beeld op het moment dat hij werd geraakt en van de motorkap van de auto tuimelde, waarna het beeld schokkerig werd en kantelde; mensen verschenen voor de lens; de cameraman leek te vallen en daarna te midden van alle commotie zijn evenwicht weer te hervinden.

Court ging op het randje van de bank zitten en keek naar de herhaling van deze dag.

De geweerschoten en de plukken grijze rook die boven de mensenmassa uit kringelde, en toen... nee... ja... O shit, dacht Court.

De camera had het vastgelegd.

Court kreunde toen hij op tv beelden zag van een bebaarde man met een blauwe honkbalpet op, in een gekreukelde beige broek en een bruin overhemd die met een wapen met korte loop voor zijn torso met behulp van een gebogen ijzeren scharnier langs een telefoonkabel naar beneden gleed, zich daarna liet vallen en in de massa verdween.

Court Gentry twijfelde er niet aan dat diverse mannen en vrouwen in Langley, Virginia, op dit moment met een kop koffie in hun hand in een verduisterde kamer op een groot scherm naar dezelfde beelden keken. Ongeveer nu zou iemand zijn of haar bril rechtzetten, zich iets naar voren buigen en tegen de overige aanwezigen zeggen: 'Holy shit, is dat Violator?'

Court zag het voor zich alsof hij samen met ze in die ruimte verbleef. Zijn codenaam zou door de hogere echelons van de CIA gonzen, en iedereen met wie hij ooit gewerkt had zou een digitaal verscherpte foto krijgen van die eikel met zijn bungelende Colt Shorty die van de ene telefoonpaal naar de andere glijdt zodat ze hun voormalige medewerker tegen wie nu een moordbevel was uitgevaardigd konden identificeren.

Dan zou de SAD ten tonele verschijnen. De Special Activities Division van de CIA wilde hem dood hebben, en nu ze eenmaal wisten waar ze hem moesten zoeken, was het geen kwestie van dagen maar van uren voordat de zakenvliegtuigen vanuit Virginia in PV zouden landen.

Court zei het hardop; het was het enige Engels wat die dag in huize Gamboa te horen was geweest. 'Ik moet hier als de sodemieter weg.'

Hij stond op en wilde vertrekken; hij moest zich inhouden om niet de kamer uit te sprinten.

Maar het tv-beeld veranderde opnieuw, Parque Hidalgo verdween uit het zicht. Er werd overgeschakeld naar een interview met Daniel de la Rocha. Court ging ervan uit dat het een oud interview betrof. De knappe man met het korte haar en het vlijmscherp getrimde ringbaardje droeg zoals altijd een zwart pak en zwarte das; hij zat in een eenvoudige katholieke kerk op een eenvoudige kerkbank; de verslaggever naast hem had een microfoon vast en sprak ingehouden, plechtig. Ze was mooi, en ze deed haar best om professioneel over te komen, maar uit haar lichaamshouding kon een expert zoals Court opmaken dat ze zich sterk tot de door haar ondervraagde man aangetrokken voelde.

'Vertelt u ons alstublieft wat er vandaag is gebeurd, Señor De la Rocha.'

'Ik was naar het park gereisd om te protesteren tegen de corruptie binnen het Openbaar Ministerie. Hun oneerlijke veroordeling jegens mijn persoon. De herdenkingsdienst voor de moordenaars die in hun opdracht hebben gemoord was een grof...'

Ernesto zat iets rechts van de plek waar Court stond op de bank. Omdat hij uiteraard Spaanstalig was, begreep hij eerder dan de Amerikaan hoe de vork in de steel zat. Hij schreeuwde het uit, waar Court van schrok. '*¡Chingado!* Dat monster leeft nog!'

Nee, dacht Court, onmogelijk dat die klootzak twee kogels in zijn borst heeft geïncasseerd en drie uur later een interview geeft. Deze uitzending was live, en die slinkse hufter leek er ongeschonden van afgekomen te zijn. Court had hem tijdens de schietpartij duidelijk gezien, zowel in het echt als hier op de tv-herhaling. Hij wist dat de man geen bepantsering had gedragen, zelfs geen kogelwerend vest.

'Nadat ik was neergeschoten, dacht ik dat ik er geweest was, ik dacht aan mijn vrouw en kinderen, maar terwijl mijn werknemers me naar het ziekenhuis brachten, zei ik: "Hé jongens, wacht eens even, volgens mij is de kogel helemaal mijn lichaam niet ingedrongen." Het was een soort wonder, God zij geloofd.' Hij sloeg een kruisteken en veegde toen de tranen uit zijn ogen. De verslaggever gaf hem een papieren zakdoekje. Hij nam het met een hoofdknikje in ontvangst. Voor Court oogde het als één grote poppenkast, alsof hij vooraf ingestudeerde riedels over geloof, verdriet, kwetsbaarheid en tovenarij afdraaide. DLR glimlachte de verslaggever toe. '*Gracias*. Het spijt me. Ik heb een emotionele dag achter de rug.'

Toen Court om zich heen keek, zag hij dat Luz, Elena en Laura de kamer hadden betreden. Diego was vanuit de gang naar binnen gekomen, en zelfs

Ignacio was door de kreet van zijn vader naar binnen gelokt. Court zag hun van woede rood aangelopen gezichten; hij zou willen dat hij iets voor hen kon doen; ze verkeerden inmiddels in grotere problemen dan hij had verwacht.

Maar shit... hij móést ervandoor.

Toen het interview met De la Rocha ten einde liep at de verslaggever uit zijn hand. Met een bezorgd gezicht vroeg ze: 'En wat zou u nog tegen onze kijkers willen zeggen, Señor De la Rocha?'

'Agenten in dienst van de overheid die namens het Madrigalkartel opereerden hebben de afgelopen twee weken twee aanslagen op mijn leven gepleegd omdat ik informatie heb waaruit hun samenwerking blijkt. Ik betreur het bloedbad dat vandaag in het Parque Hidalgo heeft plaatsgevonden, maar dat is slechts het topje van de ijsberg als de politie uit naam van de narcoterrorista Constantino Madrigal naar believen mensen kan vermoorden. Het lijkt me duidelijk, en ik neem aan dat de federale autoriteiten in Mexico-Stad daar ook zo over denken, dat Señor Madrigal de opdracht voor het bloedbad van deze ochtend heeft gegeven als reprimande voor de mislukte moordaanslag van de GOPES twee weken geleden. Deze tragedie zal zich blijven voortslepen zolang Constantino Madrigal op vrije voeten is.'

Terwijl hij dit zei zaten alle Gamboa's aan de buis gekluisterd, op Luz na die via de gang naar de keuken verdween; even later kwam ze terug met een dienblad vol borden met gebakken *empanadas*, bonen, bakbanaan en salade. Restjes van de vorige avond. Court kreunde stilletjes toen ze hem zijn lunch wilde overhandigen.

Laura zei: 'Wat moeten we nu doen?'

Gentry keek over zijn schouder om te zien tegen wie ze het had. Er was niemand anders. '*¿Como?*' Wat zeg je?

'Wat nu? Wat is ons plan?'

'Waarom vraag je dat aan mij?'

Laura leek in de war. 'Ik dacht... Ik dacht dat je ons wel kon vertellen wat we nu moeten doen.'

'Ik heb geen flauw idee wat jullie nu zouden moeten doen. Ik zou eigenlijk niet eens in Mexico moeten zijn. Ik moet zelf het land uit zien te komen.'

'Je gaat ervandoor? Je laat ons hier achter?'

'Jullie wónen hier.'

'Denk je dat we moeten blijven?'

Natuurlijk niet, dat wist Court ook wel. Maar hij had geen vrienden of andere contacten in Mexico. Hij had eerlijk gezegd nergens vrienden.

'Je wilt niet met mij mee, neem dat maar van mij aan. Zoek een veilige plek. Neem contact op met vrienden die je kunnen helpen.'

Elena kwam achter haar schoonzus vandaan. De zwangere vrouw zei: 'We weten niet wie we kunnen vertrouwen.'

'Dat weet ik ook niet. Ik kom niet uit de streek.'

'We hadden vertrouwen in de GOPES totdat Eddie werd vermoord. We vertrouwden Capitán Chuck. En we vertrouwen jou.'

Shit.

Court zei: 'Eddie had vast wel wat vrienden hier, binnen de overheid, het leger, die jullie kunnen beschermen.'

Elena verhief haar stem, de angst sloeg haar om het hart toen ze zich realiseerde dat de man die hun levens had gered op het punt stond te vertrekken. 'Zijn eenheid is gedecimeerd. Het heeft er alle schijn van dat zijn superieuren betrokken zijn bij corrupte praktijken. Bij wie kunnen we nog terecht?'

'En de Verenigde Staten?'

Elena schudde haar hoofd. 'Eddie heeft dertien jaar undercoverwerk gedaan, vrijwel altijd aan de andere kant van de oceaan. Als je undercover werkt, maak je geen vrienden. Hij had vrienden bij de marine, maar die ken ik niet. Ik kan niet zomaar bij mensen die ik niet ken, zwanger en op de vlucht voor moordenaars, aankloppen voor hulp.'

Court voelde zich klemgezet. De voltallige familie keek hem aan, en onwillekeurig deed hij een stap naar achteren en botste tegen de muur. Hij haalde aarzelend zijn schouders op. 'Ik... weet het ook niet. Ik denk dat jullie hier weg moeten. Maar waar jullie dan heen moeten... wat jullie moeten doen... wie jullie kunnen vertrouwen? Ik zou het niet weten. Ik kan jullie niet helpen. Kon ik het maar.'

Het bleef lang stil. Gentry keek reikhalzend naar de voordeur aan het andere eind van de kamer. Hij leek wel kilometers van hem verwijderd.

De jonge Diego schudde vervuld van afgrijzen zijn hoofd, draaide zich om en verdween in de gang. Hoewel hij het Engels niet volledig had begrepen, had hij opgepikt dat Joe besloten had weg te gaan.

Laura zei: 'Je kunt ons helpen. Je hebt ons al geholpen. Je hebt de leiding genomen. De schietpartij en alles in Puerto Vallarta. Jij...'

Court wilde dat ze het begrepen. 'Die schietpartij en alles... dat is zo'n beetje mijn specialiteit. Van andere dingen heb ik niet zoveel verstand. Mijn plan viel in het water op het moment dat de slechteriken kwamen. Jullie moeten gewoon allemaal de stad uit. Uit de buurt van de Zwarte Pakken blijven. Daar kan ik jullie niet mee helpen.'

Elena vroeg hem smekend te blijven.

'Laat hem met rust!' schreeuwde Laura, haar schoonzus onderbrekend.

‘Hij is klaar met ons! Dat is prima.’ Ze keek hem aan. ‘Bedankt voor alles. We redden het wel.’ Courts communicatieve vaardigheden waren niet verfijnd genoeg om vast te stellen of ze dit al dan niet sarcastisch bedoelde, maar hij had zo zijn vermoedens.

Court knikte. Gaf iedereen een hand, wenste hun succes en liep door de voordeur naar buiten.

21

Gentry liep over de *mercado* die voor de kerk in San Blas langs de noordelijke weg van het plein was opgebouwd. Hij trok zich het lot van de Gamboa's aan, maar hij twijfelde er niet aan dat hij zou worden gevonden en vermoord door de CIA of handlangers van Gregor Sidorenko of, bij wijze van redelijk bedroevend bestcasescenario, in een Mexicaanse cel zou belanden wegens de moord op federale agenten of het feit dat hij illegaal in het land verbleef.

Hij rechtvaardigde het in de steek laten van de in gevaar verkerende familie door zichzelf voor te houden dat zijn aanwezigheid eerder schadelijk dan gunstig voor hen was. Ernesto's goede band met de plaatselijke politie zou schade oplopen als ze erachter kwamen dat hij een man onderdak bood die op de vlucht was voor zowel de Amerikaanse overheid als de Mexicaanse politie.

En als er Russische moordenaars in San Blas zouden neerstrijken? Dat zouden de lokale autoriteiten pas echt irritant vinden.

Ze zouden het wel redden. Laura, Elena, Diego, Luz, Ernesto. De plaatselijke bevolking zou zich rond hen scharen, net zoals gisteravond, en ze beschermen. De la Rocha had met de schietpartij in Vallarta zijn punt gemaakt; de Gamboa's lagen nu onder het vergrootglas en zouden dus veilig zijn.

Court had Elena en Laura uitgelegd dat hij tijdens een schietpartij zijn nut had kunnen bewijzen. Maar hij zei tegen zichzelf dat zijn aanwezigheid in vrijwel alle andere gevallen een handicap vormde. Hij was godbetert op televisie geweest.

En de Gray Man op televisie, dat kón verdomme gewoon niet.

Hij liep langs de kerk en naderde met zijn armen zwaaiend het busstation. Omdat zijn tas in Chuck Cullens auto stond, had hij alleen zijn portemonnee en zijn verborgen, met drie kogels geladen wapen bij zich. Hij passeerde een kapperszaak en een winkel die schoonheidsproducten verkocht, liep nog een tijdje door en bleef toen staan.

Zijn aandacht werd getrokken door een groot geel bord aan de muur van een café. Het leek op de andere reclame-uitingen in de buurt, voor een school of een autoverzekering of een frisdrank.

Maar het prees iets anders aan.

Iets heel anders.

'Sluit je aan bij de Cowboys van het Madrigalkartel' stond er. 'We bieden een winstdeling, een levensverzekering, een huis voor je vrouw en kinderen. Niet meer in de sloppenwijken wonen en alles met de bus doen. Een nieuwe auto of pick-up, jij mag het zeggen. Leden van de politie, het leger of de marine ontvangen bij aanmelding een speciale welkomstbonus.'

Naast wat plaatjes van een glimlachend, gelukkig gezin stond een telefoonnummer.

Court bleef staan. Las het opnieuw, liet het op zich inwerken. Ja, hij had het wel degelijk goed gelezen.

Wat krijgen we nou? Het drugskartel werft open en bloot werknemers?

Deze plek is een gekkenhuis.

'Ze worden *narcobanderas* genoemd. Wervingsposters voor de kartels. *¿Increíble, no?*' Een oude man die op een bankje voor de kleine supermarkt zat, zag Court de advertentie lezen. Hij zag waarschijnlijk Courts van verbazing opengesperde mond; anders zou hij wellicht het idee hebben gehad dat de man met de baard op zoek was naar een baan.

Court keek naar de man. 'Madrigal mag deze posters ophangen, en de politie haalt ze niet weg?'

De oude man haalde zijn schouders op. 'Soms doen ze dat wel.'

Godzijdank. Niet iedereen is corrupt. 'Goed om te weten.'

'Sí, de agenten die DLR steunen halen soms de posters van Madrigal weg. Of ze schrijven zelf onderaan dat de Zwarte Pakken een betere levensverzekering bieden dan de Cowboys.'

Court schudde vol ongeloof zijn hoofd.

De narco's waren overal, zelfs hier. De kartels waren als een kwaadaardig gezwel binnengedrongen in alle facetten van het leven aan de Mexicaanse Grote Oceaankust.

Hij moest zichzelf niet voor de gek houden. Laura en Elena en de anderen hadden geen schijn van kans.

Maar wat kon hij daaraan veranderen?

Court keek naar het busstation, liep een paar passen die kant uit, en bleef weer staan.

Besluiteloosheid. Volmaakte besluiteloosheid.

Na een langdurige familieruzie die ter plekke in de woonkamer was uitgebarsten, nam Laura Gamboa Corrales tijdelijk de leiding over de achtergebleven leden van haar familie, aangevuld met Elena Gamboa Gonzalez, de weduwe van haar broer. Laura had aangekondigd dat ze die middag nog San Blas moesten verlaten, dat ze naar een vriend van de familie moesten die een uur landinwaarts in Tepic woonde. Deze man was een vooraanstaande advocaat, en ze was er zeker van dat hij hen zou helpen.

Elena, het ruziemaken moe, had zich geschikt naar de wensen van haar schoonzus en was toen op de bank gaan liggen om haar vermoeide rug en opgezwollen voeten te ontlasten. Ernesto en Luz verzetten zich aanvankelijk tegen het idee om op de vlucht te slaan, San Blas was tenslotte hun thuis, maar toen Laura hun beloofde dat als zij niet gingen, zijzelf ook niet ging, gingen ze schoorvoetend akkoord.

Diego had vandaag zijn ouders verloren. Hij viel technisch gesproken onder de voogdij van Ernesto en Luz, maar was oud genoeg om zijn eigen beslissingen te nemen. Hij kon desgewenst de achterdeur uit lopen, op de fiets springen en ervandoor rijden. Maar hij bleef bij zijn familie.

Hij wist dat zijn *abuelo* Ernesto oud was, en dat zijn tío Ignacio een waardeloze nietsnut was.

Diego wist dat hij de rol van de man in huis op zich moest nemen. Het was geen gemakkelijk besluit om te nemen. Omdat hij in PV en Sayulita hasj van het Sinaloakartel had verkocht aan Amerikaanse surfers en rugzaktoeristen, behoorde hij tot de Madrigalorganisatie, zij het op de onderste trede van de ladder. Maar dat lag nu achter hem. Dit ging niet over geld of goed en fout. Dit ging over familie, over overleven. Hij zou alles doen wat nodig was om zijn familie in veiligheid te brengen.

Ignacio was behoorlijk aangeschoten geraakt van de biertjes en de tequila die hij in het afgelopen uur achterover had geslagen. Zonder morren reisde hij met de rest van de familie mee naar Tepic. Hij had zelf geen familie en kon alleen maar naar huis, aan de kust van Puerto Vallarta. Maar zelfs na vier shotjes reposado-tequila en een paar biertjes besefte ook hij dat dat na de gebeurtenissen van vandaag geen optie was.

Laura was tevreden dat ze inmiddels een plan hadden, maar ze had zich heel wat beter gevoeld als Joe was gebleven om ze te helpen. Ze was teleurgesteld dat de Amerikaanse vreemdeling hen had verlaten. Hij had hun allen het leven gered. Ze had zijn verrichtingen in Parque Hidalgo niet gezien, maar volgens de nieuwsberichten had iemand een handvol sicarios die op de menigte had geschoten om het leven gebracht. Laura had er maar eentje neergeschoten, ze ging er dus van uit dat de geheimzinnige Amerikaan de rest moest hebben uitgeschakeld.

Ze had zich ook tot hem aangetrokken gevoeld, maar die emotie onderdrukte ze nu hij eenmaal weg was. Ze had in geen jaren aandacht voor mannen gehad, niet meer vanaf het moment dat haar echtgenoot door de narco's uit het noorden tot stervens toe was gemarteld. Maar Joe had wel haar aandacht weten te trekken. Ze kon niet zeggen waarom. Ze vroeg zich af of dat kwam vanwege het feit dat hij Eduardo kende uit de jaren dat hun contact beperkt was gebleven tot wat schaarse telefoongesprekken en kleurrijke, uit verre oorden verstuurde ansichtkaarten. Dit gaf haar het gevoel met de Amerikaan verbonden te zijn, bijna alsof ze vrienden uit een ver verleden waren.

En nu was de geheimzinnige Amerikaan gekomen en weer weggegaan, was in een tijdsbestek van minder dan vierentwintig uur verschenen en weer verdwenen.

Na alles wat er vandaag gebeurd was, begreep ze eigenlijk niet waarom dit haar dwarszat.

Ze liet de familie aanstalten maken voor hun vertrek. Ze zouden zich met z'n zessen in Eduardo's grote F-350 Super Duty persen. Haar vader begon dingen in te pakken, haar moeder schuifelde naar de keuken om eten en drinken bij elkaar te zoeken, en Diego reed naar de benzinepomp bij hen in de straat om de auto vol te gooien en de olie bij te vullen.

Elena lag op de bank uit te rusten, en Ignacio ging weer naar achteren om te roken en te drinken.

Voor het eerst sinds de thuiskomst van de familie rinkelde de telefoon in de woonkamer.

'*¿Bueno?*'

'Goedemiddag, Elena. Hoe gaat het met de familie?'

'Met wie spreek ik?'

'Met Daniel.'

Elena hapte naar adem voordat ze iets kon zeggen. Ze herkende de stem. 'Daniel de la Rocha?'

'Tot je dienst. We zijn vandaag niet officieel aan elkaar voorgesteld. Ook met je echtgenoot heb ik nooit kennisgemaakt. Heel sneu wat Eduardo is overkomen.'

Elena was nu buiten adem. 'Ik... ik heb gezien dat je neergeschoten werd.'

Hij schoot in de lach. 'Señora, als jouw stoere echtgenoot die door de gringo's was getraind om te moorden mij nooit te pakken heeft gekregen, denk je dan echt dat het zo'n koud kunstje zou zijn om me te vermoorden? Nee, ik heb nog geen schrammetje.'

'Waarom bel je me? Wat wil je?'

'Dat zal ik je vertellen. Je zult het niet leuk vinden, maar ik zal het je vertellen. Ik wil je baby. Je zoon moet boeten voor de misdaden van je echtgenoot. Als je me je kind geeft, krijg je je leven terug. Dan zal ik niet langer een bedreiging zijn voor jou of je familie.'

'Mijn baby? Ga je mijn baby vermoorden?'

'Ja, maar het is minder erg dan je denkt. Luister, ik zal het je heel gemakkelijk maken. Je gaat naar een arts, met wie ik wel zal praten om de situatie uit te leggen. Ze zullen voor je zorgen en alleen datgene weghalen wat ik van je wil. Als je dat doet, red je je eigen leven, de levens van de overige familieleden die deze ochtend het Parque Hidalgo zijn ontvlucht, en je redt de levens van iedereen die mij ervan zal proberen te weerhouden jouw je kind af te nemen. Inclusief die geheimzinnige gringo van je.'

'Je wilt mijn... kind? Ben je gek geworden?'

'Allesbehalve. Ik ben een voor rede vatbare zakenman. En ik doe je een aanbod dat maar beperkt geldig is. Als je er nu niet direct mee instemt zul je daar spijt van krijgen.'

'Dus je bent écht gestoord. Laat mij, mijn familie en mijn ongeboren zoon in rust rouwen om alles wat je ons hebt afgenomen!'

De la Rocha's hoffelijke toon werd zuur. 'Luister, trut! Jouw echtgenoot heeft míj dingen afgenomen! Zijn leven was nog niet voldoende om me terug te betalen voor alle ellende die hij heeft veroorzaakt. Zijn leven was de stront onder mijn schoenzolen niet waard! Geef me die baby anders vermoord ik iedere...'

Elena Gamboa smeet de hoorn op het toestel, bracht haar handen naar haar gezicht en slaakte een ijzingwekkende kreet. Laura sloeg haar armen om haar schoonzus en gaf haar een stevige knuffel. Begon midden in de kamer hardop te bidden.

'Heer, bescherm ons!'

De voordeur zwaaide open en de vrouwen draaiden er tegelijk naartoe. Joe kwam binnen, de Amerikaan. Een stomverbaasde Laura stamelde: 'Ben je... iets vergeten?'

Hij wiebelde zenuwachtig op de bal van zijn voeten heen en weer. 'Ik kan alles vannacht in de gaten houden. Als de zaak morgen niet gekalmeerd is, kan ik in Eddies boot schuilen als de agenten voor de deur staan.'

Elena lichtte hem direct in over het telefoontje van De la Rocha. Luz, Ernesto, Diego en Laura gingen allen om Elena heen staan toen ze haar verhaal deed. Court spande zijn kaakspieren aan toen de zwangere vrouw vertelde dat de drugsbaron het leven van haar ongeboren kind had opgeëist.

'Waarom?' vroeg hij. 'Waarom het kind?'

'Ik weet het niet. Misschien omdat het Eduardo's enige kind is.'

'Zijn nalatenschap,' zei Court zacht terwijl hij zijn hoofd schudde. 'Die eikel leeft verdomme in een andere eeuw.' Hij dacht een paar tellen na. 'Je moet vluchten. Je moet hier als de sodemieter vandaan.'

Laura zei: 'We gaan naar Tepic. Daar woont een vriend die vooraanstaand advocaat is. Hij kan...'

'Nee,' zei Court. 'Geen vrienden. De Zwarte Pakken kunnen je opsporen bij iedere vriend in de buurt. Je hebt een afgelegen plek nodig, een plek waar je gewoon twee dagen van de radar kunt verdwijnen terwijl we uitvogelen wie je kunt vertrouwen.' Hij aarzelde. 'Als je iets bedenkt... ga ik wel met je mee, gewoon om zeker te weten dat je er heelhuids aankomt.'

Ignacio krabde aan zijn lijvige buik en keek Court aan. 'We hebben neven met een huis in Mazatlan. Daar zouden we wel heen kunnen.'

'Nee. Geen vrienden, geen familie.'

Laura mengde zich in het gesprek. 'Ik weet wel iets.'

'Waar?' vroeg Gentry.

'Een oude boerderij hoog in de Sierra Madre op drie tot vier uur rijden van hier, afhankelijk van de staat van het wegdek. Eigendom van de familie van mijn overleden echtgenoot, die echter op leeftijd zijn en naar de stad zijn verhuisd. Voor zover ik weet is de haciënda niet bewoond.

'Daar gaan we naartoe,' liet Court de familie weten.

Hij had de leiding weer in handen.

22

Als Court in zijn eentje was geweest, zou hij binnen een minuut nadat hij had besloten naar een boerderij in de bergen te gaan al onderweg zijn geweest. Maar Court was niet alleen; hij zou de reis in het gezelschap van nog zes anderen maken, en voor iemand als de Gray Man voelde dat alsof er een lange staart boven zijn kont groeide, een staart die een spoor achter hem zou trekken en hem onderweg zou verraden en overal sporen achter zou laten. Hij kon niet gewoon door het hek in de achtertuin naar buiten lopen en via de steeg in een stofwolk verdwijnen. Hij moest wachten tot drie vrouwen, een jongen, een dikke zuiplap en een ouwe knar hun shit op orde hadden. Hij probeerde ze aanvankelijk aan te sporen, maar hoewel ze het met hem eens waren dat ze geen tijd te verliezen hadden, bleven ze maar door het huis scharrelend dingen oppakken en weer terugleggen.

Tijdens het wachten ging Court op wacht staan; hij had de revolver met de drie patronen. Die zat achter zijn rug onder zijn overhemd, hijzelf stond naast Eddies pick-up. De truck was groot genoeg voor zeven, al paste het allemaal maar net, maar was ook een krachtige vierwiel aangedreven auto die als het moest prima door onverhard terrein kon rijden. Op het dak van de cabine zaten zelfs grote schijnwerpers die op ruige bergwegen goed van pas konden komen. Diego had Court wegwijs gemaakt in de cabine, hem laten zien waar de schakelaars voor de verlichting en de lier zaten, hoe hij de afstandsbediening kon gebruiken zodat hij de auto kon starten zonder de sleutel in het contact te steken.

Het was zeker niet Gentry's keuze om rond te rijden in deze grote opvallende auto die wellicht ook bekend was bij de corrupte agenten die het op deze familie voorzien hadden, maar in elk geval had hij Diego de opdracht gegeven de nummerplaten te verruilen voor die van Laura's kleine tweedeurs Honda. Hij hoopte dat ze dankzij dit trucje op een paar uur rijden van San Blas zouden kunnen komen.

Terwijl Court ongeduldig wachtte op zijn 'staart' bleef hij het hek aan het einde van de korte oprit angstvallig in de gaten houden. Hij stond daar amper twee minuten toen een agente van middelbare leeftijd van de gemeentepolitie van San Blas naar het hek stapte en erdoorheen naar hem keek. Court herkende haar van het eten van gisteravond; ze was een van de agenten die in de achtertuin hadden gestaan. Ze had Laura meerdere keren omhelsd; iets wat hij had meegekregen omdat hij naar Laura was blijven kijken. Ze gedroeg zich sinds gisteravond anders, en hij was benieuwd hoeveel ze wist van zijn bemoeienis met de gebeurtenissen in Puerto Vallarta.

We moeten weg! Omdat het vergeefse moeite was dit nog eens aan de Gamboa's duidelijk te maken, zei hij het tegen zichzelf.

De vrouwelijke agent liep na een paar seconden weer door, maar toen meldde een andere agent uit San Blas zich bij de poort. Ook deze man ging er snel weer vandoor, maar niet lang daarna hoorde Court het gekraak van een politieportofoon aan de andere kant van de muur, en hij wist dat de agent, en wellicht ook de agente, daar was blijven staan. Hij hoopte dat ze hier waren ter bescherming van de Gamboafamilie, hoewel ze met hun stomme wapenstokken weinig zouden kunnen uitrichten als de Zwarte Pakken ineens zouden opduiken.

Een derde en vierde agent arriveerden in een gedeukte witte pick-up. Ze stapten uit de cabine en bleven net als de anderen op straat staan. Toen Diego naar buiten kwam, hielp Gentry hem zijn twee grote rugzakken in de laadbak van Eddies F-350 te gooien.

Er kwamen nog eens twee ongewapende agenten aanfietsen, die door het hek tuurden. Dankzij alle ogen die vanachter de tralies naar hem keken, voelde Court zich net een aapje in de dierentuin. Hij zag dat de municipales die onderling pratend de oprit op keken zenuwachtig waren. Uiteindelijk zette een van hen, wellicht de leidinggevende van dienst, een stap naar voren en keek Gentry door het hek aan. Court besloot op zoek te gaan naar Ernesto zodat hij met ze kon praten.

Hij liep weer naar binnen, doorzocht het hele huis, ontdekte tot zijn chagrijn dat Laura in de woonkamer iedereen op Ernesto na weer voorging in een gebed, en liep haastig de achtertuin in. Hier trof hij Ernesto, die naast de door Eddie op te knappen Boston Whaler aan een tafeltje zat.

Hij huilde, zat in zijn eentje te snikken.

Fuck, dacht Court, dat kan er ook nog wel bij.

'*Perdóname*, Ernesto.' Hij zei het zacht maar niet minder dwingend. 'De *policía* staat op de stoep.'

De oude man keek Gentry aan. Zei slechts: 'Ik heb vandaag nog een zoon en twee broers verloren.'

De Amerikaan wist niets anders uit te brengen dan: 'Gecondoleerd.'

'Mijn dochter.'

'Laura?'

'Zul je haar beschermen?'

'Ik doe wat ik kan. Voor jullie allemaal.'

Gamboa stak zijn hand uit en streelde de gladde romp van Eddies Boston Whaler. 'Alsjeblieft,Jose. Help me de rest van de familie te redden.'

'Ik pas wel op Lorita. Jij kunt maar beter even poolshoogte gaan nemen bij die agenten.'

Ernesto stond op, spreidde zijn armen en gaf de Amerikaan een stevige omhelzing. Court bleef stokstijf staan; hij kon zich geen voorstelling maken van het leed dat de oude visser moest voelen, maar er was helemaal niets wat hij daaraan kon doen.

Ernesto stak het huis door en liep naar het hek aan de voorkant; Court volgde hem, aanschouwde van achteren zijn beweging en zag het ondraaglijke verlies van de man vertaald naar diens afhangende schouders en nek. Eddies vader zag er zelfs op zijn hoge leeftijd fysiek nog vrij stevig uit, maar mentaal was hij broos.

De oude man haalde het hek van het slot en opende het; de zwaargebouwde besnorde agent stond tegenover hem.

'Brigadier Martinez. Heeft u gehoord wat er is gebeurd?'

'Sí, Señor Gamboa. Ik vind het heel erg voor u.' De twee mannen omhelsden elkaar stijfjes. Court was bij de auto achtergebleven; hij wilde geen problemen veroorzaken met zijn aanwezigheid, die mogelijk argwaan kon wekken.

Ernesto zei: 'We zijn hier niet veilig. Los Trajes Negros heeft vandaag geprobeerd ons om het leven te brengen. We gaan er direct vandoor.'

De brigadier speurde even de straat af. Toen zei hij: 'Het spijt me, Ernesto, maar ik moet je verzoeken San Blas niet te verlaten.'

'Waarom niet?'

'Nou... om eerlijk te zijn weet ik dat niet. We hebben een telefoontje gekregen van het hoofd van het korps van Nayarit in Tepic; hij heeft me de opdracht gegeven jou te vragen hier te blijven.'

Ernesto knikte. 'Ik snap het.'

De rest van de familie kwam nu door de voordeur naar buiten. Ze hadden allerlei rugzakken en tassen en dozen bij zich en zochten de grenzen op van wat Eddies auto naast de zeven inzittenden verder nog kon dragen. Ze laadden alles in de auto, en kort daarop gingen Laura en Elena naast Ernesto op straat staan, al snel gevolgd door de rest. Ernesto en de brigadier spraken nog steeds over zijn bevel.

De brigadier was hoffelijk en verzocht de familie met hem en de rest van de agenten mee te gaan naar het bureau om op nadere instructies te wachten.

Ernesto bedankte hem voor zijn aanbod hen te beschermen, maar gaf zijn familie geen opdracht met de municipales mee te gaan.

Op de warme straat begon een uiterst vriendelijke impasse te ontstaan.

Gentry stapte naar voren, wilde dat het gezelschap in beweging kwam. Het moet gedaan zijn met deze politie-onzin, zei hij tegen zichzelf. Hoewel ze vriendelijk bleven en zelf nauwelijks een bedreiging voor hen vormden, groeiden deze agenten die hen verhinderden aan de Zwarte Pakken te ontsnappen in hoog tempo uit tot een bedreiging voor Courts plannen. Hij sprak hen in het Spaans toe. 'Brigadier. U vraagt hun te blijven. En hun antwoord daarop is nee. Er valt verder niets meer te bespreken. Adios.' Hij keek naar de familie. 'Allemaal instappen. We vertrekken.'

De politieagent zei: 'Señor, ú bent vrij om te gaan. We hebben geen opdracht gekregen ervoor te zorgen dat u hier blijft, maar de *familia* Gamboa moet met ons mee naar het bureau.' Hij richtte zich weer tot Ernesto Gamboa. 'We zullen jullie daar allemaal beschermen. Hierheen.' De politieagent gebaarde glimlachend naar de pick-up, alsof ze allemaal in de laadbak moesten klimmen. Deze auto was amper half zo groot als Eddies kolos.

'Staan ze onder arrest?' vroeg Court.

'Natuurlijk niet. We willen ze voorlopig gewoon in de gaten kunnen houden.'

'Ze gaan nergens heen zonder mij. En nu aan de kant.'

'Amigo, ik kan je arresteren voor obstructie van de politie.'

'Je doet je best maar.' Court keek de zwaargebouwde man in de ogen, maar op de machohouding van de agent had hij niet gerekend. Het zou Court geen enkele moeite kosten deze weinig fitte man van middelbare leeftijd tegen de grond te slaan, maar deze kerel deinsde niet terug voor fysiek geweld.

De twee mannen bleven elkaar aanstaren. Martinez zei: 'Ik wil je papieren zien.'

Gentry vertrok geen spier. 'Ik ben niet zo van de bureaucratie.'

'Paspoort? Inreisvisum?'

Terwijl hij de agent indringend bleef aankijken, schudde Court enkel zijn hoofd. '*Nada*.'

'Hoe ben je het land binnengekomen?'

‘Ik heb in Chiapas een van je collega’s omgekocht om de grens met Guatemala te mogen passeren. Er lijken in Mexico heel wat platte agenten rond te lopen.’

De snor van de brigadier trilde als gevolg van een zich onwillekeurig samentrekkende spier in zijn gezicht, maar voor de rest bleef hij zo stil als een standbeeld staan. De twee mannen bleven elkaar langdurig aankijken. Court kon de radertjes in het hoofd van de man zowat zien ronddraaiden: *Hoeveel problemen gaat deze gringo veroorzaken?*

Ernesto stapte naar voren en verbrak hun staarwedstrijd, waardoor hij de lont uit het kruitvat trok. ‘Bueno, brigadier, alles is in orde. We accepteren je aanbod om ons te beschermen. We gaan met je mee.’

‘Niet instappen.’ Court zei het tegen Ernesto, maar de oude man en zijn volgzame vrouw liepen al naar de politiewagen. Twee plaatselijke agenten klapten de klep van de laadbak naar beneden en maakten aanstalten het echtpaar te helpen instappen. Op het moment dat Elena op straat langs hem liep, herhaalde Court zijn waarschuwing. Ze oogde zenuwachtig en verward maar had zich neergelegd bij het feit dat ze uiteindelijk toch niet halsoverkop San Blas zouden verlaten.

Nu liep Laura hem voorbij. Zachtjes zei ze tegen Gentry: ‘Dit zijn onze vrienden. Ze hebben niets met de narco’s te maken.’

‘Maar ze kunnen jullie niet beschermen. Als de sicarios komen, of als de federales jullie willen meenemen, kunnen zij niets uitrichten. Als de politie of het leger...’

Op dat moment weerklonk er een rumoer op straat die ieders aandacht trok. Vanaf de weg van het plein kwamen drie olijfgroene pick-ups Canalizo in rijden, de straat waar de Gamboa’s woonden. In elk van de drie voertuigen, met grote zwarte G3-geweren in de laadbak, stonden twee Mexicaanse soldaten met dikke groene scherfvesten aan tegen het dak van de cabine geleund. Achter hen zaten in de laadbak nog twee gewapende soldaten met hun gezicht naar de straat, hun wapens in de aanslag. Court besefte dat er, inclusief de chauffeur en de bijrijder in de cabine, op slag achttien wapens en schutters ter plaatse waren gearriveerd.

‘Of het leger,’ herhaalde Court, eerder tegen zichzelf dan tegen Laura.

Zijn drie .357-kogels leken nu zoveel erger dan niets.

De legervoertuigen stopten, waarna de soldaten uitstapten dan wel er afsprongen en met de zes agenten uit San Blas begonnen te praten die in hun babyblauwe poloshirts en met hun wapenstokken inmiddels lachwekkend onbekwaam oogden om wie dan ook te kunnen beschermen.

23

Vijf minuten later was er nog steeds niets geregeld – sterker nog, de situatie was alleen maar hachelijker geworden. Er was nóg een pick-up met plaatselijke agenten ten tonele verschenen, waardoor ze nu met z'n elven waren. De municipales van San Blas flankeerden nu de achttien leden van het Nationale Verdedigingsleger. De politiebrigadier en een luitenant uit het leger stonden midden op straat met elkaar te discussiëren, een discussie die inmiddels hoog was opgelopen.

Achter hen brak tussen de twee partijen een klein opstootje uit. Een soldaat die tegen een van de pick-ups van de municipales geleund stond, was door een jonge agent weggeduwd. De luitenant schreeuwde iets tegen zijn mannen, die daarop de politie onder schot namen.

Er was op straat voldoende testosteron en machogedrag om een gevecht te laten uitbreken dat even ingrijpend kon worden als de gebeurtenis van eerder die dag in Puerto Vallarta.

Ignacio Gamboa, Eddies broer, stond in de schaduw tegen de muur van zijn broers woning geleund. Toen de wapens werden geheven, stak hij zijn handen omhoog om zich over te geven. Nadat hij had geconstateerd dat niemand zijn voorbeeld volgde, liet hij ze langzaam weer zakken.

Uit de woorden van de tegenstribbelende legerluitenant maakte Court op dat hij van zijn superieuren op de legerbasis van Puerto Vallarta het bevel had gekregen de Gamboa's terug naar PV te brengen. En de agenten uit San Blas lieten weten dat zij de opdracht hadden gekregen de familie hier te houden totdat de provinciale politie uit Jalisco langs de kust naar boven was gereden om ze op te halen en de Gamboa's naar de politie in Puerto Vallarta te brengen om te kunnen worden verhoord over de schietpartij in Parque Hidalgo.

De familie Gamboa wilde met geen van beide groepen mee. Court zag dat Ernesto en zijn familie het verdacht vonden dat de vertegenwoordigers van de twee organisaties hier op straat beiden beweerden namens dezelfde organisatie in PV op te treden terwijl hun bevelen in wezen lijnrecht tegen elkaar indruisten.

Ja, dacht Court, dit is allemaal gelul. Een van de twee groepen die hier ruziemaakten over het gezag over Eddies familie loog. Het kostte hem weinig moeite zich voor te stellen dat beide groepen, rechtstreeks dan wel onwillekeurig, voor de narco's werkten, of de corrupte figuren binnen hun organisatie. Terwijl de onenigheid tussen de twee kampen steeds persoonlijker werd en de hardnekkige woordenwisseling overging in dreigementen en geduw en de tegenstanders elkaar steeds bozer gingen aankijken, raakte Court er steeds sterker van overtuigd dat deze machtsstrijd op de stoffige straat in de late middag niets met gerechtelijke bevoegdheden te maken had – maar met een prijs die De la Rocha op de hoofden van de Gamboa's had gezet, die beide groepen, of in elk geval hun aanvoerders, wilden incasseren.

De Gamboa's en Gentry stonden voor het huis op straat. De pick-up was ingepakt en stond op de oprit klaar voor vertrek; Court had zelfs eventjes overwogen om terwijl de ruzie zich voortsleepte te proberen de familie de auto in te krijgen en gewoon weg te rijden, maar toen de soldaten zich aan beide zijden van de weg posteerden, verwierp hij dit idee. Nee, ze moesten zich gewoon koest houden en afwachten wie de ruzie in zijn voordeel zou beslechten en er met de hoofdprijs vandoor mocht: de familie Gamboa.

De plaatselijke politie had in een echt gevecht geen schijn van kans, maar de grote boze brigadier Martinez was niets minder dan een alfamannetje dat geen duimbreed toegaf.

Daarna zwol in de verte vanuit het noorden het geronk van goed afgestelde motoren aan. Het aanhoudende geluid klonk steeds harder; de machines klonken heel anders dan de rest van het verkeer in dit kleine dorp, met zijn oude auto's en gedeukte vrachtwagens met gammele motoren en crossmotoren die meer grijze rook uitbraakten dan een stoomlocomotief. De schutters in de laadbakken van de pick-ups richtten hun geweren naar het noorden waar het geluid vandaan kwam, maar keken elkaar en hun commandant vragend aan.

Court wist dat hij als buitenstaander met plezier de vijfendertig mensen zou hebben gadegeslagen van wie niemand enig idee had wat er aan de hand was of wat ze moesten doen als de in aantocht zijnde voertuigen eenmaal hier waren, en die enkel maar een beetje konden rondhangen, zo standvastig en stoer mogelijk, in de wetenschap dat elk nieuw gezicht deze bijeenkomst mogelijk op slag kon doen omslaan.

Vanuit de Sinaloastraat, de straat voor het Plaza Mayor, draaiden twee motorfietsen de Canalizostraat in. Zelfs van honderd meter afstand herkende Court de uniformen, de helmen, de maskers en de donkere brillen die agenten van de Policía Federal doorgaans droegen. Hun motoren waren wit met groene biezen, en Court zag dat het krachtige Suzukischeurijzers waren; de mannen reden ronkend met hoge snelheid en zelfverzekerd richting de menigte die zich voor het huis van de Gamboa's had verzameld.

Het was duidelijk. Hoewel de twee federales ver in de minderheid waren, hadden ze het wat hen betrof hier voor het zeggen.

Gentry had een zeer sterk vermoeden dat deze als ninja's uitgedoste eikels deel uitmaakten van dezelfde eenheid als de mannen die hij drieënhalf uur geleden in Vallarta overhoop had geschoten. Hij vroeg zich af of dit de twee sicarios waren die bovenaan de trap de GOPES-familieleden onder vuur hadden genomen die het park probeerden te ontvluchten.

Hij durfde daar wel iets onder te verwedden.

'Hoera, nu zijn we gered.' Hij mompelde het sarcastisch voor zich uit.

Even, heel even, overwoog hij ervandoor te gaan, terug te lopen over de oprit van de Gamboa's en dan door het hek in de achtertuin te duiken. Hij kon dit allemaal achter zich laten; hij kon er gewoon vandoor.

Hij kón vluchten.

Maar hij vluchtte niet.

De twee mannen zetten hun motorfietsen midden op straat neer. Ze torsten met de loop naar beneden gerichte Colt 635 SMG's op hun rug en uit hun heupholsters staken de kolven van zwarte pistolen. Ze droegen zwarte, glimmend gepoetste schoenen; hun gezichten werden door zonnebrillen en helmen en bivakmutsen volledig aan het zicht onttrokken. Ze klapten simultaan hun motorstandaard uit, zetten tegelijk hun motoren uit en stapten volmaakt synchroon van het zadel. Rustig, zelfverzekerd en met een onmiskenbaar autoritaire houding mengden ze zich tussen de groep politieagenten en soldaten.

De federale agenten liepen dwars door de groep soldaten, langs de familie Gamboa naar de brigadier die de leiding had over de plaatselijke politie. Een van de nieuwelingen ter plaatse voerde het woord; zachtjes sprak hij de lijvige agent toe. Martinez begon tegen te sputteren, maar de federale legde hem het zwijgen op, legde een gehandschoende hand vriendelijk op zijn schouder en sprak verder.

Martinez deed een nieuwe poging, waarbij hij zich dit keer groot maakte, maar de kleinere federale schudde enkel zijn hoofd en bleef op zachte maar autoritaire toon tegen hem praten.

Na een gesprekje van hooguit zestig seconden knikte de brigadier van de municipales, wendde zich tot de andere mannen en vrouwen in de poloshirts en met de petjes op en gaf iedereen de opdracht hun oude taak weer op te pakken. Dit pleit was beslecht.

De Feds namen het roer over.

Het verbaasde Gentry niet dat het politiekorps van San Blas als eerste een stap terug deed. De brigadier oogde teleurgesteld, hetzij omdat hij de woede van zijn superieuren al voor zich zag, hetzij omdat hij wist dat de beloning die hem door de Zwarte Pakken in het vooruitzicht was gesteld aan hem voorbijging, maar leek tegelijkertijd dankbaar dat hij door een hogere instantie was verlost van de broeierige impasse tussen hen en de soldaten.

Maar Court bezag de aftocht van de ongemotiveerde jongens en meisjes met de wapenstokken niet bepaald met vertrouwen. Hij hield zijn blik op de zware wapens die op hem gericht waren.

De pick-uptrucks en de fietsende en lopende agenten maakten zich snel uit de voeten, waarop de praatgrage federale zich omdraaide en een gesprek met de legerluitenant aanknoopte. De luitenant was boos en schreeuwde, maar de wetshandhaver antwoordde op rustige en ferme toon. Court kon amper iets van hun woordenwisseling verstaan, maar wat hij wel opving was de opmerking van de ninja dat de familie Gamboa en de gringo terug naar PV moesten worden gebracht en dat hij met zijn collega de familie en de gringo daarheen zou brengen.

Einde discussie.

Court had een risico genomen door daar te blijven rondhangen, en nu zat hij in hetzelfde schuitje. Hij leunde naast Laura tegen de witgeschilderde betonnen muur die het grondgebied van de Gamboa's begrensde. Ernesto en Diego waren het huis in gegaan en hadden bij een van de picknicktafels in de achtertuin een bank gepakt die ze voor Luz en Elena weer in de schaduw neerzetten. De oude vrouw en haar zwangere schoondochter namen erop plaats en wuifden zichzelf koelte toe met stukken van een oude krant die ze uit de goot langs de straat hadden opgeraapt.

Na een lange monoloog van de in het zwart geklede agent boog Laura, die naast Courts schouder had gestaan, zich naar zijn oor. 'Heb je dat verstaan?'

Hij had geen woord verstaan van wat de twee in de laatste minuut met elkaar hadden uitgewisseld. 'Nee, wat is er aan de hand?'

'De federale zegt dat hij belooft La Araña te vertellen dat zijn legereenheid een beloning verdient omdat ze de familie hebben weten vast te houden voordat hij en zijn partner het over konden nemen.'

Court dacht eventjes na. 'La Araña? Wie is de Spin nou weer?'

'Javier Cepeda.'

'Oké, wie is Jav...'

'Hij is een van de hoogste bazen van DLR. Een lid van de Zwarte Pakken. Men zegt dat hij de leider is van zijn sicarios. De moordenaars van DLR.'

‘Lekker dan.’

‘We lopen gevaar, Joe.’

Hij wilde zeggen ‘je meent het’, maar toen hij in de grote bruine ogen van de vrouw keek, wist hij zich op tijd in te houden. ‘Het komt wel goed.’

‘Wat moeten we nou doen?’

‘Dat weet ik nog niet.’

‘Hoe kun je dan beweren dat het wel goed komt?’

‘Ik heb drie kogels. Er zijn twee agenten. Als we ons op de agenten richten komt het goed.’

Laura keek hem met opengesperde ogen aan. ‘Joe... vermoord ze alsjeblieft niet. We kunnen hun wapens afpakken en...’

‘Ik vermoord niemand tenzij ik ertoe gedwongen word,’ zei Gentry, maar hij ging er al volledig van uit dat ze hem ertoe zouden dwingen.

De onderhandelingen van de federales met de soldaten leken vruchten af te werpen. Voor een man als Court Gentry was het een interessante wisselwerking – twee matig gewapende agenten tegenover achttien zwaarbewapende soldaten. De agenten lieten hun wapens met rust; ze blèrden niet in hun portofoons om versterkingen op te roepen; ze schreeuwden of dreigden niet. Hij vermoedde dat de agenten ouder waren, zelfverzekerder, en zo de jonge luitenant wisten te intimideren en hem met hun autoriteit en zelfverzekerdheid onder druk zetten en hun eisen afdwongen als een dunne handschoen die over een gesmeed harnas paste.

Hoewel Court zeker wist dat deze mannen niets goeds in de zin hadden, stond hij in deze bescheiden strijd aan hun kant.

En hun intimidatiepoging was succesvol. De luitenant gaf zijn mannen opdracht af te taaien en in de voertuigen te klimmen. Binnen een minuut hadden de drie volgeladen legerpick-ups koers gezet naar het zuiden, waar ze vanuit Canalizo links afsloegen en door een stofwolk aan het zicht werden onttrokken.

De twee federales keken ze na tot ze uit het zicht waren verdwenen en richtten zich daarna tot de familie.

Maar zagen in plaats daarvan de loop van de revolver van de gringo waarmee hij ze op zo’n anderhalve meter afstand onder schot hield.

De agent die het woord had gevoerd sprak zacht terwijl hij zijn handen ten teken dat hij zich overgaf in de lucht stak. Zijn beheersing van het Engels was uitstekend. ‘Haal dat wapen uit mijn gezicht, amigo.’

'Als ik je amigo was, zou ik je niet onder schot houden, toch? Op straat liggen! Allebei! Gezicht naar beneden, armen van je lichaam.'

'U moet heel goed naar me luisteren, señor.'

'Als je nu niet naar de grond gaat, señór, schiet ik verdomme je kop eraf. *Comprende*?'

Beide mannen lieten zich langzaam op hun knieën zakken en gingen toen op de warme stoffige straat liggen.

'Jullie begrijpen het niet. Wij zijn geen gewone federales zoals de mannen die de Gamboa's hebben vermoord.'

Court fronste zijn wenkbrauwen. 'O, lekker dan. Dan zijn jullie dus gewone huurmoordenaars. Dat maakt het nog eenvoudiger om jullie om zeep te helpen.'

'Nee. Wij horen bij el Grupo de Operaciones Especiales. GOPES. We werkten onder majoor Gamboa. We zijn hiernaartoe gekomen om zijn familia tegen de Zwarte Pakken te beschermen.'

Court hield de mannen die voor hem op straat lagen nog altijd onder schot. 'Gelul. Alle leden van Eddies team zijn op het jacht om het leven gekomen.'

'Nee. We hebben het overleefd. We zijn ondergedoken om onze families te beschermen.'

Court boog zich over de man die het woord voerde. 'Dus waar komt dat bloed op je broek dan vandaan?' Court had op het dijbeen van de federale een bloedspetter ontdekt.

De agent wilde overeind komen, maar Gentry drukte de loop van de revolver tegen zijn achterhoofd waardoor hij met zijn gezicht in het zand moest praten; tijdens het praten blies hij een cirkelvormig stukje zwart asfalt schoon. 'We waren in mijn auto hiernaartoe op weg, maar toen hoorden we iets via het radiokanaal dat de Zwarte Pakken gebruiken. Twee sicarios federales waren op weg hierheen om Elena te vermoorden. We hebben ze vijftien kilometer zuidelijker vermoord en hun motorfietsen meegenomen.'

Hoewel de man zeer overtuigend klonk, wist Court niet wat hij moest geloven. Zelfs in hun tweetalige gesprek ontwaarde hij een toon waaruit eerlijkheid sprak. Maar hij wilde ook een indruk krijgen van de andere man. Hij knielde naast de andere gemaskerde federale, die nog geen woord gezegd had. Hij drukte de loop van de revolver tegen de achterkant van zijn nek. 'Spreek je Engels?' De man schudde zijn hoofd. Court schakelde over op het Spaans. 'Bueno, dus wat heb jij hierover te melden, cabrón?'

De man antwoordde niet maar keek omhoog naar Court en draaide daartoe langzaam zijn hoofd. Zijn rechterhand gleed over het hete asfalt naar zijn hoofd, en hij zette zijn helm en zijn zonnebril af en trok daarna zijn bivakmuts af.

Zijn rechterwang en kaak waren zwartblauw, een lelijke vuistgrote kneuzing. Court dacht aan de man in het half afgebouwde pand tegenover het Parque Hidalgo. De gemaskerde man die hij met een vuistslag op zijn kaak had uitgeschakeld.

'Heb ik dat gedaan?'

'Sí,' zei de agent; dankzij de zwelling praatte hij alsof er een tennisbal in zijn mond zat.

'Huh...' Court dacht er even over na. Kon de man daar echt hebben gestaan om de familie te beschermen? Dat had hij onmogelijk kunnen weten; hij had hem nog voordat het vuurgevecht was uitgebroken al buiten westen geslagen.

Court zei enkel: 'Sorry.'

'*No hay problema.*' Geen probleem, antwoordde de man, al bedacht Gentry dat de kaak van de man hem nog een aantal dagen wel degelijk problemen zou bezorgen.

'Hoe heet je?'

'Martin. Brigadier Martin Orozco Fernandez.'

En terwijl Court naar de eerste agent keek, vroeg hij: 'En jij?'

'Ik ben brigadier Ramses Cienfuegos Cortillo.'

'Waar heb je zo goed Engels leren spreken, Ramses?'

'Ik heb in mijn jeugd zes jaar in El Paso, Texas, gewoond.'

'Ben je een Amerikaan?'

'Nee.'

'Ik snap het. Was je een illegale buitenlander?'

Ramses keek naar de Amerikaan die over hem heen gebogen stond. 'Ik geef de voorkeur aan de term "ongeregistreerde immigrant".'

'Dat geloof ik graag.'

De Mexicaan glimlachte onder zijn bivakmuts. Zei: 'En jij dan? Ik heb je vandaag aan het werk gezien. Jij bent een moordenaar.'

'Ik geef de voorkeur aan de term "ongeregistreerde beul".'

Ramses knikte. 'Werk je voor de Amerikaanse overheid?'

'Nee. Ik ben gewoon een oude vriend van Eddie die onbedoeld in deze chaos is beland.'

'En je bent gebleven om te helpen?' Ramses zei iets in het Spaans tegen Martin, en richtte zijn aandacht toen weer op de gewapende gringo. 'Vind je het goed als we overeind komen?'

'Langzaam.' Court liet ze deze keer langzaam opstaan, maar hield ze onder schot. Ze klopten het stof en het gruis van hun zwarte uniformen. 'Wat deden jullie op de herdenkingsdienst?'

Ramses begon aan een uitleg. 'We hadden het vermoeden dat er iets stond te gebeuren. We waren daar om op de families van onze collega's te letten. Martin hield ze van bovenaf in de gaten, ik liep beneden tussen het publiek. Ik zag de schutters rondlopen, bekende werknemers van de Zwarte Pakken. Toen verscheen De la Rocha in hoogsteigen persoon.'

'En?' vroeg Court. Hij meende al te weten wat hij te horen zou krijgen.

'En... toen heb ik op hem geschoten. Twee keer.' Toen voegde hij hier met een stem waar ontegenzeggelijk verwarring in doorklonk aan toe: 'Ik heb niet gemist. Ik weet niet hoe hij het kan hebben overleefd. En daarna begon het bloedbad.'

Court geloofde hem. De ogen van deze kerel, zijn stem, zijn lichaamstaal, alles wees erop dat hij net zo verbouwereerd was over de gebeurtenissen als hijzelf. Court stak de revolver weer achter zijn broekband en verzocht de federales samen met hem Eddies huis binnen te gaan. Alle anderen waren alweer binnen de omheining; de Gamboa's waren klaar met het inladen van de F-350, en weer was Laura degene die haar familie voorging in gebed en de Heer dankte voor de goede afloop van het opstootje voor hun deur.

Court vroeg de agenten: 'Dus jullie doen gewoon alsof je dood bent, en hangen maar een beetje rond? Dat klinkt niet als een solide plan als je het mij vraagt.'

'We kunnen niet naar huis; we willen niet dat bekend wordt dat we het hebben overleefd. Als dat uitkomt... wacht onze families hetzelfde lot als de rest vandaag. We zijn ten dode opgeschreven – dat weten we – maar onze families zijn veilig. En als we tijdens het beschermen van majoor Gamboa's familie overlijden, zullen we een eervolle dood hebben gehad. Als jullie nu willen vertrekken, zullen wij op de motor voor jullie uit rijden om ervoor te zorgen dat jullie onderweg niets overkomt. We zullen de motorfietsen op enig moment moeten lozen, maar ik denk dat het voorlopig veilig genoeg is om ze nog te gebruiken.'

Court knikte. Hij overwoog kortstondig dit als een reden aan te voeren er alsnog tussenuit te knijpen. Elena had nu vrienden om zich heen, capabele mensen die haar en haar familieleden konden beschermen. Maar nee, Court begreep dat hij met deze redenering enkel zichzelf een plezier probeerde te doen; deze gasten waren waarschijnlijk beter dan pakweg een handvol corrupte doorsnee-agenten of huurmoordenaars van de kartels, maar er liepen heel wat corrupte agenten en kartelmoordenaars rond. Hij kon zijn handen niet van deze zaak aftrekken, alleen omdat de Gamboa's een paar extra gewapende mannen aan hun zijde wisten.

Nee, hij zou zo lang als ze hem nodig hadden bij hen blijven en met deze mannen samenwerken.

Maar, zo zei hij tegen zichzelf, hij hield ze in de gaten. Van vertrouwen was nog geen sprake.

24

Het was al negen uur geweest toen ze de haciënda bereikten. Ze hadden onderweg niet hoeven tanken; Court was niet één keer gestopt, en op de rotsige bergweggetjes had de grote vierwielaangedreven terreinwagen zijn waarde meer dan bewezen. Zoals Laura had beloofd lag deze schuilplaats afgelegen en in een kleine vallei die hem aan alle vier de zijden aan het zicht onttrok. Het kleine konvooi was een halfuur daarvoor door het plaatsje Tequila gereden en was daarna door een kilometers lang landschap van agaveplantages gereden om hier te komen, waar het terrein rond het huis uit overwoekerd bos en verwaarloosde akkers bestond. Court volgde Laura's instructies en ging voorop, gevolgd door de twee Suzuki's, en ze verruilden de eenbaansweg voor een onverhard pad dat uitkwam bij een roestig hek met daarboven een boog van witgeschilderde stenen. Aan beide zijden van de boog verdween een witgestucte muur in de duisternis. Court ging ervan uit dat die rond het hele terrein stond. Ramses stapte van zijn motorfiets en knipte het kettingslot open met een betonschaar die hij in een gereedschapskist achter in Eddies pick-up had gevonden; toen hij het hek openduwde, hoorde Court door de gesloten ramen van de auto heen, die hij dichthield om de koude berglucht buiten te houden, de roestige scharnieren piepend protesteren.

De agenten klommen weer op hun motoren en reden nu voorop; het uit drie voertuigen bestaande konvooi reed over een lange, heuvelachtige oprit waarvan de klinkers in de glooiende aarde omhoog waren gedrukt. Aan weerszijden van de losse, onregelmatige stenen stond het hoog opgeschoten onkruid dat onderweg naar het hoofdgebouw langs de flanken van de pick-up schuurde. Dat gebouw zag eruit alsof het al jaren onbewoond was; in het door hun koplampen verspreidde licht zagen ze niets dan verwilderde flora, overwoekerde heuvels begroeid met pijnbomen en cactussen, cipressen en limoen- en sinaasappelbomen, weelderige ranken en hoog opgeschoten gras.

Laura wist hem te vertellen dat dit terrein, zowel dat wat binnen de muren lag als de vele vierkante kilometers daarbuiten, ooit tot een enorme haciënda behoorde, een in de jaren twintig van de negentiende eeuw gebouwde agaveplantage. Het ommuurde complex stond in het midden van de boerderij, en ze wees hem diep in het bos op diverse ingestorte stenen gebouwtjes, overwoekerd door vooral lianen, geraniums en azalea's.

Het duurde niet lang voordat ze bij het *casa grande* aankwamen, het hoofdgebouw van de haciënda. Court vond dat het met zijn afgebrokkelde metselwerk en afgebladderde stucwerk en roze muren een spookachtige indruk maakte. Moneda, een snelgroeiende groene klimplant, slingerde langs het gebouw omhoog, tegen de pilaren van de veranda aan de voorkant en door het hek rond het balkon op de eerste verdieping, waar hij samenviel met de architectuur. De pick-up en de twee motorfietsen werden neergezet op een ronde onverharde oprit met een fontein in het midden. Boven de fontein torende een stenen engel uit die ongeveer half zo groot was als een volwassen vrouw; haar vleugels waren afgebroken, en haar witte ogen keken Court door de voorruit van de auto aan. Hij zette de motor en de koplampen uit. Zelfs in het maanlicht was te zien dat de fontein onder de engel vol zat met algen en afval.

Plots ging er achter een raam op de eerste verdieping licht aan. Het was zwakjes en flakkerde als een kaars.

'Er is hier iemand.' Court zei het terwijl hij achteromkeek naar Laura, waarop die haar ogen van verbazing opensperde.

'Onmogelijk. Dat kan niet. Er woont hier al drie jaar niemand meer.'

Gentry stapte uit de pick-up en begon met knerpende voetstappen over het grind van de oprit te lopen. Laura stapte ook uit, sloot zich bij hem aan en pakte zijn arm. Haar vingers waren iel maar voelden niettemin krachtig aan. Vasthoudend. 'We moeten weg. We mogen niemand in gevaar brengen.'

'Waar moeten we dan heen? Elena heeft achter in een auto gelegen waarmee we vier uur lang over slecht wegdek hebben gereden. Ze moet rusten. We móéten hier blijven, in elk geval vannacht.'

Laura huiverde van bezorgdheid, maar ze sputterde niet langer tegen. Ze liep achter 'Joe' en de twee Mexicaanse agenten een afgebrokkelde trap op naar een enorme met ijzer afgezette eikenhouten deur. Gentry klopte aan, zijn rechterhand zweefde boven de kolf van het pistool achter zijn broekband.

Laura kwam naast hem staan. 'Misschien is het een huisbewaarder of een boer uit het dichtstbijzijnde dorp die naar binnen is geglipt. Ik ga wel met hem praten.'

'Doe je ding.'

Een minuut later ging de deur langzaam open; een man stond op ruime afstand van de deur in een donker betegelde gang, en het lange dubbelloops dat hij in zijn handen hield, was op Court Gentry's borst gericht. Het maanlicht viel het gebouw binnen, en lichtte de man op als een grijze geest.

Gentry trok zijn wapen niet. Hij had begrip voor de argwaan die de man koesterde; hij hoopte vurig dat Eddies zus de situatie snel naar tevredenheid van deze ouwe slome zou kunnen uitleggen.

Laura hapte van schrik naar adem, sloeg haar kleine handen voor haar mond. Ze herpakte zich en zei zacht: '*Buenas noches*, Señor Corrales. Ik ben het, Laura. De vrouw van Guillermo?'

'Guillermo?'

'Ja. Guillermo. Uw zoon.'

Deze knakker was stokoud, dat zag Court meteen. Veel ouder dan Ernesto. Hij had een witte snor die aan twee kanten langs zijn gezicht hing. Hij had zo te zien liggen slapen, zijn borstelige haren stonden alle kanten op.

'*Sí, Señor Corrales. ¿Cómo está Usted?*'

'Is Guillermo hier?' vroeg de oude man.

Laura gaf zachtjes antwoord. 'Nee, señor. Guillermo is hier niet.'

Op dat moment doemde er achter de man een andere geestverschijning op in de naar binnen vallende baan maanlicht. De figuur stapte vanuit het donkere huis richting de deur.

'Lorita?' de stem van een oude vrouw.

'Inez. Hoe gaat het met je?'

'Met mij gaat het goed, kleintje.' De oude vrouw stapte in het maanlicht en gaf Eddies zus een stevige knuffel. 'Luis, doe dat geweer weg en laat ze binnenkomen.'

De oude man liet het wapen zakken, stapte naar voren en omhelsde Court. Hij zei in het Spaans: 'Guillermo, mijn zoon. Ik heb je gemist.'

Aan de hand van Señor Corrales' woorden en daden was het van meet af aan duidelijk dat Laura's schoonvader aan een of andere vorm van dementie leed.

Vijf minuten later zaten de elf bewoners annex gasten in een enorme, door kaarsen verlichte woonkamer. Een trap gaf toegang tot een overloop op de eerste verdieping die rond de schemerige kamer liep, maar vanwege de duisternis kon Gentry niet voorbij de trapleuning kijken. Inez, Laura' schoonmoeder, kwam aanzetten met een fles versgeperst, lauw sinaasappelsap dat ze uitschonk in gebarsten kopjes en plastic bekers, die ze daarna op een lange houten koffietafel uitstalde. Er werd voor de liefhebbers een fles tequila naast gezet, maar alleen de knorrige en zwijgzame Ignacio lengde zijn jus aan.

Het casa grande was enorm, maar vervallen. In de donkere hoeken van de zitkamer hing dik spinrag, de vloeren zaten onder het aangekoekte stof en het oude, uit degelijk eiken- en cederhout gebouwde meubilair kraakte in zijn voegen.

De plafonds waren hoog, op de vloeren lagen plavuizen en in de schemerige kamer hing een geur van kaarsvet, stof en schimmel. Stemgeluiden die boven het niveau van gefluister uit kwamen, weergalmden. Het interieur van het grote huis ademde een kloosterachtige sfeer uit; Gentry kon zich niet voorstellen in zo'n griezelig huis te moeten wonen.

Langs de muren en plafonds liepen ranke zwarte en groene hagedissen in en uit de langgerekte, door de kaarsen opgeworpen schaduwen.

Court wilde er niet naar informeren, maar hij kreeg sterk de indruk dat er geen elektriciteit was in het huis, op een klein door gas aangedreven aggregaat na dat buiten bij de keuken stond te brommen. Inez gebruikte een kleine zaklamp om zichzelf bij te lichten op weg naar de muurkandelaars in de donkere hoeken van de grote kamer. Ze stak ze aan met een lucifer, dat behalve voor iets meer licht ook voor een nog spookachtiger sfeer zorgde.

Luis Corrales zat in een stoel met een brede rugleuning, zijn ogen schoten door de kamer langs zijn late gasten. Court zag dat hij er met zijn gedachten niet bij was. Het duurde niet lang voordat Court begreep dat de vrouw ook niet helemaal bij de les was. Maar toen Laura naar eer en geweten de reden van hun komst had uitgelegd, leek Inez lucide genoeg om te beseffen dat haar schoondochter hen in een precaire positie had gebracht.

Inez Corrales nodigde iedereen uit zo lang als ze wilden te blijven en zei dat alle aanwezigen in 'Gods handen' waren, en leidde de groep daarna door een zwak verlichte gang. Ze verzocht daarna alle aanwezigen hand in hand te gaan staan rond een *nicho*, een in de muur aangebrachte uitsparing waarin een Cristo was neergezet, een houten Jezusbeeld, omringd door votiefkaarsen. Het kostte haar een paar minuten om ze aan te steken, waarna het kleine beeld en de gezichten van alle aanwezigen door een rode gloed werden verlicht, en ze vroeg Laura het gezelschap voor te gaan in gebed. Court begreep er niet veel van en zou waarschijnlijk net zoveel moeite hebben gehad het gebed te volgen als het in het Engels was uitgesproken, maar de rest van de aanwezigen leek vertrouwd met de materie. In de hem omringende stemmen hoorde hij diverse gradaties van overtuiging.

Na het gebed ging Luz samen met Inez een plek uitzoeken waar Elena het zich gemakkelijk kon maken. De rit over de hobbelige wegen moest voor de zwangere vrouw onaangenaam zijn geweest, maar Court had respect voor het feit dat ze niet één keer had geklaagd. Ze had onderweg zelfs geen ruzie met haar schoonzus gemaakt.

Toen ze de auto gingen uitladen, nam Gentry de gelegenheid te baat om Laura onder vier ogen te spreken. 'Wat is er met hen aan de hand?'

'Wie?'

'Het oude echtpaar.'

Ze haalde haar schouders op. 'Ze zijn een beetje *loco*.'

'Een beetje?'

'Deze haciënda is al twee eeuwen eigendom van de familie Corrales. Luis woont hier al zijn hele leven; hij was een *Jimador*, een agaveboer. Maar hij heeft alzheimer. En Inez... nou, ik vermoed dat ze geestelijk ook begint af te takelen. Na de dood van Guillermo zijn ze gewoon ingestort. Hij betekende alles voor hen.'

'Waarom dacht je dat ze hier weg zouden zijn?'

'Ze waren naar een bejaardentehuis in Guadalajara verhuisd. Maar Inez vertelde me dat ze geen geld meer hadden om daar te blijven en toen weer hiernaartoe zijn gegaan. Ik zou nooit hierheen gegaan zijn als ik had geweten dat ze...'

'Het is al goed.'

'Het is niet goed. Het is voor hen niet veilig om hier te blijven.'

'Misschien kunnen ze tijdelijk ergens anders heen.'

Laura schudde haar hoofd. 'Kijk dan naar ze, Joe. Waar zouden ze heen moeten? We moeten ze beschermen.'

'Ik kan niet eens garanderen dat we onszelf kunnen beschermen. Als DLR onze verblijfplaats achterhaalt, zal hij daar flink huishouden. Zijn sicarios zullen iedereen afmaken om bij Elena te komen.'

Laura zag eruit alsof ze elk moment in tranen kon uitbarsten. Maar in plaats daarvan staarde ze wezenloos voor zich uit in de richting van het bos voor het huis. 'Dit is hun thuis; als er iemand weg moet, zijn wij het.'

'Ja, maar wíj zijn degenen op wie de drugsbaas het heeft voorzien, dus blijven we hier totdat we hebben bedacht waar we hierna naartoe kunnen.'

Laura's gelaatsuitdrukking veranderde niet. Ze richtte zich eindelijk tot Court en zei: 'Het ligt uiteindelijk toch allemaal in de handen van God.'

'Misschien, maar als jij en Hij het me niet kwalijk nemen, ga ik toch even controleren of alle deuren op slot zijn.'

Iets voor tien uur controleerde Court met Martin en Ramses het gebied binnen de muren van het huis. De drie waren het erover eens dat deze grote, afgelegen haciënda in de bergen een zeer goede verstopplek was, die echter als het erop aankwam bar slecht te verdedigen zou zijn. De muur rond het huis was weliswaar ruim drie meter hoog, maar overwoekerd door klimplanten waardoor je er zonder al te veel moeite overheen kon klimmen; de gigantische binnenplaats en tuin aan de achterzijde konden vanaf de veranda op de eerste verdieping in de gaten gehouden worden, maar er waren op het terrein zoveel wilde planten en bomen en standbeelden, plus een vierhonderd jaar oud stenen aquaduct en een lange terracottakleurige afrastering, dat vijanden die naar het casa grande wilden oprukken hier vanuit elke hoek zowel voldoende dekking als beschutting konden zoeken.

Er stonden veel gebouwen binnen de muren. Dankzij een eenvoudige stenen kapel met een pannendak, een schuur ter grootte van een gemiddelde Mexicaanse woning en een vervallen houten opslagschuur en stallen had deze haciënda niet zozeer de uitstraling van een ommuurd kasteel maar eerder die van een ommuurd dorp.

Het werd Court snel duidelijk dat ze hier niet lang konden blijven. Als de Zwarte Pakken hen hier zouden vinden, zouden ze hen kunnen omsingelen, door de muur heen breken en het gebouw innemen.

Terwijl ze in het donker langs de muur liepen om te controleren of alle hekken waren afgesloten en er nergens gaten in zaten, struikelden ze over scherpe, puntige agaveplanten. Court, zich zo goed en zo kwaad als het ging een weg door de struiken banend, vroeg aan Ramses: 'Hoe zijn jullie van DLR's jacht afgekomen?'

De Mexicaan sprak op gedempte toon, zijn stem ging bijna verloren in de duisternis. 'We hadden als taak DLR's ontsnappingsroute per helikopter te verijdelen en de bewakers op het bovendek uit te schakelen. De majoor was beneden met een team op weg naar de slaapkamer. Het enige wat ik weet is dat hij zich per portofoon meldde en zei dat we allemaal van boord moesten, dat het een valstrik was. We zijn allebei vanaf het helikopterplatform in het water gedoken toen het jacht ontplofte. We hebben er tien uur over gedaan om de kust weer te bereiken.'

'Dus jullie hebben met zekerheid die bom niet zelf meegenomen.'

Ramses schudde meelevend zijn hoofd. 'Nee. Dat is een *mentira*... een leugen? Ja, we waren daar met het doel De la Rocha om te brengen. We waren van plan iedereen aan boord uit te schakelen. Dit is een moeizame oorlog;

als onze vijanden niemand gevangennemen, waarom zouden wij dat dan wel doen? Maar nee... we zijn niet naar La Sirena gezwommen om er een bom te plaatsen. Als dat waar zou zijn, zouden we de bom aan de romp hebben bevestigd en weer zijn weggezwommen; we zouden geen enkele reden hebben gehad om aan boord te gaan.'

Court geloofde hem, het was een volstrekt legitiem verhaal. De la Rocha was op een of andere manier getipt over de ophanden zijnde aanslag op zijn leven. 'Wie waren er op de hoogte van de aanval op La Sirena?'

Ramses haalde zijn schouders op. Ze waren aangekomen bij een grote vijver aan de rand van het terrein; ze liepen onder de treurwilgen door die langs de oever stonden en moesten hun rechterhand naar de met klimplanten overwoekerde muur om het terrein uitsteken om op de smalle oever niet uit evenwicht te raken. 'Alleen majoor Gamboa en wij tweeën, de overige vijf leden van ons team, plus onze superieuren, niet van de GOPES maar van de federale overheid.'

'En wie zijn dat?'

'De procureur-generaal, en de speciaal voor dit project aangestelde aanklager.'

'Dus een van die twee?'

Ramses grinnikte even tijdens het lopen. 'Ik durf nog wel specifieker te zijn. Majoor Gamboa had de indruk dat de procureur-generaal al lange tijd voor Constantino Madrigal werkte.'

Court bleef even in het donker staan. 'Eddie wist dat zijn baas hem opdroeg de bevelen van het Madrigalkartel uit te voeren?'

Ramses haalde zijn schouders op, maar het was duidelijk dat hij wilde dat Court snapte in welke positie ze verkeerden. 'Majoor Gamboa zei altijd: "We zullen nooit tot bij de allerlaatste man komen, omdat de allerlaatste degene is die dit allemaal bedenkt". Hij was... hoe zeg je dat? Fataal, in dit opzicht.'

'Fatalistisch.'

'Sí. De informatie was zo goed dat hij wist dat de carteleros ons gebruikten. Hij wist dat Madrigal en zijn Cowboys helemaal onderaan de lijst van kartels stonden, en dus ging hij ervan uit dat Madrigal aan onze touwtjes trok. Maar we hadden het verraad van de De la Rocha-klus nooit verwacht. De enige verklaring die ik kan bedenken is dat Daniel de la Rocha de speciale aanklager wellicht in zijn zak heeft.'

'Dus je beweert dat de procureur-generaal voor Madrigal werkt, en de speciale aanklager voor De la Rocha.'

'En wij zitten tussen die twee vuren,' beaamde Ramses.

'*Exactamente*,' zei Martin mompelend, als gevolg van zijn opgezwollen kaak. Hij had voldoende van het Engels verstaan om zich in het gesprek te mengen.

'Mensen met macht zijn niet te vertrouwen, toch?' zei Court hardop tegen zichzelf.

Ramses grinnikte zonder vrolijkheid. 'Daar ben je nu pas achter? Nou, mijn vriend, dan kan ik nu wel zeggen: welkom in Mexico.'

Verdomme, dacht Court. Hij had in zijn leven wel vaker linke operaties ondernomen en het te stellen gehad met schimmige linkmiegels die hun mond vol hadden van vrijheid of gerechtigheid of eer of wat dan ook om hun eigen kwalijke levenswandel te verdoezelen, maar nog nooit was hij gestuit op corruptie die zó diep in een samenleving verankerd zat. Als alle beweringen van Chuck Cullen en Ramses op feiten berustten, iets wat hem gezien alles wat hij gedurende de afgelopen dertig uur in Mexico had gezien en meegemaakt verdomd waarschijnlijk leek, hadden de Gamboa's niemand die ze konden vertrouwen.

Court vond het cynisch van Eddie dat hij onder deze omstandigheden willens en wetens zijn werk was blijven doen en op basis van informatie van corrupte bazen met hun eigen agenda's zijn moordopdrachten had uitgevoerd. Maar Court snapte het inmiddels. Dat waren hier nu eenmaal de regels.

Die regels waren klote, maar ze waren er nu eenmaal.

Eddie had al die tijd wel geweten dat hij gevaar liep, dat hij er te diep in zat. Court vroeg zich af of zijn oude vriend er überhaupt nog op had gerekend de geboorte van zijn zoon mee te zullen maken. Daar zou hij nu nooit meer achter komen, maar de gedachte dat zijn lichtvoetige vriend geplaagd werd door deze zware last vervulde Court met een diepe neerslachtigheid.

Er welde een hernieuwde vastberadenheid in Court op. Het voornemen om... íéts voor Eddie Gamble te redden. En voor Chuck Cullen. Een minuscule overwinning, een klein beetje genoegdoening, een vinger in het oog van degenen die deze twee eerlijke mannen alles hadden afgenomen.

25

Toen Court en de GOPES-mannen weer teruggekeerd waren naar het casa grande, bekeken ze van waar ze in het gebouw het beste overzicht over het terrein zouden hebben. Oude, volgens de Spaanse architectuur neergezette gebouwen, waarvan er rond 1770 vele in Mexico waren verrezen, ontleenden vaak elementen aan de Moorse gebouwen zoals die in de Ottomaanse tijd overal in Spanje te vinden waren. Een van die elementen was de *mirador*, oftewel de uitkijk, een meestal overdekt balkon of atrium met een galerij, vanwaar je over het terrein kon uitkijken. Dit gebouw was in een hoefijzervorm neergezet, waarvan de bolle kant naar het zuiden was gericht en waarbinnen zich de uitgestrekte binnenplaats en het rechthoekige zwembad bevonden. Er waren op de eerste verdieping van het casa grande drie *miradores*, vanwaar je uitzicht had op de oprit aan de voorkant, de binnenplaats en muur aan de achterkant, en de overwoekerde boomgaard die doorliep tot aan de muur bij de vijver.

Het zou op zich niet moeilijk zijn de boel vanaf hier in de gaten te houden.

De mannen inventariseerden snel hun wapens. De elf mensen in het huis beschikten met z'n allen over de twee Colt SMG's van de GOPES, Luis Corrales' antieke dubbelloops jachtgeweer met een doos kleine hagelpatronen, twee Beretta 9mm-pistolen met elk twee magazijnen en een grote .357 Magnumrevolver met drie kogels.

Ze hadden geen nachtkijkers, enkel een paar goedkope zaklampen, en geen wapens waarmee je iemand van een redelijke afstand kon raken.

Ja, realiseerde Gentry zich, als de slechteriken zouden opdagen, zou het weleens een veldslag kunnen worden. Als ze grof geweld zouden gebruiken, zou die binnen een paar minuten voorbij zijn.

Om halfelf was er een tweede vergadering in de grote woonkamer. Luis Corrales had zich in zijn slaapkamer teruggetrokken en was naar bed gegaan, maar de rest was aanwezig. Elena lag op de bank met een kussen onder haar opgezwollen voeten die door haar schoonmoeder werden gemasseerd, en de rest leunde tegen de muur of zat op een stoffige stoel dan wel tafel. Court gaf het pistool van Martin door aan Laura; ze had dankzij de politieacademie en haar stoere, waakzame broer leren schieten, en op basis van haar optreden in Vallarta wist Court dat ze geen moeite had klootzakken om te leggen die dat verdienden. Het andere pistool was voor de jonge Diego. Aangezien hij nog nooit een wapen had afgevuurd, nam Laura hem even terzijde en liet hem in vogelvlucht zien waar de veiligheidspal zat, hoe het magazijn werkte en hoe je de korrel kon gebruiken om te mikken. Omdat Ignacio na zijn eerste glaasje twee uur geleden onophoudelijk tequila was blijven drinken, hadden Court en de twee federales besloten dat hij geen bijdrage aan een vuurgevecht kon leveren. Een boze Ernesto stuurde zijn vijfenveertigjarige zoon naar een slaapkamer op de eerste verdieping.

Hoewel de Gamboa's de indruk wekten het hoogst onwaarschijnlijk te vinden dat ze in de haciënda enig risico liepen, spraken ze toch een tijdje over de veiligheidssituatie. Court drong erop aan dat ze waakzaam moesten blijven, en toen Court bij Inez informeerde naar veilige plekken op het terrein, nam ze het gezelschap mee naar een deur vlak bij de keuken die toegang gaf tot een steile trap naar een donkere ondergrondse gang. De gang kwam uit op een langgerekte stenen kelder waar in de tijd dat de haciënda nog in bedrijf was geweest de vaten tequila werden bewaard. De vrouwen sleepten er voldoende beddengoed naartoe zodat iedereen kon liggen en maakten er een schuilplaats annex slaapzaal van, maar alleen Elena, Luz en Inez gingen direct liggen.

Court vond de kelder geschikt als defensief bastion; hij zag het voordeel ietwat verborgen te zijn, en dat eventuele aanvallers een smalle gang door moesten waar de verdedigers van de tunnel een fatale kogelregen doorheen konden jagen.

Maar hij zag ook dat er geen andere uitgang was en ze dus geen alternatieve vluchtroute hadden.

Vette pech, besloot hij. Een betere optie was er niet in deze inktzwarte, angstige uren. Ze hadden niet de luxe uit meerdere defensieve posities te kunnen kiezen.

Court nam Luis' jachtgeweer en hield zijn gestolen revolver bij zich. Voordat hij terug naar bed was gegaan had de oude man nog een tijdje rondgelopen en Court nog diverse keren met Guillermo aangesproken. Wie kon voorspellen wat hij de volgende ochtend zou denken wat er allemaal gaande was in zijn huis? Court kon de man niet met een jachtgeweer door de haciënda laten dwalen. Hij had zijn handen al vol aan de potentiële problemen búíten de haciënda.

Het jachtgeweer was oud een eenvoudig, en de hagel die het afvuurde zou enkel van heel dichtbij enig effect sorteren, maar het was beter dan niets. Toen hij Martin om diens machinepistool had gevraagd, had de Mexicaanse agent de gringo aangekeken alsof hij soms van de pot gerukt was.

'Mijn geweer krijg je niet,' mompelde hij met zijn opgezwollen kaak.

Dat kon Court hem niet kwalijk nemen, en hij nam niet de moeite Ramses dezelfde vraag te stellen.

Er was nog een laatste, niet onbelangrijk veiligheidsrisico, waar Court niet goed raad mee wist. Om uit deze situatie te komen, door verslaggevers om hulp te vragen, of eerlijke soldaten uit het leger of iemand die érgens over voldoende gezag beschikte om hen te helpen, zouden de Gamboa's gebruik moeten maken van een telefoon. Elena zou gedwongen worden mensen te bellen die hetzij rechtstreeks hetzij via contactpersonen binnen de plaatselijke politie door de narco's in de gaten zouden worden gehouden. Hij vreesde dat iemand zich per ongeluk zou verspreken en hun locatie zou verraden, of de slechteriken zou inseinen dat Elena zich weleens zou kunnen schuilhouden in die verlaten haciënda van de familie van haar schoonzus.

Het leek vergezocht dat hun locatie op deze manier uit zou lekken, maar Court wist dankzij de periode waarin hij zowel voor als tegen drugsbazen had gewerkt dat de overvloed aan geld en moorddadigheid binnen deze branche garant stond voor een schier onuitputtelijke hoeveelheid daadkracht. Er hoefden maar voldoende mannen voldoende aanknopingspunten te onderzoeken om de vijanden van de Gamboa's uiteindelijk naar Casa Corrales te leiden.

En omdat de Gray Man wist dat ze een vooraf aangekondigd gevecht nooit konden winnen, hoopte hij vurig dat hij en degenen die hij met zijn leven zou beschermen al lang weg zouden zijn voordat de slechteriken hier hun opwachting zouden maken.

Maar dat was een probleem voor morgen. Hij verbood iedereen tot aan de volgende ochtend zijn mobiel te gebruiken of te bellen met de vaste lijn, want een nachtelijke aanval op deze plek zou op een slachting uitdraaien.

Nestor Calvo bracht de hele middag en avond door op de binnenplaats aan de achterkant die hij tot een provisorisch kantoor had omgebouwd. De twintig Zwarte Pakken die waren opgepikt door twee helikopters van De la Rocha, waren van Puerto Vallarta overgebracht naar een statig landhuis op dertig minuten ten zuidwesten van Guadalajara. Deze plek werd net als de pakweg vijftien andere safehouses waarover het kartel beschikte bewaakt door tientallen gewapende bewakers, stuk voor stuk oud-elitetroepen uit het leger. Een buitenste beveiligingslaag, getrainde infanteristen die al jaren in trouwe dienst waren, patrouilleerde over de snelwegen en de achteraf-weggetjes. Een team bewakers met luchtafweergeschut hield zelfs de wacht op het dak, voor het geval iemand – de politie, het leger of een concurrerend kartel – het pand vanuit de lucht wilde bestoken.

Terwijl hij een Cubaanse sigaar rookte en warme Dominicaanse rum dronk, maakte Calvo aantekeningen op zijn laptop, stond hij voortdurend in telefonisch contact met zijn informatiebronnen in PV en keek afwisselend naar een grote tv die uit een slaapkamer naar buiten was getild en met de satellietschotel was verbonden via een kabel die door het openstaande badkamerraam liep.

De inlichtingenchef van Los Trajes Negros hield de internationale reacties op het bloedbad in de gaten, de officiële reactie van de regering in Mexico-Stad, en zijn onderhandse kanalen met het leger, de overheid en de politie die hem van alle ontwikkelingen op de hoogte hielden.

Dit alles bij elkaar was werk genoeg voor tien mensen, maar Calvo hield alles bij en om eerlijk te zijn was dit wat hij het liefste deed. De intrige, de onderhandelingen, het standpunt van de media, en de heimelijke bedreigingen. Dit was zijn wereld, waar hij zeer veel genoegen aan beleefde.

Maar vandaag had hij een andere taak, die hem bijzonder tegenstond. Jonge Daniel, zijn baas, was duidelijk meer geïnteresseerd in het opsporen en doodmaken van een foetus om een of andere stomme afgod zogenaamd tevreden te stemmen. De la Rocha had meer vertrouwen in de ogen van een plastic figuur op zijn nachtkastje dan in de verslagen van zijn inlichtingenchef en had Calvo de opdracht gegeven zich te concentreren op het bevel van zijn afgodsbeeld, in plaats van zich te richten op het bestieren van het op een na grootste kartel van de regio.

Om deze reden, om aan de eis van deze stomme idioot te voldoen, had Calvo in de afgelopen drie uur vijftig telefoontjes gepleegd en ontvangen. En hoewel zijn hart niet bij deze taak lag, hoewel hij het een idiote, onprofessionele en roekeloze tijdverspilling vond om zijn aandacht, de mankracht van de Zwarte Pakken, het materieel en het politieke kapitaal in te zetten voor zoiets onbenulligs als het leven van een ongeboren kind deed Nestor, zoals het een professional betaamt, zijn werk.

En dat deed hij goed, getuige het feit dat hij zowaar de locatie van de familie Gamboa had weten vast te stellen.

De la Rocha kwam haastig door de achterdeur. Hoewel het één uur 's nachts was, droeg hij nog altijd zijn pak en das; hij had zijn gezicht rond zijn ringbaardje voor het eten met zijn mannen gladgeschoren, dus zag hij er nog net zo fris uit als om acht uur 's ochtends.

'Emilio zei dat je even wilde praten?'

'Sí, Daniel.'

'Zeg me dat je iets gevonden hebt.'

'Ik heb iets gevonden.'

Daniel kwam dichterbij, nam plaats op een gevlochten bank met leren zitting die naast het bureau stond.

'Wat dan?'

'Je weet al dat de twee sicarios van de Policía Federal die in het Parque Hidalgo aan de gringo zijn ontsnapt op weg naar hun moordaanslag op Elena Gamboa alsnog vermoord zijn.'

'Ja.'

'Getuigen van die aanslag op de weg zeggen dat onze twee mannen door twee andere mannen in PF-uniformen zijn gedood.'

'Federales zijn vermoord door federales?'

'Sí.'

'Is dat het werk van Madrigals mannen?'

'Dat denk ik niet.'

'Als het niet Los Vaqueros was, wie kunnen er dan achter zitten denk je?'

'Ik heb een theorie.'

Daniel glimlachte. 'Uiteraard, consigliere.'

Calvo knikte. 'Uit hoeveel mannen bestond majoor Gamboa's aanvalsteam dat aan boord van La Sirena ging?'

'Acht.'

'En hoeveel lichamen zijn er geborgen?'

De la Rocha knikte bedachtzaam. 'Slechts zes.' Hij nam een slokje warme rum uit het kristallen Waterfordglas.

'Exactamente. En twee zijn er nooit gevonden. En vandaag duiken er ineens twee federales op die onze sicarios vermoorden. Mijn contacten bij de federale politie maken geen melding van overlopers in de regio Nayarit; alle actieve manschappen zijn geteld. Het is natuurlijk mogelijk dat dit is gedaan door mannen die geen dienst hadden, maar waarom? De enige andere persoon in die regio met invloed op overheidsagenten is Constantino Madrigal, maar als deze mannen in opdracht van Los Vaqueros hebben gehandeld... moet je mij eens uitleggen op welke wijze Madrigal profiteert van de moord op sicarios die op weg waren om de vrouw van een dode PF-agent te vermoorden.'

De la Rocha vond Calvo's theorie aannemelijk. 'Constantino onderneemt niets waar hij zelf geen baat bij heeft.'

'Daar ben ik het mee eens. Ik denk dat de kans groot is dat twee van Gamboa's mannen die op een of andere manier de ontploffing van La Sirena hebben overleefd onze twee sicarios hebben gedood, de Gamboa's uit de handen van de municipales en het leger in San Blas hebben gered en nu proberen de resterende leden van Gamboa's familie te beschermen.'

'Met hulp van een gringo, ogenschijnlijk.'

'Ja.'

'Oké... dus wat is onze rol in dit verhaal?'

Op het bureau had Calvo een opengevouwen wegenkaart gelegd, die hij omdraaide zodat zijn *jefe* hem kon lezen, en terwijl Daniel zich voorover-boog, zette Nestor zijn gemanicuurde vinger op een plaatsje in het binnenland.

'Tequila? Leg uit.'

'Twee Suzukimotorfietsen van de Policía Federal, precies dezelfde waar onze sicarios op rijden, zijn in de buurt van Tequila gezien. Ze reden samen met een grote Fordpick-up, van hetzelfde model waar wijlen majoor Gamboa in reed.'

'Hebben we de gemeentepolitie van Tequila in onze zak?'

'*Por supuesto que sí.*' Maar natuurlijk.

DLR ging staan en goot het bodempje rum naar binnen. '*¡Perfecto!* Stuur ze op pad. Vind de plek waar deze mensen zich schuilhouden. Geef de Spin de opdracht om een team plaatselijke huurmoordenaars te formeren en laat ze positie kiezen. We zullen de Gamboa's vinden en ze in hun schuilplaats afmaken!'

Nestor schraapte zijn keel. Trommelde met zijn vingers op het eikenhouten bureaublad. 'Daniel. We hebben vandaag een zeer krachtig signaal afgegeven. Het is voor ons een koud kunstje om die vrouw van Gamboa te vinden en haar om te brengen, maar wat schieten we daarmee op? Waarom kunnen we het niet gewoon laten rusten?'

De la Rocha keek over de binnenplaats de nacht in. Hij zuchtte. 'Dat zal ik je vertellen. Madrigal heeft een vinger in de pap bij de federales, net zoals hij ingangen heeft bij de municipales, de *judiciales*, de provinciale politie, en daar kan ik allemaal mee leven. Maar de GOPES? Nee... deze mannen zijn te schoon. Als ze voor Madrigal aan de slag gaan, moet ik ze laten zien...'

'Er is geen reden om aan te nemen dat majoor Gamboa wist dat hij in opdracht van Constantino Madrigal handelde.'

Daniel verwierp die gedachte met een handgebaar. 'Gamboa was slim, al dacht hij slimmer te zijn dan hij in werkelijkheid was. Hij dacht dat hij met behulp van de informatie van de Madrigalgroep Madrigal eigenhandig zou kunnen vermoorden. Ik hou niet van slimme mannen die zich niet aan de regels houden. En ik wil iedere man die denkt zo puur, schoon, perfect en slim te zijn laten zien dat ik begin met hem te vermoorden, en eindig met alles af te maken wat hij ooit heeft liefgehad.'

Calvo zei niets.

'Jij gaat op zoek naar Elena Gamboa. De mannen van de Spin zullen haar en haar baby en iedereen die zich in haar nabijheid bevindt doden.'

Calvo knikte zijn baas toe. Hij zou hem onmogelijk op andere gedachten kunnen brengen. '*Sí, patrón.*'

De la Rocha draaide zich om en wilde naar binnen lopen, maar bleef staan en riep over zijn schouder naar zijn consigliere: 'En Nestor. Spreek me over dit onderwerp nooit meer tegen.'

'*Sí, patrón.*'

26

De haciënda was niet aangesloten op het elektriciteitsnetwerk maar had wel een telefoon, die om twee uur in de ochtend rinkelde, waar iedereen in het huis van schrok en die de slapenden wekte. Laura was net vanuit de kelder naar boven gekomen en rende de in het kaarslicht badende woonkamer in om op te nemen. Ze nam na de zesde keer overgaan op, op het moment dat Court door de deur van de binnenplaats aan de achterkant van het huis dezelfde kamer in liep. Hij was de afgelopen twee uur bezig geweest met de voorbereidingen voor een aanval waarvan hij bad dat die nooit zou plaatsvinden.

'*¿Bueno?*'

'Goedemorgen, sorry dat ik zo vroeg stoor. Zou ik Señora Elena Gamboa mogen spreken?'

Laura keek Court lijkbleek aan. Ze fluisterde. 'De la Rocha.'

Zonder aarzelen rende Court in de schemering over de stoffige plavuizen van de uitgestrekte kamer. Laura stak de telefoonhoorn voor zich uit die hij uit haar handen griste en naar zijn mond bracht.

'Hopelijk spreek je Engels, klootzak!' Zijn stem dreunde tegen de stenen muren, weergalmde door donkere, verlaten gangen, deed oude ruitjes in hun kozijnen trillen.

Het bleef lang stil, en toen klonk er een lage lach. 'Ah. De *norteamericano*. De man die we op tv als een aap door de lucht zagen zwieren. Wat aardig om je eindelijk eens persoonlijk te spreken, van man tot man.'

'Ik weet niet wát je bent, maar iemand die een ongeboren kind de dood in wil jagen is wat mij betreft geen man, jij zieke hond.'

'Je zou het toch niet snappen. Onze culturen verschillen zo sterk van elkaar dat er een wijd schisma tussen onze geloofssystemen bestaat. Omdat ik vermoed dat je, spijtig genoeg voor jou, de uitvoering van mijn doel zult dwarsbomen, zul je aan de zijde van Señora Gamboa sterven.'

Court stootte een boosaardige lach uit. 'Je praat heel wat beter dan je mannen vechten. Ik heb al een handvol van je mannetjes gedood, weet je nog?'

'Ja, je acties zijn me ter ore gekomen. Je bent behoorlijk goed in wat je doet. Heb je enig idee hoeveel geld je kunt verdienen als je voor mij zou komen werken? Luister, het lijkt me duidelijk dat ik jullie schuilplaats heb ontdekt. Mijn mannen staan op dit moment bij de muur rond de haciënda. Jij en de familie zijn volledig omsingeld.'

'En wij zijn goed bewapend. Zeg maar tegen je mannen dat ze ons moeten komen halen.'

De overige familieleden waren de kamer binnengekomen, zelfs Ignacio stond op de trap tegen de muur geleund en luisterde naar de helft van een gesprek in een taal die hij niet machtig was.

De la Rocha lachte opnieuw. '*Cálmate*, amigo. Rustig aan. Gewoon even luisteren. We geven je de kans je over te geven. Als je wilt, mag je met iedereen behalve Elena vertrekken. We zijn alleen in haar geïnteresseerd.'

'Vergeet het maar.'

'In dat geval is dit ons laatste gesprek. Je zult voor zonsopgang dood zijn, maar als dat is wat je wilt, mij best.'

De verbinding werd verbroken. Court speelde even met de telefoon om hem te controleren. Ja, de vaste lijn was afgesneden.

'Controleer allemaal je mobiele telefoons,' verordonneerde hij. De daaropvolgende twee minuten pakten de familieleden hun telefoons en scharrelden in de woonkamer heen en weer in een poging ontvangst te krijgen.

Niets... de zendmast in de buurt was neergehaald.

Shit. Gentry begreep dat het zijn tegenstander de nodige mankracht en connecties had gekost om hun mobiele telefoons uit te schakelen. Court besefte dat ze niet zouden worden belaagd door een paar Mexicaanse boerenkinkels met strohoeden op. Nee... het was De la Rocha gelukt zelfs in deze negorij manschappen te vinden die van wanten wisten.

Martin en Ramses hadden op de overloop gestaan; ze waren beiden vanuit hun post aan weerszijden van het casa grande naar binnen gekomen. De ene had de wacht gehouden op de naar het noorden uitkijkende mirador, de andere op de mirador die uitkeek op het zuiden. Court bleef beneden in de woonkamer en keek de familieleden langzaam een voor een aan. Hij wond er geen doekjes om en zei slechts: 'Ze komen eraan.'

Niemand bewoog.

'Waar is Luis?'

'Hij ligt in bed,' zei Inez.

'Kun je hem naar beneden naar de kelder brengen?'

Ze schudde haar hoofd. 'Nee. Hij zou het niet snappen. Hij wil niet.'

Court knikte. Hij had nu geen tijd om zich zorgen te maken over Luis. Terwijl hij in de kamer naar zijn armzalige negenkoppige leger keek, slaakte hij een zucht. De Gray Man was altijd een blauwe boord geweest, geen witte. Hij was geen leider. Hij wenste dat hij zijn troepen ergens mee kon opbeuren, maar hij wist niet goed wat hij tegen ze moest zeggen. Hij zou het met Ramses, Martin en Laura moeten doen. De rest van deze arme stakkers... het enige waarop hij mocht hopen was dat ze elkaar in de ophanden zijnde aanval niet per ongeluk overhoop zouden schieten.

Court mompelde tegen zichzelf: 'We zitten in de problemen.'

Elena die op de bank had gezeten ging staan. 'We kunnen ze tegenhouden.'

Gentry keek haar aan. Hij wilde iets zinnigs zeggen maar kon niets bedenken.

Inez meldde dat ze brood in de oven had staan dat eruit moest. Luz liep achter haar aan naar de keuken en voordat Court hen erop kon wijzen dat er op dit moment belangrijkere dingen waren om je zorgen over te maken, waren de twee oude vrouwen al verdwenen.

Hij richtte zich weer tot de overige aanwezigen in de woonkamer en de federales die vanaf de overloop op hen neerkeken. 'We zijn hier met vier getrainde strijders, van wie er slechts twee serieuze wapens hebben. Ik heb slechts een halflege zesklapper en een vijftig jaar oud hagelgeweer, alsof ik verdomme in Dodge City rondloop.' Niemand begreep zijn verwijzing. Ze keken hun Amerikaanse beschermengel zwijgend aan.

Hij keek in de schemering naar Elena en Laura, naar Ernesto en Diego en Ignacio. Hij zag vertrouwen in hun ogen. Hoop.

Ogen van dwazen.

Zijn brein draaide op volle toeren; hij dacht aan de aanval die komen ging, en wat hij ertegen kon doen.

Elena zei: 'Joe, laat ons niet in de steek. We mogen dan niet allemaal strijders zijn, we kunnen allemaal helpen. Iedereen kan zijn steentje bijdragen!'

Uit de keuken steeg de geur van versgebakken brood op.

Court slaakte een zucht. 'Denk je dat je onze vijand met broodbakken kunt verslaan, Elena?!' Elena Gamboa's gezicht liep van woede en frustratie rood aan.

Boven op de overloop grinnikte Ramses.

'Heeft er iemand nog andere ideeën behalve onze vijanden met *chimichangas* te bekogelen?'

Laura Gamboa hief haar pistool. 'Sí. Ik heb wel een idee. Wat dacht je ervan al die pendejos neer te knallen zodra ze hier komen?'

Court haalde zijn schouders op. 'Nou... ja, dat is wel zo'n beetje het idee geloof ik.' Hij verstijfde. 'Allemaal posities innemen. Jullie weten wat er moet gebeuren.'

Court beende langs de familie naar de eerste muurkandelaar en blies de kaarsen uit.

Op weg naar de achterdeur liep hij weer langs de familie in de woonkamer. '*Buena suerte*,' mompelde hij. Veel succes. Met zijn hand op de klink stopte hij, draaide zich om en keek iedereen nog een laatste keer aan. Ze stonden als versteend in het donker en keken hem aan. Luz en Inez kwamen met een bakblik vol broodjes uit de keuken.

'Kom op nou, verdomme!' riep hij, kortstondig bevangen door frustratie over de situatie waarin ze zich bevonden. 'Elena, Luz en Inez naar de kelder! Ernesto naar de gang om de vrouwen te bewaken; Diego en Ignacio de keuken in om de toegangsdeur naar de kelder in de gaten te houden; Laura naar boven naar de overloop om deze kamer in het oog te houden! Blaas alle kaarsen uit. Opschieten! Zo moeilijk is dat niet. En blijf weg bij de ramen!

Iedereen begon in een andere richting te lopen en tot Courts opluchting ook min of meer in de richting waar ze heen moesten.

'Fuck,' zei hij tegen zichzelf.

Hij keek naar boven naar de overloop; Martin was teruggekeerd naar zijn post, maar Ramses keek hem van boven aan. De in het donker gehulde Mexicaanse agent zei: 'Veel succes, amigo.'

'We zullen het nodig hebben,' antwoordde Court.

En toen stapte hij door de achterdeur de duisternis tegemoet.

De eerste golf bestond uit zestien man. Het waren geen elite-sicarios, maar niettemin kille, meedogenloze mannen die getraind waren in het gebruik van hun wapens en door hun leiders flink waren 'aangemoedigd' om de wens van hun kartelleider in vervulling te laten gaan.

Deze mannen werden binnen de Mexicaanse kartelwereld aangeduid met *soldados*, 'soldaten', of met het iets neerbuigender *estacas*, wat zoveel betekent als 'schildwachten'. Ze behoorden niet tot de top, maar wisten hoe ze met wapens om moesten gaan en kenden hun taak.

Hun leeftijden varieerden van zeventien tot eenenzestig; er zaten twee vader-en-zoonduo's tussen, en twee koppels broers. Ze hadden allemaal in het leger gediend, van wie eentje als officier, waardoor hij de leiding had over deze groep ad-hocmoordenaars.

Deze mannen waren binnen de Zwarte Pakken niet het neusje van de zalm, maar omdat ze wel het dichtste bij de haciënda waren, moesten ze maar volstaan. Ze woonden allemaal hier in de heuvels en de bergen; de meesten hadden voor een of ander klusje voor Los Trajes Negros wel eerder met elkaar samengewerkt.

Drie van hen waren judiciales, staatspolitie uit Jalisco, en nog eens zes waren municipales uit het nabijgelegen Tequila. Aan de andere kant van de achterste muur van de haciënda stonden patrouillewagens van zowel de staatspolitie als de plaatselijke politie.

De Spin had iets na elf uur 's avonds contact opgenomen met de leider van zijn troepenmacht, en het had bijna drie uur gekost om alle mannen ter plaatse te krijgen. Ze hadden met een vrachtauto en een ketting twee zendmasten neergehaald en daarna op het radiobericht gewacht waarin hun werd opgedragen de vaste telefoonlijn onklaar te maken.

De meesten van hen hadden door de politie verstrekte shotguns of M1-karabijnen, een zestig jaar oud Amerikaans wapen dat in Mexico nog volop gebruikt werd, voornamelijk door beveiligers van banken, winkels en dergelijke. Hoewel het in vergelijking met elk modern wapen bijna antiek genoemd kon worden, was het geladen met vijftien krachtige kogels van .30 kaliber, en dat was in de meeste situaties afdoende.

Zoals Gentry en de twee GOPES op basis van hun verkenning van het terrein hadden vermoed, kwamen de aanvallers over de achtermuur en lieten zich in het donker vallen.

Ze bewogen zich in tweetallen door het hoge gras, hielden hun ogen op het donkere gebouw in de verte gericht, dat nog vijftig meter voorbij de binnenplaats en het zwembad stond. Ze maakten zich klein achter de schaarse limoen- en sinaasappelbomen die in het wild in de achtertuin groeiden, en renden toen in korte zigzagbewegingen naar de standbeelden, waar ze ook dekking achter zochten.

Ze waren nu dichtbij; ze hadden alle zestien de rand van de binnenplaats aan de achterkant bereikt, vijfentwintig meter van de zuilenrij, waar de achterdeuren naar de woonkamer lonkten. De mannen begonnen in tweetallen aan een ongeorganiseerde haasje-over-achtige manoeuvre, waarbij sommige bijna tegen elkaar op botsten en andere ineendoken achter potplanten langs de rand van het zwembad.

De voormalige legerofficier, de man die als leider van deze bende schutters was aangesteld, bleef op vijftien meter afstand staan en maande met armgebaren al zijn manschappen naar voren. Hij had niet verwacht zo ver te komen zonder enige vorm van weerstand te ondervinden en had er niet op gerekend dat iedereen op hetzelfde punt naar binnen kon, maar de deuren naar de binnenplaats waren nu eenmaal het dichtste bij, en als ze eenmaal binnen waren konden zijn mannen zich daar verspreiden en aan de slachtpartij beginnen.

De man begon het geld dat de Spin hem zou betalen al te tellen.

'*¡Ataque!*' schreeuwde hij.

Toen steeg er onaangekondigd rechts van zijn positie op de binnenplaats, aan de andere kant van het rechthoekige zwembad, het geronk van een zware motor op. Een enorme pick-uptruck was op een of andere manier tegen de buitenste muur van de zuilenrij geparkeerd, ver weg van de oprit aan de voorkant, en werd door een dek van bladeren aan het zicht onttrokken. De zestien mannen stonden als aan de grond genageld; kostbare seconden waarin het groot licht en de schijnwerpers op de beugel van de grote F-350 aanfloepten en de gehele binnenplaats in een oogverblindend wit licht dompelden.

De aanvoerder draaide zich naar de lichtbron om, beschermde zijn ogen tegen het felle licht en hief met een hand zijn wapen om hem onder vuur te kunnen nemen.

Maar een geluid van iets wat in het smerige zwarte zwembad op drie meter afstand van zijn tenen bewoog, trok zijn aandacht.

De Gray Man had bijna drie minuten onder water gezeten en de tien minuten daarvoor enkel zijn hoofd en shotgun boven de dikke, vettige laag rottende bladeren uitgestoken die op het wateroppervlak dreef. Toen hij het zwakke fluitje van Martin hoorde waarmee hij aangaf dat de aanvallers onderweg waren, had hij zich onder water laten glijden, zijn ogen stijf dichtgeknepen, door een stuk bamboe ademgehaald en gewacht tot hij het geluid van de pick-up hoorde; zijn teken dat het tijd was in actie te komen. Op het moment dat de sicarios hen dicht genoeg waren genaderd om de aanval te openen, had Ramses met behulp van de afstandsbediening de motor gestart.

Toen Court naar de oppervlakte kwam, zorgde hij ervoor niet in het felle licht te kijken. Hij zag direct zijn doelwitten open en bloot voor zich en ging genadeloos te werk. Hij ging rechtop staan, spuugde daarbij het holle stuk bamboe uit, richtte het lange dubbelloops jachtgeweer op de eerste man die hij zag en joeg die een schot hagel in zijn buik.

Boem!

Rechtsboven hem hoorde hij een kort salvo van een 9mm-machinepistool: Ramses die vanaf de op de eerste verdieping gelegen mirador zijn wapen afvuurde. Vanaf de begane grond klonk ter hoogte van de deur naar de binnenplaats nog een pistoolschot. Court wist niet wie dat was, hij had daar niemand geposteerd.

Boem!

Hij vuurde zijn tweede schot hagel af en joeg meer dan honderd minuscule stukjes metaal in de buik van een man in een groen politie-uniform die op de binnenplaats van hem wegdraaide.

Naast hem zag hij water opspatten, en hij dook weer onder de rottende bladeren om onder water het jachtgeweer te herladen. Hij bewaarde de patronen in zijn voorste zakken. Hij dumpte de twee lege hulzen en verving ze door verse en zwom met zijn benen ondertussen naar een ondieper stuk van het zwembad zodat hij op een andere plek dan waar hij onder water was verdwenen weer boven kon komen.

Hij schoot weer vanuit het zwarte water de koele nachtelijke lucht in, zag twee doelwitten op weg naar het casa grande langs zijn positie rennen en schoot ze beiden in de onderrug, waarna ze voorovervielen. Weer dook hij onder het wateroppervlak om te herladen en naar een ander stuk van het zwembad te zwemmen.

Zes *matones* waren binnen tien tellen geveld; de hekkensluiters van de aanval waren de felle autoverlichting ontvlucht en terug het lange gras ingedoken. Maar twee mannen, beiden provinciale agenten uit Jalisco, liepen rechts van het zwembad naar voren richting de op afstand gestarte auto. Ze namen met hun M1's het voertuig onder vuur, schoten de koplampen kapot maar niet de schijnwerpers, en renden er voorbij op het moment dat hun eigen manschappen het vuur openden in hun richting.

De twee mannen bereikten de zuilengalerij die aan de achterkant langs het huis liep. Daar was het aardedonker, en ze waren er gevrijwaard van de door hun eigen troepen afgevuurde kogels. Ze renden weg van de deuren naar de binnenplaats; ze liepen bijna een minuut met hun rechterschouder tegen de witgepleisterde muur en bereikten de zuidwestelijke hoek van het gebouw. Ze bleven in het pikkedonker langs de gestucte, met dikke klimplanten overwoekerde muur doorlopen. Ver achter hen was het wapengekletter inmiddels afgezwakt tot een enkele knal en een schot als antwoord.

Ze bereikten een raam op de begane grond. Het zat op slot, maar een van de mannen sloeg met de kolf van zijn geweer het glas aan diggelen. Hij stak zijn hand naar binnen en haalde de vergrendeling los, zwaaide het raam open en stapte naar binnen. Zijn partner volgde hem op de voet.

Ze werden niet gedreven door eer, plichtsbesef of roem. Maar door geld. Het geld dat ze met deze aanslag zouden verdienen en het prestige dat ze in hun dorp zouden vergaren omdat ze een belangrijke klus voor Los Trajes Negros hadden opgeknapt.

Ze waren in een donkere ruimte terechtgekomen, waarin ze met moeite het eikenhouten meubilair konden onderscheiden dat thuishoorde in een slaapkamer. Tegenover het raam bevond zich een deur, die op slot zat. De twee agenten waren er beiden vrij zeker van dat niemand aan de andere kant het geluid van brekend glas had gehoord, helemaal omdat er af en toe nog werd geschoten. De mannen gingen staan en begonnen naar de deur te lopen, en op het moment dat ze al over de helft waren, werd hun aandacht getrokken door een beweging links van hen.

Een stem vanuit de duisternis. 'Guillermo? Mijn zoon? Ben jij...'

De beide mannen vuurden met hun M1-karabijnen; in het door hun kogelregen verspreide licht zagen ze een oude man rechtop in zijn bed zitten. Zijn borst explodeerde, en hij viel zijwaarts uit het bed en lag na een koprol als een zoutzak in een hoek van de kamer.

Ramses en Martin, beiden gelokt door het geluid van schoten in het huis, troffen elkaar in de *sala*. Met hun wapens in de aanslag liepen de mannen, Martin voorop, in een goed getrainde formatie die hen in staat stelde vijanden aan te vallen terwijl ze elkaar beschermden. Toen ze in een rechte hoek de gang bereikten hoorden ze om de hoek twee ploppen uit een pistool gevolgd door een kreet van een vrouw.

De twee GOPES-agenten sloegen de hoek om alsof ze met hun heup aan de muur vastzaten: Martin, op kop, naar links, en Ramses daarachter naar rechts. Toen ze met de lampen aan hun wapens de gang in schenen, zagen ze Laura Gamboa Corrales op haar knieën met haar rug naar hen toe voor een geopende deur, haar pistool op de donkere slaapkamer gericht.

Op dat moment klonk er uit de slaapkamer een harde knal vergezeld door een lichtflits. Ramses Cienfuegos vloog achterwaarts tegen de grond terwijl hij kreunend de lucht uit zijn longen liet ontsnappen.

Martin Orozco nam de slaapkamer onder vuur en vulde de deuropening boven Laura's hoofd met een tapijt van kogels. Tijdens het vuren stapte hij naar rechts om zijn gevelde partner te beschermen.

Zijn wapen was in drie seconden leeg, en knielend herlaadde hij.

Maar uit de kamer voor hem kwamen geen schoten meer.

Martin rende Laura voorbij en dankzij de aan zijn wapen bevestigde zaklamp zag hij de twee dode provinciale agenten bij het geopende raam, een kapotgeschoten muur vol gaten en daarna het ineengezakte lichaam van Luis Corrales in de hoek.

Laura, die achter hem de kamer in was gelopen slaakte een kreet terwijl ze hem voorbijrende en zich over haar schoonvader boog.

Martin liet haar alleen en ging terug naar zijn partner in de gang. Tot zijn opluchting zag hij Ramses op zijn ellebogen steunen; de gringo was er ook en zat in het donker over Ramses gebogen. De Amerikaan was doorweekt. Ramses was vol in zijn keramische borstplaat geraakt. De zuurstof was uit zijn longen gedrukt, maar verder was hij ongedeerd. De drie mannen keken elkaar aan en slaakten een zucht van verlichting.

Het gevecht was voorbij – voorlopig althans.

27

Court zat samen met Martin en Ramses op de zuidelijke mirador, alle ogen waren gericht op de achterkant van het terrein. Court had zijn drijfnatte overhemd uitgetrokken en het vervangen door een spijkerjack uit Luis' garderobe, maar nergens in huis had hij een droge broek kunnen vinden die hem paste. De bijtende geur van de kruitdampen hing nog in de lucht, die snel zou worden verdreven door de lijklucht van de lichamen op de binnenplaats. Court had al besloten dat hij, als zou blijken dat hij en de Gamboa's hier na zonsopgang nog steeds zouden zijn, de lichamen zou verzwaren met stenen plantenbakken en ze allemaal in het zwembad zou rollen. Hijzelf had al lang geen last meer van de aanblik en de stank van dode, volwassen mensen, maar het moreel van de ongestaalde burgers hier in het casa grande zou snel inzakken als ze hun werk moesten doen te midden van zongeblakerde kadavers die ongedierte en leguanen zouden aantrekken.

In het huis kon hij de vrouwen horen huilen, hardop bidden en nog meer huilen. Laura was na de vondst van Luis' lichaam ingestort. Het was duidelijk dat ze zichzelf de schuld gaf van zijn dood. Inez en Luz en Elena hadden de man met een laken toegedekt op de plek waar hij was overleden, en voor zover Court wist lag hij daar nog steeds.

Court wist dat het lijk van de oude man rond het middaguur zou beginnen te stinken.

Direct nadat de schietpartij achter de rug was en de overlevende sicarios weer richting de zuidelijke muur in de duisternis waren verdwenen, inspecteerde Court Eddies pick-up. Zijn hoop op een snelle aftocht werd de grond in geboord toen hij zag dat drie van de vier banden waren gesneuveld in het spervuur aan kogels dat na het ontsteken van de lichten op het voertuig was afgevuurd. Er zaten kogelgaten in de motorkap en de grille en de linkervoorkant, maar de motor liep nog, voor zo lang als het duurde.

Maar daar had je weinig aan met drie lekke banden.

Tussen het gesnotter en het bidden en het wezenloos voor zich uit staren door had Inez Corrales Court verteld dat er in de schuur ten oosten van het casa grande nog een oude pick-uptruck stond. Hoewel de wagen al jarenlang stilstond moest hij het voor zover Inez wist nog gewoon doen. Ignacio was behalve straalbezopen ook automonteur, en Ernesto stuurde zijn zoon naar de schuur om te kijken of ze met z'n tienen in het voertuig zouden kunnen ontsnappen.

Court posteerde de jonge Diego op de noordelijke mirador om de voorkant van het terrein in de gaten te houden; hij had de jongen een op een van de agenten buitgemaakte karabijn gegeven en hem opgedragen hem in geval van nood tegen zijn schouder te zetten, op het doelwit te mikken en net zolang te blijven schieten totdat een van de professionals bij hem was om het over te nemen.

Ramses zei zachtjes tegen de Amerikaan: 'We hebben het goed gedaan. We hebben een van de elf mensen verloren. Zij acht van de, weet ik veel, vijftien of misschien twintig. En we hebben hun wapens en munitie.'

Wat Court betreft was het glas niet zo halfvol. 'Ja, oké, maar de overlevenden hebben nu alle informatie die ze nodig hebben. Ze weten dat we maar met een paar man zijn; ze weten dat we niet alle ingangen kunnen bewaken; ze zijn op de hoogte van de globale indeling van het huis. Dit waren gasten die DLR binnen een paar uur ter plaatse kon krijgen. Dit was bij lange na niet hun A-team.' Hij slaakte een zucht. 'We moeten hier als de sodemieter vandaan. Een volgende aanval overleven we niet.'

'Waar moeten we naartoe?'

'Ik sta open voor suggesties,' bekende Court.

Geen van de federales reageerde.

Court was moe, ontzettend gefrustreerd en had geen enkel plan, en zijn frustratie bleek uit zijn volgende opmerking. 'Dus jullie beweren dus dat er, jullie even buiten beschouwing gelaten, in heel Mexico verdomme geen Mexicaan te vertrouwen is?'

De beschuldiging bleef even in de lucht hangen.

Uiteindelijk reageerde Ramses Cienfuegos met een onmiskenbare zweem van woede in zijn stem. 'Ik ken heel veel mensen die te vertrouwen zijn. Soldaten, agenten, burgers, ambtenaren. Veel van mijn landgenoten die het willen opnemen tegen de narcotraficantes bekopen dat met hun leven. Maar ze zullen risico lopen als we ze hierbij betrekken. Elke instantie in dit land heeft te maken met corruptie in alle geledingen, met dank aan de zestig miljard dollar die jullie gringo's elk jaar uitgeven om die corruptie in stand te houden.'

Court haalde zijn schouders op. 'Je kunt ons niet de schuld geven dat er bij jullie een burgeroorlog woedt.'

'Alsof er bij jullie Amerikanen nooit een burgeroorlog uitbreekt.'

Court negeerde de opmerking, maar Ramses was nog niet klaar.

'Als er geen vraag zou zijn, amigo, zouden De la Rocha en al die andere types geitenhoeders of zo zijn geworden. Praat eens tegen die verdomde drugsverslaafden in de Verenigde Staten; zij zijn in grote mate verantwoordelijk voor alle moord en doodslag. Als meer van jouw landgenoten niet zulke waardeloze klootzakken zouden zijn die jullie eigen wetten overtreden en daarmee ons land destabiliseren, zouden heel wat meer van mijn landgenoten eerlijke mensen zijn!'

Court knikte in het donker. De boodschap was overgekomen, en die boodschap luidde dat hij zich als een hork gedroeg. 'Sorry, maat. Ik ben gewoon over de zeik.'

Na een tijdje zei Ramses: 'Geeft niet. Dat zijn we allemaal.'

De drie mannen frutselden aan hun wapens en staarden in de nacht.

Ze hoorden Ignacio's pogingen de motor te starten van de pick-up die vijftig meter links van hen in de schuur stond. Eddies aan alcohol verslaafde broer had de startmotor aan de praat, maar tot nu toe wilde de auto niet starten.

Court slaakte een zucht. Als ze de motor van de pick-up niet tot leven wisten te wekken, waren ze de sigaar. En zelfs als het wel zou lukken, had hij geen idee waar in Mexico ze heen konden. Hij kwam niet uit de...

Wacht. Er schoot hem een idee te binnen. 'Dat is het.'

'Wat bedoel je?'

'Je zei dat de VS hun verantwoordelijkheid eens zouden moeten nemen. Wat als we Elena en haar familie de VS in kunnen krijgen? De la Rocha heeft daar geen corrupte contacten.'

'Nee, dat klopt.'

'Zo moeilijk kan het niet zijn om haar het land in te krijgen. Voor jouw landgenoten is dat dagelijkse kost.'

Ramses knikte. 'Ik was vorig jaar in Mexico-Stad, in dienst van de AFI, de Federale Opsporingsdienst. Die is vergelijkbaar met de FBI in los Estados Unidos. We ontdekten dat een gringo die op de afdeling consulaire zaken van de Amerikaanse ambassade werkte documenten verkocht om het land in te komen. We hadden alles wat we nodig hadden om die gringo te arresteren en die praktijk op te doeken, maar de operatie werd stopgezet. We hebben de Amerikanen niet eens laten weten wat we hebben ontdekt.'

'Waarom niet?'

'Waarom denk je? Mexico verdient goud geld aan de mensen die de grens overtrekken. We hadden geen enkele reden om deze kerel tegen te houden. Ik heb zelfs overwogen hem te helpen.'

'Oké. Dus jullie zijn waardeloze buren. Wat schieten we daarmee op als we...'

'Ik ken die kerel. Je kunt visa kopen voor de Gamboa's waarmee ze de VS in komen.'

Court dacht erover na. 'En wat als we geen geld hebben?'

'Ik heb geld.' Dat zei Laura. Ze was via de gang op de eerste verdieping de mirador op gelopen, was achter hen gaan zitten en had geluisterd naar drie mannen die ze achtenveertig uur geleden nog niet kende en die nu het lot van haar familie aan het bespreken waren.

Court draaide zich naar haar om. 'Is dat zo?'

'Mijn overleden echtgenoot Guillermo heeft recht op een pensioen van het leger. Ik krijg elk jaar een klein bedrag. Maar ik kan ook alles in één keer opnemen als ik dat wil, al moet ik dan wel een boete betalen.'

'Hoeveel is dat in totaal?'

'Vijfhonderdduizend pesos.'

Court rekende het snel om. 'Zestig ruggen?' Hij keek naar Ramses. 'Is dat genoeg?'

De federale haalde zijn schouders op. 'Voor ons allemaal? Geen idee. Maar ik weet zeker dat het genoeg is om de aandacht van de ambassademan te trekken.'

Court keek weer naar Laura. 'Zou je dat willen doen? Zou je al dat geld inruilen voor Elena en je ouders en...'

'Natuurlijk doe ik dat.' Ze leek beledigd. 'Dit is mijn familie. Ik zou alles voor ze doen.'

'En zou jij dan ook naar de VS gaan?'

Ze schudde haar hoofd. 'Zij zouden moeten gaan. Mijn vader en moeder, Elena en Diego. Maar ik niet. Mexico is mijn thuis. Ik wil hier niet weg.'

'Waarom niet?' vroeg Court, vol ongeloof.

'Ik kan niet gewoon mijn spullen pakken en alles achter me laten.'

'Waarom niet?' zei hij opnieuw, en voegde hieraan toe: 'Ik doe het om de haverklap.'

Ze keek hem langdurig in het donker aan. 'Dan begrijp je niet wat het betekent ergens thuis te horen.'

De auto probeerde weer te starten. Gentry kon de accu, die elke keer dat de contactsleutel werd omgedraaid aan kracht inboette, zwakker horen worden. Na een derde vergeefse poging de auto aan de praat te krijgen, konden ze vanaf de mirador Ignacio horen vloeken.

'*¡Hijo de puta!*' Hoerenjong!

'Nou, alles op zijn tijd, we zijn hier voorlopig nog niet weg,' zei Court.

Ramses en Martin verdwenen naar andere delen van het casa grande; vlak bij de kapel lag een westelijke vleugel met een binnenplaats waar af en toe gepatrouilleerd moest worden, omdat daar geen mirador op uitkeek. Maar Laura bleef naast Court op de veranda zitten; ze dronken sterke zwarte koffie en keken samen over de binnenplaats aan de achterkant.

'Dit huis is me wat, vind je ook niet?' zei Laura na een tijdje.

Gentry grinnikte en liet zijn blik over het vervallen terrein dwalen. 'Ja, het is verdomme een zwijnenstal.'

Hij voelde dat Laura even naar hem keek en toen haar blik afwendde. 'Ik vind het hier heerlijk. Ik zou hier met Guillermo gaan wonen als hij zou zijn afgezwaaid uit het leger.'

Verdomme, Court. Probeer nou toch eens één keer iets aardigs te zeggen. 'Ik bedoel... het is mooi... maar het moet gewoon even onder handen genomen worden.'

Hij hoorde haar zachtjes lachen; het weergalmde zelfs door de slaapkamer achter hen. Het was een prachtig geluid, hoewel het op een of andere manier niet paste bij haar droevige, ernstige en eerbiedwaardige persoonlijkheid. 'Je hebt gelijk. Het zou ons jaren gekost hebben om het op te knappen. Maar Guillermo wilde voor zijn ouders zorgen, de boerderij weer nieuw leven inblazen, hier kinderen krijgen en er gelukkig worden.'

'Ik vind het heel erg spijtig hoe het allemaal gelopen is,' zei Court.

'Ik ook,' antwoordde ze.

Twee uur later was Ignacio nog steeds in de schuur met de pick-up in de weer. Court had Diego afgelost bij het raam op de eerste verdieping boven de voordeur, aan de noordkant van het huis. Court lag voorover en keek uit over de boomgrens en de winderige, onverharde oprit die naar beneden kronkelde en buiten bereik van het maanlicht onderweg naar het hek aan de voorkant, pakweg honderd meter noordelijker, uit het zicht verdween.

Hij betastte Luis' oude jachtgeweer dat naast hem op de tegels lag. Hij had de M1-karabijnen aan de anderen gegeven, had een paar zwaardere hagelpatronen uit een van de shotguns gehaald van een gesneuvelde municipale uit Tequila, maar had het wapen zelf op de binnenplaats laten liggen omdat de loop tijdens het vuurgevecht was beschadigd. Court had nog een shotgun gevonden van een provinciale agent uit Jalisco, maar omdat hij tevreden was met het gevoel en de werking van de lange, zware antieke dubbelloops had hij besloten om Luis' jachtgeweer als hoofdwapen te blijven gebruiken.

Hij begon moe te worden, maar Luz had hem zojuist voorzien van nog meer enorm sterke zwarte koffie, waar hij het weer een paar uur op vol kon houden.

Hij had het nodig tegen de slaap maar ook tegen de kou: het was nog geen tien graden, en het enige wat hij als bescherming tegen de nachtelijke wind aanhad was het spijkerjack en zijn vochtige broek.

Verdomme, wat wilde hij hier graag weg.

Er was op dat vlak íéts van vooruitgang geboekt. De accu uit Eddies F-350 was door Ernesto en Diego uit diens auto gehaald en naar de stal gebracht; de verse benzine was vanuit het nieuwere voertuig naar het oudere overgeheveld. Het was nu slechts een kwestie van tijd voordat ze er allemaal als sardientjes in een blik in zouden kruipen en onder aanvoering van Ramses en Martin die al schietend met hun Colt Shorty's op hun motoren op kop zouden rijden, naar het hek aan de voorkant zouden scheuren, daarbij vurig hopend dat ze levend weg zouden weten te komen.

Court wreef zich in zijn ogen en vocht voor de derde keer binnen een minuut tegen de slaap.

Hij keek op zijn horloge: zes over vier. Hij wist dat als de Zwarte Pakken tijdig een nieuwe ploeg op de been zouden weten te brengen, ze voor zonsopgang nog een keer zouden toeslaan. Het was ondenkbaar dat ze dat niet zouden proberen, ze hadden geen enkele reden tot zonsopgang te wachten.

Normaal gesproken was de beste tijd voor een aanval al lang voorbij. Dat stemde de Amerikaan aanvankelijk tevreden; hij hoopte dat zijn kleine troepenmacht de vijand had afgeschrikt door hun eerste aanvalsgolf te weerstaan en ze de haciënda voorlopig met rust zouden laten om zich te kunnen hergroeperen.

Maar nee, dat was helemaal niet het geval. Het tijdstip van drie uur 's ochtends waarop een vijandelijke stelling doorgaans werd aangevallen was gebaseerd op het tijdstip waarop een wisseling van de wacht doorgaans plaatsvond.

De vijand wist dat ze manschappen tekortkwamen om dit hele complex te bewaken en dat ze al helemaal niet konden rouleren om te rusten en te eten.

Ja, realiseerde Court zich, zijn vijanden waren slimmer dan hij. Die mogelijkheid was hem pas nu te binnen geschoten. Ze zouden voor zonsopgang nog eens toeslaan. Met hoeveel of hoe weinig ze ook over waren.

Kom op, Ignacio, jij dronken lor. Zorg dat je die pick-up aan de praat krijgt!

28

De tweede aanvalsgolf bestond uit slechts twaalf man, die echter beter getraind waren, over betere wapens beschikten, betere informatie en een beter aanvalsplan hadden dan de eerste groep die gefaald had. Ze waren alle twaalf *marinos*, Mexicaanse mariniers, die op bevel van de Spin Cepeda vanuit hun basis in Guadalajara naar de haciënda waren gereden.

Hoewel ze gewoon in dienst van het leger waren, beunden ze in het geniep bij als sicarios voor de Zwarte Pakken. Ze waren goed getraind in gevechten in kleine formaties en waren bewapend met HK MP5-machinepistolen, flitsgranaten en droegen kogelwerende vesten en olijfkleurige uniformen die goed integreerden met het plaatselijke groen-zwarte Sierra Madre-berglandschap zoals dat er voor zonsondergang bij lag. Ze hadden de overlevenden van de eerste aanvalsgolf over de achterste muur van het casa grande gedebrieft. De geschrokken strijders uit de eerste lichting die zich over de muur hadden gehaast om zich het vege lijf te redden, hadden de opdracht gekregen in de buurt te blijven om de volgende groep te vertellen tegen wie en wat ze het zouden opnemen. Terwijl de mariniers zich naast hun zware terreinwagen begonnen te prepareren, vertelden de nerveus rokende agenten alles wat ze hadden gezien.

Nadat de militairen hun wapens en communicatieapparatuur nog een laatste keer hadden gecontroleerd, splitsten ze zich op in drie groepen van vier, namen afscheid van de uitgeputte en overdonderde amateurs en begonnen naar de muur om de haciënda te lopen.

De vier mannen van team A, in het Spaanse fonetische alfabet 'Antonio', betraden de haciënda door over een hek te klimmen in de westelijke muur op een plek die geheel schuilging achter hoog gras en wild opgeschoten agaveplanten. Ze liepen in duo's naar het verduisterde huis, waarbij het ene paar onderweg steeds dekking gaf aan het andere. Ze bereikten een uit grove stenen opgetrokken graansilo en naderden de kapel die aan de westelijke kant van het casa grande uitstulpte.

Team Barcelona bedwong de achterste muur, vlak bij de plek waar drie uur geleden het eerste team overheen was geklommen. Toen ze eenmaal binnen de muren van de haciënda waren, draaiden ze naar rechts, stapten door het houten hek van de veekraal en liepen behoedzaam om niet over de stenen en het hout en het afval te struikelen, achter een oude, doorgerotte houten stal langs.

Team Carmen nam een route aan de oostkant en betrad het terrein achter de wilgenbomen bij de vijver. Ze liepen via de zijkant naar de achterkant van het gebouw richting de oude stenen stal waar ze het geluid hoorden van een verbrandingsmotor die wanhopig werd gestart.

Binnen een paar minuten had Barcelona de zuilengalerij aan de oostkant van de binnenplaats bereikt. Toen ze zich over de radio bij Antonio meldden, hoorden ze dat zij zich ten westen van het casa grande in positie bevonden. Dit team had een van zijn leden op de vrijstaande kapel in de buurt van het huis afgestuurd om nader onderzoek te doen naar het licht dat door de kieren tussen de stenen viel.

Zeven minuten nadat ze over de muur waren geklommen, waren de drie uit vier mannen bestaande teams klaar om de verdedigers van de haciënda vanuit drie posities tegelijk aan te vallen.

Court wreef weer in zijn ogen. Wilde weer op zijn horloge kijken.

Een kreet vanaf de andere kant van het huis. Een man – Martin?

Een geweerschot.

Gentry's discipline dwong hem in positie te blijven liggen en de bomen en de oprit voor hem in de gaten te blijven houden.

Hij zag enkel de boomtoppen heen en weer zwiepen. Aan deze kant van het huis bewoog verder niets.

Verdomme. Alles in hem zei hem in positie te blijven, zich niet om te draaien, te blijven vertrouwen op zijn plan en op zijn medeverdedigers die verantwoordelijk waren voor hun eigen gevechtszone.

Als Martins sector zou worden aangevallen zouden Ramses en Laura, die beide flanken bestreken, zien wat er aan de hand was en veel adequater kunnen reageren dan hij, hier aan de overkant van het gebouw.

Vertrouw hen. Blijf op je post. Vertrouw op je plan.

Weer een schot. Gevolgd door een volautomatisch salvo uit een machinepistool.

Gentry kanaliseerde zijn bezorgdheid tot een geconcentreerde blik in de duisternis voor hem.

Niets. Geen beweging, geen aanval. Helemaal niets.

Vertrouw op je plan, Court.

Nieuwe geweerschoten, geschreeuw achter hem.

Vertrouw op je plan, Court!

Een explosie. Een flitsgranaat die op de eerste verdieping van het huis ontplofte.

Shit! Vertrouw op je plan, Court!

Toen de stem van Laura Gamboa. Een kreet.

Een gil.

Fuck het plan.

Court Gentry ging op zijn knieën zitten, sprong op, pakte met zijn rechterhand het zware jachtgeweer, draaide zich om en liep zo snel als hij kon het huis in.

De eerste moordenaar kreeg hij door stom toeval in het vizier. Court rende langs de westelijke muur de woonkamer in; de gang naar de keuken bevond zich links voor hem, rechts liep de gang naar de eetkamer. Hij was van plan om deze kamer te passeren en de trap op te gaan naar de overloop waar Laura zich verderop moest bevinden.

Maar op zo'n drie meter afstand zag hij in het donker de zwarte punt van een geweerloop in de eetkamer opdoemen. Gentry reageerde instinctief en gleed als een honkballer die een sliding maakt naar de thuisplaat met zijn voeten vooruit over de koude plavuizen. Hij gleed rechts langs de gang naar de eetkamer en hief de loop van zijn jachtgeweer richting de dreiging. Terwijl hij door de gang gleed zag hij de sicario in het donker; de man had uiteraard iets gehoord, maar had zijn wapen nog niet op de herkomst ervan kunnen richten.

Court kwam op de grond tot stilstand en drukte de loop van het jachtgeweer tegen de riem van de marinier, haalde een van de trekkers over en joeg negen .33 kaliber hagelpatronen in het middenrif van de man, die zowat in tweeën werd gedeeld en na de weergalmende dreunen en de korte, brede steekvlammen achterwaarts door de lucht vloog. Zijn gehavende lichaam landde plat op de eettafel. De signalen die vanuit zijn centrale zenuwstelsel naar zijn stervende ledematen liepen deden hem nog even stuiptrekken.

Nog voordat de man volkomen stil op de eettafel lag, was Gentry al op zijn knieën gerold. Hij had niet gezien waar het wapen van de sicario was neergekomen, en omdat hij geen tijd wilde verspillen om er in het donker naar te zoeken, stond hij op en rende verder naar de trap en herlaadde ondertussen de rokende loop van het jachtgeweer.

Hij liep met drie treden tegelijk de trap op.

Nog meer schoten, op twee plekken inmiddels. Toen hij bovenaan de trap rechts afsloeg hoorde hij in een aan de gang grenzende kamer een enorme knal. Door de rook en het stof heen zag hij Laura Gamboa snel achterwaarts uit de slaapkamer komen. Ze hield haar pistool in de aanslag, maar Court kon duidelijk zien dat het open was blijven staan omdat ze haar laatste kogel had afgevuurd.

Court ging naast haar staan; ze struikelde achterwaarts zijn kant op en hij ving haar op voordat ze op de grond viel. Hij was aanvankelijk bang dat ze neergeschoten was, maar herkende toen de symptomen van een flitsgranaat. Haar pupillen waren verwijd en ze stond onvast op haar benen. 'Hoeveel?' vroeg hij. Ze was klein van stuk maar had een pezig en gespierd lichaam; hij hielp haar overeind.

Ze herpakte zich enigszins en keek hem aan. 'Ik weet het niet. Mariniers. Ineens stonden ze in de gang!'

'Zijn ze binnen?'

'¡Sí! Ze zijn overal!'

Court pakte Laura's arm hardhandig vast, draaide zich om en rende terug de gang door, bij de mirador vandaan richting het oostelijke deel van het huis, langs de overloop die over de verduisterde woonkamer uitkeek.

De schoten die Ignacio dichtbij hoorde, weerhielden hem er niet van nog een laatste aanpassing aan de carburateur te doen. Net zomin als de tranen die over zijn wangen liepen en zijn zicht belemmerden. Bijgelicht door een enkele rode kaars naast de motor, draaide hij de schroef vast. Seconden later sloot hij de motorkap, waggelde naar het openstaande portier aan de bijrijderskant en pakte de halflege fles kleurloze anejo tequila die op het roestige dak van de oude Dodgepick-up stond.

Hij nam een flinke slok.

Achter hem weerklonken de schoten van wapens van uiteenlopend kaliber met stijgende frequentie vanuit het casa grande, ten teken dat de gevechten heviger werden.

Ignacio draaide zich om, gooide de tequilafles door de stal; hij landde tegen de muur en spatte in natte kristallen scherven uiteen. Hij ging achter het stuur van de oude Dodge zitten en draaide de contactsleutel om. De pick-up startte direct; de motor hoestte en haperde hier en daar, maar het vermogen van de motor was krachtig en constant genoeg om de auto te kunnen vertrouwen.

Ignacio liet zijn hoofd in zijn handen vallen en huilde.

Hij had het afgelopen uur terwijl hij werkte geweten dat hij de motor aan de gang zou krijgen, achter het stuur zou kruipen, de auto in zijn versnelling zou zetten en er als de sodemieter vandoor zou rijden, en iedereen zou achterlaten.

Zijn ouders, zijn zus, zijn neef.

De ongeboren zoon van zijn broer.

Er was niets wat hij kon doen om ze te redden. En dit was de enige manier om zichzelf in veiligheid te brengen.

Hij deed de koplampen aan.

Niemand overleefde een doodvonnis van de Zwarte Pakken. Het zou gelijkstaan aan zelfmoord om bij zijn familie te blijven, en zelfmoord vereiste een kracht waarvan Ignacio Gamboa donders goed wist dat hij die niet bezat. Hij was niet zoals zijn kleine broertje Eddie, die altijd moedig streed tegen zijn vijanden en altijd voor zijn familie en vrienden zorgde.

En ook was hij niet zoals zijn kleine zusje Lorita, die alles uit handen gaf en op haar geloof vertrouwde.

Nee, Ignacio Gamboa beschikte over de gave van moed, noch over de gave van geloof. Hij was gewoon een man, een zwakke man, en bang bovendien.

Hij had meer weg van zijn broer Rodrigo. Zwak, bang, voornamelijk met zichzelf bezig en dankbaar voor wat anderen hem gaven.

Hij was er gisterochtend getuige van geweest dat Rodrigo door zijn voorhoofd was geschoten, had de hersenen uit zijn hoofd zien spatten. Hoezeer Ignacio ook op zijn broer mocht lijken, hij wilde niet eindigen zoals hij.

Nee, zei Ignacio tegen zichzelf. Hij zou niet sterven. Hij zou vluchten, en overleven!

Ignacio had het niet tegen de anderen gezegd, maar hij kende een plek waar Los Trajes Negros hem niet zou vinden. Hij had vrienden in Durango, in Madrigalgebied. Daar waren tientallen zo niet honderden dorpen te vinden waar DLR en zijn in Italiaanse pakken gehulde soldaten zich niet durfden te vertonen. Ja, als Ignacio naar de Sierra Madre in Durango zou weten te ontkomen, zou hij voor Los Vaqueros moeten werken en hennep of coca of opiumpapavers moeten verbouwen, of hasj, coke, heroïne of meth verhandelen, of anderen vermoorden om hun hasj, coke, heroïne of meth te stelen, maar wat was het probleem? Dat was altijd nog te verkiezen boven een einde als dat van Rodrigo of Eduardo.

Hij had niets tegen zijn familie gezegd, omdat ze niet met hem mee zouden gaan. En ook nu zei hij niets, omdat ze niet met hem mee zouden gaan.

Hij ging alleen.

Met zijn harige, bezwete, stevige onderarm veegde hij de tranen uit zijn ogen, en zette de auto in zijn versnelling.

Hij was van plan dwars door de twee gesloten deuren van de stal te rijden, maar voordat hij dat kon doen zwaaiden ze piepend open. Hij zag twee mannen in de straal van de koplampen.

Ze hieven hun wapens naar hem.

'Nee!' Ignacio trapte het gaspedaal vol in.

De twee sicarios namen hem onder vuur met hun MP5's en verpulverden de voorruit en de motorkap en doorboorden de lijvige man achter het stuur en bleven het stuiptrekkende lichaam vol lood jagen terwijl de pick-up voorwaarts langs hen heen rolde en naar links zwenkte op het moment dat Ignacio met zijn gezicht tegen het stuur smakte en vertraagde toen zijn voet van het gaspedaal gleed en hij uiteindelijk zachtjes tegen de fontein midden op de oprit tot stilstand kwam.

De sicarios herlaadden hun wapens en namen het kronkelende lichaam van de dikke man nogmaals onder vuur.

Inez Corrales bevond zich niet op de plek waar ze geacht werd te zijn. Een halfuur geleden had ze volgens de instructies van de gringo samen met Elena en Luz nog in de kelder op bed gelegen, bijgelicht door een enkele *veladora*, en gebeden en gesproken over hun overleden dierbaren. Maar na een uur had ze tegen de andere twee gezegd dat ze naar de wc moest en was ze langs Ernesto Gamboa, die op de stenen trap zat te knikkebollen, de gang door gelopen. Bovenaan de trap had ze tegen de jonge Diego, die op de keukenvloer lag maar nog wel wakker was, gezegd dat ze zo weer terug zou zijn. Maar ze betrad de woonkamer, stak die over tot ze bij een lange gang kwam die naar de westelijke vleugel van het casa grande leidde.

Ze stak een kleine, onoverdekte binnenplaats over, langs een zuilengang van koude stenen muren, betrad aan de overkant een stoffige voorraadkamer en liep in het donker naar een deur die naar buiten leidde.

Het was een stille nacht, op een mild briesje na. Ze volgde een stenen voetpad dat overwoekerd was met gras en monedaranken totdat ze over dit in onbruik geraakte pad de oude kapel had bereikt. Ze opende langzaam de verrotte voordeur; ze wilde geen geluid maken waaruit de Amerikaan of de agenten konden opmaken dat ze het huis had verlaten, aangezien ze haar dan terug de kelder in zouden sturen. Nadat ze naar binnen was gegaan, sloot ze de deur goed af zodat er van buiten geen kaarslicht te zien zou zijn.

Ze had een aansteker meegenomen, die ze gebruikte om een veladora aan te steken waarmee ze naar het kleine altaar aan de muur tegenover haar liep en daar voorzichtig knielde zodat de kniesteun niet zou kraken of zelfs onder haar gewicht zou bezwijken.

Ze stak nog een paar veladoras aan die precies voldoende licht gaven om de koperen crucifix voor haar te verlichten. De geur van kaarsvet en brandende lonten vermengde zich langzaam met die van de schimmel en het stof in de lucht, waarna de negenenzeventigjarige Inez Corrales Jimenez begon te bidden.

Kort hierop barstte buiten het geweervuur los. In de schemering draaide ze zich met grote ogen om naar de deur, maar kalmeerde zichzelf.

Wijdde zich weer aan haar taak.

Ze was in haar eentje naar de kapel gekomen om te bidden voor haar echtgenoot die inmiddels drie uur geleden was overleden. Ze zou hier voor hem bidden, in de kapel waar hij als kleine jongen was gedoopt en waar ze direct na hun huwelijk in 1957 naartoe waren gegaan om kaarsen te branden en waar hun eigen jongen, Guillermo, had geleerd Jezus in zijn hart te sluiten.

De schoten die ze buiten hoorde deden niets af aan de schoonheid van deze plek en het belang ervan voor haar familie.

Ze wendde zich weer tot de crucifix en begon met een lange glazen veladora in haar hand hardop te bidden.

De deur achter haar vloog open; de tochtstroom speelde met de kaarsen in de kleine kapel en liet de langgerekte schaduwen over de muren dansen.

Ze verstijfde van schrik en van angst, maar draaide zich niet om om te kijken. Ze boog slechts haar hoofd en sloeg snel een kruisteken.

Een sicario van de mariniers schoot haar met een Colt .45 één keer in haar achterhoofd. Haar kleine, oude, fragiele lijf viel voorover op het altaar en landde tegen de voet van de crucifix, de kaars vloog uit haar hand en woei uit.

Diego en zijn grootvader stonden bovenaan de trap naar de keuken en namen met hun karabijnen een figuur in de woonkamer onder vuur. De man was als eerste op hen begonnen te schieten. Omdat Diego zeker wist dat tía Laura, de gringo met de baard, en ook de twee federales die voor tío Eduardo hadden gewerkt dat nooit zouden doen, trok hij de conclusie dat deze man in het donker, die door het vuur van de door hem geloste schoten kortstondig werd uitgelicht, hun vijand moest zijn.

De zestienjarige jongen en de zeventigjarige man hadden hier nooit enige vorm van training in gekregen en stonden dus ten opzichte van elkaar niet ideaal opgesteld. Ze stonden in hun gevecht letterlijk schouder aan schouder, waardoor ze één groot doelwit voor hun aanvaller vormden. Ook gaven ze elkaar geen rugdekking bij het herladen; in plaats daarvan vuurden ze naar believen, stopten naar believen, en herlaadden als het nodig bleek. Dit zorgde voor lange en risicovolle onderbrekingen van het vuurgevecht waarin hun vijand dichterbij kon sluipen om hen vanuit een betere hoek onder vuur te kunnen nemen.

Ernesto ging op een knie zitten om een derde M1-magazijn uit de zak op zijn heup te halen, boog zich voorover om iets in Diego's oor te schreeuwen en draaide daarna negentig graden, liet het wapen vallen en greep met zijn hand naar een plek boven op zijn rechterschouder. Hij gleed over zijn oude rug tot halverwege de trap, sloeg een kreet van schrik na de kogelinslag, die voelde alsof hij van een ezel een trap tegen zijn schouder had gekregen.

Onderaan de trap verscheen zijn vrouw met een kaars in haar hand; ze klauterde kermend en huilend naar hem toe; hij verordonneerde schreeuwend dat ze terug moest naar de kelder en zei dat hij oké was.

Ondanks de gevoelloosheid in zijn arm en een koude rilling die nu door zijn lichaam trok als een hoge, koude golf die over zijn kleine vissersbootje spoelde, begon hij de trap weer te bestijgen en onderweg naar zijn karabijn te zoeken om aan de zijde van zijn kleinzoon het gevecht te kunnen hervatten.

Ramses Cienfuegos had op de zuidelijke mirador op de eerste verdieping twee mannen weten af te schrikken. Hij was aanvankelijk in het gezelschap geweest van majoor Gamboa's zus Laura, maar vanaf de mirador was er een flitsgranaat in de salon op de bovenetage gegooid die tussen hen in was ontploft. Laura was buiten zijn blikveld terug de gang op gestruikeld, maar Ramses had zich op tijd herpakt om door te gaan in plaats van zich terug te trekken. Hij zag twee mannen op de mirador die zich voorbereidden op een aanval, maar Ramses wist ze met zijn agressieve tactiek te verrassen. De mannen ontsnapten door over het balkon naar de lager gelegen binnenplaats te springen, en toen hij bij de reling aankwam en naar beneden keek, zag hij de mariniers in westelijke richting om de hoek van het huis uit het zicht verdwijnen. Hij wist zeker dat de moordenaars zich zouden hergroeperen en een poging zouden doen om via de begane grond naar binnen te komen, dus sprintte hij naar de trap en rende naar beneden naar de gang richting de westvleugel.

Hij rende de gang door, langs diverse kamers, nam een scherpe bocht en betrad een binnenplaats omzoomd door lange zuilengalerijen die als een doos om een verwilderde tuin heen stonden, met in het midden een van het afval uitpuilende fontein. De lucht boven de plek was helder waardoor hij net voldoende licht had om te kunnen zien waar hij liep. Hij rende naar een deur in de verte.

Met zijn machinepistool in de aanslag vergewiste hij zich ervan dat de ruimte, die hij inschatte als een oude opslagruimte, leeg was, en zag bovendien dat er een buitendeur openstond.

Hij wist direct dat de mannen al binnen waren.

Ergens achter hem.

Ramses Cienfuegos keerde op zijn schreden terug. Hij hoorde nog altijd geweerschoten ver weg in het huis, maar hij wist ook dat de mannen die hij eerder had gezien niet zo snel zo ver bij hem vandaan hadden kunnen komen. Hij stapte de binnenplaats weer op, passeerde de zuilengalerij die van oost naar west liep, boog toen af naar het noorden en liep weer de gang in naar het woongedeelte van het casa grande.

Tijdens het rennen wierp hij even een blik in de tuin, benieuwd of iemand zich schuilhield in het lange gras en het onkruid.

Toen hij weer voor zich uit keek, zag hij een man op een meter of tien bij hem vandaan langs de zuilen naar hem toe rennen.

Een marino in volledige gevechtsuitrusting met een MP5.

De beide Mexicanen zagen elkaar tegelijk. Terwijl ze hun ogen van angst en verbazing opensperden hieven ze beiden hun wapen.

De marino schoot met zijn MP5 richting de hal en stuurde een spervuur op de federale af. Ramses beantwoordde het salvo met zijn Colt 635 en stuurde een spervuur op de sicario af.

Ramses Cienfuegos ging als eerste neer, voelde een hete steek in zijn rechterbiceps, toen een in zijn rechterschouder, en daarna verbrijzelde zijn helm die van zijn hoofd vloog. Hij vuurde wegdraaiend zijn wapen af, waardoor het supersonische lood uit de loop de sicario in zijn rechterarm trof en daarna op zijn borstplaat, waardoor hij achteroverviel.

Ze smakten beiden bloedend en wel op amper tien meter van elkaar op hun rug tegen de koude tegelvloer van de zuilengalerij. De hoofdwapens van beide mannen waren leeg, en alle twee gingen ze rechtop zitten en hadden vanwege de hinderlijke wonden en de door hun bloed glad geworden wapens en reservemagazijnen moeite te herladen.

'*¡Cabrón!*' schreeuwde Ramses terwijl hij op zijn rechterheup rolde, het lege magazijn uit het wapen trok, met dezelfde arm een vers magazijn uit zijn aanvalsvest haalde en het met moeite terug in het wapen duwde.

'*¡Chingado federale!*' luidde het antwoord van de marinier; zijn stem weergalmde door de gang en over de binnenplaats. Hij deed geen moeite zijn machinepistool te herladen; hij duwde het van zich af, reikte met zijn linkerhand over zijn lichaam en trok met een kreet van pijn zijn pistool uit de holster op zijn rechterheup. Hij vocht tegen zijn logheid en rolde terug naar links om zijn vijand onder schot te kunnen nemen.

Ramses beet op zijn tanden vanwege de verschroeiende pijn die de kogelwonden veroorzaakten, schreeuwde nog een verwensing naar de moordenaar en realiseerde zich dat hij verslagen was. Hij worstelde om met zijn ene goede hand zijn wapen door te laden. Toen hij opkeek zag hij het zwarte pistool in de hand van de sicario, zag de moordenaar in de groter wordende plas van zijn eigen bloed verzitten om het fatale schot te kunnen lossen.

Ramses wist dat hij zijn wapen niet paraat had voordat zijn vijand het zijne kon heffen. Hij kon het wapen niet met één hand doorladen zonder het met de kolf op de tegelvloer te zetten, een handeling waar hij geen tijd voor had. Hij had geen handvuurwapen, dat had hij aan majoor Gamboa's zus gegeven, en zonder geladen wapen had hij niets om zijn vijand mee aan te vallen. Hij liet het machinepistool op de grond vallen en bleef daar op de koude tegels zitten, met zijn been voor zich uit, en ontspande, dacht in afwachting van de dood aan zijn familie.

De marinier die voor hem op zijn zij lag, hief met een van pijn vertrokken gezicht zijn pistool. Het was hem nu duidelijk dat hij in zijn strijd met de federale de bovenliggende partij was, en de pijnlijke grimas op zijn gezicht veranderde in een glimlach.

Ramses Cienfuegos ademde diep in en slaakte een zucht. Zag hoe zijn moordenaar van het moment genoot.

'*¡Come mierda!*' – eet stront! – schreeuwde Ramses.

En op dat moment kwam de Amerikaan zo stil en zo snel als de nachtelijke wind die door de haciënda woei de hoek om en rende achter de marinier naar de zuilengalerij. Hij had het oude, lange dubbelloops jachtgeweer bij zich en keek in de knik van het opengeklapte wapen. Hij probeerde het al rennend te herladen, maar toen hij zag wat er voor zijn ogen stond te gebeuren, sperde de gringo zijn ogen open. Ramses zag de gringo de twee verse hagelpatronen over zijn schouder gooien, waarna de gewonde federale zag dat de Amerikaan het grote jachtgeweer voor hem in de lucht gooide en ondertussen zo snel als hij kon naar voren rende.

De marinier was zich totaal niet bewust van het gevaar dat achter hem dreigde. Hij nam de tijd om de man die voor hem op de tegels zat met zijn Sig Sauer-pistool op de korrel te nemen.

Het jachtgeweer met houten kolf vloog achterstevoren door de lucht en terwijl hij de nietsvermoedende marinier op de grond voor hem naderde, ving de gringo het met twee handen bij het uiteinde van de loop. De Amerikaan pakte het wapen stevig rond de loop vast, haalde het naar achteren en zwaaide het met alles wat hij in zich had weer naar voren – als een honkbalspeler die de bal het stadion uit wil slaan, of als een golfer die al zijn energie achter de kop van zijn driver wil brengen. Net op het moment dat de Mexicaan zich opmaakte om de trekker van zijn pistool over te halen, maakte de houten kolf van het jachtgeweer contact met het achterhoofd van de sicario.

De uitwerking van het contact tussen het harde hout en het vlees en bot was misselijkmakend, als een meloen die vanaf een met hoge snelheid rijdende vrachtwagen op straat valt. Het weergalmde over de binnenplaats en de bloedspetters daalden neer op de tegels en het pleisterwerk op de pilaar waar de moordenaar voor gezeten had.

Als de sicario onthoofd zou zijn, zou zijn dood niet sneller zijn ingetreden. Hij viel voorover op zijn gezicht in een fontein van bloed die glom in het maanlicht. Zijn pistool werd bedekt door zijn lichaam.

Ramses slaakte een langgerekte zucht van euforische verlichting toen de Amerikaan zijn jachtgeweer liet vallen en de gang in rende om te controleren hoe het met hem ging.

Op dat moment doemden er achter de gringo nog twee marinos op; ze begingen de fout eerst naar rechts in plaats van naar links te kijken, waardoor Ramses de twee mannen eerder zag dan zij hun twee doelwitten in het oog kregen. Ze herstelden zich echter in een seconde en begonnen terwijl ze hun wapens hieven naar links te draaien.

‘*¡Atrás!*’ – achter je! – schreeuwde Ramses tegen de Amerikaan terwijl hij zijn wapen over de tegelvloer naar hem toe schoof. ‘*¡Cárgalo!*’ – laad het! – schreeuwde hij, wat de gringo, die met uitgestoken armen op zijn buik naar het wapen toe gleed om het te pakken, direct begreep.

Het geluid van ontbrandend kruit en de klappen van droog, uit twee wapens afkomstig geweervuur weergalmden in de nauwe gang. Vlak boven de hoofden van de twee mannen vielen stenen en pleisterwerk naar beneden, waardoor scherpe scherven afkomstig van tweehonderd jaar oude bouwmaterialen als raketaangedreven wespen door de lucht vlogen. Gentry pakte het met bloed besmeurde machinepistool dat op nog geen drie meter afstand van Ramses lag, rolde op zijn rug terwijl hij het wapen doorlaadde en begon nog voordat hij zijn doelwitten in het vizier kreeg te schieten.

Terwijl de kogels van de twee sicarios laag aan beide zijden van Court en Ramses in de muur insloegen, landden de schoten die Court loste steeds verder vooruit in de tegelvloer, waardoor er een breuklijn-achtige spleet ontstond die steeds verder naar de twee mannen kroop, die zich op zo'n vijftien meter afstand bevonden. Terracotta ontplofte in een regen van vonken en rook, steeds dichter bij de mannen totdat de beide mariniersmoordenaars waggelend achterovervielen, hun lichamen draaiend en kronkelend door de meerdere kogelinslagen totdat ze dood neervielen.

'Fuck!' brulde Court, die zijn eigen woorden niet kon horen. Zijn oren piepten. Hij hield zijn ogen en zijn bijna lege wapen op de twee lichamen gericht die voor hem in het rokerige maanlicht lagen. Hij hoorde achter zich Ramses naar voren kruipen.

'Alles goed, amigo?' vroeg Court zonder zijn blik los te maken van het tafereel voor hem.

Ramses kroop tot naast Court en bleef links van de Amerikaan op de tegels liggen. Ramses spuugde een mondvol pleisterwerk en terracotta en zweet uit. Zijn antwoord in het Engels had wel iets weg van een slechte persiflage. 'Ja, gast. Dat was kicken.'

Court lachte. Hij wist dat hij vanwege de adrenaline die door zijn lijf gierde scherp was totdat de piep uit zijn oren was verstomd. En dat hij daarna pas echt zou instorten.

29

Een kwartier later kwam het merendeel van de overlevende verdedigers samen in de woonkamer. Een kraaiende haan liet hun weten dat de dageraad aanstaande was, al was de lucht buiten nog altijd inktzwart.

Gentry stond met zijn handen op zijn heupen, zijn spijkerjack zat vanaf borsthoogte tot aan de bovenkant van zijn broek onder de opgedroogde bloedvlekken. Zweetdruppels glommen in zijn baard. Hij was net vanaf de oprit naar binnen gekomen, waar hij het lichaam van Eddies broer had gevonden dat over de voorstoelen van de oude pick-up lag. Verslagen zei hij tegen de aanwezigen in de kamer: 'Ignacio is dood.'

'Hij is gedood bij zijn poging ons te redden,' zei Luz.

'Ongetwijfeld,' antwoordde Court, hoewel hij daar wel degelijk aan twijfelde. Een vluchtige blik op Ernesto bevestigde Courts vermoeden dat Ignacio's eigen vader ook niet geloofde dat zijn zoon een heldendood gestorven was.

Maar ze hielden beiden hun kaken op elkaar.

De vijf overgebleven leden van de familie Gamboa zaten gezamenlijk huilend en snotterend op de bank. Ernesto leek er met zijn gedachten niet bij; hij had tranen in zijn ogen, maar was minder emotioneel dan de rest. Zijn vrouw verbond toegewijd zijn schouder. Ernesto verbeet met opgeheven hoofd de pijn en staarde wezenloos naar de donkere hoeken van de kamer.

Court ging verder met zijn slechtnieuwsbulletin, dat door Elena werd vertaald voor degenen die het niet konden verstaan. 'Ramses is gewond door twee kogels, maar hij is een taaie. Als we weer worden aangevallen, kunnen we weer op hem rekenen.' Ramses was op dit moment in de keuken en goot transparante tequila uit een fles over zijn arm en schouder. Hoewel het zeer pijnlijk was, verdoofde het behoorlijk goed. Het van gescheurd beddengoed gemaakte verband dat Elena had aangelegd zou helpen het bloeden te stelpen.

Daarna keek Court naar Laura. 'Inez is ook dood. We hebben haar in de kapel aangetroffen.' Hij zweeg. Probeerde iets 'passends' te bedenken om te zeggen. 'Het is snel gegaan. Ze heeft niet geleden.'

Laura knikte afwezig. Haar reactie werd gedempt door de vermoeidheid en de shock. Het viel Court op dat ze niet eens huilde.

Court was nog niet uitgesproken. 'Dat is niet alles, ben ik bang. De pick-up kan niet meer rijden. Hij zit vol kogelgaten en deuken. En...'

'En?' vroeg Diego. Hij hield de M1-karabijn vast als ware het een knuffel. Hij had er twintig schoten mee gelost richting de man die hier twintig minuten geleden in deze kamer had gestaan, en hoewel hij geen lichaam noch een bloedspoor had gevonden, had Diego het gevoel dat hij zijn familie had beschermd door de aanvaller te verjagen.

'En toen ik buiten was, hoorde ik jeeps in de verte langs de muur van de haciënda rijden.'

'Jeeps?'

'Ja, zo te horen grote gepantserde jeeps.'

Laura staarde met haar bloeddoorlopen ogen in het niets. Ze snapte het. Knikte. 'Federales.'

Court knikte. 'Ik ga er maar van uit dat ze niets goeds in de zin hebben. Een stuk of zes jeeps, misschien. Ik schat dat er achter die muur misschien wel vijftig man klaarstaan.'

Court was net zo geschokt als de anderen. Al het leven leek uit de kamer verdwenen. De mannen van De la Rocha mochten hun missie dan nog niet volbracht hebben, ze hadden de overlevingsdrang van de verdedigers zo goed als om zeep geholpen.

Court speurde in zijn gedachten naar een lichtpuntje, hoe klein ook. Verdomme, wat zou hij nu graag een leider zijn, een officier, een motivator. Maar hij voelde zich op dit moment niet meer dan een 'deurintrapper'. Een 'schietende aap'.

Hij sloot iets luchtiger af. 'Er is ook een klein beetje goed nieuws. Het is bijna licht, en ik denk niet dat ze ons op klaarlichte dag zullen aanvallen. Ze weten dat we nu over een aantal nieuwe wapens beschikken, en ze kunnen ons niet vanuit hun gepantserde jeeps bestoken, dus hebben we tot zonsondergang de tijd om te bedenken hoe we hier uit komen. We verzinnen wel iets.'

Niet bepaald een toespraak zoals Patton die op een moment als dit zou hebben afgestoken, realiseerde Court zich.

Laura schudde haar hoofd. 'Je hebt niet geslapen, Joe. Je functioneert niet zoals...'

'Ik red me wel.' Hij legde haar met een wegwerpgebaar het zwijgen op. Hij had geen tijd voor een discussie over eventueel slaapgebrek. 'Ik heb de dode mariniers gefouilleerd en behalve hun machinepistolen ook portofoons, een verrekijker en een mobiele telefoon gevonden. Het lijkt erop dat ze hun radiocodes al hebben veranderd. Ik ga ervan uit dat het mobieltje wordt afgeluisterd of in elk geval getraceerd wordt, en de zendmast hier is uitgeschakeld, maar we moeten het toch bewaren. Het zou een keer van pas kunnen komen.'

Ze spraken nog een paar minuten over het plan om naar de VS te gaan, waarna iedereen weer terugkeerde naar hun defensieve stellingen. Court vatte post op de mirador aan de achterkant, nog altijd de meest voor de hand liggende locatie voor een aanval. Hij gaf Martin, Diego, Ramses en Laura de opdracht door het huis te patrouilleren en alle ramen zo goed mogelijk in de gaten te houden, en de oude en gewonde Ernesto moest bij Luz en Elena in de kelder blijven. Laura gaf haar vader een pistool, gunde hem zo de eer om in naam de familie te beschermen.

Twintig minuten later lag Court op het balkon op de eerste verdieping, keek naar het oosten en zag hoe de heldere dageraad zich langzaam over het bos uitstrekte. Langzaam kwam de witte muur aan de achterkant van het huis in zicht, alsof hij voor zijn ogen op een zwart doek werd geschilderd.

Hoewel Court niet rekende op een aanval bij daglicht, zag hij een nieuw gevaar. Nu de zon op was, waren er mogelijk scherpschutters in de heuvels actief; iedereen zou op handen en knieën over de veranda's moeten lopen om onder de reling te blijven.

De haan bleef kraaien. Stom beest. Courts aderen waren in de afgelopen vierentwintig uur zo vaak gevuld met en weer ontdaan van adrenaline dat hij, nu het tijd was om aan een nieuwe dag te beginnen, alleen maar wilde slapen.

Aan de andere kant van de muur hoorde hij een geluid in de verte, en zijn blik was na een nieuwe adrenalinestoot weer helder. Een schreeuwende man. Court richtte zijn aandacht op het stuk van de muur van waar het klonk; hij kon op pakweg vijftig meter afstand van zijn positie de witte streep zien. Na nog een kreet vloog er iets donkers door de lucht, over de muur, over de jacarandaranken, en landde op het lange gras, stuiterde hoog en onregelmatig op, als een ovale bal. Het rolde nog even door en kwam op vijfentwintig meter van de verste rand van het zwembad tot stilstand.

Ramses en Martin kwamen naast Gentry op het balkon liggen. Ze hadden patrouillerend door het huis het voorwerp ook gezien.

'Wat is het?' vroeg Martin.

Court pakte de verrekijker die hij op de marinier had buitgemaakt en keek erdoorheen; het kleine apparaat ving te weinig licht, maar hij onderscheidde ronde vormen in het gras. '*No sé*,' antwoordde hij. Hij wist het niet.

'Een bom?' vroeg Martin.

'Als het een bom is, zitten we goed,' zei Court; het lag op ruime afstand van het huis.

'Een hoofd?' vroeg Ramses terwijl hij aan het bebloede verband rond zijn arm pulkte. Iedereen wist dat narco's graag hoofden afhakten.

Martin grinnikte. 'Heb je het zien stuiteren? Dat is geen hoofd.'

Ook Ramses begon te giechelen, en huiverde van de pijn aan zijn wonden. 'Ja. Dat is geen hoofd.'

Terwijl Court zijn blik langs de muur liet gaan, deed hij mee met de galgenhumor. 'Bovendien zouden we het wel moeten weten als iemand zijn hoofd miste. Dat is niet zo toch? Moeten we anders even koppen tellen?'

Ramses schoot in de lach en vertaalde het grapje voor Martin, die weer grinnikte. Court wist dat ze allen zowat ijlden van de stress en de uitputting.

Court liet de verrekijker zakken en wreef in zijn ogen. Dronk het laatste restje van de koffie op die Luz hem had gebracht.

Toen de zon een paar minuten later verder was geklommen en de oostelijke pieken van de Sierra Madre bescheen, verbeterde het zicht. Court pakte de verrekijker weer, kneep zijn ogen samen, kantelde zijn hoofd, wenste dat er meer daglicht zou komen zodat hij kon zien waar hij naar keek. Het stond vast dat de sicarios wilden dat hij het zou zien. Op het moment dat het voorwerp over de muur werd gegooid, had iemand iets geroepen zodat een van hen het zou opmerken.

Plots was zijn door het delier ingegeven gevoel voor humor verdwenen en had plaatsgemaakt voor een akelig voorgevoel omtrent dit... ding in het gras.

Hij wist dat het, wat het ook was, niet veel goeds kon betekenen.

Wacht... het voorwerp werd aan de linkerkant beter uitgelicht. Langzaam werd het hem duidelijk. 'Het is... het is een voetbal.' Hij slaakte een trage zucht van verlichting. Hield zijn adem een beetje vast. Kon het gewoon een voetbal zijn die om zes uur 's ochtends over de muur was geschoten?

'Zit er een briefje aan?' vroeg Martin.

Court bleef kijken; hij had meer licht nodig aan de rechterkant.

Laura verscheen op het balkon aan de achterzijde. Court had geen idee of ze rekening hield met het gevaar van scherpschutters, maar ze volgde het voorbeeld van de drie mannen en kroop op handen en knieën uit de slaapkamer. Ze sloop geruisloos op handen en knieën over de tegels en ging schouder aan schouder bij de Amerikaan liggen. 'Waar kijken jullie naar?'

Martin vertelde dat iemand een bal over de muur had geschopt. Hij en Ramses en Laura bedachten wie dat zou kunnen zijn geweest, maar Court mengde zich niet in het gesprek. Hij bleef door de verrekijker kijken.

'Wat is dat toch?'

Het werd iets lichter in de vallei. Hij sperde zijn ogen verder open om meer licht binnen te laten. Ja, dat hielp.

Het was een...

Nee... toch niet.

O mijn god.

Gentry kneep zijn ogen stijf dicht.

Nu wist hij het. Hij fluisterde zichzelf in het Engels toe. 'Wat mankeert jullie?'

'*¿Qué?*' vroeg Laura.

Court liet de kijker zakken en keek Eddies zus aan. 'Laura. Ik wil dat je een grote plastic tas voor me haalt, een handdoek, een fles water en ik heb ook je telefoon nodig.'

'Die doet het niet.'

'Zit er een camera op?'

'Sí.'

'Neem hem mee.'

'*¿Por qué?*'

'Doe het gewoon!' beet hij haar toe. Hij was gespannen en boos, maar herpakte zich. 'Alsjeblieft.' Ze draaide zich om en verliet kruipend het balkon.

Ramses vroeg: 'Wat is het? Wat heb je gezien?'

'Ik... ik weet het niet zeker.'

Martin zei: 'Het is gewoon een voetbal, toch?'

Court ging op zijn knieën zitten, pakte het dubbelloops jachtgeweer en begon door de deur naar de eerste verdieping te kruipen. 'Was het maar zo.'

Vijf minuten later was hij op de binnenplaats en hurkte achter een met azalea's gevulde plantenbak. Hij benutte het overwoekerde landschap en liep zo laag als hij maar kon naar het zwembad en stopte om de meter om te luisteren of hij door mensen veroorzaakte geluiden hoorde, en er geen dieren in de buurt liepen. Hij hoorde getjilp van vogels en bij het zwembad zelfs het gekwaak van kikkers, wat hem enigszins ontspande. Hij was er vrij zeker van als enige in de achtertuin van de haciënda te zijn, en hij benutte zijn zelfvertrouwen om door te gaan. Hij wist donders goed dat als de sicarios over de muur zouden komen, nu nog altijd veertig meter van hem verwijderd, hij de lul zou zijn. Ze zouden hem daar in het gras kunnen zien liggen. Hij had slechts één wapen waarmee hij slechts twee schoten kon lossen zonder te moeten herladen, en het herladen vanuit een zak vol patronen was nou niet direct het allerhandigst.

Het wapen dat hij droeg was zijn laatste toevlucht, maar hij wist dat een vuurgevecht op dit moment wel het laatste was waar hij in verzeild wilde raken. Ramses en Martin zaten boven op de mirador en gaven hem rugdekking met de MP5's die ze op de mariniers hadden buitgemaakt, maar voor de rest stond hij er alleen voor.

Hij liep langs diverse lichamen van De la Rocha's moordenaars die in de eerste twee aanvalsgolven het leven hadden gelaten. Court, Martin en Ramses hadden de lijken al ontdaan van bruikbare spullen dan wel informatie, dus gebruikte hij ze nu enkel als beschutting terwijl hij over de binnenplaats kroop, langs het stinkende zwembad vol muggen en kikkers, waar hij vijf uur geleden nog in gelegen had.

Hij hoorde weer stemmen aan de andere kant van de muur. Een luide schreeuw en gegiechel alsof hij een gek hoorde lachen, deden hem in hurkzit pas op de plaats maken. Het duurde maar een paar tellen voordat hij zich realiseerde dat ze niet zouden aanvallen – wie zou zijn locatie prijsgeven en daarna over de muur klimmen, zich blootgeven aan de verdedigers die ze zelf hadden gewaarschuwd? Nee, dacht Court, ze probeerden de aandacht van de in de haciënda aanwezige verdedigers te trekken zodat ze het voorwerp zouden ontdekken dat ze een kwartier geleden over de muur hadden gegooid.

Hier maakte Gentry zich bijna net zoveel zorgen over als een rechtstreekse aanval.

Hij kwam weer in beweging, en hoewel hij er niet bepaald naar uitkeek zijn eindbestemming te bereiken, kroop hij nu iets vlugger over de koude tegels. Hij had via de verrekijker al genoeg gezien om te weten wat hij zou aantreffen. Hij had de tas die achter zijn broekband gestopt zat en waar de fles water in ronddanste en de camera in zijn achterzak niet zomaar meegenomen.

Hij had ook de verrekijker bij zich. Niet dat hij hem hier nodig had, terwijl hij als een slang op zijn buik over de binnenplaats kronkelde. Nee... hij had hem bij zich omdat hij niet wilde dat de rest in het casa de voetbal zou zien. Kon zien wat hij deed. Hij zou dit alleen doen, het beste maken van deze vreselijke situatie, en die vreselijke situatie zo goed mogelijk uitleggen aan de rest.

Moreel was cruciaal tijdens een staat van beleg, en het moreel was in dit dodenhuis tot een nulpunt gedaald, en Gentry wist vrij zeker dat het laatste restje moreel nu linea recta door de plee gespoeld kon worden.

Hij betrad het hoge gras, liep langs nog meer lijken van corrupte agenten en laaggeplaatste huurmoordenaars naar het voorwerp dat voor hem in het gras lag.

Vanwege de letterlijk honderden voorvallen in zijn leven en de dingen waar hij gedurende die voorvallen getuige van was geweest, was Court Gentry een man die, even plat gezegd, vrijwel nergens meer van over zijn nek ging. Maar zijn gezicht verstrakte op het moment dat hij de bal in het gras had bereikt, en zijn lichaam deinsde een beetje terug toen hij het ernaast uitgesmeerde bloed op de grond zag, en hij wilde zijn hand niet uitstrekken om het dichter naar zich toe te halen. Maar dat deed hij toch; hij strekte zijn arm uit en legde zijn vingertoppen op de bal en rolde hem naar zich toe. Zijn hand maakte hierbij contact met iets kouds en zachts, en bijna gaf hij over in het gras. Hij herpakte zich terwijl hij de bal naar zich toe haalde en ernaar keek.

Het loshangende en slappe gezicht van een mens, een jonge man, was met dikke zwarte leren veters over de bal vastgenaaid, die was besmeurd met bloed en grasvlekken. Een van de lege oogkassen was gevuld met een kluit aarde. Hij had geen idee aan wie het gezicht had toebehoord, maar hij wist zeker dat iemand in huis dat wel wist.

Ze hadden niet zomaar een willekeurig lid van de plaatselijke bevolking afgeslacht en er een stuk gruwelijk speelgoed van gemaakt.

Nee, dit moest een dierbare van iemand zijn.

Een familielid.

Dit was een boodschap. Geef het op, geef je gewonnen, anders gaan al jullie dierbaren eraan.

Court stopte de bal in de tas, ging op zijn knieën zitten en sprintte ineengedoken naar een vervallen stenen tuinschuur. Binnen was het donker en muf: hij liet de deur openstaan zodat hij voldoende licht had om bij te werken, pakte de bal met het erop gestikte gezicht en waste het met het water uit de fles. Daarna droogde hij met de handdoek het gezicht zo goed mogelijk af. Hij ging bij dit klusje zowat over zijn nek, maar hij zag geen alternatief voor zijn plan. Toen hij het gezicht zo schoon mogelijk had gemaakt, was het onmogelijk toonbaar te noemen; hij bleef er lange tijd naar kijken. Het was amper te herkennen als een deel van een mens; het stiksel had langs het voorhoofd losgelaten en een flap huid hing los; Court drukte het weer op zijn plek. De kin was ietsje te strak naar beneden getrokken waardoor het uit z'n normale verband was gerukt, als het tegenovergestelde van een slechte facelift.

Gentry kreunde, vocht tegen een derde aanval van misselijkheid en haalde de telefoon met camera tevoorschijn.

Tien minuten later zat hij weer in de enorme woonkamer van het huis. Hij had Martin gevraagd post te vatten op de mirador en Ramses bij de voordeur neergezet; ze droegen nu ieder verantwoordelijkheid voor honderdtachtig graden van het terrein, wat allesbehalve ideaal was, maar Court wist dat hij de familie Gamboa bij elkaar moest brengen. Court zat op een stoel tegenover Elena, Laura, Ernesto, Luz en Diego.

Het daagde hem dat hij deze informatie voor zich moest houden, om de stemming van de overige aanwezigen niet met dit vreselijke nieuws totaal de grond in te boren. Maar informatie was belangrijk. Die was op dit moment zeer schaars, en hij moest erachter zien te komen wie de sicarios hadden ontmaskerd en gedood. Was hij een informant geweest, iemand wiens dood wellicht duidelijkheid schiep in de vraag wie in deze strijd de vijand was en wie de bondgenoten?

Nee, besloot Court, dit geheim was te groot om te bewaren.

Court wist dat het volstrekt uitgesloten was dat hij op dit moment de juiste dingen zou weten te zeggen, dat hij iets tegen iemand zou kunnen zeggen wat als geruststellend of vriendelijk kon worden aangemerkt. Hij zei tegen zichzelf dat hij niet getraind was om troost te bieden en dat het geen zin had tijd te besteden aan het uitwisselen van beleefdheden als er levens op het spel stonden.

Maar de Amerikaan snapte ook wel dat dit voor hem gewoon een uitvlucht was om te voorkomen dat hij zelfs maar een poging hoefde te ondernemen om op een normale, meelevende manier met andere mensen te communiceren.

Hij besloot dat hij in elk geval zou proberen dit nieuws zo goed mogelijk te brengen.

'Iemand heeft ons een boodschap gestuurd.'

'Wat voor boodschap?' vroeg Elena, en Court maakte zich zorgen dat zij degene was die het gezicht van de dode op de voetbal zou herkennen en dat de schok gevolgen zou hebben voor haar zwangerschap. Hij kon er niets aan doen, hield hij zichzelf nu voor. Hij voelde zijn lichaam verstrakken, zag af van het plan de boodschap in te dekken.

'Luister, het spijt me, maar ik moet dit gewoon vertellen. De sicarios hebben iemand gedood, zijn gezicht van zijn hoofd gesneden en dat op een voetbal genaaid. De bal is over de achtermuur geschopt en ligt nu in een zak in de schuur; hij ligt hoog, buiten bereik van dieren. Ik heb een foto van het gezicht gemaakt in de hoop dat een van jullie het kan identificeren.' Hij aarzelde. 'Ik bedoel... hém kan identificeren.'

De familieleden bleven zwijgend zitten, keken hem uitdrukkingsloos aan.

'Het is iemand die voor een van jullie veel betekent. Misschien wel voor jullie allemaal. Gecondoleerd.'

Zijn toehoorders begrepen nu het belang van de zaak, en de al door stress getekende gezichten veranderden door deze nieuwe bezorgdheid in van afschuw en pijn vertrokken maskers. Maar Ernesto zei zachtjes terwijl hij knikte: 'Laat maar zien. Als ik niet weet wie het is, zal ik hem doorgeven. Het heeft geen zin het aan iedereen te laten zien als dat niet nodig blijkt.'

Court knikte, liet de foto op de telefoon verschijnen en overhandigde hem aan Eddies vader.

De groeven in het gelaat van de oude man werden iets dieper, maar verder vertoonde hij geen spoor van emotie. Hij draaide met zijn linkerhand de telefoon naar rechts en toen naar links; hij kon dankzij de wond aan zijn rechterschouder zijn rechterhand niet gebruiken. Het kostte hem de nodige moeite om in de op de bal bevestigde strook vlees een gezicht te ontdekken. Na een lange tijd waarin de man, zo kon Gentry aan hem zien, de rest van zijn familie deze pijnlijke aanblik wilde besparen, haalde hij zijn schouders op.

'Lo siento,' – het spijt me – zei hij. 'Ik ken deze jongeman niet.'

Diego stak zijn hand uit en nam de telefoon over van zijn grootvader. Hij sloeg van schrik een hand voor zijn mond maar haalde die weer weg en probeerde zich zo goed mogelijk te herpakken; zijn jeugdige machismo had een deuk opgelopen door dit teken van zwakte, zoals hij het ongetwijfeld beschouwde.

Na tien seconden zei hij: 'Ik weet het niet.'

Luz Gamboa pakte het toestel, keek, en gaf het snel weer door. De bruine wallen onder haar ogen, veroorzaakt door dagen van droefenis en stress en slaapgebrek, leken iets te verstrakken, maar ze schudde haar hoofd. Toen was het de beurt aan Laura, die niet in huilen uitbarstte maar rood aanliep.

Ze sloeg een kruisteken en prevelde een gebed voor de dode man. Maar ze wist niet wie het was.

Elena was als laatste aan de beurt. Iedereen wilde haar beschermen, maar ze pakte de telefoon en keek naar de foto. Ze begon zachtjes te snotteren maar schudde langzaam haar hoofd.

Shit, dacht Court. Iemand moet hem toch kennen; waarom al die moeite als niemand deze arme drommel kent? Hij verzocht iedereen voor de zekerheid nog eens te kijken; hij was boos dat ze niet konden bedenken wie er was vermoord om hun schrik aan te jagen.

Maar nee, geen van de aanwezigen kende het gezicht.

Hij vroeg zich af of het een familielid van de Corrales' kon zijn. De Zwarte Pakken konden niet zeker weten wie er in het huis de dood hadden gevonden, en misschien hadden ze gewoon...

Nee, dat kon het niet zijn.

Het begon hem langzaam te dagen; hij zou willen dat hij deze mogelijkheid had overwogen voordat hij de arme mensen tegenover hem had gevraagd nog eens te kijken. Maar nu het hem te binnen was geschoten, stuurde hij Laura naar Ramses' positie en Diego naar Martin. Hij zei tegen Elena en Luz en Ernesto dat ze naar de kelder moesten om wat te rusten.

Een minuut later zaten de twee GOPES-agenten tegenover hem. Court legde hun de situatie uit, die ze beiden begrepen. Ramses nam de telefoon nogal onbehouwen van de Amerikaan in ontvangst, hield hem met zijn goede arm vast en keek naar de foto terwijl Martin over zijn schouder meekeek. Court bestudeerde hun gezichten; hij betrapte zichzelf erop te speuren naar een teken van herkenning op de gezichten van de gestaalde militairen.

En zijn wens werd vervuld. Martin Orozco's gezicht werd rood en zijn ogen begonnen te trillen, hij sloeg ze neer op het moment dat zijn gedachten vanuit het heden naar een herinnering verschoven. Gentry zag het allemaal in zijn gelaatsuitdrukking. Hij keek naar iemand die hij kende, iemand die dicht bij hem stond, iemand die hij al heel lang kende.

Een dierbare. Op basis van Martins gelaatstrekken zei Gentry zacht: 'Dat is je broer.'

'*Pablito.*' Martin sprak de naam met een snik in zijn stem uit. Terwijl hij zijn tranen de vrije loop liet, mompelde hij in het Spaans: 'O mijn god, die hoerenzonen hebben mijn kleine broertje vermoord.' De gelaatsuitdrukking op het gezicht van de federale commando versprong van woede naar afschuw naar totale wanhoop. 'Hij is... was gewoon een handelaar in Cuernavaca. Hij was geen soldaat... Hij betekende niets voor hen.'

Ramses Cienfuegos sloeg zijn ongeschonden arm om zijn *compadre* heen, schudde bedroefd en vol afschuw zijn hoofd.

'Maar jij betekent wel iets voor ze,' zei Court. 'Jij bent hier.'

Martin knikte afwezig.

'Ze weten dat je nog leeft.' Hij wendde zich tot Ramses. 'Wat betekent dat ze waarschijnlijk...'

'Weten dat ik ook nog leef,' zei Ramses ernstig. Court kon zich wel een voorstelling maken van wat er door zijn hoofd moest gaan. Hij dacht ongetwijfeld aan een vrouw, broers, zussen, ouders, kinderen.

Dit waren de momenten dat Court het niet erg vond alleen te zijn.

'Die pendejos zullen hiervoor boeten,' zei Martin, die nog altijd naar het gehavende gezicht van zijn jongere broer keek.

Terwijl Gentry de telefoon weer aannam, dacht hij over de situatie na. Hij nam snel een besluit en legde zijn hand behoedzaam op Martins schouder. 'Luister goed, amigo. Ik wil dat je gaat. Ik wil dat je de rest van je familie in bescherming neemt.'

De Mexicaan schudde krachtig zijn hoofd. 'Nee. Ik ben hier om de familie van majoor Gamboa...'

'Je weet dat je gecompromitteerd bent. Als ze één familielid van je te pakken kunnen krijgen, lopen ze allemaal gevaar. Ik kan het me niet veroorloven dat je hierbinnen loopt te piekeren over wat er daarbuiten allemaal kan gebeuren. Ik wil me niet het hoofd breken over iets wat ze kunnen doen om jou tegen ons op te zetten...'

'Dat zou ik nooit...'

'Ik geloof je. Ik geloof dat jij het gelooft. Maar je kunt niet langer deel uitmaken van deze operatie. Je kunt ons het beste helpen door te vertrekken en het machtsmiddel van onze vijand teniet te doen. Dat wéét je, mijn vriend.'

Martin begreep het. Knikte langzaam.

'Je moet direct proberen te ontsnappen,' zei Court.

Martin knikte. Zijn blik bleef afstandelijk. 'Bedankt.'

Court keek Ramses nu aan. 'Jij ook, amigo. Als ze weten dat Martin de ontploffing op het jacht heeft overleefd, weten ze waarschijnlijk ook dat hetzelfde voor jou geldt. Ze kunnen niet de hele tijd het hele gebied in de gaten houden; als jullie ongezien de muur kunnen bereiken, allebei aan één kant van de haciënda, kunnen jullie wachten op het juiste moment om eroverheen te klimmen en dan door de agavevelden ontsnappen.'

Ramses schudde zijn hoofd. 'Joe, jij en de Gamboa's zullen een uur na zonsondergang dood zijn. Geen van de anderen is getraind of in staat om...'

‘Dat doet er niet toe. Luister. Ze zullen achter je familie aan gaan, als ze dat nog niet gedaan hebben. Ze zullen ze vermoorden, martelen; je weet hoe deze klootzakken te werk gaan.’

‘Ik laat je niet achter om te sterven.’

‘Je moet vluchten.’

‘Wat ga jij doen?’

Gentry zei: ‘Ik heb een plan, maar dat kan ik je niet vertellen voor het geval je in handen van de Zwarte Pakken valt.’

Ramses dacht hierover na en knikte langzaam. Hij haalde een telefoon uit zijn gevechtsvest. Hij kromp bij die beweging ineen van de pijn die duidelijk door de schotwond in zijn arm werd veroorzaakt. Hij gaf Gentry zijn telefoon. ‘Ik wil dat je deze bij je houdt. Als ik hieruit ben, zal ik een telefoon opzoeken. Ik zal die kerel van de Amerikaanse ambassade bellen die de visa voor de Gamboa’s kan regelen waarmee ze naar de States kunnen. Als het jou lukt om naar Mexico-Stad te komen, kan ik een ontmoeting regelen.’

‘Perfect.’

‘Maar je zult ze helemaal zelf de haciënda uit moeten krijgen, weg van al die sicarios hier. Hoe wil je dat in godsnaam...’

‘Dat krijg ik wel voor elkaar.’

Martin had zich niet in dit gesprek gemengd. Hij had enkel zwijgend naar de grond voor hem gekeken. Starend in het niets; in gedachten, gokte Court, bij zijn jongere broer Pablo. Court betrok Martin weer bij het gesprek door ideeën aan te dragen hoe ze beiden bij daglicht uit de haciënda konden ontsnappen. Het leek Court onwaarschijnlijk dat hun dat allebei zou lukken, maar ze waren het er allen over eens dat een van hen een goede kans maakte als ze allebei tegelijk in tegenovergestelde richting zouden vluchten.

Het inzetten van hun motorfietsen stond uiteraard gelijk aan zelfmoord. De oprit van het casa grande naar het hek was meer dan tweehonderd meter lang, en de vijand zou ruim op tijd van de vluchtpoging op de hoogte zijn om zich daar te verzamelen en de berijder van de motor dood te schieten voordat hij daadwerkelijk had weten te vluchten.

Dus moesten ze proberen te voet te ontsnappen, tegelijk, en alle drie waren ze het erover eens dat Martin en Ramses nu direct weg moesten.

30

De twee GOPES-commando's omhelsden elkaar op de oprit voor het huis. Ze hadden al afscheid genomen van de gringo en de familie Gamboa. Ze hadden flesjes water en broodjes in de zakken van hun broek gedaan, en de dode mariniers die rond het huis lagen van hun wapens ontdaan en die geladen; ze hadden hun horloges gelijkgezet en gediscussieerd over het beste moment om over de muur te klimmen – Martin aan de oostkant en Ramses richting het westen. De mannen liepen langs hun Suzukischeurijzers en kozen ieder in tegenovergestelde richting hun eigen weg, en Court ging weer terug naar binnen.

Het was pas negen uur 's ochtends, maar Court was al bekaf. Hij wist dat zijn plan, als het die naam al verdiende, om hier weg te komen graatmager was. Zo mager dat hij had besloten het de Gamboa's zo laat mogelijk te vertellen, omdat hij zeker wist dat ze ervan over de rooie zouden gaan. Maar hij wist ook dat het voor hen de enige mogelijke manier was om te overleven.

Court haalde in de keuken een kop verse koffie, liep ermee naar de achterste mirador, ging ermee op de tegels zitten.

Hij keek op zijn horloge. Ramses en Martin hadden bedacht om over tien minuten ieder aan een kant van de muur van de haciënda te staan. Omdat Court ze vanaf zijn positie allebei niet kon zien, bleef hij maar zitten en hopen. Vurig hopen dat hij geen schoten zou horen.

Vijf minuten nog. Laura was naar hem toe gekomen en had hem gevraagd of hij het goed vond als ze in de kelder een tukje ging doen. Toen hij antwoordde dat ze maar beter een paar uur slaap kon meepakken omdat ze die later nodig zou hebben, bleef ze nog een minuutje treuzelen. Ze bedankte hem voor alles wat hij tot nu toe had gedaan. Hij had geantwoord dat dat vanzelf sprak; ze hadden elkaar daarna nog een paar tellen aangekeken waarna ze de trap af was gegaan.

Hij volgde haar met zijn ogen. God wat was ze mooi. Sterk en kordaat maar vriendelijk en zachtaardig. Hij vroeg zich af hoe het zou zijn haar aan te raken, te voelen hoe zij hem aanraakte, om op een rustige en veilige plek samen te zijn.

Fuck. Ik krijg waanideeën.

Court schudde zijn hoofd, probeerde zijn gedachten te ordenen. Maar hij begreep nu wat Eddie jaren geleden over zijn zus had beweerd. Ze was bijzonder.

Court keek op zijn horloge. Het tijdstip was aangebroken. Op precies dit moment zouden de twee mannen – eentje aan de oostkant, de ander naar het westen – over de muur naar een maas in de patrouilles van de corrupte federales zoeken, in de hoop tegen alle verwachtingen in de vrijheid tegemoet te rennen.

Geen schoten. Dat was goed. Tot op heden geen...

Aan de andere kant van het casa grande hoorde hij het geronk van een motorfiets. *Wat de fuck? Wie...?*

Court sprong overeind, rende vanaf de veranda de slaapkamer en daarna de hal in, rende met drie treden tegelijk de trap af naar de woonkamer, langs de keuken. Daar zat Diego die achter Court aan rende naar de hal waar hij de voordeur opende.

Martin Orozco Fernandez schoot op zijn Suzuki van de ronde oprit en wierp daarbij een fontein van steentjes en stof op. Hij reed langs de pick-up met het lichaam van Ignacio en racete met hoge snelheid over de oprit met het geheven Heckler & Koch MP5-machinepistool in zijn rechterhand. De motorfiets stuiterde over de stenen, maar hij hield hem met één hand in bedwang terwijl hij over de oprit het bos in dook en buiten het zicht op het hek afreed.

Recht in de handen van de vijand, die ongetwijfeld op het geluid zou afkomen, en daar positie zou kiezen om de motorrijder naar het hiernamaals te knallen.

Wat Ramses de tijd en de gelegenheid gaf via de westelijke muur te ontsnappen.

Bij het hek aan de voorkant weerklonken nu schoten boven het geluid van de motor uit. Court stond met het jachtgeweer in zijn handen op de veranda bij de voordeur en schudde zijn hoofd. Martin offerde zijn leven om zijn compadre een paar duurbetaalde seconden te gunnen om de vrijheid te bereiken. Ramses, die zich ergens links op een paar honderd meter afstand van Court moest bevinden, zou het geluid van de motorfiets en de schoten horen, en zich beseffen wat zijn vriend voor hem aan het doen was.

Court zag in gedachten Ramses Cienfuegos die met twee schotwonden en met tranen in zijn ogen over de muur rolde en daar over de onverharde weg de agavevelden in rende.

In de verte hield het schieten aan.

Het geluid van de motor stierf weg.

En toen nam het geweervuur in frequentie af, tot het volledig stilviel.

Court hoopte vurig dat Martin in elk geval enigszins wraak had kunnen nemen door een paar klootzakken te grazen te nemen, als vergelding voor het martelen en vermoorden van zijn onschuldige broer Pablo.

Gentry en Diego gingen zwijgend weer naar binnen.

Toen Court tien minuten lang geen schoten meer hoorde aan de kant waar Ramses was gevlucht, wist hij dat Martins laatste missie succesvol was geweest.

Ramses had weten te ontkomen.

Rond het middaguur waren Court en Laura de enige twee in het huis die wakker waren. Luz en Elena lagen in de kelder te slapen, Diego was op de bank in de woonkamer in slaap gevallen en Ernesto deed met een MP5 van een Mexicaanse marinier op schoot een dutje in een stoel op de mirador boven de voorkant van het huis. De wond aan zijn schouder was begonnen te steken en te branden, maar zijn vrouw had hem voldoende aspirine en tequila gevoerd om de pijn ietwat te verzachten, en de oude man had erop gestaan bij de verdediging van het terrein betrokken te worden.

Hij weigerde pertinent zich nog langer in het gezelschap van de vrouwen in de kelder te verschuilen.

Court bleef op de mirador aan de achterzijde. Hij was een paar keer ingedommeld maar had alles bij elkaar nog geen minuut gerust. Hij zon op een manier om iedereen hier weg te krijgen, maar de enige oplossing die hij kon verzinnen leek hem een complete gok.

Een geluid op de binnenplaats beneden hem trok zijn aandacht; hij boog zich voorover, knielde tussen de stenen pilaren die het eerste vuurgevecht niet ongeschonden hadden doorstaan toen Ramses vanaf hier de mannen onder vuur had genomen die badend in het licht van de Fordpick-up op de binnenplaats hadden gestaan. Eddies trots stond nu als een dood dier in de bosjes, naar één kant overhellend en zonder enig levensteken. De pick-up was minstens honderd keer door kogels of schoten hagel geraakt.

Op de binnenplaats zag hij Laura. Ze boog zich over een dode in het uniform van de politie van Tequila gehulde man. Court vroeg zich aanvankelijk af of ze zocht naar meer wapens of cash of iets anders wat van pas kon komen.

Court wilde haar onderbreken met de mededeling dat hij het doorzeefde lichaam van alle waardevolle spullen had ontdaan. Maar toen hij op het punt stond iets tegen haar te zeggen, maakte Eddies jongere zus een kruisteken met de hand waarmee ze de rozenkrans vast had en begon te bidden.

Ze bad voor het zielenheil van de mannen die zojuist haar broer om het leven hadden gebracht en geprobeerd hadden alle aanwezigen in het casa grande om het leven te brengen.

Gentry schudde zijn hoofd. Voor zoveel mededogen of vergevingsgezindheid kon hij maar weinig begrip opbrengen.

Dat paste totaal niet bij zijn leefwereld.

Dit was niet zijn wereld, en hij had dan ook besloten die te ontvluchten.

Hij trof Elena in de keuken, waar ze een glas water uit een grote kan inschonk. Hij verzocht haar naar de woonkamer te komen. Ernesto bleef de wacht houden, Luz bleef in de kelder, maar Gentry wilde met Elena, Laura en Diego praten.

'Luister, zelfs als Ramses een dorp, een telefoon of een auto weet te bereiken, mogen we er niet op rekenen dat hij dit voor zonsondergang voor elkaar zal krijgen. De federales zullen toeslaan zodra het donker is geworden; daar kun je vergif op innemen.'

'Dus wat moeten we doen?' vroeg Elena.

'Ik moet proberen hier weg te komen, om hulp te halen of een auto te zoeken...'

'Ga maar, Joe. Je hebt alles gedaan wat je kon. We hadden het zonder jou nooit zo ver geschopt. Ontzettend bedankt voor alles wat je hebt gedaan.' Degene die het zei was Laura; ze klonk alsof ze dit aan had zien komen. Hij voelde de neiging zich te verdedigen.

'Je gaat ons verlaten,' zei Elena als een statement. Court zag dat ze geen illusies koesterde dat zij of de baby zonder zijn hulp zou overleven.

'Ik laat jullie niet in de steek, we kunnen gewoon geen...'

'Het geeft niet.' Ze geloofde hem niet, zoveel was wel duidelijk.

Hij wendde zich tot Laura. 'Als ik het dorp weet te bereiken, kan ik met een vrachtwagen of zoiets weer terug zijn voordat je het weet.'

'Hoe denk je ongemerkt langs de sicarios te komen?'

Gentry was er nog niet klaar voor dat iemand gaten in zijn plan probeerde te schieten. Hij wíst niet echt wat hij van plan was als hij eenmaal over de muur had weten te komen. Maar hij vertrouwde min of meer op zijn vermogen iets te verzinnen als hij hieruit was en de situatie vanuit een ander perspectief kon bekijken.

'Het is Ramses ook gelukt. Ik ga aan dezelfde kant de muur over.'

Elena werd strijdbaar. Court begreep dat ze alleen maar aan haar ongeboren kind kon denken. 'Ramses had de hulp van Martin die zijn leven heeft geofferd met een afleidingsmanoeuvre. Wil je dat een van ons...'

'Natuurlijk niet. Ik kan er in mijn eentje tussenuit knijpen.' Hij aarzelde, keek in de vermoeide, angstige en getraumatiseerde ogen. 'Ik doe dit al heel lang.'

'Ertussenuit knijpen?' vroeg Elena bozig.

'Ja,' gaf Court toe. 'Maar ik kom terug.'

Het was duidelijk dat Elena en Diego hem niet geloofden. Toen hij in Laura's grote bruine ogen keek, zag hij vriendelijkheid en begrip en compassie, maar hij had geen flauw idee wat er in haar omging.

Court ontdeed een van de dode mariniers bij de achterdeur hardhandig van zijn camouflage-T-shirt. Aangezien de man door zijn hoofd geschoten was, had er zich rond de boord opgedroogd bloed opgehoopt, maar Court negeerde het, trok zijn spijkerjas uit en verving het door het T-shirt van de overleden man.

Iets na twee uur 's middags liep Court door het huis naar de westelijke vleugel. De zon hing hoog boven de bergen, de middagzon werd onderbroken door ronddrijvende wolken. Elena was zonder afscheid te nemen terug naar de kelder gegaan, maar Laura en Diego waren met hem meegelopen door de gang.

'Jullie moeten hier blijven. Blijf scherp, maar doe geen moeite het huis te verdedigen als de sicarios toeslaan. Ga naar de kelder, en ga daar de strijd met ze aan. Je kunt aanvallers die door die kleine gang moeten veel schade toebrengen.'

Court verzweeg de keerzijde van deze waarheid: aanvallers konden de verdedigers die vastzaten in een kleine ruimte zonder vluchtroute ook ontzettend veel schade toebrengen.

'Ga je zonder geweer?' vroeg Diego. Hij had gezien dat Joe ongewapend was.

'Ja.'

'Waarom?'

'Jullie hebben elk wapen en elke kogel hard nodig. En ik schiet er toch niets mee op. Als ik aan de andere kant van de muur begin te schieten, heb ik binnen een paar seconden vijftig man op m'n nek.'

Diego schudde gefrustreerd zijn hoofd. 'Nee, dat is niet de reden. Volgens mij doe je dat omdat je je schuldig voelt. Je laat ons in de steek, en je sust je geweten door te zeggen: ik heb ze in elk geval alle wapens gegeven, wat kan ik nog meer doen?'

Court wilde de jongen uitleggen dat hij nog moest leren om mensen te vertrouwen, maar hij wist zichzelf in te houden. Nee, eigenlijk moest Diego niet leren anderen te vertrouwen. Hij had hier niets aan dat soort raad. Court vertrouwde anderen ook niet, om redenen die geen haar beter waren dan die van Diego.

De beide Mexicanen tegenover hem waren al eens eerder belazerd, voorgelogen en verraden. Waarom zouden ze denken dat hij anders in elkaar zat?

Dat kon hij ze niet vertellen. Hij moest laten zien dat hij uit ander hout gesneden was.

Hij draaide zich om en liet ze in de gang achter.

Court was het grootste deel van de middag aan het sluipen. Terwijl hij zijn lichaam door het gras sleepte, hoorde hij elke tien minuten ongeveer het geluid van schoten uit het casa grande opstijgen.

Hoewel hij erop rekende dat de mannen van DLR pas na zonsondergang zouden aanvallen, moest hij ook rekening houden met de mogelijkheid dat ze overdag verkenners of spionnen zouden sturen om een betere indruk te krijgen van de tegenstand die ze konden verwachten. Het enige wat hij had kunnen bedenken om dit tegen te gaan, of op z'n minst de inzet van deze bij daglicht opererende teams te vertragen, was Laura en Diego de opdracht te geven hun wapens regelmatig in diverse richtingen af te vuren. Als ze dit met tussenpozen zouden doen, zouden de binnengedrongen federales wellicht denken dat ze waren gezien en zich koest houden, of misschien zelfs terug over de muur klauteren.

Court zou willen dat hij sneller kon bewegen, hij wist dat hij geen tijd te verliezen had, maar gezien de onafzienbare heuvels en bergen die hij in de verte zag, kon hij niet zomaar over het terrein gaan rennen. Als er scherpschutters zouden zitten, zouden ze hem zien en hem doodschieten.

Zijn sluipende houding diende dit te voorkomen.

Iets na halfzes bereikte hij de muur. Hij kroop onder de treurwilgen, haalde een kleine fles water tevoorschijn en dronk die leeg. Hij was uitgeput en verbrand; zijn geschaafde knieën en onderarmen en handen zaten onder het bloed, hij voelde de vermoeidheid in zijn schouders en onderrug. Het littekenweefsel op zijn linkerschouderblad op de plek waar hij zeven maanden geleden door een pijl was geraakt, knelde en trok; terwijl hij ging zitten om uit te rusten, stak hij zijn hand naar achteren om de plek te masseren. Nadat hij een paar minuten in de schaduw had gezeten, stond hij op, liep langs de smalle oever en stapte een paar keer in de modder onder de bomen. Hij zag in het troebele water een waterslang op hem af zwemmen; hij negeerde hem, liep door en klom in een boom met takken die boven en over de muur uitstaken.

Toen hij hoog genoeg was om de rest van de vallei te kunnen overzien, zag hij het onverharde pad aan de andere kant van de muur. Vanaf zijn positie kon hij voorbij de muur klimmen en zich op het pad laten vallen, en dan gehurkt oversteken richting de hoge, stakerige blauwe agaveplanten die tussen het hoog opgeschoten gras groeiden.

Net op het moment dat hij deze actie wilde uitvoeren, kwam er rechts van hem een pick-uptruck aangereden. Er zaten in totaal acht gewapende mannen in die hobbelend en schuddend over het pad recht onder hem doorreden en na honderd meter links van hem achter de muur verdwenen.

Het waren plaatselijke *campesinos*, boeren in spijkerbroeken en met strooien hoeden op, die echter niet met hun akkers bezig waren. Ze waren door iemand ingehuurd om rond het terrein te patrouilleren.

Seconden later kwam er vanaf de andere kant een federale op een motorfiets aangereden.

Tegen de tijd dat de motorrijder achter de zuidelijke kant van de muur uit het zicht verdween, hoorde Court het aanzwellende motorgeluid van een pick-up. Toen zag hij hem; hij was zwart en voorzien van PF-stickers. Twee agenten stonden in de laadbak en hielden zich met een hand vast aan de stang en leunden met de andere, waarmee ze hun M4-machinepistolen vasthielden, tegen het dak.

Op dit oude geitenpad was het ongetwijfeld nooit meer zo druk geweest als toen de haciënda nog als agaveplantage met een tequiladestilleerderij dienst had gedaan.

Court verborg zichzelf diep in het gebladerte van de boom, vond een min of meer comfortabele houding en maakte zich op om te wachten op de schemering. Hij hoopte dat de aanvallers hun activiteiten tijdelijk zouden staken op het moment dat ze zich voorbereidden om het casa grande weer aan te vallen, een pauze waar Court van wilde profiteren.

Maar als hij zou wachten tot het moment dat de aanval zowat zou plaatsvinden, zou hij geen tijd hebben om op de openbare weg een voertuig te kapen, of de aanwezigen in het casa grande op een andere manier te beschermen tegen de aanval van de moordenaars. Nee, als hij te lang zou wachten om te ontsnappen, zou hij gedwongen worden zich te haasten om ze te redden.

Hij achtte het waarschijnlijk dat hij in elk geval zichzelf in veiligheid kon brengen. Hij kon wachten tot het huis achter hem werd aangevallen, zich dan buiten de muur van de haciënda in het donker laten vallen en ongedeerd verdwijnen in de agavevelden en de bossen. Hij kon deze uitzichtloze situatie ontvluchten, zich het vege lijf redden en doorgaan met zijn eigen strijd; hij kon terugkeren naar Europa en jacht maken op Gregor Sidorenko, de Russische maffiabaas die hem tot in de Amazone had weten op te sporen. Hij kon nog altijd Sid afmaken en zijn leven deels terugkrijgen. Hij kon werk zoeken, en Daniel de la Rocha en de afschuwelijke burgeroorlog hier in Mexico vergeten en er nooit meer aan denken.

Wat zou hij dat graag willen.

Maar hij kon de vijf mensen achter hem niet aan hun lot overlaten.

Ze rekenden op hem. Alleen omdat ze verder niemand anders hadden, maar dat deed er niet toe. Hij wilde doen wat hij kon, en als hij ze niet kon helpen, wilde hij het in elk geval geprobeerd hebben.

Hij kon en wilde ze niet in de steek laten.

31

Rond zonsondergang nam de frequentie van de patrouilles af; Gentry zag in gedachten een vergadering bij het hek, stelde zich voor hoe de leider van de operatie zijn aanvalsplan uit de doeken deed voor een grote groep mannen die met bungelende wapens aan hun draagriemen geknield zaten te luisteren.

Court wist dat er haast geboden was. Welk aanvalsplan zich ook zou ontvouwen, er zou sowieso sprake zijn van gewapende troepen die buiten de muren vanuit alle windstreken wilden voorkomen dat er mensen konden ontsnappen.

Toen hij om zes uur vaststelde dat er niemand langs de oostelijke muur van de haciënda liep, gleed hij hangend aan zijn armen uit de boom en liet zich op het smalle onverharde weggetje vallen en rolde door om de klap op zijn enkels, knieën en ruggengraat op te vangen. Hij stak snel de aangestampte ondergrond over en verstopte zich in het hoge gras waarmee het blauwe agaveveld overwoekerd was. Daar bleef hij even geknield zitten luisteren of hij geschreeuw of schoten of naderende voertuigen hoorde. Toen hij niets verontrustends hoorde, stond hij op en begon noordwaarts langs de weg door het gras te lopen, klaar om het struikgewas in te duiken mocht hij op een patrouille stuiten.

Tegen de tijd dat hij de noordoosthoek van de muur rond de haciënda had bereikt was de vallei in duisternis gehuld. Terwijl hij zich een weg door het struikgewas baande, reed er een handvol pick-ups stapvoets over de weg rechts van hem, bestuurd door burgers, en beladen met nog meer gewapende burgers. Dit waren plaatselijke hulpjes, *granjeros*. Diep gebruinde, besnorde mannen met cowboyhoeden op, die hand-en-spandiensten in de buurt verrichtten en een dag werkten voor waarschijnlijk een weekloon. Deze ongeschoolde arbeiders zouden niet bij de aanval betrokken zijn. Nee, deze mannen bewaakten de buurt, zouden misschien een paar wegversperringen opzetten om er zeker van te zijn dat iemand die tijdens de aanval op de haciënda zou weten te ontkomen alsnog zou worden opgeveegd voordat diegene de vallei had weten te ontvluchten.

Court wist dat dit geen meedogenloze moordenaars waren. Ze dachten waarschijnlijk dat ze voor de federales werkten in plaats van de Zwarte Pakken, hoewel ze dat niet zeker konden weten. Dit waren niet de mannen die zichtbaar profiteerden van de in Mexico behaalde drugswinsten; het waren gewoon arbeiders die het geluk hadden een klusje te mogen opknappen. De Zwarte Pakken hadden toegang tot alle arbeidskrachten die ze ooit wilden of nodig hadden, en Court bedacht dat hij, ook als hij ooit uit deze klotevallei zou weten te ontsnappen, dat nooit mocht vergeten.

Court wist dat het niet noodzakelijkerwijs kwaadaardige mannen waren. Maar wel dat als ze hem voor de voeten liepen, hij ze alsnog over de kling zou jagen.

Court zag op zo'n tweehonderd meter voor zich bij het voorste hek van de haciënda de koplampen van diverse voertuigen die op de weg stonden. Grote zwarte SWAT-achtige gepantserde busjes, pick-ups, een gedeukte sedan en zelfs een enorme gepantserde commandowagen van de Policía Federal ter grootte van een bus. Hij besloot naderbij te sluipen, met de bedoeling misschien een wapen te pakken, of een gijzelaar of een auto waarmee hij rechtstreeks naar het casa grande kon rijden om de Gamboa's te redden. Hij liep om een open weiland heen, verschool zich in een uit lage naaldbomen bestaand bosje en kwam steeds dichter bij zijn doel. Hij zag tientallen gewapende mannen die erop gebrand waren zijn plan te dwarsbomen, maar niettemin liep hij in de duisternis steeds dichter naar ze toe. Hij hoorde hondengeblaf, maar hij wist dat ze door de geur van alle andere mannen, en alle andere honden, geen effectief alarmsysteem waren.

Toen hij ze tot op vijftig meter genaderd was, maakte hij zichzelf nog kleiner. Hij was nu dichtbij genoeg om te zien dat de in hun SWAT-uniformen gehulde federales zich al hadden opgedeeld in aanvalsteams. Tientallen manschappen controleerden voor de zoveelste keer hun wapens en haakten reservemagazijnen aan hun lichamen. Court hoorde de leden van de aanvalsteams hun communicatie controleren. Tientallen portofoons kraakten en piepten en ruisten in de avondlucht.

Toen gingen de uit tien tot twaalf man bestaande teams ieder hun weg. Sommige kropen in de twee gepantserde Policía Federal-bussen die Gentry inmiddels kon thuisbrengen als Ford-BATT's, oftewel Ballistic Armored Tactical Transporters, die grommend tot leven kwamen. Pakweg tien andere mannen kropen in de laadbak van twee pick-ups. Zelfs vanaf hier kon

Gentry zien dat de witte pick-ups flink doorzakten vanwege het gewicht van alle manschappen en de spullen die ze meetorsten.

De twee pick-ups sloegen op de weg rond de haciënda rechts af en verdwenen uit het zicht. Een van de grote BATT's sloeg links af en reed langzaam op Court af.

De andere BATT bleef met draaiende motor bij het hek staan. Court keek hoe de federales instapten, waarna de zijdeur dichtging. Toen verscheen er nog een eenheid die zich erachter posteerde. Het gepantserde mobiele-commandovoertuig van de Policía Federal stond achter de rest van de voertuigen; mannen kwamen en gingen via een zijdeur.

Het gepantserde voertuig reed op vijftig meter afstand van Courts linkerschouder in oostelijke richting. Alles buiten de felle koplampen was voor de chauffeur niet te zien, en Court wist dat hij onzichtbaar was.

Hij begreep nu min of meer wat de federales van plan waren. Drie eenheden, elk bestaande uit twaalf man, zouden de haciënda gelijktijdig aanvallen vanuit het zuiden, oosten en westen. Een nog grotere groep van twintig of misschien wel vijfentwintig man zou gewoon de oprit op rijden.

De boerenhulpjes met de cowboyhoeden en de korte shotguns bleven buiten de muur om het terrein rondhangen.

Alles bij elkaar zestig zwaarbewapende en goed getrainde Mexicaanse agenten van de federale politie, aangevuld met ruim twintig plaatselijke bewoners ter ondersteuning.

Die het gingen opnemen tegen een zwangere vrouw, een oudere vrouw, een gewonde bejaarde man een zestienjarige jongen en een vrouw die bad voor klootzakken die een zakcentje hadden willen verdienen door hen om het leven te brengen.

Godverdomme, dacht Court. Hoogste tijd voor wat actie.

Gentry bevond zich op vijfentwintig meter afstand van de achterkant van de BATT bij het hek toen die naar voren reed en binnen de omheining op het terrein van de haciënda bleef staan. De agenten liepen er in twee rijen te voet achteraan. De oprit naar het casa grande was een hobbelige en kronkelige tweehonderd meter lang en de grote en zware gepantserde auto reed traag de heuvel op en verdween in het bos uit het zicht; de door de bomen heen schijnende koplampen en achterlichten zorgden voor een horrorachtig effect dat helemaal tot aan het hek doordrong.

De honden verdwenen samen met de marcherende mannen uit het zicht.

Court ging op zijn knieën zitten en kroop door de struiken en het gras langs de agaveplanten die het formaat hadden van keukentafels. Hij kroop met elke centimeter langzamer en zachter; hij rekende erop dat er wachtposten achter het commandovoertuig zouden zijn, en hoewel hij nog niemand kon zien, wist hij dat elk geluid dat hij zou maken ver door de nacht zou dragen.

Het duurde niet lang voordat hij tussen twee geparkeerde pick-ups stond. Hij bevond zich op minder dan vijftig meter van het hek; hij kon een groep mannen horen praten die het geluid van de hulpmotor van het grote gepantserde commandovoertuig overstemden.

Voor zich zag hij in een ondiepe greppel aan de overkant van de weg een tot het middel ontbloot lijk. Zelfs in het maanlicht zag hij de grote bloeduitstorting op de kaak van de man.

Het was brigadier Martin Orozco, met kogelgaten in zijn benen, armen en torso en bij wijze van genadeslag een kogelgat midden op zijn voorhoofd.

'Het spijt me, amigo,' mompelde Court terwijl hij op handen en knieën verder kroop.

Toen hij voorbij de pick-up naar links keek, langs het commandovoertuig naar het hek, zag hij vijf of zes Mexicaanse boeren met shotguns waarvan de kolven tegen hun heup rustten.

De meesten van hen stonden dicht bij de poort, alsof ze van een afstand van tweehonderd meter een glimp van de actie wilden opvangen. Hun lichaamstaal en intonatie verraadden hun opwinding. Het waren toeschouwers; geen van hen rekende erop dat ze gevaar konden lopen of zelfs hun oude wapens zouden hoeven gebruiken.

Court wist dat hij een van deze pick-ups binnen een minuut aan de praat kon krijgen. Hij zou op hoge snelheid over de oprit kunnen rijden, langs het gepantserde voertuig en de mannen, dan de Gamboa's inladen en over het grondgebied van de haciënda naar een van de kleinere hekken aan de westkant rijden en ervoor zorgen dat hij de sicarios die vanaf die kant zouden aanvallen zou ontwijken.

Dat zou een makkie worden.

Behalve dan dat hij en degenen die hij probeerde te beschermen onder vuur zouden worden genomen door duizenden kogels die stuk voor stuk een mensenleven subiet konden beëindigen.

Het pick-upplan kon de vuilnisbak in.

Als er hier nog een gepantserd voertuig bij het hek had gestaan, dat toevallig niet afgesloten was en waarvan de sleutel in het contact zat, dan was het een ander verhaal geweest.

Maar de BATT's waren vertrokken, en daarmee ook de laatste kans om...

Een jonge federale agent stapte uit het zijportier van de grote commandowagen en sloot het achter zich. De agent draaide zich weg van de boeren, liep naar het struikgewas een eindje verderop en maakte zijn riem los. Hij schudde terwijl hij zichzelf dwong snel te plassen; hij bewoog zijn nek om het geweer dat op zijn borst hing uit de baan van de straal te dirigeren.

Gentry keek naar het afgesloten portier van de commandowagen en vroeg zich af of de agent die bezig was met zijn sanitaire stop de sleutel had. Hij had gewild dat de wagen niet zo ontzettend groot was geweest. Maar hij was wel gepantserd. Kogels konden hem niet deren, en de voorruit was zo dik dat die pas na tientallen schoten aan diggelen zou gaan.

Het zou voor Court haast onmogelijk zijn het voertuig te besturen, maar hij wist dat hij het zich niet kon veroorloven kieskeurig te zijn.

Verdomme.

De agent aan de overkant trok zijn broek omhoog en ritste hem dicht, en tastte daarna in zijn broekzak. Gentry zag de glans van een sleutelbos.

Court kwam overeind en sloeg toe als een cobra.

Op het moment dat de agent zich weer naar de commandowagen toe draaide rende hij gebukt maar snel de weg over. Op een kleine tien meter van zijn linkerschouder hoorde hij het gekeuvel van de boeren en de cowboys die nog altijd naar de oprit van het casa grande stonden te kijken. Court bewoog zich als een schaduw over de aangestampte aarde, haalde op het laatste moment zijn mes tevoorschijn dat hij links tussen de ribben van de man plantte terwijl hij gelijktijdig met zijn rechterhand diens mond bedekte. Hij duwde het mes er tot aan het heft in en duwde de man ondertussen verder voorwaarts de struiken in; terwijl Court achter hem aan in het struikgewas verdween draaide hij het lemmet als een sleutel om, waarna hij tegelijk met en op de man op de harde grond viel.

Court gebruikte zijn eigen gewicht om te voorkomen dat de man zich kon verzetten. Gentry vermoedde dat deze hombre weleens een voetballer kon zijn; hij was bijzonder fit, en zijn lichaam werkte niet mee. Court rekende erop dat de weerstand van de man binnen vijf tellen gebroken zou zijn; maar het werden er bijna twintig voordat het leven uit zijn ledematen was verdwenen. Court merkte hoe uitgeput hij was, alsof hij boven op een wild paard had gezeten en tegelijk had voorkomen dat dat paard enig geluid uitstootte. Court stak zijn hand uit en pakte de sleutels uit het struikgewas. Hij woog ze in zijn hand terwijl hij nadacht via welke van de twee portieren van het voertuig hij naar binnen zou gaan. Hij hield ze vast met zijn vingers en pakte met zijn andere hand de shotgun.

Toen stond hij op en begon naar het gepantserde voertuig te lopen.

Binnen een paar tellen was hij binnen. Hij had het portier achter zich dichtgedaan en was naar rechts gegaan, naar de achtercabine, weg van de neus van het voertuig. Een man in de cabine zei iets, stelde een vraag aan zijn partner die nu dood in de bosjes lag. Court haalde zijn mes tevoorschijn en maakte aanstalten met de chauffeur af te rekenen, maar stopte toen hij boven zich een metalen rek zag dat de gehele zijkant van de cabine besloeg.

In en aan het rek hingen allerhande wapens en munitie.

Gentry sperde zijn ogen open en begon vilein te glimlachen. 'Kijk nou toch eens.'

Hij wendde zich af en liep naar voren om de chauffeur te vermoorden.

De commandant ging zijn manschappen voor over de oprit naar het huis. Het gepantserde voertuig voor hen beschermde hen tegen mogelijke schoten vanuit de ramen of de veranda's van het casa grande, maar bij het naderen van het gebouw waren zijn manschappen uitgewaaierd en liepen nu traag en behoedzaam door het donker. De pantserwagen vertraagde en stopte en bescheen met zijn felle koplampen de voordeur.

De commandant wilde normaal gesproken niets weten van een frontale aanval op een bewaakt, stenen gebouw. Maar nadat hij die ochtend verkenners op pad had gestuurd die het gebouw vanbinnen hadden bekeken, snapte hij hoe afgezonderd de oprit lag ten opzichte van het huis. Dankzij de dichtbegroeide struiken en bomen aan weerszijden, de overkapping bij de voordeur, en zelfs het tussen de kasseien hoog opgeschoten onkruid, zouden de vijfentwintig mannen die rond het middaguur in rotten van twee over de oprit zouden lopen beter beschut zijn geweest dan wanneer ze in het holst van de nacht over de achterste muur zouden springen.

Maar toch had hij tot een uur na zonsondergang gewacht, omdat de verdedigers wellicht direct na het invallen van de duisternis een aanval verwachtten. Nu het inmiddels negen uur 's avonds was, kon hij niet langer wachten. Het was tijd om die waardeloze cabrones in het huis een lesje te leren en alles en iedereen wat bewoog uit te roeien – iedere man en vrouw, ieder kind, en dan de honden en de katten en de kippen en de geiten.

Hij wilde contact zoeken met de andere teams die nu vanuit de overige richtingen moesten naderen, maar een van zijn verdomde agenten hield kennelijk de zendknop op zijn portofoon ingedrukt, waardoor de commandant geen instructies kon geven of een van zijn andere manschappen kon horen.

Hij wachtte al dertig seconden totdat *el chingado cabrón* zijn fout zou opmerken en zou herstellen, maar nog steeds kon hij zijn portofoon niet gebruiken.

Over nog eens twintig seconden zou hij de opdracht geven om aan te vallen, en als deze hijo de puta niet snel iets aan zijn chingado portofoon zou doen, zou de commandanten de pendejo ophangen aan zijn chingado...

Achter hem zag hij lichten door het bos die over de oprit het huis naderden.

Hij keek naar de manschappen om hem heen terwijl hij snel dekking zocht achter een lage stenen muur die om de ronde parkeerplaats voor het casa grande stond. Hij moest de oprit verlaten voordat de naderende koplampen hem zouden vangen.

Toen hij zich weer omdraaide en naar de lichten keek, kon hij zijn ogen niet geloven.

Het mobiele commandovoertuig reed wild schuddend over de stenen op hem af.

Hij had twee chauffeurs samen met het voertuig bij het hek aan de voorkant achtergelaten, maar zij hadden geen enkele reden om de wagen ook maar te starten, laat staan aan de aanval deel te nemen.

Hoewel zijn portofoon niet werkte, drukte hij op een knop en begon erin te schreeuwen. 'Cabrones! Waar zijn jullie godverdomme mee bezig?'

Op vijftig meter afstand gloeiden de remlichten van het voertuig op in het bos.

De pantserwagen bleef tussen de bomen staan en begon op de nauwe oprit te keren.

De commandant keerde zich weer om naar het huis. Wat zijn chauffeurs ook van plan waren geweest, het verrassingselement was tenietgedaan. Hij stond op en nam met zijn M16 de voorgevel van het huis onder vuur; dit was bij gebrek aan een waardeloos geworden portofoon de enige manier om het sein tot aanvallen te geven.

De mannen die aan weerszijden naast hem stonden volgden zijn voorbeeld; hun kogels sloegen vonkend tegen de stenen gevel en versplinterden de houten deur.

De commandant hoorde een geluid boven het geweervuur uit, en hij draaide zich om in de richting van de geluidsbron. Verbijsterd kwam hij van achter de lage muur omhoog en liet zijn wapen tot aan zijn middel zakken.

De enorme pantserwagen reed achterwaarts de hobbelige oprit op, met de seconde aan snelheid winnend. Het grote blauwe gevaarte danste op en neer, het chassis werd gemangeld onder het gewicht van ettelijke tonnen kogelwerend staal.

De commandant had voldoende ervaring met het rijden in pantserwagens om te weten dat je door de achteruitkijkspiegel amper zicht had; deze *pinche,* oftewel waardeloze, chauffeur reed blind op het casa grande af met een snelheid waarmee hij het voertuig niet meer onder controle kon houden.

'*¡Alto!*' – stop! – schreeuwde de commandant in zijn portofoon; het probleem met de microfoon leek opgelost, hoewel elk ander onderdeel van de aanval voor zijn ogen in het honderd aan het lopen was. De mobiele commandowagen reed achterwaarts naar de andere gepantserde wagen, de BATT, die op de ronde parkeerplaats stond met de koplampen op het grote donkere huis gericht.

En deed wat het verdomme moest doen!

Het leek erop dat de commandowagen die inmiddels zijn topsnelheid van ruim zestig per uur had bereikt zou omkiepen; hij miste het andere voertuig op nog geen halve meter en reed aan beide bestuurderskanten de buitenspiegels eraf.

Plots schoten de commandant die bij de lage muur stond in hoog tempo drie dingen te binnen. Eén, zijn chauffeur had al eerder moeite gehad te zien wat er achter hem gebeurde, maar nu zijn buitenspiegel eraf lag, zou hij rijdend over de hobbelige oprit helemaal niets meer kunnen zien. Twee: dat zijn chauffeur niet zijn chauffeur was! En drie: dat de mobiele commandowagen met ruim zestig per uur tegen de trap aan de voorkant van het huis tot stilstand zou komen.

Court liet de zendknop op de portofoon los, smeet de portofoon op de vloer van de auto en trapte het gaspedaal volledig in. Het logge voertuig begon langzaam hobbelend en schokkend achteruit de heuvel op te rijden. Hij maakte zijn gordel vast waardoor hij zijn voet stevig op het gaspedaal kon houden. Hij werd in het topzware voertuig heen en weer geschud alsof hij een lappenpop was die door een reus heen en weer werd geslingerd. Maar hij haalde zijn voet geen seconde van het gaspedaal.

Hij mikte, als je dat zo kon noemen, min of meer op de voordeur van het huis, maar toen hij zijn spiegel had verloren, deed hij geen enkele moeite meer te kijken waar hij uit zou komen. Hij reed gewoon zo hard mogelijk, hield uit alle macht het stuur vast en drukte zijn achterhoofd met kracht tegen de hoofdsteun, onzeker wanneer de klap zou komen en zonder zelfs te weten of hij deze zou overleven.

Hij voelde een harde klap die hem stevig door elkaar schudde en hem tegen de rugleuning van de stoel wierp waardoor zijn voet even loskwam van het gaspedaal, maar hij wist dat hij nog niet tegen het huis tot stilstand was gekomen. Terwijl het voertuig met de onderkant over de stenen schraapte, stelde hij vast dat hij de fontein met de engel in het midden van de oprit moest hebben geraakt. Hierdoor wist hij dat hij te ver naar links was afgebogen om pal voor de voordeur uit te komen.

Hij stuurde iets bij naar rechts en trapte op het moment dat een salvo uit een automatisch wapen over het dikke glas van de voorruit ratelde het gaspedaal weer vol in. Rakelings reed hij langs de kapotte pick-uptruck met het stoffelijk overschot van Ignacio Gamboa in de bestuurdersstoel.

Courts gepantserde voertuig reed vol de trap naar de voordeur op, en knalde met bruut geweld in de westelijke flank van de toegangspoort en veranderde de tweehonderd jaar oude eiken deuren in een hoop brandhout en splinters.

De pantserwagen kwam met een schok tot stilstand. Court zette de versnellingspook in de parkeerstand, gespte zijn riem los en rende naar achteren. De incidentele en uit verwarring geloste schoten achter hem die de rit van de pantserwagen naar de deur hadden begeleid waren veranderd in een regelrechte kogelregen toen de Policía Federal er al snel achter was gekomen dat dit geen op hol geslagen voertuig was, bestuurd door een van hun eigen mensen, maar een ontsnappingspoging van de belegerde familie was.

Gentry ging achterin vanwege zijn zere hoofd twee keer onderuit, en was in het donker even zijn oriëntatie kwijt toen hij over de uit het rek gevallen wapens struikelde. Seconden later kwam hij weer overeind, vond de twee voorwerpen die hij had gezocht en deed de achterdeuren open.

Diego zat in de woonkamer op zijn knieën achter de bank en schoot op iets wat bewoog op de binnenplaats achter het huis. Zijn grootvader was naar boven gerend om vanaf de mirador het vuur te openen, maar hij had zijn abuelo al meer dan een minuut niet met zijn M1-karabijn horen schieten.

De voorkant van het huis werd door een onwaarschijnlijke hoeveelheid wapens onder vuur genomen. Diego maakte zich klein achter de bank alsof die hem enige beschutting zou geven; hij tilde pas zijn hoofd op toen hij het gebrom van een motor hoorde. Een enorme blauwe bus reed met de achterkant door de voordeur van het casa grande en stak een meter naar binnen. In paniek ging Diego staan en vuurde zijn pistool af; de kogels ketsten slechts vonkend van de achterste deuren. Toen zijn kogels op waren klikte zijn wapen en bleef openstaan.

De zestienjarige jongen worstelde met herladen, liet een magazijn op de grond vallen, vond het vlak onder de zitting van een stoel met brede rugleuning, pakte het weer op en stak het in de kolf van zijn wapen. Ruim voordat zijn wapen weer gevechtsklaar was vlogen de achterdeuren van het voertuig open, en Diego zag er een gehurkte man in zitten die twee enorme wapens vasthield.

'Diego! Ik ben het! Ik ben...' In alle opwinding was Court zijn schuilnaam vergeten. 'De gringo! Zeg dat iedereen de pantserwagen in moet. *Ándele!*'

Het duurde een volle vijf tellen voordat de jongen begreep wat er van hem gevraagd werd, maar toen hij het snapte, knikte hij, draaide zich op zijn gymschoenen om en rende naar de keuken. Onderweg schreeuwde hij: '*Mi abuelo* is nog boven!'

Court knikte maar ging niet naar boven; in plaats daarvan liep hij naar de verwoeste voordeur. Hoewel er tussen de pantserwagen en het gehavende steen en pleisterwerk nauwelijks ruimte was, vond Court een kiertje om doorheen te vuren en hij hief zijn rechterhand met daarin een Hawk MM-1-granaatwerper geladen met een dozijn granaten. Normaal gesproken zou Court het zware en lompe wapen met twee handen hebben afgevuurd, maar het kon desnoods ook enkelhandig. Hij haalde de zware trekker over, en met het geluid van een enorme kurk die uit een geschudde champagnefles knalde, vloog de eerste granaat uit de loop.

Boem!

Op veertig meter afstand weergalmde een ontploffing die gepaard ging met vuur, rook, gebarsten aarde en rondtollende federales. Hij vuurde nog drie keer op de muur waar de aanvallers tegen geposteerd stonden voordat hij het wapen liet zakken en met zijn linkerhand een identiek wapen tevoorschijn trok en drie met CS-gas gevulde granaten afvuurde, een krachtig traangas. Terwijl de laatste granaat nog door de lucht vloog, draaide hij zich naar de andere kant en vuurde de beide wapens tegelijk af; de granaten vlogen door het huis, door het gebroken glas van de schuifdeuren naar de binnenplaats, en ontploften in de achtertuin van het casa grande.

Court had het tot nu toe dankzij het nodige geluk overleefd, maar hij rekende er niet echt op ook maar één enkele sicario te hebben geraakt die het huis aan de achterzijde aanviel. Nee, hij wilde ze gewoon even laten zien dat de regels waren veranderd; dat hun laffe aanval op vrouwen, een kind en een oude man er inmiddels toe had geleid dat ze uiterst explosieve granaten naar hun kop kregen.

Hij vuurde een traangasgranaat af in de gang die van de woonkamer naar het westen liep, daarbij vurig hopend dat hij iedereen weg had weten te krijgen voordat het gas naar binnen was gewaaid en deze kamer onleefbaar had gemaakt.

Terwijl hij de trap op rende liet hij de traangasgranaatwerper vallen; die was te zwaar om samen met de reguliere granaatwerper te dragen. Hij sloeg rechts af, riep Ernesto en wenste ondertussen dat hij een shotgun of een pistool of iets vergelijkbaars had meegegrist in plaats van dit wapen dat hij in een korte gang niet kon gebruiken.

Toen hij zich naar de achterste mirador omdraaide, zag hij de oude man daar in een plas van zijn eigen bloed liggen.

32

Ernesto knipperde met zijn ogen, en haalde oppervlakkig adem. Hij keek de Amerikaan aan die op de donkere veranda boven hem uittorende.

Gentry stak zijn hand uit over de reling van de mirador en schoot twee HE-granaten richting bewegende silhouetten bij de kraal in de verte. Hout en steen en vuur werden meer dan vijf meter de lucht in geslingerd.

Court knielde weer naast Ernesto. ‘Kun je lo...’

Nu zag hij het; het linkerbeen van de oude man zat onder het bloed en lag in een vreemde hoek op de grond. Het zat enkel nog met stukjes vlees en de stof van zijn spijkerbroek aan zijn lichaam vast. De in het duister gehulde tegelvloer van de mirador was bedekt met bloed.

Eddies vader was door een kogel uit een krachtig wapen vol in zijn dijbeen geschoten.

Court keek weer naar het gezicht van de man en zag zijn weggedraaide ogen. Hij stootte zijn laatste adem uit.

Gentry boog zich snel naar hem toe en fluisterde in zijn oor: ‘Ik zal voor ze zorgen. Ik breng ze in veiligheid. Allemaal.’

Toen stond hij op en rende terug het huis in, terwijl de gestucte muren om hem heen tot gruis verpulverd werden.

De familie hoestte en kokhalsde vanwege het traangas waar Gentry ze op weg naar het pantservoertuig doorheen loodste. Hij had de Hawk met de traangasgranaten weer gepakt en het restant van de granaten afgevuurd op de oprit en de erachter liggende bomen en hoopte maar dat hij zo’n beetje in de richting schoot waar de slechteriken zich bevonden. Toen de klik die hij hoorde hem liet weten dat het wapen leeg was, liet hij het op de tegels van de hal vallen. Hij stapte achter de familie in het mobiele commandovoertuig;

Luz zat pal voor hem, en keek langs hem heen over zijn schouder het rokende huis in.

'Ernesto? Ernesto?'

Ondanks alles wat er om haar heen gebeurde, klonk er geen paniek door in haar stem. Court duwde haar verder de bus in, gooide de granaatwerper op de met stof beklede bank naast Elena en deed de deur achter hen op slot.

'Het spijt me, ik moet...'

Toen Court het woord 'rijden' uitsprak, werd hij tegen de wand gekwakt. Luz viel in zijn armen en op dat moment realiseerde hij zich dat de pantserwagen naar voren reed en dat de achterwielen over de treden van het casa grande stuiterden, en dat degene die achter het stuur zat er flink de vaart in had.

Hij kroop tussen de banken door naar voren, werd in de schommelende en stuiterende cabine heen en weer geschud; de bepantsering werd aan twee kanten onophoudelijk onder vuur genomen, wat klonk als een regenbui in de hel.

Voorin zag hij dat Laura achter het stuur zat; ze zat ineengedoken en probeerde wanhopig nog iets te zien door de ruit die, weliswaar nog intact, door alle kogelinslagen geheel wit was uitgeslagen.

'Ik zie niks!' schreeuwde ze.

Court stak zijn arm voor haar langs en gespte haar riem vast. Hij schreeuwde ondertussen in haar oor. 'Maakt niet uit! Gewoon doorrijden! Alles is beter dan hier!'

Ze schampten een van de andere pantserwagens en reden van de oprit een weiland in, en toen Laura zo hard aan het stuur trok om haar fout te corrigeren reed hun pantserwagen even op twee wielen door voordat hij weer met een harde klap horizontaal stond en de oprit weer vond.

In de langgerekte cabine achter hen werden Elena, Luz en Diego bedolven onder de rondvliegende politie-attributen.

Laura botste tegen een boom waardoor het voertuig naar links stuiterde en Gentry tegen het dashboard aan knalde.

'Je rijdt nog slechter dan ik!' schreeuwde Court terwijl hij over de bijrijdersstoel kroop, de zware gepantserde deur opende en naar buiten leunde. Ze moesten enigszins weten waar ze heen moesten, ook al betekende dat dat Court zich aan vijandig vuur moest blootstellen.

'Rechts! Naar rechts!' riep hij in het Engels, waarna Laura het stuur naar links draaide.

'Derecha! A la derecha!' brulde Court.

Ze herstelde haar fout, niet te fanatiek dit keer. 'Sorry! Sorry!'

Hoewel Court de kogels langs hem heen meende te horen vliegen, bleef hij op de uitkijk staan. Hij hoorde de kogels tegen de achterdeur en de zijkant inslaan; Court bracht zich in de pantserwagen in veiligheid en stak daarna zijn hoofd weer naar buiten om Laura over de lange kronkelige oprit door het bos te leiden.

Ze waren twintig tellen later in het bos, op veilige afstand van de sicarios, maar Court wist dat ze nog niet uit de gevarenzone waren. De mannen in het huis beschikten over portofoons, wat betekende dat de pick-ups en het pantservoertuig die bij het hek stonden nu in stelling werden gebracht om de uitgang te blokkeren.

Court stak zijn hoofd weer naar binnen. Laura had een klein hoekje in de voorruit gevonden waar geen door een kogel veroorzaakte ster in zat. Ze leunde voorover en spande haar gordel tot het uiterste om erdoorheen te kunnen kijken.

Court schreeuwde naar achteren: 'Diego, geef me de granaatwerper!' Hij zei het laatste deel in het Engels; hij wist het Spaanse woord niet.

'De watte?' riep Diego vanuit het donker.

Laura riep wat de bedoeling was, en binnen een paar tellen verscheen Diego met het grijze cilindervormige gevaarte. Court griste het uit zijn handen en ging met zijn voeten op de smalle treeplank onder het bijrijdersportier buiten de cabine staan, hield met zijn rechterhand het portier vast en liet de Hawk MM-1 in zijn linkerhand op de voordeur steunen. Het gestuiter en gehobbel van de wagen maakte het voor Court vrijwel onmogelijk goed te mikken.

Ze reden naar het hek aan de voorkant van het terrein; Laura concentreerde zich erop. Maar Court riep haar van buiten iets toe.

'Ik ga een andere uitgang voor ons maken.'

'Wat?'

Court wist dat hij de auto's ongetwijfeld zou beschadigen als hij ze met granaten onder vuur zou nemen. Maar dit was Hollywood niet; ze zouden niet de lucht in vliegen en dan zogenaamd toevallig ergens naast de weg weer neerkomen.

Nee, hij wilde een gat in de oude muur blazen dat groot genoeg was om doorheen te rijden. De MM-1 had onder ideale omstandigheden een bereik van honderdvijftig meter. De omstandigheden waarin Gentry zijn werk moest doen waren allesbehalve ideaal te noemen, maar het enige wat hij nu kon doen was een poging wagen.

Zoals hij al had verwacht stond de BATT van de federale politie voor het geopende hek, de koplampen beschenen als twee uitdagende ogen de oprit. Daagde hem uit door te rijden.

Gentry mikte met zijn granaatwerper tien meter ten oosten van de poort.

Pop.

Boem!

Courts eerste schot sloeg laag in, een paar meter voor de gepleisterde muur.

'Je hebt gemist!' riep Laura. Court vroeg zich af hoe ze dat opeens door het raam had kunnen zien.

Zijn tweede granaat was een voltreffer op de muur rond de haciënda. Een explosie van vuur, stenen en stof lichtte op in het donker. Gentry's volgende schot was ook raak, maar sloeg naast zijn vorige treffer in. Hij zag nu de zwarte gaten in de muur, met een anderhalve meter brede stenen pilaar ertussen. Hij mikte zo zorgvuldig mogelijk op dit restant, en haalde de trekker over.

Zijn wapen was leeg.

Verdomme. Court klom weer naar binnen, gooide de granaatwerper achter hem tussen de Gamboa's op de grond en maakte vlug zijn riem vast.

'Rammen!' schreeuwde hij.

'Rammen?' schreeuwde Laura vragend terug, het ongeloof duidelijk hoorbaar in haar stem.

'Recht ertegenaan! Zo hard als je kunt!' Toen draaide hij zich om en riep naar de rest van het kleine gezelschap: 'Hou je ergens aan vast!'

Eerst klonken de geweerschoten. Een paar campesinos die bij het hek stonden waren voor het gepantserde voertuig gaan staan. De hagel uit hun jachtgeweren tikte tegen de wanden en de ruiten van het naderende voertuig.

Laura Maria Gamboa Corrales ramde het zes ton wegende gevaarte dwars door de tweehonderd jaar oude muur die veranderde in een stapel stoffige stenen en zwiepende klimplanten. Binnen was de klap gigantisch; de beschadigde voorruit begaf het, vloog uit de sponning en gleed weg over de gehavende motorkap. De inzittenden waren verstijfd van schrik, maar Laura had enorm veel baat bij het goede uitzicht op de weg; ze stuurde terug naar links, reed door een paar lage struiken en tikte een oude Datsunpick-up van linksachter aan. Door de klap tolde de kleine pick-up als een speelgoedauto over de weg, waardoor een aantal schutters dekking moest zoeken. Hun strohoeden vlogen door de lucht als door de wind opgeworpen bladeren.

Court Gentry maakte zijn gordel los, rolde op zijn knieën en klauterde naar de achterkant van de pantserwagen. Hij pakte de MM-1-granaatwerper en kroop naar een kist met granaten die bij de achterdeur tegen de wand was geschroefd. Daar was hij even bezig; Diego en Luz en Elena keken in het zwakke rode schijnsel toe.

'Stoppen, Laura!' schreeuwde hij na nog eens tien tellen.

'Ben je gek geworden!'

'Doe het!' Ze remde af en Court deed de achterdeur open. Hij viel er bijna uit; hij stond na de botsing onvast op zijn benen. In het donker, op ruim honderd meter afstand, daalden de tientallen in het casa grande achtergebleven sicarios af via de oprit naar alle voertuigen die daar stonden. Gentry tilde de granaatwerper op, mikte met de keep en de korrel en vuurde vijf traangasgranaten op de auto's en pick-ups af.

Toen hij dat gedaan had, liet hij nog voordat de laatste granaat de grond had geraakt de MM-1 achter op de weg en klom weer in de pantserwagen. 'Vamanos!' riep hij naar Laura, die het zware voertuig weer in de eerste versnelling zette. Het kwam schuddend en krakend in beweging; ze hadden het commandovoertuig heel wat zwaarder mishandeld dan het eigenlijk aankon, maar het had ze in leven gehouden.

'Waar moeten we naartoe?' vroeg Laura toen Gentry weer naar voren was gekropen.

Hij ging op de stoel naast haar zitten en maakte zijn riem weer vast. 'Geen flauw idee,' moest hij toegeven.

33

Court had al met pijn in zijn hart Eddies schitterende pick-up achtergelaten, maar het afscheid van de pantserwagen, hoe gehavend die ook was, viel hem pas echt zwaar. Hij was gedeukt en hij rookte, de runflat-banden gingen met de kilometer verder achteruit en de voorruit was weg, maar de grote mobiele commandowagen voelde nog altijd stevig en veilig. Maar het was uitgesloten dat ze erg ver zouden komen zonder de aandacht te trekken, en bijtanken zou onmogelijk zijn zonder dat ze een menigte toeschouwers op de been zouden brengen die het kapotgeschoten voertuig van de federales van dichtbij wilde zien.

Om halftwaalf parkeerden ze bij een autosloperij in het plaatsje La Venta del Astilero, een voorstad ten westen van Guadalajara. Ze hadden de hoofdwegen min of meer vermeden en hadden het late dinsdagavondverkeer zo goed als ontweken.

De lucht die bij gebrek aan voorruit naar binnen woei maakte de kou bijna ondraaglijk, met name voor Laura achter het stuur. Het kippenvel op haar ranke armen was zelfs in het schaarse licht te zien, en tegen de tijd dat ze de sloperij had gevonden, rilde ze van de kou.

Ze rilde en huilde. De dood van haar vader was de zoveelste afschuwelijke kras op haar ziel. Court had met haar te doen, wilde zijn hand uitsteken en haar aanraken, tijdens het rijden haar hand vasthouden en haar vertellen dat alles goed zou komen.

Maar dat deed hij niet.

Hij deed het niet omdat hij niet wist hoe hij de bedroefde, prachtige vrouw moest aanraken.

En ook niet omdat hij niet echt geloofde dat alles goed zou komen.

Toen Gentry over een hek klom en zich op het autokerkhof liet vallen bleven de vier familieleden langs de kant van de weg wachten. Luz Gamboa wreef de armen van haar dochter warm, en Elena verplaatste haar gewicht van de ene opgezwollen voet naar de andere en ondersteunde met haar handen haar buik om haar rug te ontlasten. Diego stond met zijn handen op zijn heupen op wacht. Honden achter het hek begonnen te blaffen op het moment dat de familie aan een gezamenlijk gebed begon.

Tien minuten later weerklonk het geluid van een startende motor en schoof er puffend en steunend een plaatstalen poort open. Er verscheen een oude groene Volkswagenbus met gedoofde koplampen, die op straat tot stilstand kwam. Court sprong eruit, en Diego deed de poort weer dicht.

Court holde terug naar de pantserwagen en kwam terug met twee 9mm-pistolen en twee extra magazijnen. Hij gaf Laura het ene wapen en stak het andere achter zijn broekband.

Hij keek Diego aan. 'Het lijkt niet veel, maar de motor sloeg direct aan. Ik heb er nummerplaten op gezet, dus van de politie zul je onderweg geen last hebben. Rij naar het noorden, helemaal tot aan de grens. Jullie moeten bij toerbeurt slapen. Eentje slaapt, twee blijven wakker. Als je Tijuana hebt bereikt, neem dan je intrek in een hotel en wacht op ons. Ga over twee dagen, gerekend vanaf nu, om tien uur 's ochtends naar de grensovergang. Blijf een halfuur wachten. Als we niet op komen dagen, kom dan om drie uur 's middags weer terug. Als we er dan nog niet zijn, kom dan de volgende dag weer terug. We zullen niet met elkaar kunnen communiceren. Geen telefoon of een andere vorm van contact. Als we worden gepakt, wil ik de indruk wekken dat we geen idee hebben waar jullie zijn of hoe we contact met jullie kunnen leggen.'

De jongeman knikte. Gentry kon zien dat Diego inzag dat hij nu de man binnen de familie was, en hij droeg die verantwoordelijkheid op een manier die Gentry wel kon waarderen. De schok en de droefenis zouden later wel komen, wist Gentry, maar dat kon pas als ze het zouden overleven.

'Laura en ik zullen contact opnemen met Ramses, ervan uitgaande dat hij nog leeft en de Amerikaan van de ambassade heeft weten te bereiken. Als dat het geval is, zullen we in Mexico-Stad het geld en de papieren ophalen.'

Elena vroeg: 'En wat als jullie binnen twee of drie dagen niet in Tijuana opduiken?'

'Dan zullen jullie op eigen houtje de grens over moeten zien te komen.'

Iedereen keek naar hem. 'Verder kom ik niet. Ik heb nooit gezegd dat het een goed plan was.'

Elena veegde de tranen uit haar ogen, stapte op hem af en omhelsde hem stevig; hij voelde hoe de baby, het kind van zijn oude vriend, tegen hem aanschopte. Hij sperde zijn ogen open.

Elena fluisterde in zijn oor. 'Je hebt zoveel voor ons gedaan, Jose. Eduardo zou trots zijn een vriend zoals jij te hebben.'

Ook Luz omhelsde hem, en sprak een soort gebed uit. Hij begreep het niet, en hij kon het niet opbrengen om haar tijdens het spreken in haar ogen te kijken. De tragedie van alles wat deze vrouw de afgelopen twee weken had meegemaakt was zelfs voor een man met een geschiedenis als die van Court Gentry onvoorstelbaar.

Iedereen omhelsde Laura; uiteraard vloeiden er tranen en werd er gebeden. Toen kwam de familie bijeen. Court bezag het van een paar meter afstand.

'Perfect. Weer een groepsknuffel,' mompelde hij voor zich uit terwijl ze elkaar omhelsden.

Uiteindelijk reed de Volkswagenbus rammelend weg. Court hoopte dat hij het zou volhouden, maar nu was het tijd om zich aan zijn eigen operatie te wijden.

Om halftwee 's ochtends hadden ze koers gezet naar Mexico-Stad. Court had in een woonwijk die een paar straten van het autokerkhof lag een motorfiets uit een schuur gestolen. Laura had een anoniem briefje willen achterlaten waarin ze zich verontschuldigde en beloofde zo snel mogelijk geld naar dit adres te sturen, maar Court had haar dat verboden. In plaats daarvan prentte ze zich het adres in en zei tegen Court dat ze de bewoners op een of andere manier schadeloos zou stellen.

Ze bevonden zich op ruim vijfhonderd kilometer afstand van Mexico-Stad. Ze zouden minimaal zes uur stevig door moeten rijden, maar met een beetje geluk konden ze er zijn op het moment dat de bank om tien uur haar deuren opende. Toen ze de buitenwijken van Guadalajara goed en wel achter zich hadden gelaten, stopte Court in het donker langs de kant van de weg en belde Ramses met de telefoon die hij ze had gegeven. Laura had zichzelf in een vieze deken gewikkeld die Luz achter in de Volkswagen had gevonden, en terwijl Court telefoneerde viel ze in het gras in slaap.

Ramses Cienfuegos nam al na één keer overgaan op. Court was opgelucht te horen dat de GOPES-agent de haciënda had weten te ontvluchten, maar Ramses informeerde direct naar Martin en het geluid van een motorfiets dat hij had gehoord toen hij aan de andere kant van de muur was neergekomen.

Court gaf schoorvoetend toe dat Orozco zijn leven had geofferd zodat zijn vriend had kunnen ontsnappen.

Ramses hoorde het onbewogen aan en zei toen dat hij contact had opgenomen met de man van de Amerikaanse ambassade en hem had verteld dat iemand reisdocumenten voor een aantal voortvluchtigen nodig had. De Amerikaanse ambassademedewerker had ingestemd met een ontmoeting in Mexico-Stad om twee uur 's middags, en Ramses gaf Gentry de locatie door.

Na nog eens twee uur gereden te hebben stopten Court en Laura om te tanken. Bij het verlaten van de wc liep Court enigszins waggelend terug naar de motorfiets. Toen Laura dit zag, bood ze aan een stuk te rijden. Maar Court wilde vanwege zijn machismo niet plaatsnemen achter op een motorfiets, en zeker niet als deze bestuurd werd door een vrouw van nog geen één meter zestig. Hij begreep wel hoe onbenullig dit was, maar hij wist ook dat Laura in de afgelopen twee dagen waarschijnlijk net zo weinig had geslapen als hij, dus reden ze nog een paar kilometer over de snelweg en gingen er toen af, vonden wat dichtbegroeide bosjes langs een onverharde weg door een weiland, waar Court de motor in verborg.

'Anderhalf uur slapen. Niet langer,' zei Court terwijl hij het alarm op zijn horloge instelde. Ze gingen naast elkaar in het koude gras liggen. Eddies zus bedekte Gentry meteen met een stuk van haar deken, en ging tegen hem aan liggen om de kou te bestrijden.

'Het spijt me. Ik heb het zo koud,' zei ze terwijl ze haar hoofd in zijn oksel nestelde en haar dunne ontblote arm over zijn borst legde.

Court zei niets.

'Vind je het goed?' vroeg Laura.

'Ja.' Court keek naar de sterrenhemel en probeerde zijn bonzende hart te kalmeren.

Hoe vermoeid hij ook mocht zijn, het duurde nog drie kwartier voordat hij in slaap was gevallen.

Het Federaal District oftewel Mexico-Stad, in de Mexicaanse volksmond eenvoudig afgekort tot 'het D.F.' (*el de-efe*), is een van de grootste steden ter wereld. Er wonen naar schatting tussen de vijftien en twintig miljoen mensen, van wie de meeste onder erbarmelijke omstandigheden in krotten in de voorsteden.

Laura en Court bereikten om tien uur 's ochtends de rand van de stad, maar ze moesten vanwege de uitgestrektheid van de metropool nog minstens een uur rijden naar hun eerste bestemming. Ruim na elven reden ze het stadscentrum binnen. Ze verfristen zich op de wc van een fastfoodrestaurant, en daarna zette Court Laura af voor het filiaal van haar bank op de met bomen begroeide Avenida Paseo de la Reforma. Het zinde hem maar niets om haar alleen te laten, maar ze waren het erover eens dat het wellicht argwaan zou wekken als Court met haar mee naar binnen ging. Hij ging ervan uit dat de wazige tv-beelden van hem nog vers genoeg waren om de aandacht op Laura Gamboa te vestigen, de zus van de leider van het team dat was uitgeschakeld in hun poging een van de grootste en gevaarlijkste carteleros van het land om het leven te brengen. Dus zou ze alleen gaan, en in haar eentje op haar geld wachten en daarna buiten in het park wachten tot Court klaar was met zijn eigen bezigheden.

Hij gaf haar Ramses' telefoon voor het geval dat, maar ze hadden samen niet voldoende geld om voor Court een telefoon te kopen. Hij had geen flauw idee wie ze kon bellen als ze tegen problemen aanliep, maar het leek hem de juiste aanpak. Ze had de Beretta in haar handtas, ze wist hoe ze ermee om moest gaan, wat hem geruststelde. Court zag haar door de spiegelglazen deuren verdwijnen; hij keek op zijn horloge en liep toen met tegenzin weg.

Gentry had een lange lijst klusjes af te werken in de tijd dat Laura haar geld veiligstelde. Hij moest de plek verkennen waar hij die middag de ambassademan zou treffen, met zijn laatste geld de motorfiets volgooien en daarna op zoek naar een fatsoenlijke locatie om een hotelkamer te boeken. Hij had Laura en haar geld nodig om een kamer te boeken, maar hij wilde alvast wat rondrijden om te weten waar het veilig voelde.

Hij voltooide zijn verkenning en zijn veiligheidscheck, gooide de motorfiets vol, en was anderhalf uur na vertrek weer terug bij de bank. Laura zat in het park dat parallel aan de Paseo liep en zat op een bankje koffie te drinken. Ze had er ook een voor Court gehaald, en hij liep naar haar toe, ging zitten en stak zijn hand ernaar uit.

Ze trok de koffie snel weg, keek hem aan alsof hij gek was, waarna haar ogen ontspanden. 'Hoe kun je zo uit het niets tevoorschijn komen? Je lijkt wel een geest.'

Court negeerde de opmerking, was niet van plan haar te vertellen dat discreet verdwijnen en weer opduiken dankzij de ettelijke decennia van trainingen en operationeel veldwerk een tweede natuur voor hem geworden was.

'Nog problemen gehad bij de bank?'

'Nee. Ze waren ietwat verbaasd dat ik alles in één keer wilde opnemen, maar ze hebben verder geen vragen gesteld. Ze waren heel aardig.'

'Waar is het geld?'

Laura haalde een kleine rugzak uit een boodschappentas en gaf die aan hem.

'Hier. Neem jij het maar aan. Ik vertrouw je.'

Court hees de tas over zijn schouder, en ging haar glimlachend voor naar de parkeerplaats waar hij de motorfiets had gestald. 'Als ik je had willen beroven, waren de afgelopen drie dagen daarvoor niet de beste aanloop.'

Ze lachte zonder echt te glimlachen.

Het was maar een wandelingetje van vijf minuten over de Paseo de la Reforma naar de Amerikaanse ambassade. Voor de gevel stond een enorm stalen hek en cementen betonblokken waren neergezet op het voetpad dat vanaf de straat naar het gebouw liep. Overal hingen aan het hek bordjes waar in het Engels en Spaans VERBODEN TE FOTOGRAFEREN op stond. Agenten zaten in hun auto's of liepen over de stoep heen en weer, met oude maar betrouwbare uzi 9mm-machinepistolen met inklapbare kolf aan een draagriem om hun schouder.

Een en ander wekte de indruk dat de Amerikaanse ambassade niet bepaald welkom was in Mexico, ook leek het niet bepaald een gebouw dat Mexicanen uitnodigde het te betreden.

Maar zo ging het er nu eenmaal aan toe in de wereld.

Court en Laura kochten twee nieuwe mobiele telefoons en lunchten voorafgaand aan hun ontmoeting in een donker restaurant; ze gingen achterin en met hun rug tegen de muur in de kleine eetgelegenheid zitten. Ze waren beiden te vermoeid om veel te zeggen; in afwachting van het moment dat het twee uur zou zijn, dronken ze koffie met veel suiker en zaten achter hun bord gebakken varkensvlees met rijst en bonen.

34

De ontmoeting zou plaatsvinden in een winkelcentrum op een paar minuten lopen van de ambassade. Court liet Laura alleen op de tweede verdieping vol eetgelegenheden en ging naar beneden naar de wc naast de Starbucks. Hij kende de route; hij had die twee uur geleden nog verkend.

Court stapte vijf minuten na de afgesproken tijd de wc in. Zijn contactpersoon was er al; Ramses had hem verteld dat hij Jerry Pfleger heette. Pfleger stond over de wasbak gebogen en keek in de spiegel. Court kreeg de indruk dat de man zojuist een mee-eter op zijn neus had uitgeknepen.

Hij was jong, amper dertig, lang en dun, had kort krullend lichtbruin haar en een ingevallen gezicht dat zo te zien niet veel aan de zon was blootgesteld. Hij droeg een zwarte bandplooibroek en een wit button-downoverhemd met korte mouwen. En een dunne stropdas die eerder van plastic dan van katoen leek.

'Romeo?' vroeg de jonge man.

'Juliet,' antwoordde Gentry zuchtend.

De code was Pflegers idee geweest. Court vond het maar idioot.

De ambassademan stak een hand uit, die Gentry schudde. Het gaf Gentry het gevoel alsof hij een stuk rauwe vis door de lucht heen en weer bewoog.

'Oké,' zei de jonge Amerikaan met uitpuilende ogen. 'Oké, alles op zijn tijd. Ik moet om te beginnen zeggen dat ik het maar vreemd vind.'

'Wat vind je vreemd?'

'Ik bedoel, ik doe dit om de haverklap, papieren regelen voor mensen die niet achteraan willen sluiten. Geen probleem. Maar de hombre die me belde zei dat ik met een gringo zou afspreken... dát vind ik vreemd.'

'Ik heb reisdocumenten nodig voor een familie die direct naar de Verenigde Staten moet.'

'Hoe weet ik dat dit niet een of andere valstrik is of zo?'

'Zie ik eruit alsof ik voor de ambassade werk?' Courts lange haar was vies en zat vol klitten en hij had een baard van vijf maanden.

Pfleger schudde zijn hoofd. 'Dat is alles wat je te zeggen hebt? Niks waarmee je me op mijn gemak kunt stellen? Kom op, gast.'

'Luister, Jerry. Ik ken de man die jou gebeld heeft om dit te regelen. Ik ken de familie voor wie de papieren bedoeld zijn. Ik ben niets meer dan de tussenpersoon. Maak je niet druk. Als je snel over de brug kunt komen met datgene wat we nodig hebben, zal dit je eenvoudigste transactie ooit zijn.'

Pfleger knikte traag, en daarna iets sneller. Court ontwaarde enige verandering in de krampachtige houding van de jonge man.

Het was duidelijk dat Jerry iets had gebruikt.

Court kreunde in stilte. *Perfect. Die hufter heeft aan de coke gezeten.*

Pfleger sprak in hoog tempo verder, en begeleidde zijn woorden met handgebaren. 'Ik bedoel, normaal gesproken werk ik rechtstreeks met Mexicanen die willen immigreren.' Jerry haalde zijn schouders op. 'Ik doe dit meestal niet terwijl er een landgenoot over mijn schouders meekijkt.' Hij stak zijn handen in de lucht en maakte met beide een V-gebaar, als een slechte parafrase op Richard Nixon. '"Mijn landgenoten". Ha Ha. Tricky Dick? Vat je 'm?'

'Ja hoor...' *Fuck.* 'Dus... met de documenten die ze van jou krijgen, kunnen ze gewoon de grens oversteken?'

Hij knikte. 'Alles wat ze nodig hebben om in Tijuana of Mexicali de grens over te kunnen en de armeluisroutes te ontwijken.'

'Welke zijn dat, de armeluisroutes?'

Met een wegwerpgebaar zei hij: 'Je weet wel, de woestijn, de Rio Grande, met een stok over het hek springen of via het riool als een rat naar binnen kruipen. Ik heb collega's in Juarez en TJ en Matamoros die hetzelfde doen als ik, de hardwerkende burgers van *Méjico* de grens over krijgen zodat ze hun steentje aan de Amerikaanse economie kunnen bijdragen, maar alleen ik kan ervoor zorgen dat je met opgeheven hoofd het land in mag. Ik zorg zelfs voor werkvergunningen en green cards. Het ziet er allemaal legaal uit omdat het legaal ís.'

'Hoeveel?'

'Voor de hele *enchilada*?' Jerry glimlachte. 'Vandaag zijn ze in de aanbieding. Alles voor de spotprijs van slechts vijftien ruggen per bonenvreter.'

Court zette bij het horen van zowel de prijs als de laatdunkendheid grote ogen op. 'De familie bestaat uit vier personen.'

'Zestig K, dus.'

'Kan er geen kwantumkorting vanaf?'

Jerry klapte lachend in zijn handen. Boog toen zijn hoofd. Na een paar tellen knikte hij bedachtzaam. Court had hem dreigend aangekeken; Court had geen idee of dat enige indruk zou maken.

'Waarom ook niet? Vijftig K.'

Een blik die tienduizend waard was. Niet slecht. Court vroeg zich af of hij er nog eens vijf ruggen vanaf had kunnen halen als hij zijn pistool tevoorschijn had gehaald. 'Dat moet wel lukken. Hoe gaan we verder?'

'Ik heb van iedereen een pasfoto nodig. Daarmee maak ik alles wat je nodig hebt.'

Court stak zijn hand in de rugzak en haalde het stapeltje identiteitskaarten van de familie Gamboa tevoorschijn. Het schoot Court te binnen dat Ernesto's rijbewijs er nog tussen zat. Hij haalde het ertussenuit en stak het met een lichte grimas in zijn zak.

Hij overhandigde Pfleger de kaarten. 'Hoelang?'

Toen Pfleger ze bekeek, hield Court hem nauwlettend in de gaten. Hij wist dat het waarschijnlijk was dat de Amerikaan besefte te maken te hebben met de leden van een van de families die tijdens de bijeenkomst in Puerto Vallarta onder vuur waren genomen. Maar als hij de achternaam Gamboa al herkende, liet hij dit niet blijken. 'Morgen. Ik kan ze morgen rond lunchtijd afhebben. Mexicaanse lunchtijd, welteverstaan. Twee uur. Zelfde tijd, zelfde plaats.'

'Klinkt goed.'

'Heb je een telefoon? Misschien heb ik nog wat meer informatie van je nodig.'

Gentry reageerde terughoudend. 'Wat voor informatie?'

'Gast, geloof me, er ontbreekt altijd wel iets op een identiteitsdocument wat ik niet zomaar uit mijn duim wil zuigen. Als ze eenmaal in de VS zijn, zitten deze mensen aan hun identiteit vast. Alles puntjes moeten op de i's staan.'

Court pakte zijn nieuwe mobieltje. Gaf Jerry Pfleger het nummer.

'Oké,' zei Jerry. 'Ik wil een aanbetaling. Vijftig procent.'

Court haalde de tas met geld uit zijn rugzak en telde vijfentwintigduizend dollar af. Overhandigde het aan de jonge Amerikaan, die het natelde. Hij propte het in zijn zak.

Twee jongens kwamen de wc binnen en liepen zonder de twee Amerikanen een blik waardig te keuren naar de urinoirs.

De mannen namen met een hoofdknik afscheid van elkaar. Court ging als eerste weg, en Jerry keek weer in de spiegel om zich over zijn mee-eter te ontfermen.

Toen Court Laura niet op de verdieping met de eetkraampjes trof, raakte hij bijna in paniek. Hij keek om zich heen en doorzocht de lunchende menigte terwijl hij terug naar de lift begon te lopen.

Hij pakte zijn telefoon om haar te bellen, maar zag toen in de rij bij de kassa van een mannenmodezaak een kleine vrouw met een kort bobkapsel. Ze zwaaide naar hem en glimlachte flauwtjes. Toen ze de winkel uit kwam, zei ze: 'Ik heb voor ons allebei nieuwe kleren gekocht. Ik hoop dat je ze mooi vindt.'

Hij wilde haar een standje geven maar realiseerde zich direct dat ze haar tijd nuttig had gebruikt. Ze zouden sowieso nieuwe kleren nodig hebben. Kleine Laura had het goed gedaan, wat hij haar ook liet weten.

Ze glimlachte naar hem, en samen liepen ze lusteloos naar de uitgang van het winkelcentrum.

Het hotel dat Court had uitgekozen bevond zich aan Calle Donceles, slechts een straat ten noorden van de Nationale Kathedraal in el Centro Histórico, het historische stadscentrum. Het was een klein gebouw dat met een bewaakte slagboom van de hoofdstraat werd gescheiden en dat over een kleine afgelegen parkeerplaats beschikte waar hij zijn gestolen motorfiets kon stallen. Nadat ze contant hadden afgerekend bij de medewerker aan de balie, kregen ze de sleutel van een kamer op de derde verdieping waar twee tweepersoonsbedden in stonden; Court had verzocht om een kamer met uitzicht op straat en was tevreden met zijn reepje uitzicht.

Hoe moe ze ook mocht zijn, Laura was opgetogen door de locatie van het hotel, pal tegenover la Iglesia de Nuestra Señora del Pilar, een smalle maar sierlijke tweehonderdvijftig jaar oude barokke kerk en voormalige meisjesschool. Zodra ze hun kamer hadden bereikt, zei ze tegen Court dat ze naar de overkant wilde om te bidden. Hij rolde met zijn ogen en wilde achter haar aan lopen, maar ze stelde voor dat hij in de kamer bleef om wat uit te rusten. Hij pakte het pistool dat hij zojuist uit zijn broekband had gehaald, stak het weer terug, deed zijn shirt eroverheen en liep achter haar aan de deur uit.

'We blijven bij elkaar, Laura.'

'Goed. Wil je samen met me bidden?'

Toen ze bij de trap waren aanbeland, haalde Gentry zijn schouders op. 'Bid jij maar voor twee, dan hou ik de wacht.'

Ze staken de drukke straat over en betraden de kerk; Court nam plaats op een kerkbank terwijl Laura naast hem neerknielde en haar hoofd boog. Court hield zijn vermoeide ogen open, die alle kanten op schoten, hoewel er maar een paar andere mensen in het godshuis aanwezig waren, die duidelijk meer geïnteresseerd waren in hun eigen zielenheil dan het uit de weg ruimen van Court of het meisje dat hem gezelschap hield.

Het hoge altaar was verguld; de muren aan weerszijden van het heiligdom waren dat ook en versierd met standbeelden. Er klonk zachte muziek uit de luidsprekers, en de koele lucht was schemerig en werd slechts verlicht door het licht dat via de glas-in-loodramen naar binnen viel en tegen de gouden muren en ornamenten weerkaatste.

Court begon in te dommelen. Pas toen Laura naast hem op de kerkbank ging zitten deed hij zijn ogen weer open.

Ze zat met haar handen in haar schoot gevouwen en keek naar de crucifix op het altaar. Ze sprak zachtjes. 'Jij lijkt me niet gelovig, of wel soms?'

'Ik... ik ben niet met het geloof opgevoed. Ik heb geen idee hoe dit allemaal werkt.'

Ze keek hem glimlachend aan; ze zaten met hun schouders tegen elkaar aan. 'Ik zal het je laten zien.'

'Dank je, maar vandaag liever niet. Ik ben erg moe.'

'Het geloof zal voor de broodnodige energie zorgen.'

'Slaap zal voor de broodnodige energie zorgen.'

Ze leek teleurgesteld. 'Misschien een ander keertje dan?'

'Tuurlijk.'

Hierna liep Laura naar een ijzeren rek met votiefkaarsen en deponeerde wat geld in het kistje. Ze begon kaarsen aan te steken, een voor een, en zei bij elk aangestoken kaarsje een gebed op. Na de derde begreep Court dat ze er de doden uit haar familie mee eerde.

Hij ging naast haar staan, met zijn rug tegen de muur, en hield de voordeur en de koorzolder en de andere kerkgangers in de gaten. Ze had een hoop kaarsen aan te steken.

Op de terugweg naar het hotel zag Laura een kleine kruidenierswinkel, en zij en Court waren het erover eens dat ze wat proviand moesten inslaan zodat ze zeker wisten dat ze voorafgaand aan hun afspraak van morgen de deur niet meer uit hoefden. Ze kochten brood en vruchtensap en water en tortas en waren iets voor vijf uur weer terug op hun kamer.

Laura ging direct op haar buik op een van de tweepersoonsbedden liggen en deed haar ogen dicht.

Court pakte de tas met kleding uit de mannenmodezaak en liep de badkamer in. Een langdurige douche spoelde het zweet en vuil van ettelijke dagen weg. Een bloedrode draaikolk onder in de badkuip deed zijn bewegingen even stokken: hij vroeg zich af van wie van zijn vele slachtoffers het bloed op zijn huid was, en hoelang hij er al mee had rondgelopen. Toen hij zijn lange haar met shampoo waste kwam er nog meer bloed uit, samen met plukjes gras en kiezels en glassplinters en buskruitresten. De troep verzamelde zich in het water rond zijn voeten. Hij keek hoe het, afhankelijk van wat het was, in de draaikolk werd afgevoerd dan wel op de bodem bleef liggen.

Het was voor hem een geheugensteuntje, een verslag van de afgelopen dagen. De bijeenkomst in Puerto Vallarta. De haciënda. De pantserwagen. De reis op de motor.

De gedachten eraan maakten hem vermoeider dan ooit.

Hij draaide de kraan dicht, stapte uit de douche, droogde zich af en inspecteerde de inhoud van de tas.

Een gesteven bruine broek, een crèmekleurig linnen overhemd, een zwarte riem met een vierkante zilverkleurige gesp, zwarte sokken en zwarte sportschoenen, een halve maat te groot, maar goed genoeg om te dragen. Hij kleedde zich haastig aan, de nieuwe kleding voelde fantastisch op zijn schone lijf. Hoewel hij wist dat hij wel een volle dag kon slapen, voelde hij zich als herboren.

Hij liep weer terug de kamer in, ging op zijn bed liggen, legde de Beretta op zijn borst en keek naar Laura. Ze lag inmiddels op haar rug; haar ogen waren dicht, haar handen lagen op haar buik, en haar kleine borsten gingen synchroon met haar ademhaling op en neer.

Ze was de mooiste vrouw die hij ooit in zijn leven had gezien.

Hij dwong zichzelf zijn hoofd te draaien en van haar weg te kijken. Hij rolde op zijn zij en was binnen een paar minuten onder zeil.

35

Iets voor acht uur 's avonds kwamen voor het chique restaurant in het Guadalajaraanse district Zapopan twee witte Yukon XL Denali's tot stilstand. De chauffeurs bleven achter het stuur van de gepantserde voertuigen zitten terwijl vier mannen uitstapten die de auto's en voorbijgangers op straat inspecteerden. De mannen, die niets in hun handen hadden, droegen zwarte pakken van Italiaanse snit en bewogen snel en efficiënt maar niet onbeschoft door het voetgangersverkeer naar de ingang van het restaurant. Daar gingen ze met hun rug tegen de muur staan en maakten alleen de knoop van hun jasje los. Hun ogen speurden alle kanten van de straat af.

Drie patrouillewagens van het Guadalajaraanse politiekorps parkeerden kriskras op straat. De weerkaatsing van hun zwaailichten in het glas was in vier richtingen al van ver te zien. Uit elk voertuig stapte een tweetal agenten dat het verkeer op straat maande door te rijden. Parkeren in de buurt van het restaurant was vanaf dat moment uit den boze.

Nog eens vier mannen stapten uit de glimmende witte SUV's en liepen rechtstreeks naar de gebronsde dubbele deuren van het restaurant. Deze eveneens in het zwart gehulde mannen hadden portofoons en lege zwarte nylon tassen bij zich. De eigenaar en de gastheer vingen het gezelschap op in de hal bij de bar, en na een korte conversatie vormden de zes mannen twee teams.

De gastheer en twee Zwarte Pakken gingen alle met kaarsen verlichte tafels af en spraken de gasten op gedempte toon toe. Mobiele telefoons werden in beslag genomen. De mannen werd verzocht te gaan staan en hun jasjes open te maken, waarna ze zo beleefd als in deze brutale actie mogelijk was werden gefouilleerd. Een aantal gasten snapte wat er gaande was, maar voor de meeste gold dat niet. Het duurde niet lang voordat de telefoons van alle gasten in de zwarte tassen waren verdwenen. De gastheer zei tegen de aanwezigen in het restaurant dat ze gewoon konden blijven eten en drinken en genieten, op rekening van de gast die zo dadelijk zijn intrede zou maken. Er werd naar adem gehapt, een aantal keer geklapt, stiekem op horloges gekeken.

Het ging een lange avond worden.

Ondertussen controleerden drie mannen de in gereedheid gebrachte eetzaal, keken onder de tafel, er daarbij voor wakend het tafelkleed of de couverts niet te verplaatsen. Ze speurden naar afluisterapparatuur en namen een aantal afspraken door met de bediening. Daarna betraden ze de keuken, de manager voorop, waar het personeel, ook de vrouwen, in een rij stond om snel gefouilleerd te worden. Daarna werden de voorraadkasten, de grote koelkast, de opslagruimten en zelfs de vriezer gecontroleerd.

Alle aanwezigen in de keuken waren bekend met deze werkwijze.

Er arriveerden nog eens zes Zwarte Pakken in een witte Yukon XL Denali; twee mannen liepen rechtstreeks naar de eetzaal, en de gasten vroegen zich af of een van hen die avond hun weldoener was. Maar ze liepen door naar de keuken en liepen via de achterdeur weer naar buiten. Ze maakten de knoop van hun jasje los en hielden in de steeg de wacht. De overige vier stapten vanuit de koele avondlucht het restaurant in, en liepen met militaire precisie naar de vier hoeken van de ruimte. Weer gingen de jasjes open, de mannen keken om zich heen zonder dat hun blik ergens aan bleef haken.

Een van de mannen die als eersten binnen waren gekomen zei iets in zijn portofoon.

Vijf minuten later stopten er nog eens drie witte SUV's voor het restaurant. Een groep in identieke zwarte pakken geklede mannen kwam binnen; het was gezien de snelheid waarmee de kluwen naar binnen kwam onmogelijk ze te tellen, maar het moesten er minstens tien zijn. Hun kleding en kapsels, zelfs hun baarden en snorren, alles aan hen was vrijwel identiek. Ze liepen door de eetgelegenheid; de gasten gaapten hen na; een vrouw stootte haar wijnglas om toen ze achteroverleunde en probeerde een glimp van de beroemdheid op te vangen.

Was hij een beroemd stierenvechter? Of een zanger die vanavond in het Auditorio Telmex optrad?

Niemand wist wie het was, omdat niemand de mannen uit elkaar kon houden. Binnen een paar tellen was de meute een aparte zaal binnengegaan en ging de deur dicht, die werd geblokkeerd door twee pakken die er met hun gezicht naar het restaurant gericht voor gingen staan.

In de grote zaal stak het speculatieve gegons op. Een aantal gasten zei 'Los Trajes Negros' maar geen van de in het zwart gehulde mannen knikte of zei iets terug.

Al snel begonnen de gasten aan de tafels meer wijn te bestellen, die door de bediening in ruimhartige hoeveelheden werd uitgeserveerd. De champagnekurken knalden, en de sombere sfeer sloeg om in een feeststemming.

Daniel de la Rocha zat aan het hoofdeinde van de lange eettafel aan zijn whisky te nippen en staarde naar de vlam van het waxinelichtje dat op het gesteven witte tafelkleed stond. Hij pulkte het zachte binnenste uit een stukje krokant Frans stokbrood en rolde er een balletje van voordat hij het in zijn mond stak. De tafel was voor twaalf personen gedekt, maar er zaten slechts vijf anderen bij hem aan tafel. De overige mannen liepen door de kamer en spraken in mobiele telefoons of portofoons; twee stonden er in een hoek over een laptop gebogen die ze op een bijzettafel hadden neergezet.

Emilio Lopez Lopez, DLR's persoonlijke lijfwacht en de baas van zijn peloton persoonsbeveiligers, stond op nog geen anderhalve meter afstand van zijn baas tegen de muur.

Een in het wit gestoken ober bood DLR een menukaart aan, die hij echter met een handgebaar afsloeg en daarna de ober de opdracht gaf de chef iets lichts voor hem te laten bereiden. Nadat de ober was verdwenen richtte De la Rocha zijn aandacht weer op de kaarsvlam.

Het was geen goede dag geweest. Elena Gamboa had de aanval op de hacienda in de bergen overleefd en was ontsnapt. Negentien mariniers, federales, en agenten van de provinciale politie van Jalisco en het korps van Tequila die allen op de loonlijst van de Spin hadden gestaan, hadden daarbij de dood gevonden, net als een aantal campesinos, en er waren er nog veel meer gewond geraakt.

Calvo had met al zijn toverkunsten de nieuwsbulletins zover gekregen te melden dat de mannen een heldendood waren gestorven in het gevecht met de laatste huurmoordenaars van het Madrigalkartel die ook het vuur hadden geopend op de bijeenkomst in Puerto Vallarta, maar een dergelijke puinhoop was niet eenvoudig of snel of goedkoop op te ruimen. Er zouden repercussies volgen van Constantino Madrigal, de overheid in Mexico-Stad en de bemoeizuchtige buitenlandse pers die Calvo niet zo makkelijk kon beïnvloeden.

Er namen meer mannen aan tafel plaats, en De la Rocha ontspande een beetje. Hij was in het gezelschap van zijn broeders; ze zouden samen een uitweg vinden uit deze chingado puinbak. De Gamboa's zouden worden getraceerd en zouden sterven, en de volgende golf 'helden' die voor de GOPES werkten, waren niet zo snel dat ze hem de pas konden afsnijden.

Ze praatten over de goeie ouwe tijd, toen ze gezamenlijk in het leger zaten. Daniel was nu een van hen, en hij genoot van dit soort momenten. Hij was graag uit huis om elders te vertoeven, ook al betekende dat de inzet van twintig bodyguards en een urenlange coördinatie van de plaatselijke politie.

De la Rocha stond op uit zijn stoel. De anderen volgden zijn voorbeeld, maar hij gebaarde dat ze moesten blijven zitten. Hij liep naar een nis in de hoek, knielde voor de Santa Muerte die daar speciaal voor hem was neergezet en begon in zijn eentje te bidden.

Toen hij klaar was, schonk hij een flinke scheut whisky voor *la virgen* in en zette die naast haar in de nicho, en ging toen weer aan tafel zitten.

Nestor Calvo had al telefonerend rondgelopen, maar verliet de eetzaal, kwam na enkele minuten weer terug, en ging toen in de stoel rechts naast Daniel zitten. Hij boog zich voorover om iets in het oor van zijn patrón te fluisteren. 'Ik heb de hele middag met een man van de Amerikaanse ambassade aan de telefoon gehangen. We zetten hem zo nu en dan voor het een en ander in.'

Daniels eten werd opgediend. Een tongfilet, niet te veel boter. Een mangosalsa. Asperges. Hij knikte, pakte zijn vork, waarna de ober met een zucht van opluchting weer verdween. Daniel keek niet op toen hij Nestor antwoordde. 'Het een en ander? Zo nu en dan? Oké. Je laat me nogal in het ongewisse. Wat is er met die gringo?'

'Hij helpt de Spin met reisdocumenten voor zijn mannen als die achter iemand aan moeten die in de Verenigde Staten woont.'

Daniel knikte, nam een hap van de warme vis. Van zijn gezicht was niets af te lezen.

Calvo ging verder. 'Hij... en dan bedoel ik de norteamericano, belde vanmiddag een van mijn mannen, met de boodschap dat hij waardevolle informatie had, die hij echter alleen rechtstreeks aan jou wilde vertellen. Ik heb hem teruggebeld en gezegd dat hij naar de hel kon lopen. Hij is rechtstreeks vanuit het Distrito hierheen gevlogen om met ons te praten. Belde me vanaf het vliegveld. Ik heb hem eindelijk zover gekregen om zijn informatie met me te delen, en ik heb hem laten ophalen en hem hierheen laten brengen.'

'Hij is dus niet naar de hel gelopen, maar naar mij.'

Nestor haalde zijn schouders op. 'Hij weet iets wat je wilt horen.'

'Hij is gefouilleerd?'

'Op het vliegveld en net nog een keer op de wc. Van top tot teen.'

De la Rocha knikte, haalde zijn schouders op en at door zonder op te kijken. 'Laat hem maar komen.'

Nestor knikte naar een man die aan de overkant van de eetzaal bij de deur stond. Hij stapte naar buiten en keerde binnen een paar tellen terug in het gezelschap van Jerry Pfleger.

De Amerikaan liep er nogal slordig bij, wat ongetwijfeld het gevolgd was van de onzachte wijze waarop hij zojuist op de wc was gefouilleerd. Hij oogde in zijn gekreukte witte overhemd met korte mouwen en zijn iele zwarte das slonzig in vergelijking met de goed verzorgde, in dure pakken gestoken mannen in de prachtige eetzaal. De bewaker escorteerde hem naar het hoofdeinde aan de overkant van de tafel waar hij links naast De la Rocha bleef staan. Daniel stond op en schudde Jerry's hand.

'Aangenaam kennis te maken, uwe excellentie,' zei Jerry breed glimlachend.

Daniel zuchtte. *Gringos*. 'Noem me niet zo. Ga zitten.' Beide mannen namen plaats op een stoel. De la Rocha keek naar de ober die achter hem tegen de muur stond. 'Angelo, schenk mijn *blanco* Amerikaanse vriend een glas *vino blanco* in.'

Toen het glas was ingeschonken nam Jerry er een flinke slok uit. Daniel had zich weer op zijn tong gestort. Tussen de happen door vroeg hij: 'Wat kan ik voor je doen?'

'Ik ben heel erg blij dat je laatst niets is overkomen.'

'Ik ook.'

'Op het journaal... de man die je op je jacht om het leven heeft proberen te brengen. Zijn vrouw was aanwezig op de bijeenkomst in Puerto Vallarta.'

De la Rocha stopte met eten. Hij keek Jerry aan.

Pfleger ging verder. 'Meneer Calvo zei dat je wellicht wel wilde weten waar ze zijn?'

'Misschien wel, ja.'

'Ik ben vandaag in Mexico-Stad benaderd door een Amerikaan. Hij wilde dat ik Amerikaanse visa vervalste voor drie vrouwen en een jongen.'

De la Rocha keek de gringo onbewogen aan. 'En wie zijn deze *mojados*?' Mojados was de plaatselijke vertaling voor 'natte rug', de term voor iemand die door de Rio Grande naar de Verenigde Staten zwemt.

'Luz Rosario Gamboa Fuentes, Elena Maria Gamboa Gonzalez, Laura Maria Gamboa Corrales en Diego Gamboa Fuentes.'

'Spin!' schreeuwde De la Rocha, tot ontzetting van Pfleger die rechtop in zijn stoel schoot. Javier 'de Spin' Cepeda, die in de hoek over de computer gebogen stond, draaide zich om en liep op een drafje naar zijn baas. Daniel liet Jerry zijn riedel nog eens afdraaien tegen de leider van zijn sicarios.

'Zijn ze in Mexico-Stad?' vroeg Cepeda hoopvol.

'Dat weet ik niet. Ik weet alleen dat de gringo daar zit.'

'Wanneer zie je hem weer?'

'Morgenmiddag om twee uur.'

De la Rocha schudde zijn hoofd. 'Zeventien uur. Kan dat niet sneller?'

'Ik denk het wel. Ik heb zijn mobiele nummer. Ik dacht dat jullie misschien wel een manier hadden om...'

'Esteban.' Dit keer was het Cepeda die Pfleger onderbrak en iets door de kamer riep. Esteban Calderon was het technische wonder van de Zwarte Pakken; hij was binnen hun special-forcesteam verantwoordelijk voor de communicatie en had telecommunicatie en elektrotechniek gestudeerd. Hij kwam erbij zitten, waarna de Mexicanen de technische hindernissen bespraken die gepaard gingen met het via het mobiele netwerk opsporen van iemand in een stad die zo dichtbewoond was als het Distrito Federal.

Toen ze uiteindelijk tot de slotsom kwamen dat ze met de nodige apparatuur en mankracht in combinatie met voldoende tijd de locatie van een mobiele telefoon konden vaststellen, wendde De la Rocha zich weer tot Pfleger. De Amerikaan was in de afgelopen vijf minuten door iedereen genegeerd, op Emilio en de bewakers die tegen de muur stonden na.

Jerry had inmiddels een chardonnay achter de kiezen en had tijdens het wachten nog eens een half glas soldaat gemaakt.

De la Rocha zei: 'Wat wil je, amigo?'

'Je eeuwige dank.'

Daniel keek hem aan. De la Rocha kon aan het gedrag van de man zien dat hij een afnemer was van een van de producten waarin de Zwarte Pakken handelden.

Toen hij merkte dat zijn grapje compleet doodsloeg, gooide Jerry het over een serieuzere boeg. 'Vrij weinig, eerlijk gezegd. Ik wil alleen maar de Amerikaan.'

'De Amerikaan? Jij wilt dat wij ons ontfermen over de familie, en jij wilt dat de gringo met jou meegaat.'

'Ja.'

'En waarom ben je zo in hem geïnteresseerd?

'Hij wordt naar het schijnt gezocht door de Amerikaanse overheid. In de ambassade gonsde het vanmiddag van de geruchten over een of andere vogelvrij verklaarde die hier rondliep. Als hij de kerel is op wie ze azen, en ik denk dat hij het is, zit er een beloning in. Ik dacht dat als ik je deze informatie geef, jij me misschien kunt helpen aan... een groep mannen om hem in te rekenen. Jij neemt de Gamboa's en draagt de Amerikaan over aan de ambassade. Dan geef je mij de beloning in ruil voor deze informatie.'

De la Rocha nam een flinke slok van zijn wijn. 'Waarom wordt deze gringo gezocht door de norteamericanos?'

'Dat weet ik niet. Om een reden die geheim wordt gehouden. Er kwam vanmiddag een of andere gast die ineens rondhing bij de ambassade, die honderd procent zeker voor de CIA spioneert. Deze spion en de gezochte gringo schijnen in het verleden te hebben samengewerkt, en hij is daar om hem te identificeren als hij door de federales is opgepakt.'

Daniel knikte bedachtzaam en maakte oogcontact met Calvo. Beide mannen gingen staan en liepen weg van de tafel en zochten een rustig hoekje uit van de eetzaal.

Nestor zei: 'Als de CIA deze gringo zo graag te pakken wil krijgen, zullen ze wellicht wel willen onderhandelen.'

'Ik dacht precies hetzelfde. Wat hebben zij waar wij interesse in hebben?'

'Ze heten niet voor niets de Central *Intelligence* Agency. Alles wat ze over Madrigal weten kan voor ons nuttig zijn.'

DLR streek over zijn ringbaardje. 'Ze weten misschien met welke ambtenaren in Peru, in Ecuador, in Colombia hij zakendoet.'

'Dat weten ze zeker.'

'Zouden ze die informatie willen ruilen voor die gringo-moordenaar?'

'Ik ga dat direct uitzoeken. Ik schakel een reeks tussenpersonen in om contact op te nemen met de ambassade, om ons in contact te brengen met de CIA. Dan zullen we wel zien hoeveel ze voor deze man overhebben.'

'We moeten hoe dan ook zorgen dat Jerry ons naar Elena leidt.'

Nestor was opgewonden door het vooruitzicht de gringo te ruilen tegen CIA-informatie. Het zou een enorme informatiecoup zijn tegen de organisatie van zijn aartsvijand.

Hij was minder enthousiast toen zijn baas weer begon over de aanvankelijke missie, het doden van de zwangere vrouw van de politieagent.

Maar Calvo stemde toe en binnen een paar tellen had hij zijn telefoon tevoorschijn gehaald. Voordat hij met de Amerikaanse inlichtingendienst zaken kon doen, moest hij eerst een aantal vertrouwenspersonen in stelling brengen, wat hem de nodige tijd zou gaan kosten.

Daniel sprak zijn manschappen in de eetzaal toe. 'Luister allemaal, we vertrekken direct naar het D.F.!'

Jerry Pfleger ging staan en hief zijn wijnglas alsof hij wilde proosten. De Mexicanen in de ruimte negeerden hem; in plaats daarvan verzamelden ze zich snel rond De la Rocha, zodat ze in een hechte groep naar buiten konden en zo de kans op een dodelijke aanslag op hun patrón minimaliseerden.

36

Laura en Court waren allebei om tien uur 's avonds wakker; ze zaten tegenover elkaar op hun tweepersoonsbedden hun lauwe avondeten weg te werken en luisterden naar de zachte regen tegen het hotelraam. Laura was onder de douche geweest, en haar natte pony viel voor haar ogen. Ze droeg haar nieuwe kleren, een zwart poloshirt en een blauwe spijkerbroek.

Haar rozenkrans bungelde om haar hals.

Court vond het een efficiënte outfit, waarin ze er prachtig uitzag.

Ze waren klaar voor de nacht; Gentry had de stekker van de tv uit het stopcontact gehaald en hem samen met de tafel waar hij op stond en een eikenhouten ladekast tegen de deur aan gezet. Wie naar binnen wilde had daar niet alleen een sleutel maar ook een schouder en brute kracht voor nodig.

Ze spraken weinig onder het eten, maar toen de restjes eenmaal in de vuilnisbak waren verdwenen, vertelde Laura verhalen over haar familie en haar jeugd in San Blas. Als ze hoopte dat Court ook iets over zijn jeugd zou vertellen, zou ze teleurgesteld worden.

Toen ze uitverteld was en hij niet van wal stak, vroeg ze hem: 'Mijn broer. Leek hij op jou?'

'In welk opzicht?'

'In elk opzicht? Ik bedoel... Zoals je kunt vechten. Zoals je ons beschermd hebt. Kon Eduardo dat ook?'

'Eddie was een goeie kerel. Een harde. Maar toen ik hem leerde kennen? Nee... toen leek hij niet op mij. Hij was geen moordenaar.'

'Ik denk niet dat jij een moordenaar bent.'

'Dan heb je niet goed opgelet.'

'Nee. Ik begrijp wel dat je mensen hebt omgebracht. Dat is natuurlijk zo. Maar alleen maar met het doel ons en jezelf te redden. Je hebt enkel het juiste gedaan. De mannen die in deze contreien moorden plegen doen dat niet met goede redenen. Enkel slechte.'

Court zei niets. Hij nam een slok water uit zijn flesje.

Laura ging verder. 'Ik zie in jouw daden de hand van God. Dat zou je moeten weten.'

Het geluid dat Court uitbracht hield het midden tussen gegrinnik en het happen naar adem. Het water droop langs zijn kin. 'Ik weet het zo net nog niet.'

'Ik wel. Hij heeft je gestuurd om ons te beschermen.'

'Dat klinkt wel heel simpel.'

Ze dacht lang over die opmerking na, en keek hem daarbij zo indringend aan dat hij zich gedwongen zag zijn blik af te wenden. 'Nee... misschien is het niet zo simpel. Maar ik geloof... Ik geloof dat je naar ons bent gekomen op het moment dat we je nodig hadden.'

'Er waren er ongeveer tien die mijn hulp nodig hadden, en daarvan zijn er nog vier over. Hoe zit het dan met die anderen?'

Laura begon te huilen.

Gentry keek naar het plafond. *Shit. Waarom heb ik dat gezegd, verdomme?*

Het gesnotter werd minder. Ze stond op, liep naar zijn bed en ging in kleermakerszit naast hem zitten en keek hem aan. 'Geloof je in goed en kwaad?'

Gentry voelde zijn hartslag reageren op haar aanwezigheid. Hij keek de kamer door. 'Ik geloof in wat ik met mijn eigen ogen gezien heb.'

'Wat betekent dat?'

'Ik geloof in het kwaad.'

'Heb je nooit het goede in de wereld gezien?'

Court keek haar weer aan. Voelde hoe het bloed dat door zijn lichaam stroomde zijn handen en gezicht verwarmde. 'Natuurlijk heb ik weleens iets goeds gezien. Maar niet voldoende.'

'Nou, ik geloof ook in wat ik met mijn eigen ogen zie. En ik zie het goede in jou, Joe. Je bent een goed mens.'

'Het lijkt me verstandig dat we gaan slapen. We zullen morgen de hele dag onder...'

Laura kwam dichterbij. Onderbrak Court. 'Heb je iemand?'

'Wa... wat?'

'Een vrouw. Een vriendin?'

'Nee.'

'Je kunt niet eeuwig alleen blijven.'

Hij glimlachte. Keek weg. 'Ik heb niet het eeuwige leven.'

'Ik bedoel... in dit aardse bestaan. God wil niet dat de mens alleen door het leven gaat.'

Court zweeg.

'Ik ben nu vijf jaar alleen. Sinds de dood van Guillermo. Ik weet wat het is om eenzaam te zijn, hoe moeilijk het kan zijn om alles op te kroppen omdat er niemand is met wie je je leven kunt delen. Maar ik heb mijn geloof. Als ik dat niet had... Joe, ik weet niet hoe jouw hart kan overleven.'

'Mijn hart mankeert niets.' Afgaande op de frequentie waarmee het in zijn borstkas tekeerging wist Court dat maar al te goed.

'De wereld bestaat niet alleen maar uit duisternis, Joe. Er is ook heel veel licht.'

'Ik begeef me in kringen waar het er doorgaans minder vrolijk aan toegaat.'

Hoewel ze dit niet helemaal begreep, antwoordde ze alsof dat wel zo was. 'Je voert Gods werk uit.'

'Ik ben gewoon een man, Laura. Niks bijzonders.'

'Nee. Je bent wél bijzonder. De duivel strijdt om deze aarde. Dat doet hij via het kwaad. Jij strijdt tegen het kwaad hier op deze aarde.' Ze haalde haar schouders weer op. 'Je vecht tegen de duivel.' Ze rondde haar beredenering af. 'Je doet Gods werk.'

'Bedankt,' zei hij. Hij vroeg zich soms af waar hij in godsnaam mee bezig was. Deze jonge vrouw had daar zo haar opvattingen over, en hoewel Court er niets meer van maakte, vond hij het niettemin prettig om te horen.

'We kunnen maar beter gaan slapen,' zei hij weer. Maar ze stond niet op van zijn bed.

'Mag ik bij je blijven? Zoals gisteren? Mag ik weer tegen je aan liggen?'

'Mij best,' zei hij met gespeelde nonchalance, waar ze, en daar was hij vrij zeker van, dwars doorheen keek.

Hij stak zijn arm uit, deed het licht uit en ging met zijn schoenen en broek en overhemd aan op zijn rug liggen. Zijn pistool lag op het tafeltje naast hem.

Ze vlijde zich naast hem, legde een hand op zijn borst en legde haar natte hoofd op zijn schouder. Hoewel ze maar iets langer was dan anderhalve meter besloegen hun twee lichamen het gehele bed. Het duurde niet lang voordat ze haar been bewoog en over zijn onderbenen drapeerde.

De lichten waren gedoofd, maar Courts ogen waren open. Hij staarde naar het onzichtbare plafond en deed zijn best rustig en niet te diep te ademen.

'Ben je bang?' vroeg ze hem, en hij vermoedde dat ze hem die vraag stelde vanwege zijn bonzende hart.

'Nee,' antwoordde hij snel. 'Helemaal niet.'

'Je wilt zeggen dat je niet bang bent voor al die mensen die ons proberen te vermoorden? Ik ben als de dood.'

'O, bedoel je dat. Ja, ik ben... ik ben gewoon goed getraind, denk ik, om de energie van mijn angst in mijn voordeel om te zetten. Ik ben bang als ik midden in de actie zit... maar ik ben getraind om het te kanaliseren en niet van angst te verstijven.'

'Dat klinkt als een soort wetenschap.'

'Dat is het ook.' Hij vond het prettig hierover te praten. Het leidde zijn aandacht af van haar been, dat nu gebogen over zijn dijbeen lag.

'Ik mag me gelukkig prijzen dat jij me beschermt.'

'Ik heb je aan het werk gezien. Je hebt zelf ook de nodige training gehad.'

'Ja, toen Eduardo nog leefde, heeft hij me vaak schietles gegeven. Hij vond het belangrijk dat ik overal op voorbereid was, ook al zat ik maar bij de toeristenpolitie. Ik heb ook kickboksles gehad.'

'Het viel me al op hoe fit je bent.'

'Echt waar?' zei ze met een glimlach in haar stem, en Gentry voelde zijn gezicht gloeien van schaamte. Haar hand op zijn borst begon voorzichtig heen en weer te bewegen.

'Ik bedoel, ik kon zien dat je aan je conditie hebt gewerkt. Heel goed. Dat komt misschien nog eens van pas voordat dit allemaal voorbij is. Als we onderweg Zwarte Pakken tegenkomen, mogen we er niet op rekenen dat ze...'

'Joe?'

'Ja.'

'Mag ik je kussen?'

Ja, dacht hij. Maar hij zei: 'Dat lijkt me geen goed idee.'

'Waarom niet?'

Court wist niet waarom niet. Hij mompelde iets over Eddie, over de noodzaak te gaan slapen, over het feit dat ze geen idee had wie hij was en wat hij was.

'Dat is gestoord, Joe. Eduardo zou hebben gewild dat ik iemand anders vond. Een man die goed voor me was.'

'Dat ben ik niet, Laura. Ik ben gewoon een man. Gewoon iemand die probeert te helpen.'

'Hélp dan.'

'Waarmee...'

'Help mij.'

Ze klom op hem, boog zich naar hem toe en drukte een zachte kus op zijn lippen. Hij sperde zijn ogen open en beantwoordde de kus niet, maar trok zijn hoofd niet terug. Weer kuste ze hem, zijn gezicht en lichaam verstijfden, totdat hij bij de derde kus zijn ogen langzaam sloot.

En ze weer opende. 'Wacht,' zei hij.

'Nee,' antwoordde ze, en liet zich op hem vallen, sloeg haar armen om zijn nek en kuste hem intenser.

Hij kon haar zien. Toen hij zijn ogen opendeed, waren ze aan de duisternis in de hotelkamer gewend, en hij zag dat ze haar ogen stevig dichtgeknepen had, en dat haar natte haar mee wiegde met de bewegingen van haar hoofd terwijl ze hem kuste; op zijn lippen, zijn wangen, zijn ogen, zijn nek.

Ineens hield ze op en ging rechtop zitten; ze leunde op zijn middel. Hij merkte dat zijn handen op haar heupen lagen, waar hij ze liet rusten.

Ze keek op hem neer, en hij kon haar in het door het raam binnenvallende licht nu duidelijk zien. 'Je heet niet echt Joe.'

Gentry schudde zijn hoofd.

'Vertel me je echte naam. Ik wil je tijdens het vrijen geen Joe noemen.'

Court knipperde met zijn ogen. *We gaan vrijen?* Weer schudde hij zijn hoofd.

Ze zei: 'Vertel me dan hoe je vrienden je noemen, of hoe mensen je in je jeugd noemden, iets wat voor jou betekenis heeft.'

Court had bijna Violator gezegd, zijn codenaam. Dat was in het Engels en Spaans vrijwel hetzelfde. Maar hij wilde niet zo door haar genoemd worden. Na enig nadenken fluisterde hij: 'Noem me maar Zes.'

'*¿Seis?*' vroeg ze, met een blik waar behalve wellust nu ook verwarring uit sprak.

'Ja.'

'*Bien. Seis.* Tevreden trok ze haar poloshirt uit, maakte haar beha los en gooide hem tussen de twee bedden op de grond. Ze knoopte Courts overhemd los; hij legde even zijn handen op de hare in een poging ze bij de knoopjes weg te halen, maar eigenlijk wilde hij niet dat ze ophield. Hij dacht aan Eddie en Ernesto, mannen die er alles aan zouden doen om deze vrouw te beschermen, en daarna aan de mannen die haar uit de weg wilden ruimen. Hij had haar beschermd, maar hij wist niet of hij haar kwetste door op haar avances in te gaan. Ze boog zich naar hem toe en kuste hem. Hij sloot zijn ogen en opende zijn mond, er in het geheel niet op vertrouwend dat hij hier beter in werd.

Zijn mobieltje ging.

Hij negeerde het.

Zij negeerde het.

Hij bleef maar overgaan. Stopte. Ging weer over.

Dat meen je niet.

Ze negeerde het.

'Dat moet die kerel van de ambassade zijn.' Hij kon zich amper verstaanbaar maken; toen hij zijn hand naar de telefoon uitstak, hield ze zijn hoofd stevig vast en drukte haar lippen tegen de zijne.

Hij moest haar bijna met geweld van zich afduwen. 'Hallo?'

'Hé, landgenoot. Sorry dat ik zo laat nog bel, maar ik zit hier nog op kantoor met wat vragen.'

'Oké. Geen probleem.'

Jerry stelde Court een aantal vragen over het arbeidsverleden van de vier Gamboa's. Volgens hem was het noodzakelijk om op hun werkvisa een of ander beroep in te vullen, en hoewel ze ook wel iets konden verzinnen, was het voor de geloofwaardigheid aan de grens het beste om de informatie zo nauwkeurig mogelijk te houden.

Court overlegde met Laura en gaf antwoord op Pflegers vragen. Ergens hoopte hij dat deze onderbreking de broeierige situatie tussen hem en Laura teniet zou doen; hij voelde zich schuldig over zijn daden en zijn intenties met de jongere zus van zijn goede vriend. Maar tegelijk hoopte hij ook dat ze straks de draad weer konden oppakken vanaf het moment voordat de telefoon overging.

Vijf minuten later hadden Gentry en Lorita de draad inderdaad weer opgepakt. Ze bleef boven op hem zitten en kuste zijn gezicht alsof het een kostbare schat was, en met zijn sterke armen drukte hij haar stevig tegen zich aan.

Toen ze hem overeind hees om hem zijn overhemd uit te kunnen doen, werd hij zenuwachtig. Hij wist hoelang het geleden was dat hij met een vrouw naar bed was gegaan. Zachtjes zei hij, meer tegen zichzelf dan tegen Laura. 'Ik ben... ongetraind.'

'Ongetraind? Wat bedoel je?'

'Laat maar.' *Kop dicht, Gentry. Hou verdomme gewoon je bek dicht.*

'Denk je dat de meeste mensen hiervoor trainen?'

'Nee... Ik heb gewoon...'

'Denk je dat ik hier een expert in ben of zo?'

'Ik wilde niet...'

'Je bent een rare, Zes. Ik mag je heel graag. Maar je gedraagt je heel erg raar.'

'Weet ik.'

Court dacht nog een tijdje over zichzelf na, mijmerde zelfs op het moment dat hij voetstappen op de gang hoorde. Maar de voetstappen stierven weg, en zijn remmingen ook.

Hij voelde haar kleine vingertoppen op zijn riem, en voelde hoe die van zijn middel werd gestroopt. Toen ze zijn broek openknoopte, hield hij haar niet tegen – maar keek slechts toe. Nadat ze zijn broek had uitgedaan, kroop ze weer op hem. Ze legde haar rechterhand op zijn linkerdij, en hij kromp ineen.

'Sorry,' zei ze en ze keek naar zijn been. Liet haar vingertopje voorzichtig langs een diepe wond gaan die inmiddels drie weken oud was.

'Hoe is dat gebeurd?'

'Krokodil,' zei Gentry, in gedachten op dit moment een miljoen kilometer verwijderd van de zijrivier van de Amazone.

Laura lachte. '*Crocodilo*,' zei ze in het Spaans en ze lachte opnieuw. 'Ik geloof je niet. Je hebt zoveel geheimen.' Ze legde haar hand op zijn borst, over zijn hart. Toen haalde ze die weg en begon hem op die plek te kussen. 'Je mag geheimen hebben, Zes; bewaar ze maar in je hart. Maar maak daar ook een beetje ruimte voor mij. Oké?'

'Oké,' zei hij, waarna zijn weerstand was gebroken. Hij ging langzaam rechtop zitten, kuste haar op haar mond en rolde haar zachtjes op haar rug.

Haar lichaam voelde warm en stevig, maar de harde, aangespannen spieren werden afgeschermd door zacht, gewillig vlees. Hij voelde haar hart tekeergaan, wat hem geruststelde, hem deed beseffen dat ze in hetzelfde schuitje zaten, dat ze niet gevoelloos als een instructeur zijn daden beoordeelde. Toen hij even vertraagde, pakte ze hem vast en trok hem naar zich toe. Toen hij diep ademhaalde, bedekte ze zijn mond met de hare. Elke keer dat hij zijn hoofd richting de deur of het raam draaide, nam ze het in haar handen en richtte het weer op haar. Als hij verkrampte van de pijn in zijn dijbeen, trok ze hem op haar en kuste hem tot de pijn was verdwenen.

Totdat de deur en het raam uiteindelijk niet meer bestonden. Geen gevaar meer, geen pijn. Slechts zij tweeën, op een klein bed, ver verwijderd van al het gevaar.

Hun vrijpartij duurde uren.

Toen Gentry ontwaakte merkte hij dat hij in jaren niet zo vast geslapen had. Hij voelde de warmte van de zon om het bed.

Daar lag ze, dicht tegen hem aan gevleid, haar kleine gezicht op zijn elleboog, haar linkerhand op zijn borst. Haar ademhaling, haar lichaamswarmte, de geur van haar huid. Het was allemaal ongelooflijk.

Court had nooit geweten dat huid een geur had.

Ze bewoog niet. Toen hij naar haar gezicht keek, zag hij haar volle lippen en het puntje van haar neus. Haar korte, inktzwarte haar zat door elkaar; de langste slierten zaten met een klein elastiekje stevig achter haar oren gebonden.

Hij dacht aan Eddie en werd overspoeld door een paniekgolf. Was dit verkeerd? Uit het niets werd hij bevangen door een schuldgevoel over het romantische avontuur; hij had dit zijn hele leven nog nooit gevoeld. Hij dacht aan het moment dat hij bij het graf van zijn vriend stond, gewoon om hem de laatste eer te bewijzen, en nu drie dagen later met zijn jongere zus in bed lag, een ontwikkeling waartegen zijn overleden vriend haar bij leven uit alle macht had willen beschermen.

Ze opende haar ogen en keek hem aan.

'Alles goed?' vroeg hij aarzelend.

Ze kuste hem. Zijn paniek was op slag verdwenen.

'Hoe laat is het? vroeg ze.

'Laat. We moeten gaan.'

'Waar gaan we naartoe?'

'We hebben een auto nodig. We moeten hem volgooien en vertrekken. Zodra we de documenten van Pfleger hebben gekregen, gaan we naar het noorden naar de grens. We slapen om de beurt, zodat we de hele nacht kunnen doorrijden. Als het goed is, zijn we morgen om drie uur 's middags weer bij je familie.'

'Dus we gaan een auto stelen?' zei ze zuchtend. 'Je moet me straks helpen in de VS een baan te vinden zodat ik alle voertuigen van die mensen kan terugbetalen.'

Court realiseerde zich dat ze erop rekende dat hij samen met haar familie de grens over zou steken. Hij had al gezegd dat hij niet over de juiste papieren beschikte, maar voor hetzelfde geld dacht ze dat hij dat met Jerry had geregeld.

Shit. Hij wilde haar niet misleiden. Maar hij kon haar niet vertellen dat hij in de Verenigde Staten net zoveel risico liep als in Mexico. Vanuit een andere hoek stak er een nieuw schuldgevoel de kop op. Had ze enkel de liefde met hem bedreven omdat ze erop rekende bij hem te zullen blijven als dit achter de rug was?

Kónden ze op een of andere manier bij elkaar blijven als dit achter de rug was?

Ze gaapte, rekte zich uit en drukte zich tegen hem aan.

'Moeten we echt opstaan?' vroeg ze met een glimlach in haar stem.

Court hoorde voetstappen op de gang. Hij negeerde ze en gaf antwoord.

'Ja, dat moet. Het gaat wat tijd kosten om in een vreemde stad een auto te stelen.'

‘Kunnen we naar de Iglesia de Nuestra Señora aan de overkant? Gewoon een paar minuutjes?’

Court slaakte een zucht. Dat had hij moeten zien aankomen. Dankzij alle seks was hij haar voorliefde voor kerkbezoek vergeten.

‘Een kwartier, hooguit, anders hebben we geen tijd om...’

Court zweeg abrupt.

‘*¿Qué?*’

Zwijgend richtte hij zijn aandacht op de deur aan de overkant van de kamer.

‘*¿Qué?*’

Hij ging snel rechtop zitten en pakte de Beretta van het bijzettafeltje. Richtte het op de deur. Die ging voor de helft schuil achter de tv en de ladekast. Hij kantelde zijn hoofd lichtjes maar zei niets.

Het bleef een aantal tellen volmaakt stil. Laura zei niets meer, zelfs haar ademhaling stokte toen ze naar de gespierde rug van de Amerikaan op het bed keek. Ze zag dat hij op zijn linkerschouderblad een lelijk litteken had, maar haar hart bonkte in haar keel. Had hij iets gehoord?

Court bewoog niet. Hield zijn wapen op de deur gericht, luisterde met zijn hoofd schuin. Hij stond gehuld in enkel zijn boxershort langzaam op, draaide zijn hoofd naar rechts om door het raam de straat te kunnen zien. Hij bleef zijn wapen op de voordeur gericht houden

Hij keek naar de lager gelegen Calle Donceles. Een paar geparkeerde auto’s, geen verkeer. Geen voetgangers. Te rustig voor een gewone...

Boven in het raam zag hij zwarte schoenen richting zijn gezicht zwieren. Hij hief het wapen naar de dreiging maar hoorde de deur achter hem ontploffen. De loop van zijn wapen zwenkte nog steeds tussen de twee bedreigingen in.

De ruit ging aan diggelen; op een meter afstand van zijn ontblote torso en gezicht regende het glasscherven, en de zwarte schoenen zwaaiden naar binnen en raakten hem vol.

Gentry schoot naar achteren, het pistool vloog uit zijn rechterhand en hij tuimelde achterover. Hij had een glimp opgevangen van de federale die via het touw door het raam naar binnen was gekomen; de man was met een harde klap op zijn rug terechtgekomen, maar hij herstelde zich snel, ging weer rechtop zitten en hield de man die aan de overkant op de grond lag onder schot met een MP5.

Links van hem hoorde Court een tweede ontploffing, waarna de tv en de ladekast door de kamer vlogen en tegen de muur sloegen. Achter de ravage zag Court mannen de kamer in komen: twee, daarna vier, daarna zes. Federales met bivakmutsen en brillen op, uitgerust met machinepistolen en kogelwerende vesten. Ze zagen er in de door de ontploffingen veroorzaakte rook extra dreigend uit.

Toen de man die via het touw naar binnen was gevlogen op stond, knerpte het glas onder zijn voeten.

Laura gilde.

Court stak zijn handen omhoog en sprak haar toe. ‘Niet bewegen! Doe wat ze zeggen! Ze hebben ons te pakken.’

37

Achterin op de grond van de sedan was het warm. Court werd door drie paar schoenen die op zijn rug, kont en benen rustten tegen de grond gehouden; het stuk over zijn mond geplakte tape, de handboeien waarmee zijn handen achter zijn rug gehouden werden en de zwarte kap over zijn hoofd versterkten het verstikkende gevoel. Een aantal keer brandde het zweet dat in zijn ogen liep zo heftig dat hij het ondanks de tape over zijn mond uitschreeuwde van de pijn. Elke keer dat hij dit geluid uitstootte werd hem met een trap van een hak tegen zijn achterhoofd het zwijgen opgelegd. Hij voelde de door de scherven van het raam veroorzaakte sneeën op zijn borst, voelde de klamme warmte van het bloed en zijn zweet op de rubberen matten waar hij op lag. Hij probeerde zijn gewicht over te hevelen naar zijn schouders om de pijn wat te verzachten, maar hierdoor werd zijn gezicht alleen maar steviger tegen zijn kap geduwd waardoor ademhalen vrijwel onmogelijk werd.

Hij voelde het uiteinde van de geluiddemper van een MP5 in zijn rug prikken; bij elke hobbel in de weg stootte die tegen zijn lendenen.

De autoradio braakte keiharde bandamuziek uit; als de mannen boven hem al in gesprek verwikkeld waren, werd dat overstemd door de luide accordeons en bekkenslagen.

Court ging ervan uit dat Laura in een ander voertuig was gesmeten; terwijl hij in zijn hotelkamer werd geboeid en gekneveld had hij door het raam een glimp opgevangen van een aantal onopvallende sedans die voor het hotel stonden geparkeerd. Ook had hij voordat hij de kap kreeg opgezet en de lichten werden gedoofd heel kort even naar Eddies zus kunnen kijken. Laura had haar grote ogen van paniek opengesperd; de mannen hadden haar met haar gezicht naar beneden op het bed gegooid en haar handboeien omgedaan.

Ze was naakt geweest.

Gentry had geen flauw idee of dit echte agenten waren en of ze, als ze echte agenten waren, al dan niet te goeder trouw handelden. Hij wist niet waar ze hem naartoe brachten; zelfs een in Mexico-Stad geboren en getogen *ciudadano* zou op de grond liggend met een kap op na de tientallen bochten zijn oriëntatie kwijt zijn.

Toen de auto eindelijk was gestopt werd hij er aan zijn schouders uit gesleurd; het zweet dat over zijn hele lichaam parelde zorgde ervoor dat gehandschoende handen van de mannen hun houvast verloren toen ze hem wilden grijpen. Ze duwden hem naar voren, en hij voelde het zonlicht verdwijnen en hoorde daarna de echo van een grote ruimte. Hij liep door en stapte afgaande op zijn gehoor in een lift, waarin hij minstens drie verdiepingen afdaalde.

Toen hij de lift weer uit was gestapt, werd hij nog een paar meter naar voren geduwd en daarna omgedraaid. Zijn handboeien gingen af en toen werd zijn lichaam tegen koude metalen stangen aangedrukt. Een hek, misschien? Zijn armen werden tegelijk uitgespreid en ver weg van zijn lichaam door twee mannen per arm weer vastgemaakt. Er werd net zolang tegen de binnenkant van zijn benen geschopt tot hij ze spreidde, waarna er ijzeren boeien om zijn enkels werden bevestigd.

Zijn rug, armen, benen en kont drukten tegen koud metaal.

Een lange, koude schaar drong zijn boxershort binnen. Hij probeerde het scherpe metaal te ontwijken, maar hij kon nergens heen. Zijn onderbroek werd losgeknipt. Hij stond nu geheel naakt met gespreide armen en wijdbeens tegen koud staal.

Hij begon te rillen van de kou.

Pas op dat moment werd de kap van zijn hoofd getrokken. De door zijn haar en baard uitwasemende stoom blokkeerde kortstondig zijn zicht; dikke zweetdruppels liepen van zijn wimpers naar zijn wangen en baanden zich kriebelend een weg door zijn gezichtsbeharing naar zijn kin.

Ze stonden in een vierkante, stenen kelder van ongeveer zes bij zes, dat een laag plafond had en een betonnen vloer. Het midden van de ruimte en het merendeel van de wanden werd verlicht door een kaal peertje, maar het licht drong niet tot in de hoeken door. Hij snoof de schimmelachtige geur op die in de kamer hing, maar dat was niet het enige.

Hij rook ook de onmiskenbare geur van de dood. Dit was een sterfhuis, een martelkamer. Er zat opgedroogd bloed op de muren, en over de betonnen vloer liepen zwarte stroompjes bloed naar het afvoerputje in het midden van de kamer.

Court zag tegenover zich de houten deur van de vrachtlift. Daarnaast bevond zich een smal trappenhuis zonder deur.

Er stonden vier mannen om hem heen – twee van hen droegen het uniform van de federale politie. Ze hadden hun bivakmutsen, brillen en helmen afgedaan, maar hun machinepistolen bungelden nog aan hun gevechtsvesten.

De twee andere mannen hadden leren schorten voor. Het waren Mexicanen, geen agenten; ze maakten een serieuze en sinistere indruk. Een van de twee was klein en dik; het zweet op zijn kale hoofd glom in het door het peertje boven hem verspreide licht. Hij was druk bezig met iets aan een tafel op wieltjes die op hooguit twee meter afstand links van Gentry stond. De andere, een jongeman van misschien twintig jaar oud, droeg hetzelfde als de oudste van de twee.

Dit waren de mannen die Gentry gingen martelen, daar was hij van overtuigd.

Er waren geen Zwarte Pakken in de kamer aanwezig, wat Court aanvankelijk opvatte als een goed teken, al viel het hem zwaar dat voordeel te zien. Een paar meter voor het ijzeren hek of de tralies waar zijn naakte lichaam nu aan vastgeketend zat, stond een accu op een wagentje, die met kronkelige snoeren aan de tafel op wielen was bevestigd. Er liepen vanaf dit apparaat meer draden naar grote klemmen op het raster waar Gentry aan vastzat.

Court liep al langer mee dan vandaag. Hij zag dat het een apparaat was waarmee elektrische schokken konden worden uitgedeeld. En op dit moment stond hij er in zijn nakie aan vastgeketend.

'Welkom in de hel,' zei de dikke in het Spaans. 'Ik ben de gids tijdens de afschuwelijke, pijnlijke en langzame reis naar het einde van je leven.'

Gentry zweeg.

'Ze noemen me el Carnicerito.' De kleine slager. De kleine, dikke, kale man zei dit terwijl hij nog steeds door zijn bezigheden in beslag werd genomen; tijdens het praten herschikte hij wat spullen op de verrijdbare tafel. Zagen, handboren, een roestvrijstalen hamer die glom in het schijnsel van het peertje. Messen, tangen en andere chirurgische instrumenten lagen op het tafeloppervlak uitgestald. Zonder zijn blik van zijn spullen los te maken, zei hij: 'Ik werk voor Don Daniel. Ik produceer pijn en ik ontfutsel mensen informatie die ze niet willen prijsgeven. Ik ben daar uitzonderlijk goed in.'

'Je moeder zal wel trots op je zijn.' Court stak de draak met de macho-opmerking, maar klonk niet overtuigend. Hij trok en trapte aan zijn kettingen, en wist dat hij niet op eigen kracht zou kunnen ontsnappen.

Hij was kortom ten dode opgeschreven.

El Carnicerito glimlachte slechts. 'Dit is mijn protegé.' Hij gebaarde met zijn dikke hand naar de jongeman met het schort voor. Richtte zich toen weer op zijn werkzaamheden op de tafel. Toen hij aan een knop op de machine draaide, voelde Court de stroom door zijn ruggengraat trekken. De dikke man keek naar een draaiknop boven op het zwarte apparaat. Het was kennelijk een test, aangezien het nog geen pijn deed. Hij draaide de knop weer terug en keek op naar zijn slachtoffer. 'Elektriciteit is slechts een van de middelen die ik tot mijn beschikking heb. In de komende uren zul je onbeschrijfelijk lijden.'

El Carnicerito stapte naar hem toe, ging dicht bij Courts torso staan en begon met zijn gehandschoende hand glassplinters uit de sneeën te halen die waren veroorzaakt door de door het raam gevlogen federale. Court kromp ineen van de pijn maar probeerde zijn gezicht zo neutraal mogelijk te houden; hij wilde deze sadist niet aanmoedigen door te laten zien hoeveel pijn het deed.

De man glimlachte; Court kon duidelijk zien dat de slager een ingeving had gekregen. Hij draaide zich om, liep naar zijn protegé en gaf hem een opdracht. Zijn ondergeschikte knikte en verliet via de trap snel de kamer.

Toen hij zich de trap op haastte en het geluid van zijn voetstappen begon weg te sterven, waren er van boven nieuwe voetstappen te horen. Twee mannen, hoorde Gentry, eentje met zware schoenen aan, en de andere op zachte zolen.

Binnen een paar seconden stonden de twee nieuwe mannen in de kerker. Een van hen hoorde bij de Zwarte Pakken. Hij was jong en zag er netjes uit, had het voor de leider van de criminele organisatie zo kenmerkende korte haar en ringbaardje. Over zijn rechterschouder hing aan een draagriem een HK UMP-machinepistool.

Het fraaie pak en het frisse gezicht van de man stonden in scherp contrast met de misselijkmakende aanblik en geur van deze helse kerker.

En dat gold ook voor de man die naast hem stond. Dat was een Amerikaan. Blank, mager, bruine krullen. Hij droeg een gekreukeld overhemd met korte mouwen en een pantalon.

Court liet zijn ogen in zijn kassen rollen.

Jerry Pfleger.

Toen hij in het licht stapte, keek Court hem streng aan. Droogjes zei Court: 'Mijn landgenoot.'

De jonge Amerikaanse ambassademedewerker keek om zich heen en schrok duidelijk van de plek waar hij zich bevond. Hij was geschokt, niet op zijn gemak, en bang. Hoewel hij die probeerde te verbergen, zag Court de angst op zijn gezicht.

'Waarom leeft hij nog?' vroeg Jerry in het Spaans terwijl hij de kamer in liep.

Pfleger keek niet meer om zich heen; het was duidelijk dat hij de geur van de dood rook, de vlekken op de muren en de vloer zag. Hij wist wat voor plek dit was. Wat er stond te gebeuren. Hij zette het van zich af en keek Court aan. 'Ik ben een zakenman, kerel. Van de Amerikaanse slag. Ik wilde per se hiernaartoe om... mijn belang in deze zaak te beschermen.'

Court zei: 'Ze gaan het meisje ombrengen; dat willen ze ook doen met haar schoonzus en haar ongeboren kind.'

Jerry knikte. Het was duidelijk dat hij hier van uitging, als hij het niet al zeker wist. 'Ik zou niet graag met ze ruilen.'

'Heb je dit voor het geld gedaan?'

Jerry knikte en haalde toen zijn schouders op. 'Niet alleen het geld, eigenlijk. Ik geef ook een boodschap af.'

'Namelijk?'

'De boodschap dat ik het hier haat, gast.'

'Je haat Mexico?'

'Uiteraard. Jij niet dan?'

Gentry zei niets.

'Nou ja, jij doet het met een lekker klein Mexicaantje, dus jou bevalt het hier wel, toch?'

'Ben je opgeleid tot diplomaat? Jezus.'

'Ben je ooit in Denemarken geweest?'

'Nee,' loog Court.

'Denemarken is de shit. Ik heb in Denemarken gestudeerd, ik spreek Deens, ik ken de achterafstraatjes van Kopenhagen als mijn broekzak. Ik krijg een baan bij BuZa, en waar denk je dat die eikels in Foggy Bottom me godverdomme heen sturen? Denemarken? Finland? Noorwegen? Nee! Mexico, godverdomme! Dat meen je toch niet! Vier jaar visa van die kut-Mexicanen stempelen. Ik ben er verdomme helemaal klaar mee! Zolang ik hier zit, zorg ik in elk geval dat ik een beetje bijverdien.'

'En dat verdien je door Laura aan De la Rocha uit te leveren?'

Jerry glimlachte. 'O... je snapt het echt niet, hè?'

'Hoezo?'

'DLR krijgt het meisje, dat klopt, maar dat doe ik gratis. Mijn geld verdien ik door jóú aan de CIA over te dragen.'

Gentry schudde zijn hoofd. Sloom zei hij: 'Jerry, Jerry, Jerry. Denk daar nou eens over na. Wat denk je dat ze in Langley gaan doen als ze weten dat een ambassademedewerker voor de Zwarte Pakken werkt? Dan weet je zeker dat je nooit meer in Kopenhagen wordt gestationeerd.'

Jerry glimlachte weer, als een man die duizend keer slimmer was dan de naakte geketende man voor hem. 'Los Trajes Negros regelt de overdracht met de CIA, en geven mij dan de beloning. Zodra ik de beloning binnen heb, ben ik pleitte hier. Weg uit Mexico, weg bij BuZa.'

'Je hebt het helemaal voor elkaar, hoor ik.'

'Ik heb een deal gesloten met de grote man persoonlijk. DLR.'

'Deals met de duivel blijken op de lange termijn vaak geen goede investering, knul.'

'Hij is een zakenman. Ik ben een zakenman. Het is allemaal in kannen en kruiken.' Toen keek hij naar de kleine slager, die geduldig had staan wachten terwijl de mannen in het Engels hun gesprek hadden gevoerd. Jerry zei in het Spaans: 'Is dat een of ander apparaat om schokken mee uit te delen?'

El Carnicerito knikte.

'Geef deze pendejo er dan eens eentje van me, baas.'

De kleine slager glimlachte en pakte een oude leren portemonnee van tafel. 'Mond open graag. We willen niet dat je je tong afbijt zolang je ons nog het een en ander moet vertellen.'

Court gehoorzaamde; hij wist wat er stond te gebeuren, en hij wist dat het leer in zijn mond hem daarbij zou helpen. Hij hield zijn tong weg bij zijn tanden, beet hard op de portemonnee, waarna de kleine slager aan de knop draaide.

De stroom schoot van zijn tenen via zijn anus tot aan zijn nek door Courts lijf. Hij kromde zijn rug, zijn ogen puilden uit en van achter de portemonnee weerklonk een uit de diepte van zijn keel afkomstige, vibrerende kreet.

Na een paar tellen werd de knop weer teruggedraaid. Op het gezicht en de torso van de gevangene parelde vers zweet.

De folteraar laste even een pauze in. Trok de portemonnee uit de mond van de gevangene. 'Waar is Elena Gamboa?'

'*¿Como se dice* – fuck you?'

De portemonnee werd weer in zijn mond gestopt, en Gentry zette zijn tanden erin. De elektriciteit schoot weer door zijn lichaam. Zijn hoofd vloog achterover, zijn schedel klapte hard tegen het ijzeren hek achter hem.

De marteling stopte. De portemonnee werd weer uit zijn mond gehaald waarna de vraag werd herhaald.

'Waar is Elena Gamboa?

'Kus mijn...'

De portemonnee ging weer terug. De schokken werden krachtiger, de pijn heftiger; zijn onwillekeurig samentrekkende spieren deden zijn lichaam alle kanten op kronkelen.

Het Zwarte Pak en de twee federales bleven kijken.

Jerry Pfleger wendde zijn hoofd af.

Minuten later werd Court als gevolg van een technisch defect een rustpauze in de foltering gegund. Terwijl de kleine slager aan het elektroshockapparaat werkte, kwam zijn protegé de trap af met een volle boodschappentas.

Gentry volgde de bewegingen van de jongeman met zijn onscherpe blik toen die naar de tafel liep en de spullen uit de tas op de tafel legde.

Een lege plastic kan, een grote zak zout, en fles goedkope tequila en een grote zak limoenen.

Court kreunde en liet de stukgebeten portemonnee uit zijn mond op de grond vallen. Hij had direct spijt van dit teken van angst. De dikke zou daar alleen maar kracht uit putten. De kleine slager liet de machine voor wat die was en begon de limoenen door te snijden. Ook zijn hulpje sneed mee; samen leken ze op een stel barkeepers die in een strandtent aan het werk waren. Samen met zijn assistent persten de mannen de limoenen uit in de kan en gooiden de schillen erachteraan.

De assistent goot de alcohol erbovenop, en el Carnicerito maakte de zak met zout open.

Court wist er nog een grapje uit te persen. 'Die voor mij zonder zout graag.'

De drie overige Mexicanen keken nieuwsgierig toe. Ze lachten en maakten onderling grapjes, maar Court was niet in de stemming om zich te concentreren op de vertaling van hun grappen.

Toen de kan gevuld was met tequila, zout en limoensap, pakte de folteraar hem op en liet ermee naar de naakte gevangene. Hij hield hem voor Court omhoog, gaf hem een paar oorvijgen zodat hij zeker wist dat hij Courts aandacht had, waarna de folteraar begon te morrelen aan een kleine glasscherf die net onder de rechtertepel van de Amerikaan vastzat.

'Kun je je voorstellen hoe het voelt als ik dit in je opgezwollen open wonden giet?' zei de man glimlachend.

Gentry zweeg.

'Ik ga je vragen waar Señora Gamboa zich schuilhoudt. Maar ik smeek je om me dat alsjeblieft, alsjebliéft niet te vertellen. Ik wíl je dit aandoen!'

De narco's die bij de lift stonden lachten. Jerry wendde zijn blik af.

Court knikte, ademde diep in en spuugde de kleine wrede Mexicaan in het gezicht. Het hulpje van de kleine slager rende op Court af en stompte hem tegen zijn neus.

De dikke man veegde de klodder spuug niet weg. In plaats daarvan zei hij met een glimlach: 'Je maakt mijn werk alleen maar leuker. Als ik over een paar uur je kop van je levende, ademende, stuiptrekkende romp zaag, zal ik spijt voelen. Spijt dat deze dag voorbij is.'

En daarna tilde hij de kan op, goot het prikkende mengsel uit over het naakte en gehavende lichaam van de Amerikaan, wreef de vloeistof met zijn handen in de open wonden en lachte hier bijna net zo hard bij als zijn gevangene schreeuwde.

Een minuut later werd de lift naar boven geroepen. De twee in de kamer aanwezige federales legden hun handen op hun oortjes, en toen de man in het zwarte pak op zijn telefoon keek, zag hij dat hij een oproep had gemist omdat hij door de kreten van pijn in de kleine kamer zijn telefoon niet had horen overgaan.

Voordat hij de beller had kunnen thuisbrengen, verstarde een van de agenten, keek el Carnicerito aan en zei: 'DLR is hier.'

Court kreunde nog altijd van de pijn.

Een paar tellen later begon de lift weer te zakken; na een halve minuut kwam hij met een schok tot stilstand. De houten deur schoof omhoog. Drie in het zwart gehulde mannen stapten vanuit de lift het schemerlicht in.

Court, die door de andere aanwezigen genegeerd werd, kronkelde van de pijn. Het duurde een paar seconden voordat hij zijn onwillekeurig samentrekkende spieren voldoende onder controle had om te kunnen zien dat de middelste van de drie nieuwe bezoekers Daniel de la Rocha was.

38

DLR bekeek de gringo van top tot teen. Jerry, el Carnicerito, zijn jonge protegé, Carlos, de nummer twee achter de Spin, en de twee agenten die samen met Court naar beneden waren gegaan, stonden tegen de zijmuur van de donkere, koude kamer. Daniel, Emilio en de Spin gingen dichter bij de gevangene staan.

Daniel bleef op een meter van de Amerikaan staan.

'Jij? Jíj?'

De Amerikaan keek hem aan.

De onberispelijk geklede man zei in het Spaans: 'Ik had eerlijk gezegd... weet ik veel, Rambo verwacht of zo?' De aanwezigen barstten in lachen uit. En daarna zei hij in het Engels: 'Je hebt me aardig wat problemen bezorgd, amigo. Wat ik weleens zou willen weten... Waarom?'

De Gray Man zei niets. Hij wist niet of hij nog wel kon praten; hij voelde dat hij klappertandde.

De la Rocha haalde zijn schouders op, keek naar beneden naar de kar met de machine en de medische instrumenten, en toen weer naar de gevangene. 'Wat voor leuks heb je allemaal met mijn vriend hier uitgespookt, *gordo*?'

'Tot nu toe alleen een paar schokken. Ik heb ook de wonden bewerkt die het glas heeft veroorzaakt.' Hij hield de inmiddels lege kan omhoog, waar De la Rocha aan rook. Hij fronste even zijn wenkbrauwen en glimlachte.

'Een gringo-margarita.'

'Sí, Don Daniel.'

'*Muy bien.*' Heel goed. 'Je hebt de ezelsstok nog niet gebruikt?'

'Nog niet. Wil je dat zien?'

Daniel rolde met zijn ogen en keek zijn mannen aan. 'Wil ik dat zien?' En weer tegen Gentry. 'Alleen een *maricón* wil dat zien. Ik betaal hem zodat ik niet hoef te zien hoe er een elektrische veedrijver tegen je ballen wordt gezet.'

Court beet op zijn onderlip tegen het trillen.

DLR keek de folteraar aan. 'Weet je al iets over dat Gamboawijf?'

'Nee. Hij heeft in het Engels met die andere norteamericano gepraat. Dat heb ik niet verstaan, maar tegen mij heeft hij niets bruikbaars losgelaten. Dit is een taaie.'

Daniel keek Pfleger kortstondig aan, en richtte zijn blik toen weer op Carlos. Carlos sprak Engels en was getuige geweest van het gesprek tussen de twee Amerikanen.

'Niets, jefe.'

DLR draaide zich om en keek weer naar de aan het hek geketende man. 'Je hebt daar een prachtig litteken op je heup. Ik zie ook dat je een oude kogelwond op je dij hebt.' Hij zette een stap dichterbij om hem beter te bekijken. 'Een jaar oud, hooguit.' Daarna duwde hij met zijn vingertoppen Courts hoofd naar links. 'Een brandwond op je nek. Veel ouder. Vijf jaar?'

Geen antwoord.

'Die kleine sneeën op je gezicht en je armen? De blauwe plekken op je borst?' Daniel haalde zijn schouders op. 'Ik zie dat je wel gewend bent aan pijn. Misschien ben je wel opgewassen tegen onze methoden om informatie uit je los te krijgen.

'Maar dat doet er niet toe. Wij hebben de schoonzus. Ik heb gehoord dat jullie gisteren samen de nacht hebben doorgebracht. Heb je genoten van je kennismaking met onze cultuur, amigo? Latijns-Amerikaanse vrouwen kunnen zeer onstuimig, zeer gepassioneerd zijn, toch? Als je niets loslaat, nemen we haar onder handen. Met de technieken die we tot onze beschikking hebben is die passie binnen een paar minuten verdwenen. Binnen een uur hebben we haar in een zombie veranderd.' DLR glimlachte Gentry toe.

Toen vroeg hij: 'Waar is Elena Gamboa op dit moment?'

Court haalde zo goed en zo kwaad als hij met zijn gespreide armen kon zijn schouders op.

'We zijn uiteraard op de hoogte van je poging haar de Verenigde Staten in te krijgen.'

De gemartelde man voor hem zweeg in alle toonaarden.

'Ze zal Mexico niet verlaten.' Daarna zei de knappe man in het zwarte pak: 'Wat kan het jou schelen? Ze is geen familie van je. Heb je wel familie?' Court reageerde niet. DLR ging verder: 'Ik ben ervan overtuigd dat familie het allerbelangrijkste op de wereld is. Vind je ook niet?'

Gentry nam even de tijd om zich te herpakken. Deed zijn best zo sterk mogelijk over te komen. 'Ik ben ervan overtuigd dat je familie je zal missen als je dood bent.'

'Ha, ha. Is dat een dreigement? Eindelijk zegt hij iets en dan bedreigt hij me? Carnicerito?'

'Sí, patrón.'

'Het is koud hier beneden. Zet de verwarming eens aan.'

'Sí, patrón.' De dikke man draaide aan de knop zonder de overblijfselen van de portemonnee in de mond van zijn slachtoffer te stoppen, en Gentry had het niet meer: hij had geen controle meer over zijn lichaam, het enige wat door zijn gedachten spookte was een hevig verlangen om verlost te zijn van de pijn, zijn hart ging in zijn borstkas tekeer alsof hij weer onder water was, met de krokodil boven hem, en hij zijn shotgun niet kon vinden en de scherpe tanden dichter- en dichterbij kwamen...

De kleine slager draaide de knop weer terug.

Gentry liet uitgeput zijn hoofd op zijn borst vallen. Toen hij naar beneden keek zag hij dat hij de hele vloer had ondergepist. Het van zijn naakte lichaam aflopende zweet en wat druppels bloed vermengden zich met zijn urine. Hij was blij dat hij zijn eigen tong nog niet had afgebeten.

Toen hij eindelijk zijn hoofd weer optilde, zag hij dat Laura, wier handen voor haar lichaam waren vastgebonden vanaf de trap door een in een zwart pak gehulde man achter haar de kamer in werd geduwd. De man droeg haar over aan de Spin, draaide zich om en liep de trap weer op.

Ondanks zijn pijn voelde Court de schaamte en de vernedering dat hij voor haar neus de inhoud van zijn blaas had laten lopen.

Ze droeg een eenvoudige blauwe katoenen joggingbroek en een wit haltertopje. Haar rechteroog was zwart en rood. Haar lip dik. Zelfs in de schemering zag Court dat haar vuisten geschaafd en bebloed waren.

Ze had zich kranig geweerd.

Goed zo.

Daniel boog zich naar hem toe. 'Je hebt bijna mijn pak onder gepist. Daar zou ik erg van over de zeik zijn geweest.'

De la Rocha wendde zich tot de man die Laura bij haar schouders vasthield. 'Spin, breng haar naar het licht, en zet haar op haar knieën voor haar gringo. We zullen eens zien hoe groot hun liefde is.'

De man duwde de kleine vrouw het cement op, tot ze op pakweg een meter van Gentry vandaan op haar knieën zat. De leider van DLR's knokploeg haalde een zilverkleurig .45 automatisch pistool tevoorschijn en overhandigde dat aan zijn patrón. Daniel de la Rocha nam het in ontvangst en drukte het tegen Laura's zwarte bobkapsel.

'Als je me nu niet meteen vertelt waar mijn mannen Elena Gamboa kunnen vinden, knal ik dit mooie koppie eraf. Ik tel niet tot drie, ik zal niet dreigen haar eerst te verwonden, ik maak haar gewoon af, hier ter plekke, tenzij ik uit de eerstvolgende woorden uit jouw mond kan opmaken waar de weduwe van majoor Gamboa zich schuilhoudt.'

Laura gilde door de kleine ruimte. 'Niets zeggen...'

De la Rocha sloeg de kolf van de .45 tegen haar achterhoofd. Laura smakte tegen het smerige beton. Versuft ging ze weer op haar knieën zitten.

Court tilde zijn hoofd op en keek Daniel de la Rocha aan.

Hij knikte traag, heel traag, en zei zacht: 'Oké. Oké. Goed luisteren.'

De la Rocha spande de hamer van het pistool, drukte het steviger tegen haar hoofd. 'O, ik ben een en al aandacht, amigo.'

Court knikte nog eens. Haalde toen zijn schouders op. 'Schiet die teef maar neer. Dat interesseert me helemaal geen reet.'

De la Rocha bleef hem met iets geopende mond aankijken. Hij keek naar de man in het zwart achter hem. 'Hij is een ijskoude klootzak, vind je ook niet, Spin? Doet me aan jou denken.' Toen weer tegen Gentry. 'Je bluft. Heel overtuigend, maar je bluft. Het kan je wel degelijk iets schelen wat er met haar gebeurt.' Hij dacht lang na; het was duidelijk dat hij met deze reactie van de Amerikaan geen rekening gehouden had.

Gentry zei: 'Ik heb hier niet voor gekozen. Die ouwe Amerikaanse knakker, Cullen, heeft me vijf ruggen gegeven om de familie van zijn dode makker een paar dagen te beschermen. Twee ruggen voorschot, en de rest als we terugkwamen uit Puerto Vallarta. Hij heeft nooit gezegd dat een kartel een aanslag op hen beraamde, verdomme.'

Nu fronste De la Rocha zijn wenkbrauwen. Hij liet de woorden op zich inwerken. Woog de zijne zorgvuldig. 'Je werkt als beveiliger? Een bodyguard?'

'Werkte. Ik ben net met pensioen gegaan.'

DLR overlegde even met de Spin. Court verstond niet wat ze zeiden.

Toen wendde De la Rocha zich hoofdschuddend weer tot hem. 'Nee. Nee, señor. Ik geloof je niet. Leuk geprobeerd, maar de manschappen van mijn partner hebben hem verteld dat je de haciënda bent ontvlucht, en daarna met groot gevaar voor eigen leven terug bent gegaan om *la familia* Gamboa te redden. Dat klinkt voor mij niet als iets wat een ingehuurde kracht ooit zou doen.'

Court maakte aanstalten iets te zeggen, maar Daniel was nog niet uitgesproken. Hij was geen man die eraan gewend was in de rede te worden gevallen.

'Weet je wat? Misschien dat ik haar niet ter plekke vermoord. Misschien laat ik mijn meest gestoorde, verknipte sicarios haar *puta culo* wel verkrachten tot ze de geest geeft. Dat duurt weliswaar iets langer, maar geeft mijn mannen meer voldoening. Misschien geef ik el Carnicerito wel de opdracht het hier ter plekke te doen terwijl jij toekijkt.'

Court keek naar de dikke kale man met het leren schort voor. De folteraar liet zijn tong langs zijn lippen gaan.

Er ging een mobiele telefoon over. Emilio haalde hem uit zijn broekzak en keek wie er belde. Hij gaf hem aan zijn baas. DLR pakte hem aan, keek naar het schermpje, en klapte hem zuchtend open. 'Nestor, kan het even wachten?' En na een kort zwijgen: '*Está bien.*' Hij haalde het pistool bij Laura's hoofd vandaan en verving hem door zijn voet. Hij drukte zijn Italiaanse instapper stevig tegen de achterkant van haar hoofd en duwde de kleine vrouw tegen de grond. Toen ze met haar hoofd op het ondergeplaste cement lag, draaide hij zich om en liep naar de trap.

De kleine slager voerde overleg met de Spin. Court zocht oogcontact met Laura, maar ze bleef op haar knieën zitten, met haar geboeide handen op de grond voor haar en een afhangend hoofd. Hij wilde haar toespreken, haar laten weten dat ze enkel een kans had te overleven als hij deed alsof het hem niet kon schelen of ze al dan niet zou sterven. Het was een gok, een grote gok, maar hij zag geen alternatief.

Hij moest zich ijskoud opstellen. Hij moest hen in de waan laten dat haar leven voor hem niets waard was.

Toen keek ze hem liggend op de grond aan, met ogen waar verwarring en ja, ook hartenpijn uit sprak. Court kreeg de indruk dat ze niet begreep dat deze list voor haar eigen bestwil was; ze geloofde zelfs zijn leugen dat hij niets om haar gaf.

Court wendde zijn ogen af van haar bedroefde blik en keek naar de drugsbaron aan de overkant van de kamer. Hij ving flarden op van DLR's aandeel in het telefoongesprek, maar het meeste ging of te snel, of bevatte te veel Mexicaanse straattaal waardoor Court het niet kon verstaan. Maar toch kreeg hij wel iets van het gesprek mee.

'Geen deal. Ik heb tijd nodig om de informatie eruit te krijgen. Vierentwintig uur... Oké, ze kunnen iemand sturen om te komen kijken, maar handen thuis... Hem vermoorden? Prima... Oké, maar ze krijgen het lichaam pas als wij datgene hebben wat we van hem willen. Zorg dat dat duidelijk is.'

DLR beëindigde het gesprek en stapte de kerker weer binnen, waar hij even zachtjes overleg voerde met de Spin. Ze hadden zelfs kortstondig woorden met elkaar, maar dat brandje was snel geblust. Toen sprak hij zijn gevangenen toe. 'De plannen zijn gewijzigd. Er komt iemand om dit stuk *mierda* te identificeren.'

Jerry die in de hoek stond vroeg: 'Wie?'

'Een of andere gringo van *la* CIA.'

Jerry's volgende woorden klonken ronduit klaaglijk. 'De CIA komt hierheen? Nu?'

De la Rocha knikte. 'Ze willen per se zeker weten dat dit de cabrón is die ze zoeken. Als dat zo is, zal *el hombre de la* CIA weer weggaan en kunnen we met deze pinche gringo aan de gang om de informatie los te krijgen die we willen.' Hij keek Gentry nu aan. 'Daarna willen ze dat we hem vermoorden en zijn hoofd in de buurt van de ambassade dumpen.'

Pfleger vloog vanuit zijn donkere hoek naar De la Rocha. 'Wacht! Nee! Als die agent onderweg is, moet ik hier weg! Ze mogen me niet zien! Ik draai de bak in als ze zien dat ik voor jullie werk!'

De la Rocha haalde zijn schouders op. Het was duidelijk dat het lot van Jerry Pfleger hem geen moer interesseerde. Niettemin zei hij: 'Je blijft hier, bij je trofee; dat wilde je tenslotte, toch? Geef Jerry een bivakmuts.'

Een van de federales diepte uit de zak op zijn legerbroek een bivakmuts op en gooide hem naar de Amerikaan, die hem over zijn hoofd trok en moeite had de gaten voor zijn ogen te vinden. Toen hem dat gelukt was, keek hij Gentry aan. Het was duidelijk dat de gevangene, bivakmuts of niet, hem nog steeds kon verraden. Dit plan had niet veel zin. Van achter de nylon gezichtsbedekking zei hij: 'Meneer De la Rocha, wat als...'

'Jij hebt genoeg gepraat!' Daniel hield Jerry met de .45 onder schot, en Jerry hield zijn mond. Hij deinsde met zijn handen omhoog naar achteren tegen de muur.

De La Rocha keek nu naar Court. 'Je hebt niet echt veel vrienden, is het wel? La CIA wil héél graag dat ik je afmaak.'

Gentry vroeg: 'En wat krijg jij daarvoor terug?'

'La CIA zal ons informatie doorspelen van de DEA over de contacten die het Madrigalkartel onderhoudt met overheden in Zuid-Amerika.'

Jerry stapte weer het licht in. 'En geld, toch? Ik krijg toch...'

DLR richtte het pistool weer op Pfleger. '*Plata o plomo?*' Geld of lood?

'Geld, jefe. Geld, zeker weten.' Pfleger deed weer een stap achteruit.

De la Rocha ging verder. 'Ik laat je nu hier achter; mijn partners staan erop dat ik hier niet meer ben als de CIA arriveert. Maar ik neem wel je kleine puta mee. De spion zal hierheen gebracht worden om je te identificeren en dan weer worden weggevoerd. De kleine slager heeft vierentwintig uur de tijd om erachter te komen wat jij over Elena Gamboa weet, en ik heb de rest van mijn leven om erachter te komen wat de kleine Lorita over Elena Gamboa weet.'

Het bleef stil in de kamer.

'De enige vraag is wie van ons tweeën het meeste lol uit zijn werk haalt.'

De Spin greep het haar van het meisje en sleurde haar overeind. Ze gilde toen ze in beweging kwam. DLR keek Gentry nog een laatste keer aan terwijl hij koers zette naar de deur. 'Je hebt me veel gekost, en nu ga je me terugbetalen.'

Terwijl hij de trap beklom, riep hij de kamer in: 'Carnicerito, schiet onze Amerikaanse vriend Jerry hier te hulp en folter hem zo erg dat hij niets meer kan zeggen zodra de spion hier is om hem te identificeren.'

De dikke man antwoordde '*Sí, jefe*' en draaide de knop op tafel helemaal open.

39

De Zwarte Pakken pikten de CIA-man op in het park Chapultepec; hij droeg zoals afgesproken een rode stropdas en stond op de trap van het Nationaal Museum voor Antropologie. Hij was een dikke man met blond haar dat net over zijn boord viel en een vlezige nek waar het puntje van zijn kin amper uit stak. En hij werd met de minuut dikker. Hij had net een *dulce de leche*-ijshoorntje achter de kiezen dat hij bij een kraampje tegenover het museum had gekocht en veegde op het moment dat de Zwarte Pakken ter plaatse kwamen de kleverige restjes van zijn vingers.

Hij was een tijd geleden nog een fitte en strakke kerel geweest, maar had zich helemaal laten gaan.

Voor zijn huidige werk was een goede conditie geen vereiste.

Een grijze bus stopte voor hem op Las Grutas Avenue. De schuifdeur ging open, en de dikke man van la CIA klom naar binnen.

Terwijl de bus zuidwaarts over Paseo de la Reforma begon te rijden, gingen vier paar goed getrainde handen direct met hem aan de slag. Zijn koffer werd ingenomen en onderzocht, hij werd geblinddoekt en gefouilleerd, zijn portemonnee werd uit zijn broek van poplinkatoen gehaald, en zijn witte button-downoverhemd werd opgetrokken om te zoeken naar een mogelijke microfoon.

Hij wist dat de handen die hij op zijn lichaam voelde dezelfde handen zouden zijn die hem zouden vermoorden zodra hun superieuren daar de opdracht toe gaven.

Het busje sloeg links af, merkte de CIA-man ondanks zijn blinddoek, maar hij had niet de illusie te kunnen onderscheiden waar hij heen zou worden gebracht.

Hij was wel eerder in Mexico-Stad geweest, zeker, maar hier was hij niet bekend.

Hij zat zwijgend bij zijn begeleiders terwijl ze het verkeer trotseerden; hij had vaker dan hij zich wenste te herinneren geblinddoekt in busjes gezeten, omringd door een team plaatselijke schutters. In Beiroet, Kosovo, Thailand, Somalië en allerlei andere negorijen op deze verdomde aardkloot.

Meestal werd hij als een baal wasgoed in een auto of busje naar een of andere geheime locatie vervoerd om zijn contactpersoon te treffen. Maar dit was anders. Híj was hier, in Mexico, en niet een of andere arme drommel van de dienst, om één enkele reden.

Hij beschikte over een vermogen dat maar zeer weinigen bezaten.

Hij was in staat in één oogopslag Courtland Gentry te identificeren, codenaam Violator, roepnaam Sierra Zes, bijgenaamd de Gray Man.

En waarom ook niet? Ze hadden vijf jaar samengewerkt.

De dikke CIA-man had de afgelopen twee dagen in Puerto Vallarta gewacht op een bericht van plaatselijke agenten dat het doelwit was gevonden. Hij vermoedde dat er ook een moordcommando van de Special Activities Division was ingevlogen, maar zij zouden geen contact met hem hebben, en hij niet met hen. Hij was gisterochtend naar Mexico-Stad gevlogen om bij de ambassade te wachten tot hij een glimp zou opvangen van de man van wie Langley vermoedde dat het hun meest gezochte uit de gratie geraakte oud-werknemer was. De ambassade was behangen met foto's waarop de kerel aan telefoondraden boven de schietpartij in PV bungelt. Op basis van die foto durfde hij niet te zeggen of het zijn voormalige collega betrof, maar die stunt klonk als iets wat Violator geprobeerd zou kunnen hebben, en nog succesvol ook.

Jezus, de CIA-man wist als geen ander dat je Courtland Gentry altijd het voordeel van de twijfel moest geven. Als het aankwam op gevechten in de kleine ruimte, als er een deur moest worden ingetrapt en de kerels in de achterliggende kamer moesten worden uitgeschakeld, in situaties waarin er een kleine geheime eenheid moest optreden tegen een grotere vijandige eenheid van wie ze het waarschijnlijk niet konden winnen, was Sierra Zes de beste geweest.

Dus vermoedde de CIA-man dat het Court betrof; hij was hier, en vocht het uit met de narco's.

God hebbe genade met de narco's.

Er was ook een verband gelegd tussen Gentry en de aanvoerder van het GOPES-team dat aan boord was van het ontplofte jacht. Eduardo Gamboa had jarenlang voor de DEA gewerkt, en hij had meer dan tien jaar geleden samen met Violator een paar weken in een Laotiaanse gevangenis gezeten.

Niet bepaald keihard bewijs. Hooguit oppervlakkig, maar niettemin voldoende reden voor de CIA om de dikke man van zijn bed te lichten, hem in allerijl met een vliegtuig van de dienst naar Mexico te brengen en hem op zijn dikke reet te laten wachten op een mogelijke kans hun doelwit te identificeren.

Dus werd hij nu heen en weer gewiegd, schouder aan schouder met een aantal trawanten uit de entourage van Daniel de la Rocha, de Zwarte Pakken, serieuze zware jongens die beweerden ergens in Mexico-Stad Violator gevangen te houden, of iemand die op hem leek. Deze klootzakken hadden geen geld nodig, dus was het ze niet om de beloning te doen. Er was op een niveau dat de salarisschaal van de CIA-man te boven ging een of andere quid-pro-quoregeling getroffen. Het stond hem helemaal niet aan dat Langley met deze gasten in zee ging, maar Denny Carmichael, de huidige directeur van de National Clandestine Service, had de pik op Violator, dus god mocht weten wat Denny voor DLR zou doen als hij hem Court kon bezorgen.

De CIA-man piekerde zich suf.

Court. Violator. Sierra Zes. De Gray Man.

De klootzak die mijn leven naar de gallemiezen heeft geholpen.

Het busje bleef even staan. De Amerikaan dacht dat ze op de plek van bestemming waren aangekomen, maar nee, ze reden weer door en sloegen rechts af; hij deinde mee met de mannen tussen wie hij ingeklemd zat.

Als de inschatting van de dienst klopte, als het hier inderdaad Violator betrof, zou de man binnen een paar minuten de kans krijgen Gentry te laten weten hoeveel problemen hij had veroorzaakt.

En de CIA-man had zijn instructies. Hij had de opdracht gekregen Violator te identificeren, maar dat was niet alles.

Ook had hij de opdracht, mits Los Trajes Negros dat toestond, in de buurt te blijven om Court Gentry te zien sterven.

Het duurde even voordat Court besefte dat de zware, door de auto-accu veroorzaakte schokken waren opgehouden. Tijdens een tien minuten durende sessie van de kleine slager en diens onheilsmachine had Court twee keer een zekering laten springen. De gesprongen zekeringen in het oude apparaat waren vervangen, maar de Amerikaan doorstond meer pijn dan al zijn voorgangers die aan het hek geketend waren geweest. Vandaar dat de machine terzijde was geschoven ten gunste van een andere foltermethode.

De elektrische veestok.

El Carnicerito had aanvankelijk de twee scherpe punten tegen Gentry's bebloede borst gedrukt. De veestok veroorzaakte een brandende steek en de pijn was afschuwelijk, maar niet zo heftig als de ellendige spierverlammende stroomschok die de accu door het hek had gejaagd. Daarna bewerkte de kleine slager met de stok steeds pijnlijkere plekken op Gentry's lichaam, tot hij uiteindelijk was aangekomen bij de genitaliën van zijn gevangene. Hij diende hem daar twee schokken toe. De eerste keer, toen hij de punten niet goed had geplaatst, zoemde het apparaat slechts.

Maar toen hij de tweede keer de tang hard tegen de ballen van de Amerikaan ramde en op de knop drukte, had Court een straal kots geproduceerd die twee meter verder was geland.

De vijf Mexicanen waren in lachen uitgebarsten.

De gringo was niet lang hierna van zijn stokje gegaan, maar met behulp van vlugzout was hij weer bij kennis gebracht, om maar niets van zijn marteling te hoeven missen.

Jerry Pfleger stond aan de zijkant tegen de muur; hij had lang geleden al zijn gezicht van het tafereel afgewend en keek naar de beschimmelde bakstenen voor hem. Zijn lichaam rilde; hij maakte zichzelf wijs dat dat werd veroorzaakt door de koude mortuariumlucht in de kerker, maar dat was niet het enige.

Hij was bang.

Hij vroeg zich af of dit alles wel een miljoen dollar waard was.

Jerry keek over zijn schouder en zag de folteraar naar een rubberen emmer lopen die tegen de muur stond waar hij een druipende ijzeren staaf uit haalde. Jerry huiverde opnieuw en draaide zijn hoofd weer richting de hoek. Luisterde naar de folteraar die terwijl hij het apparaat klaarmaakte zijn gevangene zacht toesprak. 'Je hebt al veel geleden, amigo, en de enige manier om jezelf nog meer leed te besparen is me te vertellen waar we Señora Gamboa kunnen vinden.'

Uit het lange voorwerp lekte zwarte olie, en de kleine slager hield het als een trofee omhoog.

Court liet zijn hoofd hangen maar keek er wel naar. Pfleger zag de man van weerzin zijn spieren aanspannen.

Hij wist waar dat ding in zou gaan.

De lift kwam weer in beweging en begon langzaam te dalen.

De staaf ging weer terug in de emmer, maar de folteraar zei: 'We gaan snel weer verder met lol maken, mijn vriend. Je krijgt nu even de gelegenheid om na te denken.'

De liftdeur ging open en een grote man in een katoenen tropenpak met een kap over zijn hoofd werd door twee federales in uniform naar binnen geleid. De armen van de man waren niet geboeid. Hij werd direct onder de lamp in het midden van de kamer neergezet, waarna iemand hem zijn kap afzette. Hij schrok even van het licht en concentreerde zich toen op het tafereel voor hem.

De naakte, bebloede en natte gevangene, vastgeketend aan het metalen hek dat aan de muur was vastgeschroefd en was bevestigd aan ijzeren palen die uit de betonnen vloer staken. De draden die naar de kar liepen, de accu die erop stond.

De blonde man nam de tijd om rond te kijken, naar de zes andere mannen in de ruimte en de geur op te snuiven. Hij rook rottend mensenvlees. Hij bleef nog een paar tellen onbewogen om zich heen kijken, ogenschijnlijk niet onder de indruk van wat hij zag, alsof folterkelders niets bijzonders waren.

Toen zei hij, rustig en een en al zelfvertrouwen, alsof hij een man was die zich in deze omgeving op zijn gemak voelde, in het Spaans: 'Ik zie dat jullie al zonder mij zijn begonnen.'

Court wist dat een voormalige collega van de dienst hem zou komen identificeren. Hij rekende erop oog in oog te komen staan met Zack Hightower, zijn voormalige teamleider van het idiotenpeloton.

Maar die was het niet.

Het was Hanley. Matthew Hanley.

Gentry had Matt ruim vijf jaar geleden voor het laatst gezien, en zelfs toen hadden ze geen intensief contact gehad. Hanley had een leidinggevende positie binnen de SAD gehad; hij had vanuit Langley Gentry's oude eenheid aangestuurd, Task Force Golf Sierra, en zijn directieven voornamelijk aan teamleider Hightower doorgespeeld, die daarop de rest van zijn mannen kon instrueren.

Court had Zack voor het laatst in het voorjaar gezien, en bij die gelegenheid had Zack hem verteld dat Hanley niet meer bij de SAD zat en ergens in de Derde Wereld achter een bureau zat, een demotie die rechtstreeks op Gentry terug te voeren was.

En nu stond hij hier, in een geheime folterkelder van een nietsontziend drugskartel ergens in of bij Mexico-Stad.

De twee zeiden aanvankelijk niets tegen elkaar. In plaats daarvan sprak Hanley de dikke man aan die achter de tafel zat. 'Heb jij de leiding hier?'

'Je zou kunnen zeggen dat dit mijn kantoor is.'

Hanley knikte. Toen stapte hij op Gentry af.

'Ik wil je verzoeken de gevangene niet aan te raken,' zei een man in het zwart vanuit de duisternis. De twee in de ruimte aanwezige federales zetten een stap naar voren maar bleven staan toen Hanley knikte.

De dikke Amerikaan hield zijn handen langs zijn lichaam maar liep verder op de gevangene af. Hij hield zijn trage tred pas in toen de gezichten van de twee mannen zich op luttele centimeters afstand van elkaar bevonden.

Court oogde te verzwakt om te kunnen spreken; zijn ogen waren opgezwollen en zijn bebloede lippen zaten onder het braaksel. Naar Hanleys inschatting was de jongere man niet meer bij kennis. Maar Gentry zei wel degelijk iets, zacht maar krachtig genoeg en op een volume waarop iedereen in de ruimte die het Engels machtig was het kon verstaan. 'Doe met mij wat je moet doen, Matt, maar die kerel in de hoek is een *dip* van BuZa die voor de Zwarte Pakken werkt.'

Matt Hanley draaide zich om, keek naar de man in de hoek. Pflegers zwarte bivakmuts in combinatie met zijn zandkleurige broek en witte buttondownoverhemd met korte mouwen stak vreemd af in een ruimte waarin de andere drie mannen met bivakmutsen op in volle SWAT-uitrusting met bijbehorende wapens waren uitgedost. Pfleger zweeg, verroerde zich niet. Keek eenvoudig terug.

Hanley haalde zijn schouders op. 'Niet mijn probleem.'

Court sprak opnieuw, zijn woorden werden onderbroken door huiveringen en spierspasmen. 'Hij... heeft een louche handeltje... verkoopt visa aan illegalen.'

Hanley staarde de geboeide gevangene aan. 'O ja?' Hij wendde zich weer tot Pfleger. 'Hoe gaan de zaken?'

'Ik... dat is niet echt zo. Ik ben gewoon...'

'Kijk me aan, knul!' Hanleys stem, met een laag, slepend, uit West-Virginia afkomstig accent, bulderde door de betonnen kerker.

'Ja, meneer?'

'Haal die stomme sok van je gezicht.'

Pfleger keek smekend naar Carlos, de man in het zwart ter plaatse, en daarna naar de twee federales. Daarna naar de kleine slager, en daarna naar de jonge protegé met het leren schort. De Mexicanen stonden daar maar en deden helemaal niets. Jerry trok langzaam de bivakmuts van zijn gezicht. Stak hem in zijn zak.

'Zie ik eruit alsof ik op de afdeling toezicht werk?' vroeg Hanley, met wederom een stem als een klok.

Jerry schudde heel licht zijn hoofd. 'Nee, meneer.'

'Mooi zo. Rustig maar. Ik zit niet bij BuZa, en ik ben hier al helemaal niet voor jou.' Hanley richtte zich weer tot Gentry. 'Ik ben hier voor de grote vis.'

Jerry slaakte een duidelijk hoorbare zucht van verlichting. 'Dus hij is wel degelijk de man die jullie zoeken?'

Hanley knikte bevestigend. 'Hij is het.'

'Fantastisch. En er is sprake van een beloning, toch?'

'Yep.'

'Fantastisch,' herhaalde Pfleger. 'Wat heeft hij gedaan?'

Hanley bestudeerde het gezicht van de gevangene weer nauwlettend. Aandachtig. 'Wat hij gedaan heeft? Wat heb je gedaan, Violator?'

'Datgene wat me was opgedragen. Door jou.'

'Niet toen je er ineens tussenuit kneep.'

Court tilde voor het eerst zijn hoofd op, alsof zijn woede hem daartoe de kracht gaf. 'Ik ben er nooit tussenuit geknepen. Ik heb Zacks operationele orders letterlijk gevolgd. Altijd! En toen heb je het team opdracht gegeven me te vermoorden!'

'Ouwe koeien.'

'Waarom ben je dan hier?'

Hanley glimlachte. Deed een stap bij Gentry vandaan en keek de kamer rond. Keek naar het folterwerktuig op de trolley. In het Spaans zei hij: 'Mooi. Primitief, maar mooi.'

'*¿Primitivo?* Wat bedoel je? Dit is het beste...'

'Neuh, spekkie, wij gebruikten dit soort shit eind jaren tachtig.' Dat zei hij in het Spaans, maar toen hij Court toesprak deed hij dat weer in zijn moerstaal. 'Ik heb tijdens operatie Just Cause een paar van Noriega's spierbundels met zo'n gevaarte aan de tand gevoeld op Howard Air Force Base.'

Hanley stak zijn hand uit naar de draaischijf. Schakelde weer over naar het Spaans. 'Mag ik?'

De kleine slager glimlachte flauwtjes. 'Natuurlijk, maar hij is een taaie. Deze gringo... deze norteamericano, bedoel ik, heeft me al twee zekeringen gekost.'

Hanley keek naar Court en draaide aan de knop. Stuurde een krachtige elektrische schok door het centrale zenuwstelsel van zijn voormalige ondergeschikte. Gentry's lichaam kronkelde spastisch, elke spier trok zich samen; de pezen in zijn kaak leken wel onderhuidse gitaarsnaren.

Nadat hij de knop weer had teruggedraaid, grinnikte Hanley. 'Dat gaat nooit vervelen.' Hij keek de dikke man aan. 'Hij is niet meer zo krachtig, lijkt het wel.'

'De accu is leeg. Dankzij deze man.'

'Hij is inderdaad taai.'

Carlos, de adjunct van de Spin, stapte naar voren en zei in het Engels: 'Nu je weet dat wij de man hebben die je zoekt, zullen we je terugbrengen naar Chapultepec Park. Als we klaar zijn met de gevangene, zullen we zijn stoffelijk overschot volgens afspraak in de buurt van de ambassade dumpen.'

Hanley knikte. 'Heeft hij nog informatie die jullie uit hem proberen te krijgen of is dit allemaal gewoon voor de gein?'

Carlos keek de blonde Amerikaan aan. Hij begreep het niet. 'Voor... gein?'

'De gevangene. Heeft hij informatie die jullie nodig hebben?'

Carlos knikte.

Hanley keek naar de emmer die op de grond stond. De metalen staaf stak eruit. 'Aha... ik snap het. De intimiteiten gaan zo beginnen.' Hij bleef om zich heen kijken. Naar de chirurgische instrumenten op de tafel, een schap gevuld met containers, handboeien, isolatieplakband en andere dingetjes. Hij keek weer naar de mannen die in de kamer om hem heen stonden.

Niemand zei iets.

Hanley ging verder. 'Ik wil graag bij het verhoor aanwezig zijn.'

Carlos schudde zijn hoofd. 'Dat is niet mogelijk. We weten niet hoelang het nog gaat duren.'

'Jammer,' zei Hanley, en hij richtte zich weer tot Gentry. 'Hé, klootzak. Wakker worden. Heb je enig idee hoeveel ellende je me hebt bezorgd?'

Court liet zijn hoofd weer hangen, maar wist er een glimlach uit te persen. 'Je bent niet de eerste die me daarop wijst.'

'Het ging me voor de wind. Ik was carrière aan het maken.'

'En wat gebeurde er?'

'Toen kreeg ik op een dag het bericht dat een van mijn deurintrappers het verknald had. Het was een fout die de Verenigde Staten zeer grote politieke schade had kunnen berokkenen. Er werd een deal gesloten, tussen ons en een ander land, er werden afspraken gemaakt. Als we onze eigen rotzooi zouden opruimen, als we ons van de schadelijke partij zouden kunnen ontdoen, zou dat bewuste land de zaak door de vingers zien.

'Dus krijg ik het bevel dat Gentry eraan moet. Wat moest ik dan, Court? Ik heb Zack en de jongens bij je langs gestuurd. Ik voelde me daar klote over, maar ik had een bevel gekregen. En voordat ik het wist had je je hele team over de kling gejaagd.'

'Ik ben bekend met het verhaal.'

'Al die shit is op mijn hoofd terechtgekomen. En zover ben ik nu, op mijn eenenvijftigste adjunct-chef van de post in fucking Haïti. Je kunt naar het platteland verbannen worden, of naar de achterkant van de maan. Ik heb een bloedhekel aan de warmte; ik heb een bloedhekel aan de ziektes, het ongedierte, de stormen, de drugs; ik haat elk aspect van mijn leven op dit moment. En dat allemaal omdat jij niet gewoon braaf als een goede soldaat de pijp uit bent gegaan!'

Terwijl hij steeds harder ging praten vloog het speeksel van zijn vlezige lippen. 'Jij, jij waardeloze klootzak hebt mijn leven naar de klote geholpen!'

Carlos, de enige aanwezige man in het zwart, stapte naar voren. 'Genoeg! De bus staat klaar om je weer naar het park te brengen.'

Toen Hanley de Mexicaan eventjes aankeek, leek het alsof hij vergeten was dat er nog andere aanwezigen in de ruimte waren. Hij stak zijn handen ter verontschuldiging in de lucht. 'Prima. Lo siento, amigo.' Hij sprak Gentry weer toe. 'Ik zou willen dat ik hier kon blijven om je te zien sterven, maar ik moet gaan.' Hij wendde zich van hem af, en de Mexicanen om hem heen draaiden zich ook om. Toen wendde hij zich weer tot de gevangene. 'Een korte afscheidsgroet die ik heb geleerd van mijn voorouders uit het oude land.' Hij keek Gentry aan terwijl hij langzaam zei: '*"Tugo zakroi rot I derji ih za sheiu."*'

Court fronste zijn met zweet bedekte wenkbrauwen.

Dat was Russisch.

Vreemd.

Matt Hanleys familie kwam uit Schotland.

Hanley draaide zich naar de lift toe, liep twee passen langs de politieagenten, en stak op het moment dat hij ter hoogte was van de tafel vol martelwerktuigen zijn linkerarm uit om een lang, dun scalpel te grijpen.

40

Carlos stond met zijn gezicht naar de lift; omdat de federales de kap weer over Hanleys gezicht wilden trekken bevonden hun handen zich uit de buurt van hun wapens.

Het chirurgisch staal glom in het licht van het kale peertje toen het scalpel door de lucht schoot. Hanley plantte het lemmet in de nek van de man in het zwart voor hem, doorboorde zijn slagader waardoor het bloed zijwaarts de kamer in spoot. Toen de narco zijn hand op de pijnlijke plek legde, draaide Hanley honderdtachtig graden zodat hij voor de federales stond, en pakte de twee kleinere mannen bij hun munitievest, liet hen een halve slag draaien en duwde ze met al zijn kracht en gewicht richting Court en het ijzeren hek. De volkomen overrompelde agenten vielen struikelend naar voren en landden ieder aan weerszijden van Gentry tegen het hekwerk. Met zijn uitgestrekte, bij de polsen vastgebonden handen greep hij de twee mannen, eentje bij de kraag van zijn uniform en de ander bij de draagriem aan zijn wapen.

Hanley sloeg de kleine slager achter de tafel vandaan en draaide de knop op het elektroshockapparaat vol open. Gentry was net op tijd om zijn hand rond de nek van een van de federales te leggen, en de twee mannen begonnen direct als gevolg van de stroomstoten spastisch te bewegen. De tweede agent probeerde bij het hek weg te komen maar werd tegengehouden door Gentry's greep op de draagriem, en de federale viel op zijn hakken achterover, tegen het metaal, en kreeg de volle laag. De intense schokken door zijn centrale zenuwstelsel deden ook hem kronkelen.

De protegé van de folteraar had een paar gutsen slagaderlijk bloed van de man in het zwart in zijn gezicht gekregen, waardoor hij gedwongen werd zich van de actie af te wenden en zijn ogen schoon te vegen. Toen hij daar eindelijk mee klaar was, mengde hij zich weer in het tumult en haalde van achter zijn schort een wapen tevoorschijn. Hanley zag het gevaar en drukte hem met zijn gestrekte arm tegen de met bloede besmeurde muur en trok het kleine .380 automatische pistool van Argentijnse makelij uit de bevende hand van de assistent. Matt draaide het pistool om, zette het tegen het hoofd van de protegé en schoot hem zonder aarzeling dood.

Daarna schoot Matt el Carnicerito twee keer in zijn dikke pens, die naar zijn buik grijpend op de koude betonnen keldervloer viel. Hanley draaide de knop weer terug, rende naar de drie mannen bij het hek: één naakt, vastgeketend aan het hek, en de overige twee in volledige SWAT-uitrusting, die nu verdoofd en uitgeput op de grond vielen.

Matthew Hanley ging over de twee uitgeschakelde federales staan en joeg ze beiden een kogel door het hoofd.

Jerry Pfleger was in de hoek op de grond gevallen. Hij lag naast de dode protegé met zijn rug naar de betonnen muur, met bloedspetters op zijn van het zweet doorweekte kortemouwenoverhemd als een hip designpatroon. Zijn gezicht was net zo bleek als zijn overhemd tien seconden geleden was geweest, en zijn opengesperde ogen knipperden in hoog tempo. Hij keek naar de blonde Amerikaan in het midden van de kelder.

De Mexicanen lagen in diverse onnatuurlijke poses op de grond. Het schort van de kleine slager was over diens gezicht geslagen. Hij leefde nog en had een hevig bloedende buikwond.

Matthew Hanley deed het licht uit waardoor de ruimte vrijwel geheel verduisterd was. Het enige licht was nu een zwak schijnsel vanuit het trappenhuis. Toen haalde hij een machinepistool van de nek van een van de dode federales en knielde daarbij naast Gentry op de grond. Hij draaide zich op zijn hurken om, trok de laadhendel op het wapen naar achteren en richtte het op de trap.

'Hoeveel?' vroeg hij. Hij was een en al zakelijkheid, concentreerde zich op de aanstaande dreiging.

Gentry was amper bij kennis. Die laatste stroomschok, hem toegediend door Hanley zelf, was hem bijna fataal geworden. Niettemin sprak hij mompelend zijn vermoeden uit. 'Geen idee. Een paar federale agenten, misschien meer.'

'Oké.'

Meerdere voetstappen op de trap, die naar beneden kwamen.

Hanley wachtte.

Court hing als toeschouwer in zijn boeien: hij voelde zich volledig onbeschut.

In het schemerlicht van het trappenhuis verschenen in het zwart geklede federale agenten; Matt Hanley schoot hen in hun benen om ze naar de grond te werken, en daarna boven hun kogelwerende vesten in hun hoofden en nekken. Twee man neer, drie nu. Een vierde kreeg een kogel door zijn keel en viel struikelend door het gat van de deur tot in het midden van de kelder; zijn wapen vloog uit zijn handen en landde met een metalige klap op het beton.

Het stuiterde in de schoot van Jerry Pfleger. Toen de ambassademedewerker zag wat het was, sperde hij zijn ogen nog verder open en duwde het wapen van zich af als was het een levende ratelslang. Het landde bij zijn voeten, en met geheven armen schopte hij het uit alle macht van zich af.

Hij wilde niets weten van een wapen; hij gaf heel duidelijk aan dat hij zich niet zou verzetten. Hij wilde Hanley geen enkele aanleiding geven op hem te schieten.

Hanley pakte het nieuwe wapen en liep ermee de trap op. Hij hoorde of zag niemand.

Toen hij terug de folterkelder in liep en het licht weer aandeed, kreunde de kleine slager. Hij drukte zijn gebalde vuist op zijn bebloede buik en keek de gewapende Amerikaan aan met een blik waar angst en verwarring uit spraken.

'Heb je hem nog ergens voor nodig?' vroeg Hanley aan Gentry, terwijl hij met de loop van de MP5 op de dikke folteraar wees.

Gentry schudde zijn hoofd. 'Nope.'

Zonder aarzeling schoot Hanley de man drie keer in de borst, waarna het gekreun ophield.

Na een paar zwijgende seconden zei Court: 'Bedankt, Matt.'

Hanley herlaadde het wapen met een vers magazijn dat hij van de borst van een van de dode federales had geplukt. Terwijl hij het magazijn eruit wipte om het wapen te kunnen herladen zei hij: 'Krijg de tering, Violator. Ik mag je even graag als deze klootzakken hier.'

'Oké.'

Toen begon Hanley Gentry's handboeien los te schroeven.

'Ik was blij dat je je tong er niet had afgebeten. Ik was even bezorgd dat je Russisch was weggezakt.'

'Je zei tegen me dat ik mijn mond dicht moest houden en die kerels bij hun keel moest grijpen.'

'Eigenlijk zei ik nek, maar dat komt op hetzelfde neer.'

Nadat Hanley Courts beide armen had bevrijd maakte hij de enkelboeien los. Court viel voorover, landde op een knie en ging toen op de betonnen vloer zitten. Zijn pijnlijke spieren trilden ongecontroleerd. Zijn rechterbeen trilde zo hevig dat hij er met beide handen op drukte om de beweging te smoren.

Matt was al begonnen een van de dode federales van zijn schoenen en broek te ontdoen. Hij laste even een pauze in om de Bersa .380 te zoeken die hij van de protegé had afgepakt en schoof het wapen over de grond naar Court.

Hanley knikte in de richting van Jerry Pfleger, die trillend van angst nog steeds in de hoek zat. 'Ik heb die klojo voor jou overgelaten. Maak hem af als je dat wilt. Zal mij een zorg zijn.'

'Nee. Ik heb hem nodig.'

Pfleger knikte geestdriftig, met opensperde ogen waar hernieuwde hoop uit sprak. 'Zo is het! Zo is het, gozer! Je hebt me nodig.'

'Maar niet om voor me te dansen.'

'Dansen? Wat bedoel...'

Court raapte het pistool op dat zijn voormalige baas hem had gegeven en schoot Pfleger in zijn linkervoet, waarin een mooi rond gaatje ontstond, omzoomd door de gerafelde stof van zijn sok en het gehavende leer van zijn bruine instapper.

De jongeman keek een paar tellen naar zijn bebloede schoen en slaakte toen een kreet.

Het gebrul en gekerm deed Hanley ineenkrimpen, en hij gooide een zwarte broek naar Gentry. 'Moest dat nou?'

Court hapte naar adem; hij bleef even plat op zijn rug op de koude vloer liggen om te bekomen van zijn foltering. Hij zei nuchter: 'Ik wil niet dat hij ervandoor gaat. Ik heb op dit moment niet zo'n zin om achter hem aan te moeten.'

Jerry schreeuwde en spuugde en stootte een reeks beledigingen en scheldwoorden uit als water uit een brandslang. 'Ik maak je godverdomme af, jij gestoorde kloot...'

Gentry kroop op handen en knieën naar de gewonde man in de hoek; het roestvrijstalen wapen tikte daarbij op het beton. Hij ging weer zitten, drukte de loop van het wapen op de rug van Pflegers rechterhand en drukte die tegen de grond. 'Volgens mij hoef je ook niet te typen.'

'Nee!'

Court aarzelde. 'Ga je je een beetje gedragen?'

'Nee! Ik bedoel, ja! Ja!'

'Oké, stelp het bloeden. Het komt wel goed.' Gentry ging langzaam op zijn onvaste benen staan, pakte een handdoek en een rol isolatietape en gooide die naar de man die kronkelend op de grond de voorwerpen niet wist te vangen en er steunend op zijn ellebogen huilend en vloekend en tierend achteraan moest.

Court, nog altijd versuft en gehinderd door de gevolgen van de schokken, schoof langzaam de broek over zijn naakte lichaam. Hanley trok een andere bewaker diens hemd uit en gaf het aan Court.

Na nog een minuut liepen ze de trap op.

Ze bereikten de voorzijde van de loods; het was acht uur 's avonds, en het terrein was afgezien van een paar honden in een langgerekte kooi verlaten. DLR was inmiddels al lang en breed vertrokken, wist Court, en Laura Gamboa dus ook. Toen hij haastig om zich heen keek, zag hij een aantal vaten met zuur tegen een muur staan. Boven op de vloeistof dreef een pluk haar. Het enige wat er nog over was van de vorige gasten van dit dodenhuis.

Hij en Pfleger kwamen samen de deur door gestrompeld, en Hanley probeerde op straat een auto aan de praat te krijgen. Binnen ettelijke minuten verlieten ze de buurt in een gestolen Ford-stationwagen. Hanley zat achter het stuur: Court was vanwege zijn nog altijd onwillekeurig samentrekkende spieren niet in staat te rijden. Pfleger lag in de kofferbak; Court had met de overgebleven isolatietape Pflegers handen achter zijn rug vastgebonden. Toen ze een druk kruispunt naderden, bekeek Matt de borden. Hij zei: 'Oké, ik weet waar we zijn. Tepito. Geen fijne wijk, maar niet al te ver van de beschaving.'

'Waar gaan we heen?'

'We vinden zo wel een plek waar we kunnen praten. Daarna neem jij de auto. Ik pak een taxi naar de ambassade. DLR's mannen zullen er snel achter komen wat er gebeurd is, voor zover ze dat al niet weten. Je wilt niet te lang in de hoofdstad blijven rondhangen.'

Ze reden het grootste deel van de tijd zwijgend verder; af en toe hoorden ze Jerry's gedempte gekreun en gevloek. Gentry deed zijn best de controle over zijn spieren terug te krijgen; zijn armen en benen voelden slap en rubberachtig, zijn buikspieren deden zeer en in zijn rug en zijn nek voelde hij een kloppende pijn. Hij had schroeiplekken op zijn rug, zijn kont, zijn polsen en zijn enkels. Hij droeg een te korte broek en een te klein T-shirt, met een bloedveeg op de boord; hij had geen sokken en schoenen aan.

Court had het Bersa Thunder .380 semiautomatische pistool op zak met een vers magazijn dat hij in de broekzak van de protegé had gevonden. Het stelde als wapen weinig voor, maar het was klein en goed te verbergen. Terwijl Courts brein uit alle macht zijn lichaam onder controle probeerde te krijgen, ruimde hij in zijn gedachten een plaatsje in om een plan uit te denken, en dat plan dat gestaag vorm kreeg vereiste anonimiteit. De MP5's en zelfs de grote Beretta's die de federales op hun heup droegen volstonden eenvoudigweg niet.

De Bersa was niet krachtig, maar makkelijk te verbergen.

Hanley had zichzelf met een Beretta uitgerust voor het geval ze tijdens hun ontsnapping te maken zouden krijgen met narco's of straattuig.

Court was verbaasd toen Hanley op de República de Ecuador stopte bij een kruidenier en zonder iets te zeggen uit de auto stapte. Binnen een minuut was hij terug met een fles tequila. Met de fles tussen zijn benen geklemd mengde hij zich weer in het verkeer, draaide de dop eraf en nam een grote slok.

Hij hield Gentry de fles voor.

'Nee, dank je.'

'Dat is goed voor je verkrampte spieren. Drink.'

Court nam de fles aan, nam aarzelend een slok, huiverde en nam toen een grotere slok. Hij dwong zichzelf het goedje door te slikken en gaf de fles weer aan Hanley. 'Als je ook nog een sixpack Tecate zou hebben gekocht, hadden we een feestje kunnen bouwen.

Matt nam een teug, lachte, en nam nog een teug. 'Nah, sterkedrank is efficiënt. We hebben geen tijd voor bier, Violator.'

Eindelijk ging Hanley de weg af en manoeuvreerde de sedan een steegje achter een bouwplaats in. Hij vond een afrit naar een overdekte parkeerplaats onder een half afgebouwd hotel. Hij sprong uit de auto om een aantal oranje vaten aan de kant te schuiven en reed toen verder de parkeerplaats op.

Ze zetten de auto neer, en Gentry deed de achterklep open zodat Jerry wat frisse lucht kreeg. Jerry lag op in foetushouding. Hij keek doodsbang omhoog naar de twee Amerikaanse spionnen die vanuit de duisternis op hem neerkeken.

'Vermoord me alsjeblieft niet. Ik zweer dat ik alles doe wat jullie...'

Hanley nam nog een flinke teug uit de tequilafles. 'Bek houden of ik doe de achterklep weer dicht.'

Jerry hield zijn mond.

Hanley legde een hand op Courts schouder, liep met hem naar een hoek van de parkeergarage, nog steeds binnen bereik van de interieurverlichting van de Ford. Ze bleven samen staan; Court pakte de fles en dronk nog wat meer tequila, in de vurige hoop dat het zou helpen zijn spieren in bedwang te houden.

Hij gaf de fles terug aan Matt, en de blonde Amerikaan nam een grote slok voordat hij vroeg: 'Hoe ben je in godsnaam hier in Mexico verzeild geraakt, in deze knokpartij met de narco's?'

'Ik ben er gewoon in gerold.'

'Dat was niet al te snugger. Deze drugsoorlog is gekkenwerk. Erger dan Colombia. Heb je ooit iets gezien wat zo ziek is als dit?'

'Ja... eigenlijk wel.'

Hanley keek Gentry aan en knikte langzaam. 'Je hebt waarschijnlijk een paar klussen in Bosnië gedaan.'

'Waarschijnlijk wel,' antwoordde Court half bevestigend. Hanley ging er niet op door. Hij wist niet veel van Courts werkzaamheden voordat hij zich bij het idiotenpeloton had aangesloten en had daar ook weinig behoefte aan.

'Langley beweert dat je die GOPES-commandant kende, die majoor Gamboa.

'Ja, van lang geleden.'

'En DLR heeft het nu op zijn familie gemunt.'

Court knikte. 'Daar heb ik me al die tijd mee beziggehouden.'

'Ik zou willen dat ik iets voor je kon doen, maar officieel geeft mijn werkgever helemaal niets om Gamboa, en de enige belangstelling die ze voor jou hebben, is zeker te weten dat je zo snel mogelijk sterft.'

'Waarom heb je me geholpen?'

Matt haalde zijn schouders op. 'Je hebt mijn leven dan weliswaar naar de klote geholpen, maar nu dat gebeurd is, kunnen ze me niet veel meer maken.'

Court begreep het niet. Toen Hanley dit zag, ging hij verder. 'Luister, je zou voor mij hetzelfde hebben gedaan. Je deed je werk in het idiotenpeloton heel goed. Natúúrlijk heb je je verweerd toen we achter je aan kwamen. Dat kan ik je niet kwalijk nemen. En ik kon niet gewoon maar blijven toekijken hoe dat klotekartel van Daniel de la Rocha jou doodmartelt. Je mag dan uitgekotst worden door de hoge omes van Langley, maar ik heb deze baan niet aangenomen om te kunnen zien hoe Amerikaanse patriotten door Mexicaanse drugsbaronnen worden vermoord.'

Gentry knikte. Leunde achterover tegen het koude beton.

Matt zei: 'Dit is niet de eerste keer dat Denny me eropuit stuurt om jou te identificeren.'

'Nee?'

'Een paar jaar geleden. Ik zat destijds in Paraguay.' Hij grinnikte. 'Ik had geen idee hoe goed ik het had in Paraguay. Dat klote-Haïti. Je moest eens weten.'

'We hebben niet veel tijd.'

'Hoe het ook zij, er stond iets te gebeuren in Kiev. Carmichael stuurde me zo snel met een vliegtuig van Asunción naar Kiev dat mijn hoofd ervan tolde. Ze wilden aantonen dat jij de agent ter plaatse was, alsof één man dat voor elkaar had kunnen krijgen, maar we weten allebei dat jij het niet was.'

Court knikte. Hanley keek hem aandachtig aan, en Court wist dat hij in Courts gelaatsuitdrukking zocht naar een reactie op zijn uitlating. Courts aangezichtsspieren reageerden nog altijd op de elektriciteit die door zijn centrale zenuwstelsel was gejaagd; de leugendetector-achtige signalen van zijn limbische systeem waren in deze staat allesbehalve betrouwbaar.

Hanley gaf het op. 'Nou ja, ik heb er in elk geval een gratis reisje naar Europa aan overgehouden.'

Gentry gaf nog steeds geen sjoege.

Matt glimlachte weer. 'Je was altijd al de meest zwijgzame. Degene die het meeste werk opknapte en nooit zeurde. Hightower had de grootste bek.'

'Hoe gaat het met Zack?'

'Hoe het met hem gáát? Meen je dat nou serieus? Hij is dood. Ze zijn allemaal dood.'

'Wie allemaal?'

'Alle jongens van het idiotenpeloton. Je hebt ze allemaal omgelegd, kerel. Je hebt beide lopen van een .44 Derringer tegen Zack Hightowers borst gedrukt en hem door een raam naar beneden geschoten. Hij is ter plekke overleden.'

Jezus, dacht Court. Matt Hanley wist écht van toeten noch blazen. Zack had de schietpartij overleefd, en Court had zeven maanden geleden nog een missie met hem gedaan in Noord-Afrika. Zack was in Soedan ernstig gewond geraakt, en Court wist niet zeker of hij dat had overleefd, maar het was duidelijk dat hij heel wat beter dan Matt op de hoogte was van wat er zich binnen de hogere echelons van de Special Activities Division had afgespeeld.

Hoewel de CIA een schiet-als-je-hem-ziet-bevel tegen de Gray Man had uitstaan, was diezelfde Gray Man lang niet zo'n outsider als Matthew Hanley.

'Wie heeft mijn doodvonnis getekend?'

Hanley keek naar de tequilafles alsof hij zijn drankinname wilde doseren. 'Denny Carmichael nam contact met me op. Zei tegen me dat je uitgeschakeld moest worden.'

'Waarom?'

'Ik weet het niet. Ik heb echt geen idee.'

'Gelul.'

'Carmichael weet het. Anderen die hoog in de boom zitten. Mij werd verteld dat je de vijand was, dat je ter plekke neergeschoten mocht worden. Ik heb daar een presidentieel decreet voor gezien; er stond iets in over de bemoeienis met een buitenlandse mogendheid, waarop ik aan Denny vroeg hoe de vork in de steel zat. Hij zei dat er een deal was bekokstoofd tussen mensen die ver boven mijn salarisschaal zaten, en dat ik mijn bek moest houden en gewoon dat decreet moest uitvoeren. Ik zei tegen Denny dat een GPS-geleide bom op je kop de enige garantie op jouw zekere dood was, maar hij gaf me de opdracht om je door het team te laten afmaken. Dat heb ik Zack laten weten, die het aan de anderen heeft doorgegeven, met als gevolg dat ze nu allemaal dood zijn.' Hanley nam een uitzonderlijk lange slok uit de fles met de transparante inhoud. Court zag dat hij als gevolg van de uitwerking daarvan lichtjes heen en weer wiegde.

Hanley lachte eventjes. 'Dat heb je allemaal niet van mij.' Hij lachte opnieuw. 'Ik ben zó de klos.'

Court keek zijn voormalige baas sceptisch aan. 'Matt... je wordt niet gewoon maar ontslagen voor wat je daar in die kelder hebt gedaan.'

'Federale gevangenis? Een moordcommando op mijn stoep? Nah, ik weet ze er wel van te overtuigen dat je op een of andere manier hebt weten te vluchten. Ik heb een aardige boterham verdiend met het belazeren van mijn vrienden en collega's.' Hoewel hij glimlachte, zag Gentry dat hij zenuwachtig was. 'Het vermoorden van die carteleros was het waard.'

'Matt... Langley zal je vermoorden omdat je me gered hebt.'

Hanley haalde zijn schouders op. 'Ik zal er een goed verhaal bij moeten verzinnen. Jij hebt je schietend uit de kelder bevrijd, mij gegijzeld, me in elkaar geslagen en me voor dood langs de kant van de weg achtergelaten toen je er samen met die kneus van de ambassade vandoor ging.' Hij zweeg even. 'We moeten dit geloofwaardig laten lijken. Een blauw oog, een paar gebroken ribben misschien.'

Court schudde enkel traag zijn hoofd.

'Had je iets anders in gedachten?'

'Je hebt het zelf gezegd. We moeten dit geloofwaardig laten lijken.'

Hanley slaakte een diepe zucht, knikte alsof hij dit al aan had zien komen. Hij nam snel achter elkaar drie slokken uit de tequilafles en ging toen met zijn rug tegen de muur van de parkeergarage staan. Hij wierp onderhands de fles in het donker. Hij spatte uiteen. Toen wees hij naar een plek bovenaan zijn schouder. 'Daar. Doe het, Violator!'

Court haalde de Bersa Thunder .380 uit zijn broekzak. Zette een paar stappen naar achteren en hief het wapen. Hanley keek hem met samengeknepen ogen aan in afwachting van de pijn die hij zeer binnenkort zou ervaren. 'Mis alsjeblieft niet, jongen.'

Toen verlegde Court zijn blik van de keep en korrel naar de samengeknepen ogen van de man die hij onder schot hield. 'Sorry.'

'Waarvoor?'

Court liet het wapen ietsje zakken.

'Nee!'

Court schoot Hanley in zijn buik. Hanley legde zijn handen op de verschroeiende pijn die hij aan de rechterkant voelde.

Court schoot opnieuw en trof de bovenkant van Hanleys schouder.

'Jezus!' gilde Jerry Pfleger. Hij was rechtop in de kofferbak gaan zitten en zag wat er bij de muur gebeurde. Court draaide zich om, rende met geheven pistool op de auto af waarna Jerry weer de kofferbak in dook. Court pakte diens telefoon, smeet de achterklep dicht en liep weer naar de man die op de betonnen ondergrond lag te kronkelen. Hanley lag nu op zijn rug; hij probeerde bij de Gray Man vandaan te kruipen, maar slaagde daar niet in.

Terwijl hij wijdbeens over de grote man stond, zei Court: 'Niemand was in de standaardkogel in de schouder getrapt. Niet als die was afgeschoten door iemand zoals ik.'

'Ik was ermee weggekomen, klootzak! Ik had ze kunnen overtuigen!'

'Kom op, stop met janken. Die in de schouder is er weer uit gekomen, en de kogel in je buik zit in je dikke vetlaag. Ben je de enige die de laatste tijd in Haïti wat kilo's is aangekomen?'

'Ik zal doodbloeden!'

'Nee, dat gebeurt niet. Luister, niemand van Langley zal zich afvragen of je me al dan niet geholpen hebt nadat ik drie keer op je heb geschoten.'

Hanley vocht tegen de shock. Maar hij sperde alsnog zijn ogen open. 'Drie keer?'

Court stond op, legde vlug weer aan en schoot zijn voormalige baas in zijn linkerdij.

'Klootzak!' gilde de dikke man, die op zijn zij rolde en naar zijn been greep.

'Luister, Matt. Ik verleen je een gunst. Carmichael weet dat ik mensen die me proberen te vermoorden niet straf met een oorvijgje. Ik heb geen organen geraakt, en geen aders; je komt er wel weer bovenop. Zeker als je bedenkt wat Denny je zou aandoen als hij vermoedde dat jij en ik onder één hoedje spelen. Hou druk op je buik; maak je geen zorgen over je schouder en je been. Ik heb niets vitaals geraakt.'

'Jij hebt verdomme makkelijk praten. Godverdomme, Violator, ik heb je gered!'

'En ik doe nu hetzelfde! Oké, Matt, ik moet ervandoor.'

'Je gaat weg? Ik lig hier verdomme dood te bloeden!'

'Nee, dat is niet waar. Je bent straks de bink op Langley. Je hebt een schietpartij met de Gray Man overleefd. Hoe geweldig is dat?'

'Helemaal niet geweldig, jij kloot...'

Court knielde en tikte hem op zijn hoofd. 'Je zult me dankbaar zijn, ik zweer het.' Weer een tikje. 'Ik moet ervandoor. Nogmaals bedankt.' Court ging weer staan, haalde Jerry's telefoon uit zijn zak en controleerde of hij bereik had. 'Twee streepjes. Bel de ambassade.' Hij gooide de telefoon op Hanleys dikke buik, klom achter het stuur van de Ford en reed de parkeergarage uit.

Hanley lag in het donker met een hand op zijn buik en de andere op zijn schouder. 'Klote-Violator!' schreeuwde hij uit alle macht; zijn woorden weergalmden in de lege garage.

Toen haalde hij zijn hand van zijn schouder en toetste met zijn bebloede vingers een nummer in op de telefoon.

41

Iets na negen uur 's avonds ging Daniel de la Rocha op de bank in zijn woonkamer zitten van zijn huis in een voorstad van Cuernavaca, op pakweg drie kwartier rijden van Mexico-Stad. Op zijn schoot en naast hem over de gehele lengte van de bank zaten zijn kinderen. Zijn vrouw zat bij zijn voeten op de grond. Het gezin keek op een enorme plasma-tv naar de competitiewedstrijd tussen Chivas de Guadalajara en Cruz Azul, de twee beste voetbalploegen van Mexico.

Tot DLR's grote ongenoegen piepte zijn telefoon in de broekzak van zijn joggingbroek. Hij had zijn mannen de opdracht gegeven hem vanavond onder geen beding te storen.

De overgaande telefoon ontging ook zijn vrouw niet, die haar echtgenoot boos aankeek. 'Je zei dat we door niemand...'

Hij keek op de telefoon. 'Het spijt me, *mi amor*. Het is Nestor; dan moet het wel belangrijk zijn.'

'Ik heb slechts om één rustig avondje met mijn gezin gevraagd.'

DLR's oudste dochter, de negenjarige Gabriella, maande hen tot stilte omdat ze de wedstrijd wilde volgen.

'Daniel... De Amerikaan is ontsnapt. Hij heeft Carlos gedood, el Carnicerito, en iets van zes of zeven federales; hij heeft de CIA-man beschoten en is gevlucht met Pfleger. Een van hen is kennelijk gewond; er liep een bloedspoor vanaf het gebouw helemaal tot aan...'

'Wacht! Nestor...' Daniel stond op, zijn negen maanden oude zoon kukelde bijna uit zijn schoot op de bank. De la Rocha haastte zich de woonkamer uit, rende op kousenvoeten naar zijn studeerkamer en deed de deur dicht. 'Jij vertelt me dat de chingado gringo die ik in de folterkamer in Tepito, omringd door minstens tien gewapende mannen, half dood als een stuk vlees aan de muur heb zien hangen, op een of andere manier heeft weten te ontsnáppen?'

'*Sí, patrón*. Ik ben op dit moment bezig met een aanwijzing. Pflegers auto is weg, ik ga ervan uit dat ze daarmee gevlucht zijn. Iedereen in het D.F. houdt de wegen in de...'

'Wat is er aan de hand? Hij heeft dat niet in zijn eentje voor elkaar gekregen. Hij is door iemand gered.'

'Misschien.'

'Niks misschíén. Madrigal! Het moet Los Vaqueros wel zijn geweest!'

'Ik ga erachteraan, patrón.'

'Ik wil dat je nu direct contact opneemt met de CIA om ze te laten weten dat de Vaqueros hun man hebben beschoten.'

'Dat weten we nog niet, Daniel.'

'Ík weet het! Ik wéét dat Constantino Madrigal hierachter zit!'

Calvo slaakte een zucht door de telefoon. 'Ik zal alle aanwijzingen nagaan, met name de informatie waaruit moet blijken dat het netwerk van Madrigal hierbij betrokken is.'

'Nou, we weten in elk geval waar ze naartoe gaan, toch? Tijuana!'

'Jerry Pfleger heeft de visa niet gemaakt.'

'Misschien werkt hij met ze samen en heeft hij ze wel gemaakt maar jou dat niet verteld.'

'Dat kan, Don Daniel,' antwoordde Calvo vermoeid. 'We zullen iedereen de opdracht geven de grens en de wegen ernaartoe in de gaten te houden.'

'Goed. Jij concentreert je op Madrigal, Nestor. Hoor je me?'

'*Sí, mi patrón*.'

De la Rocha verbrak de verbinding en drukte toen op een knop op zijn bureau. 'Emilio. Haal de auto's. We moeten direct vertrekken.' Hij ging weer terug naar de woonkamer.

Zijn vrouw stond in de deuropening. 'Wat is er aan de hand?'

'Werk. Altijd maar werk, *mi amor*.'

'Je gaat alweer?'

Daniel knikte. 'Sí. Het spijt me, maar ik moet weg.'

Court zat in la Iglesia de Nuestra Señora del Pilar op dezelfde kerkbank als gisteren. Maar Laura Gamboa zat nu niet naast hem. Hij staarde naar het altaar, naar de crucifix, naar de kaarsen. Hij snoof de geur op van wierook en was.

En dacht aan haar.

Jerry Pfleger lag nu vastgebonden in de kofferbak van zijn eigen auto. Ze waren twee uur bezig geweest om de Ford te lozen, met een taxi terug te gaan naar Pflegers appartement in la Zona Rosa, waar ze wat schone kleren, de 25.000 dollar in pesos die Court aan Jerry als aanbetaling had gegeven, een mobieltje en nog wat andere dingen hadden opgehaald. Ze hadden dit in Jerry's auto gelegd. Court had een zak ijs om Jerry's voet getapet om de zwelling tegen te gaan, maar Jerry liep dermate mank dat Court hem waar hij ook ging moest ondersteunen.

Toen ze in noordoostelijke richting over snelweg 85 reden, had Gentry besloten tot deze omweg naar de kerk. Die was vanuit operationeel niveau overbodig, en ongetwijfeld zelfs gevaarlijk, al betwijfelde hij of de Zwarte Pakken nog in Calle Donceles zouden rondhangen.

Hij wist zelf ook niet goed waarom hij hier was of wat hij hier deed. Maar hij had hier gewoon naartoe gewild, om te zitten en na te denken, al was het maar een paar minuten.

Hij dacht aan Lorita, vroeg zich af waar ze op dit moment aan werd onderworpen, hoe ze op dit moment over hem dacht.

Hij had nog altijd spierpijn, maar het trillen was opgehouden. Hij had brandwonden en blaren op zijn enkels en polsen, maar hij zou het wel overleven. Hij voelde de sneeën op zijn borst branden. Die zouden behandeld moeten worden, maar ze waren niet zo diep dat hij zich zorgen hoefde te maken over bloedverlies, en het prikkende gevoel zou hem helpen om de komende uren wakker en scherp te blijven. Daarna... daarna zou hij wel over zijn herstel gaan nadenken.

Hij had een plan, min of meer. Hoewel het flinterdun was, betekende het in elk geval actie, en op dit soort momenten gaf Gentry altijd de voorkeur aan actie boven nietsdoen en er maar het beste van hopen.

Hij dacht weer aan Lorita, en vroeg zich af of hij verliefd op haar was.

Toen dacht hij aan Eddie, aan Elena en de baby, aan het leven dat Eddie had achtergelaten.

Court vroeg zich af of hij wel wist wat het betekende van iemand te houden.

Hij keek in de kerk om zich heen. Er zaten slechts een handvol gelovigen, naar wie hij keek, zich afvragend of zij van anderen konden houden.

Nee, besloot Court. Hij was niet zoals zij. Hij was niet getraind om lief te hebben.

Hij was geconditioneerd om te haten.

En nu was hij klaar om te doden.

Hij stond langzaam op en liep weg van de kerkbank. Hij had niet gebeden. Hij sloeg geen kruis; liep niet naar het altaar om ervoor te knielen.

Maar hij richtte zich wel tot de crucifix. Voordat hij via het gangpad de deur door liep, zei hij zachtjes iets. Het was geen gebed. Het was een verzoek. Uitgesproken op een dreigende toon door iemand die, zoals hij Laura gisteren al duidelijk had gemaakt, niet wist hoe dit allemaal in zijn werk ging.

'Ze vertrouwt jou. Ze is een van je volgelingen. Je moet haar helpen. Voor haar zorgen. Ik kan dat niet alleen.'

Na het uitstapje naar de kerk was het de Gray Man ernst. Hij reed naar Aeropuerto Internacional Benito Juárez; een paar minuten voordat hij daar aankwam, gaf hij Pfleger de opdracht om bij het Hertz-filiaal op de luchthaven een auto te huren. Ze zetten Jerry's auto op lang parkeren, haalden de huurauto op en reden naar een ander deel van de luchthaven. Daar namen ze een taxi terug naar de stad, en in de wijk Reforma stapten ze op een bus naar el Zócalo. Ze liepen twee lange straten naar het zuiden, waarbij Gentry de mank lopende Pfleger moest ondersteunen, naar een onbewaakte parkeerplaats bij een hotel, waar de Amerikaanse moordenaar een Ford Mustang stal.

Om kwart voor drie in de ochtend verlieten Gentry en Pfleger Mexico-Stad en reden in noordoostelijke richting naar Pachuca, een rit van anderhalf uur. Ze lieten de gestolen auto in Pachuca achter, wachtten op een bankje in het park tegenover het busstation tot het zes uur werd en de eerste bussen gingen rijden, en namen de eerste bus naar Juárez in het noorden. Ze zouden voordat de bus Juárez bereikte uitstappen en een regionale bus naar Tijuana nemen.

Vierentwintig uur onderweg.

Toen ze samen achter in de bus zaten, zei Jerry voor het eerst in uren iets dat geen vloek of klacht was. 'Waar was dat allemaal goed voor?'

'Wat allemaal?'

'We klimmen al meer dan tien uur van het ene voertuig in het andere. Mijn voet doet onwijs veel pijn man. Ik moet naar een dokter.'

'We hebben geen sporen achtergelaten. We zijn voor de Zwarte Pakken onmogelijk te vinden. Ze zullen jouw auto zoeken, en hem bij de luchthaven ontdekken. Ze zullen denken dat wij ze in de waan willen laten op een vliegtuig te zijn gestapt, maar ze zullen slim genoeg zijn om uit te vogelen dat jij een auto hebt gehuurd. Als ze de huurauto bij de luchthaven aantreffen denken ze wellicht dat we daadwerkelijk met het vliegtuig Mexico hebben verlaten, maar als ze goed zijn, zullen ze contact opnemen met het taxibedrijf en ontdekken dat we ze geprobeerd hebben af te schudden. En als ze echt goed zijn en geluk hebben, komen ze erachter dat er op een paar kilometer van de plek waar de taxi ons afgezet heeft een Mustang gestolen is, maar dat lijkt me bijzonder twijfelachtig.'

Toen hij als gevolg van de zwelling een steek voelde, wreef Pfleger met een pijnlijke grimas over zijn kuit.

'En zelfs als ze dat allemaal lukt zullen ze betere inlichtingen moeten hebben dan de FBI om de Mustang in Pachuca te vinden, en zelfs als hun dát lukt, kunnen ze ons onmogelijk traceren omdat er geen videocamera's in de terminal hangen en we contant betaald hebben.'

'Maar rekenen ze er niet gewoon op dat we naar TJ gaan?'

Gentry knikte. 'O, zeker,' zei hij, alsof het de gewoonste zaak van de wereld was. 'Als wij er aankomen zullen ze in heel Tijuana de grens in de gaten houden, klaar om ons allemaal over de kling te jagen.'

'Nou, geweldig,' zei Pfleger. 'En zelfs als ze dat niet doen, vermoord jij me alsnog als dit achter de rug is.'

'Niet als je doet wat ik zeg.'

'Gelul. Ik heb gezien hoe je die kerel van de CIA hebt toegetakeld, de kerel die je nota bene gered heeft. Je hebt hem verdomme vermoord!'

Court haalde zijn schouders op. Glimlachte vermoeid. 'Er zat niks anders op.'

'Jaja. Over een paar dagen zeg je over mij hetzelfde.'

'Alleen als je iets probeert.' Court haalde een paar tiewraps uit zijn zak, die hij in een supermarkt in de hoofdstad had gekocht. Hij deed er eentje om zijn linkerpols, haakte de andere eronder en deed die om Jerry's rechterpols. Daarna trok hij ze strak. Court vond in de bus een kleine deken en bedekte daarmee zijn en Jerry's schoot. Zo leek het alsof de twee mannen elkaars hand vasthielden. Een oude vrouw die aan de andere kant van het gangpad zat maakte een afkeurend geluid toen ze deze openbare daad van affectie aanschouwde.

'Dus hoewel we weten dat ze daar staan te wachten tot de Gamboa's de grens oversteken, gaan we toch naar TJ?'

'Ik zal je uitleggen wat er gaat gebeuren, Jerry. We gaan naar de grens. Naar Tijuana. Als we daar zijn, gaan Elena, Luz en Diego de grens over. Je gaat vanaf hier hun oversteek voorbereiden, en dan gaan jij en ik in een hotelkamer elkaar net zolang aankijken tot ik een telefoontje van Elena krijg en ze me vertelt dat ze veilig in de Verenigde Staten zijn aangekomen. Als ik dat telefoontje niet krijg, als ze het niet halen, Jerry, dan zul je in die hotelkamer heel, heel langzaam en ellendig aan je einde komen. Je krijgt verdomme één kans om een waterdicht plan te bedenken om ze de grens over te krijgen, dus ik zou als ik jou was maar heel snel iets verzinnen.'

Nog voordat Court was uitgesproken begon Jerry al met zijn hoofd te schudden. 'Ik kan toch nooit zeker weten dat ze het halen! Ja, als we de documenten hadden, durfde ik je dat wel te garanderen. Maar bij een illegale poging zijn er te veel variabelen. Ik zeg altijd tegen mensen dat het me twee tot drie pogingen kost om ze de grens over te krijgen.'

'Déze mensen hebben geen twee tot drie pogingen. Als ze worden gepakt en in het systeem terechtkomen, kan De la Rocha ze laten verdwijnen. Je hebt maar één poging.'

'Zoals ik al zei kan ik niets beloven!'

Court haalde zijn schouders op. Hij sloot zijn ogen en vleide zijn hoofd tegen de hoofdsteun. Hij trok de deken op tot aan zijn schouders en zei: 'Nou, in dat geval, Jerry, heb je niet lang meer te leven.'

42

Diego Gamboa Fuentes zat op driehonderd meter van de grensovergang naar de Verenigde Staten op een bankje in het park. Hij keek naar ieder individu in zijn omgeving ouder dan tien. Hij was doodsbang door de verkeerde mensen gezien te worden, en hij was ervan overtuigd dat het overal wemelde van de foute mensen.

Dit was de derde dag dat hij hier op deze plek zat, en elke dag raakte hij er meer van overtuigd dat Jose en tía Laura niet zouden komen opdagen, en ook dat de mensen die in het park liepen voor de Zwarte Pakken werkten. Hoewel de temperatuur niet boven de twintig graden uit kwam liep het zweet langs Diego's grote zwarte bril en van zijn vrijwel geheel kaalgeschoren hoofd.

Hij had Joe's raad opgevolgd en zijn uiterlijk veranderd, net als tía Elena en zijn *abuela*. Die verscholen zich in het hotel, een paar kilometer zuidelijker, omdat ze gewoon wisten dat er Zwarte Pakken in de buurt waren.

Ze hadden de vorige dag geluk gehad. Leden van het Tijuanakartel hadden een paar nieuwe mannen in de buurt gezien, van wie ze vermoedden dat het leden waren van een ander kartel die zich opmaakten hun *plaza* in te nemen; ze reageerden op deze dreigende broodroof op de hun enige bekende manier – met wapengekletter. Er waren als door een wonder geen onschuldigen gedood of gewond geraakt, maar het dagelijkse geratel van machinepistolen was sindsdien toegenomen, aangezien het Tijuanakartel steeds meer *guerreros* had gestuurd om de kersverse bedreigers van deze lucratieve kruising op te sporen en te verjagen.

Diego en zijn familieleden hadden het schieten ook gehoord, maar hadden pas de vorige avond op het journaal de aanleiding voor de op straat woedende kartelstrijd vernomen. Ze hoopten dat de TJ-narco's, weliswaar onbedoeld, hun een zekere mate van bescherming boden en Los Trajes Negros de nodige kopzorgen bezorgden zolang ze zich hier in het noorden ophielden.

Diego had vandaag de deur niet uit gewild om in het park te wachten tot het drie uur was. Hij rekende er niet op dat zijn tante of de gringo zou komen opdagen, en wilde liever het hotel niet verlaten. Hij wist dat als het erop aankwam hij degene was die contact zou moeten leggen met de plaatselijke coyote in een poging hen de grens over te krijgen, maar hij vond het helemaal niet erg om daar een paar dagen mee te wachten. Ze hadden amper geld, geen contacten en waren duidelijk bang voor de mannen in het zwart.

Het zou niet meevallen om zelfstandig de grens over te komen.

Een man liep langs het bankje; Diego had hem niet eens zien aankomen. Zijn haar was gemillimeterd; hoewel hij een honkbalpet droeg, kon Diego dat zien. Zijn ringbaardje en snor waren dichtbehaard, maar kortgeschoren; zijn ogen gingen schuil achter een weerspiegelende zonnebril. Hij droeg een katoenen overhemd met lange mouwen en een ruim zittende spijkerbroek, de kleding van een arbeider, niet de verfijnde kleding van een cartelero. Maar toen hij vlak voor Diego bleef staan, verstijfde de jonge Mexicaan van angst.

'Volg me,' zei de man zacht in het Spaans.

Diego herkende het accent. De stem.

Het was Jose. De Amerikaan.

Hij zag er zo volstrekt anders uit dat Diego aarzelde, zelfs toen de man door het park liep, op een kleine Vespa-scooter ging zitten en weer bij hem terugkeerde. De jongen stond voorzichtig op van de bank; hij vroeg zich af hoe Joe zonder dat hij iets had gemerkt daarnet op de scooter was aangekomen en het park was doorgestoken tot aan zijn bankje. Het leek alsof hij uit het niets was verschenen.

Toen Diego bij de Vespa stond, startte Joe de motor, gebaarde dat Diego achterop moest gaan zitten, waarna ze zwijgend wegreden.

Court bracht de scooter terug naar de winkel waar Jerry hem die middag had gehuurd en stapte met Diego in een taxi die hen naar het hotel bracht waar Luz en Elena logeerden. De twee vrouwen stonden perplex van de metamorfose die de Amerikaan had ondergaan. Ze waren het er beiden over eens dat hij met de juiste kleding aan voor een lid van Los Trajes Negros kon doorgaan.

De vrouwen hadden net als Diego hun uiterlijk aangepast. Luz had haar haren rood geverfd; hoewel het er niet natuurlijk uitzag, oogde het bij een vrouw van haar leeftijd niet misplaatst. Elena Gamboa Gonzalez droeg een ogenschijnlijk nieuwe witte bloemetjesjurk; ze had haar haren afgeknipt tot een bob, zoals haar schoonzus Laura die ook droeg. Ze had een grote zonnebril op en droeg hoge hakken.

Maar Elena was nog altijd zwanger. Court waardeerde het feit dat ze de moeite nam zichzelf te vermommen, maar hij kon zich niet voorstellen dat de huurmoordenaars van de Zwarte Pakken een zwangere vrouw over het hoofd zouden zien, enkel omdat ze korter haar had dan hun doelwit.

Diego en Court haalden de twee vrouwen op en gingen in een nieuwe taxi naar de supermarkt, waar ze in weer een andere taxi stapten die hen naar een zuidelijker gelegen busstation bracht. Toen de taxi wegreed, maande Court de familie om honderd meter door te lopen, waarna ze linksaf een nauwe steeg insloegen die uitkwam bij een aftands motel dat kamers per uur verhuurde.

Er stonden ziekelijk ogende prostituees op de stoep, maar Gentry leidde de Gamboa's erlangs en naar een trap aan de achterkant. Hij stak een sleutel in het slot van een kleine kamer zonder ramen.

Binnen was het donker. Court had hun verboden onderweg te praten, dus zodra hij de deur achter zich dicht had gedaan, vroeg Elena: 'Wat doen we hier?'

Bij wijze van antwoord deed Court het licht in de kamer aan. Een eenpersoons, doorgezakt bed, een versleten dekbed waar een rugzak op lag. Court maande met zijn blik de familie een kijkje in de badkamer te nemen.

Jerry zat in de smerige badkamer en zat met een telefoonsnoer en verpakkingstape vastgebonden aan de wc; zijn hoofd rustte op het van de poepvlekken vergeven porselein, en zijn gewonde voet lag op de rand van de ranzige badkuip.

'Waarom duurde het zo lang?' vroeg hij toen Gentry hem langs de drie Mexicanen in de deuropening aankeek.

Court bracht de Gamboa's op de hoogte. 'We zijn gesnapt.'

'Waar is Laura?' vroeg Elena.

Hij zuchtte. 'De Zwarte Pakken hebben haar.' Hij zei het in het Spaans zodat Luz en Diego het begrepen.

Luz schreeuwde en ging huilend op het bed zitten.

Ook Elena huilde. 'Hoe?'

'Dankzij deze klootzak hier.' Hij wees naar de aan de toiletpot gekluisterde Amerikaan.

Elena keek Pfleger aan, en Pfleger wendde snel zijn blik af en keek naar een lange duizendpoot die over de groezelige neptegels op de grond liep.

'Wat... wat moeten we nu doen?' vroeg Diego.

'We zorgen dat jullie de Verenigde Staten in komen. En dan ga ik terug om haar te bevrijden.'

'Nee! Nee. Ik ga hier niet weg zonder Laura,' zei Elena.

'Jawel. Jij en de rest van de familie moeten in veiligheid gebracht worden.'

'Hoe gaan we mijn tía terughalen?' vroeg Diego.

Court ging naast Luz op het bed zitten. Hij zei: 'Ik ga De la Rocha dwingen om haar vrij te laten. Ik ga De la Rocha's leven in de war schoppen, en ik zal hem net zolang dwarszitten tot hij Laura vrijlaat. En als hij dat doet... dan neem ik haar mee en vertrek.'

'Je laat hem in leven?'

'Mijn enige doel is Lorita redden.'

'De la Rocha heeft Eduardo vermoord.'

'Dat weet ik, en ik zou hem daar dolgraag voor laten boeten. Maar omdat ik niet verwacht daar de kans voor te krijgen, wil ik me concentreren op de redding van Laura.'

Elena Gamboa keek Court langdurig en indringend aan. Aanvankelijk begreep hij niet waarom ze hem zo aankeek, maar langzaam begon het hem te dagen. Hij had iets gezegd, iets onthuld, een gevoel voor Laura laten doorschemeren dat Elena herkende.

Hij wendde zich af, maar ze stapte naar hem toe, pakte zijn beide handen en kneep er stevig in. Hij hield zijn ogen op de muur gericht, keek toen naar beneden naar Pfleger, die naast de toiletpot op de tegelvloer zat te trillen.

Hij hoorde Eddies vrouw haar neus ophalen. Ze begreep dat dit nu persoonlijk was geworden; ze had Courts woorden en daden weten te duiden.

Elena zag dat ze hem een ongemakkelijk gevoel bezorgde, dus wendde ze zich zonder iets te zeggen van hem af, ging naast haar schoonmoeder zitten en omhelsde haar stevig; de tranen liepen beide vrouwen over de wangen.

Luz sloeg haar blik op naar de man die ze kende als Jose. 'Dank je, Jose. Ontzettend bedankt.'

In het Spaans antwoordde hij: 'Ik ben nog niet eens begonnen.'

Jerry had letterlijk de gehele vierentwintig uur durende busrit en de daaropvolgende ochtend in Tijuana aan zijn plan gesleuteld om de Gamboa's de Verenigde Staten in te krijgen. Hij had zijn idee nog niet helemaal in kannen en kruiken voordat de Amerikaanse moordenaar Pfleger had meegenomen om een scooter te huren en hem daarna weer terug had gebracht naar het motel, hem weer aan de plee had vastgebonden en hem urenlang alleen had gelaten.

Harteloze hufter.

De vorige avond had Jerry tijdens de busreis naar het noorden een crimineel in Tijuana zover gekregen een goed woordje voor hem te doen bij een doorgewinterde coyote. De coyote vertelde hem dat hij bezig was een grote groep van veertig marihuanasmokkelaars over twee dagen 's avonds laat ter hoogte van Tecate de grens over te krijgen. Jerry kreeg te horen dat zijn groep zich daarbij kon aansluiten mits ze onderweg pakken in henneptouw gewikkelde marihuana op hun lichaam zouden meenemen, waar Jerry mee instemde. Hij kreeg daarop het exacte tijdstip en de locatie door waar ze de grens zouden passeren.

Hierna nam hij contact op met een kennis in Nogales van wie hij nog iets tegoed had. De man bracht hem in contact met een drugsbende die daar op het plaatselijk plaza actief was. Hij kreeg te horen dat er vanuit Nogales een tunnel liep over de grens naar Arizona, en de hele ochtend in Tijuana was hij met zijn nieuwe mobieltje bezig de juiste mensen op de juiste plaatsen te bellen. Nadat de Gamboa's waren opgehaald en hij door de Gray Man van zijn heikele positie bij de wc was bevrijd, rondde Jerry Pfleger zijn afspraken af met nog meer telefoontjes naar Nogales en Tucson, waarbij hij beloftes deed aan iedereen die hij sprak.

Beloftes die grotendeels uit leugens bestonden.

De leugens die Jerry Pfleger in de afgelopen vierentwintig uur had verteld zouden ervoor zorgen dat veel mensen hem dood wilden, daar twijfelde de Amerikaanse ambassademedewerker niet aan. Met zijn plan naaide hij een aantal van de schimmigste, wraakzuchtigste en gevaarlijkste mannen in noordelijk Mexico, een regio die toch al berucht was vanwege de gevaarlijke mannen die er rondliepen. Al deze mannen kenden zijn echte naam, kenden zijn zakenrelaties en wisten waar hij werkte. Als deze beproeving achter de rug was, kon hij onmogelijk naar zijn oude leventje terugkeren.

Maar Jerry Pfleger was banger voor de Gray Man. Als hij hier op een of andere manier levend uit zou komen, zou hij wel zien wat hem nog stond te wachten. Hij had nu eerst een klus te klaren.

43

Court, Jerry en de Gamboa's reden in alle vroegte in een gestolen Ford Lobo-pick-up richting het oosten en bereikten voor het middaguur Nogales. Daar namen ze hun intrek in een motel dat bijna net zo smoezelig was als het motel waar ze in TJ hadden verbleven.

Ze bleven er de hele middag eten en praten. De Gamboa's baden, en Court en Jerry verzorgden hun rauwe en rode wonden en wachtten tot de nacht zou intreden.

Jerry's plan draaide voornamelijk om zijn eigen lijfsbehoud. Hij zou de DEA op het laatste moment inseinen over de marihuanasmokkelaars die bij Tecate op het punt stonden de grens over te gaan en zou daarbij laten doorschemeren dat de smokkelwaar behalve uit marihuana ook uit heroïne zou bestaan en beweren dat ze niet veertig maar honderd muilezels gebruikten.

En hij hoopte vurig dat deze actie ertoe zou leiden dat er op het moment dat de Gamboa's de grens over wilden weinig bewaking was aan de Arizona-kant van de Nogalestunnel.

Dit was de beste manier om de kansen voor de Gamboa's zo optimaal mogelijk te houden, want het lot van de Gamboa's was voor Jerry Pfleger een zaak van leven of dood.

Om acht uur 's avonds bond Court Jerry vast aan de wc-pot en verliet met de Gamboa's het motel. Ze reden in de Lobo naar International Street aan de grens, sloegen rechts af en daalden een kleine heuvel af. Links van hen bevond zich het hek dat de grensovergang markeerde; verroeste platen, een paar lagen hekwerk en prikkeldraad. Rechts stonden een paar eenvoudige huisjes op de heuvel. Toen het asfalt ophield, reden ze nog vijftig meter over een onverharde weg, en stopten bij een houten hutje.

Er stond een man buiten. Nog voordat Court van achter het stuur was uitgestapt, had hij al gezien dat de man een wapen onder zijn houthakkersoverhemd verborg.

Dit was de *cayote*. Hij zou samen met de familie de grens overgaan, hen introduceren bij degene die hen naar Tucson zou brengen. Hij zou de hele weg bij hen blijven.

De cayote keek de gringo zwijgend aan.

Court had hier een verdomd slecht gevoel bij. Het lot van deze drie mensen, vier als je Eddies ongeboren zoon meetelde, was afhankelijk van de daden van deze drugssmokkelende klootzak die hem aankeek alsof hij kon doodvallen.

Maar Court noch de Gamboa's hadden iets te kiezen. Ze konden niet anders dan op Jerry vertrouwen. Niet op diens eerlijkheid of trouw; dat speelde in dit geval geen rol. Omdat hij handelde uit lijfsbehoud, wist Court dat die motivatie volstond.

De cayote dirigeerde met een handgebaar de Gamboa's de schuur in, en Court liep in het donker op de onverharde weg naar ze toe. 'Ik zal je nooit afdoende kunnen bedanken,' zei Elena tegen hem. Ze huilde.

'Zorg gewoon dat je het redt. Zoek daar een paar van Eddies oude vrienden op. Mannen van de marine, de DEA. Dat zijn goeie kerels, ze zullen je helpen. Breng een gezond kind ter wereld.'

Ze glimlachte. 'Dat zal ik doen.'

Ze omhelsde hem met tranen in haar ogen. 'Red Laura alsjeblieft. Jij bent haar enige hoop. En wees alsjeblieft zelf voorzichtig,' zei ze.

Ze draaide zich om en liep naar de hut. Nu schudde Court Diego's hand. 'Jij bent nu de baas; je snapt wel wat dat betekent, toch?'

'*Yes, sir.*'

'Je oom Eddie is op jonge leeftijd naar de VS verhuisd en is daar succesvol geworden. Ongeacht hoe zijn leven is geëindigd... hij hád een leven.'

Diego knikte, staarde naar de sterrenhemel. 'Ik zou trots zijn op een leven als dat van mijn tío Eduardo.' Hij draaide zich om en ging de hut in.

Luz omhelsde Court langdurig. Ze sprak een kort gebed uit, sloeg een kruis, draaide zich om en liep weg.

Court merkte dat hij zijn best deed te verstaan wat ze had gezegd. Om troost in haar woorden te vinden. Om kracht uit haar smeekbede te putten.

Maar hij begreep haar woorden niet. En hij voelde geen verschil.

Toen de familie was verdwenen, draaide Court zich om. Hij kon hier min of meer over het hek heen kijken. Aan de andere kant stonden een aantal loodsen; er brandde licht, maar ze lagen er verlaten bij. Er liep een weg over een met struiken begroeide heuvel; hij zag hem liggen in het licht van de maan en de sterren, als een langwerpige zuurstok die kronkelend naar het noorden achter de horizon verdween.

Dat was Amerikaans grondgebied. Zo dichtbij dat hij het gevoel had zijn hand maar te hoeven uitsteken om het aan te kunnen raken.

Court had zijn land vijf jaar geleden voor het laatst gezien. Het was niet langer zijn thuis; het was voor hem waarschijnlijk het gevaarlijkste land ter wereld.

Op Mexico na, wellicht.

Maar toch keek hij verlangend naar het eindeloze, met struiken begroeide landschap, alsof het gruis en het zand en het tuimelkruid voor zijn neus luilekkerland vormden.

Het was schitterend, verdomme.

Hij was jaloers op de drie Mexicanen die hij zojuist de grens over had gestuurd.

Hij hield van zijn land, hoewel de liefde vanuit machtige instanties in zijn land niet wederzijds was. Hij had geleden voor dat land. Hij had ervoor gemoord.

Hij was bereid te sterven voor dat land, mits hij niet zou sterven voor een andere zaak.

Hij had ooit een appeltje te schillen met Denny Carmichael en de anderen die bij de CIA hoog in de boom zaten.

Maar dat was voor later zorg. Veel later.

Courts droeve, weemoedige oogopslag en zijn van verlangen dromerige gelaatsuitdrukking verhardde, veranderde in een kille, dappere blik vol vastberadenheid. Hij stapte weer in de auto en reed terug naar het motel waar hij een telefoontje verwachtte.

Dat kwam om zeven uur 's ochtends. Elena belde met de mededeling dat ze het hadden gered. De Gamboa's hadden afscheid genomen van de coyote en waren nu alleen in Tucson; ze hadden buskaartjes naar San Francisco, en ze gaf Court het nummer door van de mobiele telefoon die ze zojuist bij het busstation had gekocht. Court had met hen een wachtwoord afgesproken. Als ze in veiligheid waren, zou ze hem laten weten op zoek te gaan naar een hotel. Als de kust niet veilig was, zou ze het woord motel gebruiken. Toen Court haar het woord hotel hoorde uitspreken, slaakte hij een zucht van verlichting. Maar toch vroeg hij of hij Diego even kon spreken. Court luisterde aandachtig of hij geluiden hoorde die wezen op enige vorm van dwang, maar net als zijn tante klonk hij vooral vermoeid.

Court verbrak de verbinding en keek Jerry aan. Die zat op het andere bed in de kleine motelkamer. Hij had geen oog dichtgedaan. Zijn voet klopte, en hij was wakker gehouden door zijn angst over zijn aanstaande dood.

Jerry keek naar de Gray Man. 'Je gaat me alsnog vermoorden, toch?'

Court schudde zijn hoofd. 'Nee. Je hebt gedaan wat ik je gevraagd heb. Ik ga je niet vermoorden.'

Jerry geloofde hem niet. 'Ja ja. Als ik opsta en me omdraai om naar de deur te lopen, schiet je me neer?'

Weer schudde Gentry zijn hoofd. 'Nee, Jerry... Je kunt hier blijven. Ik heb tot morgen vooruitbetaald. Ik ga ervandoor.'

Pfleger leek in verwarring. Hij knikte langzaam en zei: 'Het zal wel.' Hij geloofde Court niet.

'Ik wil wel dat je ontslag neemt. Je dienstverband bij de Verenigde Staten is voorbij. Begrepen?'

Jerry knikte haastig. Verbaasd en hoopvol. 'Doe ik. Ik kan daar toch niet meer terugkomen. De kartels zouden elkaar afmaken voor de kans om me nu te vermoorden. Maar... wat moet ik dan?'

Gentry haalde zijn schouders op. 'Weet ik veel. Wat mij betreft strompel je helemaal naar Kopenhagen. Ik wil er niet achter komen dat je nog voor de VS werkt, op wat voor manier dan ook.'

'Begrepen, gast. Mij zie je daar niet meer terug.'

'En je moet nog iets voor me doen.'

'Oké.'

'Madrigal.'

'Wat bedoel je?'

'Ik moet hem spreken. Onder vier ogen.'

Jerry Pfleger liet zijn hoofd weer tegen de muur achter het bed rusten. 'Gozer, niemand krijgt el Vaquero persoonlijk te spreken.'

'Gelul. Regel het.'

'Luister. Ik ken een hoop Cowboys. Een paar van hen zijn redelijk hooggeplaatste carteleros. Maar ik ken niemand die je persoonlijk bij Madrigal kan introduceren. Hij is een geest. Een spookverschijning.'

'Ik moet hem spreken. Van man tot man.'

Jerry schudde eenvoudig zijn hoofd alsof dat uitgesloten was. Maar langzaam hield hij daarmee op. Keek naar de man die hem indringend aanstaarde. 'Laat me raden. Dit is ook weer zoiets dat ik voor je moet regelen, anders schiet je me alsnog dood.'

'Je begint het te snappen, Jerry.'

Pfleger blikte lange tijd wazig in het niets. Uiteindelijk zei hij: 'Ik moet even een paar mensen bellen.'

44

Gentry zat op de stoeprand, de felle zon en het stof en de uitlaatgassen van de langsrijdende bussen en auto's drongen elke onbedekte porie van zijn huid binnen.

Een jongen op een paard reed voorbij. Keek neer op de man op de stoep, verbaasd om een vreemdeling in zijn dorp aan te treffen.

Court keek naar zijn handen. Ze trilden. Nee, ze beefden. Hoeveel adrenaline er ook door zijn lijf gierde, zijn handen waren altijd stabiel geweest. Hij had geleerd zijn angst te beteugelen, die naar zijn achterhoofd te verbannen en zich te richten op het probleem waar hij mee te maken had, in zichzelf te geloven. Ervan overtuigd te zijn dat hij de moeilijkheden waar hij mee te maken had, hoe groot die ook waren, zou overwinnen.

Maar die overtuiging voelde hij op dit moment niet.

Hij had een brok in zijn keel.

Zenuwen, Gentry. Gewoon zenuwen, verdomme. Geen probleem.

Hij nam een slokje cola en een hap van zijn torta. Het varkensvlees was dik en pittig, maar zijn eetlust was door de felle zon boven de Sonorawoestijn en zijn kopzorgen goeddeels verdwenen.

En van alle mannen om hem heen werd hij strontchagrijnig.

Hij was nog geen vijf minuten met de bus uit Hermosillo in het dorp afgezet toen de eerste bedreiger zich al aandiende. Toen Court koers zette naar het centrum kwam er een gespierde jongeman met een strohoed op naast hem lopen.

'Wie ben je?'

Court bleef doorlopen.

'Hoe heet je?'

Court keek de jongeman niet eens aan.

'Wat kom je hier doen?'

Weer gaf de bezoeker geen antwoord. Als Courts aanwezigheid nu al vragen opriep bij de zware jongens van het dorp, hoe zouden ze dan reageren als ze zijn Amerikaanse accent hoorden?

De jongeman ging op Gentry's voet staan.

Court bleef staan. Draaide zich naar de man toe en keek hem aan. Direct schoten hem vier manieren te binnen waarop hij de man binnen twee tellen van het leven kon beroven.

Maar nee. Hij wilde zijn bestemming zo onopvallend mogelijk bereiken. Het vermoorden van mensen zou hem niet veel helpen.

Court liep door. Al snel werd hij gevolgd door een kleine stoet plaatselijke bewoners, van wie velen gewapend waren. Een van hen rukte Courts honkbalpet van zijn hoofd en gooide die als een frisbee op de vieze straat. Weer een ander, een tiener, rende snel van achteren naar Court toe en schopte hem met de punt van zijn cowboylaars hard tegen zijn kont. Court struikelde voorover maar bleef overeind en liep door.

Hij zat nu in het centrum van dit kleine plaatsje op de stoep voor een *tienda*. De groep mannen om hem heen was in het niets opgelost. Iemand had zonder twijfel een telefoontje of een berichtje gekregen, waarna iedereen te horen had gekregen zich uit de voeten te maken. Court had niemand iets horen zeggen; hij stelde zich zo voor dat deze klootzakken genoeg hadden aan een blik of een gebaar om door te lopen tot ze uit het zicht waren verdwenen.

Met trillende handen bracht hij zijn frisdrankblikje naar zijn mond. De door de elektrische schokken veroorzaakte brandwonden op zijn polsen vielen wel mee en voelden alsof hij daar verbrand was door de zon, maar hij was vier dagen later nog altijd aangeslagen door de gebeurtenis. En nu stond hij op het punt zijn lot weer in handen te leggen van nietsontziende mannen, wat zijn zenuwachtigheid en het trillen alleen nog maar verergerde.

Een sedan kwam traag dichterbij. De bruine vierdeursauto reed het terrein van het tankstation op aan de overkant van de straat, reed voorbij de pompen en bleef daar staan. Twee mannen met elk een cuernos de chivo – geitenhoorn – in hun hand stapten uit. Ze waren uitgedost als cowboys. Puntige laarzen, witte overhemden met rode biezen. Ze hadden dikke snorren maar geen baarden en droegen laarzen van grijs struisvogelleer.

Het wáren Cowboys. Los Vaqueros. De handlangers van Constantino Madrigal.

De twee gewapende mannen staken de straat over en liepen naar de gringo, die langzaam en met zijn handen op een afstandje van zijn lichaam opstond.

Er passeerde een auto van de gemeentepolitie, die iets vertraagde maar uiteindelijk doorreed.

Zo'n dorpje was het nou. Kerels met automatische wapens konden zomaar een drukke straat oversteken en een man onder schot houden die zijn handen in de lucht stak.

Maar in dat soort dingen was de plaatselijke politie hier niet geïnteresseerd.

Dit was tenslotte Altar, een plaats in de Sonorawoestijn, de thuisbasis van het Madrigalkartel.

De Los Vaqueros-mannen hielden hun wapens tegen hun heup, maar hielden Court wel onder schot.

Binnen een paar minuten was Court gefouilleerd en in de auto geduwd. Ze reden zuidwaarts het dorp uit; daar stopte de auto in een greppel naast de weg. Court kreeg de opdracht hier uit te stappen, wat hij deed. De auto verdween met hoge snelheid naar het zuiden en liet hem in een stofwolk achter.

Die wolk was nog niet gaan liggen toen er een Cadillac Escalade stopte; het was duidelijk dat die hen vanuit het dorp gevolgd was. Een raampje van een van de passagiersportieren ging naar beneden; Court dacht wellicht Madrigal te zullen zien, maar het was gewoon de zoveelste Cowboy. Deze jonge kerel was dik; hij had een Ray-Ban op, had zijn strohoed op zijn schoot liggen en hield een enorme Colt Python-revolver voor Courts neus.

Hij sprak Engels: 'Ik wil zien waar je bruin geworden bent, gringo.'

'Pardon?'

'Kleed je uit. Helemaal.'

Court liet zijn schouders hangen. 'Natuurlijk.' Hij kleedde zich tot aan zijn onderbroek uit, maar de dikke kerel gebaarde met zijn wapen naar Courts onderbroek. Toen hij die ook had uitgetrokken stond hij enkel gekleed in zijn sokken op de onverharde ondergrond, totdat de dikke man hem opdracht gaf ook die uit te doen. Daarna verplaatste hij zijn gewicht van de ene voet op de andere; hij had al genoeg brandwonden op zijn enkels en polsen, en wilde ze niet ook op zijn voetzolen oplopen.

Drie mannen stapten uit de SUV en begonnen zijn kleding te inspecteren alsof ze naar luizen zochten. Nadat de drie mannen om beurten al zijn kledingstukken hadden bekeken, werden ze terug naar Gentry gegooid zodat hij zich weer kon aankleden. Maar omdat ze zijn kleding in de omgekeerde volgorde doorzochten, kreeg hij zijn onderbroek als laatste terug en stond hij met de rest van zijn kleding in zijn armen te wachten.

Eindelijk kon hij zich weer aankleden; de zon brandde ondertussen door zijn gekortwiekte haar op zijn schedel. Hij ging achter in de SUV zitten, naast de dikzak, die de Colt Python in zijn ribben duwde.

Gentry keek zwijgend voor zich uit toen de SUV koers zette naar het zuiden.

Ze stopten bij een kleine landingsbaan aan de rand van een of ander gehucht. Het was er plat en droog, en op de volmaakt vierkante akkers eromheen liepen ezels en dagloners. De landingsbaan was onverhard; het vliegtuig dat aan het einde ervan stond, leek veertig jaar oud. Het was een Cessna 210, een klein propellervliegtuig dat uitermate geschikt was om drugs naar Mexico te vervoeren. Dankzij de robuuste romp en de hooggeplaatste vleugels kon het landen op de meeste ongeregistreerde, door de carteleros in het landschap uitgehouwen landingsbanen.

Court en de dikke man klommen aan boord van het vliegtuig. Behalve de piloot met een honkbalpetje op en een .45 in een leren holster naast zijn stoel, zaten er nog twee andere mannen in de Cessna. Ze hadden beiden een kalasjnikov op schoot, en Court vroeg zich af of ze er ooit bij hadden stilgestaan hoe moeilijk het was deze wapens tijdens de vlucht in de piepkleine zespersoons cabine te gebruiken.

Zo werkte Courts brein. Hij had geen reden aan te nemen direct gevaar te lopen, maar toen ze hun veiligheidsriemen vastmaakten en de piloot de motor startte, bedacht Court een plan om alle aanwezigen in het vliegtuig binnen naar schatting drie seconden te vermoorden, te ontwapenen of buiten gevecht te stellen. Hij zou de piloot in leven en bij kennis laten, hem zijn wapen afhandig maken en hopen dat hij Courts instructies om het vliegtuig aan de grond te zetten zou opvolgen. Zo niet, dan zou hij de kerel een kogel door zijn kop schieten en op eigen kracht landen.

Court was geen geweldige piloot; de paar keren dat hij een vliegtuig aan de grond had gezet waren de toestellen veranderd in waardeloze hopen verwrongen metaal en rokende olie, en in één geval leek het toestel na de landing niet eens meer op een vliegtuig.

Dus hij hoopte vurig dat iedereen aan boord van deze vlucht naar de bergen van 'Cowboyland' zich zou weten te gedragen.

Het vliegtuig danste over de landingsbaan, zwenkte heen en weer en koos toen aarzelend het luchtruim. Toen Gentry na een tijdje rechts van hem de Stille Oceaan zag opdoemen, wist hij dat ze naar het zuiden vlogen.

Er gebeurde onderweg niets; halverwege de middag landden ze op een andere verborgen landingsbaan, in een kleine, met golfplaten bedekte hutjes omgeven open plek in de groene heuvels van de westelijke Sierra Madre. Court wist niet zeker of ze nog in Sonora waren of inmiddels naar Sinaloa waren afgezakt, of zelfs helemaal tot aan Nayarit, waar Courts Mexicaanse nachtmerrie was begonnen bij het graf van Eddie Gamboa.

Waar ze ook waren, hij wist zeker dat het er zou wemelen van Madrigals Vaqueros-soldaten.

En dat klopte.

Hij klom uit het vliegtuig, de dikke man kwam na hem, en ze werden opgehaald door een grote vrachtwagen met een platte laadruimte vol mannen met AK's en cowboyhoeden. Court stapte in de laadbak en ging tussen de mannen in zitten; ze reden naar een dorp en daarna naar een dichtbegroeid bos. Het viel Court op dat de weliswaar onverharde weg er zeer goed bij lag. Het botsen en schudden waar hij achter op de vrachtwagen aan werd blootgesteld werd niet zozeer veroorzaakt door het slechte wegdek als wel door het machismo en de anti-gringohouding van Los Vaqueros.

De weg was in onberispelijke staat omdat hij was aangelegd en onderhouden werd door het Madrigalkartel. Dit werd maar al te duidelijk toen de vrachtwagen langs een van gekapte bomen gebouwde bunker reed, waarin twee mannen achter een .30 kaliber machinegeweer de weg bewaakten. Onder het hechte bladerdak van het bos in de Sierra Madre doemden rijen eenvoudige gebouwen op, waaromheen mannen liepen en werkten. Of ze nu rondliepen met ontblote bovenlijven of gekleed waren in T-shirts en spijkerbroeken, ze waren zonder uitzondering gewapend.

Dit was geen drugsfabriek zoals Court die zich had voorgesteld. Nee, dit leek eerder een rebellenkamp. Het was een soort in de jungle aangelegd fort, weliswaar zonder omheining of wachttorens; de afgelegen ligging in combinatie met het ongelooflijke aantal wapens en schutters betekende dat er niets minder dan een bataljon US Rangers zou moeten worden ingezet om dit kamp te overmeesteren.

De vrachtwagen stopte abrupt; Court botste met zijn schouder tegen de man naast hem, wat hem op een onverstaanbare scheldkanonnade kwam te staan, en klom van de vrachtwagen.

Court moest zich ter plekke opnieuw uitkleden om gefouilleerd te worden; de in de buurt van de hutten lopende vrouwen en kinderen en ouden van dagen bleven staan om de naakte gringo te kunnen aanschouwen. Terwijl hij wachtte tot hij zijn kleren weer terugkreeg scharrelenden er honden en kippen om hem heen.

De mannen met de cowboyhoeden en de cuernos de chivos keken toe hoe hij zich weer aankleedde, en leidden hem daarna over een smalle weg langs wachtposten en gewapende mannen op ezels en paarden. In het bos en op de drooggevallen rivierbodem die langs de weg kronkelde stonden mannen die Court aanstaarden. Er waren op een aantal plaatsen houten trappen aangelegd, en een met prikkeldraad afgezet hek dat over een pad liep werd door drie man bewaakt. Court keek naar de rotsen boven zijn hoofd en zag de silhouetten van wapens en cowboyhoeden.

Toen Court het hek eenmaal door was, bleek het pad toegang te bieden tot een aantal grote gebouwen die schuilgingen onder de pijnboom- en sparrentakken. De gebouwen waren eenvoudige betonnen constructies met golfplaten daken, met in het midden een weg; gewapende mannen hielden de wacht bij de voordeuren. Bij de pleisterplaatsen en watertroggen stonden veel paarden en een enkele ezel. Court passeerde ze op weg naar een groot gebouw dat eruitzag als een loods en halverwege langs de weg stond.

Toen ze voor de deur stonden zette de man rechts van Court de punt van zijn pistool tegen diens rechterslaap. De man links van Court zette het zijne tegen zijn linkerslaap. Een derde ging voor Court staan en plaatste de loop van zijn pistool tegen Courts voorhoofd, en een vierde drukte zijn wapen tegen zijn achterhoofd.

'*Bueno*,' zei de man die de leiding had. Hij stond voor Court en sprak Spaans. 'We gaan langzaam naar binnen. Eén stap tegelijk.' Hij begon naar achteren te lopen, en het gezelschap volgde in zijn spoor. Court had het gevoel de torso van een spin te zijn, waarvan de armen en benen om hem heen allemaal min of meer tegelijk bewogen.

Terwijl ze door de deuropening naar binnen liepen, waarbij de wapens van de mannen tegen Gentry's hoofd drukten en duwden, zei hij: 'Jullie zijn zo'n beetje de lafste bodyguards die ik ooit heb gezien.'

De man die vooropliep zei glimlachend: 'Als we echt zo laf waren, hadden we je in Altar wel voor je flikker geschoten.' De stoet liep verder de kamer in; de man voorop liep achterwaarts door en zei: 'Por favor, dwing ons niet de lunch van Señor Madrigal met je hersens te moeten bevuilen.'

45

Toen Court over de schouder van de man de kamer in keek zag hij een soort feestzaal. Tegen de verste muur stond een rij tafels vol eten en frisdrank. Er stonden zo'n tien gewapende mannen omheen, die toekeken hoe de stoet langzaam over de onverharde vloer op hen afkwam. Aan het hoofdeinde van de tafels zat met zijn gezicht naar Court een enkele man achter een bord met bonen, die hij opat met maïstortilla's. Toen hij zijn tortilla naar binnen had gewerkt nam hij een grote slok van zijn blik Tecate-bier.

Achter hem stonden zes mannen: ze hadden allen een eenvoudige strohoed of honkbalpet op.

Pas toen hij het blikje terug op tafel had gezet keek hij naar de Amerikaan die omringd werd door zijn manschappen die hem onder schot hielden. De voorste man stapte zijwaarts weg en liet zijn pistool iets zakken, maar hield het op de borst van de Gray Man gericht

Eindelijk had Court goed zicht op de man voor wie hij gekomen was.

Constantino Madrigal leek eerder op een campesino, een keuterboer, dan een drugsbaron. Hij was in de vijftig en zwaargebouwd, was eerder groot dan dik en had een snor en borstelig haar dat meer zwart dan grijs bevatte, al scheelde het niet veel. Zijn overhemd van spijkerstof hing open, en aan weerszijden van het eenvoudige kruis dat hij om zijn nek droeg, glom zijn harige torso van het zweet.

Hij had een honkbalpet op.

Hij vouwde een volgende tortilla in elkaar, doopte die in de zwarte bonen en nam een hap van het zompig geworden brood. Terwijl hij kauwde zei hij: 'Gray Man, noemen ze jou. *El hombre de gris*.' Madrigal hief zijn blikje bier en wees ermee naar Gentry. Maakte er een stekende beweging mee. 'Niemand krijgt mij te spreken. Níémand. Maar iedereen heeft het over jou. Iedereen vraagt me: "Heb je die gringo op tv gezien in Puerto Vallarta?" Je bent een soort filmster. Ik wilde je graag ontmoeten.'

Madrigal stak een natgemaakte vinger in een klein bergje wit poeder dat naast zijn lunch op de tafel lag, stak de vinger in zijn mond en zoog de cocaïne ervanaf.

Hij besloot deze actie met een teug van zijn Tecate.

Court zei: 'Bedankt voor deze ontmoeting.'

'Je hebt heel wat sicarios van de Zwarte Pakken gedood. Meer dan mijn mannen voor elkaar hebben gekregen.' Terwijl hij zijn bier dronk keek hij naar zijn manschappen, alsof hij een verklaring van ze verwachtte. Niemand zei iets.

Toen Court naar links en naar rechts keek, voelde hij aan beide zijden de roestvrijstalen lopen tegen zijn jukbeenderen prikken. 'Wil je je mannen vragen hun wapens te laten zakken? Ik zou niet graag zien dat een van hen moest niezen. Ik ben hier in alle respect naartoe gekomen; ik vraag enkel om op dezelfde manier behandeld te worden.'

Madrigal vouwde glimlachend nog een tortilla op. 'Ik betoon je heel veel respect, gringo. Vind je dit niet van respect getuigen? Je zou eens moeten zien hoe ik mannen behandel voor wie ik geen respect heb. Ik weet waartoe je in staat bent. Wie weet zie je nog altijd een mogelijkheid me te vermoorden; ik heb geen idee.'

'Al zou ik het willen, dan nog kan ik je niet vermoorden.' Court voelde zich op dit moment niet te goed om een beetje te slijmen.

'Als je dat niet van plan bent, wat kan ik dan voor je betekenen?'

'Ik ben hiernaartoe gekomen om je geheel kosteloos mijn diensten aan te bieden.'

'*¿Tus servicios?*' Je diensten?

'Ja. Ik wil graag je hulp, en je goedkeuring, om de jacht op Los Trajes Negros in te zetten.'

Madrigal gebaarde dat zijn manschappen bij Court vandaan moesten; ze lieten hun wapens zakken en stapten opzij. Maar er stonden nog altijd twaalf gewapende mannen op vijf passen afstand van de Amerikaan. De narco trommelde met zijn dikke vingers op de picknicktafel. 'Ben je daar niet al de hele week mee bezig, zonder mijn hulp?'

'Ik heb het over een grootschaliger operatie.'

De drugsbaron haalde zijn schouders op, gebaarde dat Court moest gaan zitten. Court koos een metalen stoel aan het andere eind van de tafel. Terwijl een man met een AK-47 een blikje Tecate opentrok en dat voor Court neerzette, begon Madrigal te praten. 'Ik verkeer niet op voet van oorlog met De la Rocha. Ik wíl geen oorlog met De la Rocha. Er wordt al genoeg gevochten. DLR heeft zijn plaza, ik heb het mijne, en ik heb al genoeg moeite om me het leger van het lijf te houden. Ik kijk liever toe hoe je zijn mannen vermoordt zonder er zelf bij betrokken te raken.' Hij lachte. 'Dat is veel leuker.' De in de ruimte aanwezige mannen lachten achter hun geweerlopen.

Court had niet alles verstaan wat Madrigal had gezegd; hij had een vet Mexicaans bergaccent en bediende zich van ondoorgrondelijk dialect, terwijl Court zijn kennis van het Spaans grotendeels in Spanje en Zuid-Amerika had opgedaan. Er werd een jongeman ontboden die zich aan de andere kant van de ruimte bevond; hij ging naast Madrigal zitten.

'Mijn zoon zal tolken. We noemen hem Chingarito.'

Court vertaalde in gedachten de bijnaam van de jongen en vroeg zich af welke man zijn zoon de bijnaam 'kleine klootzak' gaf. Court stelde de vraag niet hardop.

De jongen was amper zestien; hij droeg een honkbalpet waar een goudkleurig marihuanablad op gestikt was. Hij leek ietwat opgetogen over de verantwoordelijkheid waarvoor hij aan tafel was ontboden. Hij vertaalde zijn vaders terughoudende opmerking over oorlog voeren tegen de Zwarte Pakken.

Court schakelde over op het Engels. 'Wist je dat DLR informatie van de CIA heeft gekregen over je contacten in Zuid-Amerika?'

De jongen vertaalde. Madrigal schudde zijn hoofd. 'Nee. Hoe weet je dat?'

'Een man van de CIA heeft me dat verteld, en DLR heeft het persoonlijk bevestigd. Hij wil toegang tot een deel van je productie.'

'Dat gaat hem niet lukken.'

'Misschien niet. Misschien zal hij enkel doen wat hij kan om je productie te schaden. Dat zou zijn eigen positie ten goede komen, nietwaar?'

Constantino Madrigal ontbood nog een man. Fluisterde hem iets in zijn oor. Keek daarna weer naar Gentry. 'Daniel de la Rocha's vader was een verstandig man. Een concurrent, uiteraard, maar een goede zakenman. Daniel is loco, gestoord. Hij heeft geprobeerd me te beschuldigen van de door de GOPES gepleegde aanslag op zijn jacht, en daarna van de moorden op de familieleden van de GOPES-agenten. Maar dat is zijn stijl, niet de mijne. Heel zichtbaar, met veel slachtoffers. Psychologische oorlogsvoering. Hij is gehersenspoeld door zijn lange periode in het leger, is daar een gestoorde moordenaar geworden. Een onredelijke man. Ze beweren nu dat hij een straatidool uit de sloppenwijken vereert.' Constantino Madrigal schudde vol afschuw zijn hoofd. 'Het zakelijke aspect en de informatievoorziening van zijn operatie zijn in feite in handen van zijn consigliere, een heerschap genaamd Calvo. Calvo is mijn vijand, voor wie ik respect heb. Hij is slimmer dan tien willekeurige stomme pendejos die voor mij werken.' Hij maakte een weids armgebaar, waarop een aantal van zijn mannen grinnikten.

De jonge Madrigal vertaalde alles voor Gentry, waarna de vader verderging. 'Als Calvo erachter komt met wie ik samenwerk in Zuid-Amerika om ons product te maken en het naar Mexico te verschepen, en als De la Rocha zou besluiten oorlog met mij te gaan voeren, zou me dat veel tijd en geld kosten. Dat geld heb ik wel, maar ik wil mijn tijd niet op die manier besteden.'

'Ik kan dat voorkomen,' zei Court nog voordat de zoon klaar was met tolken.

'Door een paar van zijn mannen af te knallen?'

Nee. Met jouw hulp kan ik hem heel wat meer dwarszitten. Ik kan ervoor zorgen dat ik zijn aandacht trek zodat hij jou met rust laat, en jij kunt van jouw kant stappen ondernemen om je belangen in Zuid-Amerika te beschermen. Hij zal niet eens doorhebben dat je erbij betrokken bent.'

Toen Courts woorden waren vertaald, bleef Madrigal een tijdje zwijgend zitten. De man met wie Madrigal daarvoor overleg had gevoerd stond nog steeds achter hem; de man boog zich naar hem toe, maar de narco hield hem met een handgebaar tegen terwijl hij nadacht.

Zijn zoon zweeg.

Eindelijk keek Madrigal Gentry aan. 'Je bent alleen. Je werkt niet voor de Amerikaanse overheid. Dat weet ik zeker.'

Court knikte.

'Waarom doe je dit dan?'

'DLR heeft iets wat ik wil.'

'Die zus van Gamboa?'

Gentry was aangenaam verrast dat de ruige cowboys in deze afgelegen schuilplaats op de hoogte waren van de situatie met Laura. Dat betekende dat Los Vaqueros over een inlichtingentak beschikte die toegang had tot informatie over de Zwarte Pakken.

Hij knikte. 'Ik heb één missie, en die is ervoor te zorgen dat DLR Laura vrijlaat omdat het voor hem te duur en te gevaarlijk wordt haar vast te blijven houden.'

'Daniel junior kan erg koppig zijn.'

Gentry vertrok geen spier. 'Hetzelfde geldt voor mij.'

'Wat wil je van me?'

'Informatie en materiële ondersteuning.'

'Manschappen?'

'Nee. Ik werk alleen.'

'Wat bedoel je met "materiële ondersteuning"?'

'Wapens en een pick-uptruck.'

Madrigal glimlachte breed. Stak nog een met cocaïne bedekte vinger in zijn mond, en goot er een slok bier achteraan. Lachend zei hij: 'Je klinkt als een man uit Sinaloa.'

Court glimlachte. 'Dus we hebben een deal?'

'Ik ben geboren in een plaatsje in Sinaloa dat Mátalo heet.' Court vertaalde de naam in zijn gedachten. De Spaanse naam van het dorp luidde 'vermoord hem'.

Madrigal ging verder. 'De Zwarte Pakken zijn legerofficieren, stadsmensen, alumni van de universiteit. Voornamelijk mannen uit Mexico-Stad. Ze zijn wreed. Sí, ze zijn zeer wreed. Maar De la Rocha en zijn organisaties zijn geen bandieten. Wij, Los Vaqueros? Wij zijn de bergen. Wij zijn bandieten. Onze mensen vechten en moorden al honderden jaren. We zijn veedieven, snelwegberovers; we hebben indianenkampen aangevallen om vrouwen te stelen, legerbarakken om wapens te stelen, we hebben banken overvallen voor het geld.' De man nam een slok bier en glimlachte. Court realiseerde zich dat de man op dit moment aangename gedachten moest koesteren.

'Inmiddels gaat het om drugssmokkel naar de Verenigde Staten, waar meer geld mee gemoeid is, al kan dat me niet schelen. Ik ben een krijger. Ik geef helemaal niets om geld. Ik hou van de strijd.'

'Ik zal DLR met alles wat ik heb bestrijden, Señor Madrigal.'

Weer zweeg de narcobaas. Hij streek langs zijn snor en nam slokken van zijn bier. 'Wij... daarmee bedoel ik de leiders van de organisaties hier in Mexico, laten elkaars familie met rust.'

'Ik ben niet van plan achter zijn familie aan te gaan. Ik vraag enkel om informatie over zijn drugsactiviteiten. Het zal zonder twijfel een bloedbad worden, maar niet persoonlijk.'

Chingarito vertaalde. Madrigal nipte van zijn Tecate en dacht verder na. Eindelijk maakte hij een gebaar over zijn schouder. 'Dit is Hector Serna. Mijn inlichtingenchef. Jullie twee zullen rechtstreeks samenwerken. Minder kans op *ratones*.'

'Ratten?'

Serna sprak vloeiend Engels. Hij zei: 'Informanten. Die kom je in elke organisatie tegen. Wij vormen daarop geen uitzondering.'

'Dus jullie staan in contact met ratten binnen de Zwarte Pakken? Mensen die jullie van informatie over hun verblijfplaats kunnen voorzien?'

'We houden de bewegingen bij van de leiders van Los Trajes Negros, dat lijkt me vanzelfsprekend. Zij doen hetzelfde met ons.'

'Dus je weet altijd waar ze zijn?'

'Altijd? Nee. Maar als ze hun bewegingen doorgeven aan iemand die ook bij ons op de loonlijst staat, krijgen we dat te horen. We weten bijvoorbeeld dat de Zwarte Pakken morgen in Puerto Vallarta zullen zijn; ze hebben contact gezocht met hun mensen binnen het plaatselijke politiekorps en dat aangekondigd. Als ze naar een hotel moeten voor een overleg, als er uit veiligheidsoverwegingen een straat moet worden afgezet, als er auto's van een parkeerplaats weg moeten zodat ze in een aangrenzend restaurant kunnen eten – dan krijgen we dat van onze contacten binnen de politie te horen.'

'Interessant,' zei Gentry. Hierna keek hij Madrigal aan. 'Kun je ervoor zorgen dat ik in Puerto Vallarta terechtkom?'

'Natuurlijk,' zei Madrigal terwijl hij opstond en zijn hand uitstak.

Court stak hem de zijne toe. Schudde de hand van een man die mannen, vrouwen, kinderen had vermoord; honderden anderen had gemarteld; een man die voor vrijwel ieder weldenkend mens de belichaming was van het kwaad.

'Gracias, amigo.'

46

De volgende ochtend om acht uur zat Gentry in een oude zwarte Mazda-pick-uptruck op de parkeerplaats van de jachthaven in Puerto Vallarta. Op twintig meter van zijn vieze voorruit lagen jachten en andere pleziervaartuigen ter waarde van tientallen miljoenen dollars in het water te dobberen. Een paar iguana's baadden op de rotsen langs de promenade in de ochtendzon. Vanuit het raam aan de bestuurderszijde keek hij naar een chic appartementencomplex van vijf verdiepingen. Vanuit het raam van het bijrijdersportier keek hij naar een lange rij in het duister gehulde tienda's en winkels die hun deuren nog niet hadden geopend.

Gentry zat aan de telefoon met Ramses Cienfuegos Cortillo. Ramses had mannen in Mexico benaderd die hij vertrouwde. Hij hield zich nog altijd gedeisd, maar toen Court zijn oude nummer belde, kreeg hij via een opgenomen bericht diens nieuwe nummer te horen, en nadat Court daarnaartoe had gebeld, had Ramses hem na een paar minuten teruggebeld.

Court had contact met de federale agent opgenomen om hem te waarschuwen. Court vertelde hem dat hij informatie en ondersteuning ontving van het Madrigalkartel, maar wilde zijn vriend bij de federale politie laten weten dat hij niet voor Los Vaqueros werkte.

Wat Court betrof, werkte hij voor Laura.

'Luister, Ramses. Het zal er stevig aan toegaan. Ik weet niet wat je aan de mensen in je omgeving over mij hebt verteld, en over onze samenwerking.'

'Ik heb niemand iets verteld. Ik heb mijn gezin overgebracht naar het appartement van een vriend in Miami, en de mensen met wie ik werk weten alleen dat Martin en ik de aanslag op het jacht hebben overleefd, en dat Martin in Tequila om het leven is gekomen. Deze mannen weten wel beter dan nog meer vragen te stellen.'

'Vertrouw je die kerels?'

Ramses zei zonder enige aarzeling: 'Ik vertrouw ze. Los Trajes Negros heeft ze stuk voor stuk veel leed bezorgd.'

'Prima.'

'Dit zijn eerlijke kerels. We kunnen je helpen Laura terug te halen.'

Court zweeg, keek door de vuile voorruit naar een kale man van middelbare leeftijd die het appartementencomplex verliet en zijn kleine poedel uitliet op een grasstrook bij een naast de jachthaven gelegen winkelcentrum. Toen zei hij: 'Laten het maar eerlijke kerels blijven. Ik wil ze niet betrekken bij datgene wat ik van plan ben.'

'Wat ben je van plan dan, Joe?'

'Ik ga de aarde vernietigen. Ik ga moorden, martelen, uitroeien. Ik ga helemaal los op de klootzakken die Laura Gamboa gevangen hebben genomen, en ik ga haar bevrijden door iedereen die ik onderweg tegenkom af te maken. Ik ga alle regels aan mijn laars lappen.'

'Er zijn hier geen regels, amigo.'

'Ik bedoel de regels van de menselijkheid, die ik bereid ben allemaal overboord te gooien.'

'*Dios Santo*,' mompelde Ramses. 'Ik heb nog nooit iemand zoals jij ontmoet die... hoe moet ik het zeggen? Niet aan de andere kant stond.'

'Ik ben anders dan de anderen die aan de goede kant staan omdat ik niet bang ben me te verlagen tot het niveau van mijn tegenstanders. Kerels die je kent, goeie kerels, kerels die 's avonds met een goed geweten in slaap vallen, moeten we hier niet bij betrekken. Ik doe datgene wat ik van plan ben liever samen met Madrigal dan met de goeien, snap je dat?'

'Jij bent een goed mens.'

'Bedankt, Ramses, al zul je dat na afloop niet meer kunnen zeggen. Dan zul je het erop houden dat ik de meest gestoorde klootzak ben die je ooit hebt ontmoet.'

'Je hebt mijn nummer. Ik zal je zo goed mogelijk helpen, zonder anderen erbij te betrekken. Bel me als je iets nodig hebt.'

'Dank je.'

Court verbrak de verbinding, keek nog even naar de man en zijn hond en opende toen het portier van de Mazda.

Veertig seconden later stond de poedel zonder baasje vastgeknoopt aan een lantaarnpaal voor een nog gesloten tienda wild te blaffen.

In de klamme, donkere opslagruimte van tien bij tien rook het bedompt. Hagedissen en spinnen kropen over de muren en bungelden aan het plafond en wierpen angstaanjagende schaduwen op de muren als ze door de lichtstraal kropen van de krachtige zaklamp die Gentry in de hoek had neergezet en op het midden van de kamer had gericht.

Daar zat kapitein Xavier Garza Guerro van het politiekorps van Puerto Vallarta. Volgens de inlichtingenchef van Madrigal stond Garza als sicario op de loonlijst van de Zwarte Pakken als verantwoordelijke voor de veiligheidsoperaties van het kartel in het westen van Mexico, vanaf de grens met Guatemala in het zuiden tot de zuidgrens van Sinaloa in het noorden. Hij had een belangrijke rol gespeeld bij De la Rocha's activiteiten in de regio. Hij had zijn drugstransporten, zijn productiecapaciteit en zijn safehouses beschermd, en als De la Rocha's colonne door de stad reed, kreeg die vaak een escorte van patrouillewagens met zwaailichten.

Toen Gentry de ducttape van het gezicht van de man rukte, trok hij de nodige snorharen mee. Het opgezwollen linkeroog van kapitein Garza zat dicht, als gevolg van zijn onzachte landing op de stoep voor de opslagruimte. Zijn handen waren achter zijn rug vastgebonden; zijn kleding was met een lang, dun fileermes verwijderd.

Gedurende het eerste uur had Garza Court geprobeerd met redelijkheid te overtuigen en hem de locaties doorgegeven van de meth-labs in de heuvels in het oosten waar hij bekend mee was. Hij dacht dat hij hiermee zijn vrijheid kon kopen; hij verkeerde in de veronderstelling dat de man wel voor een van de andere kartels moest werken, en als Garza hem zou weten te overtuigen dat hij zou meewerken, zou degene door wie deze man gestuurd was begrijpen dat een politieagent met de juiste contacten, die goed ingevoerd was in de handel en wandel van De la Rocha's bedrijfsvoering, levend meer waard was dan dood.

Maar toen stapte de gringo in de lichtstraal. Toonde zijn gezicht. De ontvoerder deed geen enkele moeite zijn gezicht voor zijn slachtoffer verborgen te houden.

En de corrupte agent wist wat dat betekende.

Kapitein Garza besefte nu dat zijn connectie met Los Trajes Negros en de angst die dit zijn ontvoerder zou inboezemen, zijn enige kans op overleving waren.

Hij schreeuwde: 'Als je me met nog één vinger aanraakt, zal DLR de Spin achter je aan sturen!'

De Amerikaan stak zijn hand uit en stootte zijn uitgestrekte wijsvinger met kracht tegen het bezwete voorhoofd van Xavier Garza. Hij sloot af met een duwende beweging.

Daarna keek de norteamericano over zijn schouder naar de garagedeur van de opslagruimte. 'Wanneer komt hij dan? Ik zou hem graag ontmoeten.'

'Dat gaat gebeuren, gringo!' Garza deed zijn best zijn woede in het gareel te houden. 'Luister, als je me nu laat gaan, zal ik dit vergeten, maar als je...'

'O, Xavier... dit ga je nooit meer vergeten. Van je leven niet.' Court keek op zijn horloge. 'Je bent wel in staat iets drie minuten te onthouden, toch?'

'Wat wil je?' Garza stelde zijn vraag schreeuwend.

De Amerikaan haalde zijn schouders op. 'Van jou niks, klootzak.'

'Niks? Wat heeft dit dan te betekenen? Waar ben je mee bezig?'

'Ik ben gewoon een natuurkracht, Xavier. Wie geweld zaait...' De gringo verdween een donkere hoek in en keerde even later terug met een ijzeren hakmes. 'Zal geweld oogsten. Met een hakmes, in dit geval.'

'Zit je bij Los Vaqueros?'

'Nee.'

'Waar dan?'

'De Verenigde Staten van Amerika.'

Garza kantelde zijn bezwete kale hoofd. 'DEA? Jij bent niet van de DEA.'

'Nee, dat klopt.'

Garza dacht dat hij het nu begreep. Deze man voerde een soort kruistocht tegen drugs. 'Luister, we zijn gewoon zakenmannen. Jullie gringo's zorgen voor de vraag. Wij leveren gewoon datgene waar vraag naar is.'

'Dus degene die kinderporno maakt is daar niet voor verantwoordelijk zolang er iemand is die daarvoor wil betalen?'

Garza keek zijn ontvoerder aan. 'Je begrijpt er niets van. Je bent gewoon een rijke Amerikaan. Je snapt onze cultuur niet!'

'Eigenlijk begrijp ik hem steeds beter. Ik ga je hoofd afhakken en dat in een tas stoppen. Lijkt dat al een beetje op jullie cultuur?'

'Loop naar de hel!'

'Hoogstwaarschijnlijk. Maar tot het zover is...' Gentry ging op een bruine doos voor zijn slachtoffer zitten. 'Namen en rugnummers.'

'Wat?'

'Namen en rugnummers. Als je me anderen uit je organisatie geeft, doe ik het zo snel mogelijk.'

'Dan dood je me zo snel mogelijk?'

'Meer heb ik je niet te bieden.'

'En als ik je geen namen en rugnummers geef?'

Court keek op zijn horloge. Haalde zijn schouders op. 'Kerel... ik heb de hele dag de tijd.'

47

Om negen uur 's avonds parkeerden de patrouillewagens van het politiekorps van Puerto Vallarta op straat. De agenten die eruit stapten begonnen het verkeer te regelen en maanden de voertuigen door te rijden naar het volgende kruispunt. Een minuut later stopte de eerste van een lange stoet witte gepantserde SUV's bij de voordeur van het prachtige restaurant aan de kust.

De met de uitgebreide beveiligingsmaatregelen belaste Zwarte Pakken maakten hun ronde door het restaurant. Een streng ogende maar beleefde man ging samen met de gastheer alle tafels af om de mobiele telefoons van de verbaasde gasten in te nemen, die te horen kregen dat ze niet voor hun eten en drinken hoefden te betalen. Vier beveiligers doorzochten samen met de bedrijfsleider de keuken, controleerden koelkasten en vriezers, gangen en voorraadkasten, toiletten en laaddeuren. Ze fouilleerden alle personeelsleden van top tot teen. Een aantal met .45 kaliber Mac-10-machinepistolen bewapende bewakers stond in de deuropeningen, en in de steeg aan de achterkant patrouilleerden twee jongen leden van het gezelschap met AK-47's.

Daniel de la Rocha zat in een gepantserde SUV naast de commandant van zijn bodyguards en zijn eigen persoonlijke beveiliger. Toen Emilio Lopez Lopez van zijn teamleider via de portofoon te horen kreeg dat het restaurant veilig was, knikte hij zijn baas toe, waarna de chauffeur van de Yukon het achterportier van het voertuig opende. Een team van Emilio's beste manschappen groepeerde zich rond hun leider en gezamenlijk betraden ze het restaurant. Emilio's rechterhand rustte op het pistool onder zijn jasje, en zijn linker lag op de onderrug van zijn patrón. Via een met zijn portofoon verbonden oortje kreeg hij updates van zijn team, en bij de minste dreiging zou Emilio Lopez Lopez zijn baas afschermen, hem laten omkeren en hem binnen luttele seconden terug naar de SUV's dirigeren.

Direct achter de kluwen beveiligers liep Nestor Calvo Macias die in zijn bluetooth-oortje praatte. Javier 'de Spin' Cepeda, de leider van het doodseskader van de Zwarte Pakken, bevond zich in de menigte, net als een aantal plaatselijke dealers, zware jongens, logistiek managers, de gezagvoerder van Daniels uitgebreide luchtvloot, en een paar productie- en inkoopdirecteuren.

Veertien bodyguards ter plaatse garandeerden de veiligheid van hun leider, en nog eens negentien Zwarte Pakken vulden de voor het publiek afgesloten eetgelegenheid in het midden van het gebouw vrijwel volledig.

Die eetgelegenheid was in de open lucht, er woei vanaf de Stille Oceaan een verkoelend briesje dat over de betegelde binnenplaats kolkte. Daniel de la Rocha zat achter in de ruimte aan een tafel, tegen een achtergrond van een grote fontein en onder een pergola die bedekt werd door een prachtige, goed gesnoeide bougainville. De andere leden van de Zwarte Pakken zaten in groepjes van vier aan tafels over de rest van de ruimte verspreid. Dit was geen zakelijk diner; gewoon een etentje. Ze waren hier om te eten en zouden daarna doorreizen naar het safehouse dat een paar kilometer landinwaarts lag. Dit was De la Rocha's eerste bezoek aan PV sinds de slachtpartij van tien dagen geleden; hij had zaken in de buurt af te handelen en had de hele dag doorgebracht in het gezelschap van zijn partners van zijn regionale luchtvaartmaatschappij en zijn drugs- en transportbedrijf.

De stemming was bedrukt omdat het humeur van hun leider bedrukt was. Hij was des duivels over de Gamboa's en de gringo die naar verluidt ontsnapt waren. Hij ging ervan uit dat ze inmiddels ten noorden van de grens waren, maar daarmee was zijn jacht allesbehalve afgelopen. Op dit moment waren al zijn contacten die in de Verenigde Staten voor hem werkten – in Atlanta, Chicago, Dallas, Los Angeles en tientallen andere steden – bezig de Gamboa's en de gringo op te sporen.

Tot nu toe had Calvo hem teleurgesteld, net als de Spin en zijn vijftigduizend man sterke criminele organisatie.

Maar dat deed er allemaal niet toe. Het enige wat telde was dat Daniel háár teleurgesteld had.

Daniel staarde over de tafel naar een hoek van de binnenplaats, enkele meters bij hem vandaan. Zijn vooruitgeschoven beveiligingsteam had daar een Santa Muerte-altaar neergezet, een eenvoudig, één meter hoog beeld van la virgen, gehuld in een schitterende bruidsjurk die met de hand was gemaakt door een meesterkleermaker in Mexico-Stad die zich enkel bezighield met het vervaardigen van exclusieve, kostbare kledingstukken voor la Santa Muerte. Ze stond op een tafel die versierd was met in de wind flakkerende votiefkaarsen; de schaduwen die over het gezicht van het skelet vielen, wekten de indruk van leven en beweging.

DLR keek haar in de ogen. Het waren voor hem geen holle gaten in het gips, maar vensters van een afgrond. Kijkgaten naar de ziel van een boze godin.

Een in het wit gehulde ober zette een fles Gran Patrón Platinum silver-tequila op zijn tafel. Naast de fles stond een kristallen schaal met vers gesneden limoenen, een kristallen schotel met zout, en een uit hetzelfde kristal vervaardigd borrelglaasje.

De la Rocha negeerde de attributen, pakte de fles bij de hals en nam een grote slok van het transparante goedje, keek naar zijn idool en beloofde hardop dat hij haar zou eren op de wijze die haar toekwam.

Het ongeboren kind van Gamboa.

De ober stond ongemakkelijk met de menukaart in zijn handen te wachten totdat DLR klaar was met zijn gebed. Terwijl Daniel nog aan het bidden was, schraapte de man zijn keel.

Emilio Lopez Lopez stond vlak achter zijn jefe tegen de muur; Emilio stapte op de ober af en pakte de mouw van zijn jasje, draaide hem hardhandig om en maakte zich op om hem vanwege zijn gebrek aan manieren af te voeren. Maar Daniel hief zijn tequilafles.

‘Het is al goed, Emilio. Dank je.’ Hij keek de ober aan. ‘Vraag de kok om gewoon iets lichts klaar te maken. Gegrilde tilapia zou uitstekend zijn.’

‘Muy bien, Don Daniel,’ antwoordde de ober die zich naar de keuken haastte, duidelijk opgelucht dat hij zijn flater niet met zijn leven had hoeven bekopen.

Toen Nestor zich bij de tafel meldde, spraken ze enkele minuten over zaken, maar omdat DLR’s hoofd er niet naar stond, verzocht hij zijn consigliere uiteindelijk te vertrekken omdat hij in zijn eentje wilde eten. De overige Zwarte Pakken begrepen de hint; ze zaten aan de overige tafels te eten en spraken op gedempte toon, of waren bezig met hun mobieltjes of hun laptops, waarop ze hun uiterste best deden uit te vogelen waar hun doelwitten in godsnaam naartoe konden zijn gevlucht.

Een andere ober verscheen met een soep van koude watermeloen, die een in gedachten en melancholie verzonken DLR slurpend opat. Tussen slokjes water en lepels soep door bleef hij tequila drinken; hij keek gewoon rond in de duisternis, naar zijn manschappen, de fontein, zijn idool op de tafel in de hoek. Papieren lampionnen die boven de binnenplaats aan touwtjes hingen, wiegden heen en weer op de wind.

Na enkele minuten kwam er weer een ober in een witte gesteven jas aan DLR’s tafel; hij duwde een met een tafelkleed bedekt karretje voort, waar een bord onder een stolp op stond. Hij pakte met een nederige buiging de lege soepkom van tafel en verving die door het bord met de stolp.

‘*Buen provecho*,’ zei de ober, eet smakelijk, toen hij de stolp van het bord haalde en op het karretje legde.

De la Rocha keek de man niet aan en zei ook niets terug. Hij pakte zijn vork op en keek toen afwezig naar zijn bord en wilde gaan eten.

Hij trok zijn hand terug.

Het bord was bedekt met slijmerige diersporen, een onwelriekende visgraat met de kop en staart er nog aan en andere stinkende etensresten.

De ober antwoordde in het Engels: ‘Dat, meneer, ziet er niet uit, en dit...’ Hij stak zijn hand naar DLR uit en liet hem zien wat hij vasthield. ‘Dit ziet eruit als een dodemansknop.’ Het was duidelijk een ontsteker, de duim van de ober rustte op een rode knop en vanaf het apparaat liep over de handpalm van de man een draad die in de witte jas verdween.

De la Rocha keek de ober aan.

Het kostte dankzij het gekortwiekte kapsel en de baard, de donkere huid en het zwarte brilmontuur enige moeite, maar hij herkende hem.

Het was de Gray Man.

De Amerikaan deed zijn jas open en liet de provisorische bomgordel zien waar twee in plastic gewikkelde gele blokken aan hingen. Het leken wel zandzakken. Op gedempte toon zei hij. ‘Als ik mijn duim van de ontsteker haal, ook al is het maar een tiende van een seconde, zal deze bom van ammoniumnitraat en stookolie ontploffen en iedereen hier doden. Jou dus ook.’

Emilio stond tegen de muur; hij zag enkel het rugpand van de jas van de ober. Hij had zich ervan vergewist dat het niet dezelfde klootzak was die een paar minuten geleden tijdens het gebed van zijn jefe zo schaamteloos had gekucht. Toen hij naar tevredenheid had vastgesteld met een nieuwe en hopelijk professionelere ober van doen te hebben, had hij verder niet veel aandacht meer geschonken aan de presentatie van het eten. Maar Emilio zag de twee mannen nu met elkaar praten. Het gebeurde niet vaak dat zijn patrón een ober zo lang te woord stond.

Toen Emilio om de man in de witte jas heen liep, zag hij Daniels opengesperde ogen. Hij stak zijn hand meteen in de zak van zijn jasje en stormde op de tafel af, en herkende tegelijk de Gray Man. Hij trok zijn Venezolaanse Zamorano 9mm-pistool en schopte een stoel om toen hij het tegen het hoofd van de gringo drukte.

De la Rocha stak zijn handen in de lucht, uit angst dat zijn lijfwacht de Amerikaan zonder aarzelen neer zou schieten. ‘*¡No! ¡Tranquilo! Tranquilo!*’

Alle op de binnenplaats aanwezige personen haalden hun wapens tevoorschijn. Pistolen, machinepistolen, een aantal shotguns. Een aantal mannen liep naar de tafel terwijl andere achteruit stapten en hem onder schot hielden. Niemand wist wat hun te doen stond, maar ze gehoorzaamden allen hun leider en bleven in positie.

'Iedereen achteruit. Emilio, laat je pistool zakken en doe een paar stappen achteruit, maar blijf op je hoede. Spin, hou deze pinche gringo in het oog en vermoord hem als er iets met mij gebeurt.'

De Spin Cepeda had zijn Mac-10 met één hand vast. Hij hield van zo'n drie meter afstand de Amerikaanse moordenaar onder schot.

'Je komt hier niet levend vandaan, pendejo,' zei hij langzaam en vastberaden.

48

Court Gentry had het verdomme ijskoud. Hij had, weliswaar met een warme poncho aan, drie uur stil in een hoek van de koelruimte gezeten, verscholen achter enorme stukken rundvlees die aan het plafond hingen. Hij was toen het restaurant om drie uur 's middags werd bevoorraad met twee rugzakken die hij boven op een met kratten fruit en groenten geladen steekwagen had gelegd naar binnen gelopen en had een paar uur in een opslagruimte doorgebracht tot hij eindelijk naar de inloopvriezer was gelopen op het moment dat de rest van het personeel was gaan vergaderen en met de voorbereidingen voor de avond was begonnen.

Daar had hij gewacht totdat hij een bericht had gekregen van een politieagent die zowel bij Los Trajes Negros als Los Vaqueros op de loonlijst stond.

Hij had daarna nog een halfuur trillend en klappertandend gewacht en was vervolgens in een uniform dat hij van een wasrek had geplukt de vriezer uit gestapt, en had zijn entree gemaakt met de kar en wat visafval dat hij ergens had gevonden. Daarna was hij, nog altijd tot op het bot verkleumd, naar de eetzaal gegaan, op zoek naar Daniel de la Rocha.

Gentry fluisterde Daniel iets in zijn oor. 'Zorg dat je mannen zich koest houden.'

Met een handgebaar maande DLR de rest van Los Trajes Negros naar achteren; ze losten zowat op in de duisternis.

Maar Court stak een hand op. Hij sprak nu op een volume dat de anderen konden horen. 'Niet allemaal.' Hij keek De la Rocha weer aan. 'Wie van deze kerels is het echte brein achter je organisatie?'

De la Rocha's gezicht trok samen als een biceps; Court kon de halsslagader van de Mexicaan zien trillen. Hij sprak met op elkaar geklemde kaken. 'Ik neem alle beslissingen.'

'Tuurlijk, slimmerik. Maar jij en ik hebben zaken te bespreken, en ik weet zeker dat er in dit gezelschap iemand rondloopt die je graag bij ons gesprekje ziet aanschuiven.' Met zijn vrije hand gebaarde Court naar het door kaarsen omringde skeletstandbeeld in de hoek. 'Tenzij je barbiepop aantekeningen kan maken, natuurlijk.' Hij schudde glimlachend zijn hoofd. Straalde een ontspannen en dominante neerbuigendheid uit. 'Serieus. Wat de fuck ís dat?'

Daniels woede ontvlamde opnieuw. Zelfs in het schaarse licht dat de papieren lantaarns boven zijn hoofd uitstraalden, was te zien hoe zijn gezicht rood aanliep. Hij aarzelde een paar seconden, en keek toen naar de in het donker opgestelde mannen. 'Nestor, *sientate.*' Ga zitten.

Nestor Calvo nam naast De la Rocha aan tafel plaats. Zijn peper-en-zoutkleurige baard glom van het zweet dat op zijn huid was verschenen.

Court keek de oudere man even aan. 'Cool. Ouderlijk toezicht.'

De Gray Man ging met de trolley rechts van hem aan tafel zitten. De la Rocha vroeg hem: 'Wat heb je met die kerel van la CIA gedaan?'

'Ik heb de kerel van la CIA vermoord,' zei Gentry schouderophalend, alsof het niets was.

'En de gringo van de ambassade? Jerry? Die heeft je helpen ontsnappen, of niet soms?'

'Vergeet Jerry. Hij is een Amerikaanse klootzak. Daar hebben jullie er hier ook zonder ze te importeren al genoeg van. Volgens mij hebben jullie NAFTA een beetje overdreven.'

'Ik had gedacht dat je inmiddels met de noorderzon zou zijn vertrokken. Als je ook maar een greintje verstand had, zou je zijn gevlucht. Waarom ben je hier?'

'Ik zal je even uitleggen wat er met je gaat gebeuren, Daniel. En ik wil dat jij, Nestor, goed oplet, want ik reken erop dat jij degene bent die logisch nadenkt. Daniel, ik ga je zakenimperium vernietigen. Ik ga je aan de bedelstaf brengen. Je drugs verbranden, je tussenpersonen vermoorden, je leveranciers schrik aanjagen, je boten en je vliegtuigen en je auto's en je vrachtwagens slopen. Stukje bij beetje, stapje voor stapje, zal ik alle winsten van je organisatie laten verdampen.'

De la Rocha glimlachte alleen maar. 'Als je dat doet, maak ik die Gamboateef af.'

'Nee, dat doe je niet, en ik zal je vertellen waarom. Ik zal je gezin geen haar krenken. Daar kun je op rekenen. Ik wil Laura terug, en de verwoestingen die ik van plan ben aan te richten zijn mijn auditie; daarmee laat ik je zien dat ik kan gaan en staan waar ik wil, dat ik kan doen wat ik wil, wanneer ik dat wil. Als je Laura iets aandoet, iets waarmee je me echt boos maakt, zou ik als ik jou was heel goed gaan nadenken over waar ik dan naartoe ga, en wat ik dan ga doen.'

'Je doet dit allemaal vanwege dat meisje? *¿En serio*?' Serieus?

'Ja. Als je haar laat gaan, is alle ellende voorbij. Dan kun je naar hartenlust de crystal-methsmokkelaar uithangen zonder dat ik je voor de voeten loop.'

De la Rocha was rood aangelopen van woede. Na een langdurig zwijgen zei hij: 'Je bent dood, maricón. Je bent dood.'

Gentry haalde zijn schouders op. 'Bel tien van je beste luitenants en vertel ze maar hetzelfde, want de kans is groot dat dat voor het merendeel van hen binnen tweeënzeventig uur uitkomt.'

'Weet je wie wij zijn, Gray Man? We zijn Los Trajes Negros. We waren een van de best getrainde eenheden van het Mexicaanse leger. Getraind door jullie leger, nota bene. Ik ben niet zomaar een of andere cartelero uit de bergen met laarzen van struisvogelleer en een cuernos de chivo zoals die cabrón Madrigal. Ik heb training gevolgd aan Fort Benning en Fort Bragg.'

'Toen je in Bragg zat, heb je daar al die paramilitaire troepen gezien die daar getraind werden?'

'Ja, en ik heb met ze meegetraind. De beste commando's ter wereld.'

'Topgasten, stuk voor stuk. Maar onthoud het volgende. Ik sta helemaal bovenaan de dodenlijst van elk van die special-opsorganisaties... ze zitten al jaren achter me aan, en hier zit ik dan. Je hebt het nog nooit tegen iemand zoals ik hoeven opnemen, Daniel. Je zou er verstandig aan doen daar te allen tijde rekening mee te houden.'

Nestor Calvo had tot nu toe gezwegen. Nu schudde hij zijn hoofd, boog ietsje naar voren. Zei in het Spaans: 'Maar señor, u bent slechts in uw eentje.'

Court boog zich in de richting van Nestor. Keek hem lang en indringend aan. 'Ik heb niets te verliezen.'

DLR keek naar de dodemansknop die de Amerikaan in zijn hand hield. 'Denk je dat ik bang voor je ben?'

Gentry glimlachte, oprecht blij dat hem deze vraag was gesteld. 'Volgens mij ben je als de dood. Ik prik dwars door dat machogedoe van je heen. Je denkt nu aan je gezin, en aan de mannen die je bij Laura hebt achtergelaten, en je hoopt maar dat je de kans krijgt ze te bellen en ze op te dragen haar met rust te laten voordat ze iets doen wat niet meer ongedaan kan worden gemaakt. Want je weet wat ik heb gedaan, en je weet waartoe ik in staat ben.

'Alles in jouw wereld is zojuist veranderd. Je verschilt in niets van duizenden andere hufters op deze planeet. Je invloed, je succes, je macht – alles komt voort uit angst. Zodra je mensen geen angst meer kunt aanjagen, ben je niets meer. Dan houdt je bestaansrecht op. En raad eens, amigo? Je bent niet meer de meest angstaanjagende hier.'

Nestor trommelde met zijn vingers op tafel. Boog naar de Amerikaan toe. 'Ik vermoed dat je nu een plan hebt om te ontsnappen?'

'Dat klopt.' Court haalde uit de zak van zijn kelnersjas een kleine mobiele telefoon tevoorschijn.

'Onder een tafel in deze kamer ligt nog twee kilo ANFO. Als ik het restaurant uit loop, hoef ik maar op een knopje te drukken' – hij stak de telefoon in de lucht – 'om jullie allemaal om zeep te helpen. Zodra ik uit het zicht ben verdwenen, zou ik als ik jullie was goed nadenken of jullie er niet als de sodemieter vandoor willen, want ik heb nog niet besloten of ik al dit gedoe wel de moeite waard vind. Misschien maak ik vanavond wel gehakt van jullie en hoop dat je mannen Laura laten gaan omdat een ander dan aan de macht zal zijn.'

De la Rocha zag eruit alsof hij elk moment kon ontploffen van woede. Court wendde zich van hem af en richtte het woord tot Calvo, alsof de leider van Los Trajes Negros niet bestond. 'Je zult deze kerel aan een kort lijntje moeten houden. Hij zal het land binnenstebuiten willen keren om me te vinden. Dat vind ik best; laat hem zijn tijd en energie maar verspillen. Maar je moet hem blijven informeren hoeveel mijn terreurbewind zijn organisatie kost. Het meisje is het enige wat ik wil. Het kost jullie helemaal niets om haar aan mij over te dragen. Ik neem aan dat je, in tegenstelling tot deze domme klootzak, begrijpt dat dat het beste voor jullie is.' Court ging staan. 'Hopelijk luistert hij naar je' – hij gebaarde naar het Santa Muerte-standbeeld in de hoek – 'en niet naar die enge trut.'

Daarna stak Gentry zijn linkerhand met daarin de dodemansknop en zijn rechterhand met de telefoon in de lucht. 'Zeg tegen deze klootzakken dat ze me naar buiten laten gaan.'

De la Rocha knikte lichtjes; zijn blik bleef op de Amerikaan gericht. Calvo stond op van tafel, liep langs de fontein naar de gewapende mannen op de binnenplaats en gaf hun de opdracht de gringo ongedeerd te laten vertrekken.

'Ik zie je wel weer, Gray Man,' zei De la Rocha zacht.

'Als dat zo is, Daniel, eindig je zoals je arme vriend.'

De la Rocha bewoog zijn hoofd, maar Gentry wendde zich af, liep langs de batterij bodyguards de binnenplaats af. Een paar tellen later verliet hij met zijn beide handen nog altijd in de lucht het restaurant.

'Wat zei hij tegen je toen ik weg was?' vroeg Calvo aan Daniel toen hij terug aan tafel kwam.

'Iets over dat ik zou eindigen als mijn arme vriend.' De la Rocha en Calvo keken elkaar even zwijgend aan. 'Wat bedoelde hij daarmee?' vroeg Daniel aan zijn oudere werknemer.

Langzaam draaiden ze beiden hun hoofd richting de trolley.

'Emilio. Controleer dat.'

Emilio liep naar de andere kant van de trolley en tilde met de loop van zijn pistool een hoekje van het tafelkleed op. Hij kneep zijn ogen tot spleetjes. 'Het is een hoofd, jefe.'

'Een gringo die mensen onthoofdt.' Calvo fronste zijn wenkbrauwen. 'Hij laat zien dat hij het spel volgens de Mexicaanse regels kan spelen.'

'Van wie is het?' vroeg DLR.

Emilio keek opnieuw. Ging ietsje door de knieën. 'Ik... ik denk van Xavier Garza Guerro.' Garza was de hoogstgeplaatste politiefunctionaris in Puerto Vallarta die bij de Zwarte Pakken op de loonlijst stond, en een voormalige collega van Daniel bij het leger. DLR had de man zestien jaar gekend. Hij kende zijn vrouw, zijn kinderen, zijn ouders.

'Haal het weg.' De la Rocha stond op, stormde naar de Spin en greep de revers van zijn jas. 'Luister naar me! Ik wil dat hij gevolgd wordt, gepakt en dat hij wordt gemarteld zoals je dat nog nooit gedaan hebt!'

'*Sí, jefe*. Ik heb mannen op straat klaarstaan om hem te volgen, en zodra je hier weg bent, pakken we hem.'

'Ik zweer je, ik wil dat je nachtmerries overhoudt aan wat je met hem gaat doen. Ik wil dat je er misselijk van wordt!'

'*Sí, jefe*.'

'Ga nu! En ik wil je niet meer zien tot je de Gray Man hebt. *¿Me entiendes?*' Heb je me begrepen?

'Sí! Sí!' De Spin Cepeda haastte zich de binnenplaats af en bracht ondertussen zijn telefoon naar zijn oor.

Toen keek DLR rond en zag Emilio rechts van hem staan. 'De mannen die vanavond in het vooruitgestuurde beveiligingsteam zaten?'

Emilio Lopez Lopez hief zijn kin. 'Ik heb ze al ontwapend en in hechtenis genomen. Vanavond zal ik opdracht geven om dit restaurant tot de grond toe af te branden en de manager en gastheer dood te schieten.'

'Prima. Maar dit is jouw schuld.' Hij liet zijn priemende vinger met kracht op de borst van de baas van zijn beveiligers terechtkomen.

'Ik snap het, *mi jefe*.' Emilio zei het met gebogen hoofd.

De la Rocha draaide zich naar Calvo om, die al aan het bellen was. 'Bel naar het huis. Zeg dat ze met hun poten van die Gamboatrut afblijven.'

Calvo rondde af en liet de telefoon terug in zijn zak glijden. 'Gedaan.'

De negenendertigjarige De la Rocha liet zijn opgekropte woede de vrije loop; hij schreeuwde, pakte de borden en glazen van zijn tafel en gooide ze tegen de stenen muur aan gruzelementen.

Calvo spoedde zich naar hem toe. 'Daniel, luister naar me! Rustig! Alles wat de gringo heeft gezegd en gedaan was bedoeld om je deze reactie te ontlokken! Het was bedoeld om je van je stuk te brengen! Speel zijn spel niet mee! Blijf nadenken!'

'Ik zal pissen op zijn kloppende hart!'

'*Tranquilo!*' Rustig!

'Ik doe pas rustig als iemand in mijn buurt zijn fucking werk doet! Jullie cabrones hebben me al genoeg miskleunen bezorgd!' Hij smeet met flessen en gooide tafels omver. De Zwarte Pakken om hem heen hielden de wacht. Op Nestor na durfde niemand iets tegen hem te zeggen.

En Nestor sprak wel degelijk. 'We kunnen hier een einde aan maken, Daniel. Nu meteen!'

De la Rocha staakte zijn sloopwerkzaamheden; wendde zich tot zijn oudere adviseur. Kantelde zijn hoofd. 'Je wilt de gringo het meisje geven. Je wilt de jacht naar Elena Gamboa opgeven.'

Nestor stak zijn arm uit en streek de revers van Daniel de la Rocha's zwarte pak glad. 'Ik wil dat deze dwaasheid stopt zodat we weer verder kan gaan met geld verdienen. Voor iedereen. Onze organisatie uitbouwen, ons wapenen tegen onze vijanden, ons beschermen tegen de overheid en de...'

'Stop! Nu ophouden, Nestor, voordat ik mijn vertrouwen in je begin te verliezen.'

'Ik sta geheel tot je dienst, patrón. Maar als je raadsman acht ik me geroepen je eraan te herinneren waarom we hier zijn, waarom we de risico's nemen die we nemen. Niet voor een of andere gringo die zelfs la CIA niet kan vermoorden of oppakken. Niet voor het leven van het ongeboren kind van een agent met wie we een aantal weken geleden op grandioze wijze hebben afgerekend.'

DLR schudde zijn hoofd. 'Luister naar me, Nestor. Je kent je orders. De Gray Man moet eraan. Die Gamboavrouw moet worden opgespoord.'

Zonder te zuchten of zelfs maar een spier te vertrekken, knikte Nestor Calvo Macias. 'Zoals ik al zei, ik sta geheel tot je dienst.'

'Uitstekend.' De la Rocha wendde zich tot een ander lid van zijn entourage, de leider van zijn kidnapafdeling. 'Roberto, verplaats dat Gamboamens. En verdubbel de beveiliging.'

'Sí, señor.'

'Emilio!' schreeuwde hij. Zijn bodyguard stond nog altijd recht achter hem. 'Regel extra beveiliging voor mij.'

'Al geregeld, jefe.'

'Wegwezen, voordat de Gray Man die toets op zijn telefoon indrukt.'

Court drukte niet op de telefoontoets, omdat er op de binnenplaats van het restaurant geen verborgen explosieven lagen. De Zwarte Pakken waren Gentry in de menigte op de Malecon, de drukke strandboulevard van Puerto Vallarta, uit het oog verloren. Court ontdeed zich in een steeg van zijn oberuniform, liep door meer dan een handvol cafés en restaurants naar binnen en naar buiten, klom toen op een geparkeerde pick-up en sprong naar het balkon van een aan het strand gelegen appartementengebouw. Hier zou hij, opgekruld op de zachte kussens van een tuinstoel, met de zilte bries op zijn gezicht, overnachten.

Onder hem renden de Zwarte Pakken over straat, doorsneden in uit SUV's en pick-ups bestaande konvooien het voetgangersverkeer, grepen kortharige Amerikanen met ringbaardjes en drukten ze tegen de muur, schenen hen met zaklampen in het gezicht en duwden ze daarna gefrustreerd weer de weg op.

De plaatselijke politie was ook massaal uitgerukt. Ze maakten namens de Zwarte Pakken jacht op de Gray Man. Gentry rekende erop dat het nieuws inmiddels ook de CIA had bereikt en dat elk Amerikaans black-opsteam in de omgeving zich nu naar het centrum van Puerto Vallarta spoedde.

Hij vroeg zich af of Gregor Sidorenko ook huurlingen in Mexico had die nu achter hem aan zaten. Aangezien ze hem in de Amazonejungle hadden weten op te sporen, mocht je er gevoeglijk van uitgaan dat de Russische maffiabaas ook hier een doodseskader had zitten.

Maar geen van deze troepenmachten beschikte over de capaciteit om elk appartement in de stad te doorzoeken. Hij was hier in elk geval een nacht veilig. En ze zouden het morgenochtend wel hebben opgegeven en zichzelf ervan hebben overtuigd dat hij weer door de mazen van hun net was geglipt.

Court scrolde op zijn telefoon door zijn e-mails, die zonder uitzondering afkomstig waren van Hector Serna, baas van de inlichtingendienst van het Madrigalkartel. Elke e-mail bevatte een schat aan informatie. Het adres van een bank in Mexico-Stad; het staartnummer van een vrachtvliegtuig waarmee de Zwarte Pakken meth en zogeheten black-tarheroïne verscheepten;

adressen of satellietcoördinaten van safehouses, loodsen, parkeerplaatsen vol auto's die naar verluidt alle in bezit waren van De la Rocha's organisatie.

Court had zoveel doelwitten om uit te kiezen dat hij niet wist waar te beginnen.

Hij stuurde Serna een sms waarin hij om een aantal dingen vroeg die hij de volgende dag nodig zou hebben. Nadat Serna had laten weten waar de overdracht van de spullen zou plaatsvinden, stak Court de telefoon in zijn zak en keek naar de sterrenhemel.

Hij ving een ander gesprek op onder hem, boze mannen die verwarde burgers toeschreeuwden.

De sicarios van de Spin waren bang voor hem. En de Spin was ongetwijfeld bang voor Daniel.

Court werkte in zijn eentje, waardoor anderen binnen zijn organisatie hem nergens van konden verdenken, simpelweg omdat er geen organisatie was. Hij was een man die alleen werkte en geen vrienden of directe collega's had.

Hij moest iedereen verdenken, kon niemand vertrouwen, en gaf hieraan de voorkeur boven het werken voor een groep die zich in een oogwenk tegen hem kon keren. Zoiets had hij in het verleden al eens meegemaakt. En hij gaf hier ook de voorkeur aan boven het werken voor een handlanger die hem had verraden. Ook dat was hem in het verleden al eens overkomen – twee keer zelfs.

Court lag op het met zachte kussens beklede teakhouten ligbed, keek naar de prachtige nacht boven hem, negeerde het getoeter en de moordenaars onder hem, en wist dat dit voorlopig de enige nacht zou zijn waarin hij echt kon uitrusten.

Hij dacht aan Laura.

49

Daniel de la Rocha's landhuis dat aan de voet van Sierra del Tigre diep in een vallei verscholen lag, was het grootste en mooiste van al zijn huizen. Hij had het Hacienda Maricela genoemd, naar zijn jongste dochter, en zo vaak als zijn werk het toestond trok hij zich hier terug om te ontspannen. Zijn vrouw en kinderen bevonden zich in hun onderkomen in Cuernavaca; dat was in de ogen van Daniel geschikter voor kinderen, en hij vermeed vooral om in die woning een Santa Muerte-beeld te plaatsen, al was het maar om zijn vrome katholieke vrouw niet voor het hoofd te stoten.

Hacienda Maricela was een enorm, aan het begin van de twintigste eeuw gebouwd huis omgeven door een privébos van tweehonderd hectare. Het plaatselijke politiekorps uit het nabijgelegen plaatsje Mazamitla leverde een deel van de honderd man sterke bewakingsploeg die de leider van de Zwarte Pakken beschermde als die daar aanwezig was, en Daniel en zijn mannen konden dankzij een eigen landingsbaan, een helikopterhaven en een met checkpoints bezaaide weg die de vallei verbond met de snelweg richting Guadalajara, veilig en eenvoudig komen en gaan.

De mannen van De la Rocha hadden zelfs een station aangelegd op het spoortracé dat het bos doorsneed, zodat grote goederen per trein konden worden aangevoerd.

Het terrein was ook Daniels favoriete locatie om met zijn mannen te trainen. Het beschikte over stenen muren, hindernisbanen, een abseiltoren, een lange schietbaan, een dojo, en talloze andere faciliteiten waarmee de voormalige militairen hun vaardigheden op peil konden houden. Als DLR met zijn Eurocopter door de valleien en ravijnen vloog, deed hij zijn mannen met zijn halsbrekende capriolen doodsangsten uitstaan.

De ochtend na het etentje in Puerto Vallarta waren DLR en de Spin aan het oefenen op de enorme overdekte schietbaan van de haciënda. Een aantal manschappen van de Spin hing in de buurt rond en Emilio Lopez Lopez stond vlak achter zijn werkgever en beschermde hem zelfs in Daniels eigen huis.

Javier en Daniel schoten met hun moderne FN P90-machinepistolen op levensgrote rubberen poppen die bevestigd waren aan haken en over in het plafond van de schietbaan aangebrachte rails konden schuiven. De doelwitten kwamen op een afstand van zo'n veertig meter een voor een achter stalen klapdeuren tevoorschijn. De doelwitten schoven dan als gewapende aanvallers in hoog tempo dichterbij, en zwenkten daarbij lichtjes naar links en naar rechts, en stopten zelfs achter lage houten schotten die op wieltjes op de grond stonden.

Cepeda en De la Rocha namen om beurten en steeds met salvo's van een kogel of tien de doelwitten onder vuur voordat die naar de zijkanten wegdraaiden en werden vervangen door een volgende golf 'aanvallers' die vanaf de zijkant of van achter de betonnen muren opdoken.

Het was een hypermodern, miljoenen dollars kostend systeem, en Daniel had zelfs twee op het terrein wonende werknemers die zich uitsluitend met de schietbaan bezighielden.

Daniel schoot in hoog tempo zijn wapen leeg op een doelwit dat van dichtbij van links naar rechts langs hem heen vloog. Hij liet de P90 uit zijn handen vallen; hij bungelde aan de riem om zijn nek. DLR stak zijn hand in zijn zwarte pak, trok zijn .45 en schoot vier kogels in het hoofd van de pop voordat die uit beeld schoof.

Een van de Zwarte Pakken achter hem schreeuwde: 'Dat is de Gray Man, jefe!' De anderen juichten.

Daniel trok glimlachend zijn gehoorbeschermers af. 'Dat zou ik wel willen. Als ik een herkansing krijg, komt hij op deze manier aan zijn einde! De Spin heeft me gisteravond teleurgesteld en heeft die chingado gringo levend uit Puerto Vallarta laten ontsnappen. Jullie hebben me allemaal teleurgesteld!'

De sicarios van de Spin staarden naar de grond of het plafond.

'Zodra Calvo's medewerkers weten waar hij is, worden jullie dwazen met al jullie manschappen de straat op gestuurd, en dan kunnen jullie er maar beter voor zorgen dat jullie net zo goed schieten als ik.'

De mannen knikten zwijgend.

De Spin pakte zijn P90 van een tafel en liep terug naar de schietbaan, maar Emilio Lopez Lopez klopte zijn baas op de rug. 'Daniel. De volgende doelwitten zijn ook voor jou, aangezien je nu lekker opgewarmd bent.'

De Spin liet zijn P90 zakken en stapte achteruit. De la Rocha haalde zijn schouders op en herlaadde zijn .45 en zijn machinepistool.

Emilio knikte de baanbeheerder toe die in een hokje tegen de zijmuur zat. Hij haalde een schakelaar over waarna de twee achterste deuren openklapten en er twee doelwitten over de rails de schietbaan op zweefden.

Maar dit waren geen poppen.

Het waren mensen. Twee mannen met flink toegetakelde gezichten en een prop hennep in hun mond hingen met hun armen achter hun rug gebonden aan om hun schouders vastgesnoerde touwen aan de haken. Ze kronkelden van de pijn vanwege de zwaartekracht die hen naar beneden trok.

'Jefe,' zei Emilio. 'Dit zijn twee mannen die de leiding hadden van de ploeg die gisteravond het restaurant in PV heeft uitgekamd. We hebben gisteravond na een urenlang verhoor vastgesteld dat ze niet wisten dat de Gray Man zich in het gebouw bevond. Toch heb ik bevolen dat ze hun fouten met hun leven moeten bekopen.'

De la Rocha liet zijn wapen zakken. Knikte langzaam. 'En de rest van het team?'

'Twee hebben mijn ondervraging niet overleefd. Twee anderen waren beginnelingen die in de grote eetzaal stonden en niet hebben deelgenomen aan de inspectie van het restaurant. Ik hou hen nergens voor verantwoordelijk.'

De haken waar de mannen aan hingen kwamen midden op de schietbaan tot stilstand, de voeten van de mannen bungelden een halve meter boven de grond. De menselijke doelwitten schommelden aan de haken heen en weer.

'Je geeft de mannen die de leiding hadden de schuld.'

'Natuurlijk, Daniel.'

'Emilio. Het zijn jóúw mannen. Jíj hebt ze uitgekozen, jij hebt ze getraind, jij hebt ze naar het restaurant gestuurd. Jíj bent verantwoordelijk.'

Lopez stamelde iets.

'Je gelooft toch wel in verantwoordelijkheid?'

'Natuurlijk, Daniel. Ik hou ze verantwoordelijk voor...'

'En ik hou jóú verantwoordelijk. Je zou daar naast ze moeten hangen.'

Emilio keek zijn patrón aan. Hij vertrok geen spier. De Spin had zijn P90 op een tafel neergelegd, maar trok langzaam zijn pistool en hield het langs zijn lichaam, waarmee de leider van het doodseskader van de Zwarte Pakken de leider van de bodyguards van de Zwarte Pakken waarschuwde geen geintjes uit te halen.

Emilio keek naar de Spin. Hij herpakte zich. 'Dat is niet nodig. Ik heb mijn 9mm in een schouderholster onder mijn jas. Zal ik hem pakken of wil je dat een van je mannen dat doet?' De Spin stak een lege hand naar achteren, gebaarde een van zijn mannen naar voren te komen. De sicario ging achter Emilio staan, stak zijn hand in diens jas en haalde het pistool tevoorschijn.

'Ik verzoek je je besluit te heroverwegen, *mi jefe,*' zei Emilio rustig, maar een trilling in zijn stem verried zijn emotie.

'Ik heb veel aan je te danken, mijn vriend.'

'Het... het was me een eer.'

'Heel spijtig dat een pinche gringo alles moest verpesten.'

'*Mi jefe,* geef me nog één kans...'

Daniel de la Rocha schoot Emilio ter plekke door zijn hoofd. In een vloeiende beweging draaide hij zich om, nam een gehurkte positie in en joeg de twee mannen die op tien meter afstand aan de haken van de schietbaan hingen te kronkelen ieder een kogel door hun hoofd. Het kronkelen hield op, maar de lichamen wiegden door de inslag van de kogels heen en weer.

Emilio Lopez Lopez lag opgekruld aan de voeten van De la Rocha.

DLR ging staan en zei: 'Nog een kans? Een bodyguard krijgt geen herkansing. Ik ben de afgelopen week twee keer in gevaar geweest.'

Geen van de sicarios zei iets.

Eindelijk stak DLR zijn pistool in zijn holster. 'Spin?'

'*Sí, mi jefe.*'

'Jij bent vanaf nu mijn persoonlijke bodyguard.'

'Dank je.'

'Bedank me maar niet. Heb je gezien wat er gebeurt als je een tweede keer in de fout gaat?'

'Het zal niet nog eens gebeuren.'

De bankier stapte uit de Fairchild Metroliner turboprop met een capaciteit van negentien passagiers op de landingsbaan van het aan de kust gelegen Manzanillo, twee uur ten zuiden van Puerto Vallarta. De zon stond hoog aan de hemel, en de bankier verplaatste zijn 4800 dollar kostende Moss Lipow-zonnebril van zijn voorhoofd naar zijn neus om zijn ogen te beschermen.

Een limousine stond de bankier en zijn twee lijfwachten op te wachten; zij waren de enige passagiers in het vliegtuig geweest, dus nadat hij de moeite had genomen de piloot en de copiloot de hand te schudden, was de bankier, die als bagage enkel zijn drieduizend dollar kostende Pineider-aktetas bij zich had, de trap afgedaald.

Toen hij de limousine was genaderd deed de chauffeur het achterportier voor de bankier open. De bankier stapte in de limousine, maar tuimelde toen voorover; zijn borst explodeerde over het weelderige leren interieur, spetterde op kristallen longdrinkglazen en droop langs de getinte ramen.

Zijn Moss Lipow-zonnebril schoot van zijn hoofd en viel op de vloer van de limousine. Hij liet zijn Pineider-aktetas los die tegen de achterband van de limo stuiterde.

Zijn corpulente lichaam gleed van het slijmerig geworden leer en landde met het gezicht op het asfalt.

Zodra de bodyguards zagen wat er gebeurd was, doken ze op hem, maar het was te laat.

Het enige wat de bodyguards nu nog konden doen was waken over het lijk.

Op een afstand van vierhonderd meter klapte de Gray Man de kolf in van het opvouwbare Sako-geweer; binnen enkele seconden had hij het wapen in een canvas tas opgeborgen en de tas op de grond voor de bijrijdersstoel van zijn zwarte Mazdapick-up gegooid.

Hij had de bankier met een enkel schot geveld. De .338 Lapua-kogel was vanaf een afstand van vierhonderd meter redelijk overdreven – ook van zes keer die afstand kon je er nog iemand mee doden – maar Gentry had de hut, niet ver van de vliegtuigtrap, geschikt bevonden voor zijn doel, en de Sako was het enige langeafstandswapen dat Hector Serna hem gegeven had.

Hij had zich geen zorgen gemaakt over de overkill en zich enkel om het resultaat bekommerd. En dat resultaat was duidelijk.

Met een beetje lood had hij zestien jaar ervaring in het witwassen van geld tenietgedaan.

Zeker, Daniel de la Rocha had nog andere bankiers, en er was geen tekort aan gekwalificeerde mannen in Mexico die bereid waren de plek in te nemen van het lijk dat nu op zijn rug op het asfalt lag terwijl een lijfwacht tevergeefs verwoede pogingen ondernam hem mond-op-mondbeademing toe te dienen. Maar de dood van deze bankier was een klap voor de financiële kant van zijn operatie.

Court had geen seconde spijt of wroeging. Nee, hij keek op zijn horloge en trapte het gaspedaal nog wat dieper in. Hij had nog twee klussen te doen voordat de dag erop zat.

'Gilberto Moreno is vanmiddag om twaalf uur door een sluipschutter vermoord.'

Het was halftwaalf 's avonds, en De la Rocha knielde voor het beeld van Santa Muerte. Hij had hier zwijgend in zijn kapel in het Hacienda Maricela gebeden, maar Nestor Calvo was achter hem de ruimte binnengekomen, had een blik met de Spin gewisseld en daarna zijn knielende patrón het slechte nieuws verteld.

'De Gray Man?'

'Ongetwijfeld. En dat was nog maar het begin. Om halfzes is er na een kleine ontploffing brand uitgebroken in een van onze opslagloodsen in Colima; dat heeft ons een hele lading efedrine uit India gekost. Daardoor zal de productie van foco een week vertraging oplopen.'

'Verdomme,' zei DLR, terwijl hij het in een bruidsjurk gehulde geraamte voor hem bleef aankijken. 'Hij werkt snel.'

'En een paar minuten geleden heeft hij opnieuw toegeslagen.'

'Waar?'

'Weer in Colima. Hij heeft een vrachtwagen met papaverpasta gekaapt. De bestuurder vermoord en de vrachtwagen van een klif af gereden.'

'Hoeveel pasta?'

Calvo haalde zijn schouders op. 'Onze heroïneproductie heeft niet zoveel schade opgelopen als de foco... misschien de opbrengst voor twee dagen.'

Toen DLR nog even doorging met bidden slaakte Calvo een zucht. Hij hield zijn gezicht in de plooi; de Spin keek naar hem en hij zat er niet op te wachten dat de Spin hun baas zou vertellen dat zijn oude adviseur geïrriteerd was door Daniels blijk van devotie voor die stomme pop in de hoek.

De la Rocha keek op naar la Santa Muerte. 'Ze is boos.'

Calvo schudde zijn hoofd. 'Nee, Daniel. Híj is boos. We hebben het over de Gray Man, weet je wel?'

Daniel stond op, liep door zijn verduisterde kapel terug naar zijn consigliere. 'Eén man heeft op één dag mijn financiële operatie, mijn heroïneoperatie en mijn methamfetamineoperatie weten te dwarsbomen.'

'Sí, Daniel.'

'Ik neem aan dat we mannen in Colima hebben die naar hem op zoek zijn?'

'De gehele politiemacht plus andere mannen die we daar in de buurt hebben. Maar de Gray Man is inmiddels verdwenen.'

'Waarheen?'

Calvo haalde zijn schouders op. 'Dat weet ik niet. Maar ik vraag me af of hij nog andere takken van onze bedrijfsvoering op de korrel gaat nemen. Marihuana, transport, vliegtuigen, schepen, ontvoering. Zolang hij in leven is, kunnen we onmogelijk weten waar hij weer zal opduiken.'

'Wie voorziet hem van informatie over onze bedrijfsvoering?'

'Iemand met kennis van de volledige reikwijdte van onze operaties. Ik gok op iemand van de federale politie of misschien zelfs iemand van het Madrigalkartel.

'Ik wéét dat het Madrigal is.'

'Dat weet je níét.'

DLR liep met de Spin op zijn hielen de ruimte uit. Calvo volgde.

'Het is Madrigal,' herhaalde DLR tegen Nestor.

'Dat heeft zij je verteld, zeker?'

Daniel bleef staan in de gang. Keerde terug naar Calvo, de Spin nam zijn positie in naast zijn baas. De la Rocha zei: 'Haar informatie is in deze zaak betrouwbaarder gebleken dan de jouwe, consigliere. Je zou er verstandig aan doen waardevoller voor me te worden.' DLR en de Spin wendden zich van hem af en liepen verder de gang door.

50

Court vond onderdak in een verlaten zilvermijn in de buurt van La Rosa Blanca, een klein bergstadje op korte afstand van Guadalajara, vanwaar je eenvoudig de Pacifische kust en Mexico-Stad kon bereiken. Beide lagen er slechts een paar uur rijden vandaan. Hector Serna had hem een oude Mazda-pick-up gegeven, die Court 's nachts stalde in de ingang van een sinds mensenheugenis in onbruik geraakte horizontale mijnschacht in de bergwand. Court had in een kampeerwinkel in Guadalajara voor duizenden dollars aan spullen ingeslagen zodat hij de koude nachten in de bergen comfortabel door kon komen. Hij kon dankzij zijn gasbrandertje, zijn kleine tent, zijn gedroogde voedsel en zijn jerrycans met water in al zijn behoeften voorzien. Met zijn door accu's aangedreven aggregaat kon hij zijn mobiele telefoons en zijn GPS opladen en had hij licht als hij aan een of ander project werkte op de koude grond naast zijn pick-up.

Court had in de mijnschacht voldoende projecten omhanden.

En hij had veel doelwitten in West-Mexico rondlopen. De afgelopen twee dagen had hij het druk gehad: hij had een territoriumbaas van de Zwarte Pakken in Nayarit vermoord, hij had 's nachts twee vliegtuigen van De la Rocha die in Tepic op een luchthaven stonden vernietigd, en hij had een pakhuis ten noordoosten van Magdalena in brand gestoken.

Inmiddels was de vierde ochtend van zijn grootschalige oorlog tegen de Zwarte Pakken aangebroken. Hij was tot na drieën bezig geweest maar had in de laadbak van de Mazda toch nog een paar verkwikkende uurtjes slaap meegepikt. Hij was twee keer opgeschrikt door geluiden in de buurt; beide keren had hij zijn AK-47 gepakt en met de erop gemonteerde zaklamp door de duisternis geschenen. Beide keren had hij pluizige schepsels dieper de zwarte mijnschacht in gejaagd.

Hoewel het niet meer zo heel vroeg was, had Court grootse plannen voor vandaag. Hector Serna had Court wat informatie verstrekt over de locaties van een aantal Zwarte Pakken in de buurt, die Court in zijn GPS had opgeslagen. Hij had een reeks coördinaten ingevoerd die hem op weg naar zijn verst gelegen bestemming langs elk doelwit zouden brengen. Met een beetje geluk zou hij voor het einde van zijn werkdag vijf locaties hebben aangedaan. Hoewel hij niet zeker wist of hij bij elke tussenstop op zijn route dingen zou vinden om te vernietigen of Zwarte Pakken zou aantreffen om te doden, verwachtte hij pas midden in de nacht naar zijn mijn te kunnen terugkeren. Hij moest elk beetje chaos dat hij wilde creëren afwegen tegen de kans te worden gedood of gevangen te worden genomen, en elke locatie moest hij snel en eenvoudig kunnen verlaten.

Voor het middaguur was hij een industrieterrein in Guadalajara op gereden en had gezien dat er kratten van een aantal treinwagons op vrachtwagens werden geladen die volgens Serna gevuld waren met wiet die in het zuiden in Chiapas en Guatemala was geteeld. Court sloeg het vanaf een afstandje door zijn verrekijker gade en meende te kunnen zien dat Serna's informatie klopte, maar toen de vrachtwagens waren volgeladen, bleven ze nog meer dan een uur met lopende motor binnen de zwaarbewaakte omheining van het station staan. Hij had geprobeerd de FM-frequentie van de portofoons waarmee de mannen bij de vrachtwagens communiceerden te onderscheppen, maar hun handhelds gebruikten een soort codering, en Court kreeg niet voldoende van hun berichtgeving mee om te achterhalen wat het probleem was. Hij was van plan geweest om de vrachtwagens op de snelweg aan te vallen, maar ze maakten zelfs om twee uur 's middags nog geen aanstalten het station te verlaten. Met tegenzin besloot hij de missie af te blazen, omdat hij graag naar zijn volgende bestemming wilde in de hoop voor het einde van de dag nog wat schade te kunnen aanrichten.

Zijn tweede tussenstop werd ook een sof. Het was een onderduikadres van de Zwarte Pakken, maar toen hij de deur intrapte en er binnenviel en de ruimte met zijn AK in de aanslag inspecteerde, trof hij niemand aan, en vond ook geen drugs, wapens of geld. Hij overwoog het huis dan maar in de fik te steken, maar het stond in Guadalajara aan een straat in de wijk Zapopan, en voor hij het wist zou hij het hele stratenblok in de as leggen. Dus klom hij weer in de Mazda en reed in hoog tempo naar het oosten.

Er stonden nog drie locaties op zijn lijstje. Hij hoopte vurig dat hij in elk geval op één daarvan iets vond wat de moeite van het slopen waard was. Hij keek op zijn GPS.

De volgende halte was weer een safehouse van de Zwarte Pakken, dit keer in Chapala. Court hoopte niet dat dit ook een losse flodder zou zijn.

De la Rocha sliep op een chaise longue op het koele balkon net buiten zijn slaapkamer. Hij hield van het gevoel in de buitenlucht te zijn. Het deed hem denken aan zijn tijd in het leger, al sliep hij in het leger niet bepaald op een balkon van een weelderige slaapkamer van een haciënda op tweehonderd hectare eigen grond.

De Spin zat achter hem, in de slaapkamer, op een stoel met hoge rugleuning die voor de deur stond. Zijn M4 lag op zijn schoot. In een tas naast hem staken extra magazijnen uit.

Nestor Calvo Macias kwam onaangekondigd binnenvallen. De Spin sprong overeind en hief ondertussen zijn wapen, maar de oudere man negeerde hem, stormde langs hem heen en schreeuwde zijn slapende patrón op het balkon toe.

'De Gray Man is het safehouse in Chapala binnengevallen!'

De la Rocha ging langzaam op de chaise longue zitten en wreef in zijn ogen. 'Chapala? *Madre de dios.* Heeft hij het geld gestolen dat we daar hebben opgeslagen?'

'Hij heeft het niet gestolen. Hij heeft het verbrand.'

DLR vloekte, wreef nog eens over zijn gezicht. '*¡Qué chingado!* Hoeveel?'

'Alles. Er lag ongeveer zeventien miljoen dollar op pallets, in afwachting om naar de banken weggesluisd te worden. Ik vraag het na bij de boekhouding en zal je het exacte bedrag doorgeven.'

'En hij heeft het gewoon verbrand? De fik erin gezet?'

'Sí.'

'En de mannen die de...'

'Eén dode. Een vermiste van wie we aannemen dat...'

'En de rest? Die zeventien miljoen dollar werden toch wel door meer dan twee mannen bewaakt!'

'We hadden daar een tiental mannen. De rest leeft nog; ze wisten pas dat er iets mis was toen de brand al was uitgebroken. Ze hebben de Gray Man nooit gezien.'

'Maak al die stomme pendejos stuk voor stuk af, godverdomme.'

'Sí,' zei de Spin, en hij stak zijn hoofd de gang in. Hij blafte een bevel naar een van zijn ondergeschikten en bezegelde zo het lot van de overlevenden in het onderduikadres in Chapala.

'Daniel,' zei Calvo, met een licht smekende stem. 'In vier dagen heeft hij zo'n beetje tien operaties tegen ons uitgevoerd. Ik schat de waarde van het gederfde kapitaal en de productiegoederen op een kleine vijftig miljoen dollar.'

'Hij heeft me meer dan twaalf miljoen dollar per dag gekost?'

'Dat is een voorzichtige schatting.'

'Maar hoelang kan hij dit nog volhouden?'

De Spin sprak vrijuit. '*Mi jefe.* Onze organisatie is erop ingericht om het leger, de federale politie en de rivaliserende kartels zo efficiënt mogelijk te bestrijden. We zijn minder goed toegerust om ons te richten op één man, met de mobiliteit en vaardigheden van de Gray Man. Het is onmogelijk vast te stellen hoelang hij door kan gaan voordat we hem te pakken hebben.'

Calvo kwam tussenbeide: 'We denken dat hij mogelijk zijn informatie van Madrigal krijgt, maar we kunnen niet met zekerheid zeggen dat hij met Madrigal samenwerkt.'

'Hoe heet je tegenhanger in Los Vaqueros ook weer.'

'Hector Serna Campos.'

'Juist. Neem contact met hem op. Zeg hem dat het oorlog is.'

'Daniel, als we nu een oorlog ontketenen met Madrigal kost ons dat alleen maar nog meer geld. We kunnen niet...'

De la Rocha stormde schreeuwend vanaf het balkon de slaapkamer in. 'Vertel me niet wat ik wel en niet kan doen. Ze zijn al een oorlog tegen mij begonnen, via deze ene man!'

'Dat weten we niet zeker!'

'Dat weet ik!' schreeuwde De la Rocha, waarbij het speeksel uit zijn mond vloog, en hij schreeuwde opnieuw, stootte een gutturale kreet van woede en frustratie uit, liet zijn opgekropte boosheid de vrije loop. 'Ik hád deze man! Deze man hing geboeid voor mijn neus! Ik had de trekker van mijn pistool kunnen overhalen en deze waanzin een week geleden al kunnen beëindigen! Waarom heb ik dat niet gedaan? Waarom heb ik die pendejo niet vermoord? Ik heb zoveel mannen verloren omdat ik de trekker niet heb overgehaald.'

Calvo zei: 'Zolang je hem blijft achtervolgen zal hij je mannen blijven vermoorden. Hij is te goed!'

De la Rocha herpakte de controle over zichzelf. Hij haalde een paar keer adem, wreef over zijn nek en maakte toen een wegwerpgebaar. 'Maakt niet uit. Het verlies van mannen is makkelijk te dragen. Maar trots? Je trots kwijtraken is veel moeilijker.'

Hij wendde zich tot de Spin. 'Mijn besluit staat vast. Vanaf dit moment is het een totale oorlog tegen Los Vaqueros.'

'Entendido, señor.'

'Overal waar we ze tegenkomen, waar dan ook in het land...'

De Spin keek zijn leider in de ogen. 'Zullen ze sterven.'

'*Correcto.*'

Calvo gooide de handdoek nog niet in de ring. 'Don Daniel. Ik smééék je om naar me te luisteren. De Spin wil oorlog met Madrigal, zodat hij je kan laten zien dat zijn mannen kunnen vechten. Ze kunnen de Gray Man niet doden omdat hij daar te goed en te slim voor is, maar ze kunnen wel een stel pinche Vaqueros op straat afknallen.'

Javier 'de Spin' Cepeda keek Nestor boos aan en wierp hem een blik toe die talloze mannen hadden gezien kort voordat ze door de Spin werden onthoofd. '*Mi jefe*, de oude man wil gewoon een oorlog met Madrigal vermijden omdat hij zwak is. We hebben te lang te slap opgetreden tegen Madrigal, en kijk eens hoe onze cowboys uit Sinaloa ons daarvoor bedanken! We zullen net zolang tegen ze vechten totdat ze de Gray Man zelf vermoorden of hem aan ons overdragen. Mijn mannen zullen hun plaza rood kleuren met hun eigen bloed, en binnen een week zal de Cowboy wel inzien dat de Amerikaanse huurmoordenaar alleen maar een risico vormt voor zijn operatie. Dan pas kunnen we ons terugtrekken, als je ons daartoe opdracht geeft.'

DLR knikte nog voordat de Spin uitgesproken was. Hij richtte zich tot Calvo. 'Nestor. Ik wil dat je contact opneemt met je tegenhanger in Los Vaqueros. Vertel hem dat we weten dat ze de Gray Man aansturen, en dat we dit zien als een totale oorlogsverklaring tegen ons plaza. We zullen ze verantwoordelijk houden voor het verlies van eigendommen en mensenlevens, en zolang de Gray Man leeft zullen we dienovereenkomstig reageren.'

Nestor was woedend en gefrustreerd, maar aarzelde niet. Hij beschikte over een scherpzinnige barometer om de stemmingen van zijn baas te peilen, en hij wist dat dit niet het moment was om hem tegen te spreken. 'Sí, Daniel. Ik zal onmiddellijk contact opnemen met Hector Serna en hem de oorlog verklaren, en ik zal hem duidelijk maken onder welke voorwaarden we vrede willen sluiten.'

De eerste aanval vond slechts drieëndertig minuten later plaats. Een aantal laaggeplaatste sicarios in Mazatlan, die de opdracht hadden gekregen om een lokale onderbaas in de Madrigalorganisatie te volgen, kregen per sms het bericht dat iedereen van Los Vaqueros vogelvrij was verklaard. Onmiddellijk stonden ze op van hun tafel op het terras, gooiden hun met tamalesap doorweekte papieren borden in de vuilnisbak, stapten de juwelierszaak aan de overkant van de straat binnen en schoten de man dood die ze hadden gevolgd, samen met zijn vrouw en twee lijfwachten. Negen minuten later werd een terreinwagen met daarin vier Vaqueros op de snelweg van Puerto Vallarta naar Guadalajara aan de kant gezet door een SUV van de provinciale politie van Jalisco. De mannen werden tegen hun voertuig naast elkaar gezet en in executiestijl doodgeschoten, en hun lichamen werden als aangereden kadavers op het hete asfalt achtergelaten.

Tegen de avond waren er nog eens twaalf leden van Los Vaqueros vermoord en zeven verwond. Vier leden van Los Trajes Negros waren bij die vuurgevechten om het leven gekomen, en een onschuldige voorbijganger was gewond geraakt door rondvliegende hagel toen er in Mexico-Stad een vuurgevecht was uitgebroken tussen rivaliserende facties binnen de federale politie.

De tweeëndertig slachtoffers die in de eerste twaalf uur van de oorlog vielen, waren nog maar het begin.

Er gingen nog twee dagen voorbij en Court werkte gedurende die periode koortsachtig door. De informatie van Serna, hoe goed die ook was, viel in het niet in vergelijking met datgene wat hij tijdens zijn invallen had buitgemaakt. In Colima stal hij de smartphone van een schildwacht en vond een adres met daarbij de opmerking 'Foco'. Omdat hij wist dat dit het lokale jargon voor meth was, reed hij erheen en vond een omheinde opslagplaats vol zeecontainers. Er liepen verschillende bewakers rond, maar Court slaagde erin het complex binnen te glippen en verschillende ANFO-bommen met een eenvoudige op afstand bestuurbare ontsteker te plaatsen die hij in zijn mijnschacht in elkaar had geknutseld. Toen hij eenmaal buiten de straal van de explosie was, toetste hij een nummer in op een van zijn vele mobiele telefoons, waarna zes containers met meth ontploften in een paddenstoelwolk van zwarte rook.

Op een heuvel in de buurt stopte hij om zijn werk te bewonderen, en zag een man in een zwarte BMW op hoge snelheid wegrijden. Court reed met zijn pick-up de sportcoupé van de weg, ontdekte dat die werd bestuurd door een lid van de Zwarte Pakken en gijzelde hem. Vier uur later bezweek de man aan zijn verwondingen, maar wel nadat hij de Amerikaan van een schat aan informatie over de meth-operatie van De la Rocha in Nayarit en Jalisco had voorzien.

Court besloot zich een paar dagen op de meth te concentreren. Volgens het stervende bendelid was het de melkkoe van DLR; het spul was duur om te maken en daarom eenvoudig te ontregelen door de meth-bereiders te vermoorden of af te schrikken of de spullen in het lab te vernielen, waar Court de voorkeur aan gaf boven het verbranden van wietplanten of papavervelden. Dat zou hij alsnog niet nalaten als de kans zich voordeed, maar de foco leek de beste manier om snel resultaat te boeken.

Dit voerde Court naar Acoponeta, een klein rivierdorp op het platteland langs de weg naar Mazatlan. Hij had het stervende Los Trajes Negros-lid een aantal adressen ontfutseld waar hij langs wilde voordat hij naar een superlaboratorium in de bergen zou gaan.

Voordat zijn verwoestende avond ging beginnen, stapte Gentry een kruidenierswinkel binnen om bonen, frisdrankjes, oploskoffie en water in te slaan. Daarna stapte hij de belendende *cantina* binnen om van het herentoilet gebruik te maken. Nadat hij dat had gedaan en iets van het vuil van zijn handen had gewassen, draaide hij zich naar de deur om, maar stopte plots halverwege. Daar werd hij aangestaard door het gezicht van een man op een 'Gezocht'-poster aan de muur.

Het onbehagen schoot door zijn lijf, een gevoel zoals hij dat in jaren niet gevoeld had.

Hij was het. Op die verdomde foto stond hij.

GEZOCHT VOOR MOORD

Amerikaanse Huurmoordenaar van het Madrigalkartel

Er stond een plaatselijk mobiel nummer onder.

Gentry realiseerde zich nu dat, zelfs als hij dit zou overleven, zelfs als hij Mexico uit zou weten te komen, de Amerikaanse regering hem zou bestempelen als een huurmoordenaar voor de Mexicaanse maffia en hij nooit, maar dan ook nóóit meer de VS in zou komen.

Was het meisje dit allemaal waard?

Court schudde zijn hoofd, vervloekte zichzelf vanwege het feit dat deze vraag in zijn hoofd was opgekomen.

Ja. Natuurlijk was ze dat.

Hij scheurde het papier van de muur en gooide het in de vuilnisbak.

De deur aan zijn linkerhand zwaaide piepend open.

Gentry trok zijn wapen en draaide zich tegelijk om, liet zich voor de wasbak op zijn knieën vallen.

Hij richtte het wapen op de borstkas van zijn doelwit, zijn vinger had de veiligheidsmarge van de trekker van de Glock al doorgedrukt.

De man gooide zijn armen boven zijn hoofd. In paniek schreeuwde hij: '*¡Madre de dios!*'

Court keek langs de korrel van zijn Glock 19, voelde zijn vinger om de meedogenloze trekker spannen, en zag een lijvige man met een cowboyhoed, gewoon een eenvoudige boer, gewoon een man in een bar die zichzelf na een paar Corona's moest ontlasten. Court liet de trekker los, stond op en stak zijn wapen in zijn holster, liep langs de in paniek geraakte arbeider zonder hem een blik waardig te keuren.

Verdomme, Gentry. Hou je hoofd koel.

51

Gentry was een hele dag bezig om zijn positie in te nemen. Terwijl hij in de Mazda de bergen in reed, terwijl hij klom en kroop, terwijl hij zich onder een loopbrug verstopte terwijl gewapende guerreros vlak boven zijn hoofd liepen, terwijl hij zijn GPS-coördinaten vergeleek met de locatie die hem was gegeven door het bendelid dat nu dood achterover in een ravijn in de buurt van Courts schuilplaats lag – al die tijd beklaagde hij zich over deze vertraging. Omdat hij de Zwarte Pakken dagelijks wilde dwarszitten, meerdere keren per dag, vreesde hij dat vierentwintig uur lang niets anders doen dan zich ongezien door de Sierra Madre verplaatsen, in de richting van een locatie die mogelijk niet eens bestond, het tempo uit zijn operatie zou halen dat essentieel was voor het welslagen ervan.

Hij wist natuurlijk niet dat Daniel de la Rocha de vorige dag het Madrigalkartel de oorlog had verklaard. Deze reisdag voor Court was voor de Zwarte Pakken vooral de zesde dag waarop het bloed rijkelijk vloeide, en het feit dat Court zich zelf niet met de strijd bemoeide, was Los Trajes Negros volledig ontgaan. Gezien het aantal incidenten, het aantal doden en gewonden, het aantal beschoten konvooien of overvallen op onderduikadressen, nam het momentum tegen de Zwarte Pakken alleen maar toe.

Court bewoog zich door de duisternis, de nachtkijker van de tweede generatie die Hector Serna hem had bezorgd was bijna antiek in vergelijking met de apparatuur die Court in het verleden had gebruikt, maar hij diende zijn doel. Hij doorkruiste een ravijn, reed dicht genoeg langs een dorpje waar het wemelde van DLR's mannen om de etensvuren te ruiken en de honden te horen blaffen, maar hij hield zich schuil voor de plaatselijke bevolking. Toen hij om één uur 's ochtends precies op de plek die het dode bendelid had aangegeven een beekje bereikte, monterde hem dat even op. Hij volgde het tot hij een zwart ravijn bereikte; hij hoorde in de verte het gebulder van een waterval, maar was niet dichtbij genoeg om die te kunnen zien.

Hij liep door, zijn nachtkijker en zijn GPS wezen hem de weg, maar zijn oren, zijn reukvermogen, zijn kennis van de wildernis en hoe je je er geruisloos doorheen kon verplaatsen, hielden hem werkelijk in leven.

Om vijf uur 's ochtends was hij in positie. Hij schuifelde halverwege een rotswand die over een kleine kloof hing, en toen glipte Court onder de boomtoppen.

Het duurde nog twee uur tot zonsopgang maar vanuit zijn schuilplaats in de steile rotswand rook Court tortilla's en koffie. Hoorde een haan kraaien. Hoorde het geblaf van honden, het gemekker van geiten; allerlei geluiden die wezen op menselijke beschaving. Af en toe steeg de geur van marihuana op naar zijn schuilplaats in de rotswand, drie meter boven de onverharde weg. Al snel begonnen er motoren te draaien, grote door gas aangedreven aggregaten, en terwijl het natuurlijke licht van bovenaf de jungle in viel, zag hij op een open plek zo'n vijftig meter verderop elektrisch licht. Een breed prefab metalen gebouw dat in een matte olijfkleur was geschilderd werd beschenen door de koplampen van een jeep die achteruitreed en zich omdraaide. Een paar seconden later reed hij, vol gewapende mannen, onder Courts positie door. Court, nog steeds in duisternis gehuld, maakte zich op voor zijn aanval.

Om zeven uur die ochtend beëindigde Nestor Calvo zijn mobiele telefoongesprek in zijn kantoor in Hacienda Maricela. Hij zat vanaf halfzes al in das en hemdsmouwen achter zijn bureau en had zijn jas over een leren stoel in de hoek gedrapeerd. Hij dronk mangosap en nipte koffie terwijl hij telefoontjes pleegde en e-mails verstuurde naar zijn contactpersonen in de Verenigde Staten. Terwijl het conflict tussen zijn organisatie en Constantino Madrigal met het uur escaleerde, was hij gedwongen zijn ochtend te besteden aan het onderzoeken van alle aanwijzingen die met Elena Gamboa te maken hadden. Er was bewijs dat de Gamboa's per bus Tucson hadden verlaten en mogelijk in noordoostelijke richting verder waren gereden. Op basis van dat vage stukje twijfelachtige informatie had Calvo negentig minuten lang leden van zijn netwerk van Chicago tot Boston gebeld en ze de opdracht gegeven bij hun bronnen na te gaan of ze een vijfendertigjarige zwangere Mexicaanse vrouw hadden gezien.

Calvo wist dat hij zocht naar een speld in een hooiberg, maar hij wist ook dat het zijn taak was de opdrachten van zijn baas uit te voeren.

Zijn mobieltje ging weer over. Het was zijn eerste inkomende gesprek die dag, hij klapte de telefoon open en zei: '*¿Bueno?*'

En vijf minuten later stormde hij zijn kantoor uit en trok terwijl hij de deur dichtdeed zijn van kevlar gemaakte jasje aan.

Daniel de la Rocha stootte tegen de zware zak als een ervaren bokser in het middelgewicht. Hij was niet de enige man op de grote teakhouten vloer – hij werd geflankeerd door nog twee Zwarte Pakken, die hun werkkleding al aanhadden en aanmoedigingen schreeuwden terwijl hij sparde met zijn trainer of met zijn gehandschoende handen tegen de zware bokszak beukte. Zijn trainer stond achter de zak in de hoek aanwijzingen te geven.

Javier 'de Spin' Cepeda was er ook; hij week inmiddels niet meer van zijn baas' zijde, hoewel hij ook tijd vrijmaakte om zijn af en aan opduikende ondergeschikten de bevelen van hun baas met betrekking tot de oorlog met Los Vaqueros door te geven.

Zoals gebruikelijk liep de zevenenvijftigjarige Nestor Calvo haastig de ruimte in, negeerde de beveiligers en de andere aanwezigen en liep doelbewust naar zijn patrón.

'Je hebt vast nog meer slecht nieuws, toch, Nestor?'

'Superlab nummer zes is vernietigd.'

'Wat bedoel je met "vernietigd"?'

'Vernietigd, Daniel. Het wás er, en nu niet meer. Er rest niets dan vuur. Puin. Verwrongen metaal. Dode lichamen. Het complex en al het materiaal is afgeschreven.'

DLR knikte enkel terwijl zijn trainer zijn voorhoofd afveegde met een handdoek.

Hierna zei Calvo: 'De Gray Man heeft twee volledige ladingen van het spul vernietigd. Plus de waardevolle apparatuur ter plaatse. En hij heeft een paar mannen gedood. Een aantal buitenlanders dat daar werkt is verdwenen. We weten niet of hij ze heeft ontvoerd of dat ze zijn vermoord of dat ze ervandoor zijn gegaan.'

De la Rocha gooide zijn borst en armen los en sloeg toen hard met zijn rechtervuist tegen de zware zak.

'En nog iets,' zei Calvo zacht. 'Er is een laptop van de beheerder van het laboratorium gestolen. De beheerder heeft mijn mannen verzekerd dat alles wat erop staat is vergrendeld en versleuteld, op één ding na. Er was één bestand dat op het moment van de diefstal openstond. Dat bevat gevoelige informatie, waarvan we moeten aannemen dat die nu in handen is van de Gray Man.'

De la Rocha ramde nog een keer tegen de zak en richtte zich toen weer op zijn consigliere. 'Wat voor informatie?'

'De adressen van ons onroerend goed in Mexico.'

'Verdomme!' riep DLR. 'Madrigal is nu op de hoogte van de locaties van al onze eigendommen?'

'Als de Gray Man voor Madrigal werkt... dan wel, ja.'

'*¡Hijo de puta!*' Klootzak! De la Rocha schreeuwde, beukte met al zijn kracht tegen de zware zak. Hij keerde snel terug naar zijn consigliere. 'Cuernavaca? Stond het huis in Cuernavaca op de...'

'*Sí, jefe.*'

'Nestor... mijn kinderen. Mijn vrouw. Dat is godverdomme mijn huis!'

'Ik weet het.'

'Hij zei dat hij mijn gezin met rust zou laten!'

'Met alle respect, Daniel, hij hééft je gezin met rust gelaten.'

De la Rocha wuifde die laatste opmerking weg. 'Wat moeten we doen?' Hij stak zijn armen uit ten teken dat zijn trainer zijn handschoenen uit kon doen. De oudere man haastte zich naar hem toe om te gehoorzamen.

Calvo haalde zijn schouders op. 'Twee dagen geleden klaagden we dat hij ons vijftig miljoen dollar door de neus had geboord. Maar nu? Nu we nieuwe routes en safehouses moeten regelen, de distributiekanalen vanuit onze huidige bezittingen om moeten leiden naar de Verenigde Staten? Dat kan ons tien keer zoveel gaan kosten.'

De Spin, die tot nu toe had gezwegen, zei: 'Jefe, we moeten je hier weg zien te krijgen, nu!'

'Mijn gezin,' zei DLR zacht. 'Breng ze ergens anders onder.' Een Trajes Negros-lid rende ervandoor, pakte een telefoon van zijn riem om de bewaking in Cuernavaca de instructie te geven De la Rocha's vrouw en zes kinderen in veiligheid te brengen.

Maar ver kwam hij niet. De man stak zijn hoofd weer door de deurpost. 'Het spijt me.' Hij keek om zich heen, leek niet te weten wie hij aan moest spreken. 'Maar waar moet ik ze heen sturen?'

DLR zei: 'Het huis in Portugal. Breng ze naar het vliegveld in Mexico-Stad en laat het vliegtuig ze daar vanavond ophalen!'

Calvo schudde zijn hoofd. 'Nee. Het adres van het landgoed in Faro stond ook in het bestand.'

'*Motherfucker*,' zei de drugsbaron in het Engels. Hij had het geleerd toen hij in het Mexicaanse leger diende en in de Verenigde Staten trainde. 'Hij maakt ons kapot.'

'Nee,' zei Calvo. 'Want zover zul je het niet laten komen. Je geeft de Gamboa-vrouw terug aan...'

'Nee!' DLR greep Calvo bij zijn revers en ramde de oudere man tegen de spiegelwand. 'Dat doe ik níét!'

‘Daniel, dit fiasco kost ons gewoon te veel geld, te veel tijd, te veel...’

‘Dat kan me niet schelen. Dat kan me allemaal niets schelen. Ik wil Elena Gamboa en die gringo huurmoordenaar dood! En nu bedreigen ze mijn kinderen?’

Calvo schudde zijn hoofd, zelfs de dreiging van fysiek geweld van zijn baas bracht hem niet van streek. ‘Niemand bedreigt je...’

De Spin kwam direct tussenbeide. ‘Jefe. We hebben vrienden die hotelketens bezitten, appartementengebouwen, onroerend goed in alle soorten en maten. We kunnen je gezin overal onderbrengen; we kunnen een complete verdieping afhuren, een compleet landgoed! Ik zal de bescherming van je gezin verdubbelen, en tegen je kinderen kun je vertellen dat jullie met vakantie zijn.’

Calvo en De la Rocha bleven elkaar nog even aanstaren, en toen liet de jongere man de jas van de oudste los. Zonder de staarwedstrijd te verbreken, sprak hij de Spin toe. ‘Verdríévoudig hun beveiliging. En licht iedereen hier in. We vertrekken binnen een uur naar Puerto Vallarta; we hebben daar meer agenten voor ons werken dan waar dan ook. Ik neem de helikopter. Neem Laura Gamboa mee, we gaan daar in het grootste huis zitten dat we kunnen vinden, en we zullen de oorlog tegen Madrigal voortzetten tot de Gray Man is geliquideerd en Elena Gamboa is gevonden.’

Calvo stormde zonder nog iets te zeggen de ruimte uit. Terwijl hij terugliep naar zijn kantoor, besloot hij dat hij ongeacht de wensen van zijn meester al het mogelijke zou doen om een einde te maken aan deze waanzin. De Amerikaan had hem ‘ouderlijk toezicht’ genoemd. Dat was weliswaar een belediging voor DLR, maar, erkende Nestor, er zat een kern van waarheid in de woorden van de gringo-moordenaar.

52

Court arriveerde op het vooraf vastgestelde ophaalpunt voor de voorraden van het Madrigalkartel. Hij had bijna geen ontstekers, ammoniumnitraat en stookolie meer; hij had wat schone mobiele telefoons nodig, wat geld en meer munitie voor de Sako.

Maar toen hij bij het ophaalpunt van de opslagruimte aankwam, zag hij een man voor het hek staan. Court zat op honderd meter afstand in zijn auto en bekeek hem door zijn verrekijker.

Het was Serna, in zijn eentje.

Hij wachtte.

Court parkeerde. Stapte uit en bekeek de inlichtingenchef van Los Vaqueros van top tot teen. 'Wat doe je hier?'

'De Cowboy wil met je praten.'

'Persoonlijk?'

'Sí. Onmiddellijk.'

Dat verbaasde Gentry. 'Ik heb geen tijd voor een persoonlijk gesprek. Kan het niet telefonisch?'

'Nee. Wij hebben de opdracht je naar hem toe te brengen.'

'Wij?'

'Ja, omdat ik je niet wilde laten schrikken, heb ik ze gevraagd uit het zicht te blijven, maar ik heb twintig man bij me. Ze zitten overal.'

'Wat wil Madrigal bespreken?'

'Dat weet ik niet.

Court keek de narco uit Sinaloa indringend aan, maar hij wist niet of de man de waarheid sprak of niet. Court overwoog zijn opties. Hij had het gevoel dat hij Serna hier ter plekke kon omleggen en er dan als de sodemieter vandoor kon gaan, maar waarom zou hij dat doen? Madrigal had geen reden boos op hem te zijn. Integendeel, Court had de operatie van Los Vaqueros' belangrijkste concurrent flinke schade toegebracht. Madrigal kon maar beter *narco corridos* gaan maken, 'ballades' over de avonturen van de Gray Man, en hem nog meer helpende handen toesteken dan ze al deden.

Gentry knikte, tilde zijn armen op zodat Serna hem kon fouilleren. Serna verwijderde vier wapens en riep toen via een kleine walkietalkie zijn team op. Binnen enkele seconden verschenen er een paar enorme Dodgepick-ups bij zowel de voor- als de zijingangen van de opslagruimte. Ze reden door naar het gangpad en haalden Serna en Gentry op, en reden toen in konvooi naar het noorden.

Rond het middaguur vlogen Serna en Gentry in een klein propellervliegtuig in noordwestelijke richting en een halfuur later waren ze geland op een grasstrook in de bergen. Ze stapten in grote Chryslersedans en reden door een grote stad. Court vroeg Serna waar ze waren, maar het hoofd van de inlichtingendienst gaf alleen prijs dat ze in het zuiden van Sinaloa waren.

Na nog geen twintig minuten rijden, betraden ze via een poort een groot kerkhof. De lucht was helder en koel, en Court zag gewapende mannen met strohoeden rond de sierlijke mausoleums op het goed onderhouden terrein staan. Het leek in niets op de begraafplaats waar Eddie Gamboa lag. Nee, dit waren grote, dure en met de hand, uit cement gevormde tombes, ingelegd met marmer en voorzien van vergulde daken en levensgrote beelden die voor de graven stonden. Serna beantwoordde een vraag die Court niet had gesteld. 'Deze begraafplaats is volledig en uitsluitend bestemd voor de mannen van Madrigal. Hij komt hier vaak om zijn oude vrienden te bezoeken. Het is een compliment dat hij je hier voor een ontmoeting heeft uitgenodigd.'

Gentry was er vrij zeker van dat hij niet echt was 'uitgenodigd', maar hij zette het van zich af. De Chrysler reed over de kronkelige weg langs tientallen tombes, waarvan sommige net zo groot waren als een klein huis. Bij de meeste hingen ingelijste foto's op ijzeren schildjes boven de deur en ornamenten, zoals in steen uitgehakte AK-47's, in marmer uitgesneden cowboyhoeden, levensgrote bronzen paarden en zelfs grilles en neuzen van Cadillacs en Dodgepick-ups die uit het metselwerk staken. Er was zelfs een levensgroot roestvrijstalen tweemotorig Pipervliegtuig op het dak van een enorme tombe gebouwd.

En Court stelde zich voor dat de helft van alle rood-, geel- en blauwbloeiende bloemen in Sinaloa naar deze begraafplaats werd verscheept.

De Chrysler stopte voor een kleinere tombe. Het gebouw zag er nieuw uit en er stond een tiental gewapende mannen omheen. Madrigal zelf was er, met zijn tienerzoon Chingarito aan zijn zijde. De Cowboy droeg een rood shirt en een blauwe spijkerbroek, een strooien cowboyhoed en tennisschoenen. Een gouden riemgesp van een paardenhoofd was de enige franje die Gentry op het lichaam van de man kon vinden, op het eenvoudige kruisje om zijn nek na.

De Cowboy wachtte Court op toen hij uit de auto stapte en schudde hem de hand met een glimlach die gedeeltelijk schuilging onder zijn snor.

Terwijl hij sprak, vertaalde Chingarito. 'Zeven dagen, vriend. Precies een week geleden hebben we elkaar ontmoet, en toen beloofde je Los Trajes Negros dwars te gaan zitten. Ik moet zeggen... Ik dacht dat je een paar Zwarte Pakken zou afmaken, wat spul van ze zou vernietigen en dan zelf de pijp uit zou gaan. Je hebt bewezen dat je een krijger bent.'

'Dank je.'

'Weet je zeker dat je niet in Sinaloa bent geboren?'

Court antwoordde niet. De 'kleine klootzak' had even niets te vertalen.

Madrigaal ging door. 'Je hebt mijn respect verdiend. Wat je in zeven dagen voor elkaar hebt gekregen, is deze ellendige idioten in nog geen zeven jaar gelukt.' Hij gebaarde naar de mannen om hen heen, en Chingarito schoot tijdens het vertalen in de lach.

Gentry zei: 'En dit is nog maar het begin. Over een aantal dagen zal hij...'

Madrigal onderbrak hem. 'Dat is de reden dat ik je hierheen heb laten komen.' Chingarito had moeite het tempo bij te houden.

'Negen van mijn sicarios zijn gisteravond in Puerto Vallarta afgeslacht. Vijf agenten van de politie in Jalisco die bij mij op de loonlijst stonden zijn gisteren in Guadalajara verdwenen. Die zullen ongetwijfeld een dezer dagen ergens op een weg met hun afgesneden pik in hun mond worden teruggevonden. Eergisteren zijn twaalf van mijn mannen vermoord en is er een lading spul gekaapt.'

Gentry keek hem even aan. 'Het kan me geen reet schelen dat je moordenaars worden vermoord, en het zou een belediging voor je intelligentie zijn als ik zou doen alsof.'

Chingarito vertaalde.

Madrigal antwoordde. 'Dat was het werk van DLR. Hij vermoedt dat je met mij samenwerkt. Hij straft me voor deze relatie. Ik zei toch dat dit alleen zou werken als we onze samenwerking geheim konden houden.'

'Je had moeten weten dat de kans bestond dat je de schuld zou krijgen van mijn daden. Ik weet zeker dat je wel meer huurmoordenaars en drugs achter de hand hebt, toch?'

'Natuurlijk. Ik zou nog jaren op deze manier door kunnen gaan. Je doet hem meer pijn dan hij mij pijn doet. Maar de plannen zijn gewijzigd. We zullen onze oorlog niet voortzetten.'

'Wat wil je daarmee zeggen?'

'Het is klaar met je gunsten aan mij. Ik heb een deal gesloten. Als ik je uitlever aan de Zwarte Pakken, zal deze oorlog stoppen, en bij wijze van genoegdoening zijn mij nog wat andere dingen in het vooruitzicht gesteld. Ik heb daarmee ingestemd.'

'Je hebt een deal met Nestor Calvo gesloten.' Gentry zei het vastberaden. Hij wist dat DLR niet het type was dat een overeenkomst met zijn aartsvijand Madrigal aan zou gaan. Hij zou vechten en dreigen – maar níét toegeven.

Madrigal haalde zijn schouders op. Chingarito vertaalde. 'Ja. Nestor Calvo Macias vormt het hart van Los Trajes Negros. Hij is vanwege al zijn kennis nog machtiger dan De la Rocha. Hij heeft me een van zijn overgebleven foco-superlabs beloofd. Een cadeautje dat op de lange termijn miljarden dollars waard is.' Madrigal glimlachte. 'Je mag wel trots zijn op je marktwaarde.'

'Juist.'

De Cowboy haalde zijn schouders op. 'Het spijt me, mijn vriend, maar nu moet ik je doden. Ik zal je daden eren met deze prachtige tombe die je hier ziet.'

De mannen gingen dichter om hen heen staan. Court zocht verwoed naar Serna. Hij vond de inlichtingenchef in de menigte. Hij leek niet blij met deze afspraak, maar hij zei niets.

Gentry keek naar Chingarito. 'Ik kan meer voor hem doen dan Calvo. Vertel hem dat!'

Chingarito vertaalde.

Madrigal antwoordde. 'Je geeft me al wat ik wil hebben. Ik wil dat superlab.'

Van achteren werd er een zak over Gentry's hoofd getrokken.

'*Mátalo*,' zei Madrigal, wat Chingarito niet vertaalde. Court wist dat het de geboorteplaats van Madrigal was, maar ook een bevel: *dood hem*.

Achter zijn hoofd hoorde hij het spannen van de haan van een pistool.

Court schreeuwde één woord.

En toen zei Madrigal: '*¡Espere!*' Wacht. En toen: '*¿Qué dijiste?*' Wat zei je? In het Spaans antwoordde Court. 'Ik zei Calvo. Ik kan je Nestor Calvo bezorgen. Als je hem hebt, betekent dat het einde van Daniel de la Rocha en de Zwarte Pakken, en dat weet je.' Hoewel Court Hector Serna niet kon zien, riep hij hem. 'Hector, zou je niet graag Calvo willen uithoren? Hem aan de tand voelen over alles wat hij weet?'

Court begon onder de zwarte kap te zweten; alle spieren in zijn gezicht en nek waren aangespannen, in afwachting van een schot door het hoofd dat hij nooit zou voelen. Hij dacht niet aan zijn eigen dood, maar aan Laura. Hij zag haar voor zich, alleen en bang, en dacht aan de mannen die naar haar toe zouden komen als het niet langer noodzakelijk was dat ze ongedeerd zou blijven.

Hij wilde haar zo graag helpen.

Hij voelde de handen op zijn armen en rug die hem verder het mausoleum in duwden. Terwijl hij liep werden er bevelen naar hem geschreeuwd en toen gleed de deur achter hem dicht, en was het koel en donker.

Zijn kap werd afgezet. Aan weerszijden van hem stonden mannen met een pistool op zijn slaap gericht. Voor hem, in het licht van een klein, rond glas-in-loodraam achter in de tombe, zag hij Madrigal, diens zoon en Serna.

Serna zei: 'Calvo wordt zwaar bewaakt.'

Court stotterde van angst. 'Ik ben zeer gemotiveerd.'

Nu sprak Madrigal. 'Je zegt in deze situatie alles wat je leven kan redden. Ik geloof niet dat je hem te pakken kunt krijgen.'

'Hoe ga je aan Calvo bewijzen dat ik dood ben?' vroeg Court in het Engels, wat Chingarito direct begon te vertalen.

Madrigal zei: 'Ik zal hem vertellen in welke tombe je hier ligt. Hij is van plan een aantal mannen je lichaam te laten inspecteren voordat de tombe wordt verzegeld.'

Court keek naar Hector Serna. 'Zeg hem dat je hem hier persoonlijk wilt ontmoeten om hem mijn lijk te laten zien.'

'Waarom zou hij dat accepteren?'

'Hij moet wel, want hij kan DLR niet laten weten dat jullie twee een deal hebben gesloten. Hij zal elk redelijk verzoek honoreren om deze transactie stil te houden. En hij zal geïntrigeerd zijn en zijn voordeel met een ontmoeting willen doen.'

Madrigal schudde zijn hoofd. 'Daar zal hij nooit mee instemmen. Hij zou te veel risico lopen.'

'Zeg hem dat hij alles mag meenemen wat hij maar wil. Zeg hem dat hij honderd gewapende mannen mag meenemen om zeker te weten dat hij niet in de val wordt gelokt. Zeg hem dat hij zijn mannen al een dag van tevoren hierheen mag sturen om de locatie te inspecteren.'

'Kun je honderd gewapende mannen aan?'

'Natuurlijk niet, maar zoveel zal hij er ook niet meenemen. Hij opereert in het geheim, zonder dat DLR ervan op de hoogte is, dus hij zal dit soort gesprekken voor DLR verborgen willen houden. Hij is niet stom, hij zal dus zeker beveiligers meenemen, maar niet meer dan gebruikelijk. Een beheersbaar aantal zodat het nieuws over deze ontmoeting niet als een lopend vuurtje door zijn organisatie gaat.'

‘En je kunt hem pakken?’

‘Ik zal wel moeten, toch?’

Madrigal zei: ‘Maar wat schiet jij ermee op als ik Calvo krijg? Ik ben niet van plan hem te ruilen voor jouw kleine Gamboa-puta.’

Chingarito vertaalde. Gentry’s neusgaten trilden licht, maar hij herpakte zich. ‘Als ik Calvo eenmaal heb, is hij voor jou. Maar ik zal De la Rocha vertellen dat ík hem heb en dat ík hem wil ruilen tegen Laura. We bepalen een tijd en een plaats voor de ruil. Zo krijg jij de tijd om van Calvo te krijgen wat je nodig hebt voordat de Zwarte Pakken hem komen zoeken, en het geeft mij de kans dichter bij Laura te komen, zodat ik haar terug kan halen.’

Madrigal keek Gentry langdurig aan. Toen glimlachte hij. ‘Je denkt als een bandiet. Jij konkelt beter dan iedereen die ik ooit heb ontmoet, amigo.’

‘Laten we het er maar op houden dat dit niet mijn eerste rodeo is, señor.’

‘Ik ben geïntrigeerd door je aanbod, maar er is één probleem.’

Gentry kon wel bedenken wat dat was. ‘Je bent bang dat je informanten in je organisatie hebt die voor DLR werken en ons plan aan Calvo zullen doorspelen.’

Madrigal knikte.

‘Ik weet wel hoe we dat kunnen voorkomen.’

‘Hoe kun je zek…’

De Gray Man veranderde voor Madrigals ogen in een op hoge snelheid bewegende waas. Hij liet zich vallen zodat hij zich buiten het schootsveld van de twee pistolen bevond. Tegelijkertijd draaide hij zich op de ballen van zijn voeten om; hij stak zijn handen met kracht in de lucht en sloeg de twee mannen hun pistolen uit handen. Hij ving een van de in het stoffige schemerduister zwevende wapens op. Hij draaide zich op de ballen van zijn voeten weer terug, ging rechtop staan en richtte het grote pistool op Constantino Madrigals borst.

Dit alles had zich in minder dan een seconde voltrokken. De ontwapende mannen in zijn buurt stapten achteruit; Madrigal, Chingarito en Serna konden niets anders dan geschokt en verward voor zich uit kijken.

Na vijf seconden stilte liet Court het pistool aan zijn vinger achteruittollen; het hing ondersteboven aan de trekkerbeugel.

Hij stapte naar voren en bood Constantino Madrigal het wapen aan. ‘Alsjeblieft. Schiet me neer, of laat me je problemen met De la Rocha oplossen. Als je hier niemand vertrouwt, schiet ze dan neer, dan hoef je niet bang te zijn dat iemand iets doorvertelt. Ik blijf hierbinnen; je kunt iedereen vertellen dat ze zijn vermoord in een gevecht met mij, en dat jij me hebt afgemaakt.’

Madrigals mond bleef van verbazing openstaan. Hij keek naar zijn zoon in afwachting van de vertaling, maar ook Chingarito keek met opengesperde mond toe. Pas toen zijn vader hem aanstootte, begon de jongen te praten. Terwijl zijn zoon Gentry's woorden in het Spaans herhaalde, keek Madrigal om zich heen naar de anderen die bij hem in het mausoleum stonden, alsof hij zich ervan wilde vergewissen dat zij getuigen waren geweest van dezelfde ongelooflijke daad van de Amerikaan.

De Cowboy nam het pistool van hem aan. Langzaam gebaarde hij ermee naar zijn bewakers. 'Deze twee... die vertrouw ik.'

Hij keek weer naar Serna. 'Hector ook. En *mi* Chingarito. Hij is familie. En hij is te slim om me te bedriegen, nietwaar, *mi hijo*?'

De kleine klootzak bevestigde met een knikje dat hij eigenlijk te slim was om zijn vader te bedriegen.

Een van Madrigals mannen raapte zijn pistool op van de grond; de ander kreeg zijn wapen terug van zijn baas. Ze leken allebei zowel geschokt als beschaamd.

Het duurde niet lang voordat de Cowboy zich had herpakt. 'Dat was een sterk staaltje, amigo. Heel sterk. Je had me ter plekke kunnen neerschieten, maar dat heb je niet gedaan. Je krijgt je twee dagen. Hector en ik zullen je plan met niemand anders bespreken. Maar ik beloof je dat als je Nestor Calvo niet levend bij me bezorgt, ik al mijn mannen achter je aan stuur.'

Court knikte. 'Je krijgt hem wel, señor. Dat beloof ik.

Voor de tweede keer binnen een week liet Court Gentry elke pretentie van eergevoel varen en schudde Constantino Madrigal de hand. Het was dit keer nog moeilijker dan de vorige, voornamelijk omdat hij wist dat wat hij zojuist had gezegd een flagrante leugen was.

53

Zesenveertig uur later reden in het zuidoosten van Sinaloa drie gepantserde zwarte Chevrolet Suburbans over een tweebaansweg door het ravijn naar het westen. Het voorste voertuig had rode zwaailichten op het dashboard en de gewapende chauffeur snelde door kleine dorpjes en af en toe over een kruispunt zonder acht te slaan op enig ander verkeer.

De chauffeur wist dat het konvooi moest blijven doorrijden – en snel ook.

Op de middelste rij stoelen van de tweede auto, aan beide zijden geflankeerd door twee van de dertien bodyguards die met hem waren meegestuurd om hem te beschermen, zat Nestor Calvo Macias te bellen met zijn assistent. Calvo's plaatsvervanger had zich geïnstalleerd in het nieuwe onderkomen in Puerto Vallarta, en zijn taak vandaag was om DLR bezig te houden en ervoor te zorgen dat hij zich niet zou afvragen wat Calvo allemaal uitspookte. Nestor was een professional, hij hield er niet van tegen zijn baas te liegen, maar Nestor wist dat ouderlijk toezicht op dit moment nodig was. Hij zou niet tolereren dat een of andere gringo-moordenaar, een belachelijk skelet van hars met een bruidsjurk aan of een niet ter zake doende zoektocht naar een ondergedoken foetus, alles teniet zou doen wat hij in de afgelopen jaren had opgebouwd.

Door nu tegen de bevelen van zijn leider in te gaan en af te spreken met Hector Serna van Los Vaqueros, zou Calvo een kostbare bendeoorlog stoppen, zijn baas het lijk van zijn gringo-vijand bezorgen en een einde maken aan de zware verliezen van middelen en mensen zoals zich die de afgelopen week hadden voorgedaan.

De prijs om de oorlog met Madrigal te stoppen, een methamfetamine-lab in het uiterste noordwesten van Jalisco, loog er niet om. Maar Calvo had dit ruilmiddel niet zomaar gekozen. Hoewel de bouw van het lab veel tijd en geld had gekost, was het sinds het dertien maanden geleden in gebruik was genomen, niet rendabel. De infrastructuur in de regio liet te wensen over, en geschoolde krachten waren moeilijk te vinden. Verder had het leger zich in die regio toegelegd op het uitroeien van de marihuanateelt, waardoor de Zwarte Pakken in voortdurende angst verkeerden dat het lab zou worden ontdekt door een jonge luitenant van het leger die niet kon worden omgekocht. Dus had Calvo aangeboden dit potentiële debacle te ruilen tegen het leven van de man die zijn organisatie miljoenen dollars per dag kostte en hun onnoemelijk veel hoofdpijnen bezorgde.

Geen moeilijke beslissing.

De ontmoeting met Serna was voor Calvo het meest zorgwekkende deel van de deal geweest, maar nu was hij tot de conclusie gekomen dat zijn zorgen ongegrond waren. Calvo's veiligheidstroepen hadden een team vooruitgestuurd om de locatie van de ontmoeting te controleren, en waren teruggekomen met berichten over een safehouse waar slechts een paar mannen van Madrigal vertoefden, onder wie Serna. Er waren verder geen andere Vaqueros-troepen in het gebied.

Nestor had zijn lijfwachten opdracht gegeven om vandaag zonder al te veel bagage en in niet te groten getale te reizen om de kans dat DLR achter de bijeenkomst zou komen zo klein mogelijk te houden. Calvo wist dat hij De la Rocha nooit over deze intrige zou kunnen vertellen. Logica en rede zouden geen rol spelen in het denkpatroon van zijn patrón; hij zou onder geen enkele voorwaarde instemmen met een deal met Madrigal.

Terwijl het drie voertuigen tellende konvooi op hoge snelheid door de nauwe kloof naar het safehouse in de bergen reed, bleef Calvo telefonisch in contact met zijn plaatsvervanger. 'DLR houdt vol dat de CIA samenwerkt met Madrigal. Hij wil dat we sicarios sturen naar CIA-mannen in de D.F. Hij heeft zelfs met de Spin gesproken over een directe aanval op de Amerikaanse ambassade. Dit is je reinste waanzin!'

Tweehonderd meter voor de drie Suburbans reed een grote cementwagen vanuit een bouwplaats de weg op. De zwarte auto's naderden in hoog tempo de trage cementwagen, die moeite had op te trekken. De rood met witte trommel draaide terwijl de vrachtwagen over de weg sjokte.

De chauffeur van de eerste auto van Calvo's konvooi toeterde en seinde verwoed met zijn koplampen terwijl hij snel dichterbij kwam.

Calvo, die niets doorhad, praatte gewoon door. 'Het meisje is al die moeite nooit waard geweest, net als de familie Gamboa.'

Op het moment dat de vallei in een bocht versmalde, zat de voorste auto op de bumper van de cementwagen. Aan weerszijden van de smalle asfaltweg was maar een meter ruimte tot de steile, rotsachtige hellingen die de weg omzoomden, waardoor inhalen onmogelijk was. De voorste chauffeur seinde continu met zijn lichten en toeterde. De cementwagen versnelde, maar niet in een tempo dat de drie deskundige beveiligingschauffeurs van Calvo tevreden stemde. In de Suburbans werden over de boordradio de nodige woorden over de vertraging uitgewisseld.

Calvo was zich nog steeds nergens van bewust.

‘Ik wil dat je me het laat weten zodra Daniel naar je toe komt en vragen over me begint te stellen. Ik kan hem altijd zelf bellen met een of ander verhaal. Probeer hem niet zelf voor de gek te houden. Hij kan een leugen ruiken, net als zijn vader.’

De kloof werd nog smaller en de cementwagen versnelde tot amper zestig kilometer per uur. De voorste chauffeur leunde nu op zijn claxon, zwenkte zijn auto achter de cementwagen van links naar rechts, en de passagier op de bijrijdersstoel liet zijn raam zakken, hief zijn M4 en zwaaide ermee uit het raam zodat de chauffeur van de cementwagen die zou zien.

Calvo keek tijdens zijn gesprek naar aanleiding van het aanhoudende getoeter even door de voorruit. ‘Niets, gewoon druk op de weg.’ Hij keek naar een blocnote op zijn schoot. ‘Ja, ik geef hem de coördinaten van het superlab. Zodra we het lichaam van de norteamericano gezien hebben, zal ik contact opnemen...’

De bijrijder in het voorste voertuig had zijn gordel afgedaan en hing nu half uit het geopende raam en zwaaide zijn wapen agressief heen en weer. De chauffeur seinde met zijn koplampen en begon hardop te vloeken toen ze het smalste stuk van de kloof bereikten. Hij pakte de boordradio om de andere voertuigen te waarschuwen zich voor te bereiden op...

De grote cementwagen voor hem trapte vol op de rem en kwam slippend tot stilstand. Een hogedrukstroom van nat beton spoot uit zijn vijf meter lange en een halve meter brede losbuis en voordat hij had weten te remmen was de voorste Suburban pontificaal het grindmengsel in gereden. Hij gleed met geweld tegen de achterkant van de cementwagen, airbags werden geactiveerd en de motorkap en de voorruit waren bedekt met cement. Honderden liters van de grijze drab spoten over het voertuig en de smalle weg eromheen.

De lijfwacht die uit het raam had gehangen was helemaal uit de Suburban gelanceerd; zijn rug brak en zijn wapen gleed helemaal tot aan de voorwielen van de cementwagen.

Vlak daarachter schreeuwde de chauffeur van Calvo’s SUV: ‘Hou je vast!’ Net op het moment dat de remmen van zijn Suburban blokkeerden en de SUV zich in het eerste voertuig boorde, keek Nestor op van zijn telefoon en door de voorruit naar het ochtendgloren.

Calvo's telefoon vloog uit zijn hand en hij knalde tegen de rugleuning voor hem. De lijfwachten aan weerszijden van hem troffen hetzelfde lot.

De leider van Calvo's beveiligingsteam zat op de bijrijdersstoel van de tweede auto. Toen hij bijkwam van de klap, hief hij zijn M4 tussen zijn knieen, greep zijn walkietalkie en riep naar het achterste voertuig. 'Auto drie! Achteruit! Achteruit! Achteruit!'

De chauffeur van het achterste voertuig zette zijn Suburban in zijn achteruit, en de chauffeur van Calvo's auto deed hetzelfde.

Net op het moment dat zijn auto in zijn achteruit werd gezet, klom Nestor weer in zijn stoel, waardoor hij weer naar voren werd gelanceerd. De bodyguard rechts van Calvo pakte hem beet en schermde hem met zijn eigen lichaam af. Terwijl hij dit deed, zagen hij en Calvo op de hoger gelegen rotsige klip een lichtflits net achter hen. De dreun van een ontploffing kwam een fractie van een seconde later, en daarna moesten Calvo en zijn helper hulpeloos toekijken hoe de door de explosie opgeworpen rotsen en aarde uit de bruin begroeide klip werden gelanceerd. Rotsblokken zo groot als leunstoelen braken van de zijkant van de klip af en rolden richting het konvooi en verpletterden op hun pad naar beneden leistenen en bomen en gruis.

Iemand in Calvo's auto riep: 'Kijk uit!'

De enorme lawine miste Calvo's auto. Toen de chauffeur op zijn rem ging staan, knalde de inlichtingenchef van de Zwarte Pakken met zijn schouder tegen zijn leren hoofdsteun; de man die zichzelf over Calvo's lichaam had geworpen botste tegen hem aan. Toen Calvo door de achterruit naar buiten keek, zag hij nog net hoe de achterste auto van het konvooi vol werd geraakt door de rots-, aarde-, gruis- en puinmassa; de Suburban werd overspoeld door tonnen vallend puin, dat de auto honderdtachtig graden deed zwenken voordat hij inclusief de zes inzittenden onder de massa werd bedolven.

Het natte cement stroomde nog steeds over de voorste auto van het konvooi. De chauffeur die was hersteld van de botsing met de cementwagen, duwde de leeggelopen airbag opzij en zette de versnellingsbak van de auto in zijn achteruit. De wielen van de SUV draaiden rond, vonden tractie waarna de auto achteruit begon te rijden; mannen die samen met de chauffeur in de auto zaten begonnen te schreeuwen en te gillen, en de SUV klapte hard met de achterkant tegen de grille van auto twee. Seconden later begon de cementwagen zelf achteruit te rijden en reed dwars door honderden kilo's grijze drab tegen auto één op.

Het cement stroomde nu vanuit de losbuis rechtstreeks op de motorkap van de auto.

De twee lijfwachten op de middelste rij stoelen van auto twee, aan weerszijden van Nestor Calvo, richtten hun wapens op de ramen, en wachtten op het bevel uit te stappen. De leider van het beveiligingsteam, de man in de bijrijdersstoel, aarzelde. 'Wacht!' schreeuwde hij. 'We weten niet hoeveel het er zijn. Calvo is veilig in de auto.'

De mannen bleven een paar tellen zwijgend zitten, totdat de radio tot leven kwam en de stem klonk van een gewonde man uit de achterste auto. 'We hebben gewonden. Sommigen zijn dood, geloof ik. Help ons.'

De leider wisselde van kanaal en zocht contact met de plaatselijke politie.

Achter hem had een geschokte maar uiterst geconcentreerde Nestor Calvo zijn mobiele telefoon al van de grond geraapt, het gesprek waar hij mee bezig was beëindigd en was zijn eigen contacten in de omgeving gaan bellen.

De chauffeur van auto één zag hem het eerste. Een man in een vuile blauwe spijkerbroek, een zwart leren jack en een zwarte motorhelm met een getint vizier. In zijn rechterhand hield hij een zwart pistool langs zijn lichaam en in zijn linkerhand bungelde een zwarte rugzak.

'*¡A la chingada!*' – o verdomme! – '*El hombre de gris!*' – de Gray Man! – zei hij, en toen pakte hij zijn portofoon om het aan de andere auto's door te geven.

Maar auto twee had hem al gezien. 'Het is de gringo!' schreeuwde de bewaker links van Calvo, en hij gooide zijn achterportier open en hief zijn machinegeweer met korte loop. En vloog toen weer terug op Nestor Calvo's schoot. Op zijn voorhoofd en op zijn wang prijkten rafelige gaten waaruit dik rood bloed over Calvo's pak stroomde. De consigliere duwde de man de weg op en dook ineen om het portier dicht te trekken, waarbij hij zijn telefoon onbedoeld in de lucht gooide voordat zijn verbinding tot stand kon komen.

De leider van het beveiligingsteam probeerde zijn portier te openen om via de andere kant de gepantserde wagen te verlaten en de Gray Man over de motorkap onder vuur te nemen. Maar het cement was al meters dik naar zijn kant van de auto gekropen waardoor hij het portier niet open kreeg. In plaats daarvan wendde hij zich tot de man achter hem, rechts van Calvo. 'Kijk of je eruit kunt komen!' Hij richtte zijn aandacht weer op zijn eigen portier en liet het raam zakken.

De chauffeur van de eerste auto klom over de middenconsole tussen de voorstoelen naar de bijrijderskant en probeerde het zware kogelwerende raam te sluiten dat door de man die na het eerste contact met de cementwagen uit de auto was geslingerd, open was gelaten. De mannen op de achterbank maakten ruzie over wat ze moesten doen en schreeuwden in hun portofoons, in een poging het geschreeuw en gejammer van de overlevenden in auto drie te overstemmen en contact te maken met hun leider achter hen.

De man met de motorhelm doemde voor het raam aan de bestuurderskant van auto één op, trok een groot rechthoekig voorwerp uit zijn geopende rugzak en ramde het hard tegen het kogelwerende glas. Het contact klonk als de klap van een zware, natte vis, en wat het ook was bleef kleven aan het transparante oppervlak. De gewapende mannen in het voertuig hielden op met schreeuwen en staarden er even naar, niet wetend waar ze naar keken. Het was een zwarte, van metaal gemaakte doos, van ijzer misschien wel, bedekt met een dikke, zwarte, teerachtige substantie. Ze zagen hoe de Gray Man zijn tas van de grond opraapte en achteruit liep, terug naar de flank van de enorme cementwagen.

'Het is een bom!' riep de chauffeur.

'Zijn we veilig?' vroeg een lijfwacht achterin.

'Ja,' antwoordde iemand, in de veronderstelling dat het kogelwerende glas hen zou beschermen.

Een andere man probeerde nog een keer contact op te nemen met de commandant in het voertuig achter hen, en weer een ander uitte zijn bezorgdheid dat het glas in de zijruit niet zo sterk was als het pantser aan de zijkant van de SUV.

Nadat de chauffeur vijf seconden naar de plakkerige doos op het glas had gekeken, brulde hij zijn bevel. 'Iedereen eruit!'

Drie handen vouwden zich in de grote zwarte Suburban om drie verschillende deurklinken.

En toen ontplofte de bom, waardoor vuur, granaatscherven en scherven kogelwerend glas door een schokgolf die sneller bewoog dan de snelheid van het geluid de SUV in werden geblazen. Alle inzittenden waren in acht honderdste van een seconde in moes veranderd, en het zware voertuig wiegde op zijn versterkte chassis heen en weer. De voorruit knalde eruit en versplinterde tegen de goot van de cementwagen, en de dode inzittenden werden overspoeld door vlammen.

De vier overlevenden in auto twee, onder wie Calvo, konden niets anders doen dan toekijken. Toen het ze duidelijk werd dat het gepantserde voertuig voor hen, een SUV die vrijwel identiek was aan het voertuig waar zij in zaten, de ontploffing niet had weerstaan, gaf de commandant zijn mannen het bevel de auto te verlaten.

De chauffeur opende als eerste zijn portier; hij trok zijn .45 pistool terwijl hij de weg op strompelde.

In de zwarte rook die uit de ramen van de Suburban voor hem opsteeg, doemde de man met de motorhelm op. De rugzak hing nog steeds laag in zijn linkerhand, en met zijn rechterhand hield hij het pistool nu recht voor zich uit.

De chauffeur begon zijn wapen in de richting van de dreiging te richten, maar drie kogels in zijn borst deden hem omtuimelen, waardoor zijn .45 uit zijn handen vloog. Een vierde schot rechts in zijn schedel deed zijn hoofd opzij slaan. Op het moment dat de portieren aan de andere kant van de SUV open- en weer dichtgingen, viel hij dood op het asfalt neer.

In auto twee schreeuwde Calvo tegen de twee overlevende leden van zijn beveiligingsteam. 'Doe iets! Ga naar buiten en pak hem!' De mannen schuifelden heen en weer op hun stoelen, maar stonden voor de rest stijf van angst. Ze keken toe hoe de man met de motorhelm naast hun auto zijn hand in zijn tas liet verdwijnen.

'Hij heeft nog een bom!' riep er een, maar de man haalde in plaats daarvan een stuk karton tevoorschijn. Hij drukte hem tegen de voorruit en de mannen in de SUV lazen het ene met zwarte stift geschreven woord dat erop stond.

Calvo.

Alle drie de mannen zwegen. De stilte werd verbroken door het zuigende geluid van een met teer bedekte ijzeren kist die aan het raam aan de bestuurderskant van de Suburban werd geplakt. De man met de zwarte helm liep bij het voertuig vandaan, hief zijn pistool en wachtte.

Twaalf tellen later ging het zijportier van de SUV open en werd Calvo door een van zijn beveiligers uit de auto geschopt. Hij kwam neer in de dikke cementlaag die zich naast de auto op de weg had gevormd. Het portier werd achter hem gesloten. Vloekend probeerde hij op te staan. De man met de motorhelm stapte met zijn pistool nog steeds op de Suburban gericht naar voren en hij greep de stropdas van de zevenenvijftigjarige, trok hem uit het cement en sleurde hem de berm in. Court liep achterwaarts over de weg, trok terwijl hij de SUV nog steeds onder schot hield, de man in het met cement besmeurde, zwarte pak mee totdat hij langs de zijkant van de cementwagen verdween.

Hij liet Calvo los en reikte in zijn rugzak. Hij haalde een zwarte mobiele telefoon tevoorschijn en gaf die aan de Mexicaan.

In het Spaans zei de man: 'Druk op 4. Daarna op Send.'

Calvo deed wat hem werd opgedragen. Toen hij op de verzendknop drukte, werd hij opgeschrikt door een explosie op de weg door de kloof, zo'n vijftien meter achter hem. Granaatscherven vlogen in de cementwagen en de helling.

Dertig seconden later zette de cementwagen koers richting het westen, en de enige overlevers ter plaatse waren bedolven onder tonnen steen en aarde.

Inlichtingenagenten onderschepten om drie uur 's middags een telefoongesprek van de Zwarte Pakken. Het gesprek werd opgenomen en twintig minuten later voor Daniel de la Rocha en de Spin Cepeda opnieuw afgespeeld. Vastgesteld werd dat de oproep afkomstig was vanaf een mobiele telefoon, en dat de beller de Amerikaan was die bekendstond als de Gray Man. De oproep werd ontvangen op een vaste lijn in een Vaqueros-safehouse in Mazatlan en was vervolgens doorgeschakeld naar de mobiele telefoon van Hector Serna, de inlichtingenchef van Los Vaqueros.

Het hele gesprek was in het Engels.

'Met wie spreek ik?'

'Met mij.'

'Waarom heb je dat nummer gebeld? Hoe kom je daaraan?'

'Het nummer dat je mij hebt doorgegeven werd afgeluisterd door de Zwarte Pakken. Dat heeft Calvo me persoonlijk verteld. Ik heb dit nummer onlangs van Jerry Pfleger gekregen. Ik wist dat degene die opnam jou uiteindelijk zou weten te bereiken.'

'Heb je Calvo?'

'Ja.'

'Ongelooflijk. Toch is deze lijn niet te vertrouwen.'

'Hij is schoon.'

'Hoe weet je dat?'

'Calvo weet er niets van af.'

'Wat als hij liegt?'

'Hij is te bang om te liegen.'

Stilte. 'Goed dan. Wanneer kom je hem afleveren?'

'Volgens Calvo kennen de Zwarte Pakken het safehouse in Tepic. We moeten een andere locatie gebruiken.'

Een lange stilte. 'Oké.'

'Ik kan hem naar het safehouse brengen waar hij vandaag naar op weg was.'

'Nee. Ze kennen duidelijk de locatie van...'

'Het is de enige andere plek die ik ken. Ze verwachten niet dat we hem daar uitleveren. Er is geen reden om aan te nemen dat ze daar zullen zijn.'

'Ik vind het geen goed idee.'

'Wil je hem terug of niet?'

'Natuurlijk willen we hem terug.' Een korte stilte. 'Hoe laat?'

'Middernacht.'

‘Waarom niet eerder?’

‘Ik vermoed dat er anderen naar mij op zoek zijn. CIA. Russen. Het zal wat tijd kosten om mijn sporen uit te wissen en daar te komen.’

‘We komen naar jou toe. Vertel me waar je...’

‘Middernacht. De ranch in Concordia. Ik zal er zijn. Neem veel mannen mee en veel geweren.’ Hierna werd het gesprek beëindigd.

54

Om vijf uur 's middags verzamelde de leiding van de Zwarte Pakken zich in de enorme hoofdzaal van het Casa de las Olas, een modern herenhuis van ruim duizend vierkante meter met uitzicht op het strand, vijftien minuten ten zuiden van het centrum van Puerto Vallarta aan de Federal Highway 200.

De bij de bijeenkomst aanwezige mannen werden beschermd door ruim twintig sicarios die over het tien hectare grote terrein patrouilleerden en op hun beurt werden beschermd door de gemeentelijke politieagenten van Puerto Vallarta die bij DLR op de loonlijst stonden. Ze reden in politieauto's door de buurt en lagen in een aantal kleine gepantserde speedboten in het water, net voorbij de golfbrekers.

De Spin leidde het grootste deel van de bijeenkomst met DLR naast hem.

'Vier teams zullen vannacht om vijf over twaalf uur de Concordiaranch bestormen, vier afzonderlijke busjes zullen vanuit elke windrichting aanvallen. Een vijfde team zal achter de hoofdaanvallers aan komen met als doel Nestor op te pikken en hem uit het gebied te brengen. We komen hier tegen zonsopgang weer bij elkaar.'

De la Rocha nipte van zijn flesje water en keek door de vijf meter hoge ramen links van hem naar Bandaras Bay. Hij werd om vele redenen afgeleid, niet in het minst door het feit dat hij geen deel zou uitmaken van de missie om zijn consigliere te redden. Men had besloten dat het voor de organisatie een te groot risico was om DLR bloot te stellen aan een situatie die zeker zou uitmonden in een enorm vuurgevecht.

De Spin, de leider van de gewapende manschappen, zou ook achterblijven. Dat had Daniel bevolen, en hoewel de Spin daar niet blij mee was, was hij sinds de executie van Emilio Lopez Lopez verantwoordelijk voor DLR's veiligheid, dus was het niet meer dan logisch dat hij in het huis aan DLR's zijde zou blijven.

Beide mannen waren in het verleden hun troepen voorgegaan in de strijd, en geen van twee wilde graag in dit paleis op het strand achterblijven terwijl hun soldaten op honderdvijftig kilometer noordelijker vochten, bloedden, stierven en doodden. Maar de logica zegevierde.

En DLR had het gevoel dat een verblijf hier vannacht, met een relatief klein contingent van ongeveer twintig gewapende mannen, niet zonder actie zou verlopen.

Toen de discussies over de aanstaande operatie verflauwden en de mannen die spoedig ten strijde zouden trekken hun wapens en uitrusting aan hun lichaam begonnen vast te maken, stapte DLR uit de *sala* en betrad de hoger gelegen eetkamer die aan de grote zaal grensde. Zodra ze bij de gehuurde villa waren aangekomen, had hij opdracht gegeven de lange tafel weg te halen om plaats te maken voor zijn grootste Santa Muerte-beeld. Het skelet zat midden in de kamer op haar troon, voor witte gordijnen die vanaf het hoge plafond tot op de houten vloer van de eetkamer vielen; muurkandelaars verlichtten de troon en de kamer zelf. Daniel knielde voor zijn patroonheilige neer, bad voor zijn familie en daarna voor de dood van de Gray Man.

Aan het einde van zijn gebed sloeg hij langzaam zijn blik op naar het gezicht van la Santa Muerte en riep toen de Spin. Cepeda maakte zich snel los van zijn mannen beneden in de sala en beende de drie treden op naar de verhoogde eetzaal.

'Sí, Don Daniel?'

'Denk je echt dat de gringo het telefoonnummer dat hij vandaag belde van Jerry Pfleger heeft gekregen?'

'Nee. Calvo heeft hem dat nummer gegeven omdat hij wist dat zijn agenten dat afluisterden. Die ouwe is en blijft een gehaaide klootzak.'

DLR knikte. 'Ja. Hij is erg sluw.'

De Spin boog zich plichtsgetrouw over zijn meester heen.

DLR draaide zich om en keek hem aan. 'Ik wil dat iedereen die hier achterblijft paraat is om vanavond in actie te komen.'

De Spin, in verwarring gebracht, knikte. 'Natuurlijk.'

Daniel stond op en liep door de gordijnen de eetkamer uit naar zijn mastersuite achter in het landhuis.

In Bandaras Bay lag op slechts een paar honderd meter van Mismaloya een kleine, onbewoonde eilandengroep. Ze werden Los Arcos genoemd en waren vernoemd naar de boogvormige formaties die door de eeuwenlange beukende branding uit de rotsen waren uitgehouwen. Overdag wemelde het in het beschermde zeereservaat rond Los Arcos van de duikers, snorkelaars en pleziervaartuigen, maar een uur voor middernacht waren vissen, kreeften, slapende blauwvoetgenten en andere zeevogels de enige levende wezens in de wateren rond de kleine eilanden.

Vijftig meter dichter bij de kust dobberde een paar boten in het water. In elke boot zaten vier mannen met M16-geweren op hun schoot. In elke boot zaten twee mannen die een M203-granaatwerper op hun M16's hadden gemonteerd.

Elke boot was ook uitgerust met een marifoon en een zeer krachtige schijnwerper die het kalme water vanuit alle richtingen kon beschijnen.

Het waren nauwelijks slagschepen te noemen, maar de twee omgebouwde kanonneerboten zouden voor iedereen die vanaf het water de achterzijde van Casa de las Olas probeerde te bereiken een serieus obstakel vormen.

In de zwarte holte van een in een van de rotsen uitgesleten kleine grot knielde Court Gentry in het tot aan zijn middel reikende, op en neer deinende water. Hij keek voorbij de twee kleine boten naar het witte strand daarachter. Een aantal met zaklampen uitgeruste mannen met geweren over hun schouder liep over het zand heen en weer. Aan de rechterkant van het kleine strandje liep een muur van witte keien en bruine schalie.

Hij keek voorbij de mannen, voorbij het strand naar het paleisachtige onderkomen op de heuvel. Het was een modern uit glas en staal opgetrokken gebouw. Het middelpunt van de achtergevel van het huis werd gevormd door een balkon dat langs een gigantisch raam liep. Aan de andere kant van het glas kon Court nog een zwak lichtschijnsel zien, wellicht afkomstig van kaarsen. Een groot deel van het terrein rond het pand was goed verlicht en, zo veronderstelde Court, goed bewaakt. Maar vanaf hier leek het gebouw zelf hermetisch afgesloten en verlaten.

Op het hoogste punt van de zuidelijke vleugel van het enorme landhuis stond een volledig in het duister gehulde, zwarte Eurocopter EC135. Zijn silhouet was enkel te zien dankzij het schijnsel van een paar straatlantaarns en de gloed van een aantal gebouwen dat in de verte hoger op de heuvel stond.

Court nam een paar minuten de tijd om de lucht uit zijn kleine rubberen bootje te laten lopen en het in een droog hoekje van de grot te verstoppen, zodat het vanuit de kust niet meer te zien was. Daarna richtte hij zijn aandacht op zijn uitrusting die net boven de waterlijn op een platte rots lag opgesteld. Hij trok zijn duikuitrusting en zijn duikbril aan, hing een lang opgerold touw aan zijn zuurstoftank, bond zijn Glock aan zijn trimvest en bevestigde zijn tas met kleding, extra munitie en andere spullen aan zijn gevechtsriem.

Hij haalde een mobiele telefoon uit een beschermhoes, zette hem aan en belde een nummer. Court zei wat hij te zeggen had en verbrak terwijl de man aan de andere kant nog raasde en tierde de verbinding.

De telefoon ging terug in de hoes; de hoes ging terug in de tas.

Om twintig over elf 's avonds liet Court zich in de grot langzaam onder water zakken, zette zich met zijn gehandschoende handen af, trappelde met zijn benen en begon vanaf Los Arcos richting de kust te zwemmen.

Twintig minuten later gleed hij op twintig meter diepte onder de boten door, waarbij hij zo langzaam en licht mogelijk ademhaalde om zo min mogelijk zuurstofbellen te produceren. Nog eens twintig minuten later zwom hij onder de branding door. De oceaanbodem liep in de richting van het strand op, elke golf die hem voortstuwde werd gevolgd door een onderstroom die hem weer terugtrok, maar hij trapte verwoed met zijn benen om zo veel mogelijk terrein te winnen en wist na tien inspannende minuten eindelijk de kant te bereiken. Hij had zich op de stroming zuidwaarts van de lichten, zuidwaarts van het strand richting de rotsen laten meevoeren.

Hij deed zijn duikuitrusting uit, sloot zijn zuurstoffles af en verstopte die tussen rotsblokken aan de waterkant. Hij trok zijn zwemvinnen en zijn klamme wetsuit uit. Onder het neopreen was hij van top tot teen in zwart katoen gehuld. Hij trok schoenen met zachte zolen aan, trok een zwarte bivakmuts over zijn gezicht, stopte zijn extra magazijnen in de zijzakken van zijn broek en een zwarte Glock in de holster aan zijn riem.

Om middernacht begon hij de rotsen te beklimmen waarbij hij erop lette uit het zicht van de wachtposten op het strand, de zoeklichten en van de bewakers te blijven die mogelijk in het huis voor het raam stonden.

Hij vorderde traag, maar toen hij uiteindelijk de zuidkant van de villa had bereikt, liep hij behoedzaam in de schaduwen en uit het zicht door naar de voorzijde.

Daniel de la Rocha knielde voor zijn idool op de troon in de met kaarsen verlichte eetkamer, de deuren naar de enorme en verlaten hoofdzaal met het hoge plafond achter hem stonden open; beide kamers werden verlicht door het schijnsel van meer dan honderd witte kaarsen en een klein beetje omgevingslicht dat door het raam van de sala met uitzicht op de baai naar binnen viel. De brandende kaarsen op de vloer, op tafels, in muurkandelaars en op de hoge smalle standaards straalden niet alleen licht uit maar scheidden ook een scherpe aromatische wasgeur af.

DLR bad met ontbloot bovenlijf, waardoor de tatoeages op zijn magere en gespierde lichaam te zien waren. De grote, in rood en zwart en blauw uitgevoerde Santa Muerte op zijn borst, de namen van zijn zes kinderen in zwierige letters op zijn rug. Wapens op zijn biceps, legeremblemen op zijn middel, de namen van zijn overleden Zwarte Pakken-collega's op elk vrij plekje op zijn lichaam dat daar voldoende ruimte voor bood.

Hij bleef eerbiedig geknield in de kamer zitten, helemaal alleen in het kaarslicht, tot hij langzaam zijn hoofd hief.

Zonder om te kijken zei hij in het Engels: 'Ze had me al verteld dat je zou komen.'

Niemand reageerde op deze opmerking. Hierna zei DLR: 'Je wist dat we die telefoonlijn afluisterden. Je liet ons onze sicarios naar Concordia sturen om ze hier vandaan te lokken.'

Nu gaf een stevige en gezaghebbende stem antwoord. 'Als je ook maar een spier vertrekt, verander ik je hoofd in een vlek op de jurk van je grote vriendin.'

De Gray Man liep over de witte tegelvloer van de grote sala stilletjes dichterbij terwijl hij met zijn Glock Daniel de la Rocha's achterhoofd onder schot hield. Zodra hij zich realiseerde dat er een balkon op de tweede verdieping was vanwaar je uitzicht had over de sala, draaide hij zich op de ballen van zijn voeten om, zwaaide zijn wapen langs zijn zichtlijn en zocht snel naar bedreigingen boven hem. Maar het balkon was donker en stil, net zoals hier in de sala en verderop, in wat naar Courts inschatting ongetwijfeld een open eetkamer was geweest voordat DLR het tot een troonzaal voor een stom skelet had omgetoverd.

'Mag ik opstaan?'

'Vouw eerst langzaam je vingers achter je hoofd.'

DLR gehoorzaamde. Court naderde hem tot op een meter of zes maar bleef argwanend om zich heen loeren, verbaasd door het gebrek aan bescherming dat de narcobaas voor hem genoot.

'Mag ik me omdraaien?' vroeg DLR. Hij leek kalm.

Court trok zijn hoofd en zijn wapen weer naar beneden, toen weer omhoog naar het balkon links van hem en achter hem.

Leeg. Donker, stil en leeg.

'Langzaam.'

DLR draaide zich om en stond oog in oog met de Gray Man onder hem. 'Ze had me al verteld dat je zou komen.'

'Dat zei je al. Waar is Laura?'

'Je hebt Nestor niet aan Madrigal uitgeleverd.'

'Nee, dat heb ik niet gedaan.'

DLR glimlachte flauwtjes. 'De Cowboy zal boos op je zijn.'

Court hield het puur zakelijk. 'Waar is het meisje?' Hij draaide zich weer om en bewoog in een flits de loop van zijn wapen heen en weer.

'Je wilt mijn Nestor ruilen voor jouw Laura, toch?'

'Dat klopt. Je kunt hem terugkrijgen, en dan vertrekken Laura en ik samen. Zo wint iedereen.'

De la Rocha haalde enkel zijn schouders op; Court begon naar achteren te lopen, in de hoop tegen een muur op te botsen waardoor hij niet met zijn rug open en bloot naar het balkon achter hem zou komen te staan.

Terwijl Gentry achterwaarts tegen een bank in het midden van de kamer aanliep, zei De la Rocha: 'Nestor heeft je verteld dat zijn mannen de telefoonlijn aftapten. En daarom heb je gebeld.'

Court zei niets.

'Nestor heeft je ook dit adres doorgespeeld. Hij heeft me in de steek gelaten door met jou samen te spannen. Hij heeft me nog zwaarder teleurgesteld omdat hij überhaupt met Madrigal bleek samen te werken en achter mijn rug om een deal voor je heeft gesloten. Ik ben er vanmiddag alles over te weten gekomen, en dankzij deze kennis is je onderhandelingspositie op slag waardeloos geworden.'

'Wat bedoel je?'

'Wat ik bedoel is dat als je Calvo vanavond mee had genomen, ik hem eigenhandig vermoord zou hebben.'

Court begon zijwaarts langs de lange bank te lopen.

'Dus, amigo, heb je niets om te ruilen voor het meisje.'

Courts hersenen draaiden op volle toeren op zoek naar een oplossing. Hij zei: 'Ik heb iets.'

'Wat dan?'

'In ruil voor haar leven mag je mij hebben. Je laat haar nu vrij, we blijven elkaar hier net zolang aankijken totdat ik zeker weet dat ze in veiligheid is, en dan laat ik mijn wapen zakken. Ik in ruil voor haar. Oké?'

'Je aanbod heeft één zwakke plek.'

'En dat is?'

'Ik heb je al.'

Court hoorde de voetstappen boven en achter hem. Een tiental mannen betrad het balkon. De helft liep naar zijn linkerkant, de andere helft bleef achter hem. Hij ging ervan uit dat ze alles via beveiligingscamera's hadden kunnen zien.

Ze droegen allemaal M4-geweren.

Verdomme.

55

‘Ik heb niet al mijn sicarios naar Concordia gestuurd. Sterker nog, dit zijn ze niet allemaal. Ik heb de leider van mijn beveiliging hier gehouden, voor het geval ik vanavond zijn hulp nodig heb.’ DLR keek naar hem. ‘Spin?’

Het gordijn aan de linkerkant van de troon schoof opzij. Daarachter stond de Spin in een zwart pak. Hij had zijn handen in de lucht gestoken en hield een lange, glimmende machete vast.

Onder hem, op haar knieën, zat een geboeide en geknevelde Laura Gamboa. Ze keek naar Court die in de sala stond, en rukte aan haar boeien.

Court richtte zijn wapen op Cepeda’s voorhoofd. ‘Als je dat mes beweegt leg ik je om.’ Hij zei het met een trillende en krakende stem.

DLR lachte hem uit. ‘Denk eens na, amigo! Als je de Spin neerschiet zullen alle mannen hier in de buurt je met mitrailleurkogels doorzeven. En als je daarna dood bent of ligt te creperen, hak ik persoonlijk haar hoofd eraf.’ Daniel haakte zijn vingers uit elkaar en liet ze langs zijn lichaam vallen. ‘Ik weet wat je op dit moment de grootste moeite kost, gringo. Niet haar redden, niet mij vermoorden, niet hier levend uit komen. Nee, Gray Man, het moeilijkste op dit moment is proberen niet te denken aan de uitdrukking “Mexican standoff”.’ Hij lachte om zijn eigen grap.

‘We kunnen dit oplossen, Daniel. In een paar minuten kan dit...’

‘Hou je mond!’ schreeuwde DLR. Hij draaide zich om, schoof het gordijn opzij en trok een kleine koffer naar zich toe. Hij opende het en pakte er iets uit.

Het was een zwarte plastic zak en Court vermoedde direct dat er een mensenhoofd in zat. Hij had gelijk. Daniel trok het eruit en hield het boven zich uit. Court concentreerde zich op het walgelijke tafereel en staarde naar het gezicht.

Elena?

Nee. Het gezicht was van een man.

Ramses? Nee... daarvoor was het haar te licht.

Het flakkerende, door honderd kaarsen verspreide licht kon de geopende, lege ogen niet tot leven brengen. Court klemde zijn kaken op elkaar. Toen zei hij hardop: 'Jerry.'

'De sicarios van de Spin hebben gisteren je Amerikaanse vriend betrapt in Cancún toen hij probeerde aan boord te gaan van een cruiseschip. Nadat we hem gemarteld hebben, ontdekten we dat de Gamboa's in Nogales de grens zijn overgestoken en Tucson hebben weten te bereiken. Je bent zo slim geweest om hem niets over de rest van hun plannen te vertellen. Pfleger was een watje. Toch hebben ze hem de hele nacht bewerkt totdat ze moesten vaststellen dat hij echt niet wist waar je was.

'Dus Jerry wist niet waar Elena heen ging. Hij bleek uiteindelijk nutteloos.' DLR smeet het hoofd van de Amerikaanse ambassademedewerker door de kamer, richting de enorme ramen rechts van Court. Het rolde in een donkere hoek uit het zicht.

'Ik heb Elena Gamboa nodig. Ik heb la virgen het leven van kleine Laura hier aangeboden, maar daar lachte ze alleen maar om. Ik heb haar jouw leven aangeboden, maar ze vertelde me dat jouw dood mij en niet haar zou dienen, waardoor het dus helemaal geen offer is.'

Terwijl DLR dit zei inspecteerde Court opnieuw de kamer. Behalve de deuropening waardoorheen hij de sala had betreden zag hij nog een andere ingang, een boog aan zijn linkerhand waardoor je ongetwijfeld de voorkant van het huis kon bereiken. Hij vermoedde dat er achter de gordijnen in de eetkamer nog een deur was, die toegang moest geven tot de zuidelijke vleugel van het enorme gebouw.

Hij wist echter niet goed waarom dit relevante informatie was, aangezien de tien mannen die hem onder schot hielden hem zodra hij probeerde te vluchten aan flarden zouden schieten.

DLR zei: 'Daarom ben ik bereid je dit eenmalige aanbod te doen. Als je mij vertelt waar Elena zich schuilhoudt, stuur ik mijn mannen daarnaartoe, en zodra ze haar hebben zal ik Laura vrijlaten.'

'Hou mij maar. Ik zal het je vertellen.'

DLR schudde zijn hoofd; hij leek genoeg te krijgen van de discussie. 'Geen denken aan.' Hij wendde zich tot de Spin. 'Worden je armen al moe?'

De Spin hield ze hoog boven zijn hoofd. '*Sí, jefe.*'

'Het zal niet lang meer duren, vriend.' Hij keek Court aan. 'Je besluit. Blijft ze in leven of sterft ze?'

Laura keek Court met haar grote bruine ogen aan. Ze had een zwarte doek in haar mond waar ze op kauwde, en ze probeerde op te staan. De Spin hield haar met een hand tegen de grond gedrukt, hield de machete boven haar, klaar om de achterkant van haar pezige nek te doorklieven.

Buiten klonk in de verte het onmiskenbare geluid van een volautomatisch vurende kalasjnikov. Het lawaai deed alle aanwezigen in de kamer verstijven. Een seconde later klonk er geweervuur van een tweede wapen. Het kwam van een paar honderd meter verderop, maar het volume zwol aan.

Autoalarmen in de buurt begonnen af te gaan.

'Wie zijn dat?' vroeg DLR aan Gentry. 'Mannen van Madrigal?'

Court haalde zijn schouders op. Hij wist dat het zo was, maar hoe langer hij twijfel kon zaaien, hoe beter. 'Waarschijnlijk CIA. De Russische maffia misschien, al lijkt die kans me klein.'

Court wist dat het Los Vaqueros moest zijn omdat hij in de grot van Los Arcos persoonlijk met Hector Serna contact had opgenomen. Court had hem laten weten dat hij Calvo op dit adres kon vinden. Serna was boos geworden over de gewijzigde plannen, maar Court had opgehangen zonder zich te veel van de woede van de man aan te trekken.

Terwijl de AK-salvo's aanhielden begon DLR zich zorgen te maken. Hij blafte de Spin een bevel toe. 'Hou vijf man hier en stuur de rest naar buiten. Zorg dat de piloot mijn helikopter klaar heeft staan.' De Spin riep iets naar de mannen op het balkon en gaf toen een bevel in de walkietalkie die aan zijn riem hing. Op vijf man na verdween iedereen, en de achterblijvers verzamelden zich op het oostelijke balkon. Terwijl ze zich verplaatsten hielden ze de Gray Man onder schot.

DLR was teruggelopen naar de kist waar Pflegers hoofd in had gezeten. Nu haalde hij er een grote koppelriem uit. Er hingen twee zilveren .45 automatische pistolen aan. Hij gespte de riem om zijn middel, bond de holsters om de dijen van zijn zwarte broek en keek weer naar de Gray Man.

'Je dwingt me hiertoe, jij dwaas.'

Court richtte zijn pistool van Spider terug op DLR. 'Als je de Spin het bevel geeft, vermoord ik jou het eerst.'

Daniel schoot in de lach. 'Woorden van een overmoedige gringo. Je bent in je eentje met een pistool. Als ik Spin het bevel geef, krijg je niet eens de kans om iemand neer te schieten...'

Na een luide ontploffing vlak bij het huis dwarrelden kleine vlokken stucwerk van het plafond. Alle hoofden draaiden zich richting het geluid.

Op één na. Court bleef gefocust op zijn doelwitten, ook al raasden zijn gedachten door.

Verdomme.

Hoewel Court het risico liever niet nam, zag hij geen andere uitweg.

Hij had echter één truc achter de hand, en had geen andere keuze dan die in te zetten.

Het pistool in zijn hand leek precies op een Glock 17, een standaard halfautomatisch pistool. DLR, de Spin en alle schutters op het balkon hadden het al als zodanig herkend. Maar het was een Glock 18. De twee wapens zagen er vrijwel hetzelfde uit, maar de 18 is een zeldzaam pistool dat volledig automatisch kan vuren. De loop kan 9mm-kogels afvuren met een snelheid van twaalfhonderd schoten per minuut.

Court bedacht zijn aanvalsplan in een oogwenk.

De Spin met zijn nog altijd boven Laura's nek geheven machete moest er als eerste aan, dat leed geen twijfel. De mannen die links boven Court stonden, droegen net als hun baas kogelwerende vesten waar Courts 9mm-patronen niet doorheen zouden komen, dus moest hij ze alle vijf met perfect uitgevoerde schoten in het hoofd uitschakelen, of ze tegen de grond werken met een paar kogels in hun zachte pantser en na te hebben herladen het karwei afmaken.

DLR had geen wapen op hem gericht, zoals de sicarios links van hem, maar hij zou zich met zijn twee .45's binnen twee tellen in het vuurgevecht kunnen mengen. Court zou met volmaakte snelheid en accuratesse de Glock moeten zien te herladen en ondertussen alle kogels uit de M4's moeten ontwijken die de mannen die zijn eerste aanval hadden overleefd, op hem af zouden vuren.

De achttien kogels zouden, volautomatisch en met een snelheid van twaalfhonderd kogels per minuut, binnen een halve seconde zijn afgevuurd.

O ja, Gentry wist dat er nog een factor was waarmee hij rekening diende te houden. Zodra hij het vuur zou openen, zouden zijn vijanden uit reflex en puur gokkend over zijn positie terug gaan schieten. Als hij enige hoop wilde koesteren om dit te overleven, moest hij zijn precisie-actie uitvoeren terwijl hij wegdook om de plek die door vijf wapens onder schot werd gehouden zo snel mogelijk te kunnen verlaten.

Court putte vertrouwen uit het feit dat niemand ter wereld een betere kans had hier uit te komen. Toch schatte hij zijn overlevingskansen op minder dan 25 procent.

In de wapenwereld noemde je zoiets 'een kogelregen op hoop van zegen'. Gentry stond op het punt om letterlijk een schietgebedje te doen.

56

'Waar is Elena Gamboa?' riep DLR nu. Weer een explosie, net buiten het landhuis. Blijkbaar had Los Vaqueros een paar granaatwerpers meegenomen.

DLR zei: 'Spin, als hij niet binnen vijf seconden antwoordt, dood dan de puta!'

Court ademde diep in, liet de zuurstof weer ontsnappen, keek naar Laura en toen weer naar DLR.

Hij liet het pistool dat hij op DLR's getatoeëerde torso had gericht zakken. DLR reikte direct naar de twee zilveren .45's in de holsters om zijn middel.

Tijd voor actie. Zodra de .45's op hem gericht waren, zou zijn plan onuitvoerbaar zijn geworden.

In het schemerige licht van de sala trok Court razendsnel zijn pistool, mikte naar rechts zonder zich te verplaatsen en haalde de trekker van de Glock 18 over. Uit de loop van het op de neus van Spin Cepeda gerichte pistool schoot met een knal een kogel, gevolgd door rook en vuur. Zonder enige aarzeling of vertraging om de uitwerking van zijn schot te controleren, draaide Court zijn torso abrupt naar links, zakte door zijn knieën en liet zich plat op de tegelvloer voor de bank vallen. Zijn wapen was gedurende een fractie van een seconde op de ontblote borst van Daniel de la Rocha gericht, maar hij vuurde niet. DLR bevond zich onderaan zijn dreigingsmatrix, hij had zijn pistolen nog niet eens getrokken, dus zweeg de Glock en zwaaide verder naar links.

Een fractie van een seconde voordat hij zijn eigen wapen weer aan het werk zette, hoorde hij een geweerschot in de kamer; terwijl hij met zijn kont op de harde grond viel, haalde hij de trekker over; in een golfbeweging danste de loop van de Glock langs de vijf sicarios op het balkon boven hem.

Achter de grijze rook die uit de gaten aan de voorkant van zijn automatische wapen opsteeg, zag hij terwijl hij van links naar rechts hun lichamen met zijn supersonische kogels onder vuur nam, in het zwart gehulde mannen om hun as tuimelen, terugdeinzen dan wel voorovervallen.

Het wapen klikte te snel open en Court rolde al over de grond om te ontsnappen aan het spervuur waarop hij getrakteerd zou gaan worden. Terwijl hij over zijn schouders achter de bank langs rolde herlaadde hij, liet het lege magazijn met een duimdruk op de ontgrendelknop aan de zijkant van de Glock vallen en trok met zijn linkerhand een lang magazijn met tweeëndertig kogels uit de zak op de heup van zijn katoenen gevechtsbroek. Na twee volledige omwentelingen rolde hij op zijn voeten, maar bleef in hurkzit. Terwijl hij het lange zwarte magazijn op zijn plaats ramde en de slede naar voren haalde waardoor hij een kogel in de kamer laadde, rende hij achterwaarts om te kunnen zien wat hij teweeg had gebracht.

Hij hoorde nog een schot, wat inhield dat nog niet iedereen geveld was. Terwijl hij nog steeds achteruitliep, hief hij zijn wapen en zag de Spin op de grond naast Laura, die naast de troon van la Santa Muerte op haar zij was gevallen. Toen hij naar links speurde, ving hij een glimp op van De la Rocha's getatoeëerde rug toen hij achter de troon waarop de levensgrote skeletbruid zat achter de gordijnen uit het zicht verdween. Vanaf het balkon weerklonk een geweerschot, een fractie van een seconde voordat Court een enkele kogel in de gordijnen joeg. Court nam vervolgens de vijf sicarios weer onder schot. Hij hield zijn trekker ingedrukt, liet zich weer op zijn knieën vallen en leegde terwijl hij naar voren viel en nu voorover op de vloer lag en uit alle macht probeerde uit het blikveld van zijn vijanden te blijven, het volledig magazijn van tweeëndertig kogels op de positie van de Zwarte Pakken boven hem.

Weer was zijn wapen leeg, en Court sprong overeind terwijl hij zijn laatste grote magazijn in het wapen stak. Snel liep hij zijwaarts voor de grote ramen langs door de met kaarsen verlichte kamer. Hij liep naar Laura toe, richtte zijn wapen weer op het balkon. Er hing een man over de reling; de draagriem van zijn wapen zat verstrengeld in zijn colbert, waardoor de onderkant van het jasje zijn hoofd bedekte. Court zag verder niemand, dood dan wel levend, maar toch loste hij een paar schoten om ervoor te zorgen dat mogelijke overlevers zich gedeisd zouden houden.

Terwijl hij zich snel een weg door de kamer baande, voelde hij een koele wind achter zich, zag aan het flakkeren van de kaarsen en het wapperen van de gordijnen de bries door de kamer trekken. De van de grond tot aan het plafond lopende ramen vanwaar je uitzicht had over Bandaras Bay waren door de schoten van de sicarios gesneuveld. Een stevige zeebries waaide de kamer binnen, kandelaars wankelden en zijden gordijnen wapperden wild heen en weer, en in luttele seconden was er op drie afzonderlijke plekken in de sala brand uitgebroken.

Hij keek neer op Laura en hield ondertussen de tussenverdieping nog steeds onder schot. De kleine Mexicaanse vrouw lag nog steeds op haar zij, maar ze had de machete van de Spin met haar vingertoppen naar zich toe weten te halen en probeerde het touw waarmee haar polsen waren vastgebonden door te snijden zonder te kunnen zien wat ze aan het doen was. Court was onder de indruk van haar zelfredzaamheid.

'Laat mij maar,' zei hij en hij maakte de klus af.

Het geelbruine hout om hen heen was nat van het bloed.

Court hoopte dat het bloed van de Spin was en niet van haar.

Of van hem.

Court controleerde niet of hij gewond was; daar had hij geen tijd voor. Hij hielp Laura overeind. Ze omhelsde hem stevig en zijn aandacht dreef weg van het scannen naar bedreigingen in de kamer, het geweervuur buiten, de brandende en wapperende gordijnen. In plaats daarvan beantwoordde hij haar omhelzing met zijn vrije hand en keek haar in de ogen. Die waren opengesperd en bloeddoorlopen maar vol leven. Ze maakte zich van hem los, haalde haar knevel uit haar mond, knielde en fouilleerde de Spin. Ze haalde een kleine uzi uit een holster en stond weer op.

Court zei: 'Blijf dicht bij me. Ik heb duikspullen verborgen in de...'

'We moeten De la Rocha vermoorden.'

'Nee! Dat doen we niet! Ik ben hier om je te redden! We gaan!'

Toen Court in haar opengesperde ogen keek, zag hij dat het huilen haar nader stond dan het lachen, al durfde Court niet te zeggen wat er op dit moment door haar hoofd spookte. Het vuur was overgeslagen naar de bank en de stoelen, de kleine vlammen groeiden onder invloed van de wind uit tot draaikolken van rokend en brandend puin. 'Ik laat hem hier níét levend achter.' Ze wendde zich van hem af en verdween achter het gordijn.

'Fuck,' riep Court, maar hij liep achter haar aan.

57

Court haalde Laura bovenaan een trap in. Het was hier donker en stil, afgezien van een heftig vuurgevecht op het terrein rond de villa. Politiesirenes loeiden samen met sirenes van burgerauto's, en het aanhoudende geweervuur vormde het bewijs voor de waanzin die zich onder hen voltrok. Terwijl Court en Laura door een donkere gang liepen, kringelde de uit de sala afkomstige rook rond hun enkels. Laura fluisterde dat ze meteen na haar komst hier in de wijnkelder was opgesloten en dat ze geen idee had waar ze heen gingen.

In het huis weerklonken nu salvo's uit volautomatische wapens; zo te horen waren de mannen van DLR door Madrigal in de grote sala teruggedreven. Laura had een andere trap gevonden, en Court had een bloedspoor gezien; hij vroeg zich af of zijn op de gok door de gordijnen geloste schot Daniel in de rug had getroffen. Ze liepen aanvankelijk traag en behoedzaam, maar toen ze de wieken van een helikopter boven zich hoorden, renden ze door het donker de trap op.

Toen ze de deur naar het dak openden, hief zowel Court als Laura het wapen en opende het vuur. Een man in pilotenuniform stond naast de helikopter met een vuurwapen in zijn hand. Laura schoot naast, maar Gentry velde de man met vier schoten van zijn Glock. Terwijl hij op de grond in elkaar zakte, versnelden de wieken van de Eurocopter. Het toestel steeg een paar centimeter, draaide om zijn as met zijn neus richting de baai.

'Het is De la Rocha!' schreeuwde Laura, die op de helikopter afrende.

'Hij is weg!' antwoordde Court boven het lawaai van de wieken uit.

Maar Laura negeerde hem en rende over het dak naar de opstijgende helikopter.

Court vloekte hardop en rende toen weer achter haar aan.

Daniel de la Rocha was in zijn linkerschouder geraakt door die pinche Gray Man, maar als hij zou kunnen ontsnappen zou het wel goed komen. Hij was een goed getrainde helikopterpiloot met meer dan honderd uur ervaring in dit specifieke model Eurocopter, en het enige wat hem nu te doen stond, was het geweld snel achter zich laten. Omdat hij wist dat de Gray Man en de vrouw hem via de trap achtervolgden, had hij de piloot uit zijn helikopter geschopt, hem een van zijn .45's gegeven en hem opgedragen iedereen op het dak neer te schieten zodat DLR hem als de sodemieter kon smeren.

Terwijl hij de slanke helikopter naar links liet overhellen en hoogte won, ging de achterdeur achter hem open. Omdat hij zich niet verstaanbaar kon maken zonder uit alle macht te schreeuwen, deed hij dat terwijl hij opsteeg. 'Ik zei toch dat je op het dak moest wachten tot...'

Hij voelde de hete loop van een machinepistool tegen zijn achterhoofd. 'Landen!' Het was de vrouw die in zijn rechteroor schreeuwde.

Hij kon het niet geloven. Hij keek over zijn schouder, zag de vrouw en zag daarna de Gray Man zelf door de open deur naar binnen klauteren. DLR gaf meer gas en duwde de stuurknuppel naar voren, waardoor hij de Amerikaan bijna de deur uit werkte. Ten slotte viel de Amerikaan helemaal naar binnen, rolde over de grond en greep een bagageband tegen de muur. Laura hield zich stevig vast aan DLR's stoel, en het wapen dat even contact met zijn achterhoofd verloor, duwde ze binnen enkele seconden weer terug. 'Landen! Landen, of ik schiet!'

'Wil je de piloot neerschieten, stomme trut?' vroeg hij, schreeuwend en lachend tegelijk. Hij had geen idee of de Gray Man een helikopter kon besturen; aangezien hem dat wel aannemelijk leek, voerde De la Rocha de snelheid verder op en liet de helikopter heftig naar links en rechts bewegen, in een uiterste poging het toestel net niet te laten neerstorten. Zelfs als de gringo-moordenaar deze kist kon besturen, zou hij het niet kunnen overnemen zonder dat ze te pletter zouden vallen.

Hij was van plan naar het centrum van Puerto Vallarta te vliegen. Hij had de politie daar in zijn zak, zij zouden hem wel tegen deze twee *pendejos locos* beschermen.

De helikopter schoot zigzaggend en net boven de oceaangolven richting het noorden. Hoewel hij zich voornamelijk concentreerde op de besturing van de helikopter, haalde DLR wel even zijn linkerhand van de algemene spoed om zijn .45 uit zijn linkerholster te halen. Hij hield hem uit het zicht voor Gamboa en de Gray Man en legde hem onder zijn linkerdij, zodat hij hem indien nodig direct kon pakken.

Terwijl Laura het wapen tegen DLR's hoofd drukte keek ze Gentry aan 'Kun je dit ding besturen?'

Court probeerde zich nog steeds te concentreren. Het feit dat hij in de helikopter was geklauterd terwijl DLR hem dit uit alle macht had proberen te beletten was hard aangekomen. Hij voelde dat hij gekneusde of gebroken ribben moest hebben, en had ongelooflijk veel pijn in zijn rechterknie op de plek waar die hard tegen de metalen vloer was geklapt toen hij door de cabine was gevlogen.

Ze herhaalde haar vraag, schreeuwde boven het lawaai uit. 'Kun je een helikopter besturen?'

Court kroop naar de deur, hield zich behoedzaam vast aan een handvat achter de stoel van de copiloot zodat hij niet uit het toestel kon vallen en trok de deur dicht. Het was ineens stil in de cabine; de drie konden zich nu op vrijwel normaal volume verstaanbaar maken.

'Zes! Vertel me, kan ik deze cabrón afknallen? Kun jij die helikopter besturen?' Ze drukte de loop van de uzi stevig in het korte haar van de narco. Hij schreeuwde en vloekte terwijl hij naar het noorden bleef doorvliegen, het toestel ondertussen naar links en rechts dirigerend.

Hoewel Gentry inderdaad training had gehad in het besturen van rotor-aangedreven vliegtuigen, was dat alweer lang geleden, en de paar vliegtuigen die hij in dat kader had bestuurd waren lang niet zo ingewikkeld geweest als deze grote machine. Terwijl hij keek naar de computerschermen en de metertjes en de schakelaars en hendels en lampjes, wist hij wat hij haar moest antwoorden. 'Nee! Niet schieten!'

De la Rocha lachte hardop, trok de stuurknuppel naar achteren waardoor de helikopter snel hoogte begon te winnen. 'Hoor je dat, trut? Als ik sterf, sterf jíj ook!' Met opengesperde ogen glimlachte De la Rocha zijn tanden bloot.

Laura hield de Micro-uzi tegen het hoofd van DLR. Hij vloog steeds hoger en voelde zich met de seconde veiliger. Hij ging noordwaarts richting de baai en naderde de lichten van het centrum van Puerto Vallarta. 'Je kunt me niet doodschieten, Laura!' herhaalde hij, alsof hij er zeker van wilde zijn dat ze de inzet begreep. 'Als ik sterf, dan sterf jij ook!'

Ze vlogen nu op zo'n honderdvijftig meter hoogte.

Laura keek Court met haar grote bruine ogen aan.

Gentry zag de ogen in smalle spleetjes veranderen.

Fuck.

Ze draaide zich naar Daniel de la Rocha om. Haalde haar schouders op. 'Dan ga ik maar dood, pendejo.'

'Nee!' schreeuwde Daniel de la Rocha.

'Nee!' schreeuwde Court Gentry. Hun geschreeuw werd overstemd door een korte maar luide uitbarsting van de uzi. Het achterhoofd van De la Rocha explodeerde en spatte uiteen over de verlichte instrumenten en beeldschermen en de grote glazen koepel. DLR's levenloze lichaam zakte naar voren in zijn harnas. Een .45 kaliber pistool viel uit zijn linkerhand.

De voorwaartse beweging van de helikopter vertraagde en stokte, en toen draaide hij langzaam naar rechts totdat de lichten van de Malecon vol in het zicht kwamen. De heli kantelde naar voren, met de neus naar beneden. De lichten van de stad verdwenen uit het zicht en maakten plaats voor de zwarte oceaan die snel dichterbij kwam.

Laura sloeg een kruis en begon te bidden.

Court kroop als een wild dier over Laura Gamboa heen naar de stoel van de copiloot. Hij gebruikte zijn handen en knieën en ellebogen; hij voelde zich even gewichtloos, greep met zijn rechterhand de stoel om zijn evenwicht te bewaren op het moment dat hij de stuurknuppel in het midden van de console voor de stoel greep. Hij trok hem hard naar achteren – te hard, in feite – en de heli kwam snel overeind, waardoor Gentry met zijn borst vooruit tegen de radiobediening tussen de stoelen belandde. De lucht werd uit zijn longen geslagen, maar hij bleef naar voren kruipen, kronkelde met zijn lichaam en dook nu om met zijn hand de algemene spoed aan de andere kant van de stoel te kunnen bereiken. Hij draaide eraan, verhoogde de spoedhoek en gaf meer gas en voelde hoe de helikopter stopte met dalen en weer naar voren schoot.

Maar nu bevond hij zich met zijn gezicht op de stoel van de helikopter die hij bestuurde, en de harde bocht naar rechts hield hem door de middelpuntvliedende kracht op zijn plek. Hij liet de stuurknuppel eventjes los, net lang genoeg om naar beneden te reiken om het voetenstuur op de grond in te duwen. Door deze bruuske beweging stopte het hightechvliegtuig plotseling met draaien, en Gentry rolde naar voren in de stoel en hing nu zowat ondersteboven met zijn voeten in de lucht boven de hoofdsteun.

'Wat ben je aan het doen?' vroeg Laura. Ze was opgehouden met bidden om de vreemde capriolen van de Amerikaan te aanschouwen.

'Help me!' schreeuwde hij uit alle macht. Ze pakte zijn voeten en duwde ze naar DLR's schoot en terwijl Court zich in de stoel worstelde, verloor de helikopter opnieuw vaart en hoogte, maar uiteindelijk kreeg hij beide handen en beide voeten op de juiste plaats en wist met amper tien meter ruimte tussen de helikopter en het wateroppervlak de Eurocopter vlak en horizontaal te krijgen.

Ze scheerden noordwaarts over Bandaras Bay; honderd meter rechts van hen lieten ze de lichten van de Malecon achter zich en kwam het hoteldistrict van Puerto Vallarta in zicht.

Court laafde zich aan de koele avondbries en haalde, voor het eerst sinds het moment dat de lucht uit zijn longen was geslagen, diep adem.

Hij keek naar links. DLR's vrijwel onthoofde torso hing scheef. Bloed droop langs zijn ontblote borst.

Laura zat nog altijd achter hem. 'Je zei dat je niet met een helikopter overweg kon,' zei ze glimlachend.

'Luister, ik denk dat we het beste op het water kunnen proberen te landen.'

'Sinds wanneer is het beter in het water te landen dan op de grond?'

Court aarzelde. 'Als de piloot er geen reet van kan.'

Laura keek hem aan. 'Je maakt een grapje, toch?'

'Ik vrees van niet.'

'Oké,' zei ze. En ze hervatte haar gebeden.

Vijf minuten later hing een Eurocopter EC135 in de Marina Vallarta, net ten noorden van de stad, onvast drie meter boven het water. De paar mensen die hier op dit uur van de nacht vanaf het dek van hun jacht getuige van waren zagen het vliegtuig in de lucht wankelen: het zakte even door naar rechts, toen naar links; toen dook de neus naar voren, en hing het vliegtuig op een hoogte van anderhalve meter stil; daarna klonk het alsof de hoofdmotoren op onverklaarbare wijze plots handmatig werden uitgeschakeld. De heli viel loodrecht naar beneden in het water, de wieken vielen door de klap uit elkaar waarna de helikopter snel begon te zinken.

Binnen enkele seconden nadat de Eurocopter onder het zwarte water van de jachthaven was verdwenen, kwamen er een paar hoofden tevoorschijn. Al snel waren een man en een vrouw te zien die naar de kant zwommen. Op het moment dat de loeiende sirene van een patrouilleboot de stilte verjoeg, waren de gestalten opgelost in de duisternis.

58

Nestor Calvo Macias lag vastgebonden op zijn zij in de mijnschacht. Hij beefde en huiverde, zowel van de kou als van angst. De hele nacht hadden grote ratten rond en zelfs over hem heen gescharreld. Ze waren niet bang voor hem, en waarom zouden ze ook? Hij was geboeid en kon ze dus niet wegjagen, en met de hennepknevel in zijn mond kon hij ze zelfs niet met geschreeuw verjagen.

Dus had hij die nacht in het donker gelegen en die *pinches ratones* over hem heen laten lopen, pissen en zelfs schijten.

Hij ging ervan uit dat hij hier niet levend uit zou komen. Hij zou omkomen van de honger of de dorst of de volgende dag aan een of andere ziekte bezwijken. En wat als de Gray Man wel terug zou komen? Een kogel door zijn hoofd?

Nestor lag te rillen en schudde de gedachten aan de ratten en ziektes, de hongerdood of het trage creperen door uitdroging van zich af.

Hij huiverde en hóópte gewoon dat de Gray Man terug zou komen om hem een kogel door zijn kop te jagen.

Licht vulde de schacht. Het geluid van een motor. Al snel verscheen een Mazdapick-uptruck in de mijnschacht en stopte. De Gray Man stapte uit. In het schijnsel van de koplampen van de truck zag hij dat de Amerikaan er haveloos bij liep. Zijn kleren waren gescheurd; bij elke stap vertrok hij zijn gezicht van pijn. Hij hinkte naar hem toe, knielde naast hem neer, en trok zijn wapen.

Daar gaan we dan, dacht Calvo. Hij kneep zijn ogen stijf dicht.

De koude loop van het pistool werd tegen zijn slaap gedrukt.

En toen werd de hennepknevel uit zijn mond getrokken.

De Gray Man zei: 'De la Rocha is dood. De Spin is dood. Dus wat betekent dat voor jou?'

Calvo deed zijn ogen niet open. 'Ik... Ik weet het niet.'

'Volgens mij praat ik nu met de leider van de Zwarte Pakken. Denk je ook niet?'

Nu opende hij wel zijn ogen, maar hij staarde in het niets, naar de muur in de verte. 'Ik... Ik weet het niet.'

'Ik ben bereid een deal te sluiten met de leider van de Zwarte Pakken.'

'Is dat zo?' Calvo's stem brak. Hij keek nu omhoog naar de Gray Man.

'Als je de jacht op Elena Gamboa afblaast, laat ik je gaan.'

'Natuurlijk! Natuurlijk doe ik dat! Het is nooit mijn bedoeling geweest om...'

'Als een van de Gamboa's iets overkomt, hetzij hier of in de States, kom ik terug.'

'Ik... Ik begrijp het.'

De Gray Man sneed Calvo's boeien los, stapte toen weer in de Mazda-pick-up en reed er zonder iets te zeggen vandoor.

Nestor Calvo Macias bleef geschokt liggen, ging toen staan, veegde traag de aarde van zijn zwarte pak, fatsoeneerde zijn grijze haar op zijn hoofd en begon langzaam naar de uitgang van de mijnschacht te lopen.

Court zat op een houten bank in het heiligdom in de kathedraal van Onze-Lieve-Vrouw van Guadalupe in Puerto Vallarta. Terwijl hij om zich heen keek wiebelde hij zenuwachtig met zijn voeten.

Hij wachtte. Maakte zich zorgen.

Laura kwam binnen door een zijdeur van het heiligdom, speurde de koele, lichte ruimte af en glimlachte toen ze hem zag. Ze kwam dichterbij en ze omhelsden elkaar, daarna pakte ze zijn hand en troonde hem mee door een smalle boog die naar de kleine sacristie leidde. Hier gingen ze samen op een houten bankje zitten.

Ze spraken een paar minuten over de diverse blessures en pijntjes die ze de week daarvoor in Puerto Vallarta hadden opgelopen. Ze zagen er allebei een stuk beter uit dan toen ze elkaar voor het laatst gezien hadden: zij huilend bij een bushalte langs de weg terwijl hij in zijn Mazda uit het zicht verdween. Ze hadden sindsdien tijd gehad zichzelf te fatsoeneren en hun wonden te verzorgen en te bedenken hoe ze vanaf hier verder wilden gaan.

Court maakte zich zorgen over dit gesprek. Hoewel hij hier elke avond steevast over fantaseerde, kon hij geen relatie aanknopen met deze vrouw. Hij wist dat zijn leven in gevaar was en hij wist ook dat in tegenstelling tot haar situatie van de afgelopen weken, zijn problemen niet snel zouden zijn opgelost. Hij had geen idee hoe hij haar moest vertellen dat hij haar voor haar eigen bestwil achter zou moeten laten. Het klonk belachelijk.

Maar hij zou er niet aan ontkomen.

Ze kwam snel ter zake, waardoor hij zich gedwongen voelde zich voor te bereiden de boodschap zo zacht mogelijk te brengen. 'Zes. Ik heb nagedacht en gebeden over mijn toekomst.'

'Juist.' Hij zei: 'Ik wil dat je weet...'

'In mijn hart weet ik het zeker. Ik weet wat ik wil. Wat ik nodig heb. Ik weet wat me gelukkig zal maken in mijn leven.'

Holy shit, dacht Court. Daar gaan we.

Een kleine pauze. Toen zei ze: 'Ik ga het klooster in. Ik wil non worden. Het is een lang proces, maar in mijn hart weet ik dat het goed voor me is. Ik voel de drang. Ik wil direct beginnen.'

'Godverdomme,' zei Court hardop.

'Ik zou het heel leuk vinden als je af en toe langskomt. Ik zal je niet kunnen bezoeken. Ik zal in het klooster moeten blijven. Maar het zou fijn zijn om af en toe iets van je te horen.'

Court moest moeite doen zichzelf te herpakken. Hij had deze gang van zaken zeker niet voorzien. 'Ja. Tuurlijk. Graag.'

'En ik zou graag voor je willen bidden.'

Nog steeds hakkelend zei hij: 'Je gaat je goddelijke driegooi maar.'

Ze keek hem met een schuin hoofd aan. 'Wat betekent dat?'

'Het betekent dat ik je toestemming geef om voor me te bidden. Dat zou ik erg op prijs stellen.'

'Gods wegen zijn ondoorgrondelijk. Jij, Zes, bent de meest ondoorgrondelijke "weg" die ik ooit heb ontmoet.'

Court merkte dat hij graag wilde geloven dat hij een instrument was van God in plaats van Satan. Maar hij wist het niet. Begreep het niet.

Maar hij had geen spijt van de moorden die hij had gepleegd, de maatregelen die hij hier had genomen. Hij klaagde geen seconde over al het bloed dat hij had moeten vergieten om deze vrouw voor hem te redden.

Ze was prachtig. Ze was goed. Ze was volmaakt.

En ze leefde.

'Ga met God, mijn vriend,' zei ze, en ze omhelsde hem, keek hem in de ogen, stond op en verdween toen door de sacristie naar het heiligdom.

En toen was ze weg.

Court bleef nog een paar minuten alleen zitten, stond toen op en ging nog even terug naar het heiligdom. De ruimte voelde groot en leeg aan, maar op de een of andere manier gastvrij. Hij had kerken over de hele wereld bezocht, zij het louter om operationele redenen, en diepere gedachten dan die over de details over zijn werk had hij zichzelf nooit toegestaan. Nu hij misschien voor de eerste keer in zijn leven oog had voor zijn omgeving, verwonderde hij zich over deze plek. Had dit allemaal een bedoeling?

Zijn ogen richtten zich op het kruis. Hij keek er langdurig naar voordat hij fluisterde: 'Bedankt.'

Zijn mobiele telefoon ging over. Het was het nummer dat hij Hector Serna had gegeven.

Hij liep via de zijingang het heiligdom uit, de koele zonnige middag tegemoet. 'Ja?'

Het was Serna niet. Het was Madrigal. Court had moeite het boerse Spaans waar hij zich van bediende te verstaan.

'Je hebt Calvo in leven gelaten?'

'Ja.'

'Waarom?'

'Ik denk dat je wel wat concurrentie kunt gebruiken.'

Een lange stilte. 'Ik had je moeten afmaken toen je me dat pistool gaf!'

'Ja,' gaf Court toe. 'Dat klopt.'

'Ik vermoord je alsnog!'

'Trek maar een nummertje, Cowboy.'

'Je bent een waardeloos stuk stront, jij godverdomd hoerenjong!'

'Ik ben vogelvrij.'

Weer bleef het lang stil. 'Als er ooit leven mogelijk wordt op andere planeten, moet jij als eerste hier weg. Iedereen wil je dood hebben.'

'Ja.'

'Er zal snel iemand komen om die klus te klaren. Daar kun je donder op zeggen.'

'Dat weet ik. Ik put troost uit het feit dat er dan heel veel mensen verdrietig zullen zijn omdat ze achter het net hebben gevist.'

Court verbrak de verbinding en gooide de telefoon een paar straten verderop in een vuilnisbak.

EPILOOG

San Blas voelde wat Gentry betrof nu anders aan. Toen hij er om acht uur 's ochtends was aangekomen, vond hij het koeler en voelde hij een oceaanwind die het vuilnis door de straten joeg terwijl de plaatselijke bevolking op weg was naar werk of school.

Court zag er inmiddels onmiskenbaar Latijns-Amerikaans uit.

Hij kwam de bus uit in zijn spijkerjas en -broek en een goedkope rugzak over zijn schouder; met zijn donkere huid en zonnebril en zijn korte haar en ringbaard viel hij tussen de andere mannen van zijn leeftijd niet op. Hij had oortjes in zijn oor, verbonden met zijn telefoon, maar luisterde geen muziek.

Nee, de koptelefoon was slechts een deel van de vermomming, de enige ritmes waar de Gray Man naar luisterde waren de voetstappen achter hem en de op zachte toon gevoerde gesprekken van de mensen om hem heen. Hij was hier in San Blas op zijn hoede, nog meer dan tijdens zijn eerste bezoek aan het vissersdorp twee weken geleden.

Hij wist dat ze jacht op hem maakten, en hij wist dat ze dichtbij waren.

Hij lette er eigenlijk niet meer op wie de jagers precies waren... Dat maakte in wezen niet meer uit.

Hij liep over de weg naar de heuvel, langs de kreeftenrestaurants en de kleine kerken en vrachtwagenladingen gewapende mariniers op patrouille, en hij sloeg een zoveelste steile weg in over een steile heuvel. Hij volgde dezelfde route als de laatste keer dat hij hier was, toen hij op zoek was naar Eddies graf en daarna met Eddies zwangere echtgenote weer naar beneden was gegaan. Er was sindsdien ontzettend veel veranderd, maar voor Court voelde alles hetzelfde als toen. Hij had er een hoop snij-, schaaf- en brandwonden en blauwe plekken bij, maar zijn doel was hetzelfde als toen.

Mexico was voor hem niet meer dan een hobbel in de weg.

Hij liep naar boven naar de ingang van de begraafplaats, keek naar de goedkope mausoleums van blik en plastic en cementblokken links van hem.

Een leguaan stak voor hem de straat over. In het laatste huis op de heuvel voor de begraafplaats en de ingang van een oude kerk en een geldtelkantoor dat nog uit het midden van de negentiende eeuw stamde, liepen tokkende kippen.

Maar hij liep verder naar boven, langs de begraafplaats. Het was een standaard veiligheidsrondje dat hij eerder uit automatisme aflegde dan vanwege een reële dreiging of een gevoel van onveiligheid. Het was zijn tweede natuur om ruime, trage bochten te maken, te stoppen en op zijn schreden terug te keren, in de schaduw te wachten om te zien of hij werd gevolgd, om zich als een schim door het landschap te bewegen.

Ruim voorbij de begraafplaats, een stuk hoger op de heuvel, sloeg hij links af en betrad een laag bos, omzoomd door wilde, zes meter hoge bananenbomen. Hij liep verder door het bos, richting de begraafplaats. Hij had deze drie uur durende busrit enkel afgelegd om Eddie nog eens op zijn laatste rustplaats te bezoeken. Court overwoog er iets achter te laten, als herinnering aan zijn vriend iets in de grond te stoppen.

Maar hij had niet veel bij zich.

Court was geen sentimenteel mens; misschien bevond zijn mentaliteit zich op dat gebied zo dicht als maar kon aan het andere einde van het spectrum zonder als een sociopaat gediagnostiseerd te worden. Maar hij vond dat hij hierheen moest komen, de tijd moest nemen en het geld moest uitgeven en de moeite moest nemen om terug te keren naar de plek waar dit voor hem allemaal was begonnen.

Hij duwde wat struiken opzij. Hier terugkomen was het juiste, al kon hij niet aangeven waarom.

Hij klom over een wit uitgeslagen steen die ooit deel had uitgemaakt van een Spaanse vesting.

Hij zou Eddie, Laura, Elena maar ook Daniel de la Rocha nooit vergeten, maar hij moest dit achter zich laten om verder te kunnen.

Hij klom van de rots af en drong zich met moeite door dichtbegroeide slingerplanten en kwam net boven de begraafplaats uit; het begin lag op een paar meter van de steile heuvel.

Hij zou zijn gedachten aan Laura, zijn fantasie van liefde en zijn visioenen van lust achter zich moeten laten, zodat hij zijn strijd tegen Gregor Sidorenko kon voortzetten.

Court stopte abrupt. Liet zich traag in het gras zakken.

Fuck. Hij zei het niet hardop.

Toen hij zeker wist dat niemand hem kon zien, kroop hij achterwaarts op zijn ellebogen en knieën terug in het struikgewas en de slingerplanten en bananenbomen en schoof toen, nog steeds op zijn buik, tien meter naar rechts. Dat kostte hem bijna tien minuten, maar toen ging hij achter een gebeeldhouwde witte steen zitten, haalde een kleine verrekijker uit zijn rugzak, controleerde de hoek van de zon, rolde toen om de witte steen en zette de verrekijker aan zijn ogen.

Waar? Waar ben je?

Hij had beweging onder zich gevoeld, in de rij tombes ten zuiden van Eddies graf. Er liepen overal leguanen, maar deze beweging paste niet bij de natuurlijke omgeving. Het ging gepaard met een lichtflits, de reflectie van glas in de ochtendzon. Dat was alles wat hij had kunnen onderscheiden voordat zijn interne waarschuwingssysteem was afgegaan en hij zich had verschanst. Nu scande hij met zijn verrekijker de omgeving van de beweging, zocht naar datgene wat hem een paar minuten geleden had gealarmeerd...

Daar.

Shit.

Een liggende gestalte op vijfentwintig meter van Eddies graf. Hij was van top tot teen gehuld in een camouflagepak, waardoor hij opging in het hem omringende struikgewas; van onder een deken van twijgen en bladeren staken de loop van een geweer en een vizier uit.

Niet ver achter deze man zat zijn partner. Hij was beter verborgen, had geen loop die gezien kon worden of een vizier dat het zonlicht kon weerkaatsen, maar toch zag Court hem toen hij zijn hoofd draaide.

Shit. Court speurde nu de begraafplaats op de heuvel af. Ze zouden niet zomaar met zijn tweeën zijn. Geen enkele organisatie ter wereld zou slechts twee mannen op een missie sturen om de Gray Man te doden. Court kon de anderen niet zien, maar hij wist dat ze er waren. Misschien lagen ze hier samen met hem in het struikgewas boven het kerkhof. Het zou een goede plek zijn om voor de zekerheid mannen te verbergen.

Hij vroeg zich kortstondig af wie het zouden kunnen zijn. Sidorenko's mannen? Jagers/moordenaars van de SAD? Delta Force? Vaqueros? Zwarte Pakken?

Maakte het iets uit? Hij besloot van niet.

Hij richtte zijn verrekijker weer op Eddies eenvoudige kruis. Court kon alleen de achterkant ervan op de heuvel zien; hij had geen idee of er nog meer scheldwoorden op waren geschilderd. In zijn rugzak had hij witte verf en een penseel bij zich. Hij was van plan geweest het werk af te maken waar Elena mee bezig was geweest toen hij haar ontmoette, om Eddies reputatie nogmaals te herstellen voordat hij deze plek voor altijd zou verlaten.

Maar de klootzakken beneden hadden Courts plan verpest.

Op vijftien meter afstand van hem stond Eddies eenzame kruis, en niemand in deze stad zou het beschermen, niemand in deze stad zou het een bezoek brengen. Court wist dat eerder vroeger dan later niemand in deze stad zich Eduardo Gamboa nog zou herinneren als meer dan de zoveelste cartelero, de zoveelste narcomoordenaar, de zoveelste anonieme moordenaar zonder gezicht.

En er was niets wat Court daaraan kon doen. Hij kon niet eens afscheid nemen.

Hij bleef daar een uur in het struikgewas liggen en keek naar de sluipschutter, een man die even stil en geduldig was als Court zelf, en kroop toen door de wildernis en de wilde bananen terug de weg op. Hij daalde de heuvel af, langs de kreeftenrestaurants, en nam toen een bus het dorp uit.

DANKWOORD

Dank aan Karen Mayer, James Rollins, Marcie Silva, Marleni Gonzalez, Devin Greaney, Mireya Ledezma, Svetlana Ganea, James Yeager, Jay Gibson, Paul Gomez, Tactical Response, GetofftheX.com, Mystery Mike Bursaw, CovertoCoverbookstore.com, Devon Gilliland, Bob Hetherington, Patrick O'Daniel, de familie Anderson, de familie Leslie, Alex Slater van Trident, Caitlin Mulrooney-Lyski en Amanda Ng van Penguin, en Jon Cassir en Matthew Snyder van Creative Artists Agency.

Een speciaal woord van dank aan mijn agent, Scott Miller van Trident Media, en Tom Colgan, mijn redacteur bij Penguin.

MarkGreaneyBooks.com

Lees ook de eerdere delen van *The Gray Man*

ISBN: 978 94 027 1181 3

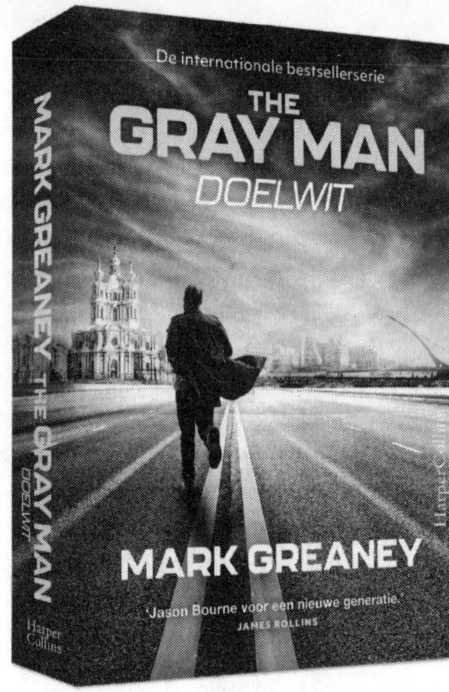

ISBN: 978 94 027 1206 3

Over *Onder schot*:

'Hard, snel en onverschrokken. Precies zoals een thriller hoort te zijn.' Lee Child

'Een actiethriller in de klassieke zin van het woord.'
VN Detective en Thrillergids

WORLD of THRILLERS

Voor meer informatie: **www.harpercollins.nl**

worldofthrillers worldofthrillers